시계 도둑과 악인들

TOKEI DOROBO TO AKUNINTACHI

© Haruo YUKI 2023

All rights reserved.
Original Japanese edition published by KODANSHA LTD.
Korean translation rights arranged with KODANSHA LTD.
through JM Contents Agency Co.

시계 도둑과 악인들

時 計 泥 棒 と 悪 人 た ち

유키 하루오 장편소설
김은모 옮김

블랙홀

차례

일러두기
본문의 각주는 전부 독자의 이해를 돕기 위한 옮긴이 주입니다.

가에몬 씨의 미술관

1

해가 질 무렵, 나는 세타가야 외곽에 사는 하스노를 방문했다.

잎사귀가 떨어지기 시작한 잡목림과 뽕밭 사이의 메마른 흙길에 11월의 칙칙한 주홍색 석양이 가득했다. 늘어질 대로 늘어진 내 그림자를 쫓듯 흙길을 걸어갔다. 목적지는 참억새가 무성한 빈터에 홀로 자리한 팥색 양옥집이다.

메이지*시대가 끝날 무렵, 어떤 선교사가 지었지만 결국 살지는 않은 집이라고 들었다.

돌아보자 제일 가까운 집까지 거리가 반 정†은 된다. 세 번밖에 와

---

* 1868~1912년까지 사용된 일본의 연호

† 거리의 단위. 1정은 약 109미터

보지 않아서 아직 주변 풍경이 눈에 익숙지 않다.

현관문을 두드리자 대답도 없이 문이 열렸다.

"어? 이구치 군 아닌가. 어쩐 일이야?"

집주인은 얼굴을 내밀자마자 말했다. 어째선지 서양식 외투 아래에 세로줄 무늬 바지와 옷깃이 높은 셔츠, 그리고 넥타이까지 단정히 맨 외출복 차림이었다.

"어쩐 일이냐니? 오늘 저녁에 가겠다고 전보를 쳤잖나."

"더 늦게 올 줄 알았지. 아주 어중간한 시간에 왔군. 저녁을 먹으러 나가려던 참이었어."

하스노는 문을 밀어서 열고 나를 안으로 들였다.

넓은 집은 아니다. 하스노를 따라 서재 겸 응접실로 사용하는 네 평 크기의 방으로 들어가자 하스노가 후줄근한 안락의자를 권했다. 하스노는 외투를 벗은 후 석유등을 들고 방에서 나갔다. 잠시 후 홍차를 얹은 쟁반을 들고 돌아왔다.

"이봐, 식사는 했나?"

"했지. 긴히 상의할 일이 있는데 혹시라도 술 약속이 생기면 안 되니까 어두워지기 전에 온 거야. 민폐였나? 식사는 어떻게 할 건가?"

"아니야, 됐어. 먹든 말든 상관없다는 기분이었으니까."

하스노는 탁자에 석유등을 내려놓고, 내 맞은편 회전의자에 긴 몸을 구부려 앉았다.

하스노는 데이코쿠 대학교 법학과를 졸업하고, 은행에 취직한 지 다섯 달 만에 도둑이 됐다.

그 이유가 유별나다. 은행원에서 도둑으로 전직했으니 당연히 유별나기는 하지만, 자신이 은행 근무에 전혀 적합하지 않다는 사실을 알았기 때문이라고 한다. 덧붙여 은행뿐만 아니라 회사 근무 자체에 적성이 없고, 더 나아가 애당초 인간 사회에서 살아가는 것이 즐겁지 않다고 한다.

"여기에는 익숙해졌나? 불편하지는 않아? 식당도 꽤 멀리 있잖아. 어딜 갈 생각이었나?"

"5정쯤 떨어진 메밀국수집. 이웃집이 멀리 있으니 마음이 안정돼서 좋아."

"나는 그렇지는 않던데."

아주 현실적인 이야기만 하는군, 하며 하스노는 담배에 불을 붙였다.

평소는 하스노를 상대로 이런 쓸데없는 인사를 하지 않는다. 인사를 생략하고 그보다 더 쓸데없는 잡담을 느닷없이 꺼내는 것이 보통이다.

내 직업에 관한 잡담이 많다. 나는 유화를 그린다.

동업자에게 말하면 싸움이 벌어질 법한 이야기를 하스노에게 말한다. 하스노 본인은 흥미가 있는 건지 없는 건지 모르지만, 내가 알기론 예술과 무관한 삶을 살고 있으므로 그런 이야기가 논쟁으로 발전한 적은 거의 없다. 그래서 반응이 약간 밍밍하긴 하지만, 거리낌 없이 하고 싶은 말을 마음대로 꺼내놓을 수 있고 때로는 묘하게 시사하는 바를 얻기도 한다. 하지만 내 그림은 뭘 보여줘도 결코 폄하하지 않고 적당히 칭찬해 주니까 믿을 수 없다.

하스노와 나는 동갑이고, 열두 살 때부터 서로 알고 지냈다. 그때도 그에게 친구가 별로 없다는 건 알고 있었지만, 특별히 인간을 혐오한다는 인상은 받지 못했다.

무엇이 그런 성격을 만들었는지 이유를 제대로 들은 적은 없다.

실제로 하스노는 신경질적으로 느껴질 때도 있지만, 싹싹하고 대화에도 빈틈이 없고 교섭은 나보다 훨씬 요령 있게 해낸다. 따라서 인간을 싫어하는 그의 습성을 남들은 좀처럼 알아차리지 못한다.

하지만 할 수 있는 것과 좋아하는 것은 전혀 별개인지, 하스노는 은행에 취직한 지 다섯 달에 인내심이 한계에 달했다고 한다.

그래서 일을 그만뒀지만, 하스노에게 맞는 직업은 좀처럼 없다.

하스노야말로 예술가가 되었다면 어땠을까 싶다. 우뚝한 코며, 시원스러운 입매며, 잘 다듬은 머리 모양이며, 섬세해 보이는 눈빛이며 예술가에 딱 어울리는 풍모다. 그러나 그림을 그려보면 어린아이의 솜씨와 오십보백보다. 또한 절대로 해학이 없지는 않건만, 글도 어쩐지 무미건조하기 짝이 없다.

그래서 도둑질 말고는 혼자서 잘 해낼 수 있는 일을 찾지 못했다고 한다.

나는 하스노가 체포된 후에야 그가 도둑으로 전직했다는 사실을 알았다.

약 1년간 부잣집을 대상으로 수십 번 일했다고 한다. 그러다 시나가와의 무역상 저택에서 예상치 못하게 귀가한 그 집 장남에게 신고

당해 체포됐다.

나는 변호사를 선임하는 등 여러모로 도와주었다. 하스노의 부모님은 하스노가 체포되기 2년 전에 돌아가셨고, 형제자매는 없으며, 친척은 냉담한 태도를 보였다.

재판이 진행되면서 하스노가 그 훤칠한 몸과 단정한 생김새로 호화 저택의 담장에 매달리거나, 천창으로 실내에 들어가기 위해 버둥거리거나, 현관문과 금고 여는 방법을 열심히 연구했다는 사실을 알고 나는 실소했다. 동시에 하스노의 고독병이 상당히 중증이라는 것도 깨달았다.

하스노는 올해 6월에 출옥했다.

원래 아카사카에 있는 제법 훌륭한 저택을 부모님에게 상속받았지만, 내어놓을 수밖에 없어서 지금 집으로 이사했다. 안 그래도 얼마 없던 친구가 대폭 줄어들었지만, 하스노는 내내 싫어했던 마땅히 인정받는 삶과 드디어 인연이 끊어졌다는 듯 속 시원해하는 눈치였다. 그 후로 이 집에서 하녀도 없이 혼자 살고 있다.

"자네가 생활하는 걸 보면 뭐랄까, 동물적인 측면에서 걱정이 돼. 사육통 속 생쥐가 건강한지 확인하러 오는 듯한 기분이야.

아무래도 이 집은 도둑이 지내기에 너무 적당한 것 같군. 좀 더 깔끔하고 교통편도 좋은 곳으로 옮기는 게 좋지 않겠나?"

"여기가 좋아. 아카사카의 집보다 낫지."

분명 허세가 아니다. 출옥한 하스노가 오쿠타마의 산속에 있는 망한 절에서 살려고 하길래 내가 애써 말렸을 정도다.

"일은 할 만한가. 지루하지는 않아?"

"괜찮아. 너무 편해서 미안할 정도지. 뭐, 지루하다고 하면 지루하지만, 마침맞을 정도로 지루해."

전과가 생기자 하스노는 더더욱 일거리를 찾기 힘들어졌다. 다시 도둑으로 돌아가면 안 되므로, 내가 논문 번역거리를 찾아서 그에게 맡기고 있다. 현재로서는 아무 탈 없이 잘 해내고 있는 것 같지만, 이 일감이 언제 없어질지는 나도 모른다.

"그런데 상의할 일이라니?"

하스노는 찻잔과 내 얼굴을 번갈아 보며 이야기가 본론에 들어가기를 기다렸다.

나는 말을 꺼내기가 망설여졌다. 평소는 내가 일방적으로 편의를 봐주고 있으므로 하스노에게 상의하는 건 오랜만이었다.

게다가 일종의 도둑질에 관한 상담이라 더 그랬다.

"그게 말이야, 좀 성가신 일을 부탁하는 거라고 받아들여 주게. 실은 뭘 부탁하면 될지 나도 잘 몰라서 일단 상의하고 싶은 거야."

나는 들고 온 손가방을 뒤지면서 설명을 시작했다.

"우라카와 가에몬이라는 사업가를 아나?"

"들어는 봤어. 그런데 사업가? 도예가 같은 사람 아니었나?"

"자네는 자세히 알 법도 한데. 양조장을 해서 번 돈으로 주식을 상장하고, 그 이익으로 또 다른 사업을 벌여서 큰돈을 번 사람이야. 이치가야에 호화로운 저택을 지었지만, 지금은 사이타마의 미나노에 은거 중이지. 나이는 일흔대여섯인가 그럴걸. 가까운 사람들조차 신용하지 않는 탓에 신변 경호는 오히려 허술하다나 봐."

나는 가에몬 씨의 이야기가 실린 월간 잡지를 가방에서 두 권 꺼내서 하스노에게 건네주었다.

"왜 내가 자세히 알아야 하지? 경호가 허술한 부자라서? 도둑질하러 간다고 쳐도 사이타마는 멀어. 그런데 어떤 인연이지? 자네는 그 노인장과 아는 사이인가?"

"굳이 따지자면 아는 사이라고 할 수도 있겠지. 난 한 번 봤을 뿐이고, 원래는 아버지와 친교가 있었어. 그리고 한 달쯤 전에 가에몬 씨가 내 그림을 구입했고."

"오호."

나는 화가로서 명성이 그렇게 높지는 않지만, 4년 전 문부성이 주최한 전람회에서 입선한 유화가 하루미 상사라는 회사의 사장님 눈에 띄었고, 그 후로 그 사장님에게 후원을 받고 있다. 그전까지는 일본화를 그리는 짬짬이 서양화를 그렸지만, 덕분에 서양화에만 집중하게 됐다.

반년 전에 교토, 한 달 전에는 도쿄에서 서양화 개인전을 열었다. 그때 하루미 사장님이 보러 가지 않겠느냐고 가에몬 씨에게 제안했다고 한다.

가에몬 씨는 도쿄의 개인전을 관람하러 왔다가 네 점으로 이루어진 연작을 구입해서 돌아갔다. 마침 내가 전시회장을 비운 사이에 있었던 일이었다.

"가에몬 씨는 원래 미술 수집가로도 유명하지만, 도예품을 손수 만들기도 한다나 봐. 자네는 그런 이야기를 어디서 읽거나 들은 것 아닌가? 수집가로서는 서양화 전문이지. 아마 8할은 서양화 아니려나. 서양화를 취급하는 미술상은 별로 없는데 용케 그만큼 많이 모았다는 평판이야. 나머지는 우키요에*나 서도 작품이지. 도예품은 만들기가 전문이고, 수집하지는 않을 거야."

이것은 잡지 기사에서 얻은 지식이다. 그렇게 하스노에게 양해를 구한 후 말을 이었다.

"가에몬 씨는 최근에 병에 걸려서 병석에 누웠다는군. 소문으로는 암이래. 그래서인지는 모르겠지만, 사설 미술관을 세우기로 마음먹었는가 봐.

뭐, 마지막으로 인생을 기념하겠다는 뜻이겠지. 사이타마의 자택 옆에 훌륭한 미술관을 지으려고 한다는군."

"잠깐만, 이구치 군. 사이타마의 미나노라고 했지? 그 근방은 촌동네 아닌가? 그런 곳에 미술관을 세운다고? 관람하러 오는 사람이 전혀 없을 텐데."

"없겠지. 병석에 누운 가에몬 씨가 마음대로 거동을 못 하기 때문 아닐까? 애당초 가에몬 씨 스스로 만족하기 위한 미술관일 테니, 불편하든 말든 가에몬 씨가 보러 갈 수 있어야 의미가 있다는 거겠지."

"그래서는 가에몬 씨가 별세하면 어차피 유지되지 못할 텐데? 적

* 에도 시대 서민의 일상과 문화를 담은 목판화

당한 땅은 분명 그밖에 얼마든지 가지고 있을 텐데 말이야. 우에노의 자네 집 근처에라도 만들면 좋지 않겠나?

죽음을 앞두고 결심했을 정도니까 이름을 남기고 싶은 거겠지? 이득이나 손해는 고려치 않는 걸까."

"글쎄, 나도 한 번밖에 만나보지 못했으니, 어떤 생각을 하는 사람인지는 몰라.

아무튼 가에몬 씨와 우리 아버지의 관계 말인데, 7년 전에 아버지가 가에몬 씨에게 화란(네덜란드) 왕족과 인연이 있는 괘종시계를 팔았어."

왜 이구치 일가에 화란 왕족의 괘종시계라는 어울리지 않는 물건이 있었느냐 하면, 우리 할아버지 덕택이다.

할아버지는 메이지 시대에 영길리(영국)에서 골동품 가게를 운영해서 성공을 거두었다. 귀국한 후에는 우에노에 커다란 집을 짓고 수많은 골동품을 소장했다. 하지만 아버지 대에 장난감 공장과 쌀 선물거래에 연달아 실패하는 바람에 할아버지의 골동품을 조금씩 팔아서 생활에 보탰다.

할아버지는 그림에도 조예가 깊어서 생전에 가에몬 씨와도 알고 지냈다고 한다. 그림 외에는 별로 흥미를 품지 않는 가에몬 씨가 그 괘종시계에는 관심을 보였기에 아버지가 3천 엔쯤 받고 넘겨주었다.

"시계 자체가 꽤 유명해. 할아버지가 그 시계를 화란의 귀족에게 구입했을 때, 신문에도 작게 실렸을 정도지.

아버지가 그걸 파셨을 무렵에 화집이나 화구를 흔쾌히 사주셨던 기억이 나는군. 아무튼 전에도 이야기했지만 우리 아버지도 심장에 문제가 있어서 오늘내일하시는데 말이야……."

나는 말끝을 흐렸다. 하스노는 고개를 숙여 잡지를 보고 있었다.

"얼마 전에 아버지가 깜짝 놀랄 만한 말씀을 하셨어. 할아버지에게 시계를 판매한 화란의 백작은 조심성이 많은 사람이었는지 모조품을 준비해 뒀다는군. 시계를 넘겨받을 때, 모조품만 남겨둔들 의미가 없다기에 진품과 모조품을 둘 다 가져왔지.

그런데 가에몬 씨에게 넘겨준 게 모조품이라는 거야. 아버지 말씀으로는 착각했다는데, 그럴 수가 있을까?"

하스노는 고개를 숙인 채 흐음, 하고 소리를 냈다.

"모조품은 꽤 정교해서 얼핏 봐서는 뭐가 진품이고 뭐가 모조품인지 구별이 되지 않는대. 진품이 아주 조금 더 지저분하다나.

그리고 사용한 재료도 진품이 고급이지만, 전문가가 제대로 검사하지 않는 한 알아보기 힘들다고 해. 그걸 팔아버린 거야."

나는 아버지에게 마가 끼었다고 생각한다. 아버지는 구별법을 확실히 알고 있었을 것이다.

"그런데 가에몬 씨가 미술관을 짓는다고 하자 아버지는 당황했어. 어쩌면 좋으냐, 그건 모조품이다, 사람들 눈에 들어가면 큰 창피를 당할지도 모른다고 자리에 누워서 잠꼬대하듯이 말씀하시더군. 정신이 나실 때는 내내 그 소리뿐이야. 마음이 초조하면 몸에도 안 좋을 텐데. 나도 어쩌면 좋을지 몰라서……."

"솔직하게 말해야겠지."

하스노는 대뜸 그렇게 말하고 고개를 들었다.

"그리고 정성껏 사과하는 거야. 최대한 빨리 진품을 가에몬 씨에게 가져가서 말이야. 자네 아버님께서 직접 사과하시기는 어렵겠지만, 아들인 자네가 간다면 도리를 지키는 셈이겠지?

예의 바르게 사과하되, 자네 아버님께서 고의가 아니라 실수로 모조품을 넘겨줬다고 하는 거야. 가에몬 씨가 의심한다면 그러실 만도 하다고 아주 미안해하는 태도를 보여주게. 아니면 자네도 아버님의 진심을 약간 의심하고 있지만, 가족인 터라 입 밖에 내기가 힘들다는 태도로 나가든지. 자네 아버님도 여생이 길지는 않으실 테니, 가에몬 씨도 자네를 동정해서 묵묵히 교환에 응해주지 않겠나? 뭐, 가에몬 씨는 자네 아버님과의 관계에 앙금을 남긴 채 사별하게 되겠지만.

신경을 많이 써야겠지만, 잘만 하면 아무 문제 없어. 모조품인 줄 몰랐다는 건 상대방에게도 불명예스러운 일일 테니, 공공연하게 드러내서 규탄하지도 않겠지. 사과하는 게 최상책이야."

"도둑 주제에 아주 지당한 소리를 하는군. 그야 그렇네만……, 이번에는 그런 방식이 통하지 않을지도 몰라. 가에몬 씨는 굉장히 편벽한 사람이라서 말이야. 뭐랄까, 일종의 인간 불신에 빠진 것 같아.

나도 전해 들었는데, 가에몬 씨가 죽음을 앞두고 미술관을 세운다고 하자 몇몇 미술상이 그림을 들고 찾아갔었다는군. 그 사람들을 모조리 면박 줘서 쫓아냈다고 해."

"죽어가는 걸 기회 삼아 장사를 하려고 찾아왔으니 화내도 이상할 건 없지 않나?"

"그게 그렇지가 않아. 그 미술상 중에는 내가 아는 사람도 있는데, 그 사람이 그림을 판매하는 방식은 전혀 악질적이지 않거든. 오히려 이번의 나처럼 가에몬 씨가 돌아가시기 전에 과거에 진 빚을 청산하고 싶은 마음이었다나 봐.

지금까지 도움을 많이 받았으니 예전부터 찾으시던 작품을 최대한 염가로 넘겨드리겠습니다, 다만 소장하신 그림을 전시회에 잠깐 빌려주시면 안 되겠습니까, 미술관을 선전하는 데도 도움이 되겠지요. 그런 이야기였지. 딱히 화낼 일도 아니잖나? 그런데 뜨거운 차가 담긴 찻잔을 던졌다는군.

그 밖에도 좋은 기회다 싶어 찾아갔다가 혼쭐이 나서 쫓겨난 사람도 몇 명 있다고 들었어. 그러니 내가 아무리 성의를 보여도 전해질지가 의문이야."

"그렇군."

한숨 쉬는 듯한 대답이었다.

"실로 중요한 문제야. 아버지뿐만 아니라 내게도."

화가로서 출세하려 하는 만큼 내게는 심각한 일이다. 그림과 시계는 완전히 다른 물건이지만, 모조품에 관여했다는 이야기가 나돌면 입장이 곤란해진다.

"그러니 되도록 빨리 행동에 나서야 해. 아직은 가에몬 씨도 이야기를 나눌 수 있는 모양이지만, 언제 상태가 안 좋아질지 모르잖나? 위독해지고 나서 찾아가 봤자 헛일이야.

어쨌든 시계는 교환해야 해. 자네 말처럼 솔직하게 나가는 것이 제일이겠지만, 사정이 이러니까……."

나는 말끝을 흐렸다. 하스노가 즉, 하고 말을 이어받았다.

"교섭은 잘 될지 말지 모르니까 상황에 따라서는 법률을 무시하고 가에몬 씨의 저택이나 미술관에 침입해서, 진품을 놓아두고 모조품을 회수하는 강경 수단에 나설 수밖에 없다. 그걸 도와달라. 그런 말인가?"

그런 말이다.

하스노는 잠시 생각에 잠겼다.

"그나저나 자네가 가에몬 씨에게 면담을 요청하면 만나줄까? 그럴싸한 구실이 있나? 느닷없이 시계 이야기를 꺼내면서 만나 달라고 할 수는 없겠지?"

가에몬 씨가 어떻게 반응할지 모르니까 넘겨준 시계가 모조품이라는 사실을 섣불리 알리고 싶지는 않았다. 따라서 면담 약속을 잡으려 해도 다른 구실을 내세워야 한다.

"음, 구실은 있어. 내 그림을 구입했고 아버지와 친교도 있으니까, 아버지 대신 병문안하는 김에 나도 감사 말씀을 올리고 싶다고 하면 이상하게 들리지는 않겠지. 만나줄지는 모르겠지만."

"알았어. 그런데 이구치 군, 가에몬 씨가 모조품 시계를 어디 보관하는지는 아나? 자택?"

"아참, 그것도 문제야. 분명 사이타마나 이치가야에 있는 저택이겠지. 아니면 벌써 미술관에 장식했으려나. 굳이 회사에 가져가지는 않을 것 같은데. 그렇다면 소문이 날 법도 하니까. 아무튼 어떻게든 확인해야 해. 기껏 숨어들었는데 없다면 곤란해."

지인 중에 가에몬 씨의 회사에 다니는 사람이 있다. 그에게 물어보는 것도 한 가지 방법이다.

하스노는 잡지를 덮어서 탁자에 내려놓았다.

"사정은 알았어. 뭐, 어떻게든 협력하겠지만 일단은 교섭을 최대한 원만하게 성공시킬 방법을 찾아보세. 어지간하면 도둑 흉내는 내지 않는 게 낫겠지."

그 말이 옳다고 나는 대답했다.

창밖을 보자 해는 이미 졌고 저 멀리 마차의 불빛이 보였다.

이만 돌아가기로 했다. 나는 가에몬 씨 집에 연락해서 상황을 살핀 후, 하스노와 함께 사이타마에 가기로 결심했다.

하스노는 가에몬 씨의 신상에 관해 되도록 자세히 알고 싶다고 했다. 연락할 때 할 수 있는 만큼은 알아보겠다고 약속하고, 가져온 잡지는 하스노에게 맡겼다.

2

"생각보다 오래 걸리는군. 늦지 않겠나?"

"응, 괜찮을 거야."

운전대를 잡은 것은 하스노다. 나는 운전을 할 줄 모른다. 자동차는 흙먼지가 피어오르는 시골길을 달려갔다.

어디까지 왔는지 나로서는 짐작이 가지 않았다. 눈에 띄는 것은 밭과 숲과 드문드문 자리한 민가뿐. 그래도 사이타마현으로 들어오기는 했을 것이다. 가을 공기가 차가웠다.

그나저나 흔들림이 심했다. 운전 탓인지 자동차 탓인지는 모르겠다. 뒷좌석에 실은 괘종시계가 상하지는 않을까 조금 불안해졌다.

"오늘로 일이 끝난다는 보장은 없는데, 이 자동차를 또 빌릴 수 있나?"

"걱정할 것 없어. 아마 크게 사용할 일은 없을 거야."

자동차는 아내의 친척에게 빌렸다. 천막 덮개가 달린 아미리가(미국)산 소형차였다.

날씨는 좋았다. 하스노에게 상담하고 나흘 뒤였다. 가에몬 씨와는 의외일 만큼 쉽게 면담 약속이 잡혔다. 하지만 형세가 불투명해서 무사히 시계를 교환할 수 있을지는 미지수였다.

"가에몬 씨 상태는 어때? 뭔가 이야기 좀 들었나?"

"확실하게는 못 들었지만 좋지는 않은가 봐. 하지만 잠깐 이야기를 나누는 정도는 괜찮다는 말투였어."

사흘 전에 아버지가 가지고 있던 가에몬 씨의 명함을 찾아서 전화를 걸었다. 이치가야의 저택 전화번호였다.

전화를 받은 사람은 가에몬 씨의 조카 우라카와 간지였다. 가에몬 씨가 병에 걸린 후, 그가 사이타마의 집과 도쿄를 오가며 공사公私 양쪽으로 가에몬 씨의 잡일을 처리하고 있다고 했다. 나는 성씨와 이름을 밝히고 아버지와 가에몬 씨의 관계, 덧붙여 가에몬 씨가 내 그림을 구입했다는 사실까지 말했지만 간지 씨는 나와 아버지 이름을 들어본 적도 없는 듯했다. 가에몬 씨가 말하지 않았던 모양이다.

말이 통하지 않을까 봐 걱정하면서도 병문안 겸 감사 인사를 하러 한번 찾아뵙고 싶다는 뜻을 전했다.

─아아, 그럼 오십시오. 하지만 멀죠? 일부러 먼 길을 오시겠다니 몸 둘 바를 모르겠습니다만, 오시는 건 상관없습니다. 다만 백부님이 좀 변덕이 심하셔서 어쩌면 실례를 범할지도 모르겠군요. 그래도 오시겠다고요? 그렇다면, 네, 물론 거절은 하지 않겠습니다. 백부님도 물론 그런 분과는 되도록 만나셔야겠죠. 아무래도 성격이 비뚤어진 분이라 찾아오는 사람도 별로 없으니까요.

오늘이라면 간지 씨도 사이타마에 있으므로 면담을 할 수 있다고 했다. 가에몬 씨에 관해 자세하게 캐묻기 전에 전화는 끊겼다.

싹싹하기는 하지만 약간 대충대충 넘어가는 인상이었다. 그리고 통화 내용만 들으면 조카 간지 씨는 가에몬 씨의 의향을 별로 존중하지 않는 것처럼 느껴졌다.

차는 가와고에를 빠져나와 몇몇 마을을 지나쳐 강 옆길을 따라 나아갔다.

"앞으로 20분쯤이면 도착할 거야."

하스노는 지도를 확인하지 않았다. 외워 온 모양이다.

다리를 신중하게 건너 산길로 들어갔다. 삼나무숲을 빠져나가자 시야가 트였다. 눈에 들어오는 것이라고는 역시 드문드문 자리한 민가와 밭뿐이었다.

"이보게, 저기 아닐까."

나는 길 왼쪽을 가리켰다. 산기슭에 다른 민가보다 훨씬 큰 건물이 있었다.

이쪽이 더 고지대라 전체를 대강 조감할 수 있었다. 건설 중인 담장이 주변을 둘러싸고 있었다. 아무래도 저곳이 가에몬 씨의 미술관일 듯했다.

"기묘한 건물이로군."

미술관이 가까워져 자잘한 부분까지 눈에 들어오자 하스노가 중얼거렸다.

확실히 상식에서 벗어난 건물이었다.

외관은 일단 서양식 건축이지만, 초가지붕을 덧댄 통로가 출입문까지 이어진다. 통로 끝의 목조 건물은 복도를 격자처럼 가로세로로 늘어놓은 듯한 형태인데, 직각으로 반듯이 조합한 것이 아니라 걷어차서 망가진 장지문처럼 군데군데 구불구불 휘어져 있다. 외벽은 도장 공사가 아직 끝나지 않았다.

"무슨 생각으로 저렇게 만드는 걸까? 악취미라고 할 정도는 아니지만, 미술관치고는 겉모습이 야만스럽지 않나?"

하스노가 툭 내뱉듯이 말했다.

"저건 가에몬 씨의 취향이겠지?"

"그야 뭐, 그렇겠지. 시공주의 뜻이 아니고서야 건물을 저런 식으로 짓지 않을걸. 공사하는 것도 고생이겠군. 비용이 얼마나 들까?"

이야기를 나누는 동안에도 미술관은 점점 더 가까워졌다.

"구조만 보면 아무도 미술관이라고 생각지 않겠어. 외벽을 칠하면 달라 보이려나?"

"뭐, 그렇겠지. 하지만 재미있어 보이는데. 국립 미술관은 저렇게 만들지 않을 테지. 웬만한 부자가 아니고서는 못 할 일 아니겠나? 설계가 그렇게 나쁘지는 않은 것 같은데."

내가 칭찬하자 하스노가 이쪽을 힐끗 보았다.

품평하는 눈빛이었다. 하지만 내 견해에 뭔가 의견을 내놓지는 않았다.

"저 미술관에 침입해야 할지도 모른다면, 내부를 미리 살펴보는 편이 낫겠어. 내부 상황을 모르고서는 숨어들 계획을 세울 수 없으니까. 가능하면 간지 씨와 먼저 만나고, 가에몬 씨를 만나기 전이 제일 좋겠군. 혹시나 가에몬 씨를 화나게 만든 후에 미술관을 견학하고 싶다고는 못 하겠지?"

확실히 그렇다.

결국 우리는 교섭에 대비해 이렇다 할 방책을 준비하지 못했다. 가에몬 씨의 신상을 제대로 조사하기도 전에 면담이 결정된 탓에 임기응변으로 임할 수밖에 없다.

"좀 더 신중하게 진행해야 했을까?"

"하지만 아무래도 서두르는 편이 낫긴 하겠지. 아, 이제 1정쯤 남았군."

미술관 옆에 오래돼 보이는 기와지붕 저택이 있었다. 순수한 일본식 건축인 이 집에 가에몬 씨가 은거하고 있을 것이다.

저택 내부 또는 미술관 내부에서 시계의 소재를 알아낼 단서, 그렇지 않더라도 나중에 필요할 만한 것에는 주의를 기울이라고 하스노가 충고했다. 나흘 전 말투와는 달리 침입할 마음이 커진 모양이다.

저택 앞에 차를 댔다. 현관문을 두드리며 실례합니다, 하고 목소리를 높였다. 바로 대답이 들리고 문이 열렸다.

"아아, 이구치 씨로군요. 처음 뵙겠습니다. 일전에 통화했던 우라카와 간지입니다."

간지 씨의 풍모는 내 상상과 그리 다르지 않았다. 마흔 살이 조금 넘어 보였고, 뺨은 약간 통통하며, 콧수염을 길렀다. 착각했는지 하스노를 보고 이야기하길래 나는 허둥지둥 인사를 건넸다.

"네, 제가 이구치입니다. 처음 뵙겠습니다. 느닷없이 찾아뵈서 정말 죄송합니다. 그리고 이쪽은 제 친구 하스노라고 합니다. 저는 운전을 할 줄 몰라서 함께 왔습니다."

하스노도 고개 숙여 인사했다.

간지 씨는 우리를 응접실로 안내해 방석을 권했다.

안쪽에서 인기척이 어수선하게 전해져왔다. 가에몬 씨는 저택 어딘가에 있을 것이다.

"지난번에 통화한 후에 생각이 났습니다. 백부님이 수집하신 그림 중에 이구치 사쿠타 화백의 작품이 있었어요. 벌거벗은 여자가 강아

지며 공작새를 끌어안고 있는 연작 작품이죠?"

내 그림이다.

"아무래도 어제부터 백부님의 기분이 좋지 못하십니다. 아니, 뵙지 못하는 건 아니고요. 실은 좀 화가 나셔서요. 아무래도 미술관 공사 상황이 마음에 안 드시는 것 같습니다."

"그렇군요."

좋지 않은 흐름이다.

"지금은 의사를 기다리고 계십니다. 오전 중에 왕진을 올 예정이었는데 급한 환자가 들어왔대요. 그러니 좀 기다려주셨으면 합니다만⋯⋯, 의사가 오기를 기다렸다가 기분을 좀 살피고 나서 백부님을 뵈러 가도 괜찮을까요? 먼 길 오셨는데 죄송합니다만."

그건 상관없다.

하스노가 시선을 주길래 내가 말을 꺼냈다.

"저기, 꽤 재미있는 건물을 짓고 계시는군요."

"아아, 그거요."

간지 씨가 미술관 쪽을 돌아보았다.

"기껏 이만큼 많은 돈을 벌었으니까요. 유례가 없는 저런 건물을 남겨두는 것도, 뭐 나쁘지 않은 생각이겠죠. 하지만 평판은 별로 좋지 않다고 할까요. 근처 사람들에게도, 백부님 지인들에게도요. 이구치 씨 생각은 어떠십니까?"

"네, 아주 흥미롭습니다. 제 눈에는 그렇게 나빠 보이지 않습니다만. 예술품은 시간이 흐르면 평가가 달라지는 법이잖습니까? 몇 년 지나면 명소가 될지도 모르죠. 이것 참, 환쟁이로 살다 보면 아무래도 저런 걸 잘난 척 평가하게 돼서 못 쓰겠더라고요. 아무튼 지금은 겉모습을 슬쩍 봤을 뿐인데 말입니다."

"아아, 그런가요. 뭐, 그럴 수도 있겠죠. 유지하기가 쉽지는 않을 것 같지만."

간지 씨는 미술관을 아주 거추장스러워하는 듯했다.

"그런데 미술관 내부를 구경할 수 없겠습니까? 외람되지만 워낙 독특한 건물이라 후학을 위해 봐두고 싶네요. 안 되겠습니까?"

"그게, 내장 공사가 아직 끝나지 않아서 보기 흉한데요. 좀 꺼려집니다만……."

간지 씨는 잠깐 망설이더니, 뭐 상관없겠죠, 어차피 기다리셔야 하니까, 하고 자리에서 일어났다.

간지 씨를 따라 집을 나서서 바로 옆 미술관으로 향했다.

문설주와 상인방뿐 아직 문짝을 달지 않은 정문으로 들어서자 직인 몇 명이 작업을 하고 있었다. 미술관 오른편의 낡은 광을 해체하고 있는 듯했다. 다른 직인들은 부지를 빙 둘러싸는 벽돌담을 세우고 있었다.

간지 씨가 오른손으로 산 쪽에 커다랗게 원을 그렸다.

"원래는 저 부근까지 숲이었습니다. 지금 광을 부수고 있죠? 저 언저리까지 정원이었어요. 산도 백부님 것이라 개간해서 땅을 만든 거죠."

"오. 공이 많이 들었겠는데요."

"정말 힘들었습니다. 여기저기서 인부들을 긁어모았어요. 나무를 잘라도 울퉁불퉁하니까 땅을 평평하게 골라야 했습니다. 그리고 군데군데 박힌 바위가 너무 커서 치울 수가 없더군요. 결국 바위를 피해서 지은 겁니다. 도쿄에 짓는 편이 훨씬 싸게 먹혔을 거예요."

그래서 건물이 구불구불 일그러진 형태인 건가.

미술관 남동쪽에 석탄 창고가 있었다.

"저건 관내 난방용입니다. 원래는 훨씬 안쪽에 지을 예정이었는데, 얼마 전에 백부님이 석탄 창고는 좀 더 앞쪽에 만들어라, 그것도 빨리 만들라고 재촉하더군요. 백부님 말씀에 최대한 맞춰드리려고는 하는데, 가끔 터무니없는 억지를 쓰셔서 달래느라 애를 먹는답니다."

아무래도 간지 씨는 집안의 체면을 지키려는 마음이 전혀 없는 듯했다. 아니면 이제 그러는 데도 지쳤든지.

초가지붕을 덧댄 통로를 지나 미술관 입구까지 왔다. 간지 씨가 큼지막한 놋쇠 열쇠로 문을 열었다.

안으로 들어가자 현관턱을 경계로 아래쪽은 돌바닥이고, 위쪽에는 나무 바닥재가 깔려 있었다. 간지 씨가 신발을 실내화로 갈아신으라고 했다.

현관에서 회랑 안쪽이 보였다. 겉모습대로 거의 복도만으로 구성된 듯한 건물이었다.

역시 공사는 아직 끝나지 않았다. 군데군데 벽재를 바르지 않은 부분과 바닥재를 깔지 않은 부분이 눈에 띄었다.

그런데 기묘했다.

내장 공사가 끝나지 않았는데도 이미 그림을 장식해 놓았다.

누구 작품인지는 모르겠지만 액자가 회랑 벽에 걸려 있었다.

"원래 백부님의 수집품은 여기랑 도쿄 등등 여기저기에 흩어져 있었어요. 왜, 아까 본 광에도 보관해 뒀었고요. 그런데 일단 건물의 외관이 갖춰지자 백부님이 그걸 전부 장식하라는 겁니다. 아직 완성되지도 않은 건물에 그래서는 안 되겠지만요. 그래도 분부하셨으니 전부 여기에 모아뒀습니다."

간지 씨가 안쪽으로 나아갔다. 지금까지 입구 옆 창문을 유심히 바라보던 하스노도 내 뒤를 따라왔다.

"아아! 이거죠? 이구치 씨의 그림요."

간지 씨가 걸음을 멈추고 입구에서 제일 앞쪽에 보이던 액자를 가리켰다.

분명 내 그림이었다. 네 점으로 이루어진 연작이 각각 15호 액자에 담겨 있었다. 동그란 창문을 배경으로 벌거벗은 여자가 소파에 앉아 공작새, 강아지, 호저, 이구아나를 끌어안고 있는 그림이다.

그런데.

"호저가 없군. 어디 따로 놓아두셨습니까?"

그림이 세 점밖에 없었다.

"네? 이것 말고 더 있습니까?"

원래는 한 점 더 있어야 한다고 간지 씨에게 설명했다.

그 호저 그림은 좀 특이해서 화폭이 동판이다.

16세기경에는 종종 동판에 유채화를 그렸고, 분명 렘브란트도 그랬던 것으로 안다. 이 연작의 시간대는 각각 아침, 낮, 저녁, 밤인데, 저녁 그림에 즉흥적으로 동판을 사용했다. 동판의 질감이 효과를 발휘해 완성도에는 만족했지만, 정말 그리기 힘들었으므로 다시는 동판을 쓰지 않을 작정이었다.

"네? 그렇구나……, 아니요, 본 적은 없습니다. 어떻게 된 일이람. 묘하군요."

"전시 순서는 가에몬 씨가 결정하신 겁니까?"

바닥과 기둥의 만듦새를 살펴보던 하스노가 느닷없이 물었다.

"그렇습니다. 저와 일꾼에게 저건 그쪽, 그건 이쪽 하며 난리를 치셨죠. 뭐, 나중에 백부님께 물어보겠습니다. 실은 저도 여기가 미술관 모양새를 갖춘 후로 두 번 정도밖에 안 들어와 봤거든요."

우리는 건물 안쪽으로 향했다.

그나저나 어떤 기준으로 배치했는지 의도를 전혀 알 수가 없었다. 서명이 없는 데다 한 점씩 찬찬히 들여다볼 시간도 없었지만 아무래도 작가별로 정리한 것은 아닌 듯했다. 시대도 그렇고 화파도 그렇고 전혀 통일감이 없었다.

"백부님이 하시는 걸 보면 아무래도 엉터리라니까요. 이 건물이 대강 지어진 후에야 빨리 담장을 만들어라, 그리 조심성이 없어서 되겠냐, 하고 재촉하지 뭡니까. 건축 회사에 우는소리를 해서 지금 만들고 있기는 하지만, 그럴 거면 광에 수집품을 넣어놨다가 건물이 완성되고 나서 옮기면 될 텐데 말이에요. 저는 예술을 잘 몰라서 그러는데, 이것들은 수집품으로서 어떻습니까?"

나도 미술상이나 감정 전문가가 아니니까 자신 있게 대답할 수는 없다. 아무튼 규모만 따지자면 서양화 수집 분야에서는 국내에서 손 꼽히지 않겠느냐고 누구나 할 수 있을 법한 대답을 했다.

자세히 보자 캔버스가 아니라 동판에 그린 듯한 그림이 몇 점 눈에 띄었다. 40호가 넘는 대작뿐이다. 이 정도 크기의 동판 유화는 보기 드물다.

회랑 좌우를 둘러보며 나아가다가 미술관 제일 안쪽에 다다랐다.

"어, 이건 나도 아는데. 구로다 세이키의 작품 아닌가? 맞나?"

하스노 말대로 거기 걸린 그림은 구로다 세이키의 작품이었다. 몇 걸음 더 나아가며 살펴보자 그 부근에 있는 그림은 대부분 근대 화가의 작품이었다. 나와 면식 있는 사람의 그림도 몇 점 있었다. 하지만 진열법은 역시 일관성이 없었다.

하스노는 회중시계를 들여다보더니 간지 씨에게 핵심적인 이야기를 꺼냈다.

"그러고 보니 몇 년 전에 이구치의 아버님이 가에몬 씨께 화란의 왕족과 인연이 있는 훌륭한 괘종시계를 넘겨드렸다고 들었는데, 아십니까? 실물을 한번 보고 싶은데요."

간지 씨는 복도 구석을 바라보며 잠시 생각에 잠겼다.

"괘종시계? 시계라. 아아, 음, 꽤 큼지막한 물건이죠? 높이가 허리께쯤 되는? 진자가 달렸고, 희랍(그리스) 숫자로 시간을 표시하고, 루비가 박힌 것 아닙니까?"

그렇습니다, 하고 내가 대답했다.

"있었습니다. 본 적 있어요. 그런데 어떻게 했더라? 분명 누군가 광에서 꺼내서……, 어쨌거나 물건이 많아서요. 저도 전부 확실하게 파악하고 있는 건 아닙니다. 어디 보자……."

갑자기 입구 쪽에서 하녀인 듯한 여자의 목소리가 들렸다.

"간지 씨, 가에몬 님이 부르세요."

"앗, 안 되겠군요. 돌아가야겠어요. 경황없어서 죄송합니다."

간지 씨가 부랴부랴 입구 쪽으로 향했다. 우리는 서로 얼굴을 마주 본 후 뒤따라갔다.

저택으로 돌아가서 다시 응접실에 자리를 잡았다. 간지 씨는 우리를 놓아두고 안쪽을 향해 서둘러 툇마루를 나아갔다.

"담장을 아주 엄중하게 만들던데. 감옥 같았어."

우리 둘만 남자 하스노가 내 귓전에 대고 속삭였다.

확실히 미술관치고는 이례적으로 두껍고 높은 벽돌 담장이었다.

잠시 후 안쪽에서 이야기 소리가 들리고, 왕진 가방을 든 의사가 현관 쪽으로 걸어가는 낌새가 장지문 너머로 전해졌다. 우리가 미술관에 있는 동안 진찰을 받은 모양이다.

이윽고 장지문이 열리고 간지 씨가 고개를 디밀었다.

"오래 기다리게 해서 죄송합니다. 제가 없으면 집안일이 돌아가질 않아서요. 자, 백부님께 안내하겠습니다. 목소리를 좀 알아듣기 힘들어서 대화하기가 불편할 수는 있겠지만, 이구치 씨 아버님에 대해서는 기억하고 계셨습니다."

간지 씨를 따라 저택 안쪽으로 향했다.

툇마루에서 정원에 자리한 작은 가마가 보였다. 생긴 지 얼마 안 된 잿더미가 근처에 있는 것으로 보아 가에몬 씨는 아직도 도예를 계속하는 모양이었다.

툇마루 끝부분이 가에몬 씨의 방이었다.

우리는 가에몬 씨와 좌탁을 사이에 두고 마주 앉았다. 좌식 의자에 앉은 가에몬 씨는 수척해져서 얼굴에 뼈가 앙상했다. 잡지 사진의 인상과 똑같았지만, 내가 상상했던 것보다 몸집이 작았고 머리도 하얗게 세었다. 방에는 작은 서랍장과 도자기가 몇 개 있을 뿐, 병자가 쓸 법한 물건은 없었다. 하지만 좌탁이 방 가장자리에 치우쳐 있는 것으로 보건대, 조금 전까지 거기에 이부자리를 깔고 누워 있었으리라.

나와 하스노가 인사하자 가에몬 씨는 문짝이 삐걱거리는 것 같은 목소리로 대답했다.

"제 그림을 사주셨다고 들었습니다. 그때 인사를 드렸으면 좋았을 텐데요……, 아아, 그리고 아버지가……."

내가 이야기를 시작하자 가에몬 씨는 이쪽을 노려보았지만, 점점 시선이 흔들리더니 결국은 좌탁 다리로 눈을 돌렸다.

아무래도 기분이 언짢아 보였다. 편벽하다는 말은 들었지만, 내 그림을 사줬을 정도니까 좀 더 환영해 주지 않을까 싶었건만.

가에몬 씨가 반응을 보이지 않자 나도 무슨 말을 해야 할지 난감해서 지리멸렬하게 이야기를 이어나갔다.

"아버지가 중병에 걸리셨는데요. 우라카와 씨께 여러모로 신세를 져왔는데 인사도 못 드려서는 안 된다고……, 그래서 제가 대신 오게 되었습니다."

"일부러 도쿄에서 자동차를 몰고 오셨어요. 거의 하루가 걸릴 거리잖아요?"

보다 못했는지 간지 씨가 입을 열었다.

"그러냐."

그런 반응밖에 돌아오지 않았다. 더는 말을 붙일 엄두가 나지 않았다.

"아참, 백부님. 이구치 씨의 그림 중에 여자가 호저를 안고 있는 그림이 있을 텐데, 모르세요?"

가에몬 씨는 아주 약간 고개를 돌려 정원을 보았다.

"몰라."

본인이 구입한 그림이다. 좀 더 신경 써주었으면 좋겠다.

"그림을 옮기는 건 네게 맡겼을 텐데. 넌 모르느냐?"

네, 저는 못 봤습니다, 하고 간지 씨는 대답했다.

"한 점이 빠졌다면 보관을 잘못한 거겠지. 이보게, 그림이 없다면 다시 그려줄 수 있겠나?"

가에몬 씨가 터무니없는 소리를 했다.

그 후로 아버지와 가에몬 씨의 친분을 상기시키며 무난하게 입발림 소리를 하며 비위를 맞추어 보았지만, 씨알도 먹히지 않았다.

그래도 알랑거리는 계속 소리를 늘어놓는데 예상치 못한 곳에서 가에몬 씨가 화를 냈다.

"우라카와 씨의 수집품, 굉장하던데요. 잠깐 보고 왔는데 분명 미술관이 필요하겠더군요."

"두 분께 미술관을 보여드렸습니다. 아주 마음에 드신대요. 재미있는 구조라면서요."

나와 간지 씨가 말하는 사이에 가에몬 씨의 표정이 점점 굳어졌다.

"이 녀석, 미술관을 보여줬다고?"

잠긴 목소리였다. 간지 씨도 나도, 가에몬 씨의 표변한 태도에 깜짝 놀랐다.

"왜 그런 짓을 한 거냐!"

가에몬 씨가 좌탁을 붙잡고 흔들었다.

"네 멋대로 그딴 짓 하지 마! 그건, 내 것이야!"

간지 씨가 달랬지만 가에몬 씨는 계속 씩씩거렸다. 힘에 부쳤는지 간지 씨는 하녀를 부르러 갔다.

3

하스노의 집, 서재 겸 응접실이었다.

"화가가 미술관을 보고 싶다는데 왜 그런 짓을 했느냐니, 너무한 것 아닌가?"

"그러게."

내가 투덜거리자 하스노는 건성으로 대답했다. 그는 탁자에 신문지를 깔고 셔츠 소매를 걷어붙인 채 줄질을 하고, 천으로 닦고, 물로 씻어내느라 여념이 없었다.

잠시 후 하스노가 손을 멈추고 말했다.

"그렇게 분기탱천하다니 어떻게 된 일일까? 아주 불합리해. 간지 씨도 애먹겠더군."

"노인은 여차하면 그러는 법이야. 우리 아버지도 은거한 뒤로는 지장보살에 코끼리거북이 쒼 것처럼 얌전해지셨지만, 내가 아침에 일어나자마자 방의 커튼을 걷지 않으면 불같이 화를 내시지. 햇빛을 쐬지 않으면 몸이 썩는다면서."

흐음, 하고 하스노는 모호하게 대답한 후 의문을 표했다.

"왜 미술관이 완성되지도 않았는데 그림을 진열한 걸까."

"글쎄. 여생이 길지 않으니 한시라도 빨리 미술관으로서 모양새를 갖추고 싶었던 것 아닐까?"

"그래? 뭐, 그럴 수도 있겠지."

그 후 우리는 인사도 제대로 하지 못하고 등을 떠밀리다시피 사이타마의 저택을 떠났다. 감정을 추스리려고 며칠 시일을 두었다가 오늘 아침, 이치가야의 가에몬 씨 저택에 전화를 걸었다. 전화를 받은 간지 씨는 무례를 범해서 미안하다고 거듭 사과했다. 하지만 사과의 말만 실컷 늘어놓았을 뿐 어찌 된 사정인지는 말하지 않고 전화를 끊었다.

괘종시계는 무단으로 교환하는 수밖에 없을 듯했다. 상황을 보아하니 옛날에 넘겨준 시계가 모조품이라고 밝히면 가에몬 씨는 분을 못 이겨서 죽을지도 모른다. 이제는 몰래 진짜와 바꿔치는 편이 도의에 맞지 않을까 싶을 정도였다.

우리는 드디어 미술관에 침입할 방법을 검토하기로 했다.

하스노가 열쇠집에 가서 나사를 죄어서 잠그는 방식의 자물쇠를 사왔다. 미술관의 창문에 사용된 것과 똑같은 물건으로, 미술관에 들렀을 때 어떤 자물쇠를 사용하는지 확인했다고 한다.

보통 도둑질과 달리 이번에는 침입한 흔적을 남겨서는 안 된다. 창문을 깨는 것은 논외고, 출입문 자물쇠를 흔적도 없이 열기는 힘들다는 것이 하스노의 견해였다.

뭔가 좋은 방책이 필요하다. 하스노는 침입하기에 앞서 출입문 바로 안쪽에 있는 자물쇠의 나사를 바꿔치겠다고 했다.

나사식 자물쇠의 나사산을 깎아내서 나사를 전체적으로 약간 가늘게 만든다. 원래 나사를 빼고 그 나사를 대신 꽂아둔다. 겉으로는 잠겨 있는 것처럼 보이고, 실제로 창문을 옆으로 당겨도 열리지 않는다.

하지만 나사산을 깎아냈으므로 밖에서 툭툭 두드리거나 창문을 흔들면, 나사가 빠져서 창문이 열린다.

미술관 창문은 전부 꽉 잠가둔 듯했다. 점점 추워지고 있으니 그렇게 자주 여닫지는 않으리라. 분명 속여넘길 수 있다.

낮에 미술관에 숨어서 밤이 되기를 기다린다든가, 저택에 보관 중일 출입문 열쇠를 슬쩍한다는 방법도 검토했지만, 위험성이 커서 포기했다.

그리하여 하스노가 지금 자물쇠에 열심히 줄질을 하고 있는 것이다.

"이봐, 일은 괜찮나? 그리고 부인은? 이렇게 몇 번이나 사이타마까지 출타할 여유가 있어?"

"뭐, 그건 딱히 상관없네만⋯⋯."

지금은 전혀 다른 문제가 걱정이다. 오늘 오전에 갑자기 생각났다.

"모조품 시계가 정말로 미술관에 있느냐 없느냐, 그게 문제인데."

결국 미술관의 4분의 1 정도만 살펴보고 나왔는지라 시계가 어디 있는지는 확인하지 못했다.

하지만 일단은 시계가 미술관에 있다고 봐도 무방하리라는 결론이 나왔다.

하녀의 방해로 시계가 어디 있는지 간지 씨에게 분명한 대답을 듣지는 못했다. 그러나 간지 씨는 시계가 있는 곳을 즉시 떠올리지 못했다. 그렇다면 간지 씨가 숙식하며 하나부터 열까지 관리하는 저택에는 놓아두지 않았을 것으로 추정된다. 저택에 시계가 있다면 간지 씨는 보관 장소를 명확하게 기억할 것이다.

덧붙여 시계를 정원의 광에서 꺼냈다고 했으니 그 미술관에 진열했다고 봐도 무방하리라. 굳이 저 멀리 도쿄까지 옮길 이유는 짐작 가지 않는다. 그리고 그랬다면 역시 간지 씨의 기억에 남아 있어야 자연스럽다. 이러한 하스노의 주장에 나도 수긍했다.

그렇지만 만약에 대비해 가에몬 씨 회사에 다니는 지인에게 그런 시계를 회사나 도쿄에 있는 가에몬 씨의 저택에서 본 적 없느냐고 넌지시 물어보았다.

"그 지인 말로는 자기 동료가 가에몬 씨 첩실의 집에 갔을 때 훌륭한 괘종시계를 봤다는군."

"응? 그게 자네 아버지가 넘겨준 모조품이라고?"

"확실치는 않아. 아마 아니겠지. 하지만 마음에 걸려. 첩실의 집은 희소한 시계 같은 걸 놓아두기에 적당한 곳 같지 않나?"

"첩실이라는 그 사람은 지금 어디에 있나?"

"지금도 그 집에 살아. 메구로라고 했었어."

"가에몬 씨는 중병이지? 왜 아직도 두 집 살림을 하는 건가. 이제 부터라도 건강해질 작정인 걸까?"

"그렇지는 않을 거야. 하지만 한 달쯤 전까지는 도쿄에도 걸음을 했고, 그 첩실의 집에도 갔었다던데? 암이라면서 참 대단해. 그렇지 만 이제는 마침내 관계가 정리될 것 같다고 들었어. 그 첩실이 위로 금인지 뭔지 명목은 모르지만, 돈을 요구하며 한바탕 소란을 떨었다 고 하더군."

"남남이 될 첩실의 집에 그런 시계를 놓아둘까? 좀 더 가뜬한 장신 구나 현금이라면 있을 법도 하지만."

"그건 그렇지만 딱 잘라 없다고 할 수는 없겠지?"

하스노는 줄질하던 손을 멈추더니 끙, 하고 앓는 소리를 냈다.

"글쎄."

"아까도 말했지만 아마 아닐 거야. 자네 의견이 더 타당해. 그래도 확인해 보는 게 제일 낫겠지?"

"확인이라. 자네 지인의 동료는 그게 어떤 시계였는지 더 아는 바 가 없나?"

"그 사람은 아미리가로 파견을 나가서 지금 없다고 들었어."

아아, 하고 하스노는 맥 빠진 목소리로 대답했다.

"그 노인장의 첩실이 사는 집이라."

"그래."

"가기 싫은걸."

하스노는 줄질한 나사를 집어 창문으로 들어오는 햇빛에 비춰보았다.

"그리고 이러저러한 시계를 가지고 있지 않느냐고 물어보러 갔다가 그 이야기가 가에몬 씨 집에 전해지기라도 하면 낭패겠지? 그렇지 않더라도 첩실의 집을 찾아간 것만으로도 수상쩍게 여기며 경계할 거야. 괜찮겠나?"

"괜찮지 않을까? 가에몬 씨와 그다지 깔끔하게 결별하지는 않은 듯하니, 발설하지 말라고 신신당부하고 돌아오면 문제없을 것 같은데."

"하긴 그렇겠지. 볼 수만 있다면 보고 오는 편이 낫다. 하지만 찾아갈 구실이 필요해. 어떻게 하려고 신문기자 행세라도 할 텐가?"

"아니, 신문기자라는 직함을 내밀며 시계를 보여달라고 하기는 어렵겠지. 내 생각에는 어느 정도 속내를 털어놔도 괜찮지 않을까 싶어. 굳이 가명을 사용할 필요는 없겠지.

예를 들면 지인에게 아주 아름다운 분이라는 말을 들었는데, 화폭에 담고 싶어서 찾아왔다든가……."

"저열하군. 이봐, 그렇게 입에 발린 소리를 하면서 정말로 그려줄건가. 좀 더 진실한 구실은 없어?"

도둑이었으면서 정직함을 따지다니.

"이구치 군, 이왕이면 호저와 벌거벗은 여자 그림의 소식을 알아보고 있는 걸로 하게. 실제로 뭔가 알고 있을 가능성도 있어. 가에몬 씨가 마지막으로 첩실의 집에 간 것이 한 달쯤 전이고, 자네 그림도 그 무렵에 샀지?

그러면 거짓말할 필요도 없어. 자네도 신경 쓰이잖나."

그러고 보니 그렇다. 깜박했다.

이야기가 마무리됐다. 하스노는 나사에 다시 줄질을 하기 시작했다. 자기 집 창문 몇 개로 실험하고 다시 줄질을 되풀이하면서 세 시간 남짓 지났을까, 드디어 만족스러운 결과물이 나온 듯했다.

4

한나절 가까이 걸려서야 집을 찾아냈다.

긁어 부스럼을 만들 우려가 있었으므로 가에몬 씨 회사의 지인을 통해 첩실의 집이 어딘지 확인하기는 포기했다. 나쓰미 교코라는 이름과 인센*의 메구로역에서 도보로 약 10분 거리라는 건 알고 있었으므로 근처에서 물어보면 금방 찾아낼 줄 알았건만, 하스노와 둘이서 아무리 물어보고 다녀도 찾을 수가 없었다.

---

* 국유 철도의 옛날 명칭. 1920년 5월에 철도원이 철도성으로 승격하면서 쇼센으로 이름이 바뀐다

나쓰미 교코를 안다는 이불집 주인의 설명을 듣고 간신히 가보자, 그 집에는 나쓰미와 우라카와 둘 중 어느 문패도 걸려 있지 않았다.

서양식과 일식을 절충한 깔끔한 빨간 지붕 집이었다. 초인종을 누르자 스무 살이 될까 말까 한 둥그스름한 얼굴의 하녀가 나왔다.

"어……, 누구세요?"

"아아, 그게, 나쓰미 씨는 계신가? 좀 여쭤보고 싶은 게 있는데."

"네, 그러시군요. 그런데 누구세요?"

내가 말문이 막히자 옆에서 하스노가 입을 열었다.

"이쪽은 화가 이구치라고 합니다. 저는 하스노고요. 이구치에게 곤란한 문제가 발생했는데, 나쓰미 씨께 여쭤보고 싶은 것이 있어서 왔습니다. 실은 우라카와 씨와도 좀 관련이 있어요. 나쓰미 씨 입장에서는 어떻게 돼도 상관없는 문제겠으나 저희에게는 약간 중대한 일입니다.

나쓰미 씨는 계신지요? 바쁘시다면 나중에 다시 오는 수밖에 없겠지만, 가능하면 지금 이야기를 나누고 싶은데요. 말씀을 좀 전해주시면 안 되겠습니까?"

하녀는 우물쭈물하면서도 집 안으로 들어갔다.

이야기 소리가 들리고 하녀가 다시 문을 열었다. 안쪽에 마흔 살 안팎으로 보이는 여자가 서 있었다. 자세히 보기도 전에 실례합니다, 하고 하스노가 갑자기 머리를 숙여서 나도 따라 했다.

머리를 약식으로 틀어 올리고 화려한 비단 기모노를 입은 미인이었다.

"신문에서 당신을 본 것 같은데? 배우? 아닌가."

아닙니다, 하고 하스노는 미소 지었다.

사실 하스노는 신문에 실린 적이 있지만, 사진이 흐릿하고 큰 기사도 아니었으니 그걸 보고 기억하는 사람은 없을 것이다.

"이구치 씨? 미안하지만 누군지 모르겠군. 무슨 그림을 그리지? 아아, 그나저나 무슨 일로 왔어?"

모른다고 미안해할 건 없지만, 어쩐지 압도되는 기분이었다.

"이구치의 그림을 우라카와 씨가 구입하셨는데요."

"어머, 그래?"

"지금 사이타마에 계시죠? 인사를 드리러 갔었는데 심기를 건드리고 말았습니다."

"아아, 그랬구나."

무슨 일인지도 모르면서 뭔가 납득한 듯한 말투였다. 교코는 집 안쪽을 돌아보았다.

"음, 들어갈까? 손님을 어떻게 대접해야 하는지는 잘 모르지만."

식당으로 안내받았다. 하스노의 집과 달리 깨끗이 청소해 놓았다.

"우라카와 씨는 어땠어? 어쩌다 심기를 건드린 거야?"

"미술관에 들어간 게 마음에 안 드셨나 봅니다. 간지 씨가 저와 이구치를 안내해 줬습니다만."

"아, 그래? 그 사람, 병에 걸린 후로 아주 의심이 많아졌거든. 도둑일지도 모른다고 생각한 것 아닐까?"

만약 그렇다면 직관력이 굉장하다.

한 지인이 가에몬 씨에게 넘겨준 내 그림을 꼭 보여달라고 간청했다, 그래서 상담하러 찾아갔었다. 나는 미리 지어낸 그 이야기를 하스노와 교코의 얼굴을 바라보며 꺼내놓았다.

"거기에 응해주지 않을 것 같다는 뜻? 그렇구나. 이렇게 말하면 뭣하지만, 우라카와 씨가 저세상에 가기를 조용히 기다리는 게 어떨까? 급해? 미술관이 먼저 문을 열려나. 난 우라카와 씨와 이야기하기를 이미 포기했어. 그래도 이 집은 내게 줄 모양이니까 다행이지. 아마 간지 씨라면 이야기가 통할걸?"

"그렇겠죠. 그런데 실은 우라카와 씨에게 판매한 이구치의 그림 중 한 점이 어째선지 행방불명됐습니다. 그걸 되찾고 싶어서 여기저기 찾아뵙고 있는 겁니다."

나는 연작 작품을 언급하고 그중 호저 그림이 어떤 작품인지 자세히 설명했다.

"본 적 없는데. 한 달 전이지? 이야기로도 못 들었어. 그나저나 별일이네. 우라카와 씨는 요즘 화가에게 별로 흥미가 없는 줄 알았거든."

"하지만 구로다 세이키의 작품을 가지고 계셨습니다."

"아아, 그래? 요즘 사람? 난 그런 사람 모르는데. 우라카와 씨는 음, 뭐랄까, 권위주의? 보수주의? 이미 평판이 난 사람의 작품밖에 손대지 않아. 당신은 뭐, 분명 멋진 그림을 그리겠지만, 아직 명성이 자자한 예술가는 아니잖아?"

전혀 아닙니다, 하고 나와 하스노는 동시에 대답했다.

"그래서 희한하다는 거야. 아주 잘 그린 작품이었나? 예술을 대하는 우라카와 씨의 심미안이 어느 정도인지는 의문이야. 뭐, 나도 예술을 보는 눈은 없지만."

교코가 담배를 권했다. 나는 거절했고, 하스노는 받아 들었다.

"그런데 우라카와 씨와 이야기하기를 이미 포기하셨다고 하셨는데, 교섭에 완전히 결판이 났다는 뜻입니까?"

교코의 표정이 흐려졌다.

"아아, 소문이 났지? 그러고 보니 당신들은 누구에게 들었어?"

"이구치의 지인 중에 우라카와 씨 회사에서 일하는 사람이 있습니다."

"그렇구나. 뭐라고 하던데?"

"대단한 이야기는 못 들었습니다. 소문은 뭐, 나기는 났겠지만 저희는 잘 모르고요."

"응? 모를 리가 있나? 내가 우라카와 씨에게 몹쓸 약을 먹여서 병이 나게 했다는 둥, 나만 우라카와 씨 집에 있는 금고를 전부 열 수 있다는 둥, 재산을 탈탈 털어가려 한다는 둥 그런 이야기야. ……아무리 그래도 전 재산은 필요 없어. 그렇게까지 요구하지는 않아."

"그런 소문이 나돈다는 건 압니다만, 저는 원래부터 나쓰미 씨와 우라카와 씨 중 누구의 주장에 일리가 있느냐에는 관심이 없었습니다. 하지만 우라카와 씨의 상태를 보건대 아무래도 나쓰미 씨를 동정하는 편이 나을 것 같군요."

"흐음? 내가 돈 때문에 좀 투정을 부리기는 했어. 앞날이 얼마 남지 않은 사람에게 돈을 내놓으라는 건 역시 나쁜 짓일까?

하지만 기왕 죽을 거면 동정심이 들게끔 죽어야지. 아니면 나도 독하게 대하는 수밖에 없잖아? 그렇게 성격이 편벽해져서야 원."

"인간 불신이 심해지셨다고 들었는데요."

"인간 불신. 그렇게 표현하면 되려나. 음, 죽는다는 사실을 알아버린 탓일까? 어쨌든 사람들을 의심하게 됐어. 의심한다고 해도 누군가가 독을 먹이려 한다거나, 자기를 속이려 한다는 식으로 정해진 망상에 사로잡힌 건 아닌 듯하지만.

아니지, 그런 식의 망상 중 하나에 사로잡힌 걸까? 아니면 전부 다에. 사람들이 자신에게 온갖 악행을 저지르려 한다고 의심하는 거겠지.

나이를 먹으면 그렇게 변하는 걸까? 게다가 이것저것 너무 많이 가지고 있으니 말이야.

뭐가 중요한지 모르고서 그렇게 많이 쌓아두면, 분명 죽을 때 정리가 안 돼서 고생할 거야. 그래서 하는 짓이 지리멸렬해지는 거겠지."

나도 하스노도 잠자코 교코의 말을 들었다.

"그거 알아? 그 사람, 작위를 받고 싶어서 용을 썼어. 다양한 곳에 기부하며 돌아다녔지. 기부처가 영 미덥지 못한 데다 작위도 못 받을 것 같아서 그만둔 모양이지만.

그리고 자기가 죽은 후 평판이 어떨지 걱정이 이만저만 아니야. 뭐, 작위도 그래서 받고 싶었던 거겠지. 예순 살이 넘은 뒤로는 잠자리에

들기 전에 바싹 태운 도마뱀 구이*를 먹었는데, 남사스럽다면서 나한테 사 오라고 했어. 자기가 죽으면 부디 그 일도 비밀로 해달라고 신신당부하더라고. 아참, 어디 가서 발설하면 안 돼. 입 다물기로 약속했으니까."

하스노는 담배를 재떨이에 버렸다.

"말하지는 않겠지만, 우라카와 씨는 죽은 후에 손가락질당하는 걸 그렇게나 두려워하십니까?"

"두말하면 입 아프지. 나한테 발설하지 말라고 당부한 게 그 밖에도 많아. 말하지 않겠다고 약속했지만, 우라카와 씨가 죽고 나면 전부 떠벌리지 않으려나.

대대로 칭송받을 만큼 훌륭한 인생을 살았다면 대단하다고 해야겠지. 죽고 난 뒤의 일은 모른다며 제멋대로 살아가는 것도 결기가 있어서 좋고. 하지만 슬슬 죽을 때가 돼서야 걱정하는 건 꼴 보기 싫어.

그렇게 별 각오도 없이 일을 벌이니까, 기껏해야 그런 추악한 미술관이나 만드는 거겠지?"

역시 교코의 눈에도 그 미술관은 추악한가.

"나도 그렇게 되는 걸까? 나도 각오는 없거든. 지금까지 충분히 즐기면서 살아왔지만, 이렇게 된 이상 돈이라도 최대한 받아내야 직성이 풀릴 것 같으니, 우라카와 씨랑 크게 다를 바 없겠네."

---

*   에도시대부터 사랑의 묘약, 최음제로 사용됐다

교코는 한숨을 쉬더니 하녀를 불러 차를 내오라고 했다.

"그런데 우라카와 씨 댁에 갔다가 면박을 당하고 쫓겨난 미술상이 몇 명 있죠? 어떤 사람인지 아십니까?"

하스노가 무슨 의도인지 모를 질문을 던졌다. 본론인 괘종시계 이 야기는 좀처럼 꺼내려고 하지 않아서 나는 조바심이 났다.

"아아! 어느 정도는 알아. 고자키라는 사람인데, 고갱인지 고흐인 지는 잊어버렸지만 아주 대단한 작가의 그림을 예전에 우라카와 씨 가 가지고 싶어 해서 열성을 다해 찾아줬대.

그런데 고자키 씨가 요즘 형편이 좀 어려워져서 과거의 연줄만 믿 고 우라카와 씨에게 상의하러 온 거야. 그림을 몇 점 사주시면 안 되 겠느냐고. 미술관에도 잘 어울릴 거라면서.

우라카와 씨는 잠깐 생각하다가 거절했어. 그렇게 비싼 그림도 아 니었던 모양인데, 그 사람쯤 되는 부자가 그래서야 쓰겠어? 그야말 로 평판을 떨어뜨리는 짓이잖아.

그리고 니시모토라는 사람도 있어. 이쪽은 더 심했지. 옛날에 니시 모토에게 사들였던 시슬레라는 화가의 작품이 시세보다 너무 비싸 다고 느꼈는지, 뻔뻔스럽게 잘도 찾아왔다고 화를 내면서 재떨이를 내던져서 쫓아냈대."

그림 시세는 언제나 어중간한 법이므로, 본인이 느끼기에 비싸다 고 해서 화를 낼 일은 아니다.

"이구치 씨라면 경멸하지 않겠어? 그렇지도 않나? 아무튼 진정한 예술 애호가는 아니었던 거겠지. 일단 돈으로 환산하지 않으면 가치를 이해하지 못했던 것 아니려나.

예술은 허영과 동전의 앞뒤 같은 관계겠지? 서로 아주 비슷해 보이지만 실은 달라. 그 차이를 이해해야 해. 구별하지 못하면 예술가도 애호가도 될 수 없어. 우라카와 씨 같은 인간은 자신이 그걸 이해하는지 이해하지 못하는지도 모를걸?

돈이 썩어나는데 예술에 관심이 없다고 하면 인간적으로 냉담한 느낌이 드니까 일종의 강박관념에 사로잡혀서 수집했던 걸까? 항아리 같은 것도 만들고 말이야. 하지만 예술은 전부 강박관념 같은 거겠지. ……이렇게 말하면 실례인가? 이구치 씨도 그림을 팔아서 생활하지?”

그럴지도 모른다. 나로서는 그럴 작정이 아니지만.

알고 지내는 화가 중에는 허영을 부리는 사람도 많지만, 허영만으로 그림을 그릴 수 없는 것도 사실이다.

“그림 외에도 우라카와 씨가 수집하는 물건이 있습니까?”

“그림 말고? 아아, 반지를 받은 적 있어. 그리고 오래된 동전이라든가? 그거랑 뭐였더라? 화란의 귀족과 인연이 있는 시계를 가지고 있다고 했어. 난 본 적 없지만.”

“시계요?”

“응, 근사한 괘종시계래. 나한테도 괘종시계를 줬는데 아미리가에서 만든 거랬나? 그건 망가졌어.”

역시 교코가 가진 시계는 다른 물건이었다. 그렇다면 모조품 시계는 미술관에 있을까.

교코는 그 후로도 가에몬 씨 이야기를 계속 꺼내놓았다. 교코에게 모조품 시계가 없다는 사실이 확실해지자 나는 집중력이 떨어져서 하스노와 교코의 대화를 멍하니 흘려들었다.

저녁이 되기 전에 우리는 나쓰미 교코의 집을 나서서 귀로에 올랐다.

"이야기가 잘 통해서 다행이로군."

"그러게 말이야."

우리는 교코가 불평을 터뜨릴 곳이 필요할 때 실로 적당한 화제를 들고 나타난 셈이었다.

"하스노, 자네는 꽤 즐겁게 이야기를 나누지 않았나."

"전혀 즐겁지 않았어. 거짓말도 해야 했으니까. 뭐, 시계가 어디 있느냐는 불안 요소는 일단 해소됐군."

"그래. 결행은 언제지? 역시 빠른 편이 좋겠지?"

"미술관을 며칠 지켜보도록 하지. 공사 진척도나 경계 상태를 알아두지 않으면 위험해. 최대한 서두르기는 하겠지만."

확실히 필요한 조치다. 이러한 일은 전문가에게 맡기는 것이 최고다.

하지만 하스노의 표정을 보니 아무래도 걱정거리가 있는 듯했다. 캐물어 볼까 싶었지만 확실히 대답해 줄 것 같지 않아서 그만뒀다.

5

그로부터 사흘 후인 11월 22일 아침, 하스노에게 연락이 왔다.

하스노가 혼자서도 시계를 바꿔칠 수 있다고 했지만 나도 같이 가기로 했다. 내 일인데 책임감 없이 구는 건 괘씸한 짓이고, 괘종시계는 무거우니까 혼자 옮기기 쉽지 않다.

오늘밤 결행할 테니 저녁이 되기 전에 현장에 오라고 했다. 나는 열차를 타고 미나노역으로 향했다. 그리고 최대한 남의 눈에 띄지 않도록 조심스레, 하스노가 자동차를 숨겨놓은 미술관 북서쪽 산길까지 터벅터벅 걸어갔다.

"어때? 예정대로 결행할 수 있겠나?"

"불안한 점이 좀 있기는 해."

하스노는 조수석에 놓아둔 책과 필기구를 치우고 나를 차 안으로 맞아들였다.

첩실의 집에 다녀온 다음 날, 하스노는 내 아내의 친척에게 자동차를 빌려서 미술관을 내내 감시했다.

"자물쇠의 나사는? 바꿨나?"

"아까 바꾸고 왔어. 뭐, 들키지 않았을 거야. 교대해 주겠나?"

하스노가 쌍안경을 넘겨주면서 만약을 위해 자물쇠에 술수를 부린 창문을 지켜보라고 했다.

하스노는 아주 대담한 방법으로 미술관에 침입했다. 현재 진행 중인 바깥 담장 공사와 더불어 미술관 창문에 쇠창살을 끼우는 작업도 시작됐는데, 양쪽을 담당한 업자는 각각 다르다. 즉, 서로 안면이 없을 테니 하스노도 작업복을 준비해서 되도록 남의 눈이 없을 때 인부인 척 출입문을 정면 돌파해 무사히 나사를 교환했다.

내가 쌍안경을 눈에 대자 하스노가 말했다.

"쇠창살은 미술관 안쪽 창문부터 차례대로 설치하고 있으니까, 출입문 옆 창문에 쇠창살을 끼우기까지 이틀은 걸릴 거야. 그래서 괜찮을 것 같기는 한데, 창문 관련 작업이니 어쩌다 그 창문을 확인하지 않는다는 보장도 없어서 조금 겁나는군."

하스노는 잠깐 눈을 붙여야겠다며 뒷좌석으로 자리를 옮겼다.

쌍안경을 눈에 댄 채 고개를 빙 돌리며 공사 상황을 확인했다. 목수 몇 명이 미술관 창문 안팎에 서서 쇠창살을 끼우고 있었다. 바깥 담장은 일부를 제외하고 거의 완성됐다.

5시가 지나자 목수는 작업을 끝내고 어딘가로 물러갔다. 하스노도 일어나서 내게 잼을 바른 빵과 삶은 달걀을 권했다.

"아무 일도 없었나?"

"응, 없었어. 그 창문도 건드리지 않았고."

그렇군, 하고 하스노는 머리를 긁적였다.

"왜 그러나? 뭐가 문제야?"

"아니, 문제라고 할 정도는 아닌데. 아무튼 예정대로 진행하지. 출입문은 잠겼나?"

그때 저택에서 나온 하녀가 미술관으로 들어갔다. 한 차례 점검한 듯 출입문을 잠그고 돌아갔다.

"밤에 순찰도 도나?"

"경계심이 전혀 없어 보여. 몇 시간에 한 번꼴로 하녀가 회중전등을 비추며 주변을 둘러보는 정도지. 자네 말처럼 가에몬 씨가 주변 사람을 신용하지 않는 탓에 오히려 경비가 허술해진 건지 아니면……, 음."

하스노가 입을 다물었다.

나는 오늘 아침에 일어난 새로운 문제를 말하기로 했다.

"우연이겠지만, 실은 요전에 내 개인전을 열어주신 하루미 사장님께서 오늘 아침에 전보를 보내셨어. 다음 주에 우라카와 가에몬 씨의 미술관에 갈 예정인데 함께 가지 않겠느냐고 제안하시더군.

깜짝 놀라서 전화로 연유를 물어보자 미술관에 관련된 소문이 들려와서 한번 보여달라고 가에몬 씨에게 부탁하셨대. 잘 생각해 보면 그렇게 이상한 일은 아니지. 아무튼 본인이 후원하는 화가를 몇 명 데리고 가려고 내게도 연락을 주신 거야.

가에몬 씨는 떨떠름해하면서도 결국 승낙했다는군. 하루미 상사의 사장님 부탁이니 가에몬 씨도 거절하기는 어려웠겠지."

사정을 들려줄수록 하스노의 표정이 점점 복잡해졌다.

"이봐, 하루미 씨에게는 뭐라고 대답했나?"

"말씀은 고맙지만 안 되겠다고 거절했어. 그런 식으로 쫓겨나 놓고 다음번에 하루미 사장님과 함께 찾아가면 거북하고 불편해서 숨도 제대로 못 쉴 거야."

"그야 그렇겠지."

"그런데 사장님과 함께 가는 화가 중에 미야타라고 내 친구가 있어. 시계에 해박한 사람이지. 그 친구가 미술관의 모조품을 보고 '어, 이거 진짜인가요? 으음, 아무래도 수상한데' 그런 소리를 꺼내지는 않을까 불안하기 짝이 없어⋯⋯."

아아, 하고 하스노는 골치 아프다는 듯이 말했다.

"하여튼 그 전에 어떻게든 시계를 교환하지 않으면 큰일난다는 거지? 그건 걱정하지 마. 오늘 잘될 거야. 하지만⋯⋯, 뭐 생각해봤자 별수 없나."

하스노는 석유등을 켜고 무릎 위에 사전과 종이 다발을 펼치더니, 일거리인 독일 항공기 관련 논문을 번역하기 시작했다. 나는 오늘 조후의 빈집에서 젊은 여성의 시체 여덟 구가 발견됐다는 신문 기사를 봤다는 둥 뒤숭숭한 세상 이야기를 늘어놓았다. 이윽고 졸음이 몰려와 하스노와 교대하고 자기로 했다.

슬슬 가자, 하고 하스노가 날 흔들어 깨웠다.

10시가 지났다. 하스노는 영길리 신사 같은 평소 복장으로 갈아입었다. 나는 멍청하게도 기모노 차림으로 왔으므로, 하스노가 가져온 작업복의 소매와 바짓자락을 접어서 입었다. 둘이 시계를 어깨에 멨다. 거기에다 하스노는 손전등까지 들고서 천천히 산길을 내려갔다.

시계는 일단 산길의 나무 뒤편에 숨기고 주변을 둘러보며 아직 완성되지 않은 벽돌 담장 틈새로 미술관 부지에 들어갔다. 그리고 출입문 옆 창문까지 조용히 다가갔다.

하스노가 손끝으로 창문을 살짝 두드렸다. 소리가 의외로 컸고 시간도 걸렸다. 나사식 자물쇠의 나사가 바닥에 툭 떨어지는 소리가 울려서 나는 몸을 움츠렸다.

주변을 둘러보았지만 이웃한 저택에는 들리지 않은 듯했다. 어쨌든 창문은 열렸다.

산길에 숨겨둔 시계를 얼른 창가로 옮겼다. 하스노가 먼저 안으로 들어갔고, 내가 시계를 들어서 넘겨주었다.

미술관 내부로 시계를 들여놓느라 애먹었다. 시계를 바닥에 내려놓고 나도 안으로 들어가서 창문을 닫은 후에야 겨우 한숨 돌렸다.

미술관에는 차가운 공기가 고여 있었다. 나뭇잎이 부스럭거리는 소리와 벌레 소리가 멀어졌다. 어두침침해서 조악한 만듦새가 가려진 덕분에, 예전에 왔을 때보다 중후한 정적이 느껴져서 훨씬 미술관다웠다.

모조품 시계를 찾아야 한다.

"창문에 빛을 비추지 않도록 조심하게."

하스노가 회중전등을 호주머니에서 하나 더 꺼내서 건네주었다. 나는 회중전등으로 출입문 정면에서 안쪽으로 이어지는 회랑을 비추어보았다. 내 그림 세 점은 여전히 입구에서 제일 앞쪽에 걸려 있었다. 발소리를 확인하며 천천히 안쪽으로 걸어갔다.

"오늘 결행하길 잘했군. 신문의 일기예보를 보니 내일은 비가 내린대. 빗속에서 시계를 옮기려면 고생깨나 하겠지."

"뭐, 내일은 비가 온다고?"

하스노는 신문을 볼 기회가 없었다.

하스노는 멈춰 서서 벽면의 그림을 더듬듯 회중전등을 움직였다.

"지난번과 배치가 좀 달라지지 않았나?"

"아아, 확실히……, 그런 것도 같군. 뭐가 달라진 걸까?"

뭔가 달라진 것 같기는 했지만 기억이 나지 않았다.

미술관을 이 잡듯이 뒤졌다.

"오? 이거야, 이게 고갱이야. 교코 씨가 말했던 작품."

입구에서 3분의 2 지점까지 와서 옆쪽 회랑에 들어갔을 때였다. 과일과 식기를 그린 정물화로, 유명한 작품이라 나도 화집에서 본 적이 있었다.

아아, 이건가, 하고 하스노가 그림을 몇 초 들여다보았다. 회중전등 불빛을 받자 색채가 모호해져서 그다지 명화처럼 보이지 않았다.

더 안쪽으로 나아갔다.

"이 근처에는 아무래도 비교적 근년의 화가가 그린 작품이 많아. 구로다 세이키의 작품도 여기 있잖아?"

"뭐?"

어째선지 하스노는 입가에 손을 대고 생각에 잠겼다.

그리고 분주하게 돌아다니며 근처의 그림을 회중전등으로 한 장씩 비춰보았다.

"아무튼 서두르는 게 좋겠군……."

빨리 시계를 찾자, 하고 하스노는 다시 걸음을 옮겼다.

제일 안쪽까지 나아간 후, 다른 회랑을 통해 앞쪽으로 돌아왔다.

결국 시계는 입구 근처, 미술관 남동쪽에서 발견했다. 하지만 통로가 꽤 복잡해서 이쪽으로 바로 올 수는 없었다. 시계는 아주 훌륭한 목제 받침대에 얹혀 있었다.

빨리 진품을 가져오려고 입구로 돌아가려 했을 때 하스노가 목소리를 높였다.

"이거 아닌가? 봐, 옮긴 그림이야."

제일 남동쪽 벽에 걸린 그림을 하스노가 비추었다.

듣고 보니 거기 걸린 그림 몇 점을 본 기억이 났다. 작가는 누군지 모르지만 지난번에 왔을 때는 입구에서 정면으로 뻗은 회랑에 있었다. 전부 크기가 꽤 컸다.

"응? 이건⋯⋯."

나는 확인하기 위해 그림으로 다가갔다. 묘한 공통점을 발견했기 때문이다.

"이보게, 하스노. 이건 전부 동판에 그린 그림이야."

"어, 그래?"

"그럼. 어둡지만 잘 비춰봐. 캔버스가 아니라는 걸 알 수 있을 테니."

나를 따라 하스노도 그림을 확인했다.

잠시 후 하스노가 당혹감 어린 표정으로 내게 물었다.

"이구치 군, 시슬레의 그림은 어디 있는지 아나?"

"설마. 나야 모르지."

"찾아낼 수 없겠나?"

무모한 짓이다. 몇 점인지도 모를 만큼 그림이 많은 데다, 나라고 시슬레의 그림을 전부 다 기억하는 건 아니다. 더구나 어둡다.

"입구 부근만 찾아보면 돼. 화풍이나 서명으로 알아낼 수 없겠어? 바로 눈에 띄지 않으면 포기해도 돼."

보통 일이 아니라는 낌새가 전해져왔다.

"알았어, 살펴볼게."

그리고 의외일 만큼 쉽사리 시슬레의 그림을 발견했다.

확실히 입구 근처에 있었다. 출입문 정면에서 보았을 때 오른쪽 옆에 있는 회랑의 앞쪽에서 두 번째 그림이었다. 강가를 그린 풍경화로, 처음 보는 그림이었지만 시슬레의 작품이 분명했다.

그 사실을 알려주자 하스노는 고개를 숙인 채 망설이다가 입을 열었다.

"도망치자."

"뭐?"

하스노는 이미 출입문으로 걸음을 옮기는 중이었다. 발소리에 유의하면서도 거의 뛰다시피.

"이보게, 시계는 어쩌고? 교환은?"

"그런 아까운 짓은 하지 않아도 돼. 바꾸든 말든 상관없어질 테니까. 아참, 그렇지."

하스노가 출입문 근처에서 갑자기 멈춰 섰다.

"이걸 가져가야지."

그렇게 말하며 내 그림을 벽에서 내렸다.

"이래도 되나? 대체 왜 그러는 건데? 부탁이니 설명 좀 해 주게."

"설명은 하겠지만, 서둘러야 해. 이걸 떼어내게."

영문을 모르면서도 어쨌든 나는 지시에 따랐다. 액자 속의 캔버스 세 장을 떼어내고 신중하게 겹쳐서 들었다.

앞서가는 하스노를 쫓아 창가에 도착하자, 하스노는 이미 건물 밖에 있었다. 캔버스를 건네자 하스노는 부리나케 담장 밖으로 나갔다. 그림을 나무 뒤편에 놓아두고 다시 돌아왔다.

"그리고 시계. 이봐, 그쪽에서 들어 올릴 수 있겠나?"

서두르느라 떨어뜨릴 뻔하면서도 겨우 시계를 밖으로 내보냈다. 하스노는 주위를 살피더니 지금이라면 갈 수 있다고 나를 재촉했다.

산길까지 오는 동안 숨이 턱까지 차올랐다. 짐을 내려놓고 쪼그려 앉자, 하스노가 좀 더 위쪽까지 올라가야 한다고 했다. 시계가 있으니까 여기 있다가 들키면 달아나기가 쉽지 않다.

거기에 캔버스도 세 장 있다. 둘이 함께 시계를 오른팔로 끌어안고, 나는 왼쪽 겨드랑이에 캔버스를 꼈다. 오르막이라 11월인데도 온몸에 땀이 줄줄 흘렀다.

아직 자동차까지 다다르지 못했지만, 내가 더는 안 되겠다며 죽는 소리를 하자 하스노는 발을 멈추고 시계를 내려놓았다.

"여기라면 들킬 걱정 없겠지. 좀 쉬세."

그건 참 고마운 소리지만.

"설명해 주게."

"응."

하스노는 산길 옆의 바위에 앉아 담배에 불을 붙였다.

"우리는 진품 시계를 가에몬 씨에게 온당한 방법으로 원만하게 되돌려주려 했지. 하지만 가에몬 씨가 워낙 편벽하게 굴어서 옛날에 넘겨준 시계가 실은 모조품이었다고 밝힐 수 없었어. 그래서 몰래 미술관에 숨어드는 방법을 택할 수밖에 없었지.

그런데 생각해 보면 묘한 점이 너무 많아. 일단 가에몬 씨의 태도야. 죽음을 앞둔 사람이 세상에 유산을 남기고자 갑자기 큰 사업을 벌이지만, 남들이 보기에는 완성도가 높지 않다. 뭐, 그런 일은 흔하다고 생각하네만……."

그럴지도 모른다.

"그렇다 쳐도 여기에 미술관을 짓는 건 역시 이상해. 후세에 이름을 남기고 싶다면 도쿄에 우라카와 미술관을 만들어야겠지. 촌 동네에 저런 어중간한 건물을 지어놓은들, 가에몬 씨가 세상을 떠나면 아무도 관리를 하지 않아서 황폐해질 게 불 보듯 뻔해. 가에몬 씨는 사업가니까 그 정도 이치는 알겠지?"

"뭐, 그건 그렇군."

"그리고 가에몬 씨는 죽음을 눈앞에 두고 극심한 인간 불신에 빠졌어. 오래 알고 지낸 미술상도 면박을 줘서 쫓아낼 정도로.

이건 이상해. 미술관을 세우려 하지만, 거기 전시할 그림을 판매한 사람에게는 불신감을 품는다? 그렇다면 그 사람이 가져온 그림에까지 불신감이 미치지 않을 리 없겠지. 가에몬 씨 본인에게 그림 보는 눈은 없는 것 같다면서? 한편으로 그런 작품을 자기 미술관의 소장품으로서 전시하려 해. 대체 어떤 심리일까."

듣고 보니 묘하다면 묘했다.

하스노는 빨간 담뱃불을 손으로 가리고 저 멀리 아래쪽에 있는 미술관을 가만히 내려다보았다.

"그렇다면 이렇게 생각해 볼 수 있어. 가에몬 씨는 분명 자신의 수집품이 가짜가 아닐까, 하는 의혹에 사로잡혀 있는 거겠지. 그렇게 따지면 이런저런 일들이 설명돼.

지난번에 찾아갔을 때, 자네랑 내가 미술관에 들어갔다는 걸 알고 가에몬 씨가 노발대발했잖아? 그리고 인망 있는 미술상이 찾아와 그림을 빌리고 싶다고 하자 지독한 방법으로 쫓아냈고.

인간 불신 탓이라고 볼 수도 있겠지만, 그런 것치고는 쇠창살을 다 설치하기도 전에 미술관에다 그림을 걸었고, 목수가 드나들어도 신경 쓰지 않아. 사람을 신용하지 않는다면 도둑질을 좀 더 경계해야 마땅해.

따라서 가에몬 씨가 두려워하는 일은 자네나 그 미술상처럼 적절한 지식을 갖춘 사람이 자기 수집품을 살펴보고 가짜라는 사실을 알아내면 어쩌나 하는 거겠지. 뭐, 자네는 그림의 진위를 감정할 수준이 아니지만, 가에몬 씨는 그렇게 생각지 않았을 거야."

"그렇군."

"그런데도 미술관을 지었어. 수집품이 가짜일지도 모른다는 불안감을 품고 있는데도 말이야. 이건 어째서일까. 아무래도 **그 미술관은 후세에 이름을 남기기 위해서가 아니라, 오명을 남기지 않기 위해 지은 것**이 아닐까 싶군."

"그게 무슨 소리인가?"

"다시 말해 자신에게 심미안이 없다는 사실을 후세 사람들이 모르도록, 죽기 전에 그림들을 모조리 처분하려는 거야. 가에몬 씨의 수집품은 여러 곳에 흩어져 있고 양도 많아. 귀중하게 여겨지는 물건이고, 가에몬 씨는 병에 걸렸으니 어지간한 방법으로는 처분할 수 없지."

"그래서 미술관을 세운다는 구실로 작품을 한군데 모았다는 건가? 그런데 처분? 어째서 미술관에 모으면 처분할 수 있는데?"

"출입문으로 이어지는 그 통로는 길쭉하고, 위에는 초가지붕을 덧댔지. 생각하기에 따라서는 도화선으로 보이기도 해."

도화선? 불을 지르려는 건가!

"그럼 저 두꺼운 벽돌 담장은?"

"그야 저 정도 담장을 세워놓지 않으면 위험해서 불을 못 지르지. 저택은 순 일본식 건축이니까 불이 번지면 끝장이야."

그러고 보니 가에몬 씨는 내장 공사보다 담장 공사를 얼른 진행하라고 간지 씨를 쪼아 붙였다.

"교코 씨의 이야기를 들은 후로 그런 기분이 들었어. 그래도 증거는 없으니 어찌할까 망설였지. 내 추측이 틀렸다면 시계를 교환해야 하니까 말이야.

그런데 오늘 일단 침입해 보니, 조건이 너무 갖춰져 있었어.

난 그림을 전혀 모르니까, 전시품은 마구잡이로 대충 걸어놨을 거라고 생각했어. 하지만 자네 말을 들어보니 그렇지도 않은 것 같더군.

시슬레를 앞쪽에 놔뒀고, 고갱과 살아 있는 사람을 포함한 근년의 화가는 안쪽에 모아뒀지? 이건…….”

알아차렸다.

"_신용하는 순서_인가."

“그래. 시골이라 화재 진화가 순조롭지는 않겠지만, 저렇게 규모가 있는 건물이잖아. 입구에서 불을 붙이면 안쪽에 불이 번지기 전에 진화될 가능성이 크겠지. 그렇다고 여러 곳에 불을 붙이면 방화했다는 증거가 남을 테니 나중에 귀찮아질 테고 말이야. 그래서 의심스러운 작품일수록 앞쪽에 배치한 거겠지. 판매한 미술상의 신뢰도나 연대 등을 기준으로.”

근년의, 그것도 살아 있는 화가의 위작은 별로 없다.

“그리고 동판에 그려진 그림들 말인데, 분실된 자네의 호저 그림은 아마 가에몬 씨가 동판 그림으로 소각 실험을 하려고 구입한 것 아닐까? 미술관에 있었던 것들은 전부 크잖나? 분명 가마에 들어가지 않은 거겠지.”

소각 실험! 그림 자체에는 아무 관심도 없었다는 건가.

“동판은 타지 않고 남더라도 그림 자체는 흔적도 없이 사라져야 해. 그렇지만 아무래도 보통 캔버스에 그린 것보다는 잘 타지 않겠지. 그런데 오늘 보니 동판 그림을 전부 남동쪽 벽으로 옮겨놨잖아? 거기는 석탄 창고 뒤편이야. 연료가 많은 곳에 놔두는 편이 낫겠다고 생각을 바꾼 거겠지.”

하스노가 몸을 일으켰다. 나는 여전히 쪼그려 앉아서 휴식을 취했다.

"보아하니 아무래도 불을 붙이려고 작정한 것 같아. 더구나 내일은 비가 온다면서? 그리고 가에몬 씨는 다음 주에 방문하겠다는 하루미 씨의 부탁을 받아들였어.

그렇다면 불을 지를 기회는 오늘밤에 없지 않겠나? 담장도 대강 완성됐으니 말이야. 그나저나 자네 아버지의 시계는 출입문에 꽤 가까이 있었지."

하스노는 미술관을 응시했다. 나도 숨을 크게 들이마신 후 캔버스를 끌어안고 일어섰다.

증거는 없다. 억측이다. 그런 터무니없는 일이 정말로 일어날까?

조마조마한 기분으로 10분쯤 기다렸다. 나도 하스노도 입을 열지 않았다.

참다못해 뭔가 말하려고 했을 때였다.

주홍색 불길이 초가지붕 가장자리에 어른어른 피어올랐다.

"왜 내 그림은 입구 근처에 걸어둔 거지? 내 개인전에서 구입했으니 어떻게 봐도 진품인데."

"글쎄, 전부 마음먹은 대로 배치하기가 쉽지는 않았겠지. 양도 양이고, 자네 그림은 기껏 한 달 전에 실험할 겸 샀으니까 빈 곳에 걸어두면 되겠다고 생각한 것 아니겠나?"

하스노는 내가 끌어안은 캔버스에 시선을 주었다.

"내가 보기에는 걸작이야. 이유는 설명할 수 없지만."

"그만두게. 자신감을 잃겠어."

하스노는 쓴웃음을 짓고 고개를 돌렸다.

불길은 빠르게 번졌다. 소리는 여기까지 다다르지 않아 정적 속에서 활활 타올랐다. 검게 윤이 나는 어둠이 배경이라 실로 선명해 보였다. 잠시 후 바람이 부드럽게 불자 불길은 순식간에 미술관으로 옮겨붙었다.

악인 일가의 밀실

1

미노다 저택은 요코하마 야마테에 있다. 높이가 40미터쯤 되는 고지대로, 항구가 내려다보이는 입지다. 부지는 700평에 가깝다. 저택을 둘러싼 돌담 오른편은 여학교 교장, 왼편은 서전(스웨덴)인 목사의 저택이다. 뒤편은 침엽수림이다.

경사진 곳에 지은 집이지만, 정원은 평평하게 다듬었고, 사시사철 푸른 양잔디를 깔았다. 계절상 잡초는 거의 없다. 화살나무나 진달래 등의 관목을 돌담을 따라 몇 그루 심어놓았다.

첨탑이 딸린 회색 건물 두 채가 부지 안쪽에 세워져 있는데, 미노다 일가 사람들은 북관과 남관이라고 부른다. 현관문은 북관에 있다.

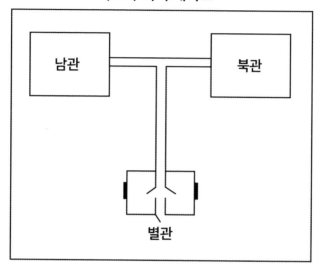

미노다 저택 개략도

북관과 남관은 벽이 있는 연결 복도로 이어져 있다. 그리고 연결 복도에서 갈라져 나온 복도를 따라가면 별관이 나온다. 붉은색으로 칠한 별관은 구조가 본관과 완전히 달라서 나중에 증축했음을 한눈에 알 수 있다.

본관은 수십 년 전에 외국인이 지었다. 그 건물을 가문의 당주 미노다 아키요시가 사들였다. 미노다 일가는 사족*가문이다.

---

　*　1868년 메이지 유신 이후, 옛 무사 계급 중 귀족인 화족이 되지 못한 사람에게 부여한 신분

아키요시는 지금 일본에 없다. 현재 저택에 거주하는 가족은 다섯 명이다.

한 명을 제외하고는 모두 아키요시의 자녀다. 첫째가 마흔일곱 살이고 막내는 스무 살로, 서른 살 가까이 차이 난다. 물론 어머니는 다르다.

장남 유키마사는 아버지와 열다섯 살밖에 차이 나지 않는다. 아내는 없지만 첩실이 세 명이다.

장녀 미치에는 마흔 살이다. 미노다 일가보다 문벌이 낮은 가문의 남자와 두 번 결혼했다. 하지만 패악을 부린 끝에 첫 번째는 1년, 두 번째는 반년 만에 시가의 인내심이 한계에 달해 쫓겨났다.

차남 아키마사는 서른일곱 살로 보험회사에 다닌다.

그다음으로 나이가 많은 아키히코는 아키요시의 사촌 동생이지만, 나이는 서른두 살이다. 아내도 첩실도 없는 대신 1주일에 네 번 색주가에 드나든다.

막내 아쓰요시는 스무 살 먹은 불량한 청년으로 이미 사생아 두 명이 어딘가에 있다.

이 저택에 고용된 일꾼은 한 명뿐이다. 하녀 아쓰코로, 20년이나 이 집에서 일하고 있다.

원래는 남편과 함께 저택에서 지내며 일했지만, 반려자는 작년에 심부전으로 죽었다. 그렇다고 대신할 사람을 들이지는 않았고, 정원일 같은 것도 아쓰코가 맡게 됐다. 다른 사람을 고용하려 해도 금방 그만둔다.

아쓰코는 칠칠하지 못하고 부도덕한 미노다 일가 사람들과는 전혀 딴판으로 성실하고 근면했다.

그런 교육을 받았기 때문이다. 시키면 시키는 대로 하고, 시키지 않아도 해야 할 것 같으면 한다. 불쾌한 일이 있어도 태도에 드러내지 않는다. 평범한 하녀에게는 필요 없을 법한, 굳이 따지자면 서양 집사 같은 마음가짐으로 일에 임했다.

그렇지만 부도덕한 인간들 사이에서 오래 지낸 탓에 한 가지 악습이 하녀의 몸에 배었다.

엿듣기다. 남의 이야기를 엿듣는 버릇이 생겼다.

자기와 관련된 이야기만 엿듣는 것이 아니다. 어디선가 말소리가 들리면 일단 귀를 쫑긋 세운다.

그것도 그저 들려오는 소리를 듣는 것이 아니라, 문가에서 말소리가 새어 나오면 일부러 다가가서 귀를 기울인다.

남편이 죽은 후부터다. 그 이전까지는 절도를 지켰다.

홀로 남자 생활이 몹시 불안해졌다. 지금까지 관여하지 않고 지냈던 저택 안의 악의가 두려워졌다.

그만둬도 된다. 하지만 급료가 높은 데다 20년간 쌓인 의리인지 타성인지 모를 뭔가가 아쓰코를 옭매었다.

그 결과, 집안사람에 대해 뭐든지 알아두지 않으면 견딜 수가 없었다.

집안사람뿐만 아니라 집을 찾아온 손님의 이야기도 엿들었다. 더 나아가 명절에 휴가를 얻어 고향으로 돌아갔을 때도 이 나쁜 버릇이

나온다는 것을 깨달았다.

나쁜 버릇이라는 자각은 있다. 부끄러운 짓이라고 생각한다. 하지만 그만둘 수 없었다. 애당초 미노다 일가 사람들에게는 종종 상식이 통하지 않으므로, 그들의 생각과 교유관계를 알아두지 않으면 위험하기도 했다. 특히 지난 두 달 사이에 미노다 일가 사람들의 악의가 더 늘어난 것 같았다.

따라서 당주 아키요시가 귀국한다는 사실을 아쓰코가 알아차린 것은 북관 응접실에서 유키마사와 아키히코가 나누는 대화를 엿들은 결과다. 11월 모일 오전이었다.

―아버지가 돌아온다는군. 성가시게.

―으음. 왜 돌아오는 거지?

―일본인이니까 일본에 돌아오는 거겠지.

―으음. 돌아와서 어쩌려는 걸까?

―몰라. 하지만 이 집에 살겠지. 그렇지 않겠나?

―그래? 그런가. 이 집에 말이지.

장남 유키마사 앞으로 아키요시의 편지가 왔다. 이건 그 편지를 앞에 두고 유키마사가 아키히코와 나눈 대화였다.

아키요시가 영길리에서 일본으로 돌아온다는, 단지 그 이야기를 유키마사는 어째선지 호통치듯이 말했다.

오후에 유키마사는 아쓰코에게도 그 편지를 보여주었다.

"이봐, 아버지가 연말에 돌아온다니까 그리 알아."

이럴 때 동요하지 않고 넘어갈 수 있는 것이 엿듣기의 효험이다.

그때 지나가던 아키히코가 아쓰코, 힘들겠구나, 하고 입속 가득 뭔가를 씹듯 트릿한 웃음소리를 흘리며 지나갔다. 그 모습을 보고 유키마사가 저 인간은 품격이 몸에 배질 않아, 하고 투덜거렸다.

유키마사는 누구에게나 무슨 이야기를 하든 이런 말투다. 특히 아키히코를 상대할 때가 제일 심하다. 남자로서 본인의 능력을 과시하는 한편으로 색주가에 드나드는 아키히코를 짐승 같다고 경멸하는 것이다.

유키마사는 통통한 체격에 키는 중간 정도다. 콧수염을 길렀고 평소 양복을 입고 다닌다. 아무리 봐도 첩실을 둘 것 같은 풍모다.

유키마사는 그럴 이유가 없는데도 평소 양복을 입고 다닌다. 그는 무직이다. 그렇지만 능력이 있다고 주장하려면 어엿한 사업가 같은 행색을 하고 다닐 필요가 있다. 그런 차림새로 은행에 이자를 확인하러 가는 것을 일이라고 받아들인다.

하기야 대대손손을 고려하지 않는다면 일할 필요가 없는 것도 사실이다. 미노다 일가는 윤택한 집안이니까.

아쓰코가 보기에 유키마사가 주장하는 남자의 능력이란 요컨대 돈 씀씀이다. 술집인지, 대합찻집*인지 아쓰코는 모르지만, 생각처

---

* 모임이나 개인적인 만남을 위해 방을 빌려주던 찻집

럼 잘되지 않을 법한 미인 앞에서 돈 있는 티를 내고 돈을 적재적소에 사용함으로써, 결국 미인이 자기 말에 따르게 하는 것을 남자의 능력이라 부르는 듯하다.

아키히코는 통통한 정도가 아니라 뚱뚱하게 살쪘으며, 고급 양복을 단정하지 못하게 입고 다닌다. 얼굴 살이 처져서 눈썹과 광대뼈 언저리에 주름이 졌다. 입을 반쯤 헤 벌리고 있을 때가 많다. 일을 하지 않는 것은 유키마사와 마찬가지다.

20년간 지켜보았지만 그가 무슨 생각을 하는지 아쓰코로서는 통 알 수가 없었다. 정원에 들어온 길고양이에게 돌을 던지길래 아쓰코가 말리면 실실 웃으면서 그만두지만, 눈을 떼면 또 돌을 던지며 괴롭히는 사람이다. 그래도 이야기를 잘 들어보면 딱히 머리가 나쁘지는 않다는 것을 알 수 있다.

아키히코는 유키마사보다 더 직접적으로 육욕을 만족시키기 위해 돈을 쓴다. 유키마사는 그러한 행위를 못마땅하게 여긴다. 아쓰코가 보기엔 기분 나쁜 것으로는 아키히코가 앞서지만, 품성은 둘이 다를 바 없다.

아키요시가 귀국한다는 소식을 듣고 장녀 미치에와 막내 아쓰요시도 가벼운 공황 증상을 일으켰다.

아쓰코에게 육체적으로 제일 부담을 많이 주는 사람이 미치에였다.

제멋대로다. 아무 맥락도 없이 그저 남을 부려 먹는 것 자체를 목적으로 제멋대로 군다.

아침 식사를 자기 방까지 가져오라고 해서 명령에 따르면, 음식 맛에 트집을 잡는다. 다시 요리해서 가져가면 이제 그 음식은 먹고 싶지 않다고 퇴짜를 놓는다. 세 번째로 찾아가면 자기 방에 없고 식당에 내려가 있다. 해가 떠서 기온이 올라갔으니 식당에서 먹는 게 당연하다, 따라서 이 시간에는 당연히 식당에 있을 줄 알아야 하는 것 아니냐, 애당초 아쓰코가 늦게 준비한 탓에 일부러 여기까지 와야 했다면서 따진다.

이렇듯 성격이 파탄 났다고 할 만큼 제멋대로 군다. 질리지도 않는지 태어나서부터 지금까지 계속 이 모양이다.

아쓰코는 미치에가 자기 방에서 유키마사와 나누는 이야기를 엿들었다.

—아버지가 다음 달에 돌아온다는군.

—뭐? 싫어!

—싫기는 뭐가? 아버지한테 다 말할 테다.

—뭐야, 오빠도 싫어 죽겠으면서.

—말본새하고는. 좀 더 예의 바르게 굴어.

미치에의 목소리만 들으면 스무 살이 안 된 소녀가 신경질을 부리는 것 같다. 하지만 얼굴에는 제 나이가 고스란히 새겨져 있어서 기괴하다.

아쓰요시는 하관이 약간 벌어지고 눈초리가 처졌지만, 일단 미남자의 범주에 들어간다. 미노다 일가에서는 이례적인 일이었다.

아쓰요시는 대담하게도 길거리 매춘부나 여학생을 가끔 저택에 데려온다.

아버지가 귀국한다는 소식은 아쓰코가 전했다. 편지가 온 날 저녁, 아쓰요시가 귀가했을 때였다.

"어쩐지 분위기가 어수선하네. 무슨 일이야?"

"그게, 아키요시 님께서 다음 달에 돌아오신대서 다들 좀 당황하신 것 같아요."

아쓰요시는 마치 경기를 일으킨 것처럼 반응했다.

아쓰요시는 아버지와 만나 본 적이 손가락에 꼽을 정도밖에 안 된다. 그래도 그 성격과 일화는 잘 알고 있을 터였다.

아키요시는 미노다 일가의 당주에 어울리는 부도덕자였다. 무사 가문으로서 대대로 지켜오던 관습과 미덕은 그의 당대에 완전히 파괴됐다. 이제 미노다 일가에서 그 흔적은 전혀 찾아볼 수 없다. 그리고 그 자신의 악랄함과 유일하게 선조에게 물려받은 거만함을 활용해 대금업으로 놀랄 만큼 많은 돈을 벌었다. 이 가족에게 두려움을 안겨줄 만한 존재다.

가족이기는 하지만 거의 가족 취급을 하지 않는다. 다른 가족도 서로를 가족으로 간주하는지는 의문이지만, 아키요시는 격이 다르다.

아쓰코는 미치에가 처음으로 결혼했을 때 그 사실을 깨달았다. 정말이지 축하고 뭐고 할 상황이 아니었다.

신랑은 유서 있는 전통 여관을 운영하는 집안의 장남이었다. 그는 무엇보다도 미노다 일가의 문벌에 끌렸는지 미치에와 그 주변 사람의 실태를 제대로 파악하지 못한 듯했다.

축하연 자리에서 아키요시는 사위와 사돈댁에 욕을 퍼부었다.

이유는 잘 모른다. 아쓰코는 아키요시가 상대방이 준비한 요리와 식장에 불평하는 소리를 얼핏 들었지만, 그럴 만큼 격이 떨어지지는 않았고 하물며 면전에서 상대에게 욕을 퍼부을 정도는 절대로 아니었다.

그런데 축사 도중에 느닷없이 자리를 박차고 일어나서 혼주로서는 도저히 입에 담지 못할 욕설을 퍼부었다.

—이게 뭔가. 어이, 언제까지 이러고 있어야 해! 다리가 아프다고. 멍청한 얼굴로 쳐다보기는. 너희들, 숙박업자라면서 대접을 이따위로 하는 건가? 이만 가야겠어. 확 뒈져버려라.

왜 이런 욕설과 폭언이 나왔을까. 아키요시가 딸의 혼인에 품었던 불평불만이 폭발한 것은 아니리라고 아쓰코는 짐작했다.

아키요시는 애당초 미치에의 혼인에 무관심했다. 상대는 아무라도 상관없다고 할까, 결혼하든 말든 상관없다고 할까, 애초에 자기 자식이 뭘 어쩌든 상관없다는 사람이다.

따라서 혼인 자체에 불만이 있었던 것은 아니다. 뭔가 조금이라도 마음에 들지 않는 점이 있으면 한껏 난리를 쳐서 일을 망쳐도 상관 없다는 평소 성격이 나왔을 뿐이다.

어린아이와 다를 바 없다. 그러면서도 자신의 이익과 손해를 따져

보는 타산적 면모를 갖추고 있다.

　문벌이 낮은 사돈댁이 그 자리에서 뭘 어쩔 방도는 없었다. 결국 아무 일도 없었던 것처럼 혼인이 성립됐다. 아무 일도 없었던 것처럼 넘어가다니 아쓰코로서는 의외였지만, 그쪽에서 무슨 조치에 나섰어도 아키요시는 딱히 곤란해하지 않았을 것이다. 더구나 어차피 1년 후에 미치에 본인 손으로 망가뜨릴 혼인이기는 했다.

　아키요시는 가족을 돌아보지 않고 방약무인하게 살았다.

　아쓰코가 저택에서 일하기 전에 있었던 일인데, 자기 얼굴 가까이에서 재채기를 했다는 이유로 미치에를 밤새 정원수에 묶어놓은 적도 있다고 한다. 아키요시가 이 저택에서 지내던 6년 전에는, 딱히 거슬릴 정도도 아닌데 아키히코가 밤중에 방에서 책상을 흔들어 덜컥덜컥 소리를 내는 것이 마음에 안 든다는 이유로 아키히코를 촛대로 때리고, 책상을 엎혀 있던 물건과 함께 부숴버렸다.

　이런 성격인데도 아내가 있었으니 신기할 노릇이다. 아쓰요시는 미치에가 처음으로 결혼했을 무렵에 태어났다. 자식은 소라를 먹으면 모래알이 나오는 것이 당연하다는 듯 대수롭지 않게 취급했지만, 적어도 아내에게는 애정이 있는 것처럼 보였다.

　하기야 아내도 툭하면 갈아치웠다. 싫증이 나는 건지 4, 5년 지나면 영문 모를 구실을 갖다 붙여서 쫓아낸다. 그리고 쫓아낼 때 거역하지 못할 얌전한 여자를 또 찾아내서 데려온다.

　아쓰코는 아키요시가 귀국한다는 소식을 듣고 짐작 가는 구석이 있었다. 아마도 현지에서 여자와 인연이 끊긴 것이 아닐까.

지금까지도 아키요시는 해외에 장기 체류하고는 했다. 영길리에 눌러앉은 지도 5년째다. 거기서 누군가와 내연의 부부가 됐다는 소식까지는 들었으니, 그 여자와 헤어진 걸 계기로 돌아오는 것이리라.

그런데 편지에 이어 커다란 나무 상자에 담긴 기묘한 짐들이 속속 배달돼서 아쓰코는 자신의 상상이 틀렸다는 걸 깨달았다.

일단 작은 집기류가 배달됐다. 꽃병, 그림, 융단, 석유등, 침구, 그리고 문방구가 든 상자.

그다음은 의자, 동그란 탁자, 옷장, 안락의자, 침대 협탁, 그리고 침대. 나무 상자에 들어가지 않는 물건은 따로 포장해서 보냈다.

그러고 나서 전등, 문고리, 경첩, 빗장, 더 나아가 쇠창살까지 배달됐다.

요컨대 서양식 저택의 방에 있는 물품 중 떼어낼 수 있는 것들이다. 다만 문을 보내기는 포기한 듯, 문에 달린 철물만 배달됐다. 물품은 신품이 아니라 대부분 아주 오래 사용한 것으로 추정됐다.

그런 물품이 방 두 개 분량이었다. 짐들에는 지시서가 들어 있었다.

아키요시는 보낸 물품들을 자신이 귀국하기 전에 별관의 빈방에다 비치하라고 지시했다. 간단한 도면과 색깔 표본, 방을 세세하게 촬영한 사진 수십 장도 동봉했다.

사진 속 방은 아무래도 아키요시가 살던 곳인 듯했다. 그 방과 똑같이 만들라는 것이다. 사진을 보고 아쓰코는 다시금 깨달았다.

방이 두 개다. 아키요시는 분명 영길리에서 아내와 사별했으리라.

싫증 나기 전에 아내가 죽은 건 아키요시도 처음 겪는 일이다.

그래서 감상에 젖은 나머지, 그 추억을 일본으로 옮겨서 여생을 보내려고 마음먹은 것이리라.

아주 그럴싸한 추측이었다. 아키요시는 유치한 성격이다. 그리고 폐만 끼치며 살아온 사람이라 남이 먼저 떠나가는 이별이 어떤 것인지 모르고 살다가, 이제 와서 겨우 그런 경험을 해보고 자신이 커다란 비극 속에 있다고 착각해, 또 남에게 폐를 끼치려는 것이다.

분명 그럴 것이라 짐작하고 아쓰코는 남편이 죽었을 때를 떠올리며 속으로 아키요시를 새삼 경멸했다.

아무튼 공사에 들어가야 했다. 11월 중순에 짐들이 배달됐고, 아키요시는 연말에 귀국하니까 공사에 들일 수 있는 시간은 두 달도 채 안 된다.

공사 일정은 아쓰코와 차남 아키마사가 상의해서 정했다.

아키마사는 미노다 일가에서 유일하게 상식적인 사람이었다. 그는 성격 파탄자라고 부르고 싶은 나머지 가족 네 명을 잘 중재해서 간신히 균형을 유지했다.

재산도 아키요시가 집을 비운 동안은 유키마사의 몫 일부만 제외하고 아키마사가 관리했다. 공사 비용은 거기서 충당하기로 했다.

"분명 저렴하지는 않겠죠. 자세히는 모르지만 세심하게 신경 쓸 부분이 많아서 번거로운 공사가 될 겁니다."

"네, 그런데 늦지 않게 마칠 수 있을까요?"

"물어봐야 알겠죠. 뭐, 아무튼 부탁해 봅시다."

"네, 알겠어요. 그런데 북관 3층에 비가 새니까 그것도 같이 수리하면 어떨까요?"

"그랬죠, 참. 목수한테 여유가 생긴다면 해달라고 합시다."

아키마사는 키가 6척*에 가깝고 체격이 우람한 사람으로, 가족 중에 유일하게 직업이 있는 사람이다.

아쓰코가 아무리 인내심이 강한들, 아키마사가 없었다면 도저히 하녀 일을 계속할 수 없었을 것이다. 몹시 바쁜데도 불구하고 아쓰코가 잘 모르는 금전 문제부터 남자라면 보통 신경 쓰지 않을 사소한 부엌일까지 마음 써서 관리했다.

일정이 결정되자 공사는 즉시 시작됐다.

아키요시의 지시는 아주 세심했다. 벽돌을 쌓아서 다시 짓기는 어려울 테니, 얇게 자른 벽돌을 벽에 붙이라는 둥, 문을 뭔지 잘 모를 색깔로 칠하라는 둥 보기만 해도 골치가 아팠다.

그래도 목수는 기한에 맞추겠다며 일을 맡아주었다.

---

* 약 180센티미터

2

12월에 들어선 날의 오후, 별관에서는 공사가 한창이었다.

본관의 연결 복도에서 갈라져 나온 복도를 나아가 별관으로 들어가면 좌우에 문이 하나씩 있다. 문 안쪽은 각각 크기가 열 평쯤 되는 방이다. 복도를 사이에 두고 남쪽과 북쪽에 방이 하나씩 있는 셈이다. 별관에 다른 방은 없고, 복도 끝부분에는 정원으로 통하는 문이 있다. 아키요시는 10년 전에 별관을 짓기는 했지만, 결국 사용하지 않고 세간도 들여놓지 않았다. 방문과 마주한 벽에는 커다란 창문이 있는데, 거기에 아키요시가 보낸 쇠창살을 끼울 예정이다.

사진 속 아키요시의 방과 죽은 아내의 방은, 세간살이는 다르지만 전등과 문의 철물 등 목공 공사와 관련된 부분은 동일했다.

아쓰코는 목수의 노고를 위로하기 위해 찻주전자와 과자를 담은 쟁반을 들고 별관으로 갔다.

목수는 문틀을 확인하고 있는 참이었다. 아쓰코가 가져온 과자를 하나 집어 들고, 바닥에 널브러진 놋쇠 철물을 턱으로 가리켰다.

"이건 고생 좀 하겠어. 못할 정도는 아니지만."

"어휴, 분명 그렇겠죠. 잘될까요?"

"그러니까 못할 정도는 아니라고. 하지만 집을 지을 때 말해줬으면 훨씬 편했을 텐데. 게다가 만에 하나라도 실패하면 안 되잖아? 골치 아프군."

"아, 네, 그러시군요."

철물들을 설치하는 문제 때문에 목수는 애를 먹는 듯했다.

전등 위치를 엄밀하게 지정해 놓았으므로 천장에 구멍을 뚫고 전선을 재배치해야 한다. 쇠창살은 창문 크기와 합치하니까 문제없다고 치고, 제일 어려운 부분은 문이었다.

경첩을 달기 위해 문짝을 일단 떼어내서 측면을 깎아내야 한다. 문고리도 달 때도 비슷한 작업이 필요하다. 또한 문짝 두께가 문고리와 일치하지 않아, 문고리를 사용하기 위해서는 문 바깥쪽에 나무판을 덧대야 했다.

그리고 자물쇠. 문 안쪽에 부착한 ㄱ 모양의 고정쇠에 빗장을 끼우는 방식이다. 그런데 이 자물쇠가 보통 물품이 아니었다.

고정쇠는 원래 모자걸이의 부품으로 추정됐다. 분명 애착이 있어서 버리지 못하고 고정쇠만이라도 보관해 두었는데, 나중에 자물쇠에 사용하자는 생각이 떠오른 것이리라. 놋쇠를 주조해서 만들어서 아주 튼튼하다.

빗장은 놋쇠판을 각목에 감아서 형태를 만들고 용접한 후, 표면에 장미 무늬를 세공한 것이다. 개수는 두 개지만 무늬는 동일했다. 달리 사용할 길이 없으니, 이건 자물쇠를 달려고 마음먹고 제작한 듯했다.

고정쇠를 문에 두 개, 벽에 하나, 총 세 개 설치한다. 거기에 빗장을 지르면 자물쇠 역할을 할 수 있다. 확실히 일부러 제작한 만큼 평범한 빗장보다는 세련돼 보였다.

하지만 시공하기는 쉽지 않았다. 목수는 아키요시가 보낸 사진을 노려보았다.

붙였다 뗐다 할 수 없는 고정쇠를 벽과 문에 일직선으로 설치하는 것만 해도 애먹을 텐데, 위치도 사진과 동일해야 한다.

무엇보다 놋쇠 빗장 자체가 문제였다. 운송할 때 휘어진 건지, 아니면 전혀 여유 없이 빡빡하게 만든 건지 시험해 보자 고정쇠에 끼워지지 않았다. 빗장 두 개 다 그랬다.

목수는 빗장을 살짝 두드려서 형태를 가다듬어야 한다고 했다. 하지만 놋쇠가 오래돼서 자칫하면 부서질 테니 고민 중이라는 이야기였다.

"뭐, 어떻게든 될 걸세. 아주 조금만 손보면 끼워지겠지."

"네, 고생이 참 많으시네요."

이런 대화만 나누어도 다소는 숨통이 트인다.

아쓰코에게 외부인이 저택에 드나드는 것은 환영할 만한 일이다. 정상적으로 응답하는 사람과 이야기할 기회가 아쓰코에게는 별로 없는 데다, 제멋대로 구는 미치에와 거리를 둘 핑계도 생긴다. 그래서 목수에게도 필요 이상으로 마음을 썼다.

아쓰코는 본관으로 돌아가 북관의 비 새는 곳을 수리하는 다른 목수에게도 차와 과자를 대접했다.

3

12월 11일, 평일이지만 미노다 일가 사람들은 모두 집에 있었다.

드문 일이었다. 미치에와 아키히코는 낮에 대개 집에 있지만, 유키마사는 1주일에 네댓새는 첩의 집실을 돌아다녔고, 아쓰요시도 늘 어딘가로 놀러 나간다. 아키마사는 출근한다. 그런데 우연히 휴일이 겹친 것이다. 아쓰코로서는 반갑지 않았다.

아쓰코가 바닥을 청소하고 있는데 현관 홀에서 전화가 울렸다. 전화를 건 사람은 이구치라고 이름을 대고 나서 방문 일정을 알렸다.

"저기, 아키마사 씨, 이구치 씨라는 분의 전화인데요. 모레 일행과 함께 오시겠대요."

아쓰코는 전화기의 송화부를 막고 마침 현관 홀을 지나가던 아키마사에게 알렸다.

"이구치? 그게 누구인데요?"

"하루미 씨의 지인이라고 전하라던데요?"

"그렇군요. 무슨 용건으로요?"

"업무에 관련된 일이라 아키마사 씨와 만나서 직접 이야기하겠다고……."

"알겠습니다. 오라고 하십시오."

아키마사는 화분을 정원에서 남관의 방으로 옮기는 중이었다. 화분을 바닥에 내려놓고 전화를 받기도 그래서 아쓰코가 대신 이구치에게 대답했다.

바쁜 날이었다. 대청소를 시작한 데다 북관의 공사도 도왔다. 별관 공사는 목수의 사정으로 오늘 하루 쉬지만, 의외로 공사가 진척돼서 양쪽 방 모두 철물 설치를 끝냈다. 빗장은 어제 목수가 고정쇠에 끼워질 만큼 겨우 형태를 가다듬었다고 한다. 북쪽 방은 전등 설치도 끝났다. 이제 다소 남은 공정을 마치고 세간살이만 배치하면 된다.

아쓰코는 점심을 준비한 후 정원의 낙엽을 모으기로 했다.

미노다 일가의 식사 준비는 보통 여염집보다 몇 배는 더 성가시다. 집안사람들은 자기가 먹고 싶은 음식만 먹으므로, 아쓰코는 스튜를 만들면서 꽁치도 구워야 했다.

게다가 나중에 먹겠다느니 방에서 먹겠다느니 저마다 요구 사항이 많으므로, 모두가 집에 있으면 준비부터 뒷정리까지 아무리 빨라도 세 시간은 걸린다.

미치에가 아쓰코를 방으로 불러 사라다*의 조미료가 마음에 안 든다고 트집을 잡더니, 아쓰코가 식료품을 제대로 관리하지 못해서 그렇다고 야단을 쳤다. 화가 치밀었는지 하필 양손을 휘두르는 바람에, 오른손에 부딪힌 스튜 접시가 융단 위에 뒤집어졌다.

미치에가 융단을 교환하라고 성화를 해서 침대와 탁자를 옮기느라 한 시간 남짓 시간을 낭비했다.

3시가 지나서야 정원 청소에 나섰다. 찬바람을 맞고 근처 나무에

* 일본식 샐러드. 1925년에 마요네즈가 시판되기 전에는 다른 소스를 만들어서 사용했다

서 떨어진 낙엽이 잔디 위에 쌓여 있었다. 워낙 넓어서 큰일이다. 아쓰코는 갈퀴를 들고 이리저리 뛰어다녔다.

문득 북관 현관문 언저리에서 말소리가 들렸다. 아쓰코는 평소 버릇대로 북관 외벽에 손을 짚고 귀를 기울였다.

—뭐야, 걸리적거리게 이런 곳에 두고 가다니.
—아버지 물품이야. 방금 도착했어.

아쓰요시와 아키마사의 목소리였다.

두 시간쯤 전, 아키요시의 나머지 짐들이 뒤늦게 배달됐다.

아쓰코는 요리하느라 정신이 없었으므로 일단 현관에 그냥 놔두었다. 내용물이 뭔지 확인하지는 않았지만, 도면에 기재된 전등이 몇 개 모자랐으니까 분명 전등이리라.

—이걸 들여 놓지도 않다니, 아쓰코는 뭘 하는 거야?
—몹시 바빠. 아침부터 일하느라 정신이 없지. 목수의 부탁을 받고 사다리를 붙잡고 있기도 하더군.
—그래서 잊어버린 건가. 염병할, 오늘 바쁘리라는 건 어제부터 알고 있었을 텐데.
—아쓰요시, 이걸 별관으로 옮겨놓으렴.
—뭐? 재수 옴 붙었네, 알았어.

나설까 말까 망설였지만 아쓰요시가 나무 상자를 움직이는 소리가 들렸으므로 그냥 모르는 척하기로 했다.

아쓰요시는 아무리 간단한 일을 부탁해도 심술궂게 반발하지만, 아키마사에게는 별로 대들지 않는다.

전등은 부피가 크고 무게도 나간다. 아쓰코가 옮길 때도 고생했다. 아쓰요시는 체격이 빈약하니까 쉽지는 않으리라. 잠시 후 별관에서 쿵, 하고 난폭하게 상자를 내려놓는 소리가 나서 아쓰코는 깜짝 놀랐다.

뭐, 아주 튼튼한 물품이니 저 정도로 망가지지는 않을 것이라 여기고 넘어가기로 했다.

정원 청소를 마치고, 북관 3층의 창문을 다 닦기도 전에 저녁 식사를 준비할 시간이 됐다. 아쓰코는 주방으로 내려갔다.

주방에 들어가자 미치에가 냉장 상자*와 식품 선반을 뒤지고 있다가 아쓰코의 발소리에 돌아보았다.

"아, 좀! 밥은 어쨌어?"

"아, 이제 지을 건데요. 서두를게요."

"뭐? 점심밥도 제대로 안 차려줬으면서, 게으름을 피우면 어쩌자는 거야!"

입은 삐뚤어졌어도 말은 바로 하랬다고, 사실 미치에는 스튜를 뒤

---

* 문이 두 개 달린 나무 상자에 단열재로 감싼 금속 상자를 넣고, 윗단에는 얼음, 아랫단에는 식재료를 넣어 보관하는 도구

집어엎은 후 길길이 화를 내며 점심은 필요 없다고 선언했다.

"빨리 해. 왜 늘 그렇게 요령이 없는 거야?"

그때 유키마사가 주방에 들어왔다.

"쯧쯧, 미치에, 좀 더 정숙하게 행동하지 못하겠어? 왜 툭하면 그렇게 대수롭지 않은 일로 화를 내는 거냐. 왜 그렇게 금방 발끈해?"

동생에게 주의를 주면서도 어째선지 거드름을 피운다. 딱히 도와주려고 말을 꺼낸 것이 아니기에, 아쓰코로서는 유키마사가 괜한 소리를 해서 일이 더 복잡해질까 봐 겁났다.

"내가 왜 먹을 것 따위로 화내겠어? 그게 아니라 별 쓸모도 없는 인간이 대충대충 일하니까 화난 거잖아. 아쓰코, 알아들었으면 빨리 해."

"어허, 정숙하게 굴라니까. 아쓰코도 멍하니 있지 말고 얼른 움직여."

유키마사의 잔소리는 잔소리 자체가 목적이므로 딱히 내용은 없다.

목소리가 들렸는지 아키마사가 나타나서 아쓰코를 구해주었다.

"형님도, 누님도 그만하세요. 아쓰코 씨가 알아서 잘할 겁니다. 아쓰코 씨, 모레 오겠다는 사람 이름이 이구치 맞습니까?"

그렇다고 대답했다.

유키마사와 미치에가 주방에서 나갔다. 문가에 선 아키마사가 위로하는 투로 말했다.

"여러모로 수고를 끼치는군요. 아쓰코 씨가 없으면 도저히 집안 살림을 꾸려나갈 수 없을 겁니다."

그건 그럴 것이다. 아쓰코가 아무리 겸허하게 부정한들, 아쓰코 없이 이 집의 이런저런 잡일을 처리하기가 불가능하다는 것은 의심할 여지가 없는 사실이었다.

"가족들도 다 압니다. 그러니 너무 마음에 담아두지 마세요."

이것은 아쓰코가 바라는 위로가 아니다. 마음에 담아두지 말라는 식으로 넘어가도 머리만 아플 따름이다.

아키마사도 떠나자 아쓰코는 저녁을 지었다. 화장실에 갈 때 아쓰요시와 마주쳤다. 나무 상자를 제때 정리하지 않았다고 아쓰요시가 핀잔을 줄 줄 알았는데, 뜻밖에도 살짝 노려보기만 하고 지나갔다.

아키마사가 방에서 일해야 하니까 식사를 가져다 달라고 했다.

아키마사의 방은 남관에 있다. 문을 두드리고 안으로 들어가자 아키마사는 서류 몇 장을 열심히 비교해 보고 있었다.

"거기 놓아두세요. 감사합니다."

아쓰코가 책상 앞에 앉은 아키마사에게 쟁반을 가져가려 하자, 그는 등을 돌린 채 입구 근처 의자를 가리켰다. 시키는 대로 하고 식당으로 돌아갔다.

아쓰요시를 비롯한 나머지 네 명도 번갈아 가며 식당에 와서 식사했다. 뒷정리를 다 마치고 오후 8시가 지나서야 한숨 돌렸다.

집안사람들이 드디어 다들 자기 방에 돌아간 것 같았으므로, 아쓰코는 주방에서 자기가 마실 홍차를 끓였다.

후우, 하고 안도 어린 한숨을 내쉰 순간, 낮에 사용한 갈퀴를 별관 옆쪽 정원에 내팽개쳐놨다는 것이 떠올랐다.

정리해야 할 것인가 망설였다.

바깥은 춥다. 정원이 넓어서 거리도 있다. 귀찮다. 하룻밤 밖에 놔둔다고 도둑맞을 만한 물건도 아니다.

하지만 집안사람들이 문제였다.

그들은 밤늦게 외출할 때가 많다. 유키마사는 첩실의 집으로, 아키히코는 고가네초의 색주가로, 아쓰요시는 다른 불량한 청년과 어울리러 나간다. 그들의 그런 취미를 경멸하는 미치에도 밤에 아쓰코가 모르는 어딘가로 외출했다가 아침에 고주망태가 돼서 돌아오곤 한다.

오늘밤도 누군가 나갈 것이다. 모두 다 나갈 수도 있다. 어쩌면 이미 누군가 나갔을지도 모른다.

정원에 내버려둔 갈퀴가 그들 눈에 띄면, 불평할 구실을 주는 셈이다. 아쓰코는 역시 정리하기로 마음먹었다.

현관을 나서자 바람이 불고 있었다. 실내복 차림으로 나와서 몹시 추웠다. 기온이 영하로 떨어졌는지도 모른다. 아쓰코는 부리나케 별관으로 향했다. 묘하게 멀게 느껴졌다.

별관까지 세 간* 남짓 남았을 때, 북쪽 방의 창문이 희미하게 밝은 것을 알아차렸다.

수상했다. 전등 불빛이겠지만, 지금 전등을 켜놓아야 할 사정은 없었다. 다가가서 쇠창살 너머로 창문을 들여다보았다.

천장에 설치한 전등 네 개 중 하나만 켜져 있어서 침침했다. 그래

---

* 길이의 단위. 1간은 약 1.82미터

도 실내에서 심상치 않은 일이 벌어졌다는 건 한눈에 알아보았다.

창문에서 볼 때 제일 안쪽인 문 바로 앞, 천장의 전등에 묶은 밧줄 또는 욧잇으로 남자가 목을 맸다. 얼굴은 확실히 보이지 않았지만, 체격으로 추측건대 아키마사가 분명했다.

자세가 묘했다. 몸을 〈 자 모양으로 구부린 채, 왼발을 자물쇠 위에 얹고 오른발은 허공에 축 늘어뜨렸다. 둔탁하게 빛나는 놋쇠 빗장을 확인하자 문은 잠겨 있었다.

아쓰코는 숨을 삼켰다. 비명은 나오지 않았다. 꼬이는 다리를 열심히 움직여 북관 현관으로 돌아갔다.

집안사람들의 방은 남관에 있다. 혼란에 빠진 아쓰코는 유키마사의 방으로 가서 문을 두드리고 대답이 들리기도 전에 소리쳤다.

"큰일, 큰일났어요! 아키마사 씨가."

"뭐가 이리 시끄럽나! 조용히 해!"

문을 벌컥 연 유키마사는 아쓰코의 표정을 보고 입을 다물었다.

"아키마사 씨가, 별관에서 목을 매서……."

"뭐라고?"

아쓰코가 계단을 내려가서 별관 쪽 복도로 향하자 유키마사도 재빨리 따라왔다.

안으로 들어가기 위해 어깨로 잠긴 문을 부딪는 모습을 보고서야 유키마사는 아쓰코의 말을 진담으로 여긴 듯했다.

"이봐! 어떻게 된 거야. 열쇠는 없나."

"빗장이 질러져 있어요!"

유키마사는 복도에 내팽개쳐진 의자에 올라가서 문 위쪽의 붙박이 교창으로 방을 들여다보았다.

밧줄 아니면 욧잇에 졸린 목 정도는 거기서도 보일 것이다. 유키마사도 사정을 알아차렸다.

둘이 함께 문을 부딪기 시작했을 무렵, 아쓰코가 부르짖는 목소리를 들었는지 나머지 사람들도 별채에 모여들었다.

문을 부수려고 애쓰는 두 사람 뒤편에서 사람들은 번갈아 의자에 올라가 방을 들여다보았다.

계속 시도한 끝에 마침내 반응이 왔다.

열린 문은 일단 천장에 매달린 시체에 부딪혔다. 두 발 모두 허공에 축 늘어져 있었다. 자물쇠에 얹어놨던 왼발은 밖에서 어깨로 문을 부딪는 사이에 떨어졌을 것이라고 아쓰코는 추측했다. 문을 신중하게 밀어서 열고 아쓰코와 사람들은 방으로 들어갔다.

시체 발밑에 우그러진 놋쇠 빗장이 떨어져 있었다. 충격으로 튕겨 날아간 듯했다. 중간쯤이 마름모꼴로 찌그러지고 눌린 자국도 생겨서 조금만 힘을 주면 끊어질 것 같았다.

이 빗장은 어제 오후에 목수가 제 역할을 할 수 있도록 다듬어서 옆방에 놓아둔 것이다. 벽과 문의 고정쇠에는 이상이 없는 듯 보였지만, 고정쇠를 설치하기 위해 박은 못이 튀어나오고 엉뚱한 방향으로 구부러졌다.

방에는 운송하다 파손돼서 수선 중인 옷장, 그리고 수선에 사용하는 크고 작은 공구류가 흩어져 있었다.

그리고 시체를 올려다보자 틀림없이 아키마사였지만, 심장 언저리의 등 부분에 칼이 깊게 박혀 있었다.

정원을 향한 창문과 문 위쪽 교창으로는 시야에 들어오지 않아서 보이지 않았다. 자살이 아니었다.

말도 안 되는 일이었다. 아쓰코는 맞은편 창문을 보았다. 창문에는 쇠창살이 끼워져 있고, 문 안쪽에 빗장을 질러놓은 것도 아쓰코가 정원에서 확인했다. 그 외에 다른 출입구는 없다.

즉, 아키마사를 살해한 범인은 이 방에서 나갈 수 없었다는 뜻이다.

하지만 범인은 방 어디에도 없었다. 불가능하다고밖에 할 수 없는 일이 벌어졌다.

4

사건이 벌어지고 이틀이 지난 날 오후. 뜻밖에도 이구치라는 남자와 그의 일행이 예고했던 대로 찾아왔다.

대문 앞에 서 있는 경관과 대화하는 두 사람의 모습이 남관 2층에서 보였다. 허가를 받았는지 현관으로 걸어오길래 아쓰코는 허둥지둥 북관으로 돌아갔다.

연결 복도에서 초인종 소리를 들었다. 아쓰코는 서둘러 현관문을 열었다.

한 명은 평균보다 키가 약간 작고 기모노 위에 소매 없는 외투를 걸쳤다. 눈 밑의 그늘과 다보록한 수염이 두드러졌고 직장인같이 보이지는 않았다. 다른 한 명은 광택이 나는 검은색 바지에 격식 있는 외투를 입었다. 키가 커서 멀리서 보기에는 서양인인 줄 알았다.

가까이에서 보자 어느 나라 사람인지 모를 무국적 외모였지만 일본인이었다. 미남자이기도 했다.

수염이 다보록한 남자가 입을 열었다.

"아아, 안녕하십니까. 이구치라고 합니다. 전화를 드렸는데요……."

아쓰코는 그러시군요, 하고만 대답했다. 이구치가 다음 말을 망설이는 걸 보고 양장 차림 남자가 말을 이어받았다.

"신문 기사를 봤습니다만, 엄청난 일이 발생한 것 같더군요. 바쁘시겠지만 폐를 무릅쓰고 찾아왔습니다. 저는 하스노라고 합니다."

그는 문가에 몸을 움츠리고 서 있는 아쓰코를 똑바로 바라보았다.

바쁜 건 사실이다. 그저께 밤부터 바빠서 정신이 없다.

"아키마사 씨와 면담 약속을 한 건 알고 계십니까? 실은 저도 이구치도 아키마사 씨와 안면은 없습니다. 다만 이구치가 아키마사 씨의 거래 상대와 아는 사이인데, 그 사람에게 상담을 받고 이야기를 드리려 했던 겁니다.

아키마사 씨가 돌아가셔서 적당한 시기가 아닌 줄은 알지만, 시간이 너무 지나면 이야기가 꼬일 수도 있을 것 같아서요."

하스노가 인기척이 나는 남관 쪽에 관심을 보였다.

"아키마사 씨의 가족분과 이야기를 나누고 싶습니다만. 사실 장례식도 치르기 전에 할 이야기는 아니니까 몰상식한 부탁일지도 모르겠군요. 상황이 여의찮다면 적당한 시기에 다시 오겠습니다."

"어, 그게……."

상황은 좋지 않다. 그러나 나중에 다시 온다고 해결될 일도 아니다.

상중이지만 미노다 일가는 여느 집안과 달랐다. 슬픈 기색이 없는 것은 아니지만, 혼란이 슬픔을 완전히 뒤덮었다. 이런 때인데도 가족 모두가 평소처럼 괴팍한 성격을 아무 거리낌 없이 드러냈다.

시체를 발견한 후 아쓰코가 신고해서 경찰이 출동했지만, 수사는 갈팡질팡 갈피를 잡지 못했다. 경찰 조사에 유키마사는 거드름을 피웠고, 미치에는 신경질을 부렸으며, 아키히코는 실실거렸고, 아쓰요시는 짜증을 냈다. 다들 여느 때와 다름없는 태도였다.

아키마사의 죽음에 동요하지 않았다든가, 범인이 붙잡히든 말든 알 바 아니라든가 그런 뜻은 아니다. 아키마사가 없으면 아쓰코뿐만 아니라 가족 모두가 곤란하다.

그렇지만 그들은 그 외에 어떤 태도로 나서야 할지 모르는 것이다. 그런 태도 때문에 수사를 맡은 형사가 여러 번 화냈으므로 결국 사정은 아쓰코가 설명했다.

그저께 밤부터 오늘 오전까지 현장 검증과 진술 청취가 계속됐다. 그러나 대단한 사실은 알아내지 못한 듯했다. 현재는 현장을 지킬 경관을 한 명 남겨두고 경찰은 물러갔다.

어떻게 해야 할지 난감했지만 아쓰코는 일단 손님을 응접실에 들이기로 했다.

여기서 기다리세요, 하고 두 사람을 안락의자에 앉힌 후 방을 나서서 문을 닫았다. 그리고 잠시 그 자리에 서서 고민했다.

어떻게 할까? 아키마사가 죽었으니 누구와 이야기를 시키면 좋을까.

가족 중에 아키마사의 업무에 대해 아는 사람은 없으리라. 아쓰코가 그나마 제일 잘 아는 편일 것이다. 하지만 그런 사정을 수긍시키기는 쉽지 않다.

일단 제일 연장자인 유키마사를 불러오는 것이 타당할까. 고민하고 있는데 응접실에서 손님의 말소리가 들려왔다.

―터무니없는 곳에 데려오는군.

―하지만 생각보다 경찰은 없잖은가. 하스노, 어떤가? 누군가 뭐좀 알고 있을까? 어떻게 이야기할 작정이야?

―어떻게고 저떻게고 있는 그대로 이야기하는 수밖에. 다른 방법은 없어. 이렇게 된 이상 하루미 씨도 그 정도면 이해해 주겠지?

―뭐, 그런가. 배상 문제는 어떻게 되려나?

―몰라. 그런 문제를 생각한다면 상속이 확실히 마무리되고 나서 이야기하는 편이 좋을지도 모르지만, 하루미 씨는 돈을 문제 삼는 게 아닐 텐데? 사정이 명확해지길 바라는 것 아닌가?

―그럴 거야.

―그렇다면 빨리 이야기해야겠지. 사건에 관계가 있을지도 모르니까 말이야. 서류 같은 증거를 처분하면 속수무책이야.

무슨 이야기인지는 모르겠지만 아무래도 예삿일은 아닌 듯했다.

아쓰코는 유키마사를 부르러 남관으로 갔다.

문을 두드리고 문고리를 돌리자 호통이 날아왔다.

"시끄러워! 피곤한데 왜 자꾸 귀찮게 구는 거야!"

흐트러진 유카타* 차림에, 졸린지 두 눈이 게슴츠레했다. 누워 있었던 모양이다.

"저기, 손님이 오셨는데요."

"손님? 이럴 때 손님 대접을 받으러 찾아오는 놈이 있나? 쫓아내."

"하지만 예전에 아키마사 씨와 약속했던 데다 중요한 볼일 같더라고요."

엿들은 바로는 중요한 볼일이 틀림없다. 유키마사는 인상을 찌푸렸다.

"나중에 갈 테니 기다리라고 해."

문이 닫혔다.

아쓰코는 주방에서 홍차를 끓여서 응접실로 가져갔다.

"저어, 다들 좀 바쁘셔서요. 변변찮지만 이거라도 드시면서 기다려주세요."

쟁반을 협탁에 내려놓으며 그렇게 말했다.

"네, 기다리겠습니다. 정말 송구스럽습니다. 그런데……."

이구치가 머뭇머뭇 물었다.

* 목욕 후나 여름철에 주로 입는 두루마기 형태의 긴 무명 홑옷

"아키마사 씨는 아주 묘한 상황에서 돌아가셨죠? 아, 괜히 호기심을 보여서 죄송합니다만, 드나들 수 없는 방에서 발견됐다는 기사를 읽어서……."

그렇다.

아키마사가 발견된 별관의 방은 창문에 쇠창살이 끼워져 있었고, 문에는 빗장이 질러져 있었다. 그밖에 출입구는 없다. 범인은 절대로 방에서 나갈 수 없는 상황이었다.

그리고 왜 하필 아키마사일까? 아쓰코는 방이 밀폐된 상태였다는 사실보다 이 점이 더 의아했다. 왜 그가 살해당해야 한단 말인가.

아키마사가 죽으면 다들 곤란하다. 아키마사 말고 다른 네 명이라면 누가 누구를 죽여도 크게 놀라지 않겠지만.

그렇다, 아쓰코는 너무 바쁜 나머지 깊이 생각할 여유가 없었지만, 범인은 가족 중 한 명이 분명했다.

"그렇듯 기묘한 점에 관해 경찰은 뭐라고 하던가요?"

하스노가 물었다.

"어, 그러니까, 일단 범인을 찾아내는 것이 우선이라고요."

경찰은 시체가 발견된 당시의 불가해한 상황을 일단 무시하고, 얼른 자백을 받아내려는 방침인 듯했다. 다른 용의자들이 훨씬 수상했던 탓에 아쓰코는 그다지 혹독하게 조사받지 않았지만, 미노다 일가의 네 사람은 경찰에 쥐어짜였다.

검시가 아직 끝나지 않았는지 그저께 저녁부터 밤사이에 사망했다는 둥, 흉기인 칼과 목을 매단 밧줄은 광에 있던 물건이라는 둥, 칼에 찔린 것이 사인이라는 둥 지금까지는 당연한 사실밖에 밝혀진 바가 없었다.

덧붙여 뒤에서 칼로 찌르기만 하면 되니까 어디서든 죽일 수 있었겠지만, 시체를 옮기기 힘들 테니 별관의 방이나 그 근처로 유인해서 살해했을 것으로 추정된다.

누구도 알리바이는 없다. 가족은 다들 식사를 마친 후엔 자기 방에 있었으므로 서로 보지 못했다고 한다. 결국 자백을 받아내는 데 실패하자, 검시 결과를 기다리기 위해 경관을 한 명 남겨두고 경찰은 일단 물러간 것이다.

"그렇다면 확실하게 밝혀진 건 없는 셈이로군요."

그렇다.

그때 문이 난폭하게 열렸다.

"아쓰코, 여기서 뭐 하는 거야! 지금 농땡이나 부리고 있을 때야?"

미치에였다.

고함을 지르고 나서야 미치에는 손님이 있다는 걸 알아차렸다.

미치에는 이구치와 하스노를 가볍게 노려본 후, 아쓰코의 팔을 잡고 밖으로 데려갔다. 문은 닫혔지만 응접실에 들릴 만큼 큰 목소리로 아쓰코를 들들 볶아댔다.

"왜 쓸데없는 짓만 하고, 내가 해달라는 일은 안 하는 건데! 들어봐, 아키히코가……, 아키히코가 나한테 이상하게 집적거려. 아까 멋대로 방에 들어와서."

그런 일을 나더러 뭘 어쩌라는 건가. 개입하고 싶지 않은 이야기였다.

속으로 그렇게 투덜거리는데 당사자인 아키히코가 복도를 건너서 다가왔다.

"아아, 미치에. 뭔가 오해했나 본데⋯⋯, 이야기를 좀 들어달라는 거잖아."

아키히코는 그렇게 말하고 트릿하게 웃었다.

이번 일에 관해서는 미치에의 주장이 정당할 것이다. 예전에도 아쓰요시가 여자를 집에 데려왔을 때 아키히코가 집적거려서 둘이 몇 번 충돌했었다. 그때는 아키마사가 끼어들어서 수습했고, 아쓰코는 무표정한 얼굴로 모르는 척 넘어갔다.

"어떻게 좀 해 봐! 역겨워 죽겠어."

어쩌면 좋을까.

"그, 광에 커다란 남경정*과 쇠사슬이 있으니 그걸로 어떻게 문단속을 하면⋯⋯."

결국 그렇게 대답했다.

"광 어디에? 가져와! 됐어! 내가 갈게."

미치에는 가버렸다.

"남경정? 아쓰코도 참 너무하군."

아키히코도 희미하게 웃으며 어딘가로 사라졌다.

* 반타원형의 고리와 몸통으로 이루어진 서양식 자물쇠

아쓰코는 조심조심 응접실 문으로 다가가서 귀를 기울였다.

　—이 집 하녀가 고생이 여간 아닌걸. 급료라도 듬뿍 받아야 일할
　맛이 나겠어.
　—듬뿍 받아도 그런 맛은 안 날 것 같은데. 나라면 이틀 만에 그만
둘 거야. 오랫동안 일하고 있다면 일종의 성인인 거겠지.

　문을 열고 두 사람과 얼굴을 마주하기는 꺼려졌다. 그들도 이런 소
동이 일어난 직후에 아쓰코가 다시 얼굴을 비추리라고는 생각지 않
을 듯했다. 아쓰코는 숨을 크게 들이마신 후 주방으로 향했다.
　문을 조금 열어두었다. 아주 잠깐의 휴식이다. 눈을 붙일 마음은
없었지만 의자에 앉자 이틀 치 피로가 몰려와서 아쓰코는 꾸벅꾸벅
졸았다.
　어디선가 서로 고함치는 소리가 들렸다. 하지만 사정을 확인하러
갈 기력이 없었다.

　발소리가 들려 눈을 뜨자 응접실로 향하는 유키마사의 모습이 문
틈으로 보였다. 시계를 확인하자 어느덧 유키마사를 부르러 간 지
두 시간 가까이 지났다.
　손님을 너무 오래 기다리게 했다. 잠시 기다렸다가 응접실로 가서
문에 귀를 댔다.
　—느닷없이 찾아와서 정말 죄송합니다.

─뭐야, 너희들! 찾아와도 될 곳과 안 될 곳을 가려야 할 것 아닌가!

─네, 지당하신 말씀입니다. 저희도 지금 드려야 할 이야기인지 아닌지 확신이 없습니다. 하나 저희 형편도 형편이지만, 미노다 씨 쪽에서도 알아두시는 편이 좋지 않을까 싶네요. 아키마사 씨가 보험회사에 근무하는 것 말고도 이런저런 부업을 하고 계셨던 걸 아십니까?

─몰라! 알 게 뭐야!

─그러시군요. 사실 저희는 아키마사 씨와 거래하다 문제가 생겼다는 분께 상담을 받았는데요.

─모른다고 했잖나! 모르는 일로 성가시게 굴지 마!

─네, 하지만 그게.

예상했던 것보다 좋지 않은 방향으로 이야기가 진행됐다. 유키마사가 응접실에서 나오려는 낌새가 느껴져서 아쓰코는 허둥지둥 복도를 돌아 눈에 띄지 않는 곳에 숨었다. 유키마사가 지나가기를 기다렸다가 응접실 앞으로 돌아갔다.

─호통만 칠 거면 두 시간이나 기다리게 할 것 없이 바로 와서 그러는 게 피차 편할 텐데.

─그러게 말이야.

아쓰코는 문을 두드리고 응접실로 들어갔다.

"저어, 아무래도 몹시 실례를 한 것 같은데요."

하스노가 자세를 바로 했다.

"아닙니다. 마음에 두실 것 없습니다. 저희가 먼저 무례를 범했는걸요. 그나저나 아키마사 씨는 가족분께 일 이야기를 하지 않으셨나 보군요."

확실히 그렇다. 유키마사가 전혀 모르는 건 그래서가 아니라 무관심했기 때문이지만.

"그만 가보는 편이 좋을지도 모르겠군요. 그런데 아쓰코 씨는 뭔가 아시는 바가 없습니까?"

아쓰코는 당황했다. 고용된 일꾼이라는 입장이 몸에 배었으므로, 보통 고용주가 대답할 만한 질문에는 익숙하지 않다.

아쓰코는 게처럼 느릿느릿 안락의자 앞으로 가서 하스노와 이구치 맞은편에 앉았다.

"아키마사 씨가 하시던 일에 대해 여쭙고 싶습니다. 보험회사에 다니는 것 외에 다른 일을 하신다는 이야기는 들으셨습니까?"

"어, 그게……."

모른다. 금시초문이다.

"저기, 괜찮으시다면 사정을 들려주시지 않겠어요? 저는 아무것도 모르지만, 이야기를 들으면 뭔가 대답해 드릴 수 있을지도 몰라요."

하스노가 아쓰코의 얼굴을 잠시 들여다보았다. 심중을 헤아리는 듯한 눈치였다.

"그렇군요. 알겠습니다. 고인의 명예에 관련된 일이라, 어떻게 말씀드려야 할지 망설였어요."

애초에 아쓰코가 두 사람을 상대하는 편이 나았을 것이다.

"일단 이건 틀림없다고 추정되는 사안입니다. 실은 아키마사 씨가 일종의 사기 행각을 벌인 듯해요."

"사기라고요?"

돌이켜보면 아까 두 사람의 대화를 엿들었을 때 그럴싸한 말이 나오기는 했다. 그렇더라도 아쓰코로서는 전혀 예상치 못한 이야기였다.

아쓰코는 충격을 이기지 못해 잠자코 있었다. 하스노가 말을 이었다.

"하루미 상사라는 회사의 사장님께서 이구치에게 상담했습니다. 실은 피해자가 하루미 씨의 지원을 받는 남자예요.

그는 제철 회사를 경영하는데, 그렇게 큰 회사는 아니지만, 세계 대전 후로 경영 상태가 시원찮아졌습니다. 그때 자금 융통을 제안한 사람이 아무래도 아키마사 씨와 연결된 사람이었던 모양이에요. 그는 하루미 씨에게 부탁하면 융통해 줄 자금을 스스로 조달해야 한다고 생각했나 봅니다. 그런데 부탁한 상대가 어음 사기꾼이었어요. 그자는 맡긴 어음을 가지고 증발해 버렸죠."

아키마사는 제삼자로 가장해 어음을 회수할 수 있을지도 모른다고 제철 회사 사장을 꾀었다. 동시에 하루미 씨에게 조금 수상쩍은 제안을 해서 하루미 씨는 의심을 품었다.

이구치가 이 일에 관여한 것은 하스노가 은행 사정에 밝기 때문이다. 뭔가 알아낼 수 없겠느냐고 하루미 씨가 이구치에게 상담했다. 하루미 씨는 이구치의 은인이고, 하스노도 간접적으로 은혜를 입었다.

하스노는 여러 사람에게 얻은 증언을 바탕으로 어음 사기꾼과 아키마사가 만났다는 사실을 알아냈다. 따라서 아키마사가 사기에 가담한 것은 확실해 보이지만, 결정적인 증거가 없어서 오늘 속을 떠볼 작정이었다고 한다. 그런데 아키마사가 살해당한 것이다.

이야기를 듣는 내내 하스노가 안색을 주의 깊게 살피는 것 같아서 아쓰코는 긴장했다.

지금까지 의지해왔던 아키마사가 실은 어음 사기꾼과 한패였다고 한다. 그 사실이 살인 소동으로 지쳐서 마비된 아쓰코의 마음을 둔탁하게 때렸다.

"일이 이렇게 됐으니, 하루미 씨도 피해 배상을 요구하지는 않으실 겁니다. 그렇지만 경위는 확실히 해두고 싶다는 생각이세요. 그리고 이번 살인사건과 사기 행각이 연결돼 있어도 문제니까요. 어떠십니까. 이와 관련해 뭔가 아시는 바가 있으신지요?"

하스노가 거짓말을 하는 것처럼 보이지는 않았다. 세세하게는 이해가 되지 않는 점도 있었지만, 믿어도 될 것 같았다.

생전의 아키마사를 여러모로 돌이켜보았지만, 짚이는 구석은 없었다.

하지만 아키마사의 한결같이 정중하면서도 눈치 있는 성격과 빈틈을 보이지 않는 태도가 사기꾼 같았다면 같았다고 할 수도 있다는 걸 깨달았다.

"저기, 저는 역시 모르겠네요. 죄송해요. 하지만 하스노 씨 말씀이 맞는 것도 같아요."

"그런가요. 그런데 아키마사 씨의 유품은 어떻게 정리합니까? 아직 장례식도 치르지 않으셨겠지만, 뭔가 생각이 있으신지요?"

실은 어젯밤부터 그 문제가 현안으로 떠올랐다.

조사를 받다가 쉬는 시간이었다. 아쓰요시가 돈은 어떻게 되는 거냐고 걱정을 내비치자 미치에를 비롯한 나머지 가족도 동조했다.

그래서 금고를 확인해 보려 했는데, 한 가지 문제가 있었다.

"실은 아키마사 씨가 보관하던 금고 열쇠가 어디 있는지 모르겠어요. 가족 모두 빨리 금고를 확인하고 싶어서 안달이 났는데 말이죠……."

미노다 일가의 자산에 관련된 모든 것이 들어 있는 금고다. 아키마사가 자기 방에 놓아두었는데, 열쇠를 얼마나 꼭꼭 숨겼는지 아직도 그 행방을 찾지 못했다.

경찰은 아키마사에게 떳떳하지 못한 구석이 있다는 사실을 아직 모르기에, 열지 못하는 금고의 내용물이 뭔지 궁금해하지 않는 듯하다.

이 이야기를 듣자 이구치는 하스노를 곁눈질하더니 어쩐지 무책임한 어조로 말했다.

"이보게, 이건 자네 일이로군."

지금까지 단정했던 하스노의 자세가 흐트러졌다. 누그러진 표정으로 몸을 뒤로 젖히고 앉아 이구치를 보았다.

"응? 아니, 글쎄. 그렇게까지 해야 할까."

그리고 다시 아쓰코에게 고개를 돌렸다.

"그 금고 말씀입니다만, 가족분들은 빨리 열고 싶어 하십니까?"

"네."

"그리고 어쩌면 저희가 찾는 증거도 들어 있을지 모른다는 말씀이시죠?"

"네."

"금고는 앞으로 사용하지 못하게 돼도 상관없습니까?"

"네, 뭐."

그건 어쩔 수 없으리라. 하스노는 으음, 하고 고심했다.

"그럼 금고가 어느 회사 제품인지는 아십니까?"

히라가나가 적힌 다이얼과 열쇠 구멍이 있는 금고다. 제조사는 모르지만 신화에 등장하는 까마귀 무늬가 찍혀 있다고 대답했다.

"실은 저한테 그런 금고를 여는 재주가 있어서요. 만약 가족분들이 동의하신다면, 금고를 살펴보겠습니다. 가족분 모두 입회하실 필요가 있겠죠. 그리고 공구를 좀 빌릴 수 있을까요?"

뜻밖의 제안이었다. 마침맞아도 너무 마침맞다. 보통은 수상쩍게 여겨야 하겠지만, 하스노의 태도에 의심스러운 점은 없었다. 그리고 정말로 금고를 열어준다면 무엇보다도 고마운 일이다.

아무튼 가족에게 물어보겠다고 하고 응접실을 나섰다.

남관으로 가자 아쓰요시와 아키히코가 싸우고 있었다.

스무 살과 서른두 살 남자의 드잡이질이다. 아무도 말리지 않고 한동안 계속 싸웠는지 둘 다 옷이 군데군데 찢어졌다.

"아! 아쓰코, 아키히코가 내 지갑에서 돈을 훔쳤어. 이 망할 놈이, 낫살이나 처먹고 하는 짓이라고는."

"그런 게, 그런 게 아니야. 방에는 들어갔었어. 하지만 돈을 훔치지는⋯⋯."

영문을 알 수 없었다. 두 사람은 아쓰코를 무시하고 다시 옥신각신했다. 아쓰코는 억지로 두 사람 사이에 끼어들어 사정을 설명했다.

"그랬더니 그 손님이 금고를 열어주시겠대요. 그래서 입회하실 필요가 있다고⋯⋯."

아쓰코는 안 그래도 말솜씨가 없는 데다 요 이틀간 지친 나머지 말이 더 지리멸렬해졌다.

사정은 이해했겠지만 둘 다 의심스러워했다. 일 때문에 찾아온 사람이 갑자기 금고를 열어주겠다니까 당연하다.

하지만 반대는 하지 않았다. 어쨌거나 돈이 없으니까. 지금까지는 아키마사에게 돈을 받아서 썼는데, 그가 죽었으니 난감할 따름이다.

유키마사와 미치에도 수상하게 여기는 눈치였다. 하지만 아무튼 금고만 열어준다면 입회하겠다고 대답했다.

응접실로 돌아가서 하스노에게 가족들의 뜻을 전했다. 공구가 필요하다길래 하스노와 이구치를 데리고 광에 가서 공구함을 꺼내 아키마사의 방으로 향했다. 다른 가족들은 이미 모여 있었다.

"안녕하세요, 처음 뵙겠습니다. 아키마사 씨가 이렇게 돌아가시다니 참 비통한 일이로군요. 저는 하스노라고 합니다. 이쪽은 이구치고요."

하스노는 아쓰코를 대할 때보다 딱딱한 어조로 인사했다. 가족 네 명을 유심히 관찰하는 표정이었다. 아까 겪었던 유키마사의 언동,

그리고 싸우다 와서 찢어지고 흐트러진 아키히코와 아쓰요시의 복장으로 미노다 일가 사람들이 별나다는 사실은 그도 알아차렸을 것이다. 아쓰코는 어쩐지 묘하게 부끄러웠다.

하스노가 작업에 착수했다. 이구치는 곁에서 말없이 지켜보았다. 잠시 후 가족들이 작은 목소리로 서로 폭언을 늘어놓았지만, 둘 다 뒤쪽은 거들떠보지도 않았다. 아쓰코가 작은 목소리로 타일렀지만 가족들은 들은 척도 하지 않았다. 아쓰코는 마치 홀로 버려진 듯해서 몹시 불안한 기분이었다.

아쓰요시가 하스노에게 말을 걸었다.

"이봐, 어째서 금고를 열 줄 아는 거지?"

하스노는 손을 멈추고 조용히 돌아보았다.

"돈이나 귀중품에 관련된 일을 했었거든요. 은행원이니 뭐니 다양한 일들을요. 이런 금고를 억지로 열어야 할 상황이 많아서, 결국 손에 익었습니다. 뭐, 그런 사람은 저 정도겠죠."

그런 상황이 그렇게 많을까 싶었지만, 워낙 당당히 대답하니까 믿을 수밖에 없었다.

결국 부술 필요는 없었던 모양이다. 다이얼을 만지작거리고 철사를 이리저리 사용하는가 싶더니, 약 30분 만에 하스노는 금고를 열었다.

금고 문이 열리자 하스노와 이구치는 뒤로 물러나서 가족에게 금고 안을 확인하라고 했다. 유키마사와 아쓰요시가 다가가서 문을 활짝 열고, 물건을 차례차례 꺼내서 책상 위에 올려놓았다.

돈다발이 약간. 그리고 장부. 통장, 도장, 영수증. 뭔지 모를 공책이 몇 권.

"어이, 이건 뭐야?"

유키마사의 말에 아쓰코는 검은 공책을 집어서 내용을 살펴보았다.

하스노의 이야기를 들었으므로 뭔지 바로 감이 왔다. 사람 이름, 탈취한 액수, 수법, 꼼꼼하게 전부 기록해 놓았다. 사기 비망록이었다.

아쓰코는 말없이 공책을 하스노에게 건넸다. 하스노는 공책을 훑어본 후, 자기 수첩을 꺼내서 재빨리 내용을 옮겨 적었다. 공책을 아쓰코에게 돌려주면서 하스노가 속삭였다.

"말씀드릴 필요도 없겠지만 잘 보관해 주시기 바랍니다. 다른 피해자들도 들고 나설지 모르니까요."

"어이, 그게 대체 뭐냐고?"

유키마사의 닦달에 아쓰코는 뭐라고 대답할지 망설였다. 하스노가 대신 설명하러 나섰을 때 다른 세 명이 아우성쳤다.

"엇? 이거……, 이상하지 않아? 이렇게 적을 리 없을 텐데."

통장 세 개를 차례차례 확인하며 아쓰요시가 한탄했다.

미치에는 갈색 가죽 표지 공책을 넘기며 목소리를 높였다.

"여기에는 수상한 숫자가 잔뜩 적혀 있어. 뭐야? 뭐야 이게?"

도박 관련 기록 같았다. 주사위 놀이나 화투 등으로 얼마를 잃었는지 어처구니없을 만큼 솔직하고 꼼꼼하게 기록해 두었다.

아키마사가 미노다 일가의 자산을 대부분 무익한 놀이에 낭비했다는 사실이 명백해졌다.

5

저녁 식사에는 손님 두 명도 동석했다.

아쓰코가 그러라고 권했다. 오후 6시라 식사를 대접하지 않으면 실례에 해당할 시간이기도 했다.

내일 오후에 경찰이 다시 수사하러 올 것이라고 들었다. 아쓰코는 가능하면 그때까지 두 사람을 붙잡아두고 싶었다.

무서웠다. 오늘 오전까지는 경찰이 있었던 덕분에 마비됐던 공포가 되살아났다. 게다가 새로이 밝혀진 사실 때문에 미노다 일가의 분위기가 한층 광적으로 변했다. 제발 정상인이 집에 머물러 주었으면 했다. 현장을 지키기 위해 배치된 경관은 대문과 현관을 어슬렁거리는 정도라 의지가 안 된다.

전에 없이 간소한 식사였지만 아무도 불평하지 않았다.

손님 때문이기도 했다. 아쓰요시가 데려오는 여자 외에 이 집을 찾는 손님은 그리 많지 않다. 더구나 손님에게 식사를 권하는 건 해가 서쪽에서 뜰 일이다. 그래서 당혹스러운 듯했다.

모두 모여 식사하는 것도 희귀한 일이다. 아키요시가 이 집에 살던 때 몇 번 그랬을 뿐, 아쓰코 생각에는 지난 몇 년간 처음 있는 일이 아닐까 싶었다. 아키마사의 방에 모여 그 사태를 겪는 바람에 다들 식사 시간이 맞춰졌다.

그리고 뭐니 뭐니 해도 그 사태 때문에 불평을 늘어놓을 기력이 싹 사라졌을 것이다. 생활력이 없는 그들은 앞으로 어떻게 살아갈 것인가? 게다가 2주일 후에는 아키요시가 돌아온다.

식사하는 동안 하스노가 아키마사의 사기 행각을 모두에게 설명했다.

담담하고 무감정한 설명이라 다들 얌전하게 들었다. 유키마사가 질문을 몇 개 던진 정도였다.

"그런데, 그, 사기 피해자가 돈을 내놓으라고 주장할까?"

"글쎄요, 모르겠습니다. 다른 피해자가 어떤 사람인지 저로서는 알 수가 없으니까요."

미노다 일가 사람이 제일 걱정하는 것은 역시 돈 문제였다. 하스노는 그들이 아키마사가 남긴 서류를 모조리 처분하는 만행에 나설지도 모른다고 생각했는지, 너무 세세하게 설명하고 싶지 않은 듯했다.

식사는 잠잠한 분위기 속에서 끝났다. 아쓰코는 응접실로 돌아가려는 손님 두 명에게 말을 걸었다.

"어, 도쿄로 돌아가시려고요? 그, 주무시고 가셔도 되는데요."

사람이 죽은 지 며칠 되지도 않은 집에 자고 가라는 것도 묘한 제안이기는 하다. 두 사람은 얼굴을 마주 보았다.

"아니요, 그런 폐를 끼칠 수는……."

"아니야, 이구치 군. 자고 가도록 하지. 전화를 좀 쓸 수 있을까요? 이구치는 부인에게 알려줘야 해서요."

하스노는 가스리*의 허벅다리 언저리에 양손을 대고 몸을 움츠린 아쓰코를 관찰하는 눈빛이었다. 불안해하는 아쓰코의 속내를 꿰뚫어 본 듯했다.

북관 2층에 손님방이 있다. 한동안 사용하지 않았지만, 아쓰코가 빼먹지 않고 청소했으므로 느닷없이 손님을 맞아들여도 문제없다.

북쪽 끄트머리 방은 3층에서 새는 빗물이 스며들어 썩은 들보를 수리하는 중이다. 그 옆에 있는 방 두 개를 내어주기로 했다.

아쓰코는 주방에 돌아가서 설거지를 했다. 설거지가 끝나자 다시 2층 손님방 앞으로 가보았다.

목소리는 들리지 않았지만, 문 너머에서 뭔가 소리가 났다. 평소처럼 문에 바싹 달라붙어 귀를 기울였다. 손님들은 뭘 하고 있을까.

"왜 그러십니까? 이구치에게 무슨 일이라도 있습니까?"

등 뒤, 그것도 아주 가까이에서 갑자기 목소리가 들렸다. 깜짝 놀라 돌아보자 하스노가 서 있었다.

어디를 어떻게 봐도 엿듣는 자세였기에 발뺌은 할 수 없다. 아쓰코는 할 말을 잃고 그저 우두커니 서 있다가 겨우 입을 열었다.

"아아, 그게……."

"화장실을 좀 빌렸습니다. 나중에 좀 더 여쭤보고 싶은 게 있는데 괜찮으실까요? 내일이라도 상관없습니다만. 아키마사 씨 일입니다."

---

 * 실을 부분적으로 방염 처리해서 독특한 흰색 잔무늬를 넣은 직물, 또는 그 직물로 만든 옷

"아, 네, 그야 뭐……. 그, 정말 실례했습니다, 정말로…….”

아니요, 괜찮습니다, 하고 하스노는 웃으며 옆방으로 들어갔다. 아쓰코는 호흡을 가다듬은 후 겨우 몸을 움직였다.

다행이다. 어쨌거나 그야말로 소리 없이 걷는 사람이구나 싶었다.

1층으로 내려가자 식당에서 말소리가 들렸다. 식사를 마쳤지만 가족들이 아직 남아 있는 듯했다.

아쓰코는 한순간 의아한 기분이 앞섰다. 평소 저 네 명이 마주 앉아 이야기를 나눈 적은 없었다.

그렇지만 새어 나오는 말소리를 듣고 이유를 알았다.

“차라리 죽어서 다행이라면 다행이지만……” “누가……” “언제까지……” “경찰이……” “누가 알고 있었지?” “몰라, 아무도……” “그럼 왜 죽인 거야……”

그들은 범인을 색출하고 있었다. 당연하다면 당연한 일이다.

지금까지는 경찰에게 감시당하느라 그럴 여유가 없었다.

게다가 아키마사가 사기 행각을 벌였다는 새로운 사실이 밝혀졌으니, 그 사실을 바탕으로 범인이 누군지 검토하기 시작한 것이다.

되도록 이 네 사람과는 얽히고 싶지 않았다. 그리고 아까도 엿듣기 버릇이 발동했다가 들켜서 식은땀을 흘렸다.

그래서 얼른 식당 앞을 떠나려는데 그 목소리가 귀에 꽂혔다.

—뜻밖에 아쓰코 아니야? 그 여편네, 내가 여자를 데려오면 꼭 엿듣는다니까. 남편이 죽고 욕구 불만에 빠져서 정신이 이상해졌는지도 몰라.

—내 이야기도 가끔 엿들어. 모르는 줄 아는지 음침한 낯짝으로 주변을 어슬렁거린다니까. 분명 제멋대로 구는 년이라면서 날 원망하고 있을 거야.

예전부터 사람들의 이야기를 엿듣다가 자신의 욕을 듣는 경험이 적지는 않았다. 하지만 아쓰코는 전부 부당한 욕설이라고 흘려넘겼다. 교양 없이 뒤에서 남의 험담이나 하는 작자들의 말을 마음에 담아둘 것 없다고 믿어 의심치 않았다.

하지만 이번에는 스스로 잘못이라고 인정하고 양심의 가책을 느꼈던 엿듣기에 관한 험담인 만큼 불의의 일격을 당했다.

안일하게도 엿듣는 줄 모를 것이라 믿었던 자기 자신이 원망스럽기도 했다.

—하지만 아쓰코는 아키마사에게 뭐든지 상담했잖아. 죽여버리면 곤란하지 않겠어? 돈도 어차피 아쓰코의 것이 아닌데.

—어이, 이쯤에서 자백하지 않겠나. 경찰이 집에 드나드는 게 너무 거슬린단 말이야.

—오빠, 그런다고 누가 자백하겠어?

—그렇게 돈을 낭비해서 곧 없어질 판이었으니 죽이길 잘한 셈이

야. 그러니 떳떳하게 나서면 되지 않겠나.

—퍽도 나서겠다! 그나저나 아키마사가 그렇게 돈을 펑펑 썼다는 걸 알고 있었던 사람, 누구야?

—난 몰라! 난 내 돈은 내가 관리했어.

—자기 돈은 무슨! 일단 아키마사에게 받아서 자기 계좌에 옮겼을 뿐이잖아! 오빠도 돈이 없어지면 곤란할 텐데! 누가 알고 있었어?

—아무도 몰랐을걸. 다들 안심하고 맡겼어. 다들 스스로는 아무것도 할 줄 모르니까.

—하지만 누군가 알고 있었겠지. 아니면 왜 죽인단 말이야?

잠시 후 물건을 던지거나 주먹을 휘두르는 듯한 소리도 들렸다. 넋을 놓고 있던 아쓰코는 토할 것 같은 기분으로 그 자리를 떠났다.

아쓰코의 방은 3층이다. 2층에서 층계참으로 올라갔을 때 하스노가 말을 걸었다.

"아아, 시간 있으십니까? 이야기를 좀 하고 싶어서요. 어, 괜찮으세요? 피곤하신 건지 안색이 몹시 안 좋으시군요."

조금 살 것 같은 기분이었다. 괜찮아요, 하고 대답하고 하스노를 따라갔다.

그의 방으로 가자 이구치도 창가에 앉아 있었다.

"이구치와 이야기를 하고 있었습니다."

의자에 앉자마자 하스노가 말을 꺼냈다.

"아키마사 씨의 품행이 어땠는지 최대한 많이 알아두고 싶었습니다. 그래서 가족분들이 뭔가 조금이라도 알고 계신다면 이야기를 듣고 싶었는데, 미노다 일가 분들은 아무래도 다들 특이하시군요."

"아, 뭐, 특이하다고 할까요, 정말이지……."

"신문에는 확실히 적혀 있지 않았지만, 범인은 그 네 명 중 한 명이겠죠?"

그야 그렇다. 뻔하다.

"경찰은 어떻게 움직이고 있습니까? 그리고 검시는요?"

"현장을 지키는 경관을 한 분 남겨놓기는 했지만 그렇게 열의가 있어 보이지는 않아요. 내일은 또 대거 몰려오겠지만요."

"저와 이구치는 그 전에 물러가도록 하겠습니다. 그런데 이구치가 친절한 성격이라 아쓰코 씨를 아주 걱정하더군요. 범인과 한 지붕 아래에 있으니까요. 물론 자신의 안전도 걱정합니다만.

그게 아니더라도 아쓰코 씨는 과로하는 편이 아닐까 싶습니다. 세 사람 몫 정도는 일하시지 않습니까?"

"아니요, 저는 괜찮지만 아무래도 억지로 붙잡아놓은 것 같아서 죄송하네요."

"그건 상관없습니다. 아쓰코 씨의 청을 받아들이기로 결정한 건 저희니까요. 그렇지만 서로 사정이 있으니, 뭔가 알려주실 수 있다면 알려주시길 바랐죠."

"저어, 아키마사 씨가 사기 행각을 벌이고 돈을 낭비했다는 걸 가족 중 누군가가 알고 있었던 거겠죠?"

이구치가 몰아치듯 물었다.

아쓰코도 모른다. 만약 알고 있었다면 범인은 결단코 그 사실을 숨기려 할 테니 쉽게는 꼬리를 드러내지 않을 것이다.

"그 외에 아키마사 씨가 살해당할 만한 이유가 또 있습니까?"

생각해 보았지만 짐작이 가지 않았다.

집에서 아키마사의 태도는 거의 완벽에 가까웠다. 시샘과 원망을 받지 않도록 세심한 주의를 기울였으리라. 뒷전에서 저지르던 악행을 눈가림하기 위해 그렇게 행동했음을 이제는 안다.

역시 아키마사의 악행을 가족 중 누군가가 알아차리고 살해한 것 아닐까? 그런 생각이 들었지만 아쓰코로서는 범인이 누구일지 짚이는 구석이 없었다.

"그리고 아키마사 씨가 살해당한 방이 밀폐 상태였다는 건 어찌된 영문일까? 어떻게 했는지도 모르겠지만, 왜 그런 짓을 한 거지?"

"귀찮지 않으시다면 처음부터 자세하게 말씀해 주시지 않겠습니까? 저희는 정확한 사정을 모르니까요."

하스노의 부탁에 아쓰코는 아키요시의 명령으로 별관을 공사하게 된 경위까지 거슬러 올라가서 설명했다. 경찰에게도 진술했으므로 머릿속에 요점이 정리돼 있었다. 말재주가 없어서 고생하면서도 순서에 맞게 이야기를 풀어놓았다.

"……그리고 저한테 정말로 부끄러운 버릇이 있는데요."

아쓰코는 남의 이야기를 엿듣는 자신의 나쁜 버릇까지 털어놓았다.

하스노에게 현장을 목격당했고, 아까 1층 식당 부근에서 그런 말도 들었으므로 참회하고 싶은 기분이었다. 게다가 설명하기도 간단해진다. 두 사람은 얌전히 귀를 기울였다.

일단 아쓰코가 시체를 발견하고 경찰에 신고하기까지 무슨 일이 있었는지 다 말했다.

시체를 발견했을 때 문에 빗장이 질러져 있었다는 것도.

이구치가 고개를 갸웃했다.

"실을 사용해서 문틈이나 열쇠 구멍으로 빗장을 움직일 수는 없으려나."

"아니요, 그건……."

불가능할 것이다.

문틀에 문받이가 있으니까 문틈은 없다. 열쇠 구멍으로는 실을 넣을 수 있겠지만, 움직일 상대는 보통 빗장이 아니다.

그 빗장은 휘어진 상태로 배달됐다. 그걸 목수가 정성껏 다듬어서 겨우 고정쇠에 끼워지도록 만들었다.

그러니 실로 잡아당긴들 움직이지 않으리라. 양손으로 꽉 밀어 넣어야 한다. 망가질까 봐 겁난다면서 목수는 더 이상 빗장에 손대기를 단념했다. 사건 전날에 있었던 일이었다.

"전날이요?"

"네. 별관 남쪽 방에서 목수가 계속 빗장을 다듬는 작업을 하셨어요. 그날 오후 내내 붙잡고 계시다가 저녁에야 겨우 다 됐다면서 빗장을 바닥에 내려놓고, 관자놀이를 문지르며 돌아가셨는데……."

빗장이 뻑뻑하지 않더라도 표면에 조각된 장미 무늬에 실이 걸릴 테니, 실을 사용해 고정쇠에 빗장을 지를 수는 없을 듯했다.

"설마하니 쇠창살이 빠지지는 않겠죠? 그리고 문을 부쉈을 때 방에 아무도 없었던 게 확실합니까?"

"네, 쇠창살은 단단히 고정돼 있었을뿐더러 창문도 자물쇠가 잠겨 있었어요. 그리고 제가 방에 들어갔을 때 가족들 모두 문 앞에 모여 계셨고요."

누구도 방 안에 있었을 리 없다.

이구치가 앓는 소리를 내며 생각에 잠겼다.

이번에는 하스노가 말했다.

"시체를 발견하셨을 때, 방에 무슨 물건이 있었는지 전부 말씀해 주시겠습니까?"

옷장이 있었다. 그리고 도료가 담긴 통. 전등은 이미 설치를 끝냈다. 융단과 다른 세간살이는 아직 들여놓지 않았다.

"그리고 여러 가지 공구요. 일을 부탁드린 목수가 정리 정돈을 그다지 잘하는 분이 아니라서 공구가 바닥에 여러 개 널브러져 있었죠."

"그리고 빗장이로군요. 우그러진 상태로 바닥에 떨어져 있었어요?"

"네……."

놋쇠니까요, 하고 말한 후 하스노는 입을 다물었다.

"이보게, 뭔가 알아냈나? 왜 방이 밀폐돼 있었던 거야?"

"그건 날이 밝고 나서 살펴봐야지. 그런데 지금 별관은 어떤 상황입니까? 안에는 들어갈 수 있습니까?"

"아니요, 경찰이 들어가지 말라고 해서요. 그래도 창문으로 들여다보는 것 정도는 괜찮아요."

"그렇군요. 아키마사 씨가 죽은 이유는 뭘까요? 경찰이 뭔가 말해 줬습니까?"

"음, 칼로 먼저 찌르고 돌아가신 후에 목을, 네, 그런 순서래요."

"뭐, 그렇겠죠. 그 정도는 엄밀히 검시를 하지 않아도 알 수 있을 겁니다. 시체의 자세가 묘했다고 하셨죠?"

"네, 왼발이 빗장 위에 얹혀 있더라고요. 왜인지는 모르지만."

"처음에는 목을 맸다고 생각하셨습니까?"

"네, 그렇게 보였으니까요. 그래서 허둥지둥……."

"별관 공사는 현재 집에 안 계시는 아키요시 씨가 희망하신 거죠? 아키요시 씨도 아주 별난 분 같은데요."

"네, 그야 뭐."

아키요시가 얼마나 부도덕하게 살아왔고, 그런 그를 가족들이 얼마나 두려워하는지 설명했다. 하스노에게도 이구치에게도 흥미로운 이야기였던 듯했다. 두 사람은 이 집 가족이 엉망진창인 이유를 이해했다는 표정을 지었다.

"약간 주제넘은 걱정입니다만, 아쓰코 씨 방은 문단속에 문제가 없습니까?"

"그게, 저도 조금 불안해서 어제는 버팀봉을 문에 대놓고 잤어요."

"뭐, 부디 조심하시기 바랍니다. 별일은 없겠지만요. 피곤하실 테니 나머지는 내일 이야기하도록 하죠."

사건과 관련해 하스노에게 명확한 생각이 있는 것은 분명했다. 그건 내일 별관 상황을 확인하고 나서 이야기하겠다고 한다.

아쓰코는 시원치 못한 말투로 인사하고 방을 나섰다.

전에 없는 극심한 공포가 갑자기 밀려와서 아쓰코는 뛰다시피 3 층 자기 방으로 돌아갔다. 서랍장으로 문을 막고 침대에 누웠다. 피곤했지만 잠을 설쳤다.

6

다음 날 아침. 아무 일도 없이 날이 샜다.

어제저녁에 이어 오늘 아침에도 가족들이 함께 식사해서 신기했다. 다행히 아쓰코는 무표정한 얼굴로 차분하게 식사 시중을 들었다.

다들 어제에 이어 범인이 누군지 또 토론해 보자는 생각이었는지도 모른다. 가족들은 손님 앞에서도 서슴없이, 어제 아쓰코가 엿들었던 것과 비슷하게 난리를 쳤다.

아쓰코는 아키마사가 죽은 후 가족들이 얼마나 사이가 안 좋은지, 아키마사가 가족 관계를 얼마나 잘 중재했는지 똑똑히 실감했다. 조만간 서로 죽고 죽이는 싸움이라도 벌어질 것 같았다.

결국은 미치에가 대문에 있던 경관에게 아키히코를 고발하고 체포하라고 닦달했다. 경관이 일단 저택에서 대기하라고 지시하자, 이번에는 경관에게 욕과 악담을 퍼부어서 잔뜩 화난 경관이 미치에를 경찰서로 데려가는 소동이 벌어졌다.

하스노는 아침을 먹은 후 정원에 나가서 창문으로 별관을 들여다보았다. 시체는 치웠지만 발견 당시와 크게 달라진 점은 없을 것이다.

10시가 지났다. 미치에가 연행되자 흥이 깨졌는지 용의자 세 명은 토론을 중지하고 각자 방으로 돌아갔다.

하스노와 이구치도 방에 있었다. 아쓰코는 홍차를 준비해 2층으로 올라갔다. 너무 뻔뻔한가 싶었지만 자기가 마실 홍차도 가져갔다.

하스노는 어제처럼 창가에 앉아 담배를 피우고 있었다.

아쓰코가 나타나자마자 하스노가 물었다.

"별관 말씀입니다만, 복도 끝에 정원으로 통하는 출입문이 있더군요. 거기는 늘 잠가놓죠?"

"네, 낮에는 목수가 드나들기도 하지만, 밤이 되기 전에 안쪽에서 자물쇠를 잠가요."

"아키마사 씨를 발견했을 때, 거기로 들어가려고 하시지는 않았군요."

"네, 잠겨 있을 거라고 생각했으니까요."

"아마 잠겨 있었겠죠. 그래서 북관에서 연결 복도를 통해 남관으로 가서 유키마사 씨를 데리고 별채로 향했어요. 문을 부수려고 하기 전에 복도 끝 출입문은 확인하셨습니까?"

"아니요. 너무 정신이 없어서요."

"그야 그렇겠죠."

아쓰코는 홍차를 찻잔에 따랐다. 홍차를 다 따르자 하스노는 미소를 지우고 진지한 표정을 지었다.

"좀 번거롭겠지만 혹시 괜찮으시다면 지금부터 제가 드리는 말씀을 아쓰코 씨가 생각해 낸 것처럼 경찰에 이야기해 주시겠습니까?"

"네?"

무슨 이야기일까?

"괜한 짓을 해서는 안 되겠지만, 어차피 경찰이 할 테니까요. 그리고 아쓰코 씨가 많이 피곤하실 테고 위험하기도 하니까, 할 수 있는 일은 해두는 편이 낫겠다 싶었습니다. 부탁드려도 될까요? 뭐, 아쓰코 씨가 필요하다고 판단하셨을 때 이야기하면 되겠죠. 괜찮으실까요?"

"그야 필요하다면 뭐든지 하겠지만, 어떤……."

"아키마사 씨가 왜 살해당했느냐는 문제 말씀인데요."

느닷없이 하스노가 사건의 핵심을 언급했으므로 아쓰코는 입을 다물었다.

"아쓰코 씨도 아키마사 씨에게 낭비벽과 도박벽이 있다는 걸 모르셨죠? 그렇게 싸우신 걸 보면 가족분들도 그 사실을 모르셨던 것 같고요. 아키마사 씨는 발각되지 않도록 세심한 주의를 기울였을 겁니다.

그렇다면 아키마사 씨는 **악행을 알아차린 누군가에게 살해당한 게 아니라, 아무도 그 악행을 몰랐기 때문에 살해당한 것** 아닐까 싶은데요."

"응? 그게 무슨 소리야?"

이구치가 물었다. 아쓰코도 무슨 뜻인지 못 알아들었다.

"그 전에, 왜 별관의 방을 밀폐했느냐는 문제 말씀인데요."

화제가 휙 바뀌었다.

"이런 술수를 사용했겠죠. **아쓰코 씨가 시체를 발견했을 때, 범인은 방 안에 있었던 겁니다**. 그렇지 않으면 빗장을 지를 수 없어요.

옷장 뒤편이겠죠. 거기 숨어서 누군가 시체를 발견하기를 기다렸던 겁니다."

"아니, 하지만 아쓰코 씨가 문을 부쉈을 때 다들 거기 있었잖나?"

이구치가 이의를 제기했다. 아쓰코도 동감이었다.

"응, 그러니까 이렇게 된 거야. 갈퀴를 정리하러 나온 아쓰코 씨가 정원에서 창문으로 별관의 시체를 발견하겠지? 아쓰코 씨는 별관으로 들어가기 위해 북관 현관문으로 돌아가. 그 모습을 확인한 후 실내에 숨어 있던 범인은 빗장을 벗기고 밖으로 나와. 그리고 뻑뻑해서 밖에서는 조작할 수 없는 빗장 대신 사용할 수 있는 공구, 내가 보기에는 끌이려나. 튼튼하고 굵기도 딱 적당해. 열쇠 구멍으로 실을 넣어서 그걸 빗장 대신 고정쇠에 끼운 거야.

빗장은 남쪽 방과 북쪽 방에 하나씩 두 개였지? 망가진 빗장을 미리 바닥에 놓아두고, 망가지지 않은 빗장은 남쪽 방에 되돌려놔.

분명 시간이 그렇게 많이 걸리지는 않겠지. 연습하고, 실을 열쇠 구멍에 미리 넣어두든지 해서 잘만 하면 30초도 안 걸리지 않으려나. 다만 별관에서 복도를 통해 본관으로 돌아가면 다른 사람과 딱 마주칠 위험성이 있으니, 정원으로 통하는 문을 사용했겠지.

발견 당시 시체가 묘한 자세였던 것에도 몇 가지 이유가 있어.

빗장에 발을 얹어놓은 건 발견자에게 문이 확실히 잠겨 있다는 인상을 주기 위해서였겠지. 이게 꽤 중요해."

시체의 발밑에서 빗장이 둔탁하게 빛났던 광경은 지금도 아쓰코의 머릿속에 단단히 새겨져 있다.

"그리고 빗장을 뺄 때 발이 떨어지겠지만, 그러면 전등에 매달린 시체가 똑바로 축 늘어지겠지? 그러면 빗장을 다른 물품으로 바꿔도 시체에 가려서 창문으로는 보이지 않아.

문을 부수려고 할 때 누군가 시체가 어떤 상태인지 창문으로 확인하자고 하면 곤란하지 않겠나? 그래서 그런 조치가 필요했던 거야. 원래 불안정한 자세였던 만큼 발이 빗장에서 떨어졌어도 어쩌다 보니 떨어졌다고 생각하겠지.

그리고 문 바로 앞에 시체를 매달아 놔서 문을 여는 데 방해가 돼.

부수자마자 문이 활짝 열리는 건 바람직하지 않아. 튕겨 날아간 물품이 빗장 말고 다른 공구라는 사실을 들킬 수도 있으니까. 바닥에는 원래부터 목수가 어질러놓은 공구가 널브러져 있었으니 빗장 대신 사용한 끌은 그사이에 섞여 들겠지.

방이 침침하겠다, 당황도 했겠다, 시선은 시체에 쏠렸겠다, 게다가 빗장이 채워진 광경을 한 번 봐서 선입관도 있었을 테니 알아차리지 못했겠지."

아쓰코는 그런 가능성을 상상조차 해보지 못했다.

"이렇게 해서 범인은 범행 현장에 아무도 드나들지 못했다는 기묘한 상황을 만들어낸 겁니다.

여기서 발견 당시 방 안에 범인이 있었다는 점이 중요한데요. 다시 말해 범인 자신은 시체 발견자 역할을 할 수 없었다는 뜻입니다.

그렇다면 남이 그 역할을 해줘야 합니다.

아쓰코 씨는 갈퀴를 정리하지 않았다는 걸 우연히 떠올리고 정원에 나가셨죠? 아쓰코 씨가 시체를 발견한 건 우연이었어요.

그렇다면 원래 시체를 발견할지도 몰랐던 사람은 누구일까요? 날이 저물고 나서도 외출할 가능성이 있었던 인물입니다.

그건 누구인가. 밤에 색주가니 뭐니 풍기가 문란한 곳으로 외출할 가능성이 있었던 사람은 아키마사 씨를 제외한 네 명이었죠?"

"네, 맞아요……."

유키마사, 아키히코, 미치에, 아쓰요시, 네 사람이다. 그들이 외출할 때 정원에 내버려둔 갈퀴를 보면 안 된다는 생각에 그날 밤 아쓰코는 정원에 나간 것이다.

"이 네 명은 도덕적이지 않습니다. 게다가 서로 몹시 사이가 안 좋은 것 같더군요. 따라서 이 네 명 중 누군가를 피해자로 삼았을 경우, 죽든 말든 상관없다는 생각으로 발견자가 내버려둘 가능성이 있었습니다.

즉, **발견자가 보기에 죽어서는 곤란한 사람이 죽어야 한다**는 거죠. 그렇지 않으면 범인은 언제까지고 방에서 나오지 못할 테고, 시체도 굳어버릴 겁니다.

그래서 선택된 인물이 아키마사 씨입니다. 아키마사 씨는 완벽한 태도로 일가의 실무를 맡은 건 물론이고 싸움까지 중재하셨죠? 발견자가 문을 부숴야 한다고 난리를 치게 하려면 아키마사 씨를 시체로 만드는 수밖에 없었습니다."

"잠깐만. 통 영문을 모르겠군. 결국 범인은 뭘 하고 싶었던 건가? 자네 말만 들어보면 마치 방을 밀폐하기 위해 살인을 저지른 것 같지 않은가."

이구치 말대로다. 범인의 속내를 종잡기가 힘들다. 대체 뭣 때문에 아키마사를 죽인 걸까?

"그렇지. 보통은 그런 짓을 할 이유가 없어. 다만 미노다 일가에서는 사정이 다르지. **그 방은 문을 부수기 위해 밀폐된 거야.**

아쓰코 씨. 시체를 발견하셨을 때 놋쇠 빗장이 우그러진 채 바닥에 떨어져 있었죠?"

그렇다. 문을 부술 때 망가졌다고 생각했지만, 하스노의 말을 들어보니 그렇지 않은 듯했다.

"이 빗장은 아키요시 씨가 영길리에서 보낸 소중한 물품이라면서요? 한편 그렇게 튼튼하지는 않고요. 목수가 아주 조심해서 다듬어야 할 정도로요. 그리고 아키요시 씨는 마음에 안 드는 일이 있으면 가족에게도 행패를 부리는 분이고요."

가족에게도, 라는 표현을 제외하면 그 말도 맞다. 애초에 가족 취급을 하지 않았으니까.

"예를 들어 육체노동에 익숙지 않은 사람이 전등이 든 나무 상자처럼 무거운 물품을 옮기다가 다리가 꼬여서 바닥에 놓아둔 놋쇠 빗장 위에 나무 상자를 떨어뜨리면 어떻게 될까요? 큰 소리가 날 테니, 그대로 놔두면 제일 먼저 의심받겠죠. 어떻게든 자신이 빗장을 망가뜨렸다는 사실을 숨겨야 합니다.

어떻게 하면 숨길 수 있을까? 시체가 있는 방에 들어가려고 문을 부술 때 빗장이 망가졌다고 오인시키는 수밖에 없다. 범인이 그렇게 생각했다면……."

문밖에서 덜커덕, 하고 소리가 났다. 이어서 빠르게 멀어지는 발소리도.

아, 하고 하스노가 작게 소리치고 문으로 달려갔다. 아쓰코도 엉겁결에 따라갔다.

복도로 나간 하스노 저편에 아래층으로 뛰어가는 남자의 모습이 보였다.

아쓰요시였다.

엿듣고 있었던 건가.

하스노는 뒤를 쫓으려다 마음을 바꿨는지 서둘러 수리 중인 옆방으로 들어갔다.

그리고 오른손에 나무통을 들고 돌아왔다.

뭘 어쩌려는 걸까? 왜 나무통을 들고 나왔을까.

아쓰코가 다가가자 하스노는 가방에서 신문지를 몇 장 꺼냈다.

"창문을 열어주게."

이구치에게 부탁한 후, 하스노는 주걱으로 신문지 한복판에 아교액을 붓고 사방에서 감싼 다음, 신문지 위쪽을 비틀었다.

"이걸 몇 개 더 만들도록 해."

"응? 알았어."

이구치가 하스노에게 신문지를 받아 들었을 때, 아쓰요시가 창문

아래에 나타났다. 도망치기 위해 현관으로 나온 것이다.

하스노가 아쓰요시에게 아교 폭탄을 힘껏 던졌다.

빗나갔다. 발 언저리를 스쳤다. 놀란 아쓰요시가 이쪽을 올려다보더니 부리나케 대문 쪽으로 향했다.

이구치가 얼른 아교 폭탄을 하나 더 건네주자 하스노는 지체없이 던졌다. 이번에는 등에 정확히 명중했다.

대문까지는 가깝지 않다. 아쓰요시도 당황했는지 다리가 꼬였다.

아쓰요시가 시야에서 사라지기 전에 하스노는 아교 폭탄을 여섯 개 던져서 세 발 더 맞혔다. 그중 한 발은 정수리에 멋지게 명중했다.

하스노는 창문에서 몸을 돌려 신문지로 손을 닦으며 말했다.

"이구치 군, 미안하지만 온몸이 아교로 범벅된 자가 있는데, 사람이라도 죽일 것처럼 위험해 보이니까 빨리 붙잡으라고 경찰에 신고 좀 해 주게."

"앗, 알았어. 그건 그렇고 자네는 어쩌려고?"

"정원을 청소하고 올게."

이구치는 하스노를 가만히 바라보다가 전화 좀 빌리겠습니다, 하고 아쓰코에게 양해를 구하고 재빨리 방에서 나갔다.

하스노가 벽에 걸린 외투를 내렸다.

"저기, 청소라면 제가."

"아니요, 제가 하겠습니다. 폐가 아니라면요."

아쓰코는 도와드릴게요, 하고 작은 목소리로 말하고 정원으로 향하는 하스노를 따라갔다.

"아키마사 씨는 제게 정말 친절하셨어요. 나쁜 짓을 하고 있을 줄은 꿈에도 몰랐네요."

모종삽으로 정원에 묻은 아교를 떠내며 아쓰코는 혼잣말하듯 말했다. 하스노는 옆에 쪼그려 앉아 솜씨 좋게 손을 놀렸다.

"겉모습만 봐서는 범죄자인지 아닌지 구별하기 힘든 법이죠."

하스노는 부드러운 웃음을 지으며 대답했다.

"네, 하지만 그런 범죄를 저지르다 결국 살해당하고 말았네요. 저는 물론 아키마사 씨께 아무 원한도 없지만, 인과응보라는 걸까요?"

말은 그렇지만, 그렇게 따지면 미노다 일가는 벌써 몰살당했어야 했을 것 같기도 했다.

하스노는 뭔가 생각하듯 하늘을 올려다보며 인과응보, 하고 중얼거렸다.

"저도 나쁜 짓은 하지 않는 편이 좋다고 생각합니다. 하지만 아쓰코 씨, 어쩌면……. 만약 그들의 이야기를 엿듣는 버릇이 없었다면 아쓰코 씨가 살해당했을 거예요. 미노다 일가에서 워낙 열심히 일하셔서 아쓰코 씨 없이는 집안이 제대로 돌아가지 않죠? 덧붙여 아키마사 씨는 체격이 꽤 우람했다면서요. 이렇게 말하면 뭣 하지만, 아쓰코 씨가 죽이기에 훨씬 편할 겁니다. 그러니 만약 그런 버릇이 없었다면 어떻게 됐을까요? ……세상에는 모를 일이 참 많군요."

아쓰코는 몸을 부르르 떨었다. 하스노는 아쓰코에게 웃음을 짓고 묵묵히 청소를 계속했다.

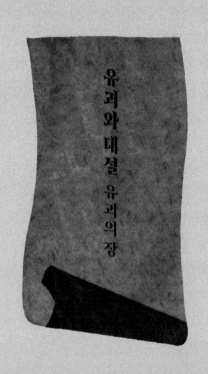

유괴와 대설 유괴의 장

1

6시가 지나자 드디어 초인종이 울렸다.

아주 잠깐 긴장이 풀렸다. 사에코는 숨을 크게 내쉬었다. 처형 부부도 몸에서 힘을 뺀 것처럼 보였다. 그러고 나서 서로 얼굴을 마주보고 다시 긴장했다.

아무도 손님을 맞으려 하지 않기에 내가 일어섰다. 거실에서 복도로 나가서 부랴부랴 현관으로 향했다.

조용히 문을 열자 하스노가 서 있었다. 가에몬 씨의 미술관에 갔을 때 입었던 작업복 차림에, 작업복과 같은 색깔의 챙 달린 모자를 푹 눌러썼다. 대문 밖에 하스노가 끌고 온 짐수레가 보였다.

하스노는 말없이 고개를 살짝 끄덕여 인사했다. 나도 잠자코 그를 집으로 들였다.

"늦었나?"

문을 닫자 하스노가 속삭이는 목소리로 물었다.

"아니, 애당초 오지 않을지도 모른다고 생각했는걸."

"그런가."

두 시간쯤 전에 친분이 있는 자동차 상회에 부탁해 하스노의 집에 전언을 보냈다. 자동차 상회 사람에게 사정을 밝힐 수는 없었으므로, 변고가 생겼으니 고물상으로 위장해 내 처형의 집으로 와 달라고만 전달했다. 이래저래 준비해야 했을 테니 세타가야에 있는 하스노의 집에서 간다까지 두 시간이면 오히려 꽤 빨리 온 셈이다.

내가 서둘러 거실로 향하자 하스노는 보폭을 넓혀 성큼성큼 따라왔다.

내가 현관에 나가 있는 동안 다른 사람들은 꼼짝도 하지 않았던 모양이다. 조금 전 모습 그대로 아무 말도 없이 탁자에 둘러앉아 있었다. 그래도 하스노가 나타나자 일제히 시선을 주었다.

"자, 그러니까, 이쪽은 내 아내야."

나는 일단 사에코를 가리켰다. 하스노는 모자를 벗으며 인사했다.

"아아, 이구치 군에게 여러모로 신세를 지고 있습니다."

"아니요, 별말씀을요."

사에코는 고개를 살짝 숙였다.

그리고 처형 부부인 야나에 아키오와 하루에를 소개했다.

두 사람은 몹시 초췌했다. 하스노가 인사했는데도 느릿느릿 쳐다보더니 한숨 비슷한 소리를 내며 고개를 숙였다. 평소 같으면 손님 앞에서 이렇게 둔하고 무례한 태도를 보이지 않을 것이다.

탁자에는 봉인을 뜯은 편지봉투가 놓여 있었다. 주소란에 야나에 미네코 가족분이라고만 적혀 있고, 우표는 붙어 있지 않았다.

편지봉투를 보고 하스노가 물었다.

"유괴인가?"

바로 그렇다. 무슨 일이 생겼는지 하스노는 대강 눈치챘다.

미네코는 야나에 일가의 외동딸이다. 작년에 여학교를 졸업한 후로 집에서 지내며 꽃꽂이와 재봉을 배우고 있다. 나도 아내와 결혼하고 나서 몇 번밖에 못 만났다.

"봐도 되겠나?"

하스노는 내게 양해를 구하고 편지봉투를 집었다.

귀하의 영애를 데리고 있다는 사실을 알려드립니다. 고로 그에 상응하는 금품과 교환하고 싶습니다. 금액은 굳이 정하지 않겠으나, 한 푼이라도 많을수록 영애가 무탈할 것이라고 약속드리는 바입니다. 현금을 제일 희망하오나, 귀금속을 포함해 무게가 가볍고 가치는 큰 물품을 포함해도 무방합니다. 교환 일시는 오늘 자정, 하코자키초의 가나이 공장 창고 정면 입구에서 지시서를 찾으시기 바랍니다. 교환품을 포장할 때는 귀댁에서 애용하는 삼잎 무늬 보자기를 사용하시고, 돌려 묶기로 매듭지은 보따리를 가족 중 한 분께 들려 보내십시오. 그 외에 지팡이, 가방 등 쓸데없는 물건을 휴대하거나 교환 장소에 경찰을 배치하면 안 되는 것은 물론이고, 애당초 경찰에는 상담하지 않기를 충고드리는 바입니다. 이상의 조건을 무시할 시에는 어떠한 사태도 감수할 각오를 하셔야 할 것입니다.

또한 오실 때는 쌍안경을 잊지 말고 지참하시기 바랍니다.

하스노는 편지를 탁자에 내려놓고 봉투에 깔려 있던 머리집게를 집었다.

편지지와 함께 들어 있던 물품이다. 수국 장식이 달렸다. 미네코의 것이 틀림없다고 사에코와 처형이 단언했다.

오늘 오후 3시 반경. 사에코가 우편함에서 이 봉투를 발견했다.

기온이 4도까지밖에 올라가지 않아서 몹시 추운 날이었다. 하늘에는 짙은 회색 구름이 종일 끼어 있었다. 도쿄라도 산 쪽에는 대설이 내릴 모양이었다.

미네코는 요요기에 재봉을 배우러 갔었다. 그 근처 상점에 전화를 걸어 알아본 결과, 미네코는 오후 1시경에 재봉 선생님 집을 나선 뒤로 실종됐다는 사실이 명확해졌다.

"이 편지는 진짜겠지?"

하스노가 봉투를 가리키며 물었다. 다들 일제히 고개를 끄덕였다.

처형 부부와 사에코는 이번 일이 미네코의 자작극일 가능성을 전혀 염두에 두지 않았다. 내가 언급은 해보았지만, 절대로 아니라고 단박에 부정했다.

몇 번밖에 만나 보지 못한 터라 미네코를 잘 알지는 못하지만, 이런 무분별한 짓을 할 만한 아가씨가 아니라는 것은 확실했다.

최근에 미네코는 부모님과 몇 번 싸웠다고 한다. 그래도 처형 부부는 미네코가 이런 방식으로 항의할 리 없다고 딱 잘라 말했다.

"경찰은? 어떻게 했지?"

신고는 하지 않았다.

연말연시에 아버지와 손님을 상대하고, 부탁받은 잡지 표지 그림을 그리느라 바빠서 연하장도 제대로 못 보냈으므로, 나는 어제 아내와 함께 처형 부부 집을 방문했다.

이 집에는 처형 부부와 미네코, 그리고 장인어른이 함께 산다. 원래 같으면 하룻밤 머무른 후 이미 귀가했을 터였다.

그런데 유괴 사건이 발생했다. 신고해야 할지 말지를 두고 전전긍긍할 뿐, 일을 해결할 묘안은 떠오르지 않았다.

처형은 반쯤 정신이 나갔다. 동서는 거의 입을 열지 않았다. 사에코도 평소 같으면 이러쿵저러쿵 말을 꺼냈겠지만, 지금은 안절부절 못하는 표정으로 침묵을 지켰다. 장인어른은 아무튼 돈을 모아야겠다며 즉시 집을 뛰쳐나갔다. 어디로 갔는지는 모르지만 아마 지인의 집을 돌아다니고 있을 것이다.

범인의 요구를 어기고 경찰을 불러야 할 것인가, 그랬다가는 자칫 풀지 못할 한이 남을 것인가. 내 아이라면 모를까, 남의 집 딸의 목숨이 걸린 일에 이래라저래라 간섭할 용기는 없었다.

교착 상태로 시간만 흘러갔다. 결국 나는 하스노에게 도움을 요청하자고 제안했다. 경찰을 부르지 말라고 했으니, 도둑을 부르는 건 범인의 요구를 어기는 것이 아니다.

다들 내 제안에 찬성했다기보다는 아무도 강하게 반대하지 않았다.

하스노가 체포된 후 오랜 친분이 있는 사람에게는 내게 도둑 친구가 있다고 크게 자랑했지만, 아내의 가족을 상대로 그럴 수는 없기에 옛 친구가 불상사를 일으켜 변호사가 필요했다고 아주 간단하게 설명했을 뿐이다.

따라서 그들은 하스노라는 그다지 세련되지 못한 이름을 듣고 색안경이나, 두건, 더부룩한 수염, 넝쿨무늬가 들어간 보자기 따위를 상상했을 터라, 하스노의 실제 모습은 예상에서 크게 벗어난 듯했다.

"신고해야 할까?"

"나도 어떻게 하라고 충고는 할 수 없네. 이쪽에서 정해야 해."

아무도 그 결단을 내리지 못해서 문제다.

"그런데 이구치 군, 난 어쩌면 되지? 뭘 하면 되겠나?"

"그게 말이야……."

해결해 주면 좋겠다. 나는 그런 심정으로 아내와 처형 부부를 보았다. 그들도 매달리는 듯한 표정으로 하스노를 바라보았다.

다들 어쩔 줄 몰라서 당혹스러운 심정이다. 하스노가 뭘 해줄지는 모른다. 아무튼 경찰이 아니라 우리보다는 유용할 인물을 불렀다. 이럴 때 도둑이었다는 경력은 오히려 든든하게 다가온다.

하스노가 인상을 찌푸렸다.

"뭐, 어떻게 할지 생각해 볼까. 무슨 일이 있었는지 전부 말해보게."

나는 모두를 대표해 일단 미네코의 발자취를 설명했다.

미네코는 아침 8시가 되기 전에 집을 나섰다. 스이도바시역까지 걸어가서 인센 열차를 타고 요요기역에서 내린다. 역에서 선생님 집까지 약 4정 거리라고 한다. 점심은 늘 재봉 선생님 집에서 먹고 돌아온다.

"여기서 스이도바시역까지는 가게며 집이 많지. 미네코 씨는 아버지가 위독하다는 둥, 집에 불이 났다는 둥, 새끼 고양이를 주겠다는 둥 범인이 꾀면 쉽사리 따라갈 만큼 조심성이 없는 사람인가?"

하스노가 오기 전에도 그 점이 문제로 떠올랐다. 그럴 리 없다고 아내는 장담했다.

"나는 역 앞의 운송업자에게 짐수레를 빌리고 노면철도 선로를 따라 걸어왔는데, 미네코 씨도 역까지 그렇게 다니겠지?"

사에코가 고개를 끄덕였다.

"그 도중에 납치하기는 무리겠지? 그렇다면 요요기에서 납치했겠군."

"그럴 거야."

"재봉 선생님 집은 그렇게 외진 곳에 있나? 사람을 납치할 만한 빈틈이 있어?"

나는 모른다. 처형은 대답할 낌새가 없었다. 사에코가 대답했다.

"큰길에서 한 구획 안쪽으로 들어가서 인적이 적은 곳을 지나가요. 낮이라 괜찮을 줄 알았는데."

"거기라면 남의 눈에 띄지 않고 미네코 씨를 붙잡아서 자동차에 태워 데려갈 수 있다는 말씀이십니까?"

"그럴 거예요. 기회만 놓치지 않는다면."

"미네코 씨는 오늘 재봉 선생님 집에 가기로 정해둔 건가요?"

"네. 늘 정해진 날에 다녔어요. 재봉 선생님인 야에는 제 친구예요."

"그렇군요. 뭐, 어쨌거나 이 협박장은 이상하군."

하스노가 탁자 위를 노려보며 말했다. 바닥을 내려다보고 있던 처형 부부도 하스노가 문제로 삼은 편지에 시선을 주었다.

"일단 범인이 어째서 미네코 씨를 유괴 대상으로 점찍었는지 생각해 볼까요. 일단 무작정 아가씨를 한 명 납치해 놓고, 그 가족을 조사해 금품을 요구하는 어처구니없는 짓은 하지 않겠죠? 예전부터 미네코 씨를 노린 것이 확실합니다. 실종된 지 얼마 지나지 않아서 요구서가 도착했어요. 일 처리가 아주 기민합니다."

"그러게."

다들 이야기를 듣고는 있지만 대답을 못 하는 것 같기에 내가 맞장구를 쳤다.

"예전부터 미행한 거겠죠. 평소 어디로 외출하는지 다 파악하고, 집도 감시했을 겁니다. 미네코 씨가 요요기에 가는 날에 맞춰서 범행을 결행했으니 말입니다. 편지에 '애용하는 삼잎 무늬 보자기'라고 적혀 있었는데, 이건 사실이죠?"

사실이다. 처형은 장을 보러 가면 그 보자기에 물품을 싸서 돌아온다고 한다. 범인은 그 사실을 알고 있었다.

"그렇게까지 해놓고 이 어중간하고 묘한 요구는 뭘까. 오늘 자정이라니 너무 성급해. 사에코 씨는 오후 3시 넘어서 우편함을 확인하셨죠? 그렇다면 은행은 문을 닫았을 텐데요."

"그렇지. 듣고 보니 확실히 이상하군."

돈을 요구받았지만 은행에서 예금을 인출할 수가 없다.

어쨌든 범인의 요구에 따를 준비는 해두는 편이 나을 듯했다. 그래서 다 함께 금고에 보관해 둔 물품을 꺼내고, 옷장과 다다미 밑에 숨겨둔 쌈짓돈을 꺼내 금액을 대충 확인해 보았다.

금고에는 대부분 증권뿐, 현금은 거의 없었다. 쌈짓돈도 기껏해야 수십 엔 정도였다.

지갑 속 돈과 동서가 일터에서 받아온 봉투 속 돈을 다 합쳐도 200엔이 채 안 됐다.

"금품이라고 적혀 있는데, 현금 외에 귀중한 물품은 없습니까?"

없다. 현관 옆에 있는 커다란 화분이 제일 비싸지만, 그래봤자 300엔 언저리이고 너무 커서 몸값으로는 부적합하다.

"앞으로 다섯 시간 안에 얼마나 준비하실 수 있습니까? 한 푼이라도 많을수록 좋다고 해놓고 무슨 생각으로 오늘 자정을 교환 시간으로 지정한 걸까. 하루라도 시간을 주면 사정이 완전히 달라지는데 말이야. 은행에도 갈 수 있을뿐더러 남에게 돈을 빌리는 데도 시간이 필요하잖아?"

"확실히 그래. 그렇다면 갑자기 계획을 변경한 걸까? 범인은 큰돈을 뜯어낼 작정이었지만, 갑자기 서둘러야 할 사정이 생겨서 받아낼 수 있을 만큼만 받기로 했다든가……."

"어떤 사정? 돈을 포기해야 할 만한 사정이 있겠나? 애당초 위험한 계획이야. 범인도 한 명은 아니겠지. 미행하고 납치하고 요구서를 투합해야 하니까 세 명 정도는 필요하지 않을까. 자동차도 있어야겠지? 그렇게까지 했으니 어지간한 돈으로는 도저히 수지 타산이 맞지 않을 거야."

그때 현관에서 소리가 났다.

장인어른 겐지가 돌아왔다. 복도를 디디는 소리가 들리고 거실 문이 열렸다.

키는 크지만 여위었다. 예순일곱인가 여덟일 테지만, 아직 정정하다.

편지를 보고 마음을 제일 잘 다잡았던 사람은 장인어른이었다. 그는 손녀가 유괴됐다는 사실을 알자마자 돈을 모아 오겠다며 집을 뛰쳐나갔다.

장인어른은 기모노 위에 걸친 두툼한 덧옷을 벗지도 않고 탁자 위의 협박장을 보며 말했다.

"130엔뿐일세. 미우라네와 아사야마네에는 헛걸음했어."

돈을 빌리러 간 이야기다. 제대로 된 설명 없이 돈이 필요하니까 아무튼 빌려줄 수 있는 만큼 빌려달라고 부탁했을 테고, 그것도 그 자리에서 내놓으라고 했을 테니 대단한 액수가 모일 리 없다.

장인어른은 돈이 있을 법한 지인의 집을 닥치는 대로 돌아다녔다고 했다. 잠깐 집에 들렀을 뿐, 아무래도 다른 방면으로 또 머리를 조아리러 나갈 작정인 듯했다.

"그랬군요."

처형이 가냘픈 목소리로 말했다.

장인어른이 이쪽으로 고개를 돌렸다. 내가 친구를 소개하기 전에 장인어른이 먼저 누구인지 알아보았다.

"자네가 하스노인가?"

"처음 뵙겠습니다."

장인어른이 하스노를 노려보았다. 하스노는 살짝 웃음을 지었다.

"중대사일세."

"물론 큰일입니다."

장인어른이 이맛살을 찌푸렸다.

"쓸데없는 짓은 하지 말게. 난 필사적이야."

"물론 방해는 하지 않겠습니다. 아참, 방해하고 싶지 않으니, 어떻게 하실 작정인지 알려주시지 않겠습니까? 돈을 모아서 범인의 지시에 따르는 것이 최선이라고 생각하십니까? 경찰에는 알리지 않기로 하셨고요?"

장인어른은 묵묵부답이었다.

방책을 정한 것도, 결심을 굳힌 것도 아니다. 범인이 되도록 많은 돈을 요구했으니 일단 서둘러야 한다는 생각뿐이었을 것이다.

장인어른은 조바심이 나는지 가방을 고쳐 잡고 바닥을 쿵쿵 굴렀다.

"자네는 뭘 할 수 있다는 건가."

"아직 모르겠습니다. 그렇지만 확인해야 할 점은 있습니다. 또 지인들을 만나러 나가실 생각이십니까? 급하시겠군요."

"당연하지!"

"압니다. 물론 그것도 필요한 일이겠죠. 하지만 잠시만 제 이야기를 들어주십시오. 이구치 군."

큰 소리로 나를 부른 후, 하스노는 방에 있는 모든 사람을 둘러보았다.

"왜?"

"아까 하던 이야기 말인데, 요구서에 최소한 얼마라는 식으로 금액을 확실히 제시하지 않은 건 이상하지 않나?"

"우리가 얼마나 준비할 수 있을지 짐작이 가지 않았다든가?"

"그런 것 치고는 너무 계획적이야. 아까 말했다시피 일 처리가 기민한 것도 그렇고. 더구나 요구 수단이 편지 아닌가. 이 집에 전화는 개통하지 않았지?"

"설마. 없네."

"물어보는 걸 깜박했는데, 편지는 사에코 씨가 발견하셨죠. 미네코 씨가 유괴되고 그리 오래 지나기 전에 범인의 요구 사항을 아신 셈인데, 저녁이 되기 전에 우편함을 확인하시는 건 평소 습관이십니까?"

"네, 평소는 제가 없으니까 언니가 확인하지만요. 보통 그 무렵이면 우편물이 다 배달되거든요."

"그렇다면 그건 범인에게 호재였던 셈인가. 아니, 그렇게 중요한 일은 아닌가. 어쨌든 범인은 이 집을 감시해서 그런 습관을 알고 있었던 듯해.

간발의 차이로 여기 있는 분들이 미네코 씨가 실종됐다는 사실을 유괴됐다는 사실보다 먼저 알아차렸다면, 당연히 여기저기 연락해서 큰 소동이 벌어질 테니 범인으로서는 행동하기가 힘들어지겠지. 그리고 집안사람이 우편함을 확인한 후에 요구서를 넣으면 그대로 방치됐을 수도 있어. 가족이 실종됐다고 해서 우편함을 확인하려고 할지는 모를 일이니까. 뭐, 그렇다면 전보 같은 게 왔을 수도 있겠지만……

아무튼 단단히 노리고 저지른 짓이라는 느낌이 드는군. 그것도 범인에게 불리하도록 말이야.

예를 들어 한 시간만 빨랐다면 은행에 갈 수 있었을지도 모르잖나. 미네코 씨가 오후 1시 지나서 실종됐다면, 그 정도 여유는 있을 법해. 증거인 머리집게를 우편함에 투함할 필요는 있겠지만, 2시 전에 끝마치면 은행 시간에 맞출 수 있었겠지?"

"우편함을 언제 확인할지는 모르지만."

"뭐, 그렇다면 눈에 확 띄도록 편지를 풍선에라도 묶어서 정원에 던져 넣으면 될 일이야. 밖으로 눈만 살짝 돌리면 알아차릴 테니, 빨리 요구 사항을 전달하고 싶다면 오히려 그래야 마땅해. 하지만 어째선지 범인은 그러지 않았지. 아니면 차라리 하루쯤 시간을 더 줬어도 되고."

하스노는 요구서를 다시 집어 들었다.

"그리고 편지에는 보자기라고 적혀 있어. 트렁크도 큰 가방도 아니라 보자기. 애초에 돈다발을 수북이 받아낼 마음은 없는 것처럼 보이기도 하는군. 100엔짜리 지폐로 통일하면 좋겠지만, 급하게 돈을 마련하면 그렇게는 안 될 거야.

덧붙여 계획이 틀어져서 받아낼 수 있을 만큼만 받기로 했다는 자네 설 말인데. 이건 내 개인적인 의견이지만, 고작 300엔 정도를 손에 넣기 위해서라면 지금부터라도 도둑으로 직업을 바꾸는 편이 낫겠지. 유괴는 힘든 일이야. 품도 많이 들고."

"무슨 말인지는 알겠네. 그래서 결국 요점은 뭔가?"

"이번 유괴 사건에는 돈 말고 다른 목적이 있지 않겠느냐는 거야."

"뭐? 다른 목적이라니 그게 뭔데?"

"가능성은 여러 가지지. 아무튼 지금 내 생각은……, 이구치 군, 몸값은 준비됐나?"

금액만 확인해 보았다.

"돈은 이미 보자기에 쌌나?"

"아니, 아직."

"그거 다행이군. 실은 몸값을 전부 확인시켜 주셨으면 합니다. 현금, 그리고 귀금속이 있다면 그것도요."

"이보게, 대체 뭔가?"

안절부절못하는 태도로 이야기를 듣던 장인어른이 끼어들었다.

"무슨 영문 모를 이야기를 하는 거야? 급하다고 했잖은가. 이만 가겠네."

"지갑을 가지고 계십니까? 보여 주십시오."

생뚱맞은 이야기에 장인어른뿐만 아니라 모두 당황했다. 하지만 하스노의 재촉에 못 이겨 장인어른은 덧옷 호주머니에서 지갑을 꺼냈다.

하스노는 빈 의자에 앉아 장인어른에게 받은 지갑에서 지폐를 꺼내며 말했다.

"이구치 군, 집에 있는 현금을 전부 가져와 주겠나? 어디에 있었던 돈인지 알아볼 수 있도록 말이야."

나, 사에코, 동서가 자리에서 일어섰다. 나는 열어둔 금고에 들어 있던 돈을 양손에 들고 거실로 돌아왔다.

하스노는 이미 지갑 속 돈을 다 확인했다.

나는 10엔짜리 지폐 몇 장과 약간의 외국 지폐를 하스노 눈앞에 내려놓았다. 하스노가 바로 물었다.

"10엔짜리로군. 이거, 최근에 금고에 넣은 건가? 이 달러와 파운드도?"

환전하기가 귀찮아서 금고에 넣어두었던 외국 지폐다.

"반년쯤 전일세."

장인어른이 대답했다.

"아아, 그렇군요. 그럼 이건 제쳐놔도 돼. 외국 돈은 잘 모르겠고 말이야."

하스노는 내가 내려놓은 돈을 탁자 옆으로 치우고 나머지 돈을 가져오길 기다렸다.

사에코와 동서가 동시에 거실로 돌아왔다.

사에코는 지갑, 동서는 봉투를 손에 들었다. 봉투는 동서가 일터에서 받아온 것이었다.

"이 돈들의 출처는 확실합니까?"

사에코가 대답했다.

"봉투에 든 돈은 확실하지만, 지갑에 든 돈은 잘 모르겠어요."

"그런가요. 그럼 봉투부터."

하스노는 호주머니에서 장갑을 꺼내서 낀 후, 봉투에 든 현금을 손가락으로 차례차례 넘겼다. 지폐 가장자리만 주의 깊게 만졌다.

두 번째 갈색 봉투에는 100엔짜리가 한 장만 들어 있었다. 하스노가 갑자기 손을 멈췄다.

"이거다."

"이거라니?"

다들 몸을 내밀어 하스노의 손을 들여다보았다. 나가겠다고 했던 장인어른도 덧옷 단추를 채우면서 아직 거실에 남아 있었다.

"위조지폐야."

하스노는 오른손으로 100엔짜리 지폐 끄트머리를 잡고 전등에 비춰 보았다. 그리고 장인어른이 빌려온 100엔짜리 지폐와 나란히 내려놓았다.

"약간이지만 인쇄가 흐릿해. 그리고 이구치 군이라면 알겠지? 후지와라노 가마타리*가 좀 다르게 생겼어. 여기, 눈매가."

나도 두 지폐를 자세히 비교해 보고 도안이 완전히 동일하지 않다

---

* 7세기 초반, 일본 아스카 시대의 귀족이자 정치가. 1900~1939년까지 일본 백엔권의 초상으로 사용됨.

는 걸 인정했다. 다른 사람들도 탁자에 몸을 내민 채 숨을 삼켰다.

봉투에 들어 있던 100엔짜리 지폐는 위조지폐가 틀림없었다.

"하스노, 자네가 말한 건 이건가? 범인이 무슨 이유로 이 지폐를 되찾고 싶어 한다는 거야?"

야나에 일가로 흘러든 위조지폐를 되찾기 위해 유괴 사건을 일으켰다는 건가.

"아무래도 그런 것 같군. 무슨 사정인지는 아직 모르겠지만, 몸값은 한푼이라도 많을수록 좋다는 요구 조건을 내건 건 이 집에 있는 현금을 몽땅 빼앗아서 확실하게, 그리고 들키지 않고 위조지폐를 되찾기 위한 수작이겠지. 그렇다면 확실히 이것 말고 다른 방법은 없을지도 모르겠어. 은행에서 돈을 인출할 틈을 주면, 끝자리를 딱 맞추기 위해 이런 돈은 굳이 몸값에 포함하지 않을 수도 있잖나? 게다가 이 집은 도둑질하기가 꽤 어려워. 문단속을 철저히 하면 쳐들어오기도 쉽지는 않을걸? 근처에 사람 눈도 많고 말이야. 낯선 사람이 찾아와서 돈을 바꿔 달라고 부탁하는 것도 수상. 거절당하면 허탕이고 말이야."

하스노는 의자를 뒤로 물리고 일어섰다.

"이 돈은 누가 어디서 받으신 겁니까?"

"나요. 이리에라는 남자에게 받았지."

동서가 대답했다.

지인을 통해 이리에라는 고물상에게 돈을 빌려달라는 상담을 받고 100엔을 빌려주었다고 한다.

동서는 종종 돈을 변통해 달라는 부탁을 받는데, 채무자가 갚은 돈을 매달 말에 업무 보수금과 합쳐서 장부에 기입하고 한꺼번에 은행에 예금한다.

"이리에라는 사람에 대해 아시는 대로 말씀해 주시겠습니까?"

"어느 날 갑자기 지인이 소개했다. 반년쯤 전에 처음 만났는데, 장사가 잘 안된다며 애원하더군. 지인의 소개인 데다 차용증도 썼으니 문제없을 거라 보고 빌려줬소."

원래 두 달 만에 갚기로 약속했지만 변제가 늦었다. 동서는 이리에의 가게에 몇 번 찾아가서 독촉했다고 한다.

"열흘 전에야 겨우 돈을 받았지."

"이리에라는 남자는 고물상이라고 하셨죠? 좀 더 자세하게 알려주십시오."

"아아, 눈빛이 흐리멍덩하고 손님을 상대하는 장사에는 어울리지 않게 음침한 남자요. 되도록 내게는 숨기려고 했지만 법률에 저촉되는 토지 거래를 했던 모양이더군."

동서는 세무 대리인으로 일한다. 빚 독촉을 하러 갔을 때 장사가 왜 안된다는 건지 이리에에게 이것저것 따져 물었다. 그의 대답과 이리에를 소개한 지인에게 들은 이야기를 종합해 사정을 파악했다고 한다.

"이리에의 고물상은 몹시 수상쩍었소. 집 겸 가게인데, 형편없는 건물에 어울리지 않게 값비싼 물건들을 놔뒀더군."

"이걸 받으셨을 때의 상황도 말씀해 주시겠습니까?"

하스노가 위조지폐를 가리키며 물었다.

열흘 전 동서는 이리에의 가게에 가서 더는 못 기다린다, 일부라도 좋으니 돈을 갚을 의지를 보여달라고 닦달했다. 입을 꾹 다물고 있던 이리에는 망설이던 끝에 가게의 금전등록기 쪽으로 가서 이 봉투를 들고 왔다.

"이리에의 고물상에 대해 생각나는 대로 알려 주십시오. 어떤 물건을 다룹니까? 그리고 장사가 잘 안된다고 했는데 손님이 없다는 뜻인가요?"

"손님은 거의 없었던 것 같은데, 아아, 그러고 보니 마지막으로 만났을 때 손님을 상대하기 위해 이리에가 한 번 자리를 떴었지. 돌아갈 때 보니 가게 앞에 진열한 서서(스위스)산 탁상시계가 없어졌더군. 이리에에게 물어보니 수백 개밖에 제조되지 않은 귀중품이라고 했소."

돈이 없어 쩔쩔매는 고물상이 그런 물품을 취급하다니 아무래도 수상하다.

장인어른은 풀썩 쓰러지듯이 의자에 앉았다. 그리고 콜록거리며 부아가 치민다는 듯 위조지폐를 노려보았다.

"그래서 뭐? 어쩌면 되나? 이걸 돌려주면 미네코가 돌아온다는 건가?"

"이리에라는 사람이 범인과 관련됐을 법하다는 거겠지? 이보게, 뭔가 좋은 생각 없나?"

하스노는 금방 대답하지 않았다.

"이리에라는 사람의 집은 어디입니까?"

"사이타마의 가와구치마치요."

"가깝지는 않군요. 가본다고 해도 시간이 꽤 걸리겠어. 일단 신문을 살펴볼까. 위조지폐가 얽혀 있는 것으로 보건대 무슨 범죄 조직이겠지? 관련된 기사가 실려 있을지도 몰라.

신문은 어떻게 하십니까? 읽고 나서 바로 버리십니까?"

"보관해 뒀을 텐데? 반년 치는 모아놨을 걸세. 광에 있으려나?"

장인어른이 물어보자 가족들은 저마다 고개를 끄덕였다.

"그거 다행이군요. 좀 빌리겠습니다. 이구치 군, 어디지?"

내가 앞장서서 현관 옆에 있는 광으로 향했다.

방을 나서면서 하스노는 경찰을 부르는 것도 한 가지 방법입니다, 하고 제안했다.

위조지폐가 나온 이상, 경찰이라면 그걸 실마리 삼아 범인을 색출할 수 있을지도 모른다. 부를 거면 빨리 부르는 편이 낫다. 한 번 더 잘 생각해 보십시오, 하고 하스노는 미네코를 걱정하는 네 사람에게 말했다.

2

광에는 먼지가 쌓여 있었다. 손잡이가 휘어진 석유등이나 이가 빠진 옹기 등을 보관하는 곳이다. 하스노는 신문을 묶은 노끈을 풀고 신문을 바닥에 늘어놓았다.

그리고 최근 날짜부터 순서대로 신문을 넘겼다.

장인어른이 관심 가는 기사를 오려서 모으기 위해 보관했지만, 한동안 게으름을 부려서 손대지 않고 남아 있었다. 하기야 짐 꾸리는 데 사용해서 없어진 날짜도 꽤 많다.

하스노는 어제 조간신문을 쓱 밀어주며 만약을 위해 나도 훑어보라고 했다.

"이보게, 지난 한 달간 뭘 하며 지냈나?"

"아무것도 안 했어. 집에만 있었지."

12월에 하루미 씨의 부탁을 받고 함께 요코하마에 다녀온 후로 하스노와는 왕래가 없었다. 연하장을 보냈을 때도 세무서의 독촉장같이 딱딱한 답장이 왔을 뿐이다.

흔한 일이었다. 이쪽에서 아무 연락이 없으면 하스노는 몇 달이라도 깜깜무소식으로 지낸다.

"자네가 사람을 싫어해서 다행이로군. 집에 틀어박혀 있지 않았다면, 우리는 완전히 속수무책이었을 거야."

하스노는 신문에 시선을 고정한 채 대답했다.

"이구치 군, 툭하면 날 인간 혐오자 취급하는데 그건 오해야. 대개는 좋아하지. 만난 적 없는 사람은 모두 좋아해. 만나면 싫어지니까 되도록 만나지 않는 거야."

"그건 몰랐군. 뭐, 그래도 난 자네를 인간 혐오자라고 부르겠네. 어떤가? 어떻게 하는 게 제일 좋겠어? 역시 경찰인가? 이보게, 생각이 있다면 말해봐."

"미안하지만 아무 생각도 없어. 지금 생각하는 중이야."

"경찰을 부르는 편이 낫다고 생각하나? 아까 그런 취지로 말한 거야?"

"그것도 정말로 모르겠어. 책임을 질 수 있는 사람이 결정하는 수밖에 없겠지."

범인의 목적은 위조지폐인 듯하니 그것만 넘겨주면 미네코를 선뜻 돌려줄 것 같기도 하다. 몸값도 큰돈을 준비할 필요는 없을 듯했다.

다만 그럴 것이라는 근거는 빈약하다. 수사에 유용한 증거인 위조지폐가 발견된 이상, 경찰에 의지하는 것이 제일 안전할지도 모른다.

"아까는 경찰을 부르는 것도 가능하다는 사실을 잊어버리면 곤란하다 싶어서 만약을 위해 말했을 뿐이야. 난 딱히 경찰을 좋아하지 않고, 그렇게 신용하지도 않아."

"그야 뭐 이해하네만. 경찰보다 자네가 더 도움이 될 거라고 생각하나?"

"그럴 리가 있겠나? 범인이 경찰을 개입시키지 말라고 요구했고, 난 경찰이 아닌 탓에 지금 여기서 이러고 있을 뿐이야. 하지만 어쩔 수 없으니 내가 할 수 있을 만큼은 하겠네."

말하면서도 하스노는 멈추지 않고 신문을 넘겼다.

"이리에라는 고물상은 범인 쪽 사람일까?"

"적어도 범인과 깊은 관련이 있겠지. 아니면 범인은 위조지폐가 어디로 갔는지 알아낼 수 없었을 거야. 그러니까……, 응? 이봐."

하스노는 펼쳐 놓은 신문을 접어서 3면 기사 하단을 내게 보여주었다.

"살해당했어."

길거리에서 대담한 살인 행각

어제 심야, 신년을 축하하는 분위기가 아직 남아 있는 가운데, 사이타마현 가와구치마치의 상점가에서 살인사건이 발생했다. 피해자 이리에 류켄은 접이식 칼에 목을 찔려 단말마의 비명도 지르지 못하고 절명한 것으로 보인다. 지갑과 시계 등 귀중품을 빼앗기고 배수구에 처박힌 시체는 동틀 녘에 우유 배달부에게 발견됐다. 경찰은 지체 없이 수사에 나섰으나 단서가 빈약하여—

여드레 전 기사였다. 동서가 이리에와 마지막으로 만난 다음 날 바로 살해당했다.

1면에서 한 자작 가문의 장남이 히다 산맥에서 조난돼 사망한 일을 크게 다룬 데다, 이 기사는 작아서 나는 못 보고 지나쳤다. 읽었더라도 어차피 잊어버렸을 기사이기도 했다. 동서도 이 소식은 몰랐던 듯하다.

"미처 몰랐군."

하스노는 신문을 읽지 않는다.

어쩌면 빠진 날짜의 신문에 속보가 실렸을지도 모르지만, 적어도 범인은 아직 붙잡히지 않은 듯했다.

"어떻게 된 거지? 이리에는 범인 쪽 아니었나?"

"모르겠어. 관계가 있을 거라고밖에 할 말이 없군. 그리고 미네코 씨가 위험해."

하스노는 다시 신문을 확인하기 시작했다.

갑자기 식은땀이 솟았다. 유괴범은 여차하면 살인도 마다하지 않는다고 봐야 할까.

"이 마당에 신문을 본다고 뭔가 더 알아낼 수 있겠나?"

"아까도 말했지만 범인들은 틀림없이 범죄 조직일 거야. 한두 명으로는 위조지폐를 만들기가 힘들고, 유괴에도 인원이 필요하니까 말이야. 더구나 관계자인 듯한 인물이 살해당했으니, 뭔가 심상치 않은 조짐을 보이는 사건이 신문에 났을 가능성은 적지 않겠지. 자네는 최근 신문에 무슨 기사가 나지 않았는지 한 번 더 확인해 주게."

나는 접어놓은 신문들을 다시 펼쳤다.

살인사건의 속보는 역시 눈에 띄지 않았고, 이번 일과 관련 있을 법한 기사도 찾지 못했다.

잠시 후 하스노가 음, 하고 소리를 냈다.

"왜 그러나?"

"작년 연말, 27일 기사인데, 경찰이 미나미센주의 인쇄 공장 지하에 숨어 있던 강도단을 적발했지만, 체포 직전에 아슬아슬하게 도주했어."

"응? 아아!"

깜빡했지만 그 기사는 나도 읽었다. 조시가야의 빈집에서 젊은 여성의 시체 여섯 구가 발견됐다는 기사가 실린 날과 같은 날이었다. 큰 사건이 연이어 발생해 인상 깊었다.

하스노가 기사를 읽은 후 신문을 넘겨주길래 나도 다시 읽어보았다.

경시청의 실수

올해 은행 세 곳과 시계점 한 곳에서 동일범의 소행으로 추정되는 강도 사건이 발생했다. 경시청은 극비 수사 끝에 범인의 은신처를 규명했지만, 마지막에 어망의 아가리를 조이지 못해 다 잡은 물고기를 놓쳐버렸다. 강도단은 대담하게도 미나미센주의 인쇄 공장을 본거지로 삼아 범행을 자행해 왔다. 수색 끝에 본거지를 알아낸 경찰이 돌입에 앞서 상황을 살피기 위해 고객으로 위장한 형사를 투입했지만, 수상쩍은 태도 때문에 오히려 범인에게 도주할 기회를 주고 말았다. 형사의 보고를 받고 경시청의 수사 담당 경감이 부하 형사 14명을 이끌고 공장으로 향하자, 강도단은 자동차 두 대에 나누어 타고 도주하는 참이었다. 경찰은 강도단을 체포하기는커녕 차량 번호조차 확인하지 못하는 실수를 저질렀다—

"인쇄 공장이라."

소규모 공장인 듯했다. 직원들은 그들이 강도단인지 몰랐거나, 어쩌면 공장 자체가 한 패였을 수도 있다. 자세한 사정은 적혀 있지 않았지만, 그야말로 숨어서 위조지폐를 만들기에 딱 적합한 장소라 우연으로 치고 넘어갈 수 없는 상황이기는 했다.

"하지만 이것만으로는 모르겠는걸. 확실히 위조지폐를 만들 수 있는 곳이 그렇게 흔하지는 않으니까 무시는 못 하겠지만, 이리에가 이 일과 무슨 상관이라는 건가? 증거는 없잖아?"

"결정적인 증거는 없지. 하지만 분명 11월이었을 거야."

하스노는 그렇게 말하고 두 달쯤 전의 신문을 뒤지기 시작했다.

"이거다. 1면에 났군."

하스노가 꺼낸 것은 작년 11월 26일 조간신문이었다. 시계점 강도 사건의 기사가 실려 있었다. 인쇄 공장에 숨어 지냈던 강도단의 짓으로 여겨지는 범행이다. 그들은 사건 당시 점원 두 명을 살해했다.

"12월 27일의 기사에 따르면 강도 사건은 총 네 건 발생했지? 내가 읽은 기억이 나는 기사는 이것뿐이지만. 그런데."

하스노가 기사 중간쯤의 한 문장을 가리켰다.

강도는 가게에 있던 현금과 함께 서서의 시계 회사가 200개만 제조했다는 탁상시계를 가져갔으며—

"이리에의 가게에 여기 적힌 것과 똑같은 시계가 있었지 않았나."

"그렇군."

범인은 이리에에게 시계를 처분해 달라고 한 건가. 위조지폐와 더불어 생각하면 이리에는 높은 확률로 강도단과 연줄이 있었던 셈이다. 그밖에 다른 실마리도 없으니 이 가능성에 매달려 보는 수밖에 없다.

"강도단에 대해 알아낸 건 좋은데, 이제 어떻게 하지?"

"글쎄, 어떻게 할까. 그런데 한 가지 문제가 있군. 난 그다지 오래 머무를 수 없어."

하스노는 고물상으로 위장해서 찾아왔다. 범인이 어디선가 이 집을 감시할 수도 있기 때문이다. 고물상인 척 찾아오면 가재도구를 처분해서라도 현금을 모으기 위해 고물상을 부른 걸로 보일 테니 수상하지 않다.

하지만 집에서 나오지 않으면 이상하고, 너무 오래 머물러도 의혹을 불러일으킨다. 슬슬 물러갈 때이기는 했다.

"또 사정이 달라졌으니 일단 자네 가족에게 이야기하도록 하지. 경찰을 부를지 말지, 그리고 몸값 전달을 어떻게 할지도 생각해야 하니까."

나는 신문 세 부를 오른손에 쥔 하스노와 함께 거실로 돌아갔다.

오후 7시가 넘었다.

탁자에 네 명이 둘러앉아 있었다. 사에코가 범인의 요구서를 펼친 지 네 시간 가까이 지났지만, 처형은 고개를 위아래로 향하는 것 말고는 거의 석상이 아닐까 싶을 만큼 움직임이 없었다.

장인어른은 결국 돈을 빌리러 나가기를 그만둔 듯했다. 네 사람이 이야기를 나누는 기척은 광에도 전해져왔었다. 음울한 대화에 아무 소득도 없었다는 걸 모두의 표정으로 알 수 있었다.

하스노는 신문 기사를 보여주며 강도단이 유괴에 관여한 듯하다고 차분히 설명했다.

처형이 울음을 터뜨렸다. 나머지 세 명도 표정이 험악해졌다. 장인어른이 입을 열었다.

"어쩌면 좋지. 이보게, 어떻게 하는 것이 제일 좋겠나? 강도질도 모자라 사람까지 죽이는 이놈들이 범인인가? 어떻게 하면 미네코가 무사히 돌아오겠어?"

"제일 좋은 방법은 저도 모릅니다. 그렇지만 만약 여러분이 경찰에 신고하는 대신 저더러 뭔가 해보라고 하신다면, 그때 어떻게 할 작정인지를 말씀드리겠습니다."

하스노가 탁자에 얹어둔 신문을 끌어당겼다.

"일단 미나미센주의 인쇄 공장을 살펴보러 다녀오겠습니다. 뭔가 알아낼 수도 있으니까요.

그리고 강도단에 관한 정보를 되도록 많이 모을 겁니다. 몸값과 인질을 교환할 시간까지 다섯 시간밖에 없으니, 대단한 정보는 건지지 못할 듯합니다만.

그런데 범인의 요구에 응한다고 치고, 몸값 전달은 누가 하실 겁니까?"

장인어른이 가족들의 얼굴을 둘러보자 다들 고개를 끄덕였다.

"내가 가겠네."

요구서에는 가족 중 한 분이라고 적혀 있었다. 내가 가면 지시를 어기는 셈인지도 모른다. 그리고 가족 중에서 제일 판단력이 멀쩡해 보이는 사람은 장인어른이다.

"알겠습니다. 범인이 어떤 방법으로 몸값과 인질을 교환할지는 아직 예상이 안 됩니다만, 제가 최대한 쫓아가겠습니다.

요컨대 제가 할 수 있는 일은 그런 식으로 범인의 동태를 살펴서 미네코 씨가 감금된 장소를 찾아내는 것뿐입니다. 꼭 성공한다고 약속은 못 드리고요. 범인을 추적하기는 아주 어려울 겁니다. 어떻게 될지는 뚜껑을 열어봐야 알겠죠.

범인이 미네코 씨를 무사히 돌려보내 준다면 제가 할 일은 없을 테고요."

"이보게, 놈들이 미네코를 정말로 돌려보내 줄 거라고 생각하나? 그리고 자네 힘으로 미네코를 찾아낼 수 있겠나? 약속하지 못하다니 그러면 곤란하네. 그런……."

"사람을 찾아내는 일은 경찰이 더 잘할 겁니다. 인원도 많고, 저희로서는 알 수 없는 강도단의 정보도 확보했을 테니까요. 하지만 이런 추태를 부린 것이 문제입니다."

하스노가 신문을 오른손으로 가리키며 말했다. 인쇄 공장에서 경찰이 실수를 저질렀다는 기사다.

"당연히 범인은 경찰에 신경을 곤두세우고 있겠죠. 유괴범이라면 다들 그렇겠지만, 그들은 한 번 체포될 뻔했으니 더할 겁니다."

장인어른은 침을 꿀꺽 삼켰다.

"이리에의 집에 가보는 것도 한 가지 방법이겠죠. 그의 집에서 범인에 관련된 뭔가가 발견될 가능성이 큽니다.

뭘 어쩌든 간에 미네코 씨의 안전을 지킬 방법을 택하도록 하겠습니다. 어디까지나 미네코 씨가 최우선이니까요.

어떻게 하시겠습니까? 경찰을 부르신다면 방해하지 않겠습니다만, 부르지 않으시겠다면, 그리고 희망하신다면 방금 말씀드린 대로 하겠습니다."

야나에 일가는 서로를 바라보며 비장하게 고개를 끄덕인 후 결단을 내렸다.

장인어른은 자네에게 맡기겠네, 하고 말했다. 처형은 작은 목소리로 잘 부탁드립니다, 하고 덧붙였다.

"알겠습니다. ……이구치 군, 자네도 같이 가는 편이 좋겠군."

"어? 그래?"

내가 따라가 봤자 방해만 될 듯해서 전부 하스노에게 맡기는 게 낫지 않을까 싶은 기분이었다.

"일손이 필요할 수도 있거든. 그리고 자동차를 빌려야 하니까. 내가 대뜸 찾아간다고 빌려주겠나?"

작년 11월에 자동차를 빌렸던 야나에 일가의 친척에게 또 부탁해야겠지만, 하스노 혼자 가면 분명 빌려주지 않을 것이다.

"그렇군. 그럼 나도 가겠네만 어떻게 나가지?"

범인이 집을 감시하고 있으면 어쩌나 걱정됐다. 의혹을 안길 만한 짓은 할 수 없다.

하스노는 집의 잡동사니를 적당히 꺼내서 마치 거래한 것처럼 위장할 예정이다. 하지만 내가 정면으로 나가면, 그리고 오랫동안 집에 돌아오지 않으면 범인이 수상쩍게 여길 것이다.

"커다란 궤짝은 없나? 거기 자네를 넣어서 나가는 수밖에 없겠군."

역시 그 방법밖에 없나.

"궤짝은 있지만, 남편이 들어갈지는 모르겠네요."

어쨌든 가져올게요, 하고 사에코가 다다미 여덟 장짜리* 안쪽 방으로 향했다.

몇 분 지나도 돌아오지 않아서 내가 보러 갔다.

사에코는 사방에 옷가지를 흩어놓은 채 벽장을 헤집고 있었다. 벽장 상단에 상반신을 쑥 넣고 궤짝을 끌어내는 걸 나도 도왔다.

"하스노 씨, 저렇게 훌륭한 분이라면 그렇다고 말 좀 해주지 그랬어?"

사에코는 궤짝을 다다미에 내리고 속에 든 낡은 기모노를 꺼냈다.

"훌륭한지 어떤지 나는 몰라. 그리고 존경할 만한 도둑 나리니 뭐니 말해봤자 어차피 당신은 안 믿었겠지."

"하지만 인격이 해삼 같으니 어쩌니 하고 하스노 씨에 대해 심하게 말했잖아."

"그런 식으로 말했던가? 딱히 폄하한 건 아니잖아."

"폄하했어. 하스노 씨는 내가 지금까지 만난 당신의 그 어떤 친구보다 제대로 된 사람이야. 당신은 오쓰키 씨 같은 사람밖에 데려오질 않잖아."

---

*   다다미 한 장은 약 0.5평, 1.6제곱미터 크기다

"아니, 하스노 말고도 제대로 된 사람이 있어."

"난 모르겠는데. 아아, 됐다."

궤짝이 텅 비었다.

"들어갈 수 있겠어?"

사에코가 내 목덜미를 붙잡고 궤짝에 밀어 넣었다. 폭이 좁아서 옆으로 누워야 했다. 어깨가 움츠러들 만큼 사에코가 뚜껑을 힘껏 눌렀다.

"들어가네. 잘됐다."

"그러게."

나는 그렇게 말하고 어깨를 문질렀다.

사에코가 덮개를 다다미에 세워놓고 쌓인 먼지를 털며 말했다.

"미네코, 요즘은 재봉을 배우러 가기 싫어했어."

"그런 것 같더군."

"그래서 언니는 미칠 지경인 거야. 미네코가 싫어하는데도 억지로 보낸 탓이라면서."

"아아, 그랬나."

사에코는 미네코가 꿰맨 것이라며 다다미에 흩어놓은 옷가지 중 몇 벌을 가리켰다.

미네코에게 재봉 선생님을 소개해 준 사람은 사에코다. 재봉을 배우러 다녀오는 길에 미네코가 납치돼서 사에코도 마음이 편치 못한 듯했다.

둘이 함께 궤짝을 들고 거실로 돌아갔다. 하스노는 더러워진 꽃병이나 방에서 쓰기에는 너무 큰 의자 등 어중간한 가재도구를 거실에 늘어놓았다.

"어때, 궤짝에 들어가던가?"

"응. 이런 데 들어가는 건 소학생 때 이후로 처음이로군. 이제 갈 건가?"

"가야지. 이봐, 양복은 있나. 갈아입는 편이 좋겠어."

동서의 양복을 빌리기로 했다. 윗옷이고 바지고 내게는 기장이 길었지만, 못 입을 정도는 아니었다.

"그리고 쌍안경 있습니까? 두 개 있으면 좋겠는데요."

이유는 모르지만 범인은 몸값을 운반할 때 쌍안경을 가져오라고 요구했다. 그것과는 별도로 하스노도 쌍안경을 사용하고 싶다고 했다.

다행히 관측용이 두 개 있었다. 처형이 남편의 서재에서 가져온 쌍안경을 쭈뼛쭈뼛 건넸다.

나는 옷을 갈아입고 모자와 장갑 등 필요한 물품을 챙겼다. 회중전등도 빌렸다. 그리고 우산도. 바깥은 언제 비가 내려도 이상하지 않은 날씨였다.

드디어 집을 나서려 했을 때 하스노가 장인어른에게 말했다.

"말씀드릴 필요도 없겠습니다만, 부디 몸을 잘 챙기시기 바랍니다. 평범한 유괴와 달리 몸값을 받아내려는 게 아니라 위조지폐를 되찾고 싶어 하는 것 같으니까요. 어쩌면 범인은 겐지 씨를 배에 태우고 위조지폐와 함께 가라앉히는 등 터무니없는 짓을 할지도 모릅니다."

장인어른은 굳은 표정으로 고개를 끄덕였다.

나는 궤짝에 들어갔다. 하스노는 궤짝을 혼자 짊어졌다.

3

시간이 몹시 길게 느껴졌다. 하스노가 끄는 짐수레는 큰길을 똑바로 나아가면 나오는 역 앞으로 향하는 것이 아닌 듯했다.

움찔거릴 여유도 없이 몸이 궤짝에 꽉 끼어서 바퀴의 진동이 고스란히 전해졌다. 온몸에 뇌진탕이 일어난 것 같은 기분이었다. 게다가 너무 추웠다.

드디어 뚜껑이 열렸다. 나는 오른손으로 궤짝 테두리를 잡고 일어나려고 했지만, 몸에 힘이 들어가지 않아서 하스노에게 끌려나왔다.

"아이고……, 여긴 어딘가?"

"포병 공창 근처야."

둘러보자 인적 없는 뒷골목이었다.

하스노 말로는 미행을 경계해 여기저기 돌아다니다가 아무도 따라오지 않는다는 확신이 생겨서 궤짝을 열었다고 한다. 나는 20분쯤이나 궤짝에 누워 있었다.

하스노가 작업복을 벗었다. 작업복 아래에는 평소처럼 셔츠와 조끼, 검은색 넥타이, 견직으로 만든 바지를 입고 있었다. 그의 양복은 대부분 내 할아버지의 유품이다. 키가 컸던 할아버지는 서양에 있을 때 고급 양복을 종종 지어 입었는데, 그 옷들이 우연하게도 하스노에게 딱 맞았다. 할아버지가 돌아가신 후 달리 가질 사람도 없었기에 몽땅 하스노에게 주었다. 그 후로 하스노는 무슨 일을 하든 그 옷들을 항상 입었다. 도둑 시절에도 서양식 예복을 작업복으로 입었다니까 웃기다.

하스노는 짐수레의 종이봉투에서 서양식 외투를 꺼내서 걸치고, 덧옷을 옆구리에 꼈다. 짐수레를 근처 상점 뒤편에 숨긴 후 하스노는 추위에 떠는 나를 잡아끌다시피 뒷골목을 벗어났다.

역으로 향했다. 일단은 야나에 일가의 친척 집에 가야 한다.

8시가 지났다. 몸값을 전달하기까지 네 시간 남았다. 빼도 박도 못하는 사태가 발생했다고 설명하고 무사히 자동차를 빌렸다.

"어디로 가려고? 일단 인쇄 공장인가?"

"그렇지. 대단한 건 없을 듯하네만."

20분쯤 걸렸다. 그럴듯한 2층 건물의 기와지붕이 보이자 하스노는 자동차를 세웠다. 창문에 불빛은 없었다.

"누가 있을까?"

"없는 것 같은데. 하지만 자네는 여기서 기다리게."

일단 하스노가 상황을 살펴보고 오기로 했다.

이미 경찰에 적발됐으니까 가능성은 적지만, 범인이 주변에 있을 수도 있다.

나는 야나에 일가의 집에 드나들었으므로, 범인이 감시했다면 얼굴을 봤을 것이다. 하지만 동서는 열흘쯤 전에 위조지폐를 받았으니, 한 달 남짓 연락도 없이 두문불출했던 하스노의 얼굴은 범인도 모를 것이다. 아까 야나에 일가에 드나들었을 때는 어두웠고 변장도 했다. 위험을 무릅쓴다면 하스노가 먼저다. 하스노는 회중전등을 들고 자동차에서 내렸다.

자동차에서 5분쯤 기다리자 하스노가 돌아왔다.

"괜찮으니까 같이 가지."

스미다가와강이 가깝고, 옆에는 작은 공장이 몇 채 줄지어 있었다. 인적은 없었다.

인쇄 공장은 2층 건물로, 공장치고는 규모가 꽤 작았다. 민가와 다름없을 정도였다. 하스노가 1층은 물론 2층 창문도 담장 위에서 들여다봤다고 했으니 분명 아무도 없을 것이다.

"별다른 건 없을 듯한데."

"그러게."

하스노는 침입하기에 앞서 주변을 살폈다. 문에 남경정을 채워놓았지만, 하스노가 철사를 사용해 익숙한 손놀림으로 남경정을 땄다.

그리고 문손잡이를 조용히 돌렸다.

좁은 실내는 야반도주 후의 적막함으로 가득했다.

경찰이 수사한 후 공장은 폐업한 듯했다. 먼지가 좀 쌓였고, 개수대를 확인하자 보통 놓아둘 법한 찻잔 같은 것이 전혀 없었다. 어쩌면 경찰이 가져갔을지도 모른다.

인쇄기는 그대로 남아 있었다. 하스노가 잠시 인쇄기를 조사했다.

"경찰은 여기서 범인들이 위조지폐를 만들었다는 사실을 알아차렸나 보군. 인쇄기 내부까지 철저하게 조사한 흔적이 남아 있어. 아무래도 그 사실은 덮어두려나 봐."

범인이 방심하고 위조지폐를 사용하기를 기다릴 작정일까.

"거창하군. 얼마나 찍었을까?"

"글쎄."

"여기에 숨어 있었다면 어떻게 봐도 공장주가 한패인데. 너무 좁아서 강도단이 몰래 숨어 지내기는 불가능해."

"그렇겠지."

하스노는 맞장구를 치고 인쇄기에서 떨어졌다.

공장이 휑해서 그밖에는 크게 확인할 만한 물품이 없었다.

서쪽 구석 바닥에 지하로 통하는 덮개문이 있었다. 하스노가 덮개문을 들어올렸다.

들여다보자 아래로 내려가는 사다리가 있었다. 의외로 천장이 꽤 높은 듯했다. 하스노가 꿇어앉아 고개를 들이밀었다.

"역시 아무것도 없군."

하스노가 사다리를 내려갔다. 나도 뒤따랐다.

다다미 열 장 크기의 공간이었다. 텅 빈 방에는 버려진 담배꽁초밖에 없었다. 나는 강도단의 머릿수를 추측해 보았다.

"이 건물에 강도단이 숨어 있었다 치고, 많아도 총 열 명쯤이려나? 그 이상이면 너무 복작복작할 테고 드나드는 모습이 눈에 띄어서 위험할 것 같은데. 여기 숨어 있던 놈들이 강도단의 전부일까? 아니면 다른 곳에 동료가 있다든가?"

"그건 모르겠지만 내 생각에도 열 명쯤 아닐까 싶군. 옛날 신문 기사를 확인하면 확실해질지도 모르지. 하지만 그보다 많으면 통솔하기가 힘들 것 같아."

"이번 유괴 사건에도 그 정도 인원이 관여했을지 모른다는 건가? 그렇다면 감시도 철저히 했겠군."

"그렇겠지. 전원이 관여했다는 보장은 없지만. 그나저나."

하스노가 회중전등으로 벽을 비추며 돌아다녔다.

"지금까지 우리 생각이 옳았다 치고, 왜 위조지폐를 만들려고 한 걸까? 어쩌면 네 번이나 범행을 저질렀으니 더는 강도질을 하기가 어려워졌을지도 모르지. 하지만 아까도 말했듯이 돈이 필요하다면 도둑질을 하는 편이 나아. 훨씬 채산이 맞을 텐데."

"인쇄 공장을 은신처로 삼은 건 위조지폐를 만들고 싶었기 때문일까? 아니면 기왕 인쇄 공장을 은신처로 삼았으니 위조지폐도 만들어 보려고 한 걸까?"

"모르겠군. 설비뿐만 아니라 원판을 만들 사람 등등 일손이 필요할 테니 그런 적당한 마음가짐으로 시작하지는 않았겠지만, 뭐, 경위는 추측할 방도가 없겠지."

도움이 될 만한 단서는 딱히 없는 듯해서 우리는 밖으로 나왔다.

그리고 자동차를 타고 미술상인 내 친구 집으로 향했다.

그는 신문을 모은다. 야나에 일가에는 반년 치밖에 없었으므로 그보다 옛날 기사에서 강도단의 정보를 찾아보기로 했다.

친구의 하숙집에서 빌린 신문 다발을 짊어지고 자동차로 돌아갔다. 좌석에 앉았지만 시동은 걸지 않았다.

하스노는 운전석의 앞쪽을 노려보며 뭔가 생각에 잠겼다.

"이보게, 어떻게 할 건가? 어디로 갈 거야?"

"역시 가와구치마치에 있는 이리에의 집에 가봐야겠어. 하지만 그게 최선일지는 자신이 없군. 그리고 범인이 숨어 있는 곳을 알아낼 방법 말인데."

하스노는 내 무릎 위에 얹힌 신문 다발에 시선을 주었다.

"범인이 왜 위조지폐를 되찾고 싶어 하느냐는 문제를 풀어야 하지 않을까 싶어. 이 위조지폐의 존재가 공개되면 그들에게 불리한 점이 있는 거겠지? 뭐가 불리할까? 예를 들어 위조지폐에 지문이 묻어 있어서 경찰에 넘어가면 이리에 살해 사건의 증거가 된다든가?"

"그럴 수도 있나?"

"아마 아니겠지. 그들은 어차피 죄인이야. 시계점을 강도질할 때 두 명을 죽였어. 이제 와서 죄가 한두 개 더 늘어난들, 그 증거를 이렇게까지 해서 되찾아야 할까? 무엇보다 지문은 그냥 놔둬도 위조지폐가 경찰 손에 들어가기 전에 문질려서 없어질 공산이 커. 위험을 무릅쓰고 되찾을 필요 없다고. 그런 이유는 아닐 거야.

아무튼 여기 가만히 있을 수도 없으니 일단 이동하세."

하스노가 자동차를 출발시켰다.

큰길로 나가자 하스노는 추리를 이어나갔다.

"그럼 그들은 왜 위조지폐를 되찾으려 하는 걸까. 아무래도 경찰은 강도단이 위조지폐를 만들었다는 사실을 알아차린 듯하지? 그들은 거의 종이 한 장 차이로 아슬아슬하게 달아났잖나. 그렇다면 원판 따위를 말끔히 회수할 여유는 없었을 거야. 경찰은 그 공장도 철저히 조사한 듯했어. 따라서 경찰은 그 위조지폐를 보면 강도단이 만든 물품이라고 알아볼 거야."

"아아, 그렇겠지."

"그렇다면 뭐가 문제인가. 위조지폐가 경찰 손에 넘어가면 강도단이 이리에라는 남자와 연관돼 있다는 사실이 밝혀지겠지. 그 위조지폐는 완성도가 높지 않아. 게다가 100엔짜리는 그렇게 많이 나돌지 않으니, 출처가 모호해지기 전에 위조지폐라는 사실이 들통날 가능성이 커."

경찰은 강도단이 위조지폐를 만들었다는 사실을 파악했다. 이리에의 가게에 위조지폐가 있었다는 사실이 판명되면 강도단과 이리에의 관계가 경찰에 발각된다.

"그리고 연관돼 있다는 사실이 밝혀지면 뭐가 문제인가? 놈들은 이미 이리에를 죽였어. 양쪽의 관계가 발각돼도 이리에의 입에서 정보가 누설될 걱정은 없지. 그런데도 이런 수고를 들여서 위조지폐의 존재를 숨기려 해. 여간한 일이 아니야."

하스노가 속력을 높였다.

"그럼 강도단이 절대로 들켜서는 안 되는 일은 뭘까? 바로 자신들이 어디에 있는가야.

아까 아키오 씨의 이야기에 따르면 이리에는 토지 거래를 했었지?

은신처에서 쫓겨난 강도단은 지금 어디 숨어 있을까? 머릿수가 적지 않으니 숨을 곳을 찾기가 쉽지 않을 텐데."

"아아, 그렇구나! 강도단은 이리에가 취급했던 토지 중 한 곳에 숨어 있다는 건가? 이리에가 강도단과 한패라는 사실이 경찰에 알려지면, 은신처가 발각될 테니 위조지폐를 회수해야 한다고?"

"그렇지 않을까 싶어. 그렇다면 이리에가 취급한 토지의 소재를 알아내는 게 급선무야."

그래서 이리에의 집으로 향하는 건가.

"그런데 괜찮겠나? 이리에의 유족과 이야기하겠다는 거지? 그 인물도 강도단과 한패일 가능성은 없을까?"

"그럴 가능성은 적을 거야. 깊은 관계였다면 가족도 죽였을 테니까.

하지만 아예 무관하지는 않겠지. 나도 아직 유족과 이야기하겠다고 완전히 결심한 건 아니야. 가만히 놔두면 미네코 씨가 무사히 돌아올 수도 있는데, 괜히 쓸데없는 짓을 했다간 일을 망칠지도 모르지. 하지만 달리 감금 장소를 알아낼 좋은 방법이 떠오르지 않는 데다 몸값 전달 시간에 늦지 않게 가려면 지금 이리에의 집을 방문하는 수밖에 없어."

"그런데 그렇게 잘 될까? 느닷없이 찾아가서 쉽사리 들을 수 있는 이야기는 아니잖나."

"맞아. 그건 어떻게 하는 수밖에 없겠지. 집을 비웠다면 다른 방법도 없지는 않고 말이야."

"그건 싫은데. 숨어들자는 거지?"

"나도 싫어. 준비도 안 했으니까."

"그, 은신처 후보지가 딱 하나라는 보장은 없잖아? 네댓 개 정도 돼도 이상할 건 없어. 범위를 줄일 수 있겠나? 미네코가 어디로 끌려 갔는지 알아낼 수 있겠어?"

하스노는 눈을 가늘게 떴다.

"몰라. 하지만 그리 멀지는 않을 거야. 그리고 몸값을 전달할 때 범인의 모습이나, 탑승한 자동차 같은 단서를 건지면 뒤를 쫓을 방법이 생길 수도 있겠지.

이구치 군, 기사를 읽어주지 않겠나. 시간이 없을 것 같아."

빌려온 신문이다. 스스로 읽을 여유는 없으니 내가 읽어보라는 뜻이다.

회중전등을 켰다. 무릎 위에 신문을 펼치고 강도 관련 기사를 찾았다.

그들은 작년 4월 초부터 활동을 시작했다. 복면을 쓴 남자 열 명이 아주 흐릿하게 찍힌 사진이 실려 있었다. 아자부의 은행이었다. 그러고 나서 세 번에 걸쳐 도쿄 시내에 출몰했다. 피해액은 수십만 엔에 달한다고 한다.

범인 가운데 신원이 파악된 사람이 몇 명 있었다.

"전과가 있는 놈은 이미 부모 형제가 누군지까지 밝혀졌어."

"뭐, 그걸로 은신처를 알아낼 수 있다면 경찰이 벌써 체포했겠지."

그건 그렇다.

세 번째로 은행을 털었을 때, 그들은 실수로 지문을 남겼다. 그 지문을 조회해 전과가 있는 자들은 지명 수배됐다.

그중 한 명은 만다 구라이치다. 이자가 주범인 듯하다.

신문에 선명한 사진이 실려 있었다. 오른쪽 뺨부터 코까지 눈에 띄는 흉터가 있고 온몸에 문신을 했다고 한다. 나이는 마흔세 살이다.

부녀자 성폭행 다섯 번과 공갈 혐의로 투옥된 전력이 있다고 6월 기사에 적혀 있었다.

이 기사 때문에 우리는 암담한 기분에 사로잡혔다. 물론 미네코가 유괴당했으니 어느 정도 안 좋은 상상을 하기는 했지만, 범인의 흉악함은 우리의 상상을 넘어섰다.

이렇게 된 이상, 범인이 미네코를 무사히 돌려보내 줄 것이라고 기대할 수는 없었다. 다소 위험하더라도 이리에의 유족에게 어떻게든 토지의 소재를 알아내기로 결심했다.

신원이 파악된 사람 중에 아키야마 지로라는 자도 있었다. 사기 세건에 관여해 체포됐다. 나이는 서른다섯 살이고 덩치가 아주 크다고 한다.

"그런데 이놈들은 수십만 엔이나 강탈했잖나? 역시 묘해. 왜 위조지폐 따위를 만든 거지? 돈을 다 써버린 걸까?"

"글쎄, 그럴지도 모르지. 어쨌거나 골치가 아프군."

하스노는 한 손으로 담배에 불을 붙였다.

인쇄 공장에서 사이타마의 목적지까지 40분쯤 걸렸다. 헤매지 않아서 다행이었다. 눈에 띄지 않게끔 자동차를 세운 후, 하스노는 차 안에서 옷매무새를 다듬었다.

이리에의 집은 가게들이 늘어선 상점가의 제일 가장자리, 이웃한 건어물집에서 조금 떨어진 곳에 있었다.

2층에 불이 켜져 있었다. 사람이 집에 있으면 사기꾼, 없으면 도둑이 될 참이었는데, 이번에는 아무래도 사기꾼이다. 이리에의 가족이 강도단과 한패일 가능성은 작을 듯하지만, 그래도 일단 얼굴이 드러나지 않은 하스노만 방문하기로 했다.

고물상 간판이 걸려 있었지만 덧문이 닫혀 있고, 가게 앞에도 먼지가 쌓였다. 이리에가 살해당한 후로 영업을 하지 않은 듯했다.

덧문 옆 담장을 돌아가자 통용구가 있었다. 하스노는 문을 두드렸다. 나는 그 안쪽, 눈에 띄지 않는 어둠 속에 숨었다.

반응이 있기까지 시간이 걸렸다. 안쪽에서 소리가 나고 전등이 켜졌다. 문 안쪽의 누군가는 대답 없이 외시경을 들여다본 듯했다. 그리고 느닷없이 문이 열렸다.

—뭔가요?

모습은 보이지 않았지만 이리에의 아내인 것 같았다. 불쾌해하는 목소리였다.

—늦은 시간에 죄송합니다. 이리에 류켄 씨의 부인이시죠?
—당신은 누군데요?
—잠깐 들어가시죠. 급히 상의할 일이 있어서요. 부군에 관한 일

입니다.

—뭐예요? 용건을 말해요.

하스노는 전에 없이 위압적인 말투였다. 이야기하면서도 하스노는 집 안으로 슬금슬금 밀고 들어갔다. 문이 닫히지는 않았지만 하스노의 모습은 시야에서 사라졌다.

—류켄 씨를 살해한 범인은 아직 체포되지 않았죠. 부인은 류켄 씨의 교우 관계를 얼마나 알고 계십니까? 그리고 류켄 씨가 하던 일은요?

—그러니까 누구냐니까요? 신원부터 밝혀요.

—밝혀도 되겠지만 의미 없는 짓입니다. 류켄 씨가 장사를 하면서 찜찜한 물품을 취급했다는 건 알고 계십니까? 제 생각에는 알고 계셨을 것 같군요. 저도 류켄 씨가 뭘 어쨌는지 전부 다 아는 건 아닙니다만, 그 사건은 떳떳하지 못한 교우 관계가 원인이었던 것 같습니다.

—남편은 지나가던 뜨내기에게 살해당했어요. 억측만 가지고 함부로 말하지 말아요.

—경찰은 그렇게 생각할지도 모르지만, 단순한 뜨내기가 아닙니다. 몹시 위험한 집단에 살해당한 겁니다.

아무튼 저는 경찰도, 검사도, 변호사도 아니니까 신원을 밝혀봤자 아무 소용 없습니다. 이름은 하스노라고 합니다만 부인께는 아무 의미도 없겠죠.

느긋한 평소 말투와 달리 아주 빠른 말투였다. 이리에의 아내는 입을 다물고 할 말을 찾는 것 같았다.

—그래서 뭘 어쩌라고요? 뭘 하러 온 거죠? 하필 이런 시간에.

—초상을 치른 지 얼마 되지도 않은 집에 예의 없이 밤중에 찾아와서는 안 된다는 건 저도 잘 압니다. 하지만 그럴 만한 사정이 있습니다. 설명하기가 곤란한 사정이에요. 무슨 부탁을 드리고 싶으냐 하면, 류켄 씨의 유품을 보여주시고 부인이 아시는 바를 알려주셨으면 합니다. 그러면 저는 물러가겠습니다.

—아니요, 그건 안 돼요. 절대로.

—호오. 류켄 씨가 그렇게 경고한 거로군요. 다른 사람에게는 절대로, 경찰에게도 보여주면 안 되지만 깜박해서 처분하면 안 된다고 신신당부한 서류라도 있는 것 아닙니까?

아무래도 정곡을 찌른 듯했다. 이리에의 아내는 잠깐 아무 대답도 없었다.

—류켄 씨는 본인 예상보다 훨씬 위험한 인물과 거래했습니다.

주소록 같은 걸 가지고 계실 텐데, 잘못 다루었다간 신변이 위험해질 겁니다. 있죠?

—서류는 있지만 남편이 그걸 어디에 보관했는지 저는 몰라요.

이리에의 아내는 겁을 먹었다. 본인도 양심의 가책을 느끼고 있다는 것이 목소리에서 드러났다.

—모르신다고요? 그럼 짐작 가는 곳은?

—짐작 가는 곳은 있어요. 하지만 정말로 거기 있는지는 모르고요. 덧붙여 저는 열 줄 몰라요.

—그렇군요. 하지만 저는 열 수 있을지도 모릅니다. 어디입니까?

—남편은 안방 바닥 밑에 비밀 금고를 묻어놨어요. 아까 말했다시피 저는 열 줄 모르고요.

—알겠습니다. 제발 보여주십시오. 부인께는 절대로 폐를 끼치지 않겠다고 약속하겠습니다. 꼭 필요합니다.

—하지만 그래도 될는지.

—자세한 말씀은 못 드립니다. 제 이야기가 의심스러우십니까? 하지만 보여주시지 않으면 더 큰 후회를 훨씬 훗날까지 짊어지시게 될 겁니다. 부인은 착하신 분 같으니 더더욱요.

—그게 무슨 뜻이죠?

—자세한 말씀은 못 드린다고 했잖습니까. 그냥 보여주시면 됩니다. 정말로 급해요.

하스노의 말투에서 평소는 절대로 드러나지 않는 초조함이 느껴졌다. 그 나름의 즉흥 연기였다.

바닥이 삐걱거리는 소리가 나서 두 사람이 집 안쪽으로 걸어간다는 걸 알았다. 나도 기척을 쫓아 집 주변을 빙 돌았다.

안방에 들어간 듯하길래 창문 바로 아래에 쪼그려 앉았다.

다다미를 들어 올리는 소리가 들렸다. 주춧돌과 바닥 사이의 공간을 들여다보자 하스노가 내려오는 모습이 보였다. 하스노는 실내 쪽에서 이쪽에 웃음을 짓더니 땅바닥으로 몸을 구부렸다. 천장의 전등 불빛이 바닥 밑에 비쳐서 하스노가 땅바닥에 묻힌 철문을 만지작거리는 모습이 잘 보였다.

잠시 후 하스노는 도둑의 손재주로 금고 문을 열었다. 그리고 서류를 꺼내 바닥 밑에서 다다미 위로 훌쩍 뛰어올랐다.

─주소록이 있는지 부인도 함께 확인해 주십시오.

뭔가 팔락팔락 넘기는 소리가 났다.

3분쯤 지났다.

─오오, 주소록이군요.

─네, 그거예요. 남편은 떳떳하지 못한 일을 하는 그 사람에게 그런 곳을 소개하곤 했어요.

─그런 것 같군요. 그런데 부인, '떳떳하지 못한 일'이 무슨 일인지는 아십니까?

이리에의 아내는 입을 다물었다.

—공공연히 드러낼 수 없는 물품을 보관해야 해서 남편에게 소개를 부탁했다고 들었는데요.

—그렇습니까. 하지만 실은 그보다 훨씬 과격한 목적으로 사용했을 겁니다. 그런데 류켄 씨가 돌아가신 후에 토지를 소개받은 사람이 찾아온 적은 없습니까?

—있어요. 며칠 전, 죽은 남편에게 분향하고 싶다면서 웬 남자가 찾아왔죠. 남편의 죽음을 애도하고 저를 위로했지만 아무래도 자기가 토지를 소개받았다는 사실을 비밀로 하고 싶어서 입단속하러 온 것 같더군요. 그 일은 함구해 달라고 몇 번이나 강조하더라고요.

—그 사람은 작년부터 도쿄를 떠들썩하게 만들고 있는 강도단의 일원일 겁니다.

이리에의 아내가 숨을 헉 삼키는 소리가 창밖에 있는 나한테까지 들렸다.

—남편이 그런 사람에게 은신처를 소개했다고요?

—아마도 류켄 씨는 몰랐겠지만요. 부인, 여기 적힌 주소 중에 어디가 그 사람이 사용하는 곳인지 아십니까?

—아니요. 저도 그것까지는 몰라요.

—알겠습니다. 급한 일이 있어서 이만 가봐야겠군요. 정말 실례했습니다. 따로 사례는 못 해 드리지만, 어쩌면 류켄 씨를 죽인 범인은 며칠 안에 체포될지도 모릅니다. 제가 찾아왔다는 건 비밀로 해주시

겠습니까? 나중에 와서 설명해 드리겠습니다.

알았어요, 하고 작게 대답하는 소리가 들렸다. 하스노가 서둘러 통용구로 향하는 발소리가 나서 나도 그쪽으로 되돌아갔다.

통용구로 나온 하스노는 내게 시선을 준 후 재빨리 자동차로 돌아갔다. 나는 종종걸음으로 쫓아갔다.

하스노가 수첩을 내밀었다.

"제일 뒤쪽을 펼쳐보게."

번지수가 열 개 적혀 있었다. 내가 그걸 훑어보는 사이에 하스노는 자동차를 출발시켰다.

"이게 전부야? 꽤 여기저기 흩어져 있군."

지바가 세 곳, 도쿄 시내가 세 곳, 가나가와가 한 곳, 사이타마가 두 곳, 그리고 오쿠타마가 한 곳이었다.

"이 중 한 곳이 강도단의 은신처라는 건가?"

"일단 그렇게 생각하는 수밖에 없겠지."

"어디일 것 같아?"

"모르겠어. 지바는 좀 먼 것 같기는 하지만."

오후 10시가 지났다. 이제 범인이 몸값 전달 장소로 지정한 곳을 확인하러 간다.

"그나저나 잘했어. 꽤 쉽사리 주소록을 확인하지 않았나."

"잘하기는. 당황해서 그만 본명을 꺼내고 말았는걸."

시치미다. 하스노는 한때 도둑이었으면서 거짓말하는 걸 묘하게 싫어한다.

"강도단은 이 주소록이 경찰에 넘어가는 걸 막기 위해 위조지폐를 되찾으려고 하는 건가? 아무래도 석연치 않군. 일을 그렇게 번거롭게 할 것 없이, 아예 이 주소록을 회수하는 편이 낫지 않나? 이리에가 왜 살해당했는지는 모르지만, 주소록에 은신처의 주소가 실려 있다면 그야말로 확보해야 할 텐데?"

"옳은 말이네만 강도단은 이리에가 주소록을 어디 보관했는지 몰랐겠지. 부인을 죽이고 주소록을 탈취하려 해도, 찾아내지 못하면 오히려 성가셔져. 실제로 주소록은 방바닥 아래의 비밀 금고에 들어 있었으니까 말이지.

그래서 부인을 입단속하러 온 거야. 부인의 입만 틀어막으면 비밀이 경찰에 새어 나갈 걱정은 없다고 판단했겠지.

이리에와 부인은 거래 상대가 강도단인 줄 몰랐을 거야. 기껏해야 밀주라도 암거래하는 정도로 여긴 눈치더군. 이리에도 켕기는 구석이 있으니 경찰에 알리지는 않았고.

하지만 위조지폐는 사정이 달라. 그게 경찰에 넘어가서 은신처를 사용하고 있는 자들이 강도단이라는 의혹이 부각되면, 이리에도 경찰에 협력하겠지. 이리에는 거래 상대가 그렇게까지 악인인 줄 몰랐으니까.

그래서 위조지폐를 회수해야 했던 거지. 지금까지 얻은 정보와 아까 이리에 부인의 태도로 판단컨대 그렇지 않을까 싶군."

"과연."

앞뒤는 맞는 듯하다. 다른 방도도 없으니 그 판단에 의지해 미네코를 찾아내는 수밖에 없다.

"하지만 이리에는 장물도 취급했잖은가? 찾아보기 힘든 서서산 시계가 가게에 있었다고 했어. 이리에는 그걸 가져온 자가 강도단일지도 모른다고 감 잡지 않았을까?"

"하지만 반대로 말하면 근거는 그것뿐이잖아? 이리에가 한 달 반 전의 신문 기사를 기억하지 못하면 문제없을 테고, 기억하더라도 결정적인 증거는 아니야.

하지만 그때까지는 강도단도 좀 더 신중했겠지. 그런데 갑작스레 급박한 사정이 생겼는지, 아무튼 돈이 필요해져서 이리에에게 장물을 넘기고 말았어."

"그러고 보니 그 시계는 팔렸지? 그것 때문에 꼬리를 잡히지는 않을까?"

"잡히지 않은 것 같군. 그건 그렇고."

"뭔가?"

"지금까지 우리의 판단이 옳았다 치고, 몇 가지 의문이 있어. 이리에의 손에 왜 위조지폐가 들어갔느냐, 그리고 강도단은 위조지폐가 이리에에게서 아키오 씨에게 넘어갔다는 사실을 어떻게 알아냈느냐는 문제지.

이리에가 왜 살해당했는지 확실치 않으니, 상상이 많이 들어가겠지만 한번 따져보자고.

생각해 보면 자네 말대로 훔친 시계를 이리에에게 넘긴 건 역시 실책이야. 자칫하면 꼬리가 잡히겠지. 그래서 역시 안 되겠다 싶어 시계를 되샀을 거야. 그리고 되살 때 하필이면 위조지폐를 사용하고 말았어.”

“아주 멍청한 짓을 했군. 어처구니가 없어. 너무 성급했던 것 아닌가?”

증거를 회수하기 위해 다른 증거를 넘긴 셈이다.

“애당초 시계를 이리에에게 넘긴 것부터 성급한 짓이었지. 놈들도 궁지에 몰려서 통제가 잘 안되는 모양이야. 아무튼 이번에는 위조지폐를 되찾아야 했어. 아키오 씨에 대해서는 죽였을 때 들었으려나. 그리고 100엔짜리 위조지폐를 빚 갚는 데 사용했다는 걸 알아냈지.

만약 아키오 씨가 위조지폐를 간직해두지 않았다면 우리도 범인도 골치 아팠을 거야. 뭐, 어디까지나 상상이지만. 범인을 추적해 봐야 실상을 알겠지.”

도중에 영업하는 노점을 보고 하스노가 자동차를 세우더니, 찐빵을 스무 개나 사 왔다.

“뭐야? 그런 게 필요한가?”

“어쩌면.”

4

다시 자동차를 출발시켰다.

범인이 지정한 몸값 전달 장소가 점점 가까워졌다.

그곳은 벽돌 공장의 창고였다. 스미다가와강을 왼쪽에 두고서 강가를 하류로 나아가 메이지 극장을 4정쯤 지나친 곳이다.

너무 다가가는 건 위험하다. 이미 범인이 기다리고 있을 우려가 있다.

의심받지 않을 정도로 속력을 줄이고 그 주위를 달렸다. 창고가 늘어선 지대. 얼핏 보기에 주변에 사람은 없었다.

범위를 넓혀서 달리며 지리를 익혀두기로 했다.

상류 쪽에 신오하시 다리, 하류 쪽에 에이타이바시 다리가 있다. 다리 이쪽과 저쪽, 주변 몇 킬로미터를 자동차로 달렸다. 가끔 자동차에서 내려서 남의 눈에 띄지 않도록 조심스레 돌아다녔다.

11시 반까지 주위를 살폈다. 그사이에 추적 계획을 세웠다.

아주 어려운 일이다. 유괴범도 경찰의 감시를 경계할 테니 자칫 들키기라도 하면 큰일이다. 들키지 않도록 자동차 안이나 어둠 속에서 몸값을 전달하는 상황을 지켜보는 수밖에 없다.

더구나 하스노는 어쨌거나 나는 분명 얼굴이 노출됐다.

하스노의 모자를 빌렸다. 밤이지만 날씨가 추우니까 쓰고 있어도 그렇게 수상쩍지 않다. 어두운 데다 다행히 나는 아주 평범하게 생겼다. 분명 이 정도 위장이면 괜찮을 듯했다.

창고 서쪽에 있는 공장 옥상에 멋대로 올라가서 창고를 감시하기로 했다. 범인 눈에 띄면 안 되니까 적당히 거리가 있는 건물을 골랐다. 주변을 신중히 확인한 후, 외벽에 달린 사다리를 타고 옥상으로 올라갔다. 하스노가 쌍안경을 들여다보았다.

11시 45분경, 창고 앞에 사람이 나타났다.

외투를 입고 모자와 마스크를 썼다. 입구의 돌담 틈새에 종잇조각 같은 걸 끼운 듯했다. 그리고 북쪽으로 걸어갔다. 곧 집 뒤편으로 들어가서 시야에서 사라졌다.

쫓아가지 않고 그대로 기다렸다.

11시 58분, 하스노가 남쪽 길에서 창고 문 앞으로 걸어오는 사람을 발견했다.

장인어른이었다. 스이도바시역에서 이 창고까지 몇 킬로미터는 된다. 분명 대여업소에서 빌린 자동차를 타고 오다가 좀 떨어진 곳에서 내렸을 것이다.

지정된 시간에 1초도 틀리지 않겠다는 의지가 엿보였다. 장인어른은 손목시계를 들여다보고 딱 자정에 창고 입구로 다가갔다. 회중전등을 들고 있었고, 가져온 보따리가 멀리서도 어렴풋이 보였다.

장인어른은 입구에서 창고를 보다가 명판을 확인한 후 주변을 둘러보았다. 1분쯤 후, 드디어 돌담 틈새에 끼워진 종잇조각을 찾아냈다.

종잇조각에 적힌 내용을 몇 번 읽고 다시 주변에 주의를 기울였다. 그리고 창고 옆쪽 좁은 길을 따라 강가 방향으로 걸어갔다.

"이보게."

"응, 분명 강이야."

우리는 서둘러 사다리를 내려갔다.

범인이 장인어른에게 강을 건너라고 할 가능성이 크다고 예측했다. 강가에는 나룻배가 매어져 있다. 거기로 향한다면 나룻배를 찾는 것이라고 봐도 될 듯했다.

하스노는 상류 쪽, 나는 하류 쪽으로 빙 돌아가서 통행인을 위장해 강 옆길을 감시하며 장인어른을 기다린다. 장인어른이 강을 건너지 않고 서쪽이나 동쪽으로 간다면 나나 하스노 중 한 명과 마주칠 테니, 장인어른을 발견한 사람이 몰래 추적한다.

엉성한 계획이지만 어쩔 수 없다.

하스노와 헤어져 부랴부랴 장인어른이 지나갈 만한 골목으로 향했다. 장인어른에게는 너무 빨리 걷지 말라고 부탁해 두었다. 서두르면 놓칠 걱정은 없다.

주정뱅이인 척 비틀거리며 걸으려 애썼다. 감시하기에 좋은 곳까지 와서 전신주에 토하는 척했다. 잠시 주변 동태를 살폈다. 뒷골목이라 인적은 없었고 주변은 어두웠다. 하지만 조금 앞쪽에 있는 유흥가의 분위기가 희미하게 감도는 것 같았다.

체내시계는 믿을 수 없으므로 나는 각별히 유념해서 손목시계를 확인했다. 이미 1분이 지났다. 장인어른이 여기를 지나간다면 이미 모습이 눈에 띄어야 한다.

오지 않는다. 행선지는 이쪽이 아니다.

판단을 내릴 때 꾸물거리지 말라고 하스노가 당부했다. 이럴 때는 창고 북쪽 제재 공장 부지에 세워둔 자동차로 돌아가기로 정해 놓았다. 최대한 자연스럽게 행동하며 그쪽으로 향했다.

도착하자 자동차 전조등이 켜졌다.

"아아, 다행이군. 두고 가려고 했어."

하스노가 내게 문을 열어주며 말했다.

"어느 쪽으로 가셨지?"

"역시 강이야."

하스노는 내게 쌍안경을 넘겨주고 자동차를 출발시켰다. 나는 쓰고 있던 모자를 벗었다.

강 건너로 향했다. 다리는 조금 멀었다.

"겐지 씨가 노젓기의 달인은 아니겠지? 나룻배를 띄우는 데도 애먹는 것 같았는데."

그럴 것이다. 너무 솜씨가 좋으면 놓칠지도 모르지만, 그럴 걱정은 하지 않아도 된다.

속력을 낮춰 에이타이바시 다리에 진입했다. 다리를 건너는 사이에 쌍안경으로 장인어른이 어디에 나룻배를 대는지 확인해야 한다.

어둡지만 눈은 이미 적응됐다. 장인어른이 천천히 노를 젓는 모습이 쌍안경 시야에 들어왔다.

잠시 후 나룻배가 건너편 강가에 도착했다. 나는 그 근처에 수로가 있는 것을 확인했다.

지금부터가 문제였다. 일단 수로로 향했지만, 거기서부터는 장인어른의 행방을 무턱대고 찾는 수밖에 없다. 범인이 장인어른을 어디로 보낼지 짐작이 가지 않는 데다, 주변 길이 복잡해서 어떻게 움직여도 놓칠 우려가 있었다.

게다가 장인어른이 나룻배를 댄 곳은 예상보다 멀었다. 쫓아가기는 힘들지도 모른다.

창고 부근에서 나는 범인의 눈에 띄지 않았을 것이다. 혹시나 봤더라도 멀리서다. 이 주변을 어슬렁거려도, 강 건너편에 있었던 사람과 동일 인물이 주변 동태를 살피고 있는 듯하다고 범인이 의심할 우려는 적다.

그래도 만약에 대비해 나는 추운 걸 참고 외투를 벗었다. 하스노에게 다른 모자를 빌려서 썼다. 주정뱅이인 척도 하지 않았다. 이제 밤에 보기에는 다른 사람으로 느껴질 것이다.

하스노도 서양식 외투를 걸쳐서 나름대로 변장했지만, 그는 키가 크다. 눈에 확 띄므로 하스노는 자동차로 인근을 돌면서 장인어른을 찾다가 필요하면 자동차에서 내리기로 했다.

"만약 겐지 씨를 못 찾아낼 것 같으면 전망이 좋은 곳을 찾아보게."

"그건 또 왜?"

"범인이 쌍안경을 가져오라고 했잖나. 어디에 쓸지는 모르지만, 겐지 씨를 그런 곳으로 보낼 가능성이 커."

그렇다. 깜빡했다.

장인어른이 나룻배에서 내린 지점을 찾아낸 후, 나는 주위를 신중하게 돌아다녔다.

사람과 몇 번 마주쳤다. 장인어른인가 싶어 긴장했지만 전부 모르는 사람이었다. 직공 행색의 사람과 술에 취한 사람이 많았다.

혹시 범인일까. 마스크는 끼지 않았다. 하지만 밤인 데다 범인이 꼭 얼굴을 가린다고 할 수는 없다. 나는 심장이 튀어나올 것 같은 기분을 드러내지 않으려 애썼다.

초조했다. 장인어른은 눈에 띄지 않았다. 이미 멀리까지 걸어갔나? 그 정도 시간은 없었을 텐데. 그러고 보니 시계를 확인하는 걸 깜빡했다.

아니면 근처 건물로 들어갔을까? 출입하는 사람에게 주의를 기울여야 할까.

부자연스럽게 걸음이 빨라지려는 걸 꾹 참고 아무렇지도 않은 척 주변을 둘러보았다. 기름과 곡물 창고, 공장이 많았고 민가도 있었다. 전망이 좋은 곳……, 강가인가? 탁 트인 곳으로 나가기는 무서웠다. 범인이 수상쩍게 여길 우려가 있었다.

또는 높은 곳? 치뜬 눈으로 건물 옥상을 보았다. 시야에 들어오지 않는 곳이 많으니까 장인어른이 있더라도 발견하지 못할 수도 있다.

조급한 마음을 달래며 여기저기 시선을 돌렸다.

절 옆쪽 골목에 접어들었다. 그 맞은편, 강 쪽을 보았을 때 묘한 것이 눈에 들어왔다.

목욕탕 굴뚝이다. 굴뚝에 설치된 사다리 중간쯤에 사람이 매달려 있었다.

목욕탕에 아무도 없는지 불빛은 이미 다 꺼졌다. 얼굴은 보이지 않았지만 장인어른이 틀림없었다. 장인어른 말고 이런 시간에 굴뚝에 올라갈 사람은 없다. 나는 주변을 살폈다.

운 좋게도 골목길 반대편을 지나가는 하스노의 자동차가 보였다.

하스노도 나를 알아본 듯했다. 하스노의 감이라면 꼼짝도 하지 않고 굴뚝을 바라보는 내 모습에서 뭔가 발견했다는 걸 눈치채리라.

전신주 옆에 몸을 숨기고 장인어른을 관찰했다.

장인어른은 목욕탕과 이웃한 2층짜리 상점의 지붕 높이까지 올라갔다. 오른손으로 사다리의 가로대를 단단히 붙잡고 왼손에는 쌍안경을 들었다. 아직 눈에 대지는 않았다.

뭐 하는 걸까? 분명 신호를 기다리는 것이다. 장인어른은 강 하류 쪽을 바라보고 있었다.

불이 켜지면 쌍안경으로 정확한 위치를 확인해라, 분명 그런 식의 지시를 받았을 것이다. 장인어른은 추운 날씨인데도 미동도 없이 강 하류 쪽만 바라보았다. 나이를 고려하면 상당히 고생일 터였다.

어쩌지? 이렇게 되면 내가 감시해야 하는 건 장인어른이 아니라, 장인어른이 바라보는 곳인가. 분명 신호를 보낸 곳으로 향할 테니 나와 하스노가 신호를 놓치면 큰일이다.

하지만 하류가 바로 보이는 곳으로는 못 간다. 게다가 쌍안경은 하스노가 가지고 있다.

어쩌면 좋을지 고민하는데 뒤에서 소리가 났다.

깜짝 놀랐지만 다가오는 모습을 확인하자 하스노였다. 어딘가 자동차를 세워두고 온 듯했다. 나는 말없이 굴뚝을 가리켰다.

"이보게, 어쩌지? 서두르지 않으면……."

"그러게."

작은 목소리로 대꾸한 후 하스노는 쌍안경을 꺼내서 눈에 댔다.

"이봐, 몸값은 어떻게 됐나?"

"아아!"

당황해서 미처 눈치채지 못했다. 장인어른은 보따리를 들고 있지 않았다.

잘 생각해 보면 보따리를 가지고 굴뚝에 올라갈 수는 없다. 굴뚝에 설치된 사다리는 약 8척* 높이부터 시작되므로 받침대에 올라가서 매달려야 한다. 게다가 쌍안경을 사용하기 위해 한 손은 비워놓아야 한다.

하스노가 쌍안경을 천천히 밑으로 내렸다.

"땅에 놓아둔 것 같군."

보따리의 매듭만 쌍안경으로 겨우 보인다고 했다.

하스노의 얼굴이 험악해졌다.

"이런, 벌써 바꿔 쳤나?"

"바꿔 치다니? 그게 무슨 소리인가?"

"애용하는 보자기를 사용하고 돌려 묶기로 매듭을 지으라질 않나, 보자기에 넣을 물품을 지정하질 않나 범인의 요구가 묘했지? 이 틈에 몸값을 회수할 작정이었던 거야."

* 1척은 약 30센티미터

나도 단번에 이해가 갔다.

분명 내 상상대로 범인은 장인어른에게 굴뚝에서 신호를 기다리라고 지시했다.

올라갈 때는 보따리를 땅에 내려놓아야 한다. 보따리를 떼어놓으려니 몹시 불안했겠지만, 신호는 절대로 놓칠 수 없다. 장인어른은 보따리를 내려놓고 사다리를 올라 멀리 있는 어딘가를 바라본다.

그 틈에 범인은 땅에 놓인 보따리를 바꿔친다. 보자기 종류는 정해놓았고, 현금과 가벼운 귀금속을 넣으라고 했으니 무게도 대충 짐작이 간다.

신호가 오면 장인어른은 바뀐 보따리를 들고 거기로 향하리라. 어쩌면 거기서 끝이 아니라 여러 곳을 더 돌아다니다가 다른 방법으로 보따리를 전달할 것이다.

장인어른은 몸값 전달 장소가 그곳이라고 착각한다. 미행자도 속일 수 있다. 훗날 수사에도 차질이 생길 것이다.

보따리 교환은 이미 끝났을까? 시간은 충분히 많이 흘렀다.

그때 장인어른이 쌍안경을 눈에 댔다.

신호가 온 것이다. 장인어른은 당장이라도 굴뚝을 내려오리라. 그렇다면 바꿔치기는 벌써 끝난 셈이다.

범인은 어디로 간 걸까. 나는 하류 쪽에서 걸어왔다. 마주친 사람 가운데 보따리나, 보따리가 들어갈 만한 가방을 든 사람은 없었다.

하스노도 어쨌든 상류 쪽을 찾아보자고 했다. 범인은 분명 자동차를 가지고 있을 것이다.

골목길을 달렸다. 발밑이 어두워서 나는 한 번 넘어졌다.

맞은편에 창고가 보였다. 우리는 담장을 타고 지붕으로 올라갔다. 풀쩍 뛰어올라야 해서 나는 간담이 서늘해졌다. 옥상에 납작 엎드려 먼 곳을 살폈다.

내려다보자 북쪽으로 세 구획 너머, 후카가와 친목원* 근처 길에 자동차가 서 있었다.

하스노는 시선을 모으더니, 자동차 조금 앞쪽을 가리켰다. 가방을 든 사람이 자동차로 다가갔다.

"안은 보이나?"

"간신히 보이는군. 좀 조용히 하게."

가방을 든 사람은 차 안으로 들어갔다. 맨눈으로는 남자인지 여자인지도 구별이 되지 않았다.

차 안에 불이 켜졌지만, 차는 움직이지 않았다. 30초쯤 지나 드디어 시동이 걸리고 상류 쪽으로 달려갔다. 자동차는 곧 시야에서 사라졌다.

하스노가 눈에서 쌍안경을 떼고 이쪽을 보았다.

"이보게, 어땠나? 뭐 좀 알아냈어?"

"저게 틀림없어. 가방에서 보따리 같은 걸 꺼내더군. 분명 보따리를 풀고 위조지폐를 확인한 거겠지."

---

*   미쓰비시 그룹을 창업한 이와사키 가문이 3대에 걸쳐 만든 정원. 현재 이름은 기요스미 정원이다

"그런데 놈들이 어디 숨어 있는지 알아낼 수 있겠나? 저 자동차를 쫓아가지 않아도 돼?"

"쫓아가면 안 돼. 추적하고 있다는 걸 들키면 큰일이니까. 하지만 은신처는 어딘지 알 것 같군."

"알 것 같다니? 어떻게?"

하스노는 모자를 벗고 추워서 벌게진 귀 뒤쪽을 긁적였다.

"놈들이 위조지폐를 확인하느라 불을 켰잖은가. 그때 똑똑히 봤어. 눈길용 바퀴 사슬이 젖은 채로 자동차에 실려 있더군.

하스노가 그렇게 말했을 때 내 목덜미에 차가운 뭔가가 떨어졌다.

흠칫 놀라 하늘을 올려다보자 도쿄 시내에도 눈이 내리기 시작했다.

유괴와 대설 대설의 장

1

허름한 목조 건물 2층이었다. 쉰 냄새가 감돌았다.

어디인지는 모른다.

몹시 추웠다.

추운 게 당연하다. 1월이니까. 하지만 그렇다 쳐도 너무 추웠다.

온몸이 아팠다. 특히 뒤쪽으로 묶인 손목, 어깨, 발목, 웅크린 허리가 끊어질 듯 아팠다. 재갈에서는 화학 약품 같은, 그리고 조금 부패한 것 같은 역겨운 맛이 났다.

일어서려고 하면 일어설 수 있다. 하지만 걸을 수는 없어서 두 발을 모으고 폴짝폴짝 뛰어야 한다. 주변에 어질러진 농기구 때문에 넘어질까 봐 무서워서 자유로이 돌아다닐 수는 없을 듯했다.

몸의 중심을 확인하고 소리가 나지 않도록 조심해서 자벌레 같은 동작으로 벽 앞까지 다가갔다.

창문은 널빤지로 막혀 있었다. 하지만 틈새로 바깥이 보였다.

눈이 내리고 있었다. 보기 드물게 펑펑 내렸다.

밖을 내다보자 평평한 눈밭이 펼쳐졌고, 안쪽에는 나무 울타리가 있었다. 농장인 듯했지만 건물은 몹시 상했고 나무 울타리도 군데군데 부서진 것이, 버려진 곳 같았다.

바람이 불자 건물이 삐걱거렸다. 아래층에서 희미한 말소리가 들릴락 말락 귀를 간질였다.

미네코는 요요기에 있는 재봉 선생님 집을 나서서 좁은 골목길을 걷다가 첫 번째 모퉁이를 돌았을 때 납치당했다.

남자가 세 명 서 있었다. 다들 장갑과 커다란 마스크를 착용했고 중절모자도 썼다. 푹 눌러써서 눈에 잘 띄지 않았지만 색안경을 꼈다는 걸 알 수 있었다. 두 명은 이쪽으로 서 있었고, 한 명은 뒤편을 감시하는 듯했다.

미네코는 그들이 적의를 품고 있다는 사실을 즉시 알아차렸지만, 도망치거나 소리를 지를 틈도 없이 제일 앞에 있던 황갈색 외투 차림의 남자가 덤벼들었다.

남자는 미네코의 입을 막고 왼팔로 허리를 감싸안았다. 미네코는 오른손에 들고 있던 가방을 떨어뜨렸다.

그들 바로 뒤에 자동차가 문을 연 채로 정차해 있었다. 미네코는 자동차로 질질 끌려갔다.

저항한다고 저항했지만 발로 땅을 구른 것이 고작이었다. 어느샌가 덩치 큰 남자가 권총을 꺼내서 겨누고 있었다. 미네코는 저항을 멈췄다. 몸에서 힘이 쭉 빠져나갔다.

그리고 한 명 더, 다갈색 외투를 입은 남자가 조금 떨어진 곳에 서 있었다. 미네코는 그를 골목에 들어서기 전에 보았다. 다섯 간 정도 앞서 걷던 그가 모퉁이를 돈 후에 미네코도 골목길을 꺾어 들었다. 앞서가는 척하며 미네코와 주변의 동태를 살피다가 공범자에게 결행을 촉구한 것이다.

뒷좌석에 태워졌다. 반대쪽 문이 열리고 좌우에서 탑승한 두 명이 미네코의 자유를 빼앗았다.

일단 재갈을 물렸다. 머리를 눌러 몸을 구부리고 손을 뒤로 돌려서 묶었다.

밧줄을 다루기가 불편했는지 남자들은 장갑을 벗었다. 제일 먼저 미네코를 덮쳤던 황갈색 외투 차림 남자의 손등에 용 모양 문신이 있었다.

그리고 몸을 일으켜 세워 띠로 눈을 가리려 했을 때였다. 머리를 누르고 있던 남자가 갑자기 힘을 빼서, 저항하던 미네코는 고개를 번쩍 쳐드는 꼴이 되었다. 얼굴이 문신한 남자 쪽을 향했다.

방심했는지 남자는 이미 마스크를 벗었다. 코부터 오른쪽 뺨까지 이어지는 커다란 흉터가 눈에 똑똑히 들어왔다.

아차 싶었다. 살아남고 싶으면 절대로 얼굴을 봐서는 안 된다.

맨얼굴이 드러난 남자는 당황한 기색을 보이지 않았다. 그대로 미네코의 눈을 가리고, 머리집게를 빼앗았다.

문신한 남자가 미네코 왼쪽, 덩치 큰 남자가 오른쪽에 앉았고 다른 한 명이 운전대를 잡았다. 자동차가 출발했다.

도중에 두 번 정차했다. 한 번은 아주 잠깐, 두 번째는 조금 길었다. 두 번째로 정차했을 때 남자들 모두 밖으로 나간 듯, 미네코는 잠시 좌석에 홀로 남겨졌다.

차는 꽤 오래 달렸다. 눈이 가려지고 공포에 사로잡힌 만큼 미네코 입장에서는 실제보다 더 길게 느껴졌겠지만, 그걸 감안하더라도 한 시간 반에서 두 시간은 걸린 듯했다.

시간이 갈수록 냉기가 강해졌다. 길은 오르막이 많았다. 꽤 가파른 비탈길인지 자동차가 가끔 속력을 줄였다.

한층 경사가 심한 오르막길을 한동안 올라간 후에 드디어 목적지에 도착했다. 시동이 꺼지는 소리가 나고 왼쪽 문이 열렸다. 미네코는 팔을 붙잡혀 밖으로 끌려나갔다.

땅에 발을 댄 순간 오싹했다. 부드럽고 차가웠다.

눈이 쌓여 있었다. 그것도 많이. 미네코의 복사뼈를 넘을 정도로.

얼굴에 차가운 것이 툭툭 떨어졌다. 눈은 여전히 내리고 있었다.

남자가 미네코의 목덜미를 붙잡고 눈가리개의 매듭에 손을 댔다.

―절대로 눈 돌리지 말고 아래만 봐.

그러고 나서 눈가리개를 풀어주었다.

시야가 새하얬다. 군데군데 있는 돌과 앞서가는 남자의 발만 보였다.

눈 때문에 발밑이 몹시 미끄러웠다. 그래서 눈가리개를 풀어주고 직접 걸어가게 한 듯했다. 길도 평평하지는 않으니 세 명이 힘을 합쳐도 미네코가 날뛰면 끌어안고 걸어가기는 위험하다.

황갈색 외투를 입은 문신남이 미네코의 손목을 묶은 밧줄을 잡고 따라왔다. 그 뒤편에 덩치 큰 남자의 기척이 느껴졌다. 서로 딱 붙어서 걸었다.

완만한 오르막길을 십수 발짝 나아가자 평평한 곳이 나왔다. 고개를 숙인 채 최대한 눈을 치떠서 앞쪽에 시선을 주자, 앞서가는 남자가 시야에 들어왔다. 그리고 기와지붕 건물도.

아주 잠깐 보였지만 남자는 복면을 쓴 듯했다. 거리에서는 시선을 끌지 않도록 모자, 색안경, 마스크로 얼굴을 가렸는데, 차 안에서 바꿔 쓴 듯했다.

기와지붕 건물에 들어갔다. 머리를 누르는 힘이 약해졌으므로 고개를 들어도 되겠거니 싶어 천천히 앞을 보았다.

앞에 있던 남자는 역시 복면을 썼다. 고개를 돌리자 미네코 곁에 있는 남자도 복면으로 얼굴을 가렸다.

어디선가 말소리가 들렸다. 네댓 명쯤 되는 듯했다.

그리고 복도를 걸어오는 발소리가 났다.

―돌아왔나.

─어어! 얼굴 드러내지 마. 눈가리개를 안 했어.

앞에 있던 다갈색 외투 차림 남자가 큰 소리로 말했다.

─뭐야, 눈을 가렸어야지.
─금방 2층으로 데려갈 거니까 넌 들어가 있어. 쓸데없이 너무 크게 떠들지 말고.

얼굴에 흉터가 있는 문신남이 미네코의 손목에 묶인 밧줄을 잡은 채 말했다.

─네, 알겠습니다.
─그리고 절대 손대지 마. 내가 먼저야. 밤에 내가 돌아올 때까지 기다려.
─알겠다니까요. 마음대로 하십시오.

복도 모퉁이 뒤쪽에서 말하는 듯, 건물 안쪽에 있는 남자의 모습은 보이지 않았다.
다시 목덜미를 붙잡길래 얌전히 고개를 숙이고 끌고 가는 대로 걸었다. 계단을 올라 제일 앞쪽에 있는 방에 들어가자 남자들은 미네코의 발목을 묶고 문을 닫았다. 자물쇠를 잠그는 소리가 들렸다.

—아이고, 삭신이야. 개고생했군. 이봐, 우리는 좀 쉴 테니까 방해하지 마.

문 너머, 계단을 조금 내려간 곳에서 목소리가 났다. 문신남의 목소리였다. 어디선가 문을 여닫는 소리가 들린 후 조용해졌다.

미네코는 견직 기모노 위에 외출용 덧옷을 입고 구두를 신은 차림새였다. 일식과 양식을 섞어서 입다니 꼴 보기 싫다고 가족들이 야단쳤지만, 여학교에 다니던 시절부터 가볍게 외출할 때는 구두를 신는 습관이 들었다.

너무 추웠다. 냉기가 방을 천천히 감돌았다. 장갑을 끼고 있는데도 손가락이 곱았다. 발끝, 그리고 목도리를 하지 않은 목 부분이 싸늘하게 식어서 견디기 힘들었다. 도망치기 위해서가 아니라 그저 발끝을 문지르고 싶은 마음에, 뒤로 묶인 양손을 어떻게든 엉덩이 아래를 통해 앞쪽으로 돌리려고 몸부림쳤다. 결국 실패해서 구두 위로 입김을 불어 넣었다. 아주 약간 따뜻해졌다.

잠시 후 더는 못 견딜 지경에 이르렀다. 미네코는 움직일 수 있는 곳을 최대한 움직여 가슴, 무릎, 팔, 등을 비볐다. 구두 속의 발가락도 계속 꼼지락거렸다.

손목과 발목을 묶인 채 천천히 굴러다녔다. 피곤해지면 쉬었다가 추워지면 또 굴렀다.

창문은 막아놨지만 만듦새가 좋지 않은 건물이라 곳곳에 틈새가 있다. 틈새로 비쳐 드는 빛이 서서히 약해지자 불안함이 커졌다.

그래도 시간이 흐를수록 점점 머리가 돌아갔다. 마음이 가라앉을수록 공포가 가슴속을 스멀스멀 기어 올랐다. 이제부터 자신에게 일어날 수 있는 일들이 상상됐다. 그리고 오늘 아침, 어머니에게 머리가 아프다고 말해서 재봉 수업을 쉬려고 했던 것이 떠올라 몹시 서글퍼졌다.

—그렇게 아파? 너무 쉽게 쉬려고 하면 안 돼. 꾸준히 해야겠다고 마음먹지 않으면 게으름 부리는 버릇이 생긴단 말이야. 일단 해두면 나중에 결실로 돌아오는 법이란다.

머리가 아팠던 건 사실이다. 하지만 그 핑계로 재봉 수업을 쉴 수 있겠다고 기뻐했던 것도 사실이라, 그런 말을 듣자 역시 가야겠다는 기분이 들었다. 두통도 곧 가라앉았다.

몇 시일까? 분명 식사 시간은 지났다. 부모님의 심지가 그렇게 강하지 않다는 건 미네코도 안다. 미네코에게 일어난 일을 부모님이 알아차렸을 때 어떤 반응을 보일지는 차마 상상도 하기 싫었다.

말소리가 들려서 생각을 멈췄다.

조금 전부터 그랬을지도 모르지만 이제야 알아차렸다. 강풍으로 건물이 삐걱거려서 1층에서 나는 말소리를 알아듣기는 쉽지 않았다.

죽어라 귀를 기울였다. 유괴범의 목적이 뭔지 최대한 알아두어야 한다. 뭐가 목숨을 구해줄지 모를 일이다.

—사서 고생이로군.

—뭐야, 나쁘지만은 않잖아. 아주 미인인 것 같은데.

—어차피 만다가 실컷 가지고 논 후에야 차례가 돌아오잖아. 난 싫어. 그냥 도망치면 될 텐데. 정말 귀찮네. 냉큼 대륙에라도 가면 좋겠군. 어차피 이런 곳에는 그리 오래 못 머무르잖아. 이리에 때문이 아니더라도 결국 들통날 거야. 공장이 적발됐을 때 이미 운이 다됐다고.

—난 대륙에 가기 싫어.

—그런 문제가 아니잖아. 대체 왜 위조지폐를 만드느냐 말이야. 크게 돈벌이도 안 되는데. 그 탓에 일이 이렇게 커진 거라고. 염병할.

—우리는 아무것도 안 하는데 뭘. 오히려 아가씨를 납치해 온 덕분에 득을 봤잖아.

—나 원 참, 녀석들이 실수하면 위험하잖나. 골치 아픈 계획인 것 같던데? 게다가 이번 일이 아니었으면 가와사키에라도 머물 수 있었을걸?

—그건 그래. 하필이면 이런 날씨에 말이야. 녀석들 운전은 괜찮을까?

—아키야마라면 문제없겠지. 눈길에도 익숙하니까

어쩐지 묘했다. 듣자 하니 아키야마는 덩치 큰 남자를 가리키는 듯했다. 그러면 눈길에도 익숙하다고 했지만, 실제로 운전을 맡은 건 아키야마가 아니었다.

—만다 녀석도 용케 의욕을 냈군. 툭하면 강도질이나 하러 가자고 떠들어댔으면서.

　—계집애였으니까 마음이 생긴 거겠지. 아니면 이런 성가신 일에 나서겠어?

　미네코는 그들의 막돼먹고 인간미 없는 말투에 겁이 났다. 유괴범들은 분명 미네코가 지금까지 살면서 한 번도 만나본 적 없는 극악무도한 인간들이었다. 자신도 모르게 바닥에 드러누운 채 몸부림치고, 묶인 손발에 힘을 주었다.

　하지만 전부 허사로 돌아갔다. 그러다가 왼발로 바닥에 놓인 양철통을 걷어차서 날카로운 소리가 났다. 미네코는 움직임을 딱 멈췄다.

　바람 소리에 묻혀서 남자들에게 들리지 않은 모양이다. 미네코는 냉정함을 찾지 못했지만, 그래도 다시 남자들의 이야기에 귀를 기울였다.

　취한 목소리였다. 다들 입이 가벼웠다.

　—하지만 그런 것치고는 묘해. 오늘 느닷없이 말을 꺼냈잖아.

　—느닷없이 말을 꺼내는 게 어디 한두 번인가?

　—아니, 그래도 좀 이상하지 않아? 그게—

　만다는 얼굴에 흉터가 있는 문신남인 듯했다. 미네코도 서서히 아래층에서 이야기를 나누는 남자들이 원래 그의 수하였음을 이해했다. 한편 유괴에 관여한 건 주로 아키야마라는 남자와 그의 수하라고 한다.

원래 만다는 유괴에 참여할 마음이 없었는데, 오늘 오전에 느닷없이 돕기로 해서 이상하다는 것이다.

폐업한 농장에는 그들이 광으로 사용하는 건물이 있는데, 오늘 아침 아키야마와 수하가 유괴를 준비해야 한다며 거기로 갔다고 한다. 그러자 만다가 어쩐지 이상하다고 수상쩍어하며 그들을 쫓아갔다.

잠시 후, 만다와 아키야마 그리고 아키야마의 수하가 함께 광에서 나왔다. 만다는 현관에서 수하들에게 유괴를 도와주고 오겠다고 선언하고, 아키야마와 함께 도쿄 시내로 나갔다.

—그야 아키야마 파를 가까이에서 감시하고 싶었던 거겠지. 요즘 툭하면 놈들이 수상하다고 그랬잖아? 우리 몰래 돈을 가지고 있는 것 아니냐면서. 그래서 놈들끼리 외출하는 게 싫었던 거야.

—눈이 뒤집혀서 위조지폐를 만들 정도인걸? 돈을 가지고 있겠나.

—하지만 완전히 안심할 수는 없어. 어쩌면 우리를 팔지도 몰라.

—목소리를 좀 낮추는 편이 좋지 않을까. 계집애는 어디 놔뒀어?

—2층에 있겠지? 걱정하지 마. 녀석들, 고지식하게 얼굴을 감췄지만 정말로 돌려보낼 마음이 있겠어? 귀찮잖아? 여기라면 어떻게든지 처리할 수 있어.

미네코는 이야기를 듣고 있기가 괴로웠다. 남자들이 경박한 말투로 꺼내놓는 이야기를 이해할수록, 그들이 미네코에게 안겨주려는 운명의 윤곽이 점점 확실해졌다. 그들이 함께 경험한 일을 바탕으로 한 음담이 구체적으로 귀에 들어왔다. 음담이 미네코의 상상력을 자극해, 바라지도 않았건만 그들이 뭘 어쩔 작정인지 머릿속에 명확하게 떠올랐다.

혐오감과 두려움이 온몸에서 솟구쳐서 발버둥 치고 싶어졌다. 미네코는 이성과 더불어 달아날 길을 스스로 막을지도 모른다는 공포로 그 충동을 억눌렀다.

그들은 잠깐씩 중단하면서도 오로지 잡담을 계속했다. 그들의 잡담을 정리하려 애쓴 끝에, 미네코는 드디어 자신이 유괴되기에 이른 경위를 알아냈다.

2

아래층에서 잡담하고 있는 남자들은 원래 만다와 함께 소매치기와 공갈을 자행했던 듯하다. 그러다 작년 초에 아키야마가 통솔하는 사기꾼 일당과 합류해 강도단으로 발전했다.

미네코도 강도단에 대해서는 알고 있었다. 그들 탓에 세상이 시끌벅적했었다. 될 대로 되라는 식으로 잔혹한 범행을 되풀이했지만, 신기하게도 꼬리를 잡히지 않아 몇 달이나 도망쳐 다녔다.

그들은 인쇄 공장 지하에 숨어 지냈다. 아키야마의 수하가 가지고 있던 공장이었다.

그냥 숨어 있었던 것이 아니라 일감을 받아서 조업했다고 한다. 그것이 눈가림을 해주었다.

아키야마가 어디선가 원판을 제작할 수 있는 남자를 구해와서 위조지폐를 만들자고 제안했다.

원래 만다가 두목으로 있던 일당은 마음이 내키지 않았다. 강도가 훨씬 효율이 좋다고 생각했다. 따라서 위조지폐 제조를 돕지 않았다.

그들이 치명적인 실수를 한 건 시계점을 턴 후였지만, 그 이전에도 몇 가지 큰 실수를 저질렀다.

특히 시계점 이전, 은행 강도에 나섰을 때가 뼈아팠다. 그들은 지문이 묻은 가방 하나를 현장에 남겨놓고 말았다. 지문 조회 결과 아키야마와 만다는 신원이 판명돼서 수배당했다.

그전까지 그들은 가끔 복면을 벗고 색주가 등에서 유흥을 즐겼지만, 더는 그럴 수 없게 됐다. 인쇄 공장에 숨어 지내는 생활은 갑갑했다.

결국 국외 도피를 고려하게 됐다. 충분한 도피 자금을 마련하기 위해 시계점을 습격해 강도질에 성공했다. 경찰은 은행을 집중적으로 경계했으므로, 허를 찌른 것이다.

긴자의 시계점 아가와의 금고에는 그들이 상상했던 것 이상으로 현금이 많았다. 내친김에 시계점 진열장에서 비싸 보이는 물품도 최대한 많이 가져왔다.

이제 국외로 줄행랑칠 준비에 나설 차례였다.

현금을 일단 보석과 귀금속으로 바꾸기로 했다. 현금은 부피가 큰 데다, 일본 화폐보다는 어디에 가져가더라도 가치가 통용되는 물품이 더 낫다.

아키야마가 거래 상대를 찾아서 데려왔다.

아미리가의 보석상이다. 품행은 좋지 못했다. 그러나 이익만 된다면 강도단이 거래 상대라도 개의치 않을 인물이었다.

그들은 이 보석상에게 속았다.

아키야마는 거래 장소에 외국인 감정사를 불렀다. 물품의 진위를 보증받기 위해서였다. 아키야마는 이 감정사를 이번 일과 전혀 무관한 제삼자라고 생각했지만, 그는 보석상과 연줄이 있었다.

감정사는 가짜를 진짜라고 단정했다. 보석상과 감정사는 아키야마 일당이 강도단이라는 사실까지는 몰랐던 듯하지만 범죄에 관여했다는 것, 그렇기에 일본인을 상대로는 거래할 수 없다는 것, 또한 사기를 당해도 사법에 호소할 수 없다는 것을 꿰뚫어 보았다.

그들은 자금을 대부분 잃었다.

그와 전후해서 경찰이 인쇄 공장 주변에 수사의 손길을 뻗기 시작했다. 이건 만다의 실책이었다. 얼굴을 드러내고 있다가 지나가는 사람에게 목격당했다.

남의 눈을 꺼리며 출입하는 모습이 오히려 눈에 띄었다. 결국 인쇄 공장에 의혹이 집중됐다.

그들은 간발의 차로 경찰의 손에서 도망쳤다.

도피처는 여기 오쿠타마의 폐업한 농장이다. 이리에라는 남자에게 소개받아 마련해 둔 곳이라고 한다. 그들은 여기에 열흘 남짓 숨어 있었던 모양이다. 춥다, 따분하다, 불편하다 등등 그들의 불평은 끊이지 않았다.

이리에는 만다의 수하가 찾아낸 남자다. 만다와 아키야마는 이리에와 만난 적이 없다. 따라서 두 사람이 수배된 후로도 강도단이라는 사실을 숨긴 채 몰래 거래했다.

이리에를 죽인 건 지레짐작해서 치졸하게 판단한 나머지 성급한 행동에 나선 결과인 듯했다.

경찰이 급습하기 1주일쯤 전이었다. 돈 없이 줄행랑칠 것인가 아니면 작심하고 한 건 더 저질러서 유유히 달아날 것인가, 인쇄 공장에 은신한 그들 사이에서 의견이 갈렸다.

돈을 잃었으니 당장 국외로 달아나봤자 호사스럽게 살기는 글렀다. 그래서야 타지로 돈 벌러 가는 것과 다를 바 없다.

한편 이대로 있다가는 붙잡히는 것도 시간문제였다. 몇 명은 돈이 없어도 되니까 빨리 달아나자고 주장했다.

아키야마와 만다는 아직 일본에 머무를 작정이었다. 돈이 없으면 달아나도 헛일이라는 생각이었다. 두목 격인 두 사람이 그렇게 말했으므로 일단 도망은 보류됐다.

그들의 수하 중 두 명에게는 전과가 있었지만, 나머지는 감옥에 가본 적이 없었다. 그래서 감옥 생활을 지나치게 두려워하는 것이라고 아키야마와 만다는 그들을 야단쳤다. 하지만 지금까지와 달리 이번에는 사람을 몇 명 죽였으니 체포되면 무사하지 못할 것이다.

어쨌거나 돈이 너무 없다, 어쩌면 좋을까. 결국 그들은 서서산 탁상시계를 이리에에게 넘기고 말았다. 돈을 조금이라도 불리는 편이 좋겠다는 생각이었다.

시계가 강도단과 결부될 우려는 있었다. 하지만 결정적인 증거는 아니다.

그리고 시계를 단서로 경찰이 범인을 쫓더라도 밝혀낼 수 있는 건 이리에가 중개한 매물까지다. 어차피 일본에 오래 머물 생각은 없었다. 이때 경찰이 이미 주시하고 있다는 사실을 그들은 몰랐으므로 불시에 급습을 당했다.

인쇄 공장에서 쫓겨나자 몸을 숨길 곳은 이리에가 중개한 곳밖에 없었다.

사정이 달라졌으니 이리에에게 넘긴 시계를 되찾아야 한다는 의견이 나왔다. 거래 상대가 강도단임을 알면 이리에는 분명 그들을 신고한다.

만다의 수하가 시계를 되찾으러 갔다. 이 남자는 봉투에 넣어둔 위조지폐 시제품 몇 장을, 위조지폐인 줄 모르고 꺼내서 시계 대금을 치렀다.

정말 멍청한 짓이었다. 위조지폐는 시계보다 더 문제다. 간단히 덜미를 잡힌다.

큰일났다 싶어 아키야마가 수하 미치나가를 데리고 이리에의 집으로 향했다. 시계를 되산 다음 날이었다.

얼굴이 공개된 아키야마가 이리에에게 접근할 수는 없다. 그래서 마침 어디 갔다가 돌아온 듯한 이리에에게 미치나가가 길가에서 말을 걸었다.

처음에는 환전을 부탁했다. 10엔짜리 지폐를 100엔짜리 지폐로 바꿔 달라고. 이리에는 100엔짜리는 가지고 있지 않다, 지갑에도 가게에도 없다고 대답했다.

미치나가는 당황했다. 꼭 바꿔야 한다, 정말로 없느냐, 어제까지는 가지고 있지 않았느냐, 하고 당혹감을 고스란히 드러내며 닦달했다.

수상쩍었는지 이리에는 이맛살을 찌푸리며 돈이야 있다가도 없고 없다가도 있는 법이다, 분명 어제께 손에 들어왔지만 금방 사용했다, 라고 대답했다.

누구냐, 언제 어디에 줬느냐, 그자는 어디 있느냐? 수상쩍은 정도를 넘어 공갈에 가까운 말투였다. 이리에는 깜짝 놀라서 물었다.

—뭡니까? 왜 이래요? 어째서 100엔짜리에 집착하는 겁니까?

—이유는 알 거 없고, 어디에 줬어?

—그렇게 100엔짜리를 구하고 싶으면 은행에 가든가요. 뭡니까? 당신, 그 시계를 판 사람과 뭔가 있는 겁니까?

정답이었다. 이리에는 감이 좋았다.

그 말을 듣고 미치나가는 칼을 꺼냈다.

아직 마지막 방법을 사용하기에는 이른 상황이었다. 하지만 감정이 격해진 미치나가는 오른손으로 이리에의 어깨를 잡고 벽에 밀어붙였다.

잔말 말고 불어, 누구한테 줬어? 이리에는 야나에 아키오의 이름을 댔다.

이리에를 죽일 필요가 있었는지는 의심스럽다. 하지만 맨얼굴을 드러내고 이런 행동에 나선 이상, 미치나가는 이리에를 죽일 수밖에 없다는 생각에 사로잡혔다.

아키야마는 말려야 한다고 생각했다. 하지만 행동에 나서기 전에 미치나가가 칼부림했다. 이제는 흐름에 맡기는 수밖에 없었다. 시체를 배수구에 처박고, 지나가던 뜨내기에게 살해당한 것처럼 위장한 후 돌아왔다.

마침내 그들은 궁지에 몰렸다. 위조지폐를 되찾기 위해 유괴하는 수밖에 없다고 아키야마는 주장했다. 수하가 이리에의 아내를 찾아가서 입단속시키기는 했지만, 위조지폐가 경찰에 넘어가면 돈의 소재를 거슬러 올라가서 그들의 은신처가 발각되는 걸 막을 수 없다.

진퇴에 관한 논의가 또 시작됐다. 몇 명은 이렇게 된 이상 대륙으로 뜨는 수밖에 없다고 주장했고, 몇 명은 아키야마의 의견에 동의했다.

이때 만다는 다른 주장을 꺼내놓았다. 유괴같이 성가신 짓은 집어치우고, 얼른 강도질을 한 건 더 해서 도주 자금을 마련하자는 것이다.

확실한 결론이 나온 건 아니었지만, 숫자로는 아키야마 파가 제일 많았다. 그래서 마지못해하면서도 유괴 준비에 나선 것이다.

미네코는 또다시 자신의 운명이 불안해졌다.

아래층에서 들려오는 이야기는 미네코가 들어도 되는 내용이 아니었다. 그런데도 전혀 아랑곳없이 떠들고 있다. 한편 다른 방에서 쉬고 있을 유괴 실행범들은 자신들의 얼굴과 은신처가 미네코에게 드러나지 않도록 주의를 기울였다. 그들 사이에서 의견이 통일되지 않은 걸까, 아래층 남자들이 멍청한 걸까. 아무튼 자신들의 이야기가 미네코에게 들렸다는 걸 알면 과연 어떻게 될까…….

3

아래층이 소란스러워졌다. 미네코는 긴장해서 몸이 굳어버렸다.

유괴 실행범들이 일어난 모양이었다. 7시나 8시 정도일까? 몸을 일으켜 밖을 보자 밤이 왔는데도 여전히 눈은 줄기차게 내리고 있었다.

―가십니까.

―곧 갈 거야. 이봐, 쓸데없는 짓은 하지 않았겠지?

―그럼요.

―계집년은? 너무 조용하지 않나?

―아까까지는 덜컥덜컥 소리를 냈습니다.

만다인 듯한 자와 수하가 대화를 나누었다.

그 후 몇 명이 계단을 올라오는 발소리가 들렸다. 문 반대쪽 벽으로 이동했던 미네코는 부랴부랴 원래 자리로 돌아와서, 유괴범들이 이 방에 밀어 넣었을 때와 최대한 똑같은 자세를 취했다.

문이 열렸다. 자는 척하던 미네코는 몸을 움찔하며 문 쪽을 휙 돌아보았다.

남자 세 명이 서 있었다. 다들 복면을 썼다.

"야, 고개 들지 마."

으름장이 날아들었다.

방은 캄캄하고 복도는 조금 밝았다. 역광이라 확실하지는 않았지만, 얼핏 본 느낌상으로는 요요기의 골목길에서 미네코를 기다리고 있던 자들이었다.

제일 앞쪽 남자가 누구인지는 미네코도 알고 있었다.

코부터 오른쪽 뺨에 남은 흉터, 그리고 문신. 만다 구라이치가 틀림없다. 지금은 복면을 쓰고 있지만, 목소리가 걸걸하고 손등의 문신이 어렴풋이 보였으니 만다가 분명했다.

그리고 뒤쪽에 있는 두 명. 남자들의 이야기를 들건대 덩치 큰 자가 아키야마다.

천장에 달린 석유등을 켰다. 불빛은 침침했다. 남자들은 문을 닫았다.

"녀석들이 제법 입을 놀린 것 같던데. 들리지는 않았겠지?"

"몰라. 들렸을 수도 있겠지. 어떻게 할 텐가?"

"나중에 생각하지. 일단 귀를 막아놓자고. 녀석들 입을 막기는 어려울 것 같으니."

뭔가를 미네코의 귀에 쑤셔 넣었다.

"이봐, 꽤 몸부림친 것 같은데 느슨해지지는 않았나?"

귀를 막을 때 손발을 묶은 밧줄의 매듭을 봤는지 그렇게 말하는 소리가 들렸다. 만다였다.

미네코는 벽을 등지고 두 발을 바닥에 댄 자세로 앉아 있었다. 무서워서 고개는 못 들었지만, 누군가가 발목을 다시 묶었다.

그러고 나서 미네코를 벽 쪽으로 돌려 앉힌 후 양어깨를 눌렀다. 누군가 뒤로 묶인 손을 잡아당겼다.

원래 자동차 안에서 무리한 자세로 묶었기 때문에 손목이 꽉 조일 정도는 아니었다. 이번에는 힘을 줘서 단단히 묶는 느낌이 들었다. 기모노 위로 묶었는데도 아팠다.

어깨에서 압박감이 사라지고, 장갑을 낀 미네코의 양손을 좌우로 잡아당겼다. 잘 묶였는지 매듭을 확인하는 듯했다. 남자들은 몇 분 간 미네코의 양손을 만지작거렸다.

손이 미네코의 팔에서 떨어졌다. 그 자세 그대로 굳어 있으니, 잠시 후 문을 여닫는 진동이 느껴졌다. 남자들이 나갔다.

귀마개를 해서 그런지 이번에는 아주 조용했다.

일어설 수 없다는 걸 깨달았다. 두 손목이 위로 올라가지 않았다. 밧줄로 어딘가에 동여맨 듯했다.

왤까? 몸값을 받으러 가는 듯했다. 은신처를 떠나야 하니 만약에 대비하려 한 걸까? 은신처를 지키는 자들이 미덥지 못한 걸까?

지금까지보다 몇 배는 더 괴로웠다. 몸을 움직이려 해도 무릎을 구부렸다 폈다 하는 것이 고작이었다.

귀를 막아놔서 더 힘들었다. 시간의 흐름이 멈춘 것처럼 느껴졌다.

혈액 순환이 잘 안되는 탓인지 머리가 흐리멍덩해졌다.

손끝과 발끝의 통증이 심해졌다. 감은 두 눈에서 눈물이 흘러내렸다.

미네코는 어느 틈엔가 잠에 빠졌다.

4

누군가 흔들어 깨우는 것 같았다.

머리를 흔들고 고개를 들자 방에 불이 켜져 있었다. 복면을 쓴 남자, 황갈색 외투, 그리고 오른손 손등의 용 문신이 똑똑히 보였다.

만다라고 생각한 순간, 시퍼런 칼날을 들이댄 것 같은 공포에 휩싸였다.

오른팔을 붙잡혔다. 알고 보니 발목의 밧줄은 이미 풀렸다.

만다가 팔을 잡고 미네코를 일으켜 세웠다. 손목은 여전히 묶여 있었지만, 어딘가 고정되지는 않은 듯했다.

발이 저렸다. 얼른 걸으라고 재촉하듯 만다가 팔을 잡아당겼지만 다리에 힘이 들어가지 않았다. 넘어질 것처럼 비틀거리자 만다가 때렸다.

방의 석유등이 꺼졌다. 끌려가는 동안 겨우 다리에 힘이 돌아왔다.

만다는 오른손으로 미네코의 팔을 잡고, 왼손에는 회중전등을 들었다. 천천히 걸어가서 계단을 내려갔다.

고개를 숙이라거나 주변을 힐끗거리지 말라고는 하지 않았다. 주의를 주었을지도 모르지만 귀마개 때문에 미네코에게는 들리지 않는다. 소리가 들리지 않아서 더 무서웠다.

어떻게 하려는 걸까? 드디어 살려 보낼 마음이 사라진 걸까?

미네코는 공황 속에 빠졌다. 무슨 짓을 하려는 거지?

뭔가 자신을 기다리고 있을지 몰라서 정면을 보기가 두려웠다. 그래도 애써 앞쪽을 살폈다.

현관을 나섰다. 눈은 그쳤다. 미네코의 무릎 아래까지 눈이 쌓였다.

눈에 가려졌지만 아무래도 농장의 초원인 듯했다. 초원 너머는 산에 둘러싸인 숲이다.

오른쪽에는 자동차를 타고 올라온 오르막길이 있었다. 둑 위에서 그 길을 내려다보며 걸었다.

앞쪽에 작은 오두막이 보였다. 미네코가 갇혀 있던 기와지붕 집에서 100걸음쯤 떨어진 곳이다. 그 너머, 또 100걸음쯤 떨어진 곳에 커다란 건물이 한 채 보였다.

주변을 충분히 둘러본 건 아니지만, 이 농장에는 건물이 세 채뿐인 듯했다. 그중에서 오두막으로 미네코를 데려가려 하는 것이다. 어디를 봐도 눈밭에는 발자국 하나 없었다.

다리가 꼬여서 가끔 휘청거렸다. 그럴 때마다 주먹이 날아왔다.

오두막에 도착했다. 만다는 안으로 들어가서 미네코를 바닥에 내팽개쳤다. 석유등이 켜졌다.

두 평 정도밖에 안 되는 오두막은 휑했다. 난로가 있고 장작이 바닥에 흩어져 있었다. 벽에는 쇠사슬이 걸려 있었다. 창문은 두 개다. 짚단이 있고, 그리고…….

미네코는 사고력을 거의 상실했다.

어쩌면 좋지? 입에는 재갈을 물었고, 손은 뒤로 묶였다. 저항할 방법이 전혀 없었다.

짚단 위에 눕혀졌다. 우악스러운 손이 다가온다.

귀마개를 했는데도 걸걸하니 불쾌한 만다의 목소리가 들린 것 같았다.

공황 상태가 극에 달했다. 눈을 감았다. 부모님 얼굴이 눈꺼풀 안쪽에 어른거렸다.

머리와 배를 몇 번이나 얻어맞고 미네코는 혼절했다.

5

머리가 멍했다. 손끝과 발끝에 감각이 없었다.

캄캄했다. 불이 꺼져 있었다. 인기척은 나지 않았다.

몸이 좀처럼 말을 듣지 않았다. 옆으로 누운 자세로 굳어버렸다.

몸을 풀려고 힘을 주다가 손목이 묶여 있지 않다는 사실을 알아차렸다. 그 대신 오른쪽 발목에 감긴 뭔가가 잘그락거렸다. 쇠사슬에 묶인 듯했다.

일단 귀마개부터 빼기로 했다. 손가락이 생각처럼 움직이지 않길래, 팔꿈치를 구부려 오른쪽 손등으로 귓불을 문질러서 빼냈다.

조용했다. 무슨 일이 있었는지 생각해 내는 데 시간이 걸렸다.

기억이 되살아나기 전에 다시 졸음이 몰려왔다.

잠들면 목숨이 위험하다고 직감했지만 어쩔 도리가 없었다. 피곤하기도 했지만 이상하게 무기력했다.

눈이 반쯤 감겼을 때 발소리가 들렸다.

눈밭을 내딛는 소리다. 서두르는 낌새였다.

창문에 사람 형체가 비쳤다.

—아! 이보게!

—응. 맞아.

—저건 뭐지? 무슨 일이 있었던 거야?

—모르겠군.

문이 삐걱거리는 소리가 났다. 오두막에 불빛이 비쳐 들었다.

회중전등인 듯했다. 불빛이 갑자기 미네코를 향했다. 거무칙칙한 사람 형체가 다가와서 몸을 흔들었다.

—조심하게.

—알았어. 미네 짱*, 괜찮아?

하나는 들어본 목소리였다. 드디어 눈의 초점이 맞았다.
잠시 후에야 생각났다. 사에코 이모와 결혼한 사람.
미네코의 몸을 흔드는 사람은 이모부였다.

—휴, 살아 있구나! 말할 수 있겠니?
추워요, 하고 작게 중얼거렸다. 얼굴이 굳어서 말이 잘 안 나왔다.
다른 남자는 오두막 구석에 쪼그려 앉아 뭔가 커다란 물체를 뒤집
었다.

—이쪽은 죽었어. 문신을 했는걸.
죽었다고? 무슨 이야기일까. 남자는 널브러진 물체에서 뭔가 떼
어냈다.

—아아! 만다로군.
—정신 차려, 미네 짱! 큰일났군. 체온이 너무 떨어졌어. 무슨 방법
없을까?

---

* 사람을 나타내는 명사에 붙여서 친근감을 나타내는 호칭. 주로 여자나 어린아
이에게 사용한다

두 사람은 회중전등을 이리저리 돌려서 사방팔방을 비췄다.

아직 머리가 멍했지만 묘하구나 싶었다. 아까까지 있었던 짚단과 장작이 전부 사라졌다. 그 대신에 있는 것이…….

이모부가 창밖으로 고개를 내밀어 아래쪽을 보았다.

—이래서는 안 되겠는데. 왜 이런 짓을 한 거지? 젖어서 도저히 못 쓰겠어.

—아무것도 없군. 다른 곳으로 옮기는 수밖에. 이봐, 이걸 어떻게든 해야 해. 이구치 군, 도와주게.

이모부와 함께 왔지만 미네코가 모르는 남자는 키가 큰 듯했다. 침침한 불빛의 흔들림에 맞춰 벽에 비친 그림자가 일렁거렸다.

미네코의 오른쪽 발목에 감긴 쇠사슬은 난로 다리에 고정해 놓은 듯했다. 두 사람은 그 부근에 쪼그려 앉아 불빛을 비췄다.

—도구가 있어야 하겠지?

—아니, 풀 수 있어. 힘껏 당겨봐.

덜컥, 하고 둔탁한 소리에 이어 쇠사슬을 잡아끄는 소리가 났다. 이모부가 미네코를 일으켜 세우고 커다란 덧옷을 입혀주었다. 그리고 키 큰 남자의 등에 업혔다.

—이보게, 이 장갑은 못 쓰겠는데.

—내 걸 쓰게.

이모부가 미네코의 손에서 장갑을 벗기고, 미네코를 업은 남자의 장갑을 끼워주었다.

구조됐다는 실감이 들자 미네코는 의식이 서서히 또렷해졌다. 만다의 손에 붙잡혀 이곳으로 끌려온 후 기절했다. 시간이 얼마나 흘렀는지 모르지만, 이모부와 누군지 모르는 사람이 구하러 왔다. 어떻게 여기 있는 줄 알았을까? 궁금해하고 있는데 이모부가 회중전등 불빛을 한 바퀴 빙 돌렸다. 아까 얼핏 보였던 물체가 다시 눈에 들어왔다.

만다였다. 복면은 벗겨졌고, 일그러진 얼굴이 이쪽을 향했다. 옆구리에서 칼자루가 쑥 돋아난 게 아닐까 착각할 만큼 칼이 깊이 박혀 있었다. 이미 죽은 것이 틀림없었다.

키 큰 남자는 회중전등을 든 이모부를 따라 눈밭을 성큼성큼 걸었다.

아무래도 미네코가 오두막으로 끌려오는 도중에 봤던 세 번째 건물로 향하는 듯했다.

그 건물부터 오두막 사이의 눈밭에 두 사람의 발자국이 한 줄씩 찍혀 있었다. 이모부와 키 큰 남자는 일단 거기로 갔다가 오두막으로 온 모양이다. 지금은 발자국을 따라 되돌아가고 있다.

키 큰 남자의 목에 두른 팔이 미끄러져 떨어지지 않도록 손을 맞잡으려고 했지만, 손가락에 힘이 들어가지 않아서 생각처럼 움직일 수 없었다. 손에 감각이 거의 없었다. 그래도 남자는 미네코를 잘 업고 갔다.

건물에 도착해 보니 크기는 했지만 손상이 심했다. 2층 건물로, 창문의 덧문이 떨어져서 널빤지로 막아놓은 부분도 있었다. 입구는 반쯤 열려 있었다.

"이보게, 어쩌면 좋지? 체온이 너무 낮아. 이대로 있다간 큰일나겠어."

"2층에 난로가 있었어. 하지만 땔감이 있어야 할 텐데."

입구로 들어가자 내부는 몹시 어질러진 상태였다. 부서진 침대, 원기둥 모양의 무쇠통, 용도를 모를 공구 등으로 가득했다. 미네코는 2층으로 옮겨졌다. 다다미 여덟 장 크기의 방에 녹슨 난로가 있었다.

어디선가 거름 냄새가 풍겨왔다. 키 큰 남자가 문을 닫았다.

이모부가 외투를 벗어서 난로 바로 앞에 깔고 미네코를 그 위에 앉혔다.

이 방도 잡동사니로 가득했다. 이모부와 키 큰 남자가 허름한 의자와 책상, 장롱 등을 뒤지기 시작했다.

"야단났군. 아무것도 없어."

이모부가 안절부절못하는 목소리로 말했다.

두 사람은 불쏘시개를 찾는 중이었다. 온갖 필요 없는 물건이 두루 갖추어진 듯한 건물이지만, 종이나 지푸라기같이 불을 피우기에 딱 적당한 물품은 눈에 띄지 않았다.

"미네 짱, 잠시만 기다려. 찾아올게."

"네."

미네코가 이번에는 똑똑히 대답했으므로 두 사람은 안심한 듯했다. 미네코의 안색을 확인한 후 방에서 나갔다.

커다란 건물이다. 아래층과 천장 위에서 부스럭부스럭 돌아다니는 소리가 들렸다.

몇 분 후 먼저 이모부가 돌아왔다. 그걸 알아차렸는지 곧 키 큰 남자도 모습을 드러냈다.

"어두워서 뭐가 어디에 있는지 통 모르겠군. 자네는 뭐 좀 찾아냈나?"

키 큰 남자가 물었다.

"응, 하나뿐이지만 엄청난 걸 찾아냈지."

이모부는 오른손에 서류 가방을 들고 있었다. 불빛의 음영 때문에 웃음을 띠고 있는 것처럼 보이기도 했다.

가방을 바닥에 내려놓고 열었다. 이모부가 회중전등으로 비춰주길래 남자와 미네코는 가방 안쪽을 들여다보았다.

강도단의 이야기를 들었으므로 미네코도 그것이 무엇인지 금방 알아차렸다. 띠지로 깔끔하게 묶은, 눈빛이 약간 이상한 후지와라노 가마타리가 줄지어 있었다. 위조지폐였다.

키 큰 남자는 위조지폐를 힐끗 본 후 미네코에게 입힌 덧옷을 가리켰다.

"미네코 씨, 안주머니에 라이터가 있으니까 그걸 사용해요. 이구치 군, 회중전등을 빌려주지 않겠나?"

남자가 미네코의 가슴께를 비췄다. 미네코는 안주머니를 뒤지려 했지만 여전히 곱은 손가락이 잘 움직여지지 않았다. 보다 못한 이모부가 덧옷 앞섶을 벌리고 외제 라이터를 꺼냈다.

"미네코 씨, 놈들은 몇 명 정도죠? 지금 어쩌고 있습니까?"

"분명 아홉 명 정도일 거예요. 뭘 하고 있을까요? 자고 있으려나……."

그렇군요, 하고 남자는 대답하고 문으로 향했다.

"이보게, 어디 가려고?"

"톱 같은 걸 좀 찾으려고. 자네는 불을 피워서 미네코 씨를 따뜻하게 해주게."

남자가 방에서 나갔다.

캄캄했다. 이모부는 익숙하지 않아서 그런지 라이터를 켜느라 애먹었다. 1분쯤 지나서 겨우 라이터가 켜지자 주변이 둥그스름하게 밝아졌다.

이모부는 잠깐 불에 손을 쬔 후, 서류 가방에서 위조지폐를 꺼내서 불을 붙였다. 불붙은 위조지폐를 난로에 던져 넣었다.

"미네 짱, 다친 곳은? ……무슨 짓을 당하지는 않았어?"

얻어맞은 머리와 배가 아직도 욱신거렸다. 추위 때문에 온몸이 찢어질 것처럼 아팠고, 손끝에는 동상을 입었을지도 모른다. 하지만 그 외에는 무사했다.

"……괜찮아요."

"다행이다. 정말 아슬아슬했어. 조금만 더 늦었다면 위험했을 거야. 미네 짱도, 그리고 우리도."

이모부는 그렇게 말하고 어째선지 어깨를 주물렀다.

"여기는 어떻게 알았어요?"

"이야기하자면 긴데, 미네 짱을 납치한 놈이 몸값을 요구했어. 다만 이런저런 증거를 남겼기에 그걸 따라서……, 녀석이 말이지. 이야기했었나? 같이 온 사람은 내 친구 하스노라고 해."

들어본 적 있었다. 도둑질을 하다가 잡혀서 감옥에 다녀왔다던가.

난롯불에 손을 쬐자 냉기에 굳은 몸이 서서히 풀렸다. 이모부가 사정없이 돈다발을 몇 개 더 넣었다.

"놈들은 이런 걸 만들어서 어쩔 생각일까? 위조지폐니까 이렇게 많은들 도저히 다 못 쓸 텐데. 미네 짱도 해볼래?"

이모부가 바닥에 놓아둔 서류 가방을 미네코에게 밀어주었다.

돈다발을 두 개 집어서 하나씩 불에 던졌다. 위조지폐인 줄 알지만 묘하게 일탈을 저지르는 기분이 들었다. 평소 같으면 절대로 양심이 용납지 않을 모독적인 행위. 하지만 무엇에 대한 모독일까? 지금은 불태워야 할 대의가 있고, 무엇보다 이 위조지폐 때문에 미네코는 죽을 뻔했다. 위조지폐는 순식간에 타들어 갔다.

유쾌하고 즐거웠다.

불길이 커지자 방이 밝아졌다. 미네코가 다시금 이모부를 보자 아버지의 양복을 입고 있었다. 그 차림새에 어쩐지 위화감이 느껴졌는데, 예전에 만났을 때 이모부는 늘 기모노 차림이었다는 것이 떠올랐다.

계단을 올라오는 발소리가 들렸다. 돌아보자 하스노였다. 양손에 톱과 회중전등을 각각 들고 있었다.

"아아, 잘 타는군. 미네코 씨, 괜찮습니까?"

"네."

감사를 표해야 할 장면이지만 할 말을 찾지 못해 꾸물거리자, 하스노가 미네코에게 다가와 오른쪽 발목에 감긴 쇠사슬을 집었다.

쇠사슬에는 커다란 남경정이 채워져 있었다. 튼튼해서 벗기기가 쉽지 않을 듯했다. 하스노는 길이가 세 치쯤 되는 철사를 열쇠 구멍에 집어넣어 남경정을 풀었다. 입고 있던 서양식 외투를 창틀에 걸어서 덧문 틈새를 막았다.

불빛이 새어 나가지 않도록 조치한 것이다. 그 창문은 범인들이 있는 건물을 향하지 않았지만 만약을 위해서다. 굴뚝도 범인들 쪽에서는 보이지 않지만, 밤중이라고는 하나 연기가 피어오르는 걸 알아차릴 우려가 있다. 거리가 있으니 그렇게까지 위험하지는 않겠지만 주의를 게을리해서는 안 된다.

하스노가 손목시계를 들여다보더니 미네코에게 고개를 돌렸다.

"여기는 오쿠타마에 있는 농장입니다. 이제 오전 4시가 다 돼가고요. 기온은 아마 영하 4, 5도 정도일 텐데요. 이 정도로 그쳤으니 미네코 씨는 운이 좋았던 거겠죠."

얼어 죽었을 가능성도 있었다고 했다.

"미네코 씨의 몸 상태가 온전치 못하니 당장이라도 여기서 달아나고 싶지만, 몇 가지 문제가 있습니다. 일단 묻겠는데요. 미네코 씨, 당신이 만다를 죽였습니까?"

잠시 후에야 무슨 말인지 이해했다.

어째선지 만다는 미네코가 끌려간 그 오두막에서 죽었다.

"제가 안 그랬어요."

"뭐, 그럴 것 같았습니다. 죽였어도 상관없기는 하지만. 그나저나 묘하군. 어쨌거나 만다가 그 오두막으로 미네코 씨를 끌고 간 거죠? 두 명분의 발자국이 남아 있었으니까요. 그런데 만다가 살해당한 후 오두막을 떠난 발자국이 없어요."

"어? 그랬나?"

옆에서 이모부가 물었다. 눈치채지 못했던 모양이다.

"응. 그리고"

하스노가 방구석에 놓아둔 미네코의 장갑을 집어 들었다.

"여기에 피가 잔뜩 묻었어. 따라서 미네코 씨에게 설명을 들어야 해."

미네코는 장갑을 받았다. 확실히 흠뻑 적신 것처럼 피로 칠갑이었다.

그 오두막 주변에는 미네코와 만다가 들어간 발자국밖에 없었다고 하스노가 말했다. 미네코가 칼로 만다를 살해했다고밖에 볼 수 없는 상황이었다.

"아니에요, 저는 죽이지……."

"미네코 씨가 죽였다고 생각한다면 굳이 더 물어보지도 않겠죠. 그럴 리 없다고 생각하니까 이야기를 들으려고 하는 겁니다. 만다에 관련된 것뿐만 아니라 일어난 일을 다 말해줘야 해요.

실은 그 밖에도 큰 문제가 남아 있어서 만다의 죽음은 아무래도 상관없습니다만, 뭘 알아야 하고 뭘 모르고 넘어가도 되는지 나도 아직 모르니까, 아무튼 전부 이야기해 주십시오."

경중을 따지지 말되, 최대한 간략하게 설명해 달라고 하스노는 부탁했다. 미네코는 돈다발을 난로에 던져넣은 후, 납치되고 나서 지금까지 있었던 일을 최대한 생생하게 떠올리려 애쓰며 이야기를 꺼냈다.

미네코가 이야기하는 동안 하스노는 톱으로 의자를 해체했다. 다행히 해체한 의자를 늦지 않게 땔감에 보탰다. 서류 가방에는 돈다발이 두 개밖에 남아 있지 않았다.

"그럼 만다가 그 오두막으로 끌고 갔을 때, 눈은 내리지 않았다는 거야, 미네 짱?"

"네."

"범인은 눈이 그칠 걸 예상했을까?"

"확실하지는 않더라도 일기예보를 확인했다면 기대는 할 수 있었겠지."

이모부의 의문에 하스노가 답했다.

"으음……, 만다가 돌아온 뒤였으니까 한밤중은 지났겠군."

"그렇겠지."

"그 후로 눈이 또 내린 걸까?"

"내리지 않았을걸. 조금 내려봤자 그렇게 깊은 발자국이 사라지지도 않을 테고."

"아무튼 미네 짱이 만다에게 끌려갈 때도 다른 발자국은 없었다는 거지?"

"네."

"누군가가 오두막 안에서 기다리고 있었던 것 아닐까?"

그건 아니었다. 동요하기는 했지만 오두막이 어떤 상태였는지는 머릿속에 새겨져 있다. 다락도 없는 오두막이라 사람이 숨을 만한 곳은 존재하지 않았다. 그때 있었던 건 난로, 짚단, 장작뿐이었다.

"……그러고 보니 짚단과 장작이 있었어요. 제가 깨어났을 때는 없었고요. 어떻게 된 걸까요?"

"앗? 그거 오두막에 있었던 거야?"

이모부는 의외라는 듯한 표정이었다. 그러고 보니 아까 오두막 창문으로 몸을 내밀고 뭐라고 했었다.

"입구 쪽 창문 바로 밖에 장작과 짚단이 있었어. 눈에 젖어서 땔감으로 쓰고 싶어도 쓸 수 없었지."

그때 이모부가 창밖을 내다보고 한탄한 건 그런 이유였나. 범인이 왜 그런 짓을 했는지는 수수께끼다.

"보자, 그 오두막에 범인이 없었다면 범인이 미네 짱과 만다의 발자국을 따라서 갔다가, 일을 마치고 뒷걸음질로 돌아오면……."

"글쎄. 눈이 꽤 쌓였잖아? 무릎 근처까지. 발자국을 깔끔하게 밟으며 오가기는 힘들 거야. 아무래도 발자국이 흐트러지겠지."

하스노는 이모부의 가설에 퇴짜를 놓았다.

"그런가. 그럼……, 도로 쪽에도 창문이 있었지. 거기를 사용해서 어떻게 할 수 없겠나?"

"오두막에서 나갈 수는 있을 것 같군. 창문에서 길까지 2간쯤 되지? 창틀에 발을 짚고 반동을 줘서 힘껏 뛰면 도로까지 다다르겠지. 자동차가 다니는 길이라 눈이 흐트러져 있으니까 발을 디뎌도 문제없어. 다만 반대는 불가능해. 오두막에 들어갈 수가 없어."

오두막이 있는 곳에서 도로까지는 땅이 경사져 있다. 그리고 창틀 높이도 더해지니까 2간 거리를 뛰어내리는 건 불가능하지 않다.

하지만 이 경사 때문에 반대로 도로에서 오두막까지 뛰어오르기는 불가능하다.

도로에서 사다리를 걸친 건 아닐까? 그렇게 생각해 보았지만 그랬다면 어지간히 길쭉한 사다리가 아닌 한, 눈이 쌓인 둑에 흔적이 남는다고 한다. 그렇지 않더라도 굳이 창문으로 침입하면, 살해 상대인 만다에게 의심받는다. 이 가설은 현실적이지 않다.

"어떻게 된 걸까. 이보게, 뭐 좀 알아냈나?"

"범인이 미네코 씨를 구할 작정으로 만다를 죽인 게 아니라는 건 확실해."

목숨이 위험한 추위 속에 내버려두었으니 구해줬다고 할 수는 없다.

미네코는 기절하기 전에 손목이 묶여 있었다. 그런데 깨어났을 때는 손목이 풀려 있고, 대신에 발목을 묶은 쇠사슬이 난로에 고정된 상태였다. 게다가 장갑에는 피가 잔뜩 묻어 있었다.

범인은 미네코가 만다를 찔러 죽인 것처럼 위장하려 했다. 그 외에는 이 상황을 설명할 방법이 없다. 주변에 발자국이 없으면 범인은 미네코로 확정된다.

"저기, 장작과 짚단을 밖에 꺼내둔 이유는 뭘까? 혹시 미네 쨩을 그대로 방치해서 동사시킬 작정이었을까? 즉, 입막음하기 위해 난로를 쬐지 못하도록 땔감을 처분했다든가."

"미네코 씨에게는 성냥이 없지 않았나?"

"죽은 만다가 가지고 있었다면 그걸로 불을 붙일 수 있었겠지. 가지고 있었는지 확인했나?"

"확인하지는 않았지만, 가지고 있었더라도 죽이고 나서 빼앗으면 그만인걸?"

"만다가 늘 성냥을 가지고 다녔다면, 성냥이 없는 게 부자연스럽게 느껴지지 않겠어? 괜히 성냥을 없애서 의심받기는 싫었던 거겠지."

"과연 그런 점까지 신경 쓸 놈들일까? 애당초 장작이며 짚단을 밖에 꺼내놓는 게 더 부자연스럽지 않겠나?"

확실한 사실은 강도단 내부에서 분열이 일어났다는 것이다.

설마 범인이 여기로 경찰을 불러서 미네코를 체포시킬 계획을 세웠을 리는 없다. 동료들을 속이기 위해 그럴듯 기묘한 현장을 만든 것이다.

"일단 만다가 살해당한 일을 그렇게 깊이 고찰할 필요가 없다는 건 알았어. 아주 중요한 문제는 아닌 듯해.

미네코 씨, 다행히 목숨을 건졌지만 문제가 좀 있어요."

하스노는 방에 있는 잡동사니를 이것저것 헤집으면서 미네코에게 말했다.

"……뭔가요?"

아까부터 하스노는 뭔가를 자꾸 암시했다.

"적은 아홉 명 정도라면서요? 두목 만다가 죽어서 고맙군요. 우리는 자동차를 빌려서 미네코 씨를 좇아왔습니다. 자동차 없이는 이런 곳까지 못 올 테니까요."

"마침 하스노가 오쿠타마의 지리를 알고 있었어. 원래는 오쿠타마 산속의 망한 절에 살려고 했었거든. 아니면 이런 곳을 어떻게 찾아오겠니? 운이 좋았어."

이모부와 하스노는 강도단의 은신처 후보가 적힌 주소록을 입수했다고 한다. 범인의 자동차에 젖은 눈길용 바퀴 사슬이 실려 있었으므로, 눈이 내리는 장소에 은신처가 있다고 짐작하고 여기를 찾아왔다고 한다.

"그래, 뭐, 운이 좋았지. 눈이 내린 덕분에 놈들을 추적할 수 있었으니까. 다만 서둘러야 했던 탓에……."

"응. 어쩌면 미네 짱만 죽는 게 아니었을지도 몰라. 그런 사고를 일으켰으니."

"사고요?"

물어보자 이모부는 고개를 끄덕였다.

두 사람이 타고 온 자동차는 여기서 산길을 잠시 내려가면 나오는 비탈진 숲속에 처박혀서 크게 파손됐다고 한다.

그럴 만도 했다. 두 사람은 아무 장비도 없이 눈길을 달려왔으니까. 아까부터 이모부가 어깨를 주무르는 건 사고가 났을 때 부딪힌

탓임을 미네코도 알아차렸다.

"나도 이구치 군도 크게 다친 곳은 없어서 여기까지 오긴 했지만, 돌아갈 때가 문제입니다. 지금 당장 자동차를 타고 돌아가서 경찰에 신고해 사건을 해결할 수는 없어요."

그렇구나.

"아직 범인들이 눈치채지 못한 틈에 걸어서라도 도망치고 싶은 심정입니다. 실제로 나와 이구치 군뿐이었다면 그럴 수도 있겠지만, 미네코 씨는 완전히 지쳤어요. 더구나 도움을 요청할 수 있는 곳까지 걸어서 몇 시간은 걸립니다. 거기에 도착하기 전에 범인들이 눈치챌 수도 있겠죠. 눈길에 발자국이 남을 테니 금방 추적당할 거예요. 장비도 불충분하고요. 도중에 추위로 몸이 얼어붙어서 운신을 못 하게 되면 끝장입니다."

미네코도 지금 당장 눈길을 몇 시간이나 걸을 자신은 없었다.

"그렇다면 여기서 도망치기 위해서는 지금 저 건물에서 자고 있을 강도단과 싸우는 수밖에 없겠죠. 싸워서 자동차를 빼앗는 겁니다."

하스노는 아까부터 잡동사니를 뒤져서 손잡이가 달린 날카로운 물품이나 무게가 적당한 물품을 골라냈다. 곡괭이, 울타리를 만드는 말뚝, 삽, 낫, 커다란 가위.

"뭐야, 여기에도 톱이 있었군. 자, 어떻게 할까."

"잠든 틈에 습격할 건가? 그럼 지금이 좋은 기회겠지."

이모부는 이미 싸울 각오를 굳힌 듯했다.

"아니, 상대방의 동향을 잘 모르잖나. 놈들은 권총도 가지고 있어.

불의의 기습을 가해도 우리가 아홉 명을 제압하기 전에 응전 태세를 갖추겠지. 분명 실패할 거야."

"그런가."

"여기로 유인하는 편이 나으려나. 그것도 날이 새기 전에. 이 건물에서 싸운다면 사전 준비를 할 수 있는 만큼 승산이 있어."

"어쨌거나 우리가 여기 있다는 사실을 놈들에게 알린다는 거지? 우리를 노리는 놈들의 공격에 대비해야 한다는 거야."

"그런 셈이지."

범인들이 있는 기와지붕 건물에서 이 건물로 오는 도중에 오두막이 있으니, 그사이에 남은 발자국을 보면 무슨 일이 일어났는지 대강 알아차릴 것이다.

"그래도 그러는 쪽이 더 승산이 클 거야. 할 거면 서두르는 게 좋겠지. 놈들이 뭘 계기로 이쪽에 주의를 기울일지 모르니까. 미네코 씨, 몸은 좀 어떻습니까? 움직일 수 있겠어요?"

몸은 따뜻해졌다. 설 수 있고 걸을 수도 있다. 하지만 재빨리 달릴 자신은 없었다. 무릎을 구부렸다 폈다 하고, 팔을 휘두르며 피로가 얼마쯤 풀렸다는 걸 보여주었다.

"여기서 싸우기로 결정 난 건가? 거름 구덩이에라도 빠뜨려 버리고 싶군."

이모부는 하스노가 늘어놓은 무기를 견주어 보았다.

"좋은 생각이지만 그 후에 그놈을 건져 올려야 하잖나. 이렇게 추우니 빠뜨린 채 방치하면 죽을지도 몰라. 난 하고 싶지 않군. 다음 기회로 넘기도록 하지."

"뭐야. 하긴 그렇군."

이모부가 낑낑대며 곡괭이를 들어 올렸다.

"이거고 저거고 너무 무겁지 않나? 내가 다룰 수 있는 건 낫이나 톱 정도겠어."

"애당초 육탄전은 피하고 싶어. 이봐, 설마 치고받을 자신이 있는 건 아니겠지? 놈들은 권총도 가지고 있으니, 덫으로 몰아넣고 싶군. 그리고 멀리서 물건을 던지는 등 최대한 비겁한 전법을 사용할 거야. 만에 하나의 불상사에 대비해 그러는 편이 낫겠지."

하스노가 양철 상자를 뒤졌다.

"뭘 찾는 건가?"

"철사나 쇠사슬. 길쭉한 게 좋아."

곧 철사와 쇠사슬 몇 다발을 찾아냈다.

난롯불이 약해졌다. 하스노는 땔감을 더 넣지 않고 서양식 외투를 입었다. 이모부도 미네코가 방석 대신 앉아 있었던 외투를 입었다. 미네코는 여전히 하스노에게 빌린 덧옷을 입고 있었다.

하스노와 이모부는 1층 창문의 덧문이 열리지 않도록 굵은 철사로 칭칭 동여맸다. 소리가 나지 않도록 신중하게 작업했으므로 제법 시간이 걸렸다. 그리고 나서 흙 포대와 적당한 둔기를 천장 위로 옮겼다.

뒷문을 나서자 우사로 연결됐다. 미네코가 기와지붕 건물에서 끌려 나왔을 때 본 커다란 건물의 형체는 이 우사였다.

최근까지 소가 있었던듯 소똥이 한 무더기 쌓여 있었다. 하스노는 묘하게 흥미로운 표정으로 소똥을 바라보았다.

미네코가 배고프다고 하자, 두 사람이 완전히 똑같은 동작으로 각자 스웨터 목덜미에서 찌그러진 찐빵을 꺼냈으므로 하마터면 웃음을 터뜨릴 뻔했다.

체온 덕분에 미지근했다. 차가운 것보다는 낫다. 세 개 먹었다.

6

오전 4시 반이 지났다.

미네코는 이모부와 함께 2층 창문으로 밖을 내다보고 있었다.

새벽이 다가올수록 한기가 강해졌다. 어느덧 날씨가 맑아져서 별이 반짝였다.

"됐나?"

미네코 옆에 있던 이모부가 뒤쪽에 물었다. 어깨에는 곡괭이를 걸쳤다.

"응. 하게."

하스노의 대답이 들렸다. 그는 맞은편 방에서 쌍안경으로 범인들이 있는 건물을 감시하는 중이었다.

어떻게 범인들을 여기로 꾀어낼 것인가? 불을 켜거나 봉화처럼 연기를 피워올려서는 언제 알아차릴지 모른다.

이모부가 곡괭이를 바닥에 놓아둔 무쇠통에 내던졌다.

까앙, 하고 기대했던 대로 굉음이 울려 퍼졌다. 기와지붕 건물에 있는 범인들에게도 들릴 것이다.

곡괭이 자루에 쇠사슬을 묶어두었다. 미네코는 쇠사슬을 잡아당겨 곡괭이를 끌어올리는 걸 도왔다.

곡괭이를 또 무쇠통에 내던졌다. 범인이 알아차릴 때까지 반복한다.

"이봐, 나왔어."

곡괭이를 다섯 번 던졌을 때 하스노가 말했다. 서둘러 곡괭이를 들고 맞은편 방으로 가서 하스노가 있는 창가에 섰다.

이쪽은 어둡고 거리도 있다. 보일 걱정은 없겠지만 무서웠으므로 미네코는 서 있는 이모부와 하스노 사이에 쪼그려 앉아 눈만 빼꼼 내밀고 밖을 바라보았다.

저 멀리 회중전등 불빛이 보였다. 밖으로 나온 두 명이 뭔가 이야기를 하면서 천천히 걸어왔다.

오두막까지 왔다. 수상한 발자국이 있다는 걸 알아차렸다. 그들은 창문으로 오두막을 들여다본 후 허겁지겁 기와지붕 건물로 되돌아갔다. 예상대로였다.

6, 7분이 지났다. 다시 남자들이 나왔다. 헤아려보니 이번에는 아홉 명이었다. 그들은 눈밭을 최대한 빠르게 걸어왔다.

"어쩐지 체격이 좋은 놈들이 많지 않나?"

"그건 어쩔 수 없지. 역시 권총을 가지고 있군. 오오, 저게 아키야마야."

하스노가 창틀 곁에서 살짝 가리켰다. 미네코가 생각했던 대로 그 덩치 큰 남자가 아키야마였다.

"그러고 보니 아키야마는 왼손을 다쳤을지도 몰라. 크게 도움은 안 되겠지만 기억해 두게."

"엇, 그런가?"

드디어 남자들이 가까워지자 이모부와 하스노는 결의를 촉구하듯 미네코를 보았다.

"그럼 미네코 씨, 잘 부탁합니다. 조심하고요."

하스노는 그렇게 말하고 옆방에 시선을 주었다. 난로가 있는 방으로, 반자널을 벗겨서 천장 위로 올라갈 수 있게 준비해 놓았다.

"네."

두 사람은 1층으로 향했다.

이 건물은 원래 농장 일꾼들이 기거하던 숙소였을 것이다. 북쪽 벽의 동쪽 끄트머리에 현관이 있다. 1층은 널찍한 봉당이고, 현관으로 들어서면 취사장이 나온다.

취사장을 안쪽으로 나아가서 서쪽의 디딤돌을 오르면 복도다. 복도 중간쯤에 2층으로 올라가는 계단이 있다.

계단을 올라가지 않고 남쪽으로 돌아가면 또 봉당이 나오는데, 여긴 화장실과 욕실이 딸려 있다. 남쪽 벽에 뒷문이 있다.

건물은 잡동사니로 가득하다. 2층은 중앙의 복도를 사이에 두고 좌우에 방이 두 개씩이다. 지금 미네코가 대기 중인 난로가 있는 방은 그나마 물품이 얼마 없는 편이었다.

드디어 범인들이 다가온다. 미네코는 2층에 있다는 사실을 들키고 싶지 않았다. 범인들이 회중전등으로 건물을 비췄으므로 미네코는 잽싸게 창문에서 얼굴을 치웠다.

범인들은 둘로 나뉘어서 몇몇은 앞쪽, 나머지는 우사 쪽 문으로 향한 듯했다. 미네코는 꿇어앉아 바닥판 틈새로 아래층을 살폈다. 캄캄해서 아직 아무것도 보이지 않았다. 아래층 현관에는 하스노가 대기 중이다. 우사 쪽에는 이모부가 있었다.

회중전등은 미네코가 가지고 있어서 두 사람에게는 불빛이 없다. 불빛을 노려 권총을 쏠 위험성이 있으므로 회중전등은 사용하지 않는 편이 낫다.

문이 열리는 소리와 나지막한 말소리. 무슨 내용인지는 못 알아들었다. 아주 신중한 듯했다.

회중전등 불빛이 흔들렸다. 이쪽으로 들어온 사람은 다섯 명인 것 같았다.

그들은 각자 다른 방향으로 회중전등을 돌려서 실내를 구석구석 비추었다. 잡동사니가 많은 건물이라 어딘가 사람이 숨어 있지는 않을까 경계하는 것이다. 하지만 그런 만큼 발밑 경계가 허술해졌다. 잠시 후. 선두에 있던 남자가 고꾸라졌다.

바닥에 4치 정도 높이로 철사를 쳐놓았다. 걸리면 자세를 유지하지 못해 넘어질 수밖에 없다. 그리고 철사의 양 끝은 중심이 불안정한 잡동사니에 묶어놓았다.

금속이 바닥에 넘어지는 소리가 커다랗게 울려 퍼졌다. 신음소리. 넘어진 남자의 회중전등 불빛이 사라졌다.

　—뭐야, 무슨 일이야?
　—뭐 하는 거야!

　성난 고함소리가 오갔다. 두 명이 쓰러진 남자를 일으켜 세우려 했다. 회중전등으로 아래쪽을 비추며 잡동사니를 치운다. 하지만 어둡다.
　또 커다란 소리가 울려 퍼졌다. 남자가 한 명 더 쓰러졌다.
　미네코는 창밖을 보았다.
　하스노가 건물 밖에 있었다.
　계획대로였다. 하스노는 현관문과 물받이를 쇠사슬로 칭칭 감아서 묶었다.
　문이 열리지 않도록 한 것이다. 권총을 소지한 그들이 어딘가로 달아나는 걸 막아야 했다. 퇴각한 후 다시 맞서 싸우는 건 위험하다.
　범인들을 가두는 것만으로는 모자란다. 시간을 주면 덧문이고 벽이고 부술 것이다. 그들을 건물에 가둔 후 함정에 빠뜨려 모조리 잡아서 묶어야 한다.
　그래서 이 전법을 사용하기로 했다. 일단 범인들을 실내로 유인한다. 모두 들어온 걸 확인한 후 하스노가 밖으로 나가고, 범인들은 철사를 이용한 덫에 걸려 넘어진다. 문을 쇠사슬로 묶으려면 수십 초는 걸릴 테니 놈들이 혼란스러워하는 틈에 해치우는 수밖에 없다.

하스노가 작업을 마치고 건물 서쪽으로 돌아갔다.

1층 창문은 하나만 밀폐하지 않고 남겨두었다. 거기를 통해 건물 내부로 돌아오려는 것이다.

건물 안쪽에서 비슷한 소리가 들렸다. 우사 쪽에서 이모부가 똑같은 작업을 진행하고 있을 것이다.

다시 아래층을 살피자 범인들은 쓰러진 두 명을 아직 구해내지 못했다. 예상보다 더 큰 혼란에 빠진 듯했다.

안쪽에서 발소리가 들렸다. 하스노가 돌아왔다. 어두워서 모습은 보이지 않았지만 퍽, 하고 둔탁한 소리가 났다.

—으악! 뭐야!

—웬 놈이냐!

범인들이 소리쳤다. 하스노가 던진 공구가 누군가에게 명중한 듯했다.

한 명이 문 쪽으로 돌아갔다. 밖으로 나가려고 어깨로 문을 쿵쿵 부딪쳤다. 물론 열리지 않는다.

으앗, 하고 범인들이 다시 비명을 질렀다. 하스노가 뭔가 또 던졌다.

범인들이 회중전등을 휘둘렀다. 불빛이 사방팔방을 오갔다.

마침내 총소리가 울려 퍼졌다.

—야, 미쳤어! 어딜 노리는 거야!

—하지만 봤다고. 누군가 있어.

—못 맞힐 테니까 그만둬. 우리가 위험해.

부스럭부스럭, 하고 뭔가 재빠르게 움직이는 소리가 났다. 대담하게도 하스노는 봉당 안으로 들어가서 범인들을 공격하는 듯했다.

범인들은 하스노를 붙잡으려고 애썼다. 그때마다 잡동사니에 다리가 걸렸다. 하스노는 봉당이 어질러진 상태를 정확히 파악해 혼자 가뿐하게 움직였다.

드디어 하스노가 범인 중 한 명을 뒤쪽에서 제압했다. 왼팔로 목을 조르고 오른손으로는 권총을 쥔 손을 붙잡았다. 다른 남자 두 명이 그쪽으로 회중전등 불빛을 비췄다. 하스노는 남자를 방패 삼아 뒷걸음쳤다. 하스노는 뒤로 걸으면서도 잡동사니를 용케 피했지만, 남자 두 명은 따라오지 못했다. 봉당에서 건물 안쪽으로 들어가는 복도에 올라서자, 하스노는 붙잡고 있던 남자의 명치를 때렸다.

남자가 괴로워하는 사이에 하스노는 권총을 빼앗으려 했지만, 남자는 뜻밖에 권총을 꽉 붙들고 놓지 않았다. 어쩔 수 없이 하스노는 웅크린 남자의 오른손을 밟은 후 놓친 권총을 걸어찼다. 권총은 산더미 같은 잡동사니 틈새로 미끄러져 들어갔다. 하스노는 복도 안쪽으로 사라졌다.

서쪽에서 깡, 하고 뭔가 두드리는 소리가 났다.

하스노가 막지 않고 남겨두었던 서쪽 덧문을 쇠막대로 막은 것이다. 창틀에 비스듬히 걸친 쇠막대가 쉽사리 빠지지 않도록 쇠망치로 내리치는 소리였다.

하스노가 자신이 맡은 출입구를 다 막았다. 이쯤이면 이모부도 뒷문을 봉쇄했을 것이다. 그러고 보니 이모부는 무사할까?

두 사람의 발소리가 계단을 우당탕 올라왔다. 하스노의 목소리가 들렸다.

—이봐, 몇 명이 왔나?

—네 명. 가벼운 상처밖에 못 입혔어. 모두 소똥 범벅으로 만들긴 했지만.

무사했다. 뒷문을 봉쇄하는 데 성공했다.

하스노는 세 명에게 더는 싸우지 못할 만큼 큰 피해를 주었다. 이제 남은 적은 여섯 명.

슬슬 미네코도 행동에 나서야 할 때였다. 미네코는 난로에 올라가서 천장 들보를 잡고 풀쩍 뛰어올랐다. 상반신을 구부리고 다리를 버둥거려서 천장 위로 올라갔다. 회중전등을 켰다. 벗긴 반자널을 제자리로 되돌렸다.

똑바로 설 수는 없지만 넓었다. 여기저기 튀어나온 못에 기모노와 덧옷이 걸렸다.

몸을 웅크린 채 들보 위를 신중하게 걸었다. 놈들에게 들키면 큰일 난다.

반자널에도 틈새가 많아서 아래층이 보였다. 하스노와 이모부가 있는 곳까지 가서 상황을 살폈다.

2층의 계단 어귀에도 잡동사니를 수북하게 준비해 두었다. 잡동사니를 실은 손수레 뒤편에 하스노와 이모부가 손잡이를 잡고 숨어 있었다.

남자들이 계단을 올라왔다. 절반 넘게 올라올 때까지 끌어들여야 한다. 다행히 그들은 한 덩어리로 뭉쳐서 올라왔다.

발소리로 예측했는지 앞장서서 올라오는 남자가 계단 중간쯤을 지났을 때, 하스노와 이모부가 손수레를 계단 아래로 힘껏 떠밀었다.

지금까지 들었던 것 가운데 제일 큰 소리가 울려 퍼졌다. 남자들이 비명을 질렀다.

총소리가 났다. 총알은 미네코에게서 왼쪽으로 3척 정도 떨어진 곳을 관통했다. 미네코는 허둥지둥 서쪽에서 건물 중심으로 이동했다.

복도를 내려다보았다. 계단에서 실시한 공격은 유효했을까? 이모부와 하스노가 달려왔다. 네 명이 그 뒤를 쫓았다. 아무래도 두 명은 쓰러뜨린 듯했다.

복도에서 또 총소리가 울렸다. 하스노의 등을 조준했는데, 이번에는 꽤 위험했다. 이모부와 하스노는 좌우로 갈라져서 방으로 뛰어들었다. 남자들도 둘로 나뉘어서 두 사람을 쫓았다.

미네코는 들보를 따라 이모부가 있는 남쪽 방으로 이동했다.

미네코도 집중해야 한다. 오른손으로 흙 포대를 움켜쥐었다.

남자가 문에 접어들었다. 경계하는 듯했지만 이모부에게 정신이 팔려서 발밑을 조심하는 걸 깜빡했다.

철사에 다리가 걸려서 앞장선 남자가 쓰러졌다. 뒤따라오던 남자도 쓰러진 남자 위로 고꾸라졌다. 간신히 자세를 바로잡았지만, 방에서 튀어나온 이모부가 양동이에 담긴 재를 뿌렸다. 시력을 빼앗긴 남자들은 포개어진 채 바닥을 기었다.

이모부가 남자에게 달려들어 권총을 빼앗으려 했지만, 남자는 손을 뿌리친 후 조준도 하지 않고 권총을 마구 쐈다. 총소리가 연달아 세 번 울렸고, 이모부는 당황해서 뒤로 물러났다.

미네코가 보기에는 좋은 기회였다. 남자들은 아직 일어서지 못했다. 총질하느라 머리 위를 주의할 여유는 없었다.

호흡을 안정시키고 재빨리 반자널을 벗겼다. 남자들은 바로 아래에 있었다. 미네코는 들보를 단단히 디디고 서서 흙 포대를 떨어뜨렸다.

으헉, 하고 남자가 신음했다. 미네코는 지체없이 흙 포대를 하나 더 떨어뜨렸다.

그 모습을 보고 이모부가 다시 달려들었다. 남자들의 손등을 쇠망치로 때려서 두 사람의 권총을 빼앗는 데 성공했다.

"이걸 가지고 있다가 필요할 것 같으면 하스노에게 넘겨줘."

이모부가 천장 위의 미네코에게 권총을 한 자루 던져주었다.

그리고 쓰러진 남자들을 묶었다. 미네코는 서둘러 맞은편 방으로 향했다. 하스노는 어떻게 됐을까? 맞은편 방에서도 총소리가 몇 번 났지만, 시끌벅적하게 싸우는 소리가 들리니까 적어도 아직은 무사하다.

아래쪽을 들여다보았다. 남자 한 명은 쓰러졌고, 나머지 한 명과 하스노가 드잡이 싸움을 벌이고 있었다. 남자는 권총을 놓치지 않았다.

두 사람이 떨어졌다. 남자가 권총으로 하스노를 겨누려 했다. 위험하다.

미네코는 남자의 등 뒤를 노려 재빨리 권총을 쐈다. 그리고 제풀에 깜짝 놀라 천장 위에 나동그라졌다.

다행히 남자는 움찔 놀라며 뒤를 돌아보았다. 그 틈에 하스노가 남자를 쓰러뜨리고 위에서 눌렀다.

하스노를 도와야 한다 싶어 미네코는 천장에서 난로 위로 고개를 내밀었다.

"미네코 씨, 아직 내려오면 안 돼."

하스노가 소리치며 턱으로 계단 쪽을 가리켰다. 발소리가 다가왔다.

미네코는 얼른 고개를 집어넣었다. 쩌렁쩌렁한 목소리가 들렸다.

―이 새끼가, 비켜!

아키야마의 목소리였다. 계단에서 손수레 공격을 받고 뻗었다가 정신을 차린 모양이었다. 다리를 절룩였다.

아키야마가 어딘가 한 곳을 손전등으로 비추었다. 반자널 틈새를 열심히 들여다보던 미네코는 드디어 무슨 상황인지 이해했다.

아키야마는 이모부에게 권총을 겨누고 있었다. 문 근처에 있다가 그만 뒤에서 기습당한 것이리라.

어쩌면 좋을까? 하스노는 남자를 제압하느라 행동에 나설 수 없다. 아키야마는 더는 말을 꺼내지 않고 이모부에게 한 발짝 한 발짝 다가갔다. 쏘기로 마음먹었지만, 조준이 빗나갈까 봐 걱정된다는 듯이.

회중전등을 든 아키야마의 왼손을 보자 허리 언저리에 축 늘어져 있었다.

묘했다. 아무래도 움직임이 어색했고, 동그란 빛이 필요 이상으로 흔들렸다. 어쩌면 하스노 말처럼 왼팔을 다친 걸까?

가까이에 부지깽이가 있었다. 무게가 적당하니 미네코도 잘 다룰 수 있는 물품이다. 아키야마는 천천히 걸음을 떼어놓고 있으니 기회를 노리기는 어렵지 않다. 어두우니까 허를 찌를 수 있을 것이다.

아키야마는 지금 미네코 바로 밑에 있고, 언제 이모부를 쏠지 모를 상황이다. 망설일 여유는 없었다.

반자널에 손을 댔다. 걸리지 않도록 덧옷과 기모노 자락을 정리했다. 무릎을 구부려 뛰어내릴 자세를 취했다. 아키야마가 한 발짝 앞으로 나아갔다. 지금이다.

반자널을 들어 올리고 뛰어내렸다. 아앗, 하고 놀란 목소리가 들렸지만 아키야마가 아니라 이모부였다. 아키야마는 다리가 말을 잘 안 듣는 듯했다. 그가 몸을 이쪽으로 완전히 돌리기 전에 미네코는 양손으로 부지깽이를 휘둘러 손전등을 내리쳤다.

역시 팔이 움직이지 않는지 아키야마는 미네코의 일격을 정통으로 맞았다. 불빛이 꺼졌다. 미네코도 자세가 흐트러졌지만, 왼손으로 부지깽이를 마구 휘둘러 한 방 더 때렸다.

아키야마 너머에서 회중전등 불빛이 다가왔다. 이모부였다. 그 뒤에 하스노도 있었다. 하스노의 회중전등 불빛에 미네코에게 권총을 겨누려는 아키야마의 모습이 비쳤다. 뒤에서 두 사람이 덤벼들었다.

아키야마가 벌렁 자빠졌다. 하스노가 권총을 쥔 손을 오른발로 콱 밟았다.

7

하스노와 이모부는 강도단을 다시 포박했다.

한 발짝도 움직일 수 없을 만큼 단단히 묶은 후, 남자들을 난로가 있는 방에 죽 늘어놓았다.

쉽지 않았다. 남자들이 저항해서 시간이 걸렸다.

그래도 미네코는 돕지 않았다. 피곤하기도 했지만, 묶는 걸 돕고 싶지 않았다. 범인에게 손끝 하나도 대기 싫었다.

계단과 봉당에 있는 남자 두 명은 기절한 상태였다. 그들을 꺼내기 위해 잡동사니를 치우는 일은 도왔다. 그 후로는 범인들 뒤에 서서 방관했다. 하스노와 이모부도 도우라고는 하지 않았다.

"이게 전부인가?"

하스노가 아키야마에게 물었다.

그는 묵묵부답이었다.

"그 자동차를 몰려면 열쇠가 있어야겠지. 어디 놔뒀나?"

이번에도 대답은 없었다.

"어차피 찾아보면 나올 텐데. 우리가 열쇠를 찾느라 애먹을수록 신고가 늦어져서, 너희가 그러고 있어야 할 시간만 늘어나."

아키야마는 꾹 다문 입을 열지 않았다. 하스노는 뭐 됐어, 하고 더는 질문하지 않았다.

그 후로 이모부와 하스노는 범인들에게 한마디도 말을 걸지 않았다. 반대로 범인들이 너희는 누구냐, 여기를 어떻게 알았느냐고 떠들어댔지만 완전히 무시했다.

도롱이벌레처럼 칭칭 묶은 남자들을 벽 앞으로 옮긴 후 이모부가 말을 꺼냈다.

"이보게, 이대로 놔둬도 괜찮을까? 죽는 거 아니야?"

기온 이야기였다.

영하의 추위인 데다 몇 명은 다쳤다. 꼼짝달싹도 못 하는 상태로 내버려두면 위험할지도 모른다.

"그러게. 큰일 치르지 않으려면 난로에 불을 지펴야겠군. 땔감이 없으니 새로 잘라야겠어."

범인을 위해 땔감을 준비해야 하는 건가.

"귀찮게 됐군. 할 건가? 아니면 가에몬 씨 식으로 할까?"

"그건 안 되지. 조절하기가 힘들어."

무슨 이야기일까?

"그리고 불을 땔 사람이 필요하잖아? 지금 신고하러 가서 경찰이 오기까지 한나절은 걸릴 거야. 우리 중 한 명이 여기 남는 건가? 싫은걸."

"그야 나도 싫으니 저들에게 시켜야지."

하스노는 남자 아홉 명을 힐끗 바라본 후 잠깐 따라오게, 하고 두 사람에게 말했다. 미네코와 이모부는 잠자코 따라갔다.

1층으로 내려간 하스노는 지저분하고 커다란 나무 상자 두 개를 찾아낸 후 삽을 들었다.

서쪽 창문을 비집어 열고 밖으로 나갔다. 일단 현관으로 가서 문에 묶은 쇠사슬을 풀었다.

우사 쪽 쇠사슬도 풀고 나서 하스노는 소똥 더미로 향했다.

"이걸 잠깐 가지고 계십시오."

미네코는 쇠사슬을 받아들었다. 하스노는 삽으로 소똥을 나무 상자에 담았다. 석연치 않은 표정이었지만 이모부도 도와주었다.

나무 상자 두 개가 소똥으로 가득 찼다. 하스노와 이모부가 상자를 하나씩 끌어안고 건물로 돌아갔다. 어쩔 작정일까?

2층으로 올라가자 하스노는 난로 바로 옆에 나무 상자를 내려놓았다.

"어? 이보게, 이게 연료인가?"

이모부가 그 옆에 나무 상자를 내려놓으며 물었다.

"뭐, 달리 적당한 게 없으니까."

하스노는 무표정하게 대답했다.

"음, 누가 이걸로 불을 때지?"

하스노는 채소가게에서 가지를 견주어 보는 것처럼 강도단 아홉 명을 둘러보았다. 잠시 후 어째선지 그들의 장갑을 벗기고 뭔가를 확인했다.

뭘 확인하는 걸까? 여섯 번째 남자에서 하스노가 움직임을 멈췄다.

"너한테 부탁해야겠군. 불을 때도록 해."

아키야마 옆의 다갈색 외투를 입은 남자. 어제 오후에 미네코를 자동차에 밀어 넣는 데 가담한 유괴 실행범 중 한 명이었다. 하스노는 남자의 발목을 쇠사슬로 난로에 묶어서 고정했다.

"연료가 부족해지면 이걸 넣도록."

"무슨 짓이야! 윽, 아프잖아."

남자가 끙끙댔지만 하스노는 이번에도 무시했다. 그리고 난로에 묶인 남자가 팔을 쭉 뻗어도 다른 범인들에게 손이 닿지 않는다는 걸 확인했다.

쇠사슬은 2중으로 묶어놓았다. 혼자 힘으로는 절대로 못 푼다.

그리고 양 손목을 철사와 밧줄로 묶었다. 손가락은 자유로이 움직이니까 땔감을 넣을 수 있다.

"불쏘시개가 있어야겠지? 위조지폐가 조금 남았을 텐데."

이모부가 서류 가방에 남은 돈다발 두 개에 불을 붙여서 난로에 넣었다.

그때 아키야마가 몹시 찡그린 얼굴로 작게 앓는 소리를 낸 것 같았다. 어쩌면 미네코만 그렇게 느꼈을지도 모른다.

"불을 때 봐."

하스노가 소똥이 담긴 나무 상자를 발로 남자에게 밀어주었다.

남자가 불편한 손놀림으로 소똥을 난로에 넣자, 곧 불이 옮겨붙었다. 방에 열기와 악취가 퍼져나갔다.

"괜찮을 것 같군. 그럼 얌전히 기다려."

하스노는 마지막으로 한 번 더 범인들을 둘러보았다.

8

밖으로 나가자 하늘이 희붐해지고 있었다. 미네코 일행은 기와지붕 건물을 향해 눈밭을 나아갔다. 강도단이 기거했던, 그리고 미네코가 감금됐던 곳이다. 자동차 열쇠를 찾기 위해서다.

다행히 강도단의 침대 옆에서 간단히 찾아냈다.

떠날 때 잊어버린 물품이 없는지 신경 쓰듯 이모부가 말했다.

"이보게, 뭔가 조사하지 않아도 되겠나?"

범죄의 증거를 확인하지 않고 가도 되느냐는 뜻이다.

"괜찮아. 딱히 알아야 할 건 없어. 그리고 어차피 경찰을 부를 거니까. 빨리 돌아가세."

하스노는 앞장서서 방을 나섰다.

딱히 알아야 할 건 없다는 말과 달리, 현관 신발장 밑에서 튀어나온 지저분한 흰색 물품을 보고 하스노는 멈춰 섰다.

"왜?"

이모부가 물었다. 하스노는 쪼그려 앉아 흰색 물품을 잡아당겼다. 초를 먹인 튼튼한 마직물이었다. 펼쳐보자 꽤 컸다.

마직물을 보고 하스노는 흐음, 하고 생각에 잠겼다.

"아니, 별건 아니로군. 가세."

하스노가 현관문을 열었다.

미네코는 지금까지 몰랐지만, 현관 북쪽에 차고가 있었다. 차고에는 자동차가 두 대 있었다. 바퀴에 눈길용 사슬을 감은 것은 한 대뿐이었다.

하스노가 운전대를 잡았고, 미네코는 이모부와 함께 뒷좌석에 앉았다.

오전 6시가 지났다. 동틀 녘이 가까워졌다.

길은 꽁꽁 얼어붙었다. 경사가 급해서 바퀴에 사슬을 감았는데도 미끄러져 떨어지는 느낌이 들었다.

제일 경사가 급한 곳을 내려와서 굽은 길을 빠져나오자 평평한 길이 나왔다.

잠시 나아가는데 길에서 이탈해 숲속으로 이어지는 흐트러진 바퀴 자국이 보였다.

"잠깐 보고 갈까."

하스노가 유명한 유적이라도 안내하는 듯한 투로 말하며 자동차를 세웠다.

자동차에서 내려 길가로 가서 살펴보자, 거의 벼랑이나 다름없는 비탈이었다. 해는 아직 고개를 내밀지 않았지만 충분히 밝았다. 무성한 삼나무 안쪽, 열 간쯤 떨어진 곳에 미네코도 본 적 있는 자동차가 있었다.

들었던 대로 크게 파손됐다. 두 사람이 별로 다치지 않은 건 그야말로 기적이었다. 차체는 밟힌 성냥갑처럼 잔뜩 찌그러졌고, 창문은 산산이 조각났다. 전조등은 빠져서 훨씬 밑에 널브러져 있었다.

"참상이로군."

하스노는 투덜거리며 나무줄기를 붙잡고 조금씩 비탈을 내려갔다. 미네코와 이모부는 길가에서 기다렸다.

하스노는 자동차 뒷좌석에서 종이봉투를 꺼내서 돌아왔다.

봉투에는 찐빵이 들어 있었다. 농장까지 가져오지 못하고 남겨둔 것이다. 미네코는 배고프다는 걸 깨달았다.

"이만 이야기해 주게."

이모부는 싸늘하게 식어서 반쯤 얼어붙은 찐빵을 품에 넣고 녹였다.

"뭘?"

운전대를 잡은 하스노는 앞쪽에 시선을 고정한 채 대답했다.

"뭐냐니, 이것저것 모르는 점이 많잖은가. 만다는 어떻게 살해당한 거지? 그리고 미네 짱 말에 따르면 만다의 행동도 여러모로 이상하지 않나? 무슨 일이 일어난 거야? 그리고 자네는 어떻게 아키야마가 팔을 다친 걸 알았지? 놈들은 왜 위조지폐를 만든 거야?"

"아아, 그건 뭐, 다 끝났으니 아무래도 상관없는 일이야. 피곤하지? 나머지는 경찰에 맡기면 돼."

"하지만 경찰에 설명해야 하잖나. 그리고 궁금해. 아는 게 있으면 알려주게."

미네코도 궁금했다.

하스노는 먹다 말고 무릎에 얹어둔 찐빵을 입에 넣었다.

"그럼 설명할게. 일단 오두막 주변에 만다를 죽인 범인의 발자국이 없었던 것부터. 미네코 씨는 오두막으로 끌려가서 기절했어. 깨어나자 어째선지 만다는 죽어 있었고. 아무도 오두막에 들어올 수 없었는데 말이야.

대체 누가 어떻게 만다를 죽였을까. 이 의문을 해결하려면 한 가지 전제를 의심할 필요가 있어.

실은 미네코 씨를 오두막으로 끌고 간 사람은 만다가 아니야."

"어? 아아! 그런가! 범인은 복면을 쓰고 있었지!"

미네코도 아, 하고 작게 탄성을 내뱉었다.

기와지붕 건물에서 오두막으로 끌려갈 때 미네코는 남자의 얼굴을 보지 못했다. 그저 손등의 문신을 보고 만다라고 믿었다.

"아니, 그렇다면 어떻게 된 거지? 미네 짱을 덮치려 했던 게 만다가 아니더라도, 역시 만다는 오두막에 들어올 수 없잖아? 끌려갔을 때 오두막에는 아무도 없었으니……."

"만다는 미네코 씨가 오두막으로 끌려가기 전에 살해당했어. 그들이 몸값을 받으러 나가기 직전에. 그리고 시체는 초를 먹인 마직물에 감싸서 오두막 바로 옆에 투기했어. 눈이 그치기 전에."

"아아……."

"그, 장작과 짚단을 내놓은 곳 말씀이세요?"

"아아, 네. 그렇죠. 나가기 직전에 죽여서 오두막 창문 밑에 놓아뒀다는 뜻입니다. 그 무렵은 눈발이 거셌죠?"

"네."

"그렇게 해서 쌓인 눈 속에 놓아둔 시체가 내리는 눈에 덮여서 가려진 걸 확인한 후, 몸값을 받으러 간 거야. 범인은 한밤중이 지나서 돌아와."

그 사이에 기와지붕 건물에 남아 있던 강도단은 잠들었다.

"범인은 만다의 외투와 복면으로 위장하고 미네코 씨를 오두막으로 끌고 가. 미네코 씨를 기절시키고 쇠사슬로 묶지. 그리고 창문 밑에 묻은 만다의 시체를 파내."

"그럼 만다는 죽은 지 한참 됐단 말인가?"

"그렇지. 경찰이라면 검시 때 문제 삼겠지만, 속일 상대는 동료 강도니까 걱정할 것 없어. 창문 밑에 장작과 짚단을 내놓은 건 범인이 거기서 시체를 파낸 흔적을 감추기 위해서야. 범인들이 발견했다면, 방해돼서 만다가 밖에 내놓았다는 식으로 해석했겠지."

범인은 만다의 시체를 오두막에 놔두고 도로 쪽 창문으로 뛰어내리면 된다.

"아, 그럼 자네가 놈들의 장갑을 벗기고 확인한 건."

"응. 그자의 장갑 안쪽에 그림물감이 묻어 있었어. 문신을 그려 넣었던 거지. 만다인 척 미네코 씨를 때려서 기절시킨 건 그자야."

그러고 보니 그 남자는 유괴 실행범 중 한 명이기도 했다.

"창문으로 오두막에서 탈출한 범인은 시치미를 뚝 떼고 기와지붕 건물로 돌아가. 잠든 놈들이 오두막에서 이변이 생긴 걸 알아차리면 미네코 씨가 저항하던 끝에 만다를 찔러 죽였지만, 발목에 묶인 쇠사슬은 풀지 못했다고 결론 내리겠지. 범인은 만다를 깔끔히 처리할 수 있어. 아무래도 그럴 계획이었던 듯한데 이상한 점이 있어."

"뭔데?"

"만다 파와 아키야마 파가 수면 아래에서 대립하다가, 아키야마 파가 결탁해서 만다를 살해하고 그 죄를 미네코 씨에게 덮어씌워 만다 파를 속이려고 한 것이 만다 살해 계획의 전모인 듯 해. 그런데 만다 파를 속일 때 미네코 씨에게도 속임수를 사용할 필요가 있었어. 이해하겠나?"

"으음, 속임수?"

"자, 범인이 미네코 씨를 어떻게 할 작정이었는지 알쏭달쏭하지? 복면을 써서 얼굴을 감춘 건 나중에 돌려보내도 신원을 모르게끔 하기 위해서인 듯하지만, 그런 것치고 만다는 그만 얼굴을 드러냈고 아래층의 이야기가 고스란히 미네코 씨의 귀에 들어갔어. 철저하지 못해.

다만 만다 살해 계획을 고려하면 미네코 씨가 결국 무사하지 못했으리라는 건 확실해. 두목을 살해한 인간을 무사히 돌려보낼 리 없지. 따라서 정체고 은신처고 들통나도 상관없다고 생각한 건 틀림없겠지만, 문제는 미네코 씨가 언제 죽을 예정이었는가야."

미네코는 영하의 날씨에 쇠사슬에 묶인 채 오두막에 방치됐다. 그대로 얼어 죽었을 가능성도 있다.

"범인은 분명 미네코 씨와 만다가 함께 시체로 발견돼도 상관없다는 생각이었겠지. 오히려 그래야 편해. 정황은 명백하니 미네코 씨가 쓸데없는 소리를 하지 않는 편이 고마울 거야. 우리가 방해하지 않았다면 범인은 아침까지 미네코 씨를 오두막에 방치할 작정이었을걸. 그럼 범인은 미네코 씨가 그대로 얼어 죽을 거라고 안심했을까? 그건 아닐 거야."

범인은 미네코에게 만다를 살해했다는 누명을 뒤집어씌울 예정이었다.

그래서 미네코가 혼절한 사이에 주변 상황을 정리했지만, 제대로 위장하려면 미네코의 양손을 풀어줘야 한다. 양손이 뒤로 묶여 있으면 칼을 다룰 수 없다. 미네코는 양손을 쓸 수 있는 상태로 발견될 필요가 있었다.

양손이 자유로우면 재갈을 뺄 수 있으며, 쇠사슬을 난로에 내리치거나 하면 큰 소리가 난다.

"혼절한 미네코 씨가 깨어나서 그런 행동에 나섰다고 치자. 그럼 강도단이 기거하는 기와지붕 건물까지 들리겠지. 그렇게 멀지 않으니까.

이건 막을 방도가 없어. 만다 파 놈들이 소리를 들으면 사건이 발각돼. 놈들은 미네코 씨를 신문하겠지. 이때 미네코 씨 본인도 만다가 오두막으로 끌고 왔다고 착각하지 않으면 곤란하겠지. 만다 말고 다른 남자였다는 걸 알아차리고, 까딱해서 미네코 씨가 범인의 계획을 간파하기라도 하면 큰일이야."

"알았어. 그래서 복면을 쓰고 문신을 그리는 등 이래저래 귀찮은 짓을 한 거로군?"

"그래. 그런데 이상한 점은 만다의 행동이 범인에게 너무 유리했다는 거야."

만다는 애당초 유괴에 찬성하지 않았던 듯하다. 그런 성가신 짓은 집어치우고, 강도질을 한 건 크게 해서 냉큼 달아나자는 의견이었다고 들었다.

"하지만 그는 유괴에 가담해 자동차에서 맨얼굴을 드러냈고, 본인이 유괴를 주도하는 것처럼 수하에게 여러모로 주의를 주었어. 미네코 씨 상태를 확인하러 오기도 하고 말이야. 나중에 미네코 씨가 다른 남자를 만다로 착각하게끔 갖은 노력을 기울인 셈이지."

확실히 이상하다.

"이건 어찌 된 일일까. 어이없지만 아무래도 만다는 협박당하고 있었던 것 같아."

미네코와 이모부는 한순간 말문이 막혔다.

"응? 뭐야, 약점을 잡혔다든가?"

"그런 게 아니라 늘 뒤에서 만다에게 총구를 겨누고 있었던 거지. 총에 위협당해 미네코 씨를 붙잡아 차로 끌고 갔고, 총에 위협당해 수하에게 지시를 내렸고, 총에 위협당해 미네코 씨의 손발에 묶인 밧줄을 확인한 거야."

너무 뜬금없는 이야기였다. 하지만 잘 생각해 보니 미네코도 짐작

가는 점이 있었다.

미네코가 만다를 볼 때면 늘 뒤에 아키야마가 있었다. 미네코를 납치했을 때, 기와지붕 건물로 끌고 갈 때, 미네코를 다시 묶으러 나타났을 때까지. 요요기의 골목에서 미네코는 아키야마가 만다 뒤에서 권총을 겨누는 모습조차 보았다.

권총으로 자신을 위협하는 줄 알았는데 실은…….

"희극이로군. 납치하지 않으면 살해당할 줄 알았던 건가."

"미네코 씨가 무사했던 이상, 이번 사건은 하나부터 열까지 희극이야. 사실 만다는 놈들이 몸값을 받으러 나가기 전, 미네코 씨를 다시 묶으러 왔을 때 살해당했겠지. 왜, 미네코 씨 귀에 귀마개를 끼우고 벽 쪽으로 돌려 앉혔잖나. 아키야마와 그의 수하는 만다에게 밧줄을 다시 묶으라고 시킨 후, 입을 막고 칼로 찌른 거야."

뭐?

그러고 보니 그때 미네코의 팔을 잡고 있던 손이 갑자기 떨어졌다.

"미네코 씨의 장갑에 피를 묻혀 놓기 위해서야. 미네코 씨는 손을 뒤로 묶였으니 장갑에 무슨 일이 일어났는지 몰라. 그리고 이때라면 만다의 허를 찌를 수도 있겠지. 명령에 복종하더라도 막상 살해당할 상황이 되면 한껏 저항할 테니, 그런 기회를 만들어야 해. 만다는 칼에 찔려 죽어야 하거든. 총으로 죽이면, 미네코 씨가 만다를 죽였을 때 총소리가 나지 않은 걸 이상하게 여기겠지."

둘이 힘을 합치면 시체를 옮기기는 그렇게 어렵지 않다.

"아키야마가 팔을 다쳤다는 건 어떻게 알았나?"

"아아, 그건 별것 아니야. 아무리 미네코 씨에게 깊은 인상을 새길 필요가 있었다고 한들, 미네코 씨를 붙잡는 역할까지 만다에게 맡길 필요가 있었나 싶어서.

결국 만다가 명령에 따르긴 했지만, 어수선하고 정신없는 틈에 무슨 짓을 할지 모르잖아? 그 틈에 아키야마와 그의 수하를 뿌리치고 달아나도 이상하지 않아. 그래서 뭔가 그럴 수밖에 없었던 이유가 있었나 싶었지."

"아키야마는 팔이 움직이지 않는데, 일손이 필요하니까 대신 만다에게 시켰다고?"

"그래. 이야기를 듣자 하니 아키야마는 늘 만다 뒤쪽에 있었던 듯해. 그리고 운전도 하지 않는 등 왼팔을 통 사용하지 않았어. 그리고 쌍안경으로 봤을 때도 손짓이 좀 이상하더군. 그래서 뭐, 그럴 수도 있겠다 싶어서 일단 말해둔 거야."

자동차가 큰길로 나갔다. 드디어 살았다는 안도감이 미네코의 가슴속에 차올랐다.

"만다는 왜 협박을 당했을까? 방심하다 배신당한 건가?"

"뭐, 그렇겠지. 다만 그렇게까지 계획적이지는 않았을 것 같군."

"하지만 큰 눈이 내리다가 한밤중이 지나면 그친다든가, 그런 요소를 계획에 포함시켰잖나?"

"아니, 그건 아니야. 날씨가 그들의 계획에 유리하게 작용한 건 어디까지나 우연이지. 일기예보를 보고 혹시나 기대는 했겠지만, 완전히 의지할 수는 없어.

게다가 유괴 자체가 극히 위험한 일이야. 실제로 우리에게 꼬리를 잡혔잖나. 거기에 만다 살해 계획을 동시에 진행하려 했으니 무모하지. 따라서 만다를 죽여야 할 사정은 어제 느닷없이 생겼을 거야. 그것도 화급한 사정이. 그래서 이렇게 줄타기하듯 위태로운 계획을 실행한 거겠지."

　"호오. 그럼 그 사정은 뭔데? 하긴 뭐든지 생각해 볼 수 있겠지. 애당초 의견이 갈렸다고 하니까."

　"하지만 화급했다는 게 중요해. 의견이 갈렸다고 해도 만다는 유괴에 찬성하지 않을지언정, 방해할 마음은 없지 않았을까? 전부터 계획은 진행 중이었으니, 훼방을 놓을 거면 좀 더 일찍 행동에 나섰겠지."

　"그럼 뭔데? 자네는 아나?"

　하스노는 끙, 하고 앓는 소리를 내더니 목 언저리에 손을 댔다.

　"왜 그러나?"

　"아무것도 아니야. 뭐, 돈이려나. 아키야마 파가 만다 파 몰래 돈을 가지고 있다가 만다에게 들켰겠지. ……음, 아마 그럴 거야."

　갑자기 말투가 시원찮아졌다.

　"뭐야, 모르는 건가? 역시 놈들에게 사정을 확인해 두는 편이 낫지 않았으려나."

　"그러니까, 아무래도 상관없는 일이야. 다만 놈들이 돈을 숨겼다면 만다가 아키야마 파의 명령에 따른 것도 설명이 되지 않겠나? 아키야마 파는 여차하면 만다를 죽이고 돈을 챙겨 달아날 수 있으니,

만다에게 협박이 통하겠지. 그리고 만다도 일단 시키는 대로 하면서 아키야마 파의 돈을 가로챌 기회를 노리고 있지 않았을까. 그냥 떨쳐내고 도망친들 돈은 손에 들어오지 않아. 그러니 우선 유괴에는 협력하기로 한 거겠지."

확실히 그럴 가능성이 클 듯했다. 미네코는 수하들이 만다에 대해 떠드는 말을 들었다. 아키야마 파가 돈을 감춘 것 아니냐고 툭하면 의심한다고 했다.

"드디어 몸값을 받으러 나설 때 놈들이 갑자기 만다를 죽여야 했다면, 이유는 돈 정도밖에 없지 않겠나? 애초에 돈 때문에 모인 놈들인걸."

"뭐, 확실히 그럴 것 같지만, 자네치고는 적당히 넘어가는군."

이모부의 지적에 하스노는 자동차 속력을 줄이고 고개를 돌려 미네코와 이모부의 표정을 힐끗 확인한 후 다시 앞을 보았다.

"적당히 넘어가도 되는 일이니까. 아무래도 상관없어. 아무튼 돈을 감춘 사실을 언제 들켰을까? 어제 오전밖에 없어. 만다의 수하가 그랬지? 놈들이 미네코 씨를 유괴하러 가기 전에 아키야마와 수하가 광으로 사용하는 건물로 갔다고. 그리고 만다가 수상하다며 뒤쫓다 갔다고. 그렇지?"

"네."

내리막이 또 가팔라졌다. 미네코는 앞쪽에 집중한 하스노의 뒤통수에 대고 대답했다.

"그때야. 아키야마가 팔을 다친 것도 그때려나. 싸움이 벌어졌겠지."

"그럼 그 잡동사니 어딘가에 현금을 숨겨놓은 건가. 무슨 일이 일어날지 모르니 유괴에 나서기 전에 목돈을 몸에 지니려 했다는 거야? 그런데 돈을 가지러 갔을 때, 예전부터 아키야마 파가 돈을 숨겼다고 의심하던 만다에게 들켰다, 그런 건가?"

"아마 그렇겠지."

내리막길을 다 내려갈 때까지 이야기가 중단됐다.

내리막이 끝나자 탁 트인 곳으로 나왔다. 드디어 해가 뜨려는 듯했다. 저 멀리 민가가 몇 채 보였다.

"놈들도 참 운이 참 없었군."

"하지만 그렇지 않았다면 미네코 씨가 어떻게 됐을지 모를 일이니까."

"뭐, 그건 그래."

"그나저나."

하스노가 묘하게 늘어지는 투로 말했다.

"이건 더더욱 아무래도 상관없는 일이네만."

"뭔데 그러나?"

"수수께끼가 하나 남았어. 놈들이 위조지폐를 만든 이유야. 그렇게 많이 찍은들 들키지 않고 다 사용하기는 불가능해. 게다가 놈들은 돈을 숨겨놓지 않았나. 그런데 왜 위조지폐를 만들었을까."

깜빡했다. 그 의문이 남아 있었다.

"아키야마 파는 만다 몰래 돈을 숨겨놨지? 이건 쉬운 일이 아니었을 거야.

놈들은 한동안 인쇄 공장 지하에 은신했고, 밖으로 나갈 기회는 한정돼 있었어. 아키야마는 얼굴이 공개됐으니 더 그랬을 테고.

강도단에서 주도권을 제일 단단히 잡고 있던 사람은 만다였잖아? 분명 다들 그의 지시에 따라 움직일 때가 많았겠지.

그런 상황에서 꽤 많은 현금을 숨겨야 해.

그럼 어떻게 돈을 숨길까? 어딘가 구멍을 파서 묻어둔다거나 그럴 수는 없겠지? 언제 갑자기 돈이 필요해질지 모르니까, 너무 멀거나 꺼내기 힘든 곳에 놔두기는 싫어. 그렇다고 료고쿠바시 다리 아래같이 언제 누구 눈에 띌지도 모를 곳에 숨길 수도 없는 노릇이야.

그런데 아키야마 파는 경찰이 인쇄 공장을 급습했음에도 불구하고 돈을 잘 챙겨서 농장의 우사 옆 건물에 감췄고, 어제야 비로소 만다에게 들켰어."

어쩐지 미네코도 이야기의 결말을 알 것 같았다. 설마…….

"그럼 왜 위조지폐를 만들었을까. 만다 파는 아키야마 파의 위조지폐 제작에 관여하지 않았지. 이딴 걸 만들어서 어디에 쓰냐고 조금 무시하기도 했으려나."

드디어 일출이 다가왔다.

"아키야마 파는 진짜 현금을 감추기 위해 위조지폐를 만들었어. 위조지폐 사이에 진짜 돈을 끼워서 띠지로 묶는 거야. 만다 파는 전부 위조지폐라고 생각하니까, 놈들 눈앞에 당당히 놔둘 수 있어. 좀 만져본들 선입관이 있으니까 눈치채지 못하겠지.

자, 이구치 군과 미네코 씨는 불을 때기 위해 위조지폐 다발을 사용했어. 그때는 미네코 씨가 위험했고, 나도 농장에서 탈출할 방법을 고심하느라 미처 생각이 미치지 못했어.

즉, 두 사람이 기분 좋게 불 속에 던져 넣은 건⋯⋯."

미네코는 어안이 벙벙한 표정으로 이모부와 얼굴을 마주 보았다.

그렇다면.

일탈을 저지르는 듯한 그 기분은 진짜였던 건가.

그리고 마지막 돈다발 두 개를 불 속에 던져 넣었을 때 아키야마가 지었던 표정.

과연 전부 얼마였을까?

"뭐, 어쨌거나 불을 때기에 딱 좋았으니 그걸로 됐어. 미네코 씨, 고생 많았습니다."

정면의 숲 위로 아침 햇살이 비쳤다. 온몸을 감싼 차가운 공기가 조금 따뜻해졌다.

미네코는 졸렸다.

눈을 감고 좌석에 몸을 기대자 이모부가 부랴부랴 외투를 덮어주었다.

하루미 씨의 외국 편지

1

"왜 그러나?"

"왜긴, 졸려서 그러지."

세타가야에 있는 하스노의 집 서재다. 바닥에는 글씨를 적은 종이가 여러 장 떨어져 있었고, 책상 위는 평소보다 더 난잡했다. 물가 인상에 관한 논문을 영어로 번역하느라 밤을 새웠다고 한다.

오랜만에 찾아왔다. 돌이켜보면 11월 이후로 처음이다. 하스노는 넥타이 없이 흐트러진 셔츠 차림으로 삐걱거리는 회전의자에 앉아 눈을 반쯤 감고 있었다.

잠시 후 드디어 알아차린 것처럼 몸을 일으켜 홍차를 준비하러 가려고 하길래 말렸다.

"차는 됐어. 자네 쪽은 별일 없나? 기자가 찾아오거나 하지 않아?"

"기적적으로 지금까지는 별일 없어."

수배 중인 강도단이 느닷없이 체포돼서 신문에 대서특필로 보도 됐지만, 유괴 사건은 어중간하게 보도됐고 미네코의 이름도 나오지 않았다. 오쿠타마 산속에서 경찰이 강도단을 포박해 체포했다고만 기사가 났을 뿐, 나와 하스노가 한 일은 전부 생략됐다.

하스노는 얼빠져 보이는 손놀림으로 미간을 긁적였다.

"미네코 씨는 괜찮나?"

"의외일 만큼 괜찮아. 다시 재봉도 배우러 다녀."

"그거 다행이군."

"그래서 말인데."

평소 제안이나 상담할 때 같은 투로 말을 꺼냈지만, 하스노는 진지 하게 들을 마음이 없는 것처럼 보였다.

"미네 짱과 처가댁 식구들이 자네에게 감사를 표하고 싶다는군. 여기로 찾아오든지, 아니면 자네를 간다의 집으로 초대해서 여러모 로 대접하고 싶다고……."

으음, 하고 하스노가 언짢은 듯한 소리를 내길래 나는 입을 다물었 다. 하스노는 기지개를 켜고 천장 구석을 보았다.

"안 그래도 돼."

"꼭 성의를 보이고 싶대. 잠깐 인사를 받고 오는 게 어떻겠나?"

"인사만으로 끝나지 않을 거라고 걱정하거나, 나체로 춤을 추라고 시킬까 봐 겁나는 건 아니야. 굳이 만나서 이야기할 필요 없다는 뜻 이지."

"어째서?"

"무슨 말을 할지 아니까. 요컨대 구해주셔서 감사하다는 거잖아? 아니까 굳이 시간을 내서 들을 필요 없어."

"무남독녀의 목숨을 구해줬는데 그렇게 간단한 말로 넘어가지는 않겠지."

"아무튼 요점은 고맙다는 걸 텐데? 아니까 됐어."

"알아도 듣는 게 좋은 법이야. 예를 들어 결혼식 같은 게 왜 있겠나? 참석자 모두 신랑과 신부가 결혼한다는 사실을 알잖아. 그 사람들이 무슨 생각을 하든, 입으로는 축하한다고 인사해. 다들 알지만 하는 거라고. 그렇게 생각하고 인사를 받게."

"결혼은 불확실하지 않은가. 불확실하니까 식을 올리는 걸 텐데? 상대를 봐도 정말로 이 사람과 결혼하는 게 맞나 의심스러운 것이 결혼이야.

난 야나에 일가 사람들이 고마워한다는 사실을 의심하지 않아. 그러니 필요 없네."

하스노는 여전히 졸린 듯했다. 오른쪽으로 기울이고 있던 머리를 왼쪽으로 넘겼다. 마치 아기 같은 동작이었다.

"쩝, 확실히 자네는 결혼식에도 오지 않을 테니 말이야."

"뭐, 그렇지. 자네가 사에코 씨와 결혼했을 때는 감옥에서 노역이니 뭐니 하느라 바쁘기도 했고."

"하지만 자네는 개의치 않더라도, 만나지 않으면 처가댁 식구는 자네에게 마음이 충분히 전달됐는지 모르지 않겠나?"

"그야 이구치 군이 잘 중개해 주면 되겠지. 이렇게 고맙게 여겨주시니 오히려 황송합니다, 하고 전해 주게. 아니면 처가에서 자네를 신용하지 않나? 그렇다면 내 뜻이 전달되지 않을지도 모르겠군. 하지만 그건 내 문제가 아니라 자네 문제야."

오래 알고 지냈지만 하스노의 이번 대답은 약간 예상외였다. 하스노는 비뚤어지기는 했지만, 이보다 더 성가실 텐데도 사람들과 무난하게 왕래하는 편이고 최근에는 그런 일만 부탁했다.

"하지만 그 뭐냐, 인연이라는 게 있잖은가. 기껏 도움을 받았는데 그대로 넘어갈 수는 없잖나. 그러니 감사를 표하게 해달라고……."

"인연이라. 그런데 은인과 은혜를 입은 사람 사이에 무슨 인연이 생긴다는 거지?"

"그것참, 사람 목숨을 구하는 것이 그리 흔한 일은 아닐 텐데. 보통 남과 친해지는 데는 시간이 꽤 걸리는 법이야. 수십 년을 살아도 정말로 친하게 지내는 사람은 몇 명 안 되잖나. 이렇게 모처럼 생긴 기회를 날리는 건 벌 받을 짓이야. 그러니."

내가 생각하기에도 별로 진심이 담기지 않은 소리였다. 아니나 다를까 하스노는 졸린 듯한 얼굴로 내 말을 막았다.

"그러니까 그 인연이라는 것의 정체는 뭔가? 미네코 씨가 쑥스럽거나 긴장된 표정으로 정말 감사합니다, 이 은혜는 평생 잊지 않을게요, 하고 말하겠지? 아마 그럴 거야. 그리고 내가 어중간한 웃음을 지으며 무슨 말씀을요, 당연한 일을 했을 뿐입니다, 하고 대답해. 이건 나와 미네코 씨의 의사로 하는 말이 아니야. 일종의 강요를 받는 거지."

"뭐? 아무도 그렇게 말하라고 시키지 않아."

"아니, 강요야. 은혜는 애당초 그런 개념이라고. 기억할 의무를 부과하고, 뻐기지 않을 의무를 부과하지. 그런 의무가 달라붙어.

그리고 실제로 이 의무를 다하기는 힘들어. 은혜는 일종의 예속 관계야. 은혜를 입은 쪽은 도움을 받은 만큼 은인에게 늘 머리를 숙이고 지내야 해. 그런데 사실 은인은 어쩌다 보니 사람을 구했을 뿐, 대체로 보은할 가치가 있을 만큼 훌륭한 사람이 아니기에 점점 왜 이 사람에게 고마워해야 하는지 모르게 돼.

은혜를 베푼 사람은 베푼 사람대로 남을 구할 자격이 없는 인간인데 분수에 맞지 않게 그런 짓을 한 까닭에, 정말로 훌륭한 사람 같은 척해야 하지. 그리고 당연한 일이니까 신경 쓰지 말라고 하면서도 속으로는 보답을 바라겠지? 보답해라, 크게 보답해라, 하고 내심 고대해.

결국 서로 마음이 일그러져서 갖가지 배은망덕한 일이 일어나지.

은의는 절대로 균형이 맞지 않아서 애초에 파국으로 이어질 가능성이 커. 그런데 미덕으로 여겨지니까 골치 아프. 실상은 원한과 크게 다를 바 없는데 말이야. 남을 거리낌 없이 은인이라 불러서는 안 돼."

하스노는 몸을 일으키고 하품을 한 후, 다시 의자에 몸을 기댔다.

"뭐야? 자네는 미네 짱이 구해준 은혜에 크게 보답하길 고대하는 건가?"

"그런 마음은 눈곱만큼도 없네만, 미네코 씨는 은혜에 보답할 의무를 다하지 않아도 된다는 걸 모르겠지? 그리고 자네도 알다시피

난 보은할 가치가 있을 만큼 훌륭한 사람이 아니니까 미네코 씨 입장에서는 전혀 재미없지 않겠나?"

"절대로 만날 생각이 없는 거야?"

"미네코 씨가 은혜를 모르는 파렴치한 인간이라 내가 목숨을 구해준 걸 싹 잊어버렸고, 내 갈비뼈가 부러지든 내가 사형을 당하든 상관없다고 생각한다면 만나도 돼."

"그렇지 않으니까 만나 달라고 하는 거지."

그럼 역시 됐어, 하고 하스노는 툭 내뱉듯이 말했다.

"난 어쩌다 도와줬을 뿐 도둑이고, 비듬이 심하고, 사용한 그릇을 사나흘이나 그냥 놔둬. 그러니 미네코 씨 같은 사람이 굳이 감사의 뜻을 표할 만한 인간이 아니라고 말해주게."

어디까지 진심인지는 모르겠으나 미네코를 만나고 싶지 않은 건 확실한 듯했다.

"그렇다면 뭐야? 자네 성격상 직접 만나보니 미네 짱이 싫어진 건가?"

"설마. 그저 서로 인생을 성가시게 만들 필요가 없다는 것뿐이야."

"미네 짱뿐만이 아니야. 장인어른은 경찰이 공을 몽땅 가로챘다고 분개하셨지. 자네의 재주와 종횡무진한 활약상을 세상에 널리 알려야 한다며 씩씩거리고 계셔."

그러자 하스노는 노골적으로 싫은 표정을 지었다.

"이봐, 부탁이니 그건 어떻게든 말려 주게. 난 철면피라 누가 무슨 소문을 내든 신경 쓰지 않을 작정이지만, 갱생하고 개심한 도둑이 자신의 손재주로 사람을 구했다는 말이 퍼지면 수치스러워서 도저히 못 견뎌. 너무 창피한 나머지 다시 도둑이 되어야 할 걸세.”

아무튼 하스노, 나, 미네코가 겪은 일을 세상에 숨겨야 한다는 의견에는 동감이었다.

무사히 구해냈으니 망정이지, 그 유괴 사건에서 우리는 영웅적으로 행동했다기보다, 일평생 겪을 난장판과 폭력을 그날 한꺼번에 경험한 셈이니까.

“알았어. 어쨌든 자네는 만나기 싫다는 거로군. 그건 좋아. 그런데.”

나는 소매를 걷고 내 손목시계와 하스노의 탁상시계를 비교해 보았다. 서로 다르지 않았다. 지금은 2시 7분 전이다.

“말하지 않았네만, 곧 하루미 사장님이 오실 거야.”

“뭐?”

게슴츠레한 눈으로 등받이에 한껏 기대어 있던 하스노가 벌떡 일어났다.

“여기에?”

“응. 멋대로 정해서 미안하지만, 아침에 연락이 와서 용건이 있으니 자네와 직접 이야기하고 싶다고 하시더군. 그래서 오늘 세타가야의 집을 찾아갈 예정이라고 했더니, 마침 그 무렵에 다다미 업자와 만나느라 근처에 계신다고 하길래 여기 주소를 알려드렸어.”

“몇 시에?”

“2시경이라고 들었는데.”

“미리 말했어야지.”

하스노는 쪼그려 앉아 글씨를 잘못 써서 바닥에 내버린 서양 종이를 주워 모았다.

"미안하게 됐군. 자네가 미네 쨩과 만나기로 승낙하면 곧바로 이야기할 생각이었거든."

하스노는 종이 다발을 서가에 쑤셔 넣고, 책상 위에 아무렇게나 놓아둔 찻잔과 숟가락 등을 쟁반에 담았다.

"하루미 씨는 어떤 사람이지?"

"설명하기가 좀 어려운데. 뭐, 까다롭다고 할까. 하지만 자네와는 마음이 맞을 것도 같군."

하스노는 지금까지 한 번도 하루미 사장님과 만난 적이 없었다.

만날 기회가 몇 번 있기는 했다. 하스노가 출옥한 후 감사 인사를 드리기 위해 그를 데리고 하루미 사장님을 두 번 찾아갔지만, 매번 사장님에게 급한 용무가 생겨서 만나지 못했다.

작년 말에 사장님 부탁으로 사기 사건에 관여했을 때도, 내가 이야기를 전달했으므로 하스노와는 전혀 교섭이 없었다.

"무슨 용건인데?"

"글쎄, 못 들었어. 이보게, 만나기 싫으면 만나지 않아도 돼. 요코하마에서 그 일을 해결했으니 이것저것 제하더라도 자네의 은공이 하루미 사장님의 은공을 웃돌지 않겠나? 자네 덕분에 사기꾼을 찾아냈어. 하루미 사장님이 변호사를 찾아주기는 하셨지만, 변호사보다 사기꾼을 찾아내기가 더 힘들겠지."

하스노의 재판을 앞두고 내가 이것저것 준비하고 다닐 때 하루미 사장님이 도와주었다.

"음, 사기꾼은 공짜로 찾아낼 수 있지만 변호사는 돈이 있어야 찾을 수 있어. 그러니 만나야겠지."

하스노가 쟁반을 들고 부엌으로 가려 했다.

"이보게, 차에 곁들일 과자도 있어?"

"대단한 건 없어. 뭐가 좋겠나?"

"글쎄, 모르겠군. 뭘 내놔도 폄하하실 테니까. 하긴 뭘 내놔도 똑같이 폄하하신다면 뭐든지 괜찮지 않을까?"

"그렇군."

하스노는 재빨리 방에서 나갔다. 잠시 후 부엌에서 부스럭거리는 소리가 들렸다.

아직 2시가 되지 않았지만 밖에서 자동차 소리가 났다. 나는 자세를 바로 했다.

초인종이 울렸다. 하스노는 아직 부엌에서 돌아오지 않았다. 하스노 대신 내가 맞이하러 나갔다.

2

하루미 사장님은 평소대로 고급스러운 검은색 비단 하카마* 차림이었다. 정확한 나이는 모르지만 일흔은 넘었을 테고, 여윈 뺨에는 주름이 쪼글쪼글하다. 풍성한 백발이 검은색 기모노와 대조를 이루었다.

"찾아오기 쉬운 곳이로군."

하루미 사장님은 내가 문을 열자마자 이쪽을 가만히 쏘아보더니, 인사도 없이 말했다.

주변 반 정에 풀밭과 논밭 말고 아무것도 없어서 확실히 찾아오기는 쉽다.

하루미 사장님은 좁은 현관으로 성큼성큼 들어와서, 오른손에 쥔 지팡이에 힘을 주며 나막신을 벗었다.

"뭐야. 자네 친구는 집을 비웠나?"

"아니요, 있습니다. 들어오시죠."

운전기사를 밖에 남겨두고, 하루미 사장님을 하스노의 서재로 안내했다.

아까까지 내가 앉아 있던 안락의자를 권한 후, 나는 창가에 있는 동그란 의자를 가져와서 하스노의 회전의자 옆에 앉았다. 잡담을 나

---

* 기모노 겉에 입는 아래옷. 주름을 잡은 바지나 치마 형태다

누고 있으니 하스노가 돌아왔다.

"자네가 도둑인가?"

쟁반을 든 하스노는 제가 도둑입니다, 하고 온화하게 대답했다. 매무새도 완벽하게 가다듬었다.

"뵙게 돼서 다행입니다. 큰 도움을 받았는데 지금까지 감사 인사도 드리지 못했군요. 정말 실례했습니다."

아까 그렇게 말해놓고 자기는 정중히 감사를 표하다니 순 제멋대로다. 하루미 사장님은 감사 인사를 하든 말든 별 관심 없다는 표정이었다.

하스노는 세 사람 몫의 홍차와 건과자를 탁자에 내려놓고 회전의자에 앉았다. 아까까지 피곤해하던 태도는 감추었다. 하스노가 재떨이를 권하자 하루미 사장님은 엽궐련을 꺼냈다.

"그러고 보니 우라카와 군이 죽었어. 들었나?"

하루미 사장님이 고개를 숙이고 성냥으로 엽궐련에 불을 붙이며 대뜸 말했다.

나는 하스노와 얼굴을 마주 보았다. 가에몬 씨가 죽었다고? 의외이지는 않았지만 갑작스럽기는 했다.

"음, 언제요? 저는 몰랐네요. 신문에 났습니까?"

"아직 안 났네. 이틀 전 일이야. 미술관이 불타고 나서 점점 더 이상해졌다는군. 깔끔하게 저세상으로 가지 못했어. 죽음이 꼭 깔끔해야 한다는 법은 없지만."

"그랬군요."

가에몬 씨는 내 아버지가 모조품 시계를 넘겨줬다는 사실을 끝까지 몰랐다. 그가 의심에 사로잡혀 만년을 추잡하게 보낸 책임이 나한테 있다고 생각지는 않지만, 어쩐지 찜찜한 기분을 지울 수 없었다.

하루미 사장님은 고개를 돌리고 엽궐련을 피웠다.

아무래도 가슴속에 뭔가 품고 있는 듯했다. 평소는 훨씬 시원시원하게 말하는 사람이다.

하루미 사장님은 홍차를 한 모금 마신 후 맛이 형편없군, 하고 중얼거렸다.

"그런데 자네……, 하스노랬나? 하스노 맞지?"

그렇습니다, 하고 하스노는 대답했다.

"번역을 한다면서?"

"그렇습니다."

"불란서(프랑스) 말도 할 줄 아나?"

"읽고 쓰기는 다소 할 줄 압니다."

"흠."

하루미 사장님은 값어치를 평가하듯 하스노를 훑어보았다.

"내 안사람이 넉 달쯤 전에 죽었는데 말이야."

"네? 그랬습니까."

하루미 사장님의 부인 야요이 씨는 작년 10월 15일에 폐렴으로 세상을 떠났다. 나는 장례식에도 참석했다.

"유품을 아직 다 정리하지 못했어. 옷가지는 처분했지만 서류가 꽤 되더군. 나로서는 뭔지 모를 물품이 많기에 귀찮아서 내버려뒀지."

"사모님의 서류요?"

"그래. 사진이니 책도 많고. 그래서 정리를 미뤘는데, 최근에 그럴 수도 없는 사정이 생겼어. 편지가 왔거든."

"편지요?"

"불란서에서 아내 앞으로 보낸 편지야. 불란서 말이라서 사전을 찾으며 읽어봤는데, 무슨 내용인지 확실하게는 모르겠더군. 아무래도 감사장 같은데 말이야. 이제 자잘한 글씨는 읽기가 힘들어."

"편지를 보낸 사람은 누구입니까?"

"스테판 샹플랭이라는 사람인데, 난 누구인지 모르네. 안사람에게 들었는데 잊어버렸을 수도 있고, 아예 못 들었을 수도 있어."

"그렇군요."

"그럼 그 편지를 해석하는 걸 도와달라는 말씀이십니까? 그래서 불란서어를 아는 사람을 찾으신다고요?"

옆에서 내가 물었다.

"뭐, 그런 셈이지. 불란서 말을 할 줄 알되 신용할 수 없는 사람을 찾고 있어."

"네?"

하루미 사장님이 묘한 소리를 했다.

"신용할 수 없는 사람이어야 한다고요?"

"그렇지. 설명하자면 길지만, 공표할 수 없는 일에 관련된 편지일지도 몰라. 아무에게나 맡길 수는 없는 노릇이지."

"흐음."

"나도 나이를 먹었으니 우라카와 군을 본받아 아무도 믿지 않기로 했다네. 이놈이고 저놈이고 속임수로 내 돈을 가로채려 하거나, 죽음을 앞두고 개망신을 주려는 자들뿐이라서 말이야. 어차피 아무도 믿을 수 없으니, 부탁할 거면 누구에게도 신뢰를 얻지 못하는 사람이 좋지 않겠나. 그래야 뜻밖에 배신당할 염려가 없어."

어디까지 진심인지는 모르겠지만, 무슨 내용이 적혀 있을지 모르니 업무상 거래하는 번역자에게는 보여주기 싫은 것 아닐까 싶었다.

"신용할 수 없는 사람이라면 오쓰키는 어떻습니까? 녀석은 안 됩니까?"

내 친구 화가인 오쓰키는 파리에서 2년쯤 유학한 경험이 있었다.

"녀석은 신용할 수 없는 데다 멍청해서 안 돼. 그런데 이보게, 하스노."

"네."

"쓸데없는 말을 입 밖에 냈다간 혼쭐을 낼 터인데, 괜찮겠지?"

"휴우. 네, 마음 내키시는 대로 하시죠."

"그럼 도와주게. 오늘은 한가한가? 아자부까지 올 수 있겠나?"

"상관없습니다. 당장요?"

"응, 지금 당장."

하스노는 외출 준비를 하기 위해 팔걸이를 양손으로 짚고 일어섰다. 하루미 사장님은 남은 홍차를 다 마셨다.

"자동차로 갈 거니까 채비하게. 밖에서 기다리고 있겠네."

하루미 사장님은 지팡이를 짚으며 밖으로 나갔다. 참으로 분주한 사람이다.

하스노는 사전을 가방에 넣었다.

"하루미 씨 부인은 어떤 사람이었나?"

나는 소매 없는 외투를 걸치며 대답했다.

"글쎄, 뭐랄까, 설명하기가 쉽지 않군. 신기한 사람이었어. 아무튼 하루미 사장님의 부인에 딱 어울리는 느낌이 들었지."

"자세히는 모르고?"

"응. 사실 두어 번 정도밖에 안 만나봤거든. 다만 언어를 습득하는 능력은 상당했다나 봐. 불란서어도 할 줄 알았고, 영어 실력도 하루미 사장님보다 훨씬 뛰어났다는군."

"이야."

"아참, 이건 꽤 보기 드문 일인데 부인은 쌍둥이었어. 그리고 하루미 사장님은 두 번 결혼하셨는데 말이야."

"그래서? 뭔데?"

"첫 번째 부인은 작년에 돌아가신 야요이 씨의 쌍둥이 언니였어. 하루미 씨는 언니와 동생 양쪽과 결혼한 거야."

"호오."

하스노는 갈색 망토를 걸쳤다. 이것도 내 할아버지 것이다. 준비가 끝나자 현관에 대기 중인 자동차에 올라탔다.

3

아자부에 있는 저택은 하루미 사장님의 본댁이지만, 사장님은 한 달에 네댓 번밖에 귀가하지 않는다. 특히 야요이 씨가 세상을 떠난 후로는 발길이 더 뜸해졌다고 한다.

하루미 상사는 요코하마에 있다. 하루미 사장님은 그 근처에 별가를 마련해 기거하고, 야요이 씨가 별가에 자주 오갔다고 들었다.

본댁은 실로 훌륭하다. 산울타리를 둘러친 천 평쯤 되는 부지에 관상용 가산이 딸린 정원과 저택이 자리 잡고 있다. 사업으로 크게 성공한 것 치고는 크지 않지만, 날림으로 만든 부분이 전혀 없고 사치스러운 낌새가 전혀 느껴지지 않는 아름답고 단정한 저택이다. 상주하는 가족은 없지만, 하녀가 빈틈없이 청소해서 아주 청결했다.

하루미 사장님이 작고한 부인의 방으로 안내했다. 저택 제일 안쪽의 다다미 열두 장짜리 방으로, 볕이 잘 들지 않는 곳이었다.

"이거 굉장하군. 문학자의 서재인데요."

하스노는 감탄한 듯 목소리를 높였다.

유리문이 달린 커다란 서가 두 개에 일본어책, 한문책, 영어책, 불어책, 독일어책, 그리고 나는 어느 나라 말인지 모르는 책들도 꽂혀 있었다. 딱히 분류하지 않고 틈새를 메우듯이 빽빽하게, 하지만 들쭉날쭉하지 않도록 모서리를 잘 맞춰서 정리해 두었다.

"다 야요이 씨가 모으신 거로군요."

"그렇지. 수십 년 동안. 그리고."

방에 있는 서궤와 경대의 서랍을 열자 서류로 가득했다. 하루미 사장님은 서랍 제일 위쪽에 올려둔 봉투를 꺼냈다.

"이게 1주일쯤 전에 배달된 편지일세."

고급스러워 보이는 고동색 봉투였다. 수취인란에는 Mme.Harumi 라고 적혀 있었다. 하스노는 봉투를 받아서 편지지를 꺼냈다.

봉투에 비하면 보잘것없었다. 셋으로 접은 서양 종이 한 장뿐이고, 내용도 그리 길지 않았다.

"아아, 확실히 감사장이로군요. 간결한데요."

숙부 마르셀 샹플랭이 돌아가셨음을 알려드립니다. 숙부님이 오랜 병고 끝에 그다지 편안하지 못하게 임종하셨다는 소식을 전해드려야 해서 몹시 유감입니다.

정말 실례지만 저는 당신이 누구시고, 숙부님과 어떤 관계였는지 일절 아는 바가 없습니다. 그러나 숙부님께서 병환으로 말씀이 불편하셨는데도 불구하고, 일본에 사는 하루미라는 부인에게 인사와 감사의 말을 전하지 않고 세상을 떠날 수는 없다고 간청하셨으므로 이렇게 편지를 올립니다.

숙부님은 임종을 앞두고 의식이 불확실한 와중에도 잠꼬대하듯 당신을 향해 고마움과 애정을 표현하셨습니다. 저는 극동의 사정에 밝지 못한지라 편지글에 무례한 내용이 없을지 걱정되는군요. 아무튼 편지가 무사히 도착하길 바라겠습니다.

"그게 전부인가?"

"네. 그다음은 서명이군요."

하스노가 편지지를 뒤집었지만 공백이었다.

사전을 찾아가며 읽었다는 하루미 씨는 편지 내용을 대강 올바르게 이해한 모양이다. 하스노가 번역한 내용에 특별히 의외의 대목은 없었던 듯했다.

"이 편지에 짚이는 구석이 없으시다는 말씀이십니까?"

"아까도 말했듯이 샹플랭이라는 이름을 들어봤는지 긴가민가해. 아무래도 서양인의 이름은 기억하기가 힘들다니까. 아무튼 그 편지 말인데, 결국 무슨 이야기인지 잘 모르겠단 말이지."

애초에 편지 발송인조차 자기 숙부와 야요이 씨에게 무슨 사정이 있는지 모른다. 확실한 사실은 마르셀 샹플랭이라는 사람이 무슨 이유로 야요이 씨에게 고마워하고 있다는 것뿐이다.

"그렇지만 딱히 기분 나쁜 편지도 아닌걸요. 뭐가 문제입니까?"

"솔직하고 진지한 편지 같기는 해. 하지만 답장을 보내야 할지 망설여지는군. 저쪽은 야요이가 죽었다는 걸 모르잖는가?

게다가 생각해 보면 묘한 점이 있어. 야요이는 내게 비밀을 가지고 있었던 모양이야. 야요이가 정말로 다 받아들이고서 내게 시집을 왔는지도 모르겠고 말일세."

"흐음, 야요이 씨가 본인의 인생을 받아들이지 못하셨다는 말씀이십니까?"

내가 불쑥 말하자 하루미 사장님은 나를 쏘아보았다.

"글쎄, 어땠을까. ……처음부터 들려줄 필요가 있겠군."

하루미 사장님은 반세기 남짓 거슬러 올라가는 옛날이야기를 꺼내놓았다. 하루미 사장님이 청년이었던 시절부터 야요이 씨와 결혼하기에 이르렀던 사정을 나는 처음으로 들었다.

야요이 씨는 안세이* 원년 출생이다. 성씨는 구라카와고, 아이즈 번의 가로(에도시대 영주의 가신 중 최고위 직책에 해당하며 번의 정무를 총괄했다)와 혈연관계였다고 한다.

4남매로 장남은 건재하다. 현재 구라카와 일가의 저택은 요쓰야에 있다.

장녀 하루미는 열아홉 살 때 사고로 죽었다고 한다.

차녀이자 야요이 씨의 쌍둥이 언니인 쓰키요와 결혼한 건 하루미 사장님이 스물다섯, 쓰키요 씨가 열여덟 살 때였다.

두 사람이 결혼한 경위는 아주 복잡기괴하다. 실은 당사자인 하루미 사장님 본인이 왜 결혼하게 됐는지 확실한 연유를 모른다고 한다.

"돈이 목적이었는지 뭐였는지 잘 모르겠어."

하루미 사장님은 하루미 상사의 2대 사장으로, 이름은 가네아키다. 조상 대대로 피륙 도매상이었다. 하루미 사장님의 아버지 이치

---

* 1855~1860년까지 사용된 일본의 연호

타로는 메이지 개화*와 동시에 생명주실 무역에 나섰고, 사업을 점차 궤도에 올렸다.

하루미 일가와 구라카와 일가는 영길리인 선교사가 주최한 연회에서 친분을 맺었다고 한다.

"긴자 대화재가 일어나기 한 해 전이니까 메이지 4년이로군."

이 무렵, 구라카와 일가는 메이지 유신의 혼란을 극복하지 못해 불안정한 상태였다. 문벌은 좋을지언정 부자는 아니다. 한편 하루미 일가는 장래를 높이 평가받기는 했지만, 아직 특별히 주목해야 할 사업가로 인정받는 정도는 아니었다.

구라카와 일가와 하루미 일가는 아주 진지하게 혼담을 나누었다고 한다.

"상대는 쓰키요 씨였습니까?"

"아니. 그때는 하루미였지."

아직 자산을 그다지 쌓아 올리지 못한 하루미 일가와 혼담이 순조롭게 진행된 데는 역시 복잡한 사정이 있었다.

구라카와 일가의 친척 중에 성씨가 야마나인 명가가 있다.

자산가다. 당시 야마나 일가의 당주는 반사로† 건설에 관여했고, 탄광 경영에 나서서 성공을 거두었다. 개화된 세상에서는 귀천을 가

---

* 1868~1912년까지 이어진 메이지 시대에 서양의 문명이 일본에 들어와 제도와 관습이 크게 변화한 현상을 가리킨다

† 광석을 제련하거나 금속을 녹이는 용도로 사용하는 용광로 중 하나

리지 잃고 생업에 힘써 국가를 도와야 한다는 것이 신조라, 문벌과 재산에 의지해 비생산적인 삶을 살아가는 친척들을 그다지 바람직하게 여기지 않았다고 한다.

구라카와 일가는 야마나 일가의 당주가 바람직하게 여기지 않은 친척에 포함됐다. 당시 구라카와 일가의 당주이자 4남매의 아버지였던 구라카와 나가히사 씨는 성실하지만, 약간 겁이 많고 장사하는 재주가 모자랐다고 한다.

한편 하루미 씨의 아버지는 도매상을 하던 시절부터 장사 재주를 인정받았다. 하지만 자산이 충분하지 않아서 무역 사업을 궤도에 올리느라 크게 애먹었다.

그런 면에서 하루미 일가와 구라카와 일가의 속셈은 일치했다. 혼인이 성립되면 야마나 일가에게 윤택한 원조를 받을 수 있기 때문이다.

하루미 사장님 말에 따르면 혼인 당사자 간에도 아무 문제가 없었으므로 혼담은 순조로웠다고 한다.

"그런데 참으로 어처구니없는 일 때문에 이야기가 틀어졌지."

하루미 사장님은 장지문 옆 작은 의자에 앉아 방구석을 노려보며 중얼거렸다.

하스노가 그쪽을 보았다.

"이름 때문입니까?"

"그렇다네."

하루미와 하루미, 서로 발음이 똑같은 것이 문제였다고 한다.

"하루미는 신경 쓰지 않았네만, 부모라는 사람이 스스로 이름을 지어준 딸에게 왜 너는 하루미냐면서 머리를 끌어안았지. 내 아버지도 우리가 부부의 인연을 맺어 구라카와 하루미가 하루미 하루미로 바뀌면 좀 이상하지 않겠느냐면서 진지하게 고민하셨어."

그것만이 이유는 아니었겠지만, 이야기의 향방이 불투명해져서 어쩐지 혼담이 흐지부지될 듯한 분위기였다고 한다.

그렇듯 일이 지지부진하던 와중에 변고가 발생했다.

하루미 씨가 폭주한 마차에 깔려서 세상을 떠났다.

"너무나 참담했지. 나도 장례식에 갔었는데 온몸의 뼈가 산산이 조각났어."

하루미 씨가 죽은 직후부터 하루미 사장님의 주변 상황은 몹시 분주해졌다.

구라카와 일가가 그럼 쓰키요는 어떠냐면서 하루미 씨의 초상을 다 치르기도 전에 제안한 것이다. 그것도 아주 느긋하니 상황에 따라서는 혼담을 철회할 수도 있다는 태도로 흥정에 나섰던 하루미 씨 때와는 달리, 어떻게든 혼인을 성립시키겠다는 의지가 엿보였다고 한다.

"하루미는 죽었다, 그럼 쓰키요는 어떠냐, 자매라 생김새도 비슷하지 않느냐고 하더군. 아버지가 그럼 그렇게 하자며 이야기를 끝맺었지."

하루미 사장님은 쓰키요 씨와 결혼했다.

야마나 일가의 원조는 막대했다. 당시 여러 국가와 알력을 빚는 바람에 생명주실 거래에는 위험이 동반됐지만, 원조에 힘입어 하루미 사장님의 아버지는 사업 규모를 서서히 키워나갔다.

"쓰키요와는 7년 하고 다섯 달을 함께 살았지."

하루미 씨는 앉은 자세로 지팡이에 힘을 주고, 서가 옆에 선 나와 하스노를 살짝 올려다보았다.

"머리는 별로 좋지 않았어. 하루미와 야요이가 훨씬 영특했지. 하여간 그런 만큼 무탈하게 살았다고 할까. 생명주실도 잘 팔렸고. 그런데."

하루미 사장님은 숨을 크게 내쉬더니 우리 쪽에 날카로운 시선을 던진 후 고개를 숙였다.

"내가 서른두 살 때, 나 때문에 쓰키요가 죽었어. 쓰키요는 스물다섯 살이었지."

메이지 12년의 늦가을이었다고 한다.

하루미 씨는 독감에 걸려 저택 자기 방에 드러누웠다.

"중증이라 꼬박 1주일이나 끙끙 앓았지. 쓰키요는 간병하고 싶어 했어. 내가 그렇게 오래 집에 있는 건 드문 일이었으니까. 그게 실수였어. 쓰키요가 가까이 오지 못하도록 거절했어야 했는데."

하루미 씨가 회복되자 교대하듯 쓰키요 씨가 독감에 걸렸다.

몸을 걱정해 줄 시간도 길지는 않았다. 며칠 후, 독감 증상이 심해진 끝에 쓰키요 씨는 덜컥 세상을 떠났다.

"쓰키요가 몸이 약하다는 건 알고 있었어. 그런데 그런 멍청한 짓으로 죽게 만들고 말았지. 내가 죽인 거나 마찬가지일세."

이 독백에는 나도 하스노도 뭐라 할 말이 없었다.

하루미 씨는 전처의 죽음을 마치 어제 있었던 일처럼 생생히 떠올렸다. 오래간만에 쓰키요 씨를 추모하는 것이 아니라는 증거였다.

"쓰키요의 장례식을 치르고 나서 한동안 멍하게 지냈지. 멍하게 지내는 동안 큰일이 터졌어."

쓰키요 씨가 죽기를 기다렸다는 듯이 기묘한 사건이 발생했다.

어음과 현금 등 하루미 상사의 자산을 한꺼번에 도둑맞았다고 한다.

요코하마의 저택에서 쓰키요 씨가 관리하던 것들이다. 당시는 회사의 경비 상태가 충분하지 못했고, 은행도 미덥지 못하다고 생각했기에 귀중한 자산은 집에 보관했다. 그리고 갑자기 필요할 때에 대비해 관리를 쓰키요 씨에게 맡기고, 가끔은 회사까지 가져오게 했다고 한다.

"쓰키요는 증권이며 돈을 꺼내기 쉽도록 융단천으로 만든 가방에 넣어 금고에 보관했는데, 그걸 도둑맞았어. 내가 제정신이었다면 좀 더 조심했을 텐데. 밤중에 금고를 비집어 열고 가져갔더군."

생명주실 거래는 거래처의 기분에 좌우될 때가 많은데, 갑자기 돈이 없어지는 바람에 하루미 상사는 궁지에 몰렸다. 이 사태가 두 번째 결혼으로 이어졌다.

급한 불을 끄기 위해 야마나 일가의 원조가 또 필요해진 것이다.

하루미 사장님의 아버지는 쓰키요 씨의 여동생 야요이 씨와 결혼해야 한다고 나섰다.

"이때는 나도 반대했지. 그야말로 맹렬히 반대했어. 내가 쌍둥이 언니를 죽인 셈이니 말일세. 그것도 탈상도 하기 전부터 그런 이야기가 나왔어. 하지만 아버지는 필사적이셨지. 말릴 수 없었다네."

하기야 하루미 사장님은 아버지의 의지와는 별개로 이 혼담이 성립될 리 없다고 생각했다고 한다. 구라카와 일가에서 승낙해 줄 리 없었다.

쓰키요 씨가 죽기 2년쯤 전, 구라카와 일가의 한 분가에서 대가 끊겼다. 그 유산을 상속한 덕분에 구라카와 일가는 더 이상 돈에 쪼들리지 않았다.

구라카와 일가는 이제 야마나 일가의 원조가 필요 없다. 게다가 쓰키요 씨가 죽음에 이른 경위를 당연히 구라카와 일가도 안다. 과연 그렇게 도리에 어긋나고 무례한 제안이 통하겠느냐, 그렇게 몰상식한 거래가 성립하겠느냐, 할 수 있으면 해보라고 하루미 사장님은 아버지를 몰아세웠다.

"그런데 아버지가 무슨 수를 썼는지 모르지만, 승낙을 받아냈어."

하루미 사장님으로서는 정말 뜻밖이었다. 어느새 저항하기에는 너무 늦은 단계까지 이야기가 진행됐다. 그리고 야마나 가의 원조가 필요한 건 사실이었다.

"결국 야요이가 시집을 왔지. 그로부터 5년 후에 아버지가 돌아가셨어."

메이지 14년에 생명주실 거래소 설립과 관련해 여러 국가와 마찰이 생긴 후로, 하루미 사장님은 생명주실의 비중을 줄이고 양모와 철강 등 다양한 무역에 손을 댔다.

정계와 연줄이 별로 없는 하루미 상사가 크게 성공한 데는 야요이 씨의 역할도 컸다.

야요이 씨는 타고난 어학 재능을 잘 활용했다. 하루미 사장님의 통역도 종종 맡았고, 교우 범위가 넓어서 하루미 사장님도 지인이 얼마나 되는지 다 알지는 못한다고 한다. 덕분에 하루미 사장님은 사업상 좋은 기회를 놓치지 않았다. 그 후 곳곳에 땅을 사고 호텔을 경영하는 등 사업을 확장한 덕분에, 최근 불황의 징후가 보이는데도 하루미 사장님은 그다지 심각한 상황이 아니라고 한다.

쓰키요 씨도, 야요이 씨도 몸이 약해서 아이를 낳을 수 없다는 건 알고 있었다. 하루미 사장님은 첩실을 두는 사람을 경멸했으므로 여태껏 자식이 없다.

내 생각에 하루미 사장님은 분명 자기 신세를 털어놓는 데 익숙지 않을 것이다. 평소와 달리 말투가 어색했다. 그래서 이야기에서 느낀 위화감에 대해 캐묻기가 꺼려졌다.

하루미 사장님은 다다미에 꿇어앉아 서궤 서랍을 열고 누레진 종이 다발을 꺼냈다.

살펴보자 야요이 씨를 찍은 사진이었다. 제일 위쪽 사진은 이 저택 툇마루에서 반년쯤 전에 찍은 것이라고 한다. 사진은 넘길수록 시간을 거슬러 올라가는 듯했다.

하루미 씨는 사진을 서궤 위에 늘어놓았다. 하스노는 사진을 흥미롭게 들여다보았다.

"야요이 씨는 사진을 좋아하셨습니까?"

"좋아했는지는 모르겠군. 아니, 좋아했을 걸세. 열여덟아홉 살 무렵에는 직접 사진기를 다뤘으니까."

"그것참 드문 일이로군요."

"정말 그렇지. 그런 데 소질이 있었어. 하녀에게 사진기 다루는 법을 가르쳐주고 찍어달라고 했지. 나도 가끔 부탁받아서 찍어줬고. 사치에는 전혀 관심이 없는 성격이었지만, 사진 기재만큼은 늘 사달라고 졸라댔어."

야요이 씨의 취미는 사진 찍기와 독서였다고 한다.

나는 하루미 곁으로 다가가서 사진을 보았다.

내가 아는 야요이 씨는 예순 살이 넘어서 주름이 늘어났고 몸집도 약간 작아진 듯한 모습이었지만, 수십 년 분량의 사진 속에는 젊은 시절의 모습도 많았다. 갸름한 얼굴에 눈이 커다랬다. 예전 사진으로 눈을 옮길수록 젊어진다. 하루미 사장님 이야기를 듣고 박복한 사람이라는 인상을 받았는데, 사진 속 야요이 씨는 전부 웃는 얼굴이었다.

"사장님과 함께 찍은 사진이 꽤 많은걸요."

나는 무심코 말했다. 항구에서 기선을 배경으로 찍은 사진, 어느 외국의 교회 문 앞에서 찍은 사진 등 야요이 씨와 하루미 사장님이 나란히 서서 찍은 사진이 많았다. 하루미 사장님이 한가롭게 기념 촬영에 응해줬다니, 나로서는 의외였다.

하루미 사장님은 흥, 하고 콧방귀를 뀌었다.

"야요이가 찍자고 했어. 툭하면 사진기를 꺼냈지."

"이건 전부 야요이 씨죠? 쓰키요 씨 사진은 없습니까?"

그러고 보면 두 사람은 쌍둥이였다.

"있네. 따로 보관해 놨어. 야요이가 죽기 전에 쓰키요의 물품을 소중히 간직해 달라고 끈덕지게 부탁했거든. 어디 있더라. 서가 아래를 살펴보게."

쓰키요 씨가 죽은 후 하루미 씨는 유품을 어떻게 할까 망설였지만, 본인이 희망하기도 했으므로 결국 전부 야요이 씨가 물려받았다고 한다. 쓰키요 씨의 사진도 야요이 씨가 보관했으며, 사진뿐만 아니라 옷가지 등도 소중히 간직했다고 한다.

하스노는 서가 아래쪽 서랍을 열고 관계없는 서류를 한 뭉치씩 꺼냈다. 드디어 역시 누레진 인화지 다발이 나왔다.

결혼한 후에 찍은 쓰키요 씨의 사진이었다. 이쪽도 시간 순서대로 포개어 놓았다. 야요이 씨 사진보다는 양이 훨씬 적었다.

"아주 닮았는데요."

쌍둥이니까 닮은 게 당연하다. 사진으로는 구별되지 않을 정도였다. 오래된 사진은 선명하지 못해서 더 그랬다.

"자매 두 분 다 사진을 자주 찍으셨군요."

"그렇지. 쓰키요의 사진은 대부분 야요이가 찍어 줬다네. 사진기를 들고 여기로 찾아왔어."

"오, 그랬군요."

하스노는 사진을 한 장씩 꼼꼼히 확인했다.

"……그런데 자매가 함께 찍은 사진은 한 장도 없군요."

"응? 그런가?"

하루미 사장님도 의외였던 모양이다.

"그러고 보니 그런 사진을 본 기억이 없군."

사진의 원판과 필름도 어딘가 보관해 두었지만, 당장 찾아내기는 힘들 거라고 했다.

"몇 장 인화한 후에 그런 물품들은 다 넣어놨을 걸세."

"여러 장 인화하셨다고요?"

"응. 다른 사진은 어디에 뒀는지 모르지만."

하스노는 쓰키요 씨의 사진을 서궤 위에 있는 야요이 씨의 사진과 나란히 늘어놓았다.

"야요이 씨는 통역을 하셨다고요?"

"그랬지."

"그렇다면 마르셀 샹플랭 씨는 통역을 하면서 친분이 생긴 사람 중 하나가 아닐까 싶습니다만."

"아니, 그야 모르지. 야요이에게는 묘한 구석이 있었거든. 이 편지 는 분명 불란서에서 온 것 같네만."

야요이 씨는 거래처와 친분을 쌓아 교우 관계를 크게 넓힘으로써 하루미 사장님의 사업에 도움을 주었지만, 어째선지 불란서인과 만 나기를 싫어했다고 한다.

"백이의(벨기에)에도 서서에도 친구가 있었지만, 불란서인은 별로 탐탁해하지 않았지. 이유는 모르겠어."

묘한 이야기였다.

"그런데 편지는 불란서에서 왔단 말이지? 아예 말도 안 되는 일은 아니네만, 업무상 지인 중에 편지를 보낼 만한 사람이 있을 것 같지는 않군."

"그렇군요."

"그리고 묘한 일이 또 있는데……."

하루미 사장님은 지팡이에 힘을 주고 일어서셨다. 벽장을 열고 붉은색 물품을 꺼냈다.

"얼마 전에 이게 집으로 배달됐지. 내 앞으로 보낸 걸세. 누가 보냈는지는 모르겠고."

융단천으로 만든 가방이었다. 오래됐는지 가죽으로 된 손잡이가 갈라졌고, 찢어진 곳도 있었다. 하지만 가방을 바라보는 하루미 사장님의 눈에는 수상쩍어하면서도 그리워하는 듯한 눈빛이 감돌았다.

"그거, 혹시 쓰키요 씨가 관리했던 가방입니까?"

"맞네."

쓰키요 씨가 죽은 후에 도난당한, 하루미 상사의 자산이 들어 있던 가방이라고 한다. 누가 보냈는지는 모르지만, 그 가방이 몇십 년이나 지난 지금 배달된 것이다.

"당연하네만 돈도 어음도 싹 사라졌어. 대신에 이게 들어 있더군."

또 봉투가 나왔다. 이번에는 아주 평범한 규격 봉투였다. 하루미 사장님이 봉투에서 편지지를 꺼내서 하스노에게 건넸다.

정말 감사했습니다

내용은 그게 전부였다. 흔해 빠진 편지지에 작은 글씨로 적혀 있었고, 따로 인사나 서명은 없었다.

"무슨 소리인지 통 모르겠어. 날 놀리는 건가? 훔친 돈이 도움이 됐다는 뜻일까?"

분명 보통 일은 아니다. 이것이 마르셀 샹플랭이라는 사람과 관련이 있는지는 불확실하다. 다만 야요이 씨가 사망하기를 기다렸다가 보낸 것 같기도 하니까, 어딘가에 접점이 있어도 이상하지 않다.

그러고 나서 하루미 사장님은 서랍 속 서류 몇 가지를 하스노에게 보여주었다. 편지 종류지만, 업무용 인사장이나 인사장 초고 등 특별하지 않은 물품뿐이라고 했다.

"다른 서류는 확인하셨죠?"

그 외의 자잘한 문서다. 양이 많고 여러 언어로 써놓아서 전부 꼼꼼히 확인하기에는 시간이 걸린다.

"간단히 훑어보기는 했지. 무슨 서류 정도인지는 알아. 딱히 이상한 건 찾아내지 못했어."

"야요이 씨가 일기는 쓰셨던가요?"

"썼지만 보이지 않더군. 몸이 안 좋아진 후 자주 이 방을 헤집었으니, 처분했나 봐."

자신이 죽은 후 하루미 사장님이 일기를 읽을까 봐 걱정된 걸까.

일기뿐만 아니라 사적인 편지도 전혀 남아 있지 않다고 했다.

"역시 이유는 모르겠네만. 결국 아는 바가 전혀 없군. 자네가 봐야 할 것도 더는 없을 듯한데……."

어느덧 하스노는 서가를 열고 소설을 몇 권 꺼내 판권장을 확인하고 있었다.

"왜 그러나?"

"이 책들은 야요이 씨의 장서라고 하셨죠? 소설책이 많은데, 하루미 씨는 읽으셨습니까?"

"안 읽어봤네만."

"연애소설이 많은 듯한데, 싫어하십니까?"

하루미 사장님은 흠, 하고 콧김을 내쉰 후 다시 장지문 옆 의자에 앉았다.

"애당초 연애를 소설의 소재로 삼는 게 잘못이야. 연애는 상대를 남과 구별하는 행위지. 자신만이 사랑하고 사랑받는다는 착각을 팽창시키는 과정이 연애일세. 즉, 연애는 남의 이해를 거부하는 법이야."

"그렇군요."

"그런데 소설은 남이 이해할 수 있도록 써야 하잖는가. 따라서 연애소설에는 진정한 연애가 담겨 있지 않아. 누구나 이해할 수 있는 연애 주변의 사실과 현상만 담겼을 뿐이지. 그 차이를 구분하지도 못하면서 인생의 큰 문제를 논하는 것처럼 구니까 시시할 수밖에. 소설 중에서도 최하급이야."

일리 있습니다, 하고 하스노는 적당히 대답한 후 다른 서가로 시선을 옮겼다.

"그럼 탐정소설은 어떻습니까? 연애소설보다는 급이 높습니까?"

그쪽 서가에는 탐정물이 많이 꽂혀 있다고 했다. 나로서는 제목조차 읽지 못할 작품이 많았다.

"탐정소설은 애당초 소설이 아니야. 마술과 흡사하니 현실과 동떨어졌지만 비현실로 일관하지는 않되, 어디까지나 편벽해서 작가의 머릿속이 얼마나 뒤틀렸는지 알아낼 수 있는 것이 전부인 글일세.

정신과 의사에게 제출해야 할 글이 실수로 책방에 진열됐을 뿐이겠지. 그런 것치고는 묘하게 잘 팔리는 모양이네만."

"좋아하지 않으시는군요. 그럼 됐습니다."

하스노는 책을 서가에 꽂은 후 하루미 사장님에게 양해를 구하고 담배통을 꺼냈다. 이걸 피우겠나, 하고 하루미 사장님이 품속의 엽궐련을 권했지만, 하스노가 거절했으므로 불을 붙여 자기 입에 물었다.

"그래서 결론은?"

"음, 뭐, 확실하게는 모르겠습니다."

하스노는 방을 멍하니 둘러보았다.

"하지만 불란서에서 온 편지고 이제 와서 배달된 가방이고, 아마 신경 쓰지 않아도 될 듯하군요. 아무 폐도 끼치지 않을 겁니다."

"확실하게는 모르겠다는 것치고 아주 무책임한 소리를 하는군."

"원래부터 제가 책임질 일은 아닙니다. 저는 번역을 하러 왔을 뿐이니, 오역에 주의하는 것 정도가 제 책임이겠죠.

무슨 생각으로 신경 쓰지 않아도 될 듯하다고 했는지는 설명드릴 수 있습니다만, 근거라고 할 만한 것은 없습니다. 특히 마르셀 샹플랭이라는 사람이 누구인지는 전혀 모르겠고요."

"모르겠다면서 신경 쓰지 않아도 된다고? 무슨 말이 그런가?"

"뭐, 기껏 신용할 수 없는 인간의 필두로 선정됐으니, 조금은 신용할 수 없는 구석을 보여드려야 체면이 서지 않을까 싶었습니다.

그런데 이번 일을 야마나 씨나 구라카와 씨와 상의하셨습니까?"

하루미 사장님은 입술을 삐죽거렸다.

"안 했네."

"제 생각에 두 일가에는 마르셀 샹플랭을 아는 사람이 있지 않을까 싶은데요. 이야기하실 마음이 안 드셨습니까?"

하루미 사장님은 가늘게 뜬 눈으로 하스노를 노려보았고, 겸사겸사 내게도 날카로운 시선을 던졌다.

"나이를 먹어도 보고 싶지 않은 사람은 있는 법일세. 나이를 먹을수록 보기 싫어지지. 피차간에 곧 죽을 테니 가만히 놔두고 싶은 거야."

"무슨 말씀인지는 잘 알겠습니다."

최근에 하루미 사장님은 두 일가와 왕래가 별로 없었는데, 야요이 씨의 장례식을 계기로 이제 더는 만나지 않아도 되겠다는 마음이 들었다고 한다.

"근거가 몹시 모자란 제 의견을 이대로 말씀드리기는 꺼려집니다. 하지만 두 일가의 이야기를 들으면 앞뒤가 맞게 설명할 수 있을 것 같습니다만."

"흠."

하루미 사장님은 이마에 손을 대고 생각에 잠겼다.

"저랑 이구치 군만 가서 이야기를 듣고 와도 상관없습니다. 하지만 그러면 안 만나주려나요?"

"아니, 만날 수 있을 걸세. 야마나 군은 은퇴해서 한가하거든."

하루미 사장님의 말에 하스노는 나를 보았다.

"아아, 응, 갈 건가?"

야마나 일가의 저택도 구라카와 일가의 저택도 여기서 그리 멀지 않다. 그런데도 사이가 소원해졌으니 서로 더 거북하다.

"갈 거면 야마나 군만 보고 오게. 만날 수 있다면."

하루미 사장님은 구라카와 씨를 더 꺼리는 듯했다. 구라카와 일가에는 세상을 떠난 세 자매의 오빠가 건재하다고 한다. 역시 하루미 사장님은 세 자매가 걸어간 인생길에 책임을 느끼는 듯했다.

"정 그러시다면 야마나 씨 댁에 먼저 가보겠습니다. 거기서 일이 마무리되면 그길로 돌아오겠습니다."

하루미 사장님의 표정은 여전히 험악했다. 하스노가 말을 덧붙였다.

"아까도 말씀드렸지만 굳이 확인해야 할 일은 아닐지도 모릅니다."

"그거야말로 자네가 책임을 느낄 일이 아니야. 난 모르고 넘어가기 싫네. 만나기 싫다고 해서 사실을 알고 싶지 않은 건 아니야."

"야요이 씨가 돌아가셨으니 가만히 놔두자는 마음은 없으신 거로군요."

"그것과 이건 사정이 달라. 그들과 만나고 싶지 않은 건 미래의 이야기고, 야요이에게 얽힌 일은 과거의 이야기지. 나이를 먹으면 어차피 마지막에는 전부 과거가 돼. 그걸 소홀히 하면 어쩌잔 말인가. 원래 인생은 후회로 이루어져 있는 법일세."

옳으신 말씀입니다, 하고 말한 후 하스노는 복도로 나가서 날씨를 확인했다.

망토를 걸친 하스노는 가방을 들고 방을 나서려다가 생각난 것처럼 말했다.

"그러고 보니 야요이 씨는 하루미 씨가 쓰키요 씨의 죽음을 본인 책임이라고 여기신다는 걸 알고 계셨습니까?"

"알아듣기 쉽게 말하게. 내가 쓰키요를 죽게 했다는 사실을 야요이가 알고 있었느냐는 건가?"

"하루미 씨 탓에 죽었는지 아닌지 저는 모릅니다."

하루미 사장님은 흥, 하고 콧방귀를 뀐 후에 대답했다.

"알고 있었지. 구라카와 일가 사람 중에 내가 유감을 표명한 걸 모르는 사람은 없어."

"그렇군요. 덧붙여 구라카와 일가의 옛 사정을 여러모로 물어볼 겁니다. 하루미 씨 이야기도 언급될 텐데 괜찮으시겠죠?"

하루미 사장님은 하압, 하고 질타인지 한숨인지 모를 소리를 크게 내뱉었다.

"……마음대로 하게."

우리는 하루미 사장님을 남겨두고 현관을 나섰다.

4

걸어서 20분도 걸리지 않았다.

들었던 대로 야마나 씨는 집에 있었다. 하녀에게 이름을 대자 수상쩍어하는 기색 하나 없이 불러와 주었다.

야마나 씨의 풍채는 하루미 사장님과 비슷하지만 나이는 10여 살쯤 젊다. 머리숱은 많이 줄었다. 그래도 하루미 사장님보다는 건강해 보였다.

이구치라고 이름을 밝히자 바로 아아 들어봤소, 라는 대답이 돌아와서 몹시 당황스러웠다.

"어, 네? 어떻게 아시는지요?"

"야요이 씨가 화가라면서 소개하러 온 적이 있었거든. 하루미 씨대신 선전하러 다닌 거겠지. 초상화라도 그리지 않겠느냐고 했어. 한데 이구치 군, 야요이 씨 장례식에는 참석했나? 자네는 남들보다더 고마워해야 해."

몰랐다. 생전에 야요이 씨를 만났을 때도 그런 이야기는 일절 나오지 않았다.

하루미 상사가 구라카와 일가를 통해 자금 원조를 받은 건 선대 시절이다. 야마나 일가가 운영하던 광업 회사는 하루미 사장님이 매수했으며, 현 당주인 야마나 씨는 더 이상 사업에 관여하지 않는다고 한다.

객실로 안내받았다. 나와 하스노는 야마나 씨와 좌탁을 사이에 두고 앉았다.

"그림 때문에 온 건가? 그건 아닌가. 무슨 일이지?"

하스노가 방문한 목적을 밝혔다. 예전에 알고 지낸 듯한 사람의 조카가 하루미 사장님 댁에 편지를 보내서 답장을 쓰고 싶은데 상대가 누군지 모르겠다. 그래서 하루미 사장님을 대신해 사정을 물어보러 왔다고 했다.

야마나 씨는 아아, 하고 이해했다는 표정을 지었다. 하루미 사장님이 직접 찾아오지 않은 이유는 묻지 않았다. 그럴 만도 하다는 눈치였다.

하스노가 마르셀 샹플랭이라는 이름을 꺼내기도 전에 야마나 씨는 이야기를 시작했다.

"분명 옛일을 듣고 싶은 거겠지? 최근 이야기라면 굳이 내게 묻지 않을 테니까. 언제쯤 일인가?"

"하루미 씨가 쓰키요 씨와 결혼하시기 이전의 일입니다. 하루미 님과 관련된 이야기 같은 거요. 야마나 씨가 사정을 얼마나 아시는지는 모르겠습니다만."

"잘 알지. 건너서 들은 이야기도 많긴 하네만. 내가 열대여섯 살 무렵이었지만 기억은 생생해."

"그거 다행입니다."

"하루미 씨가 원래 구라카와 일가의 하루미 양과 연인 관계였다는 이야기는 들었나?"

야마나 씨는 이쪽 이야기를 끝까지 듣지 않고 앞질러서 말했다.

"못 들었겠지! 분명 하루미 씨가 말하지 않았을 거야."

"연인 관계였다니요?"

하스노가 물었다.

"말 그대로일세. 서로 좋아했어. 선교사가 주최한 연회에서 처음 만났고, 그 후로도 몇 번인가 단둘이 만났다더군. 마침 양가에도 득이 되는 혼인이라 반대할 이유도 없었는데……."

나도 하루미 사장님의 이야기를 듣다가 어쩐지 상상이 가긴 했었다. 이렇다면 하루미 사장님의 이야기에서 어쩐지 앞뒤가 잘 맞지 않는 부분도 설명이 된다. 두 사람의 성씨와 이름이 같아서 문제라면, 왜 애당초 쓰키요 씨와 혼담을 진행하지 않았을까? 하루미 씨가 안 된다면 쓰키요 씨를, 하고 왜 제안이 나오지 않았을까?

"하지만 그 혼담은 아무래도 좋지 못한 방향으로 흘러갔지. 그런데 편지가 왔다고 했지? 누가 보낸 건가?"

스테판 샹플랭이라는 사람이 숙부 마르셀 샹플랭의 부고 소식과 함께 고마움을 전하기 위해 편지를 보냈다고 하스노가 설명했다.

야마나 씨는 기억을 더듬는 듯했다. 잠시 후 눈을 크게 뜨더니 아아, 하고 목소리를 높인 후 다시 의아해하는 표정으로 되돌아갔다.

"음, 들어본 기억이 있어. 그건 명주실 장사를 하는 불란서인의 이름일세. 틀림없을 거야. 그래, 분명 하스노 씨가 쓰키요 씨와 혼인하기 조금 전에 구라카와네와 교유가 있었을 걸세. 우리 아버지와도 만났고.

아니, 그런데 이제 와서 샹플랭 씨에게 편지가 왔다고? 묘하군."

"묘하다니요?"

"묘하지. 샹플랭 씨는 선대 구라카와 씨가 개화 기념으로 양복이라도 지어 입으려 했을 때 안면을 튼 사람이야. 서로 말이 잘 통하지 않은 데다 불상사가 생겨서 그때 관계가 끝났을 텐데. 용케 편지를 보냈군."

그게 무슨 말씀이십니까, 하고 내가 끼어들었다.

"그게, 샹플랭 씨는 일본에서 크게 다쳐서 불란서로 귀국했거든. 왜, 긴자에 큰불이 났을 때 말일세.

분명 메이지 5년이었을걸? 마침 하루미 양과 춘부장, 샹플랭 씨가 함께 있었어. 그러다 하루미 양이 일행과 떨어져서 불 속에 홀로 남겨질 위기에 처했는데, 샹플랭 씨가 구하러 와서 간신히 도망쳤지. 그런데 샹플랭 씨가 무너진 기왓장에 맞아서 하반신불수가 되고 말았다네. 그러고 나서 얼마 지나지 않아 귀국했을 거야.

사정이 그렇다 보니 일본을 다시 찾아왔다는 이야기도 못 들어봤어. 그 후로 만나지도 않았을 텐데, 왜 이제 와서 감사를 표한 걸까."

이제 와서, 라는 점이 확실히 이상했다.

드디어 샹플랭 씨의 정체는 알아냈다. 내 예상보다 훨씬 예전에 구라카와 일가와 친분이 있었다. 게다가 하루미 씨를 불 속에서 구해 냈다고 한다.

"야요이 씨는 샹플랭 씨와 만났습니까?"

하스노가 물었다. 확실히 그 사람이 왜 야요이 씨에게 감사를 표하는 건지 모르겠다.

"글쎄, 모르겠는데. 뭐, 두세 번쯤 만났어도 이상할 건 없겠지."

벌써 반세기나 예전 일이다.

"아참, 구라카와네 사람들은 샹플랭 씨 이야기를 꺼내기 싫어하지 않았으려나. 가슴 아픈 일이었으니까. 우리 아버지가 그 이야기를 꺼내면 선대 구라카와 씨가 켕기는 표정을 짓던 걸 나도 기억해. 그러고 보니 하루미 씨는 샹플랭 씨와 만난 적 있을 텐데. 기억을 못 하나?"

"서양인의 이름은 기억하기가 힘들다고 하시더군요."

"그런가. 아니, 이름은 못 들었을지도 몰라. 하루미 씨와 하루미 양이 몰래 만나다가 들켜서 한바탕 소동이 난 후에 손해를 보는 사람은 아무도 없지 않으냐, 서로 간에 좋은 일 아니냐, 하고 혼담이 진행되던 무렵이었지. 나도 같이 있었다네. 우리 집에서 만났거든. 하루미 양과 하루미 씨가 마침 함께 있었고, 출타한 구라카와 씨를 찾아갔던 샹플랭 씨가 우리 집 위치를 듣고 찾아왔어.

아주 따스하고 즐거운 분위기였지. 계절도 봄이었고 말이야. 샹플랭 씨는 무뚝뚝한 사람이었지만, 결혼할 것 같다는 하루미 양의 이야기를 웃으면서 들었어. 화재가 발생하기 1주일쯤 전이었지. 돌이켜보면 아주 다양한 불행이 잇달아 찾아왔군."

샹플랭 씨는 장애를 얻었다. 그리고 혼담은 좋지 못한 방향으로 흘러갔다.

"혼담이 흐지부지될 뻔한 이유는 정말로 이름뿐이었습니까?"

"아아, 그 이야기도 못 들었군? 혹시 하루미 씨는 모르는 건가? 이름이 문제시된 건 사실이네만, 그 밖에도 이유가 있었어. 야요이 씨는 몸이 약해서 아이를 얻기가 어렵다고 들었는데."

그 이야기는 들었다.

"하루미 양도 마찬가지였어. 구라카와네 딸들은 전부 그랬지. 그래서는 안 되겠다고 선대 구라카와 씨도, 선대 하루미 씨도 크게 고민했다네.

지금 생각해 보면 두 사람을 꼭 혼인시켜야 하지 않았을까 싶어. 어차피 하루미 씨는 아이를 가지지 않았으니까 말일세. 냉큼 혼인시켰다면 어디서 어떻게 살게 됐을지는 모르지만, 적어도 마차에 깔려 죽지는 않았겠지."

야마나 씨는 안경을 벗고 엄지로 미간을 눌렀다.

"야요이 씨는 참 안됐어. 아니, 그야 구라카와네 자매는 다들 가엾지만.

하루미 양은 행복해지려는 찰나에 요절했고, 쓰키요 양도…….

언니가 죽었다고 해서 대신 언니의 연인에게 시집 보내다니, 참 너무하지. 그런 방식이 과연 언제까지 통하겠나. 결국 쓰키요 양은 시집간 탓에 죽은 셈이야. 재수 옴 붙었다고 할 수 밖에.

쓰키요 양이 죽자, 다음 차례는 마지막으로 남은 야요이 씨였지. 우리 아버지는 국가의 장래를 아주 근심했지만, 아무래도 주변 일은 잘 몰랐던 것 같아. 그야 하루미 상사는 국가에 큰 보탬이 됐겠지. 그래서 남의 집 딸 세 명을 대포 포탄 보충하듯 할당해도 된다고 여겼을 거야.

야요이 씨도 결국 부부가 되기로 했지만, 기분이 어땠을까. 난 모르겠군……."

이야기가 길어질 것 같았는지 하스노가 질문을 던졌다.

"물론 선대 구로카와 씨도 야요이 씨가 하루미 씨의 후처로 들어가는 걸 승낙하셨겠죠?"

"그야 그렇지. 왤까? 그때까지 야요이 씨에게는 혼담이 통 들어오지 않았던 모양이야. 아니, 들어왔을지도 모르지만……, 성립되지 않은 건 아이를 가질 수 없기 때문이었겠지. 그래서 어디든 좋으니 치워버려야겠다고 생각한 걸까. 선대 구로카와 씨는 건실하고 무슨 일에든 의리가 두터웠지만, 자기 딸에게는 너무한 게 아닌가 싶군."

야마나 씨는 손바닥에 턱을 괴고 한숨을 내쉬었다.

만나본 적 없고 얼굴조차 모르는 사람이지만, 의리가 두터웠다는 구라카와 씨가 무슨 생각이었는지 통 짐작이 가지 않았다.

"솔직히 난 하루미 씨도 무슨 생각인지 모르겠어. 사람을 이렇게 큰 불행에 끌어들여 놓고 너무 태연한 것 아닌가?"

잠시 답답한 침묵이 흘렀다.

"……자네들은 뭘 들으러 온 건가?"

"지금까지 말씀해 주신 이야기요. 궁금했던 점들을 전부 알려주셨습니다."

내가 시계를 힐끗 보는 걸 야마나 씨가 눈치챘다.

"돌아갈 텐가."

"네, 이만 물러가겠습니다. 느닷없이 찾아와서 정말 실례했습니다."

하스노가 그렇게 말하고 일어서길래 나도 일어섰다.

"아아, 그리고 샹플랭 씨에게 편지가 왔다는 사실을 일단 구라카와 씨께는 비밀로 해주시겠습니까? 하루미 씨가 직접 말씀드려야 할 일일지도 몰라서요."

"알았네. 함구함세."

"그런데 구라카와 씨 댁의 자매분들은 분명 사이가 좋았겠죠?"

"응? 좋았지. 셋 다 아주 절친했어."

야마나 씨는 앉은 채 부디 하루미 씨에게 안부를 잘 전해 달라고 말했다.

5

"구라카와 일가에는 안 갈 거지?"

"안 가. 하루미 씨에게 설명할 수 있을 만큼은 사정을 알았고, 가봤자 분명 벌집을 쑤시는 꼴이겠지."

나는 잘 모르겠지만 하스노는 편지에 담긴 뜻을 확실하게 알아낸 듯했다.

"야요이 씨는 가엾은 사람이었나?"

하스노가 키 작은 나를 내려다보듯 바라보며 물었다.

"그야 본인이 아니고서는 모르겠지."

"그건 그렇지만 자네 생각은 어때?"

나는 마지막으로 야요이 씨와 만난 날을 떠올렸다. 작년 9월, 세상을 떠나기 한 달쯤 전이다. 하루미 사장님이 쓰지 않는 촛대를 줄 테니 받으러 오라고 해서 아자부의 저택을 방문했다.

—아아, 이봐요, 잠깐만.
—네.
—여기로 좀 와봐요.

복도를 걷고 있는데 야요이 씨가 이부자리에서 상반신을 일으키고 날 불렀다.

서가가 있는 방이 아니라 다다미 여덟 장짜리 일본식 방이었다. 현관에 가깝고 볕이 훨씬 잘 드는 방이다.

저녁이 되기 전이라 햇빛은 장지문을 비출 뿐, 방 안쪽까지는 닿지 않았다. 야요이 씨 머리맡에는 책 몇 권과 사진기가 놓여 있었다.

—편지를 쓰고 싶은데, 이왕이면 만년필로 쓰고 싶네요. 안쪽 방에 있어요.
—네, 그렇군요.
—남편은 힘들게 편지를 쓰면 몸에 해로우니까 안 된다고 해요. 그래서 몰래 쓰죠. 늘 병문안을 오거든요.

야요이 씨는 미소를 지었다. 예순 살이 넘었고 병으로 몸이 생각처럼 움직이지 않는다는 걸 행동거지로 알 수 있었지만, 희한하게 목소리는 젊었다.

—그래서 직접 가지러 가려고 했는데, 아무래도 힘드네요. 좀 가져와 줄래요?

나는 안쪽 방 서궤에서 만년필을 꺼내서 야요이 씨에게 전해 주었다.

—고마워요.

—아니요, 별말씀을.

—아참, 우리 남편이 세상을 뜰 때는 신세 진 사람들에게 제대로 보답할 수 있도록 도와줘요.

—네? 그야 뭐.

—그렇게 뭐든지 잘하는 사람인데, 그런 게 중요하다는 걸 모른다니까. 신기하기도 해라.

지금 생각하면 야요이 씨는 내가 하루미 사장님의 후원을 받는 화가임을 알고서 이야기한 것이다. 그 사실을 몰랐기에 나는 어리둥절한 기분으로 대화를 나눴다.

한 달 후 야요이 씨는 갑자기 용태가 악화돼 세상을 떠났다.

야요이 씨의 얼굴에는 몹시 고생한 흔적이 역력했다. 죽기 전에 그 고생을 보상받았는지는 모른다.

"과연 가여웠을까? 안일하게 동정해서는 안 될 것 같은 기분이 드는군.”

“그런가.”

하루미 사장님의 저택까지 2정쯤 남았다. 하스노가 입을 딱 다물었으므로 나는 야요이 씨의 기억을 계속 되새겼다. 그 광경을 돌이켜보자, 진상이 희미하게 보일 듯 말 듯 하는 것 같아서 안타까웠다.

6

하루미 사장님의 저택에 도착했다. 하녀의 말을 듣고 안쪽 방으로 가보자, 하루미 씨는 앉아서 졸고 있었다. 우리의 기척을 느꼈는지 아무 일도 없었다는 것처럼 눈을 떴다.

“야마나 군이 뭐라던가?”

“하루미 사장님께 안부 전해 달라고 하더군요.”

하루미 사장님은 흥, 하고 콧방귀로 답했다.

“마르셀 샹플랭 씨가 누군지 알아냈으므로 말씀드리겠습니다. 필요하다고 생각되시면 답장 쓰는 걸 도와드리겠습니다.”

하스노는 샹플랭 씨가 긴자 대화재 때 하루미 씨를 돕다가 다친 불란서인 명주실 상인이라는 사실을 알렸다.

반세기 전의 연인에 얽힌 이야기를 듣고 하루미 사장님은 놀란 눈치였다.

“그럼 이 편지는 어떻게 된 건가. 도움을 준 샹플랭 씨가 왜 고마워하는 거야?"

"한마디로는 설명할 수 없으니 처음부터 말씀드리겠습니다만, 구라카와 일가의 세 자매와 선대 구라카와 씨, 그리고 현재 구라카와 씨도 관련된 이야기입니다. 하루미 씨도 크게 연관돼 있을 거고요."

하스노는 하루미 사장님과 방구석에 마주 섰다.

"샹플랭 씨는 하루미 님과 하루미 씨의 혼인을 기뻐한 것 같더군요. 야마나 씨의 저택에서 하루미 씨와도 만났다는데 기억나십니까?"

"기억나네. 그렇군. 그 사람이 샹플랭이었나."

하루미 사장님이 기억하는 샹플랭 씨는 양복을 단정히 차려입은 키 큰 청년으로, 말없이 조용하게 웃고 있었다고 한다.

"샹플랭 씨는 하루미 님을 구하다가 불구가 돼서 불란서로 돌아갔습니다. 구라카와 씨는 몹시 가슴 아파했다는군요. 목숨을 건진 하루미 님도 그 후에 사고로 돌아가셨고요."

"그랬지."

"엄청난 불행입니다. 물론 구라카와 씨와 하루미 씨 양쪽에게요. 그리고 구라카와 씨는 건실한 분이었다니까 샹플랭 씨에게 낯을 못 들 심정이었겠죠. 샹플랭 씨가 몸을 바쳐 구해준 딸이 죽어버렸으니까요. 도저히 그대로 넘어갈 수는 없었을 겁니다."

하루미 씨가 눈을 부릅뜨고 백발이 성성한 머리를 휙 쳐들었다. 아무래도 진상을 알아차린 듯했다.

"하루미 님, 그리고 쓰키요 씨와 야요이 씨는 생김새가 흡사하다고 하셨습니다. 그리고 메이지 시대 초기는 사진을 선명하게 찍기가 힘들었죠?"

하스노는 거기서 말을 끊었다. 나도 무슨 뜻인지 이해했다.

구라카와 일가는 샹플랭 씨의 희생을 헛되이 하고 싶지 않았던 것이다.

"그래서 쓰키요 씨와 하루미 씨의 혼담을 서두른 거겠죠. **쓰키요 씨는 돌아가신 하루미 님을 대신해 그 인생을 살아간 겁니다.**

한편 야요이 씨는 어학에 출중하니까 편지 쓰는 역할과 사진 찍는 역할을 맡았겠죠."

야요이 씨는 쓰키요 씨가 살아 있을 적에 자주 사진기를 들고 찾아왔다. 그리고 하루미 사장님과 쓰키요 씨가 생활하는 모습을 찍었다.

쓰키요 씨와 야요이 씨가 함께 찍은 사진은 남아 있지 않다. 죽은 언니를 연기해야 하니까 없는 게 당연하다.

"7년 후, 쓰키요 씨도 돌아가셨습니다. 그러자 이번에는 쌍둥이 동생인 야요이 씨의 차례가 왔죠. **야요이 씨가 쓰키요 씨 대신 하루미 님을 연기하기로 한 겁니다.**

쓰키요 씨가 돌아가신 후 하루미 상사의 자산을 도둑질한 범인은 야요이 씨겠죠. 집에 자주 드나들었으니, 쓰키요 씨에게 금고에 대해서도 이것저것 들었을 거예요.

요컨대 이때 하루미 상사가 자금난에 빠질 필요가 있었던 겁니다. 야요이 씨는 어떻게든 하루미 씨와 결혼해야 했으니까요."

그 결과 하루미 상사는 다시 야마나 일가에 기댈 수밖에 없었고,

하루미 사장님의 아버지가 구라카와 일가에 담판을 지으러 갔다. 그리고 혼담은 대번에 성립됐다.

"그 후 이번에는 야요이 씨가 본인의 사진을 찍어서 계속 편지를 썼겠죠.

불란서인과는 만나기 싫어하셨다면서요? 아마 하루미 상사의 사장 부인인 야요이 씨와 만났다는 이야기가 어쩌다가 샹플랭 씨의 귀에 들어가지는 않을까 불안해서 그랬을 겁니다.

샹플랭 씨는 하루미 님이 사진과 편지를 보내주기를 고대했겠죠. 그걸 낙으로 삼아 남은 인생을 보냈을 거예요."

그리고 마지막으로 이미 고인이 된 하루미 씨에게 감사 인사를 남기고 세상을 떠났다.

"쓰키요 씨의 가방이 배달된 것 말씀인데, 발송인은 분명 현재 당주인 구라카와 씨일 겁니다. 야요이 씨가 맡긴 거겠죠. 야요이 씨가 돌아가시기 전에 쓰키요 씨의 물품을 소중히 간직해 달라고 하셨다면서요? 구라카와 씨도 하루미 씨가 가지고 계셔야 한다고 생각하신 거겠죠."

가방에는 정말 감사했습니다, 라는 편지가 들어 있었다.

"그리고 가방 속 자산이 어디로 갔는지 말씀입니다만."

하스노가 서가로 걸어가자 샹플랭 씨의 편지를 들여다보고 있던 하루미 사장님이 다시 고개를 들었다.

"저도 소설은 전혀 읽지 않아서 자세하게는 모르지만, 서가에 소장된 책은 전부 초판본뿐입니다. 야요이 씨는 타국 사람과 많이 교류했으니, 그런 사람들에게 사들인 거겠죠."

"희귀본이란 말인가."

하루미 사장님은 서가를 열고 책을 몇 권 뽑아 펄럭펄럭 넘겼다.

"그렇지 않을까 싶습니다. 금고에서 꺼낸 자산으로 사셨겠죠. 야요이 씨 입장에서는 돌려주려 해도 돌려줄 수 없는 돈이니까요. 뭐, 좋아하시니까 책을 모았겠지만, 현금을 그대로 놔두기보다는 나았을 겁니다. 화폐 가치는 불안정했고, 그 시절의 지폐는 결국 효력을 상실했으니까요.*

하루미 씨는 이런 류의 소설을 싫어하시니까 눈치채지 못하시겠죠. 즉, 책으로 바꿔두면 몰래, 하지만 가치는 유지한 채 자산을 남겨둘 수 있는 겁니다."

"흠. 그런가."

하루미 사장님은 책을 서가에 도로 꽂았다.

"야요이는 내게 비밀로 하고 싶었던 거로군."

"그런 것 같습니다. 덧붙여 샹플랭 씨보다는 오래 살길 바라셨을 겁니다."

결국 야요이 씨의 병이 한발 빨라서 두 사람은 잇달아 세상을 떠났다.

"어떻게 해서든 야요이가 받아야 했던 편지였어."

하루미 사장님은 불란서에서 온 편지를 바라보며 말했다. 야요이

---

* 1872년에 발행된 메이지 통보는 1899년 실시된 지폐 정리로 효력을 잃는다.

씨가 언니와 함께 평생을 걸고 해온 일은 무사히 끝났다. 하지만 그 소식을 듣기 전에 세상을 떠났다.

하루미 사장님과 야요이 씨의 심정을 헤아리기는 힘들다. 내 상상을 초월한다. 하루미 사장님은 아무 영문도 모른 채 연인의 여동생과 결혼했고, 자기 탓에 연인의 여동생이 죽었다고 생각한다. 야요이 씨는 죽은 두 언니 대신 하루미 씨에게 들키지 않도록 언니의 행복한 삶을 수십 년에 걸쳐 불란서에 계속 전달했다.

정말로 행복하지 않고서야 그럴 수 있을까 싶기도 하다.

"야요이가 자네에게 따로 한 말은 없나?"

하루미 사장님이 내게 물었다.

"쓰키요에 관해서 말이야. 뭔가 말하지 않았어?"

아무 말도 못 들었다고 대답했다.

그렇군, 이라는 말을 끝으로 하루미 사장님은 입을 다물었다.

쓰키요 씨가 독감에 걸린 걸 야요이 씨는 원망했을까. 가슴속에 응어리진 감정은 있었을지도 모른다. 그렇더라도 하루미 사장님에게는 완벽히 숨기고 지냈으리라.

대충 둘러본바 야요이 씨 방에 마음의 흔적은 전혀 남아 있지 않았다. 야요이 씨는 모든 것을 깔끔하게 정리하고 세상을 떠났다.

잠시 후 하루미 사장님이 나지막하게 말했다.

"뭐, 자네들에게 물어본들 별수 없겠지. 자네들이 나와 야요이에 대해 뭘 알겠나."

"그렇죠."

하스노는 서가를 바라보았다.

"그러고 보니 돌아가시기 한 달쯤 전에 야요이 씨가 편지를 쓰셨다고 이구치 군이 그러더군요. 야요이 씨 부탁으로 하녀가 편지를 부치러 가지는 않았습니까?"

"뭐? 그런 소리는 못 들었는데. 한 달 전? 그때쯤이면 야요이는 몸을 제대로 가누지 못했을 거야."

"그럼 못 부쳤나. 쓰다가 만 편지지도 못 보셨습니까?"

"못 봤네."

"그렇군요. 그렇다면 하루미 씨, 야요이 씨가 돌아가시기 전에 무슨 책을 읽고 계셨는지 기억하십니까? 이구치 군은?"

머리맡에 책이 있긴 했지만, 제목과 작가 이름에는 제대로 시선을 주지 않았다.

"칙칙한 갈색 책 아니었나 싶은데? 책등에 금색으로 외국어가 적혀 있었을 거야."

"내 생각에도 그런 것 같군."

하루미 씨도 동의했다. 하스노는 서가를 훑어보았다.

오른쪽 가장자리에서 책을 꺼냈다. 세 권으로 구성된 샬롯 브론테의 『Jane Eyre』였다. 하스노는 한 권씩 펄럭펄럭 넘기며 살펴보다가 3권에서 하얀 뭔가를 꺼냈다.

셋으로 접은 편지지였다.

하스노는 편지지를 힐끗 확인한 후 다시 접어서 하루미 사장님에게 내밀었다.

"야요이 씨가 샹플랭 씨에게 쓴 편지 같습니다. 생애 마지막 글이 로군요."

하루미 사장님은 편지지를 받지 않았다.

"자네가 읽어주게."

"괜찮으시겠습니까?"

하스노는 내게 눈짓을 보내고 편지지를 펼쳤다.

어떻게 지내고 계신지요? 불행히도 병이 깊어 어쩌면 다음 편지는 보내지 못할지도 모르겠습니다. 병석에 누운 후로 신기하게도 장지 문에 햇빛이 비치는 시간이 기다려집니다. 그리고 어쩐지 귀가 좋아 진 듯해요. 빗소리나 새소리 등등 모든 소리가 전부 처음 듣는 것처럼 들린답니다. 병에 걸리면 다들 이렇게 되는 걸까요?

남편은 자주 병문안을 옵니다. 그런데 와놓고는 아무 말도 없이 가 만히 앉아만 있어요. 저도 말이 많은 편은 아니라서 이 집은 내내 조 용하답니다. 남편보다 오래 살아야 한다고 마음먹었는데, 뜻을 이루 지 못해 아쉽네요. 하지만 그래서 잘됐다 싶을 때도 있습니다. 분명 한쪽을 잃고도 견딜 수 있는 건 제가 아니라 남편일 테니까요.

물론 때때로 돌풍이 불어닥치는 것처럼 서글픔이 밀려오는 밤도 있지만, 죽음이 가까이 왔는데도 어쩐지 하루미는 즐겁게 지내고 있 답니다. —

미쓰카와마루호의
요사스러운 만찬

1

　데루에는 주방으로 돌아가려다 인적 없는 선내를 한동안 헤맸다. 좁은 통로를 오가다가 겨우 주방에 도착하자 내부에 자욱한 김이 복도로 새어 나오고 있었다.

　실수가 나오지 않도록 주방에는 석유등을 네 개나 밝게 켜두었다.

　요리사는 조리도구를 꼼꼼히 열탕 소독하고 있었다. 데루에는 잠깐 망설이다 문간에서 저기, 하고 말을 걸었다.

　요리사는 알아차리지 못했다. 기가 죽어서 말문이 막혔지만, 마음을 다잡고 목소리를 높였다.

　"저기, 실례합니다."

　"뭐야?"

　요리사가 돌아보았다. 체격이 좋은 데다 볕에 타서, 요리복을 입고 있지 않으면 어부로 보일 듯했다. 불쾌해하는 목소리가 아니라서 데루에는 조금 안심했다.

"홍차를 가져오라는 분부를 받았는데, 어쩌면 좋을까요? 여기에 있나요?"

요리사는 옆쪽에 있는 식료품 창고의 선반장과 조리대의 주전자를 가리켰다.

"알아서 사용해."

그렇게만 말하고 자신의 할 일로 돌아갔다.

요리사가 자주 오가야 하므로 식료품 창고로 통하는 문은 활짝 열려 있었다. 데루에는 머뭇머뭇 창고로 들어가서 선반장을 열었다. 제일 위쪽 단에는 아직 사용하지 않은 깡통과 뚜껑이 잔뜩 들어 있었다.

두 번째 단을 열자 쉰 냄새와 찻잎 향기가 섞여서 풍겼다. 크고 작은 다양한 상자 중 몇 개는 굴러떨어질 것만 같았다. 원래는 칸막이를 여러 개 넣어서 흔들림이 많은 항해에 대비했지만, 칸막이가 부서져서 보통 선반장과 다를 바 없어졌다. 데루에는 홍차로 보이는 상자를 세 개 꺼내고 선반장을 닫았다.

전부 홍차 같았지만 상표가 꼬부랑글씨라서 데루에는 못 읽는다. 요리사에게 물어보고 싶었지만 바쁜 듯했다. 제일 향이 강한 것을 오른손에 들고 주방으로 돌아갔다.

평소는 수십 명도 넘는 사람의 식사를 만들기에 주방은 꽤 넓다. 물은 갑판의 통에 들어 있는 것이 전부니까 너무 낭비하면 안 된다고 들었다.

개수대에는 여러 토막으로 자른 큼지막한 고깃덩이가 놓여 있었다.

피를 제대로 빼지 않았는지, 금속 쟁반에 피가 가득 고였다. 척 보기에는 소고기나 돼지고기와 크게 다르지 않았지만, 그래도 기분 나빴다.

요리사가 냄비에 물을 끓이느라 하나뿐인 풍로를 사용 중이므로, 데루에는 조리대에 있는 알코올 등에 주전자를 올렸다.

알코올 등은 화력이 약해서 물이 끓기까지 시간이 걸린다.

그사이에 데루에는 다시 식료품 창고에 쪼그려 앉아 바닥에 있는 것을 바라보았다.

땅거북에 속하는 인도별거북이라고 한다. 1척이 넘는 크기로, 자투리 목재로 만든 사방 네 척 크기의 나무틀에 넣어두었다.

이 거북은 서른 살 정도라고 들었다. 데루에와 동갑이다. 이름은 노부코고 졸린 듯한 표정이다. 일본에서는 볼 수 없는 진귀한 동물이라 항해사가 데려왔다.

끓인 물을 부을 때 요리사가 자신의 다도 예절에 불만을 드러내지는 않을까 싶어 이유도 없이 긴장했다. 요리사는 데루에에게 몇 번시선을 던졌지만 주의는 주지 않았다. 그래도 되도록 서둘러 홍차와 찻잔을 쟁반에 담았다. 방해가 되지 않도록 식료품 창고 문을 통해 통로로 나가서 국회의원이 홍차를 가져오라고 지시한 1등 항해사실로 향했다.

계단이 좁아서 지상보다 발밑이 불안했다. 기모노 자락이 엉겨서 걷기 힘들었다.

승선하고 아직 한 시간도 지나지 않았지만 데루에의 불안과 우울함은 시간이 갈수록 커졌다.

2

미쓰카와마루호는 총 톤수가 1만 톤 남짓 되는 대형 화물선이다. 나흘 전인 3월 30일, 도쿄만 앞바다를 항해하다 기관에 문제가 생겨서 항해 불능 상태에 빠졌다.

인도 맹매(뭄바이)에서 목재와 쇳밥을 싣고 부정기 항로를 돌아오는 도중이었다. 요도 해운이라는 선박 회사가 소유한 배로, 한 달쯤 전에 출항했다가 요코하마로 회항하던 길이었다.

한때는 강한 봄바람에 휘말려 위험했지만, 현재는 뭍에서 3킬로미터쯤 떨어진 앞바다에 닻을 내리고 안정적으로 정박한 상태다.

육지가 가까워서 구조되지 못할 걱정은 없었지만, 바다에서 배를 수리할 수는 없으니 항구로 옮겨야 한다. 그러나 예인선을 구하는데 차질이 생겨서 미쓰카와마루호는 벌써 나흘이나 꼼짝없이 바다에 머무르고 있었다.

배에서 일하는 선원 수십 명은 선장 한 명만 빼고 모두 보트를 타고 뭍으로 올라갔다. 이는 선원이 희망한 바이기도 했지만, 요도 해운 사장의 지시이기도 했다.

이 조치는 요도 해운 사장인 히로카와 고타로의 취미와 관련이 있다.

엽기적인 취미다. 5년 전 그는 각별한 사이인 자작과 결탁해 비밀 모임을 만들었다.

흑조회라고 이름 붙인 그 모임에서는 원래 임신부의 알몸 춤을 보는 정도였지만, 이윽고 못사는 집의 소녀들을 모아 난잡하고 음란한 짓을 저지르기에 이르렀다.

애당초 사장 히로카와 씨는 돈 많은 뱃놈에 지나지 않는다는 것이 세상의 평판이었다. 사실 얼마 전까지 그는 해운업으로 약간의 돈을 만진 수준에 불과했다. 그런데 전쟁통에 본인도 뭐가 뭔지 잘 모르는 채 재산이 수십 배로 불어났다. 따라서 히로카와 씨의 풍모와 행동거지에 졸부 이상의 평판을 불러일으킬 만한 거물의 특징은 전혀 없었다.

이 사실을 남들보다 히로카와 씨 본인이 더 신경 썼다.

그 자격지심이 비굴한 방향으로 작용해서 시작한 것이 이 모임이었다. 그저 돈만 많다는 열등감을 악취미로 불식시키려 한 것이다. 서양의 악마 숭배 등에서 착상을 얻은 경향이 있다.

그러나 아무래도 위험한 짓이었다. 언젠가 끌려온 소녀가 고발을 시도해 돈으로 겨우 입막음한 이후로 히로카와 씨는 모임의 방침을 바꾸었다.

최근에는 오로지 먹을 것에 공을 들인다. 동서양의 저명한 요리인이 일본을 방문하면 초청해서 만찬을 열거나, 별미를 구해서 맛을 감상하는 모임으로 변했다.

히로카와 씨는 언제나 모임에 되도록 괴벽스러운 취향을 가미하려 애썼다.

그러한 비밀 모임에 관련된 탓에 미쓰카와마루호의 사고는 사업 상의 문제로만 넘길 수 없었다.

히로카와 씨는 인도에서 돌아오는 미쓰카와마루호에 식재료를 실으라고 지시했다.

그 식재료라는 것이 터무니없었다. 바로 호랑이였다.

선수 쪽과 선미 쪽 창고에 한 마리씩 우리에 넣어서 호랑이 두 마리를 산 채로 운반했다.

고장 난 배를 항구로 옮기는 데는 시간이 걸린다. 그리고 동물을 관리하기는 어렵다.

그래서 히로카와 씨는 바다에 있는 미쓰카와마루호에서 흑조회 회합을 가지기로 했다. 손님과 요리사를 요트로 나르고, 배에서 요리해서 만찬을 여는 것이다.

그야말로 묘안이었다. 마침 가미할 취향이 바닥난 무렵이었고, 아무도 없는 화물선은 모임에 필요한 요사스러움으로 가득하다. 평소 남의 눈을 피하기 위해 사용하는 빈집이나 지하실보다 훨씬 넓기도 했다.

요리사는 오늘 아침, 고용된 어부의 배를 타고 미쓰카와마루호에 왔다. 그때 만찬 준비에 필요한 물품을 함께 실었다. 식재료, 그리고 전기와 증기로 작동하는 배의 조리기는 현재 사용할 수 없으므로 석유풍로도 하나 들고 왔다.

요리사는 데루에 일행이 오기 전에 호랑이 두 마리 중 한 마리를 해체했다. 이제 호랑이를 재료로 요리에 착수할 참이다.

히로카와 씨를 포함한 손님 아홉 명과 데루에는 요트를 타고 오늘 오후 5시경, 바다 위에 있는 미쓰카와마루호에 도착했다.

데루에는 2년 전부터 요도 해운에서 청소부로 일하고 있었다.

그전에는 한 화족 일가의 하녀였지만, 창문을 연달아 두 장 깨뜨리는 바람에 해고당했다. 더는 하녀로 남의집살이를 하기 싫어서 신문 광고에서 본 요도 해운에 취직했다.

체력이 필요하지만 대충 일해도 불평하지 않았으므로 청소부는 직성에 맞았다. 그런데 망측한 일 때문에 히로카와 씨의 눈에 들고 말았다.

히로카와 씨가 사장실 책상에 춘화와 사진을 늘어놓고 묘한 행위를 하는 모습을 목격한 것이다. 원래부터 떠벌릴 생각은 없었지만, 절대로 누설하지 말라고 입막음한 후로 어째선지 히로카와 씨는 개인적인 일에 데루에를 데리고 다녔다.

민망함을 감추기 위해 그러는 것이라고 데루에는 생각했다. 자신의 기행과 간사한 면모를 보여줌으로써 오히려 위엄을 드러내려는 심리 아닐까.

아무튼 흑조회에서 식사 시중을 들게 됐다. 급료는 높았다. 유쾌하지는 않았지만 지금까지 직접적으로 피해를 당한 적은 없었다. 하지만 이번 미쓰카와마루호의 회합을 앞두고 데루에의 참을성은 마침내 한계에 다다르기 직전까지 왔다.

미쓰카와마루호는 삼루형선으로, 상갑판에 구조물이 세 개 있다. 선수 쪽에 선수루, 중간쯤에 선교루, 선미에 선미루다. 그사이에 화물창이 입을 벌리고 있다. 선원의 생활에 관련된 선실은 대부분 선교루에 있으며, 데루에도 여기에 머물렀다.

주방이 있는 상갑판은 이를테면 1층에 해당한다. 여기서 계단을 내려가면 제2갑판과 제3갑판을 거쳐 선창에 다다른다. 지하 3층 건물 같은 구조다.

데루에는 선교루의 계단을 두 개 올라가서 단정갑판*으로 향했다. 왼손에 든 석유등을 바닥에 내려놓고 1등 항해사실의 문을 두드렸다.

들어오게, 라는 대답이 들렸지만 문손잡이의 용수철이 뻑뻑해서 한 손으로는 열 수 없었다. 꾸물대는 사이에 안에서 문이 열렸다.

문을 연 사람은 히라이였다. 동그란 안경을 꼈고 덩치가 작은 마흔 살 안팎의 남자다. 개업의라고 했을 것이다. 히라이는 못마땅한 듯한 시선을 던지다가 데루에를 안으로 들이기 위해 물러났다.

"정말 죄송해요. 문손잡이가 잘 안 돌아가서요. 홍차를 가져왔습니다."

사과한 후 안쪽의 작은 탁자에 쟁반을 내려놓았다.

탁자 맞은편에 앉은 짧은 머리의 덩치 큰 남자는 데루에도 잘 안다. 국회의원 구로야마 미키오다. 신문에서 종종 사진을 보았다.

---

* 선박에서 구명보트 등 작은 배를 보관하는 갑판

반년쯤 전, 모임에 그가 처음으로 참석했을 때는 데루에도 깜짝 놀랐다. 이런 모임에 얼굴을 내밀 사람일 줄은 상상도 못 했다. 모임을 재미있어하는 눈치는 아니었으므로, 히로카와 씨와 금전 관계로 얽혀서 어쩔 수 없이 참석한 게 아닐까 싶었다.

두 사람 사이에는 체스판이 놓여 있었다. 히라이는 다시 의자에 앉아 체스판에 시선을 주었다. 데루에가 방에서 나가려 하자 구로야마 의원이 물었다.

"아직 멀었나? 언제쯤 준비가 끝나는 거지?"

데루에는 모른다. 듣지도 못했다. 아까 봤을 때는 아직 요리를 시작하지도 않았다.

"분명 몇 시간 더 기다리셔야 하지 않을까 싶네요. 물어볼까요?"

"아니, 됐네. 흠, 그런가."

볼일이 끝나자 데루에는 재빨리 방을 나섰다.

손님들은 배 여기저기서 쉬면서 호랑이 고기로 차린 만찬이 준비되기를 기다리고 있었다.

데루에는 그들이 불편하지 않도록 이런저런 잡일을 잘 처리하라고 지시받았다. 데루에는 할 일을 찾아 선내를 돌아다녔다.

계단을 내려와서 상갑판으로 돌아왔다. 통로를 안쪽으로 나아가 휴게실로 들어갔다.

상급 선원의 식당을 겸하는 휴게실은 넓어서 10평쯤 된다. 어질러졌고 탁자는 얼룩덜룩 더러웠다. 벽에는 크기가 들쭉날쭉한 선반장을 적당히 줄지어 놓았다. 안에 처박아놓은 지저분한 식기가 선반장 유리문에 비쳤다.

석유등이 두 개 놓인 탁자에 두 사람이 석유등 불빛을 받으며 마주 앉아 있었다.

한 명은 모자를 썼고 소매에 휘장이 달린 감색 옷을 입었다. 미쓰카와마루호의 선장 니시다다. 다른 한 명은 데루에의 고용주 히로카와 씨였다.

니시다 선장은 히로카와 씨에게 고용된 입장이지만 사적으로도 교유하는 관계라, 데루에도 흑조회 회합 때 선장을 몇 번 보았다. 그리고 평소 히로카와 씨가 놈에게 돈을 빌려줬다며 으스대는 소리도 자주 들었다.

두 사람은 배의 식료품에 대해 상담하고 있었다.

"이제 먹을 게 거의 안 남았습니다. 오늘 가져오신 건 만찬에 쓸 재료뿐이죠?"

"미안하군. 착오가 좀 생겨서 자네가 먹을 식료품을 두고 왔어. 그나저나 자네도 여기에만 있으면 답답할 텐데? 오늘 모임이 끝나면 뭍으로 올라갈 텐가?"

"마음은 굴뚝 같습니다만, 현등*도 관리해야 하니 배를 비울 수는 없습니다. 식료품은 다시 준비해 주시겠습니까?"

---

*   야간에 항해하는 배가 다른 배에게 진로를 알리기 위하여 양쪽 뱃전에 다는 등

"그래? 그럼 그렇게 하지."

흑조회 회합을 준비할 때 선장은 식료품을 조달해 달라고 부탁했다.

항해 중에 관리를 잘못하는 바람에 미쓰카와마루호의 식료품은 대부분 상했다. 이 또한 선원이 모두 하선한 원인 중 하나다. 선장은 보수 및 관리를 하기 위해 혼자 배에 남았지만 마침내 식료품이 거의 다 떨어졌다.

저녁에 데루에 일행은 구로야마 의원이 조종하는 요트로 미쓰카와마루호에 승선했다. 그때 가져왔으면 됐을 텐데 이야기에 착오가 생겼다고 히로카와 씨는 설명한 것이다.

강제로 흑조회 회합에 끌려 나와 일하게 된 후로 데루에는 히로카와 씨를 관찰할 기회가 많아졌다. 그 결과, 그가 실업가도 자산가도 아니라 졸부라고 불릴 만한 특징을 모두 갖추고 있다는 것을 깨달았다.

원래 자기 재주로 돈을 벌지 않았으니 돈 버는 법을 모르는 건 그렇다 치고, 돈 쓰는 법도 잘 모르는 것처럼 보였다. 그저 자금 운용에 서툴다거나 돈의 가치를 모른다는 것이 아니라, 돈은 물론 세상만사의 가치를 일절 모르는 것이 아닐까 싶은 구석이 있었다.

자택 옆에 완전히 똑같은 집을 지어놓고 으스대거나, 신발을 가져온 하녀에게 100엔짜리 지폐를 주며 선심을 쓰기도 하지만 아무래도 어색하기 짝이 없다.

자기 딴에는 방탕하게 실컷 놀아보려 하지만, 그것조차 능수능란하지 못하다.

겉모습이 아무래도 그런 짓에 어울리지 않는다. 모양새가 나지 않고 추하고 괴이하게 생겼다. 그것도 괴물같이 추하고 괴이한 것이 아니라, 그저 찌부러진 종이 상자처럼 추하고 괴이하다.

방탕한 인간이 풍겨내는 퇴폐적인 매력이 모자라고 경외심을 품을 만한 구석이 없다고 할 수 있었다.

불쾌하기는 하되 딱히 무섭지는 않다. 생각해 보면 내심 그런 점에 어렴풋이 경멸감을 느낄 수 있는 것이 마음 편해서 데루에는 이 모임의 식사 시중 역할을 감수했던 것 같기도 했다.

데루에는 휴게실을 정리하라고 지시받았다. 여기서 만찬을 열 모양이었다. 데루에는 바닥에 널브러진 술병과 접시를 한 곳에 모았다.

동력 기관이 멈춘 탓에 전기를 못 쓴다. 조명이 석유등과 회중전등뿐이라 발치가 어둡다. 조금만 방심하면 빈 병 등을 걷어차기 일쑤였다.

"아참, 그렇지. 미나미 군이 담배 생각이 난다고 했어."

정리가 끝나자 히로카와 씨가 데루에에게 툭 내뱉듯이 말했다.

"네. 미나미 씨는 어디 계신가요?"

"몰라. 찾아봐."

데루에는 골든 배트 담뱃갑을 들고 휴게실을 나섰다.

미나미라는 손님은 잡지 편집자라고 들었다. 흑조회에서는 신참에 속한다.

데루에는 선미 쪽으로 상갑판을 나아갔다. 통로를 걷는데 흡연실에서 말소리가 들렸다. 문은 열려 있었다.

들여다보자 청년이 세 명 있었다. 탁자 안쪽에 두 명, 앞쪽에 한 명이 앉아 있었다. 미나미는 없었다.

"저기, 미나미 씨 못 보셨어요?"

앞쪽 청년은 말을 걸기도 전부터 데루에게 시선을 주었다. 목소리를 듣고 안쪽의 두 명도 이쪽으로 고개를 돌렸다.

"10분쯤 전에 식당에 드나들던데요. 그 후로는 못 봤습니다."

청년은 그렇게 대답했다.

흡연실 맞은편은 하급 선원용 식당이다. 휴게실이 어질러져 있었으므로, 저녁에 배에 도착했을 때 손님은 일단 거기에 짐을 두었다.

떠나려는데 안쪽에 앉은 청년이 탁자를 닦아 달라고 부탁했다. 데루에는 시키는 대로 했다.

안쪽 청년 중 한 명은 키가 약간 작고 수염이 다보록했다. 분명 회합에서는 처음 보는 얼굴이다. 기모노 차림이라 데루에처럼 경사가 급한 계단을 걷기 힘들 것 같았다.

다른 한 명은 예전에 회합 때 본 기억이 났다. 이름은 오쓰키였을 것이다. 화려한 양복 차림에 술을 입에 달고 있었다. 데루에는 어쩐지 이 남자가 추파를 던지는 것 같은 기분이 들었다. 두 사람은 아무래도 화가인 듯했다.

오쓰키는 데루에가 청소하는데도 아랑곳없이 수염이 다보록한 남자에게 이야기했다.

"이구치, 오늘 참석한 손님에게 얼굴도장을 찍지 않아도 되나? 일감을 받을 수 있을지도 모르잖아."

"아니, 딱히 상관없어. 상대방은 날 높이 평가하지도 않을 텐데 낯짝 두껍게 굴기 싫네. 무엇보다 흑조회 사람에게 얼굴도장을 찍어서 좋은 일이 있을까?"

"어려운 질문이로군. 구로야마 의원은 예술에 관해서는 짚신벌레나 다름없을 거야. 구라니시 자작은 그림을 좋아하지만 돈이 전혀 없지. 히로카와 사장은 모르는 걸 아는 척하니까 주의해. 다른 사람들은 어떤지 모르겠어."

"그런 사람들에게 얼굴도장을 찍어서 어쩌란 말인가?"

"하지만 저쪽은 발이 넓으니까 아양을 떨어두면 너한테도 콩고물이 떨어질지 모르잖아?"

수염이 다보록한 청년의 이름은 이구치인 듯했다.

이구치는 어처구니없다는 얼굴로 오쓰키에게 물었다.

"이보게, 그런데 어떻게 해서 히로카와 씨의 마음에 든 건가? 자네야말로 전혀 얼굴을 알릴 마음이 있는 것처럼은 보이지 않았는데."

"아아, 히로카와 씨는 아무래도 하루미 사장님에게 연줄을 만들고 싶은가 봐. 하지만 하루미 사장님 성격상 의외로 만나기가 어려우니까 날 회유해서 다리를 놓으려는 심산이었어.

하지만 그 역할은 못 해주겠더군. 히로카와 씨, 의외로 그릇이 작더라니까?

처음 만났을 때, '이보게, 오쓰키 군, 아무한테도 말하면 안 돼. 실은 아미리가의 제철 회사 사장 집에 초대받았을 때 실수로 여자 탈의실에 들어갔는데, 그 집 딸이 날 어린아이 취급하며 여자용 속바지를 입히고 웃으면서 쫓아냈어' 그런 이야기를 하는 거야. 그 정도 비밀을 고백하고 남과 흉금을 터놓으려고 하다니, 쩨쩨한데도 정도가 있어."

"뭐? 그 이야기가 그렇게 값싸단 말인가?"

"아무렴! 내게 그런 경험담은 얼마든지 있는걸. 상대가 안 되지. 내가 불란서에서 연회 도중에 춤추다가 변의를 참지 못하고 실례한 이야기로 반격할까 싶었다니까."

오쓰키라는 남자는 데루에가 히로카와 씨의 고용인이라는 사실을 알면서도 그 앞에서 당당히 고용주의 험담을 늘어놓았다.

데루에는 마음이 복잡했다. 보통 고용주를 험담하면 기분 나쁘다. 하지만 오쓰키의 말은 데루에가 생각했던 바이기도 했으므로 크게 반감은 들지 않았다.

"이 모임도 옛날에는 이렇게 초라하지 않았다나 봐. 젊은 여자들을 잔뜩 모아서 악마의 연회를 열려고 했는데, 히로카와 씨가 주변에 사람이 많으면 긴장해서 맥을 못 춘다는군. 구라니시 자작이 그랬어."

"흐음."

이구치는 어쩌면 데루에가 히로카와 씨의 고용인이라는 사실을 잊어버렸는지도 모른다.

그는 뭔가 생각하다가 입을 열었다.

"예를 들자면 2년쯤 전에 안면을 튼 변호사가 내 그림을 보자마자 현관에 장식해 두면 좋겠다고 그랬지. 히로카와 씨도 그런 소리를 할 만한 사람이라는 뜻인가?"

"그러고도 남겠지."

"그럼 역시 그림은 팔지 않겠네."

"그게 그렇게 싫나?"

"싫어. 예술은 완전히 무의미하면서도 가치가 있어야 하는 법일세.

난 실용성이 전혀 없는 한편으로 가치 있는 작품을 만들려고 하는 거야. 그런데 그 변호사는 내 그림을 보자마자 그 그림을 현관에 걸기 알맞겠느냐, 손님이 봤을 때 집주인의 취향을 어떻게 생각하겠느냐는 점만을 신경 썼지. 그림을 보자마자 대뜸 실용성을 문제 삼은 거라고.

이건 장인이 정성을 다해 만든 벼루를 보고 문진으로 쓰기에 좋아 보인다고 말하는 거나 마찬가지겠지. 실례야."

"이구치, 변호사에게 그렇게 말했어? 골치 아픈 녀석일세."

"자네가 할 말인가? 하긴 자네야 현관에 장식하기에는 좋지 않은 그림만 그리니까 상관없겠지만.

그런 말은 하지 않았어. 절대로 말하지 않지만 생각은 하지. 어쨌든 예술은 본질적으로 무의미해야 하는 법이야. 무의미한 것에 의미가 있어. 건축처럼 실용성과 예술성이 서로 대항하는 것도 있지만."

"그럼 요리는 어때?"

"뭐?"

"요리는 예술인가? 그나저나 왜 호랑이 같은 걸 먹으려고 할까. 그렇게 맛있지는 않나 보던데? 정력이 세진다는 속설 때문에? 더구나 호랑이 고기를 먹으면서 재미있는 요리를 하는 것도 아닌 모양이야. 기껏해야 찌거나 굽겠지. 기대했었는데! 딱히 예술적인 요리는 아닌 것 같아."

히로카와 씨의 화제에 정신이 팔려서 일부러 느릿느릿 탁자를 닦으며 귀를 기울였는데, 이야기가 다른 방향으로 흘러갔다. 데루에는 흡연실을 떠나기로 했다.

"미나미 씨를 보시면 할 이야기가 있다고 전해 주시겠습니까?"

나가기 직전에 두 사람과 떨어져 앉아 있던 청년이 부탁했다.

그는 이구치와 오쓰키보다 키가 크고, 검은 나비넥타이와 야회복을 잘 차려입은 미남자였다.

미나미 씨를 찾아야 한다.

손님은 이제 세 명 남았다. 구라니시 자작, 무희 가야노 미야코, 그리고 미나미 씨다. 다들 선내를 마음대로 돌아다니는지 어디에 있는지 알 수가 없었다.

한 시간쯤 전에 요트로 미쓰카와마루호에 승선해 식당에 짐을 푼 후, 선장이 선내를 대강 안내해 주었다. 먼저 와서 자기 할 일을 하던 요리사를 제외하고 모두가 선미루부터 기관실, 선수루까지 돌아다니며 구경했다. 몇몇 방을 제외하고는 어디에 어떻게 드나들어도 상관없다고 했다.

가까운 선실부터 닥치는 대로 들여다보았지만 눈에 띄지 않았다. 좌현 쪽에서 갑판 중앙으로 나왔다.

해는 이미 모습을 감추었고 황혼도 저물었다. 미지근한 바람이 불었고, 발아래가 살짝 기울어져 있었다. 보름을 맞아 밝은 달이 떴지만 구름에 가려졌다 나타났다 해서 까딱 잘못하면 넘어질 것 같았다.

우현 쪽 갑판에 놓인 석유등의 불빛이 보였다. 그 불빛을 사이에 두고 두 사람이 선미 쪽을 보고 서 있었다.

어두운 배 위에서 데루에는 사람을 발견할 때마다 움찔했다. 석유등 불빛만으로는 모습을 구분하기 어려워서 으스스하다. 그게 아니더라도 손님은 대부분 나름대로 지위가 있는 사람이라 얼굴을 마주치기 전에 마음의 준비를 해야 한다.

데루에는 갑판에 서 있는 두 사람이 구라니시 자작과 무희 미야코임을 알아보고 조금 망설였다.

하지만 저쪽도 데루에가 든 불빛을 본 듯하니 무시하고 지나칠 수는 없는 노릇이었다.

"저어, 안녕하세요. 즐거운 시간을 방해해서 죄송합니다만."

말을 걸면서 다가갔다.

"미나미 씨 못 보셨나요? 담배를 전해 주라는 분부를 받았는데요."

데루에가 두 사람을 발견했을 때 이미 대화는 멈췄다. 표정이 보이는 거리까지 다가가자 구라니시 자작은 방해꾼이 나타나서 짜증 난 표정을 감추려 했다.

"미나미 씨? 있었어요."

미야코가 대답했다.

"저 부근을 어슬렁거리며 이쪽을 살피는 것 같았는데. 그렇죠?"

구라니시 자작은 응, 그랬지, 하고 데루에를 쳐다보지도 않고 말했다.

"맞죠? 저 부근이었어요."

미야코는 몸을 내밀어 상갑판 제2화물창 출입구의 우현 쪽을 가리켰다.

"저기, 언제쯤요?"

"응? 6시쯤 아니었으려나?"

30분이나 전이다. 그렇다면 이제 어디로 갔는지 알 길이 없다. 미야코는 한 번 더 상갑판을 둘러보듯 고개를 빙 돌렸다.

"네, 감사합니다. 그럼 찾아볼게요. 실례했습니다."

물러가려는데 미야코가 불러 세웠다.

"아! 잠깐만. 왜 미나미 씨를 찾는 거죠?"

담배를 전해 주라는 분부를 받았다고 아까와 똑같이 말했다.

"그거, 분명 당장 피우고 싶은 게 아닐 거예요. 올 때 미나미 씨가 호마레 담뱃갑을 가지고 있는 걸 봤거든. 분명 다 떨어지면 싫으니까 미리 부탁했을걸요?"

"아아, 그런가요……."

"난 커피를 마시고 싶네요. 잔에 담아서 가져와 줄래요? 그리고 뭔가 과자도. 구라니시 자작님도 드실 거죠?"

"응, 그렇지. 먹을 거야."

"하지만 역시 안으로 들어가는 편이 나으려나? 당신 바쁘죠? 일부러 여기까지 가져오라고 하려니 미안하네."

미야코는 그렇게 말하면서 노골적으로 구라니시 자작의 반응을 살폈다.

"아니, 좀 더 여기 있어도 되지 않을까? 추워? 음⋯⋯."

구라니시 자작은 마흔 살이 넘었다. 오히려 구라니시 자작이 추운 듯 옷깃을 여몄다.

"하지만 하늘이 예쁘네요. 좀 더 보고 싶어요. 나, 별을 좋아하거든요. 저기, 미안하지만 역시 가져와요. 부탁할게요."

미야코는 다시 구라니시 자작에게 시선을 보냈다.

결국 데루에는 미나미 씨를 찾는 걸 중단하고 커피를 끓이러 갔다.

구라니시 자작과 미야코 사이에서 어떤 류의 대화가 오갔을지는 대충 상상이 갔다.

구라니시 자작은 화족이지만 직업은 없다. 도쿄 요코하마에 소유한 땅으로 생활한다. 기품 속에 생활 무능력자의 분위기를 띤 인물로, 데루에도 여성에 얽힌 구라니시 자작의 단신 기사를 신문에서 본 기억이 있다. 히로카와 사장은 그런 점을 본보기로 삼으려는지 툭하면 구라니시 자작을 초대하고, 그도 기꺼이 응한다. 모임을 발족한 사람도 히로카와 씨와 구라니시 자작이다.

구라니시 자작과 미야코는 예전에도 몇 번 동석했다. 그때 구라니시 자작은 자기 나이의 절반도 안 되는 미야코에게 눈독을 들인 모양이었다.

미야코가 그저 재미있어서 구라니시 자작을 놀리는 건지, 아니면 진심이라 마음을 떠보는 건지 데루에로서는 판단이 되지 않았다. 아무튼 이 무희는 배짱이 두둑하다고 반쯤은 어이없어하고 반쯤은 감탄했다.

커피를 끓이느라 애먹었다. 커피콩을 어떻게 가는지 몰라서 무뚝뚝한 요리사에게 방법을 물어보았다.

너무 시간이 걸렸는지 미야코가 주방에 상황을 보러 왔다. 이미 구라니시 자작과 헤어져 혼자였다.

커피를 끓여준 후 식당을 정리하지 않았다는 사실이 생각났다.

요트로 배에 도착한 후 선장이 선내를 안내해 주기 전에 손님들은 식당에 짐을 풀고 쉬었다. 그때 차와 과자를 나르느라 사용한 밀차를 실내에 내버려두었다.

식당 앞 흡연실을 지나가면서 보자, 키 큰 청년은 아까와 똑같은 자세로 통로에 시선을 주고 있었다.

과자통과 주전자는 식당에 남겨두고 밀차를 주방으로 밀고 갔다. 배는 안정된 상태라 제풀에 넘어질 걱정은 없었다. 개수대에 식기를 넣고 밀차는 옆쪽 배선실에 되돌려 놓았다.

할 일이 끝나자 데루에는 다시 미나미 씨를 찾으러 나섰다.

미야코의 말이 맞는다면 서둘러 담배를 전해 줄 필요 없겠지만, 모습이 전혀 눈에 띄지 않는 것이 마음에 좀 걸렸다.

미나미 씨는 최근에야 흑조회에 드나들기 시작한 사람이다.

저속한 잡지의 편집자라고 들었다. 모임과는 관계없지만 요즘에 히로카와 씨가 들인 첩실을 그가 소개해 준 모양이다.

불안함과 정체 모를 초조함이 혼자 사람을 찾아다니는 데루에를 몰아세웠다.

히로카와 씨와 손님의 부덕한 면모를 이제 와서 타박할 마음은 없었다.

데루에는 정부 관료 일가의 차녀로 태어났다. 열여섯 살 때 대학생의 아이를 배서 무면허 의사에게 낙태수술을 받았다. 그 후 소문이라도 나면 집안의 체면에 문제가 생긴다는 이유로 의절당했다. 그때부터 허드렛일을 하며 살아야 했다.

둘 다는 너무했다. 어차피 의절할 거면 아기는 지우지 않아도 됐을 것이다.

당시 인륜을 저버리고 지독하게 굴었던 가족들의 모습을 떠올리면, 데루에는 흑조회에서 하는 일들을 보아도 정의감이 솟아오르지 않았다. 이번 식사 회합은 세관과 검역소를 속이는 행위에 해당하니까 법률을 위반한 셈이지만, 데루에는 그다지 신경 쓰이지 않았다.

그런 점이 싫은 게 아니다. 무서워서 싫었다.

선내가 어두운 것도, 좁고 천장이 낮은 것도 무섭다. 상갑판에서 보이는, 잠잠하지만 아무 목표도 없이 그저 까마득하기만 한 밤바다도 무시무시하다. 달빛 아래 빛깔이 확실치 않아 무미건조해 보이는 배의 으스스한 분위기도 싫었다.

데루에는 겁쟁이다.

오늘 모임은 언제까지 계속될까? 한밤중에 끝날까, 아니면 배에서 하룻밤을 보내려는 걸까.

데루에는 아무 말도 못 들었다. 아무튼 당분간 기분이 찜찜한 미쓰카와마루호에서 시간을 보내야 한다. 공포와 이유를 확실히 모를 후회가 가슴속에서 서서히 부풀어 올랐다.

선교루 부근은 기관실까지 전부 살펴보았지만 미나미 씨는 없었다.

이렇게 되면 갑판으로 나가서 선수루와 선미루를 살펴보러 가는 수밖에 없다. 둘 중 한 곳에는 있을 것이다.

기분이 점점 침울해졌다. 너무 싫었다. 뭍이 그리웠다.

상갑판으로 나간 데루에는 좌현 쪽을 통해 화물창 출입구 옆을 지나 선수 쪽으로 향했다.

선미 쪽은 일부러 미루어 놓았다. 거기에는 데루에가 가장 겁내는 것이 있다. 살아 있는 호랑이다.

선수와 선미의 창고에 호랑이를 한 마리씩 가둬 놓았다. 선수의 호랑이는 해체됐지만 선미의 호랑이는 아직 팔팔하다.

그저 팔팔할 뿐만 아니라 관리에 중대한 문제가 발생했다.

호랑이는 인도에서 특별 제작한 나무 우리에 넣었다. 화물창에 실으면 돌보기가 번거로워서 가까운 창고에 넣어두어야 했기 때문이다.

선내의 문을 통과하는 크기의 우리가 없었으므로, 히로카와 씨가 치수에 맞춰서 남양의 단단한 목재로 만들라고 지시했다. 호랑이가 두 마리니까 우리도 두 개다.

히로카와 씨가 호랑이를 만찬에 사용하기로 마음먹었지만, 현지 업자에게 의뢰하는 데 시간이 걸려서 호랑이는 배의 출항 날짜에 아슬아슬하게 확보됐다. 따라서 운송에 사용할 우리도 급하게 만들었다.

배가 고장나고 강풍에 시달린 후, 한 선원이 선미루의 창고 문에 달린 작은 창문을 들여다보고 호랑이 우리가 파손됐다는 사실을 알아차렸다.

창고에는 철제 선반을 많이 설치해 두었다. 원래 벽에 고정해 놓았지만 배가 크게 흔들렸을 때 고정줄이 풀렸다. 선반이 쓰러지면서 날림으로 급하게 만든 우리가 부서지고 말았다.

누구도 해결할 방도는 없었다. 배에 총기류는 없고, 있어도 급소를 못 맞히면 이쪽이 위험해진다.

결국 창고 문을 꼭 잠근 채 호랑이를 방치했다.

두 시간쯤 전, 선내를 안내받을 때 데루에는 그 방을 들여다보았다. 창고를 유유히 활보하는 호랑이의 모습이 눈에 들어왔다. 창고 내부에는 창고 왼쪽 방으로 통하는 문이 있었다. 호랑이는 두 방을 자유로이 오갔다.

데루에는 배의 안전성을 믿을 수가 없었다. 두 창고를 연결하는 문은 원래 잠가 놨다고 니시다 선장이 말했다. 어쩌면 호랑이가 문의 금속 부품을 부숴 버렸는지도 모른다.

그렇다면 통로로 이어지는 문이 부서지지 말라는 법도 없다. 안 그래도 분별없어 보이는 손님들이 많은지라, 누군가 이 기회를 빌려 요란한 소동을 일으키려고 문을 열지 않을까 불안하기도 했다.

어두침침하니 익숙지 않은 배 위의 풍경이 데루에의 공포심을 더욱 자극했다.

여기는 바깥세상과 단절된 곳이다. 아무리 현실과 동떨어진 일이 벌어져도 용납될 것 같은 분위기였다.

잠시 후 데루에의 생각은 도쿄를 떠들썩하게 한 엽기 살인사건으로 이어졌다. 작년 11월부터 12월까지 빈집에서 젊은 여성의 시체 여러 구가 발견되는 사건이 잇달았다.

왜 그런 사건이 떠올랐을까? 시체는 해체됐고, 살덩이가 일부 사라졌다고 한다. 호랑이 요리라는 비일상적인 만찬을 기다리는 탓에 그런 기사를 읽은 기억이 갑자기 되살아난 것이다. 데루에는 마음을 비우려고 애쓰며 선수 쪽으로 걸음을 옮겼다.

선수루에 도착했다. 선수루 갑판을 올려다보아도 불빛은 없었다. 사람도 없는 듯했지만, 데루에는 만약을 위해 경사진 계단을 올라갔다.

난간을 따라 걸었다. 선수루 갑판에는 조금 전 안내받을 때 선장이 설명해 준 페어 리더*며, 양묘기며, 볼라드† 같은 기구가 늘어서 있었다. 데루에도 양묘기가 닻을 끌어 올리는 기구라는 건 알지만, 다

---

* 밧줄을 연결하기 위해 사용하는 링이나 볼트

† 배를 매어 두기 위해 사용하는 말뚝

른 기구가 뭔지는 모른다.

중간쯤까지 나아가서도 미나미 씨가 없다는 사실을 확인하고 발걸음을 돌렸다. 선수루 갑판도 무서웠다. 시커먼 해수면이 저 멀리 아래쪽에 펼쳐져 있었다.

여기에 없다면 선수루 안으로 들어가야 한다. 여기에도 무서운 것이 있는데⋯⋯

그렇게 생각하며 선미 쪽을 돌아보았을 때 묘한 것이 눈에 들어왔다.

제1화물창 출입구 뒤쪽이었다. 여기 올 때는 시야에 들어오지 않았던 곳이다.

마침 달이 짙은 구름에 가려졌다. 석유등 불빛이 닿지 않아서 뭔지 확실하게는 모르겠지만, 윤곽이 일그러진 물체다. 거기 있어서는 안 되는 물체가 분명했다.

확인하지 않을 수는 없었다. 데루에는 석유등을 들고 계단을 내려갔다.

가까이 다가가서 물체에 불빛을 휙 비추었다.

마음을 가다듬을 틈도 없이 그 물체가 한눈에 다 들어왔다.

머리를 선미 쪽으로 향하고 누웠다. 곱슬곱슬한 머리털, 하관이 조금 벌어진 얼굴, 굵은 눈썹, 두툼한 입술⋯⋯, 미나미 씨의 시체였다.

표정이 일그러졌고, 목을 조른 흔적이 남아 있었다. 팔을 움츠리듯 가슴 앞에 구부리고 있어서인지 벌렁 자빠져서 죽은 갑충이 연상됐다. 살해당한 것이 분명했다.

살해당한 것으로 모자라 시체에는 다른 이변이 있었다. 바지가 찢어졌고, 오른쪽 허벅다리에서 엉덩이까지 도려낸 것처럼 살덩이가 없었다.

도끼 같은 날붙이로 내리쳐서 살을 끊은 듯 단면은 평평하지 않았다. 피가 갑판에 묻지 않도록 하기 위해서인지, 잘린 허벅다리 밑에 미나미 씨의 가죽 웃옷을 깔아놓았다.

몸통에는 녹슨 철사로 커다란 쇠지레를 칭칭 감아두었다.

그제야 데루에는 비명을 질렀다. 뒤로 펄쩍 물러나다가 석유등을 떨어뜨렸다. 몸의 중심을 잃고 쓰러졌다.

다행히 석유등은 망가지지 않았다. 데루에는 석유등을 쥐고 비틀거리며 일어서서 주변을 둘러보았다.

다리가 잘 움직이지 않아서 몇 번이나 넘어졌다. 매달리다시피 난간을 꽉 붙잡고 선교루 쪽으로 갑판을 나아갔다.

어떻게 해야 할까? 물론 누군가에게 알리는 수밖에 없다. 누구에게 알려야 할까? 히로카와 씨다.

정신없는 와중에도 데루에는 머리를 열심히 굴렸다. 어쨌거나 이건 히로카와 씨가 주관하는 모임이고, 요리사 말고 다른 사람들은 손님이다. 아무나 붙들고 사람이 죽었다고 난리를 떨어서는 곤란하다.

살인이 발생했으니 그런 체면을 따질 때는 아닌가? 하지만 데루에는 누구를 믿어야 좋을지 몰랐다. 손님 중 누구와도 그렇게까지 친숙하지는 않다. 더구나 누군가가 저렇게 했다. 누군가가 미나미 씨를 죽였다.

역시 히로카와 씨에게 알리는 수밖에 없다. 선교루에 다다랐을 때 마음을 정했다. 휴게실에 히로카와 씨는 없었다. 어디 갔는지 모르지만 일단 계단을 올라갔다.

도중에 구라니시 자작과 마주쳤다. 데루에는 내려오는 구라니시 자작을 보고 놀라서 히익, 하고 작게 비명을 질렀다. 뒤로 물러나려다 계단에서 떨어질 뻔했다.

"뭘 그리 놀라나? 누가 잡아먹기라도 해?"

구라니시 자작은 비아냥거리듯이 웃었다.

선교루를 여기저기 찾아다닌 끝에 사무원실에서 히로카와 씨를 찾아냈다. 혼자였다.

"저기, 저기, 큰일났어요. 미나미 씨가……."

"뭐야? 무슨 일인데?"

히로카와 씨는 책상 옆에 서서 옅은 웃음을 지었다.

"미나미 씨가 돌아가셨어요. 살해당한 것 같은데……."

히로카와 씨가 웃음을 지우고 인상을 찌푸렸다.

"뭐라고? 무슨 소리를 하는 건가?"

"그러니까, 그, 저쪽에서 미나미 씨가 살해당했다고요."

데루에는 선수루 방향을 가리켰다.

히로카와 씨는 갑자기 무슨, 어쩌다 그런 일이, 하고 중얼중얼하면서도 당장 확인하러 갈 낌새였다. 데루에는 뒤로 물러나서 히로카와 씨를 먼저 보냈다.

히로카와 씨는 상갑판으로 계단을 내려가서 재빨리 선수루 쪽으로 향했다. 데루에는 뒤처지지 않으려고 애썼다. 히로카와 씨가 조금 든든하게 느껴져서 아니꼬웠다.

선수루가 가까워지자 데루에는 이변을 알아차렸다. 어떻게 된 거지……?

히로카와 씨와 데루에는 제1화물창 출입구 우현 쪽에 다다랐다.

"어디 있는데?"

시체가 온데간데없이 사라졌다.

분명히 있었다고 데루에는 주장했다. 정말로 여기에 있었다면서 손을 휘둘러 그 자리에 커다랗게 동그라미를 그렸다.

"뭐라는 거야? 없잖아. 날 놀리는 건가."

어떻게 된 거지? 어딘가로 옮겨진 것이다.

데루에는 석유등을 쳐들고 주변을 살펴보았다. 물론 부근에 내팽개쳐 놨을 리는 없다. 하지만 석유등을 앞으로 내밀었을 때, 난간의 한 부분이 눈에 들어왔다.

"이걸 보세요. 분명 여기예요. 방금까지는 저기 있었는데 분명 여기로 내던진 거라고요."

시체가 있었던 곳 근처의 난간에 핏자국이 남아 있었다. 아까도 있었는지는 모르겠지만, 묻은 지 얼마 되지 않은 것처럼 보였다.

히로카와 씨는 핏자국을 보고도 놀라지 않았다. 핏자국에 힐끗 시선을 준 후, 몸을 내밀어 해수면을 바라보았다.

물론 거기에는 아무것도 없었다. 시체는 가라앉았을 것이다.

"호랑이 피 아니야? 누군가 손에라도 묻혀서 여기를 만진 거겠지."

히로카와 씨는 선수루 쪽에 시선을 주면서 말했다.

"손님이 많이 왔는데, 괜한 일로 소란 떨지 마."

3

선교루 입구 근처에 홀로 남겨진 데루에는 정신이 멍했다.

잘못 봤을 리 없다. 분명히 시체가 있었다. 그런데 사라졌다.

미나미 씨를 죽인 범인이 처리한 것이 틀림없다. 데루에는 범인과 엇갈린 셈이다.

누가 범인일까? 물론 이 배에 있는 인물이다.

히로카와 씨는 시체를 발견했다는 데루에의 호소를 진지하게 받아들이지 않았다.

다만 쓸데없는 소리 하지 말라고 야단치면서도, 미나미 씨가 한 시간 넘게 보이지 않는다는 점이 묘하다는 건 인정했다. 히로카와 씨는 그 점을 니시다 선장에게 전달했다.

선내 수색에 나섰던 선장은 상갑판 제3화물창 출입구 근처에 있었던 작은 보트가 사라졌다는 사실을 지적하며 수색을 바로 중단했다.

그 보트는 만에 하나 탈출해야 하는 상황에 대비해 선장이 본인용으로 준비해 둔 것이었다. 따라서 미나미 씨는 급한 볼일 또는 다른 이유로 혼자 보트를 내려서 뭍으로 돌아갔다는 결론이 나왔다. 호랑이를 실제로 보고 겁먹은 거 아니야? 히로카와 씨는 묘하게 만족스러운 투로 데루에에게 말했다.

안 그래도 불법적인 구석이 있는 모임에서 살인사건이 발생하면, 히로카와 씨의 입장은 실로 위태로워진다. 그렇기에 시체가 발견되지 않은 이상, 배에서 살인이 벌어졌다는 호소를 받아들일 마음이 없는 것이다.

사실 살인이 벌어졌다는 건 데루에 혼자만의 증언에 불과하다. 히로카와 씨는 데루에가 자신의 의도대로 배의 으스스한 분위기에 잔뜩 겁을 먹어서 내심 흐뭇해하는 한편으로, 데루에가 자신을 속여넘기려고 그런 이야기를 꺼낸 게 아닐까 의심했다. 하지만 그런 것 치고는 데루에가 너무 실감 나게 당혹스러워한다고 의아해하는 듯한 눈치였다.

데루에는 생각이 정리되지 않았다.

배의 측면에 달린 계단식 승강구에는 데루에 일행이 타고 온 요트를 매어 두었다.

만약 요트를 조종할 줄 안다면, 일은 때려치우고 자기 혼자만이라도 뭍으로 도망치고 싶은 심정이었다. 하지만 조종할 줄 모르니까 배에 남아 있을 수밖에 없다.

히로카와 씨는 데루에에게 절대로 손님에게 묘한 말을 퍼뜨리지 말라고 엄명을 내렸다. 히로카와 씨의 명령을 어기고 손님 중 누군가에게 살인이 벌어졌다는 사실을 고발할까?

그 역시 쉽지 않은 일이었다. 너무 위험하다.

고발했는데 상대가 진지하게 받아들이지 않고 오히려 그 말이 살인범의 귀에 들어가면, 살인범이 누군지는 밝혀내지도 못하고 자신만 위험해진다. 까딱 잘못하면 범인에게 고발하는 참사가 벌어질 수도 있다. 히로카와 씨가 함구령을 내리지 않더라도, 입을 함부로 놀릴 수는 없는 노릇이었다.

아니, 입을 꾹 다물더라도 이미 아주 위험한 처지라는 걸 데루에는 깨달았다.

데루에는 살인범이 피해자의 시체를 처분하려는 장면에 딱 맞닥뜨렸다.

범인으로서는 시체를 바다에 버리면 은폐가 끝나는 상황이었으리라. 그런데 데루에가 나타나는 바람에 시체를 내버려둔 채 일단 그 자리에서 벗어나야 했다. 그 외에는 당시 상황을 설명할 방도가 없을 듯했다.

그렇다면 범인은 당연히 데루에가 시체를 발견했다는 사실을 안다. 아무것도 하지 않고 가만히 있어도, 당장 범인이 입막음을 하기 위해 데루에를 죽일지도 모른다는 뜻이다.

갑자기 목소리와 발소리가 들렸다. 여러 명이었다. 데루에는 저도 모르게 화물창 출입구 뒤쪽에 웅크려 앉아 몸을 숨겼다.

—어떻게 된 거야! 미나미 선생이 어디에도 없잖아.
—글쎄, 뭔가 조사하고 있는 것 아닐까?

둘 다 목소리 좀 낮추게, 하고 다른 사람이 말했다.

아무래도 오쓰키와 이구치, 그리고 키 큰 청년인 듯했다. 그들은 선미루 쪽에서 다가왔다.

　데루에는 망설였다. 그들은 범인 같아 보이지 않았다. 하지만 만약 셋이 함께 덤벼들면 저항할 방법이 없다.

　몸을 숨길지 앞으로 나설지 결단할 틈도 없이 데루에는 들키고 말았다.

　찾아낸 사람은 데루에가 이름을 모르는 야회복 차림 청년이었다. 그가 석유등을 돌릴 때 등에 불빛이 비친 것이다. 데루에는 자신이 보이지 않는 곳에 꼭꼭 잘 숨은 줄만 알았다.

　"무슨 일이십니까?"

　온화한 목소리였다. 데루에는 어쩔 수 없이 일어나서 불빛 쪽을 향했다. 세 사람이 다가왔다.

　"왜 그런 곳에 웅크려 계신 겁니까?"

　"그러니까 그게 좀……."

　변명거리가 생각나지 않았고, 뭘 변명해야 할지도 몰랐다. 키 큰 청년이 우물쭈물하는 데루에의 얼굴을 똑바로 보면서 말을 이었다.

　"그런데 미나미 씨는 찾으셨습니까?"

　그 이름을 듣자 데루에는 머릿속이 극도로 혼란스러워졌다. 가슴 앞에다 대고 손을 내저으며 입을 마구 벙긋거렸다.

　청년은 당혹스러워하는 데루에의 얼굴을 가만히 들여다보다가 입을 열었다.

　"저희는 미나미 씨에게 용건이 있습니다. 이야기를 나눌 기회를 기다리고 있었는데, 전혀 보이질 않더군요. 당신은 미나미 씨를 찾고 계시지 않았습니까?"

여전히 대답이 없자 청년은 데루에를 날카로운 눈으로 바라보았다. "무슨 일 있었습니까?"

데루에는 청년의 얼굴을 쳐다보았다.

실은 그가 범인이라 이런 이야기를 꺼내서 반응을 살피려는 걸까? 데루에가 시체를 목격했다는 사실을 범인은 분명 알고 있으리라. 이 청년이 범인이라면 이런 짓을 한들 아무 의미도 없다. 이건 진심으로 궁금해서 물어보는 것이다.

이 미남자는 결코 범죄자로 보이지 않았다. 더구나 결국 데루에는 누군가를 믿어야만 한다. 아니면 몸을 지킬 수 없으리라.

문제는 그들이 데루에의 이야기를 믿느냐다. 데루에는 탐색하듯이 그들의 표정을 살피며 이야기를 꺼냈다.

"실은 발견했는데요. 그, 두 눈으로 똑똑히 봤거든요……."

미나미 씨가 살해당했다고 알렸다. 뒤쪽 두 사람은 표정이 변했지만, 야회복을 입은 청년은 차분한 태도를 유지했다. 데루에는 이야기를 이어나갔다.

틀림없이 미나미 씨의 시체가 있었는데, 히로카와 씨를 데리고 돌아오자 사라지고 없었다. 히로카와 씨는 살인사건이 발생했다는 사실을 전혀 믿으려 하지 않는다.

이야기가 진행될수록 청년의 표정이 험악해졌다. 난간에 묻은 핏자국 이야기를 하려는데 청년이 데루에의 말을 막았다.

"잠깐만요. 이봐, 오쓰키 군."

"왜?"

화려한 옷을 입은 뒤쪽 남자가 대답했다.

"미나미 씨는 여기에 가방을 가져왔지? 식당 의자 위에 놓아뒀을 거야."

"응? 그랬나?"

오쓰키라는 남자는 얼빠진 표정으로 입을 떡 벌렸다.

"오쓰키 군, 미안하네만 만약을 위해 식당에 미나미 씨의 가방이 있는지 확인해 주지 않겠나. 내 생각에는 없었던 것 같은데. 의자 위 뿐만 아니라 식당을 두루 잘 살펴보게. 여럿이서 우르르 몰려 가는 건 좋지 않겠지. 혹시 다른 곳에 놓아뒀을 것 같으면 거기도 찾아보도록 해.

그리고 아까 데루에 씨가 식당에서 가지고 나온 밀차 있지? 거기에 커다란 양철 상자가 얹혀 있었을 텐데, 그것도 열어서 확인해 주게. 서두르는 편이 좋겠군. 이구치 군, 자네도 같이 가. 너무 부자연스럽게 행동하지는 말고."

4

야회복을 입은 청년의 이름은 하스노였다. 그가 현장에서 물러나는 편이 좋겠다고 하길래 선미 쪽에 있는 하역용 기중기 근처로 함께 이동했다.

"데루에 씨, 미나미 씨에 대해 얼마나 아십니까?"

"어, 잡지를 만드는 분이라고 하던데요."

「포비아」라는 이름의 저속한 잡지라고 히로카와 씨에게 들었다. 차를 가져가거나 외투를 걸어줄 때 미나미 씨와 말을 두세 마디 나눠봤을 뿐, 개인적인 사정은 들은 바가 없다.

"이구치 군과 오쓰키 군이 돌아오고 나서 말씀드리겠습니다만, 그는 비밀이 많았던 듯합니다. 이런."

좌현 쪽에 사람이 나타나서 하스노는 시선을 모았다.

오쓰키와 이구치가 돌아온 듯했다. 하스노는 앞으로 나서서 위치를 알렸다. 두 사람이 다가왔다.

"이보게, 가방은 없던데. 식당 어디에도 없었어. 밀차의 양철 상자도 비어 있었고."

이구치가 숨을 시근덕거리며 말했다.

"그렇군. 음, ……심각한 사태인가."

"어이, 하스노 군, 대체 무슨 생각인 건지 잘 모르겠군. 미나미 군이 살해당했다고 생각하는 거야?"

오쓰키가 고개를 뻗어 데루에의 얼굴을 예의 없이 들여다보았다.

"뭐, 이 하녀도 거짓말을 하는 것 같지는 않은데."

"이 사람은 데루에 씨야. 오쓰키 군, 미나미 씨가 언제 살해당해도 이상하지 않다는 건 자네도 알고 있었지?"

"뭐? 그게 정말이었나?"

"그렇겠지. 내 생각엔 그래. 그래서 문제는 가방이야."

데루에는 그들이 무슨 이야기를 하는 건지 도무지 알 수가 없었다. 하스노가 데루에에게 고개를 돌렸다.

"데루에 씨의 인격과는 상관없이, 방금 데루에 씨가 들려주신 이야기를 고스란히 받아들이기는 힘들겠죠. 히로카와 씨뿐만 아니라 이 배에 탄 손님들은 믿고 싶어 하지 않을 겁니다."

그건 틀림없다.

"그렇지만 저희는 데루에 씨의 이야기를 뒷받침할 사실을 몇 가지 알고 있습니다. 일단 가방입니다. 미나미 씨가 커다란 서류 가방을 가져온 것 기억하십니까?"

기억난다. 잠금장치가 조금 녹슨 갈색 가방이었다.

"저희는 도착하자마자 짐을 내려놓고, 니시다 씨에게 선내를 안내받았습니다. 제가 기억하기로 미나미 씨는 그때 가방을 식당 의자 위에 놓아뒀을 겁니다."

"나도 봤어. 의자에 놓아뒀지."

이구치가 동의했다. 하스노는 고개를 끄덕였다.

"뭐, 두 사람이 그렇다고 주장하는 셈입니다. 안내가 끝난 후에는 각자 알아서 시간을 보냈으니 누가 어디 있었고 미나미 씨가 뭘 어쨌는지는 모르겠군요. 하지만 저, 이구치 군, 오쓰키 군은 식당 맞은편의 흡연실에 진을 치고 있었습니다.

오쓰키 군과 이구치 군의 대화가 너무 난해한 탓에 잘 못 알아듣겠더군요. 그래서 저는 흡연실 바깥을 바라보고 있었습니다. 식당에 손님이 많이 드나들었지만, 미나미 씨는 딱 한 번만 드나들었죠. 그때는 가방을 들고 있지 않았고요.

그 후, 미나미 씨의 모습이 일절 보이지 않길래 이상하다 싶어 저희끼리 한번 찾아보려고 했습니다. 그 전에 식당을 슬쩍 들여다봤는데, 미나미 씨의 가방은 의자 위에 없었어요."

"어? 그때였나? 확실해?"

이구치가 물었다.

"확실해. 분명 의자 위에는 없었어. 그래도 만약을 위해 자네들을 보내 확인한 거야. 딱 한 번 식당에 드나든 미나미 씨는 가방을 들고 있지 않았어. 그런데 가방이 없어졌지. 요컨대."

미나미 씨 말고 누군가 그의 가방을 가져간 것이다.

틀림없이 범인의 소행이다. 미나미 씨가 무슨 사정으로 배를 떠났다고 꾸미려면 그의 가방을 남겨둬서는 안 된다.

"가방이 없어진 사실과 데루미 씨가 목격하신 광경은 서로 아귀가 맞습니다. 그리고 미나미 씨에게는 복잡한 사정이 하나 더 있었어요. 사실 미나미 씨는 잡지 편집자가 아닙니다. 이봐, 오쓰키 군."

하스노의 재촉에 오쓰키가 설명했다.

"엉? 아아. 미나미 군은 뭐, 비슷한 직업이기는 하지만 신문기자였어. 다양한 사건을 킁킁대고 수상한 곳을 여기저기 쑤시고 다닌 모양이야. 「포비아」라는 잡지를 출간하는 건 그의 친구고, 자신의 직업을 감추기 위해 그 친구의 신분을 빌리기로 했다는군."

오쓰키는 의도치 않게 그 사실을 알게 되었다.

"미나미 군은 불문과를 나와서 신문기자가 됐는데, 그런 녀석들은 겉멋을 부리느라 중요한 내용을 불란서어로 수첩에 끄적거리고는 하잖아? 그러고는 아무도 못 알아볼 거라고 방심해서 탁자에 수첩을 놓아둔 적이 있었어.

내가 수첩을 팔락팔락 넘기고 있으니 미나미 군이 놀란 표정으로 다가와서 불란서어를 읽을 줄 아느냐, 어디까지 읽었느냐, 부디 남에게는 말하지 마라, 사실 나는, 하고 묻지도 않았는데 이야기해 줬어."

오쓰키 말에 따르면 미나미 씨는 중대한 사건의 범인을 쫓아 흑조회에 드나들고 있었다고 한다.

"엽기 살인이니 제발 다른 사람에게 입도 벙긋하지 마라, 방해도 하지 마라, 부탁이다. 그러더군."

그래서 오쓰키는 친구 이구치에게 신나게 그 이야기를 했다.

"마침 이구치 군 주변에 문제가 좀 생겼는데, 미나미 씨에게 도움이 되는 정보를 얻을 수 있을지도 모른다고 하길래 저희는 오쓰키 군의 소개로 여기 온 겁니다."

오쓰키는 구라니시 자작에게 그림을 칭찬받은 적 있는데, 그 인연으로 흑조회에 드나들고 있다고 한다.

"그런데 그, 미나미 씨가 조사하는 사건이 문제입니다. 오쓰키 군, 수첩에 뭐라고 적혀 있었는지 다시 알려주게. 11월 21일과 12월 26일이라고 날짜가 적혀 있었지?"

"맞아, 분명 그랬어."

"그리고 뭔가 큰 사건을 쫓고 있다고도 했지? 나는 신문을 별로 읽지 않네만, 이 두 날짜는 마침 읽어서 기억해. 조후와 조시가야에서 처참한 살인사건이 발생했다는 기사가 실렸지."

데루에는 아까 무섭기는 하지만 자신과는 무관하다고 여겼던 사건 이야기가 하스노의 입에서 튀어나와서 몸이 벌벌 떨렸다.

조후의 빈집에서 여덟 구, 조시가야의 빈집에서 여섯 구의 타살 시체가 발견됐다.

피해자는 모두 젊은 여성이고, 시체는 손상이 몹시 심했다고 한다. 신체를 해체한 것도 모자라 골반과 허벅다리 언저리를 절단한 둔부의 항문에 검지를 세운 다른 시체의 팔을 꽂아 놓거나, 시체의 배 속에 다른 시체의 머리를 쑤셔 넣는 등 마치 전위예술품처럼 시체를 조합했다. 한편 해체된 신체를 가지런히 다 모아도 인육이 모자랐다고 한다.

두 사건은 하스노가 말한 날짜에 발각됐다. 미나미 씨는 그 사건을 쫓고 있었던 모양이다.

"그렇다면 뭐야? 그렇게 어마어마한 살인을 저지른 자가 이 배에 탔다는 건가? 미나미 씨는 그 사실을 알아차렸기 때문에 범인에게 살해당한 거고?"

이구치가 침착하지 못한 어조로 말했다.

"아마도. 최근에 발생한 중대한 엽기 살인사건이 그것 말고 또 있나? 이렇듯 용의자가 한정되는 곳에서 범행에 나섰으니, 그만큼 절박한 이유가 있는 거겠지.

따라서 데루에 씨의 말을 믿는 편이 나을 거야."

하스노는 담배에 불을 붙였다.

"흠, 그럼 여자를 토막 내서 이상하게 조립하며 노는 것이 취미인 놈이 여기 있다는 거잖아?"

오쓰키가 선교루를 가리켰다.

"그렇지."

"누군데?"

"나도 꼭 알고 싶지만 모르겠군. 어떻게 할까. 냉큼 도망치고 싶은 기분이네만."

이 세 명도 요트를 조종할 줄 모른다고 했다. 탈출에 사용할 수 있는 보트도 분실된 것이 마지막 한 척이었다.

미나미 씨가 살해당했다는 데루에의 증언을 뒷받침할 정보가 있는 데다, 범인은 극히 흉악한 인물인 듯하니 아까 생각했던 것처럼 손님 모두에게 알려서 경계해야 할지도 모른다. 하지만 하스노는 그 의견에 회의적인 반응을 보였다.

범인이 미나미 씨의 가방을 가져갔다는 결론의 논거는 미나미 씨가 가방을 식당 의자에 놓아뒀다는 하스노와 이구치의 증언, 그리고 그 가방을 미나미 씨가 들고 나가지 않았다는 증언뿐이다. 과연 믿어줄지 의심스럽다. 미나미 씨가 실은 신문기자였다는 이야기도 마찬가지다.

승선한 손님들은 평소 불건전한 놀이를 즐기는 사람들이니, 이 가운데 살인범이 있다고 알린들 여흥으로 받아들일지도 모른다. 히로카와 씨는 데루에에게 화를 낼 것이다. 스스로를 위험에 빠뜨릴 뿐만 아니라 하스노 일행이나 데루에가 범인으로 의심받을 우려도 있다.

"저기, 어쩌면 그냥 손 놓고 있는 편이 제일 안전하지 않겠나? 이대로 아무것도 모르는 척하면 무사히 만찬을 마치고 구로야마 의원의 요트로 뭍에 돌아갈 수 있지 않겠어? 범인도 여기서 사람을 더 죽이기는 힘들겠지? 남에게 들키면 끝장이니까. 예를 들어 목격자인 데루에 씨를 죽인들 시체가 발견되면 범인 찾기에 나설 테니 범인은 더더욱 궁지에 몰리는 셈이야."

이구치가 말했다. 데루에가 입을 꾹 다물고 가만히 있으면, 범인도 행동에 나설 필요가 없지 않겠느냐는 의견이었다.

일리는 있었지만 데루에는 덜컥 겁이 났다.

"글쎄. 범인의 속내는 알 수 없지. 뭔지 모를 이유로 여성을 여러 명 죽였잖나. 그 뭔지 모를 이유가 여기서도 생기지 않는다는 보장은 없어."

그건 절대로 벌어져서는 안 될 일이다.

다른 손님들에게는 알리지 않고 명백한 증거를 찾아내는 것이 상책이리라.

손님들에 대해 이래저래 알아보고 다녀야 하지만, 미나미 씨의 소식과 도쿄를 떠들썩하게 한 살인귀의 정체를 추적 중이라는 사실은 절대 들키면 안 된다. 데루에도 환영을 봤다는 식으로 천연덕스럽게 행동하는 편이 낫다. 되도록 혼자 있지 않도록 조심하고 주변을 충분히 경계한다. 그러기로 결론이 났다.

"어떻게 하지? 안으로 돌아갈 건가."

"음. 난 현장의 상태를 확인해 두고 싶네만, 이구치 군과 오쓰키 군은 선교루로 돌아가는 편이 낫겠군. 다른 손님들이 다 있는지 넌지시 확인해 두게."

데루에와 하스노는 시체 발견 현장으로 돌아갔다. 혼자가 아니라서 데루에는 아까보다 안심됐다.

"있군요. 핏자국이에요."

하스노가 난간을 보고 속삭였다.

"시체가 어떤 모습이었는지 한 번 더 설명해 주시겠습니까?"

"머리를 선미 쪽으로 향한 채 위를 보고 누워 있었고, 오른쪽 다리에 살이 없었어요."

"사라진 살덩이는 근처 어디에도 없었습니까? 찾아보셨어요?"

"아니요. 너무 당황했는지라."

그 후 하스노는 조금 전 데루에가 살펴보지 않았던 선수루 내부를 확인하러 갔다.

닻사슬 보관고와 하급 선원의 방이 있었다. 하스노를 따라 방을 하나씩 들여다보았지만 시선을 끌 만한 물품은 없었다.

하스노는 마지막으로 창고를 열었다.

가늘고 길쭉한 형태의 우리가 텅 빈 상태로 열려 있었다. 지독한 똥 냄새가 풍겼다. 무시무시하게도 바닥에는 피 묻은 톱, 길이가 두 척도 넘는 가위, 도끼 등이 널브러져 있었다. 양동이도 보였다.

호랑이를 넣어두었던 창고다. 몇 시간 전에 여기서 요리사가 호랑이를 해체한 것이다.

석유등 불빛으로는 알아보기 힘들지만, 바닥은 핏물 천지였다. 호랑이 피와 그걸 씻어내기 위해 사용한 물이 바닥에 아직 흥건했다.

범인은 미나미 씨의 살을 도려냈다. 피가 많이 났을 것이다.

피를 숨길 수 있는 곳은 여기뿐이다. 분명 여기서 그랬을 것이다. 바닥에 번진 피와 날붙이에 묻은 피는 호랑이 것만이 아니다.

데루에는 차마 안으로 들어갈 엄두가 나지 않아 오른손으로 문틀을 짚고 상체를 내밀어 창고를 들여다보았다.

녹슨 철사로 미나미 씨의 시체에 감아 놓은 쇠지레도 분명 여기 있던 물건일 것이다.

이 창고도 무서웠다. 데루에는 높은 곳과 폐쇄된 곳은 물론, 날붙이와 고통, 망령에 이르기까지 무엇에든 두려움을 느낄 만큼 겁이 많다. 이 창고는 직접적인 고통을 상기시키는 물품으로 가득했고, 서양의 공포 소설을 연상시키는 구석도 있었다.

하스노는 핏물을 밟지 않도록 신중하게 창고를 한 바퀴 돌아서 문으로 돌아왔다.

"기다리셨죠? 이구치 군과 오쓰키 군에게 돌아갑시다."

"아, 네. 뭔가 알아내셨어요?"

"아니요, 아무것도요. 들었던 대로였습니다."

데루에는 하스노가 어떤 사람인지 가늠하기 힘들었다. 침착하고 신뢰할 만하고, 신뢰할 수밖에 없지만, 동시에 신경질적인 듯한 면이 있어서 무슨 생각을 하는 건지 데루에로서는 전혀 짐작이 가지 않았다.

선교루로 걸어가는 내내 하스노는 한마디도 하지 않았다.

5

"이보게, 그만둬. 자네도 참, 이런 상황에서도 믿기지 않는 짓을 하는군. 안 그래도 자네 머리는 좀 수상쩍게 돌아가는데 말이야."

"함부로 말하지 마. 난 술을 마시면 더욱 영특해진다고. 술을 안 마시면 그림을 못 그릴 정도야."

"그야 알지. 자네는 어떤 의미에서든 올곧은 그림은 그리지 않으니 그래도 되겠지만."

이구치와 오쓰키는 선미 쪽의 좁은 선원실에 있었다. 이구치는 2단 침대 아랫단에 앉았고, 오쓰키는 협탁에 걸터앉아 술을 마시고 있었다.

"부탁이니 둘 다 목소리를 좀 더 낮추도록 해."

하스노가 문을 닫으며 말했다.

"저어, 사장님이……히로카와 씨가 뭐라고 하지는 않던가요? 전이만 일하러 가봐야 할까요?"

아까부터 계속 신경 쓰였던 점이었다.

"응? 요리사와 식사를 어떻게 준비할지 상의하던데. 데루에 씨는 안중에도 없는 것 같았어."

아직 하스노 일행과 같이 있어도 괜찮을까? 최대한 늦게 돌아가고 싶었다.

"다들 어때 보였지?"

하스노는 오쓰키가 들고 있는 위스키병을 탐탁지 않은 눈빛으로 바라보며 물었다.

"빠진 사람 없이 다 있었어. 다들 무사태평해 보이던걸. 제각기 흩어져서 자유롭게 여가를 보내더군."

"범인은 이 배에서 달아나려 하지 않은 거야. 요트나, 요트를 조종할 줄 모르더라도 보트로 도망치려고 하면 도망칠 수 있었을 텐데."

데루에가 하스노 일행과 만나기 전에 사람들은 미나미 씨를 찾기 위해 선미루 쪽을 살펴보고 왔는데 아무것도 없었다고 한다. 보트가 바다에 버려진 것은 확실했다.

이구치의 말에 그러게, 하고 하스노는 대답한 후 오쓰키를 보았다.

"이구치 군이 타이른 대로 지금 술을 마시는 건 아무래도 위험해."

자세히 보자 이구치와 오쓰키 사이에 액체가 쏟아져 있었다. 이구치가 술을 빼앗으려다가 단념한 흔적인 듯했다.

"어허, 괜찮다니까. 난 모임에 참석할 때마다 코가 삐뚤어지도록 술을 마시니까, 오늘만 마시지 않으면 오히려 범인에게 의심받을 거야. 어쩔 수 없어."

뭐가 어쩔 수 없다는 말인가. 혀는 꼬이지 않았지만, 오쓰키의 얼굴은 침침한 불빛 아래서도 확실히 알아볼 수 있을 만큼 붉게 달아올랐다.

"그나저나 미나미 군의 엽기 살인사건 조사는 얼마나 진전이 있었을까? 난 구라니시 자작이 수상해 보여."

"대담한 녀석이로군. 자기 후원자를 제일 먼저 의심하는 건가?"

"아무것도 못 받았는데 후원자는 개뿔. 내가 구상도*를 서양화로 그려보겠다느니 뭐니 했으니까 자신과 같은 부류로 여겼는지도 모르지. 아니면 히로카와 사장은 어때? 취미가 도를 넘은 것 아닐까?"

오쓰키의 말에 데루에는 가슴이 철렁했다.

히로카와 씨를 머릿속 용의자 후보에서 완전히 제외했기 때문이다. 소심한 주제에 악한 체하는 사람이라고 단정했다. 어쩌면 히로카와 씨는 데루에의 상상 이상으로 대악인인 걸까.

"이보게 하스노. 그러고 보니 밀차의 양철 상자를 확인하라고 했지? 그건 어째서였나?"

"아아, 그거. 범인은 그 밀차를 사용해서 미나미 씨의 가방을 옮긴 것 같아."

"뭐라고요?"

데루에도 놀랐다.

문제의 밀차는 얼마 전에 데루에가 식당에서 배선실로 옮겼다.

"우리가 배에 도착했을 때, 일단 식당에 짐을 내려놨지. 그러고 나서 다들 빈손으로 선내를 돌아다녔어. 짐을 가지고 있었던 사람은

---

* 시신을 들에 방치하는 풍장을 지낼 때 변해가는 시신의 모습을 아홉 단계에 나눠서 그리는 그림

선장뿐이야."

선장은 커다란 두루주머니를 들고 사람들을 안내했다.

두루주머니에는 열쇠가 잔뜩 들어 있었다. 배에 있는 문들의 여벌 열쇠다.

평소 열쇠를 관리하던 갑판장이 바쁘게 하선하느라 정신없는 와중에 열쇠를 뭍으로 가져갔다. 그래서 선장이 여벌 열쇠를 꺼냈지만 오래 사용하지 않은 탓에 뭐가 어느 문 열쇠인지 긴가민가했다. 열쇠가 달린 나무판에 어디 열쇠인지 적어놓았지만, 글씨가 희미해져서 읽을 수 없었다.

그래서 열쇠 다발을 통째로 들고 선내를 안내해야 했다. 문을 잠가둔 방 몇 군데를 열기 위해서였다.

"구경을 마치고 돌아왔을 때, 선장은 열쇠가 든 두루주머니를 식당에 놓아뒀지. 다른 손님은 식당에 들어가지 않았어. 우리는 흡연실로 갔고.

그 후 우리가 흡연실에 있는 동안 식당에 드나든 손님 중에 가방을 들고 있었던 사람은 미야코 씨와 구로야마 의원뿐이었어. 두 사람의 가방은 미나미 씨의 서류 가방이 들어갈 만한 크기가 아니었어. 미야코 씨 건 손가방이었고, 구로야마 씨의 아담한 서류 가방에 미나미 씨의 서류 가방은 들어가지 않아. 즉, 범인이 가방을 가지고 나오기 위해서는 밀차에 실린 양철 상자에 숨길 수밖에 없었겠지."

커다란 양철 상자는 밀차 하단에 놓여 있었다. 식당에 들어간 범인이 양철 상자에 서류 가방을 감추고, 데루에가 밀차를 옮긴 후 빈틈을 노려 밀차에서 서류 가방을 가져간 것이다.

"분명 내 시선이 마음에 걸렸겠지. 미나미 씨의 가방을 가져간 걸 내가 기억한다면, 미나미 씨의 실종과 연결돼서 의심받을 테니 골치 아파져."

"과연. 그럼 범인은 그 술수를 사용하기 위해 식당에 드나들었겠군. 그걸 단서로 범인의 범위를 좁힐 수는 없을까?"

"안 돼. 손님은 모두 식당에 드나들었으니까. 그걸로 범인 후보를 추리기는 불가능해."

"그런가."

이구치는 머리를 긁적였다.

"그럼 요리사는 어때? 그는 용의자에서 제외할 수 없나? 자네가 손님과 선장만 식당에 드나들었다고 했잖나. 요리사는 가방을 옮길 여유가 없지 않았을까?"

"아니, 있었어. 짐을 내려놓고 다 함께 선장에게 선내를 안내받았을 때."

요리사를 빼고 모두 다 선장을 따라 배를 돌아다녔다. 그 틈에 가방을 가져갈 수는 있었다.

"식당에 드나든 걸로는 범인의 범위를 좁힐 수 없는 건가. 어쩌면 좋지? 이보게, 뭔가 다른 생각은 없어?"

하스노는 담배에 불을 붙이려는 참이었다.

"글쎄. 범인이 가져간 미나미 씨의 가방과 가방에 든 물건이 발견되면 좋을 텐데."

"응? 그게 발견되겠나? 벌써 바다에 버렸겠지."

"뭐, 그럴지도 모르지만 미나미 씨는 범인을 찾다가 알아낸 사실을 수첩에 불란서어로 적었잖아? 범인으로서는 자신의 범행이 얼마나 들통났는지 궁금하겠지. 함부로 버리지는 않을 것도 같아."

"그런가. 그야 그게 발견되면 범인의 정체를 추리할 실마리가 나오겠지."

실마리를 넘어서 수첩에 범인의 이름이 적혀 있을지도 모른다.

"찾을 수 있을까? 배가 이렇게 넓은 데다 이미 버렸을지도 모르잖나. 그렇게 큰 기대는 할 수 없겠군. 그밖에 다른 실마리는 없을까?"

하스노는 담배 연기를 한숨처럼 내뿜었다.

"실마리라. 이구치 군, 난 애당초 되도록 추리하고 싶지 않은데."

"뭐? 어째서?"

"어째서냐니, 틀리면 큰일나기 때문이지. 다른 상황이라면 추리가 아무리 빗나가도 상관없겠지만, 지금은 안 되잖나. 추리 결과 아무개를 범인으로 단정해서 안심했는데, 진범에게 살해당하면 그야말로 비참한 꼴이야.

지금 상황에서 제일 바람직한 선택은 도망치거나 경찰을 부르는 거겠지. 범인은 밝혀내지 않아도 돼. 따라서 필요한 건 미나미 씨가 살해당했다는 확고한 증거야. 증거가 있다면 다른 손님들도 호랑이 요리를 포기하고 뭍으로 돌아가서 신고하는 데 동의하겠지?"

하스노는 선수루에서 미나미 씨가 살해당했다는 증거를 찾고 싶어 했지만, 아무것도 발견하지 못한 듯했다.

"하지만 가방이 발견될 가망성이 적다는 건 이구치 군의 말대로겠지. 어떻게 해야 하려나."

선내에서는 각 손님에게 머무를 곳을 배정하지 않고 누가 어디에 가든 상관없다는 방침이었다. 따라서 수색은 불가능하지 않다. 바다에 던지지 않았다면 가방이 발견될지도 모른다.

하지만 어쨌거나 넓다. 거주 구획만 해도 방이 수십 개는 되는 데다 의심받지 않고 수색해야 한다.

방에 틀어박혀 있는 게 어떻겠느냐는 의견도 나왔다. 아무도 간섭하지 못하도록 하스노 일행과 데루에가 한 방에 모여 문을 걸어 잠그는 것이다. 일단은 안전을 확보할 수 있다.

그러나 이 방법도 부결됐다. 데루에와 하스노 일행이 수상한 행동을 하면 범인을 자극하는 꼴이다. 엽기 살인범이니 어떤 행동에 나설지 모른다. 결국 누군가의 목숨이 위험에 처한다.

"역시 범인의 정체를 밝혀야겠지. 그럴 수밖에 없잖아?"

오쓰키가 말했다. 하스노는 여전히 내키지 않는 눈치였다.

"음, 글쎄, 어떨까."

"그래서 말인데 미나미 군이 찾고 있었다는 인물은 누굴까? 살해당했을 정도니까 범인이 누군지 꽤 확실하게 점찍었던 거겠지? ……어, 뭐야? 그럼 미야코인가?"

데루에가 생각했던 바를 오쓰키가 입 밖에 꺼냈다.

데루에가 보기에 미나미 씨는 모임에서 어쩐지 미야코에게 자꾸 치근덕거렸다. 틈만 나면 다가가서 말을 걸었고, 한 번은 미야코의 손가방을 뒤지는 장면을 목격하기도 했다.

"나야 오늘 처음 만났으니까 그 사람에 대해 아는 바가 없지만, 그냥 미야코 씨에게 흑심을 품고 있는 것처럼 보이던데. 오쓰키, 그렇지 않나? 어떻게 생각해?"

이구치가 확인하듯 물었다.

"잘 모르지만 미나미 군은 호색한이었을 거야."

이구치와 하스노는 미나미 씨에게 상담하러 왔으므로 최대한 빨리 그를 붙잡아서 이야기를 하고 싶었지만, 미나미 씨는 미야코를 졸졸 쫓아다닌 듯했다. 그래서 혹시나 방해가 될까 봐 흡연실에서 미나미 씨에게 시간이 나기를 기다렸다고 한다. 데루에도 갑판에서 구라니시 자작과 함께 있는 미야코와 마주쳤을 때 미나미 씨가 주변을 어슬렁거렸다는 이야기를 들었다.

미나미 씨는 미야코를 범인으로 점찍었던 걸까. 그런 것치고는 성실한 태도로 조사에 임하는 것처럼 보이지 않았다.

"설마 흉악한 살인범을 쫓으면서 무희의 마음을 끌려고 했다는 뜻? 결국 속내는 모른다는 거로군!"

"하지만 미야코의 마음을 끌어본들 아무 소용도 없는데. 그 여자는 머리가 텅텅 비었다니까? 난 별로야. 무대에서 보는 것만으로 충분해."

"그런 이야기가 아니잖나."

"오쓰키 씨, 취하셨어요?"

데루에는 저도 모르게 끼어들었다.

"아니요, 취한 게 아닙니다. 맨정신에도 이래요. 이 녀석, 술은 세거든요. 정말로 취하면 남에게 자신의 털을 깎으라고 요구하거나 한답니다."

이구치가 진심으로 미안해하는 어조로 말했다.

"그건 됐으니까, 그밖에 미나미 씨가 또 주의를 기울였던 사람은 없나?" 하스노가 물었다.

"생각 안 나."

연쇄 살인범의 정체를 알아내려 했으니 남의 눈에 띄지 않도록 주의했을 것이다. 미나미 씨의 목표가 누구였는지 데루에와 하스노 일행이 몰라도 이상할 건 없다.

"그런데 오쓰키 군, 니시다 선장도 평소 흑조회에 드나들었나? 예전에 본 적 있어?"

"엉? 한 번 봤어. 다섯 달쯤 전인가, 코빼기만 잠깐 비치고 갔지. 다시 볼 때까지 잊어버리고 있었군."

"엽기 살인사건이 발생했을 때, 선장이 일본에 있었는지 없었는지 아나?"

소거법으로 무고한 사람을 찾아내면, 또한 그 사람이 요트를 조종할 줄 안다면 그 사람을 설득하는 것이 유용한 방법일지도 모른다.

"응? 몰라. 아, 잠깐만. 있었을걸. 인도에 가는 게 석 달 만의 항해라고 했으니까."

"그런가. 그럼 글렀군."

하스노가 데루에를 보았다.

"데루에 씨, 시체를 발견하신 후 선교루에서 구라니시 자작과 마주쳤고, 히로카와 씨를 만나셨죠."

"네."

"그 두 사람이 시체를 처분한 후, 데루에 씨보다 먼저 선교루로 돌아가서 시치미를 뚝 떼고 기다릴 만한 여유가 있었을까요?"

있었을 것이다. 시체는 바다에 던지기만 하면 되니까 한순간에 끝난다. 데루에는 허둥대느라 몇 번이나 넘어졌고, 두 사람을 만나기 전에 휴게실도 들여다보았다. 데루에는 좌현 쪽에서 돌아왔으니 우현 쪽에서 먼저 선교루로 들어갈 수 있다.

미야코는 여성을 여러 명 죽이고 시체를 가지고 놀 것처럼은 보이지 않지만, 그렇다고 알리바이가 있는 건 아니다. 뒤에서 재빨리 덮치면 미나미 씨를 목 졸라 죽이는 것도 불가능하지 않을 듯하다. 역시 용의자를 줄이기는 힘들 것 같았다.

"오쓰키 군, 히라이 씨와 구로야마 의원에 대해서 아는 게 있나?"

"히라이? 아아, 그 의사? 이야기를 몇 번 나눴지. 음침한 보이지? 그런 주제에 자랑이 심하다니까. 수술 이야기를 자주 했어. 사람을 죽이거나 절단하는 걸 좋아할 듯해."

그렇듯 편견 섞인 대답에 이어 오쓰키가 갑자기 생각났다는 듯 말했다.

"범인은 예술가일까?"

"뭐라고?"

무슨 소리일까?

오쓰키가 이구치에게 시선을 돌렸다.

"범인은 젊은 여자를 여럿 죽이고, 시체를 기묘한 전위예술품처럼 만들었잖아? 그야말로 이구치가 말했던 무의미하고 가치 있는 물품 이지. 아, 가치가 있다는 건 범인에게 그렇다는 뜻이야. 실물을 보지 못했으니 뭐라고 말하기가 어렵군."

"아니, 아니, 그건 아니지. 그건 쾌락을 위한 살인이잖아? 쾌락이지. 성욕을 풀 목적이라고."

"그거야 경찰과 신문에서 떠드는 소리잖아? 그렇다면 넌 그게 외설적이라서 예술이 아니라는 거야? 아니면 도의적으로 용납되지 않기 때문에?"

"들어봐. 범인이 성적 욕구를 해방하기 위해 살인을 저지르고 시체를 그런 식으로 만들었다면, 그건 배가 고파서 밀가루를 반죽해 빵을 만들거나, 졸려서 지푸라기를 모아 잠자리를 만들거나, 볼일을 보고 싶어서 구덩이를 파는 것과 같은 수준 아닌가. 성욕의 발산이라는 실용적인 목적을 위해서야. 그런 건 예술이 아닐세."

"하지만 얼마 전에 뉴육(뉴욕)의 미술전에 변기를 출품한 사람이 있었던 모양인데. 알아?"

"들었어. 뭐, 이래저래 하고 싶은 말은 있겠지. 하지만 난 변기는 변기라고 생각해."

"아무튼 범인이 성적 욕구를 풀기 위해 그랬다는 증거는 없잖아. 피해자가 욕을 보았나?"

"몰라. 어쨌거나 범인이 외설적인 목적으로 살인을 저지른 것이 아니라고 볼 수도 없겠지.

내 생각에 성욕은 인간의 욕구 중에서도 가장 추상적이라 예술과 구별하기가 힘들어. 관헌이 예술에 일방적으로 외설이라는 딱지를 붙이면 화가 치밀겠지만, 그렇다고 예술이 안이하게 외설에 의존해서는 안 돼. 그런 식으로 사람의 마음을 움직이기는 쉽지. 하지만 그건 예술에서 도망치는 짓이야."

"뭐, 됐어. 하여튼 숨겨진 예술가나, 숨겨진 변태를 찾아야 한다는 거잖아?"

몹시 탈선한 이야기가 제자리로 돌아왔다.

멀쩡해 보이는 이구치도 예술을 화제로 삼자 오쓰키와 다를 바 없었다. 이런 이야기를 할 수 있는 건 미나미 씨의 시체를 보지 않았기 때문일까? 그래서 이 사건에 현실미가 없는 걸까. 아니면 화가라는 사람들은 다들 이런 법일까.

"그야 모를 일이지. 여기에 정반대의 표본이 있어. 아무리 봐도 예술가로 보이는데 예술가가 아니야."

이구치가 하스노를 가리켰다.

하스노는 자네들 기운이 넘치는군, 하고 받아쳤다.

선내에 있는 사람들 모두 살인귀가 될 자격이 있으므로 아무도 용의자에서 제외할 수 없다는 것이 확실해졌다.

알리바이가 분명한 사람은 없는 듯하고, 있다고 해도 그걸 확인하기는 어렵다.

데루에와 하스노 일행은 범인을 쫓고 있다는 사실을 절대로 범인에게 들켜서는 안 된다. 그렇다면 신문하듯 캐묻는 게 아니라 넌지시 떠보는 수밖에 없다. 어중간한 증언에 안심했다가는 기습을 당해 목숨이 달아날지도 모른다. 엄밀하게 조사할 수 없는 이상, 알리바이는 애초에 문제로 삼지 않는 편이 낫다.

손님의 취향과 성격도 분명하지는 않다. 오쓰키의 말은 미덥지 못하고, 데루에도 히로카와 사장 말고는 잘 모른다. 사장은 범인이 아니라고 단언할 자신도 없었다.

"하스노, 어쩌면 좋지? 그냥 보고만 있어야 해? 아무것도 하지 않을 수는 없잖나."

"그야 그렇지. 하지만 어렵군."

"여기 뭉쳐 있어도 괜찮겠나? 밖으로 나가서 다른 사람들의 동향을 살피지 않으면……."

"확실히 그러는 편이 좋겠지. 다만 우리는 네 명뿐이잖아? 의심받으면 안 되니까 대놓고 감시할 수도 없어. 할 수 있는 일을 은근슬쩍 하는 수밖에."

하스노는 아까부터 꼼짝도 하지 않고 문 옆에 기대어 있었다. 이야기를 나누면서도 방 바깥 동태에 주의를 기울였다. 네 사람이 방에 들어온 후 지금까지 통로를 지나간 사람은 없는 듯했다.

"뭐, 마냥 이러고 있을 수도 없는 노릇이지만, 짚어둬야 할 일을 먼저 짚어두고 싶군. 데루에 씨, 요리사는 어떤 사람인지는 아십니까?"

데루에는 아무것도 모른다.

몇 번 본 적은 있지만 말을 나눈 적은 거의 없다. 오쓰키도 봤던 기억이 난다고 할 뿐, 요리사의 이름조차 아는 사람이 없었다.

"어이, 짚어둬야 할 일이라면 실로 중대한 일이 있을 텐데. 어떻게 생각해?"

오쓰키의 질문에 하스노는 아아, 그렇지, 하며 근시인 사람이 먼 곳을 보려는 것처럼 인상을 찌푸렸다.

이구치는 이해하지 못한 눈치였다. 오쓰키가 말을 덧붙였다.

"모르겠나? 데루에 씨 이야기에 따르면 범인은 미나미 군의 살덩이를 잘라냈잖아? 사람을 죽이는 것만으로도 충분히 바쁠 텐데 범인은 왜 그런 짓을 했을까?

그리고 잘려진 살덩이는 발견되지 않았어. 어디로 갔지? 아주 찜찜한 예감이 들어."

오쓰키의 말대로다.

싫어도 떠오르는 사실이 있었다. 신문에 실린 엽기 살인사건 기사에 따르면, 해체된 시체를 가지런히 다 모아도 살점이 모자랐다고 한다.

이번 사건에서도 미나미 씨의 시체 중 일부가 사라졌다. 범인은 대체 그걸 어쩌려는 걸까?

이번 모임은 호랑이 고기라는 꺼림칙한 식재료를 먹는 회합이다. 어쩌면 범인은 그것보다 훨씬 섬뜩한 식재료를 즐기고 있는 것 아닐까?

데루에는 조금 전 주방에서 보았던 피가 뚝뚝 떨어지는 생고기를 떠올렸다. 호랑이 요리 만찬은 준비가 착착 진행되고 있을 것이다.

하스노가 손을 내밀어 오쓰키의 말을 제지했다. 바깥이 신경 쓰이는 눈치였다.

다들 입을 다물었다. 귀를 기울이자 발소리가 들렸다. 데루에는 갑자기 긴장됐다.

석유등 불빛이 새어 나와서 누군가 있다는 걸 통로에서도 금방 알 수 있다. 다가오던 발소리가 망설임 없이 문 앞에서 멈췄다. 그 사람은 문도 두드리지 않고 느닷없이 문을 벌컥 열었다.

"여기 있었군! 데루에, 농땡이를 부리면 어쩌자는 거야. 놀러 온 줄 알아?"

히로카와 씨였다. 데루에는 깜짝 놀라서 몸을 움츠렸다.

그는 데루에에게 호통을 치고 나서 나머지 세 사람을 천천히 둘러보았다.

"이봐, 데루에. 이 사람들에게 쓸데없이 입을 놀린 건 아니겠지? 겁많은 게 무슨 자랑도 아니고, 그럼 곤란해."

데루에는 하스노 일행이 눈짓을 교환하는 걸 알아차렸다. 뭔가 합의한 듯했는데, 오쓰키 혼자 즐거운 표정이었다.

"이야, 히로카와 씨. 데루에라는 이 하녀, 너무합니다! 얼굴이 좀 반반하게 생겼다고 해서 겉모습으로 손님의 우열을 가리는 게 아닌가 싶은데요. 하녀 주제에 말입니다. 내가 발가락 털을 좀 잘라달라는데도 전혀 말을 듣지 않아요."

오쓰키는 오른손을 쳐들어 데루에에게 삿대질을 했다. 숨결에서 술 냄새가 풀풀 풍겼다.

"하스노 군이 부탁했으면 기꺼이 해줬겠죠! 게다가 일솜씨가 형편 없어요."

"데루에 씨에게 시키실 일이 있으신가 보군요. 저희가 붙잡아놔서 죄송합니다."

하스노는 오쓰키의 되잖은 이야기에 전혀 장단을 맞춰주지 않고 말했다.

"으……, 음, 맞아. 데루에, 주방에 가서 식기를 준비해."

"엇? 식사인가요? 준비가 끝났습니까?"

"아직이야. 지지부진해. 다들 배가 고프니까 기다리는 동안 통조 림이라도 먹기로 했어."

히로카와 씨는 엄격한 표정으로 데루에에게 손짓했다.

데루에는 가고 싶지 않았다. 아직 마음의 준비가 안 됐다. 범인일 지도 모르는 손님들에게 혼자 둘러싸여 있기가 무서웠다.

"어허! 히로카와 씨, 이 사람을 잠깐만 더 빌립시다! 아직 설교가 안 끝났어요. 이봐, 식기를 준비해야 한다는군. 대신해 줘."

하스노와 이구치가 시선을 교환했다. 이구치는 그럼 내가 다녀올 게, 하고 일어섰다. 그는 히로카와 씨 옆을 빠져나가 주방으로 향했다.

히로카와 씨는 영문을 모르겠다는 표정으로 방을 둘러보았다.

"이번에는 봐주겠지만 자꾸 농땡이 칠 생각하지 마."

히로카와 씨는 데루에에게 엄포를 놓은 후, 다 함께 간식을 먹을 테니까 늦지 않게 오라고 말하고 선원실을 나섰다.

일단 데루에는 손님들 사이에 혼자 남겨질 위기를 모면했다.

하지만 아무래도 밖으로 나가서 손님들과 어울려야 할 분위기였다.

"오쓰키 군, 자네는 히로카와 씨를 어떻게 생각하나? 좋게 평가하지는 않겠지?"

"난 녀석이 싫어. 뭐, 저쪽은 하루미 사장님에게 연줄을 만들고 싶어서 기를 쓰지만."

지난달에 주가가 폭락해서 히로카와 씨는 상당한 타격을 입었다. 겉으로는 태연한 척하지만 분명 속이 부글부글 끓을 것이다, 그런 사업상 사정으로 안 그래도 하루미 상사의 사장에게 다리를 놓고 싶었던 마음이 더 간절해진 모양이었다.

"하루미 씨, 이런 류의 모임은 아주 싫어하지?"

"그렇겠지! 나도 하루미 사장님에게는 여기 오는 걸 비밀로 했어."

하스미 일행도 히로카와 씨의 마음에 들었다고는 할 수 없을 듯했다. 초대해 보니 오쓰키와 값어치가 엇비슷한 정도라고 간주한 듯했다.

히로카와 씨에게 미움받는 건 별로 바람직하지 못하다. 뭍으로 돌아가려면 그를 설득해야 할지도 모른다.

"이만 가는 게 좋겠군. 이구치 군이 좀 걱정되기도 하니까."

데루에는 주방에서 이구치와 합류하기로 했다. 하스노와 오쓰키는 휴게실로 향한다.

하스노가 주방까지 따라가는 게 좋겠느냐고 물어보았지만, 용기를 내서 괜찮다고 대답했다. 너무 경계해도 눈에 띄어서 오히려 좋지 않다.

"그럼 이구치 군을 잘 부탁합니다. 조심하시고요."

데루에는 마음을 가다듬은 후, 석유등을 들고 방을 나섰다.

6

주방은 역시 분위기가 음침했다.

요리는 진행되고 있는 듯했다. 아까 봤던 커다란 고깃덩이를 소분해서 금속 쟁반에 담아놓았다. 어떻게 조리할 건지는 어두워서 잘 모르겠다. 잔뼈가 바닥에 아무렇게나 버려져 있었다.

요리사는 묵묵히 작업을 계속했다. 등을 돌린 자세라 개수대 쪽에 있는 데루에에게는 표정이 전혀 보이지 않았다. 어쩐지 으스스했다.

식료품 창고에 있는 노부코를 보자 네발로 등딱지를 들어 올리고 느릿느릿 돌아다녔다. 아까보다는 기운 있어 보였다. 방이 얼마쯤 따뜻해진 덕분일까.

항해 중에 호랑이는 어쨌거나 인도별거북은 갑판장이 귀여워서 이름을 지어주고 밥도 먹였다고 한다. 동력 기관이 작동할 때는 온도가 올라가니까 문제없었지만, 동력 기관이 멈춘 지난 나흘간은 추위로 많이 힘들어했던 듯하다.

이구치는 몹시 서투른 손놀림으로 통조림 따개를 사용했다. 통조림 다섯 개의 내용물은 수프, 연어, 삶은 콩이었다. 데루에는 수프를

냄비에 붓고 알코올 등에 올렸다.

이구치는 배선실에서 가져온 접시를 헹구고 통조림을 담았다.

이 통조림이 마지막 보존식이라고 한다. 통조림 다섯 개라니, 인원수에 비해 양이 적다.

사실 데루에는 배가 고팠다. 오후 2시쯤에 점심을 먹은 뒤로 아무것도 입에 대지 않고 일한 데다, 의외의 사태에 동요되어 몸과 마음이 녹초가 됐다. 이 간식에 데루에의 몫은 없다. 데루에는 연어 한 조각과 콩 한 줌을 몰래 집어 먹었다.

이구치도 허기가 졌다고 했다. 다른 손님도 마찬가지일 테니 너무 오래 기다리게 하면 안 될 것이다.

밀차를 밀고 주방을 나서자 휴게실에서 하스노가 다가왔다.

"아아, 왔나. 서두르는 편이 좋겠어. 다들 왜 이렇게 안 오느냐고 성화야."

손님들은 이미 휴게실에 모였다고 한다. 앞장선 하스노를 따라 아홉 명분의 식기와 홍차 주전자가 실린 밀차를 휴게실로 옮겼다.

"저기, 제 입장이 좀 난감한데요."

휴게실에 도착하기 전에 데루에는 아까부터 걱정했던 점을 두 사람에게 털어놓았다.

"오쓰키 씨가 아까 하신 말씀에 대해 사장님께 뭐라고 설명해야 할까요?"

그 불평불만은 부자연스러웠다. 범인이 알면 의심을 품을 테고, 어쩌면 히로카와 씨가 범인일지도 모른다. 그렇지 않더라도 손님과 너무 가까워 보이면 나중에 야단맞을 것이다.

두 사람은 잠시 난처한 표정을 지었다. 하스노가 난처한 표정을 유지한 채 말을 꺼냈다.

"오쓰키 군이 데루에 씨에게 추근거리다가 퇴짜를 맞아서 홧김에 있는 소리 없는 소리를 떠들어대길래 저희가 중재하려 했다고 하면 됩니다. 그렇게 말을 맞춰 주십시오."

"네? 그래도 되나요?"

상관없습니다, 하고 이구치는 딱 잘라 말했다.

휴게실에 도착하자 데루에는 두 사람을 먼저 들여보낸 후 밀차를 밀면서 들어갔다.

석유등을 탁자와 바닥 등 곳곳에 놓아둔 덕분에 휴게실은 밝았다. 짙은 귤색 불빛이 비쳐서 손님들의 표정이 잘 보였다. 구로야마 의원과 히라이 의사, 니시다 선장과 구라니시 자작, 히로카와 사장과 미야코가 안쪽에서부터 마주 앉았고, 미야코 옆에는 오쓰키가 자리를 잡았다. 안 그래도 음영이 두드러지는 석유등 불빛이 흔들거려서 데루에 눈에는 그들 모두 악인으로 보였다.

이구치와 하스노가 오쓰키 근처에 마주 앉은 것을 신호 삼아 히로카와 씨가 입을 열었다.

"이제 다 모였군. 실은 미나미 군이 왠지 모르겠지만 뭍으로 돌아간 것 같아."

히로카와 씨는 보트와 가방이 없어졌다고 설명했다.

"아, 그랬어요? 뭐야, 당신 아까 미나미 씨를 찾았는데 헛수고했네요."

미야코가 간식 먹을 준비를 하는 데루에에게 말했다.

데루에는 연어와 콩이 담긴 접시와 수프 그릇을 내려놓고, 돌아다니면서 컵에 물을 따랐다. 물주전자를 탁자 한가운데 놓아두고 문 옆으로 물러났다.

"괜찮을까요? 뭍까지 거리가 꽤 되잖습니까. 작은 보트였죠? 쉽사리 가라앉을 것처럼 보였는데요."

히라이 씨는 미나미 씨의 기묘한 행동을 의아해했다.

"괜찮을 거야. 오늘은 바다가 아주 잔잔하지 않나. 제멋대로 혼자 떠났으니, 노를 저어 건너갈 자신이 있었던 거겠지."

히로카와 씨는 그렇게 단정했다. 니시다 선장이 안심시키려는 것처럼 덧붙여 말했다.

"미나미 씨가 바다에 익숙한지는 모르겠습니다만, 뭐, 괜찮을 겁니다. 그 보트는 노를 젓기가 쉬운 데다 나무라서 쉽게 가라앉지도 않을 거예요."

히라이 씨는 일단 수긍한 듯했다. 다들 미나미 씨를 변덕쟁이로 여겼는지 그가 사라진 일을 더 깊이 파고들지 않고 히로카와 씨의 말을 받아들였다.

"그나저나 미키가 식사 준비에 시간이 걸린다는군. 변변찮은 음식이지만 일단 들도록 하지."

요리사의 이름은 미키인 듯했다.

"호랑이를 요리하기가 쉽지는 않은가 보군요."

히라이 씨는 만찬이 늦어져서 기분이 별로인 것 같았다.

"하지만 고맙군. 이런 배에서 먹으면 통조림도 별미야. 아참, 히로카와 군. 만찬 때 마시려고 포도주를 가져왔는데, 지금 마셔도 되지 않겠나? 통조림에 안 맞을 것도 없겠지. 다들 어떤가?"

구로야마 의원이 자기 가방에서 백포도주 병을 꺼냈다.

모임에서 알게 된 구로야마 의원은 데루에 같은 사람에게는 위엄 있게 으스대면서도 돈줄에게는 부지런히 아첨을 떠는 성격이었다. 과연 국회의원은 이런 거구나, 하고 데루에는 묘하게 납득했다. 구로야마 의원은 히로카와 씨의 비위를 맞추는 걸 잊지 않았다.

"아니, 지금은 사양하겠네. 아직 취하고 싶지 않아."

이 대답에 구로야마 의원은 뜻밖이라는 표정을 지었다.

히로카와 씨는 식전에 술을 마시지 않는다. 데루에는 익히 잘 아는 사실이었다.

"주십시오! 목이 너무 탑니다."

"그럼 물을 마시게. ……죄송합니다. 이 녀석에게는 더 이상 술을 주지 않는 게 좋겠습니다."

오쓰키가 어린아이처럼 구로야마 의원에게 두 손을 펼치자, 옆에 앉은 이구치가 제지하고 나섰다.

구로야마 의원은 하스노를 보았다.

"자네는 마실 텐가?"

"공교롭게도 저는 술을 못 마십니다."

흥이 다 깨졌다는 듯 구로야마 의원은 포도주병을 가방에 넣으려 했다.

"어머, 저는 지금 마시고 싶은데요. 이건 딱봐도 맛없어 보이잖아요. 영 별로예요."

미야코가 불쑥 말했다. 구로야마 의원은 아주 밉살스럽다는 듯이 미야코를 노려보았다.

"어머, 왜요?"

미야코가 대들 듯이 대꾸하자 한순간 긴장된 분위기가 흘렀다. 하지만 그 이상의 일은 벌어지지 않았다.

"그런데 미키 씨라는 분은 특별한 요리사입니까? 호랑이도 해체할 수 있을 만큼 실력이 좋은가요?"

하스노가 히로카와 씨에게 물었다. 다른 사람들은 통조림으로 차려낸 간식을 먹기 시작했다.

"녀석은 흔한 요리사야. 다만 돼지를 손질해 본 적 있다더군. 다른 요리사를 고용하기도 귀찮아서 미키에게 맡겼어."

그렇다면 애를 먹을 만도 하다.

"오늘 아침에 시작했죠? 그럼 어쩔 수 없군. 그나저나 호랑이는 살아 있었지 않습니까? 혼자서 어떻게 손질합니까?"

오쓰키가 묻자 히로카와 씨는 귀찮다는 듯한 표정으로 대답했다.

"인도에서 필요한 물품을 이것저것 가져왔어."

니시다 선장이 말을 이어받아 설명했다.

"거기는 호랑이를 많이 사냥하잖아? 정작 니박얼(네팔)사람에게 부탁하긴 했지만 무사히 두 마리를 생포했고, 손질하는 법도 배워왔지. 미키 군은 손재주가 좋아서 그럭저럭 잘 배웠어. 그래도 너무 커서 시간이 걸렸지만.

사냥꾼 방식이야. 그들이 사용하는 물품을 골고루 가져왔어. 일단 화살에 바를 독. 총이 없으니까 죽이는 것부터가 문제였거든."

미키는 한 번도 쏴 본 적 없는 활로 우리 속 호랑이를 죽여야 했다고 한다. 호랑이가 워낙 사나운 탓에 다가가서 칼로 찌르기는 위험했기 때문이다.

독화살의 독은 아이누*가 사용하는 것과 비슷해서 가열하면 독성이 사라진다고 한다. 화살에 맞은 부위를 도려내서 버리고 잘 익혀서 먹으면 된다.

"그래서 미키 군이 지금 호랑이 고기로 스테이크와 스튜를 만들고 있어. 아, 칼도 같이 가져왔지. 그 니박얼 사람에게 얻었어. 보통 식칼은 길이가 모자라서 말이야."

이름은 쿠크리. 장식이 들어간 칼자루에 약 한 척 길이의 휘어진 칼날이 달린 칼이라고 한다. 그걸로 목을 잘라 피를 빼고 가죽을 벗긴다.

니시다 선장은 즐겁게 이야기했다. 고상하지 못한 말투였지만 흥미가 동하기는 했다.

---

* 일본 홋카이도, 도호쿠 북부, 러시아의 사할린, 쿠릴 열도 등지에 거주했던 토착민

그렇지만 하스노 일행을 제외한 다른 손님들은 이상하게 선장의 이야기에 무관심했다.

"니시다 씨, 식사하면서 할 이야기는 아니잖나. 우리는 이미 들었으니, 나중에 저 사람들에게만 따로 이야기하도록 해."

히라이 씨가 그렇게 말했다. 니시다 선장은 아아, 실례했습니다, 하고 입을 다물었다.

"괜히 그걸 봤다 싶네요. 생각보다 무서웠다고요. 이 콩, 검은 광택이 도는 게 호랑이 내장이 연상되네요. 안 그래요?"

손님들은 웅성거림으로 미야코의 말에 동의를 표했다.

아무래도 데루에와 하스노 일행이 선원실에서 이야기를 나눌 때, 니시다 선장이 해체된 호랑이의 가죽과 뼈, 내장 등을 손님들에게 구경시켜 준 모양이다. 만찬까지 시간이 있으니 심심풀이 삼아 구경하기로 했다고 한다.

호랑이는 선수루의 창고에서 손질됐다. 배의 비품인 톱과 도끼는 거기 남겨뒀지만, 활과 화살, 칼 등은 선장이 선교루로 가지고 왔다.

내장은 선수루에 남겨두면 쥐가 파먹을지도 모르므로 모피, 도구들과 함께 선교루의 욕탕으로 옮겼다. 가공해서 생약이라도 만들 작정이라고 한다.

선장은 그런 것들을 보여주면서 호랑이 해체 과정을 자세히 설명했다.

요리사 미키는 없었지만, 하스노 일행을 제외하고 나머지 손님은 전부 구경하러 갔으므로 방금 니시다 선장이 들려준 이야기는 재탕인 셈이다. 가까이 있던 손님에게만 제안했는지도 모르지만, 역시 하스노 일행을 경시하는 것처럼 느껴지기도 했다.

"그런데 오쓰키 군, 자네는 데루에에게 마음이 있나?"

히로카와 씨가 묻자 오쓰키는 냉큼 천박한 웃음을 지었다. 연기인지 진심인지 모를 정도였다.

"그럼요! 그런데 히로카와 씨 정도 되면 하녀도 얼굴을 보고 취향에 따라 고를 수 있군요."

히로카와 씨는 불쾌한 표정으로 허튼짓할 생각 마, 하고 따끔하게 말했다.

"이것뿐입니까? 얼른 만찬을 들고 싶군요."

간식 정도로는 허기가 가시지 않는지 히라이 씨는 불만스러운 눈치였다.

7

간식을 다 먹은 후 사람들은 휴게실을 빠져나갔다.

"이봐."

니시다 선장이었다. 데루에는 사용한 식기를 개수대로 옮긴 참이었다.

그냥 말을 걸었을 뿐인데 내심 펄쩍 뛰어오를 만큼 놀랐다.

"휴, 무슨 일이세요?"

"부탁이 좀 있어서. 내가 당신을 마음대로 부려 먹어도 될지 모르겠지만……."

"사장님께 손님 여러분의 편의를 위해 뭐든지 하라는 분부를 받았어요."

하기야 니시다 선장은 손님인지 아닌지 미묘한 입장이다. 평소는 손님입네 하는 얼굴로 모임에 드나들지만, 히로카와 씨는 원래 고용주인 데다 니시다 선장에게 돈도 빌려줬다. 특히 이번에 맡은 일은 고용인 같은 측면이 크므로, 손님이라는 기분이 옅어진 듯했다.

아무튼 데루에의 말을 듣고 니시다 선장은 부탁할 마음이 생긴 모양이었다.

"선실용 물품고를 정리해 줘. 선원 놈들이 마구 어지럽히고 갔어. 그러니까 뭍에 도착했을 때, 물품고의 물품을 금방 꺼낼 수 있도록……, 알았지?"

묘한 부탁이었다. 정리야 뭍에 가서 사람들을 모아서 하면 되지 않을까? 왜 하필이면 지금 데루에에게 시키는 걸까.

"깔끔하게 정돈하라는 건 아니고. 나무 상자가 있으니까 어질러진 물품을 거기 담고 뚜껑을 닫아. 그러면 돼."

이해는 되지 않았지만 알았다고 대답하려 했을 때 오쓰키가 다른 두 사람과 함께 나타났다.

"니시다 씨! 제가 돕겠습니다. 하녀 혼자서는 힘들잖아요?"

오쓰키가 희미하게 웃는 표정으로 말했다.

니시다 선장은 어째선지 당혹스러워했다.

"아니, 그럴 필요 없는데……, 하지만, 뭐, 그러던가."

니시다 선장은 데루에의 어깨를 두드리고 물러갔다.

하스노 일행은 데루에가 혼자 있지 않도록 최대한 배려해 주고 있다. 그래서 오쓰키가 데루에에게 불순한 호의를 품었다는, 진심인지 방편인지 모를 핑계를 댄 것이다. 이 핑계가 있으면 오쓰키가 데루에를 따라다녀도 그렇게 부자연스럽지 않다.

니시다 선장은 손님에게 고용인이 할 일을 시키기를 일단 주저했지만, 그런 사정이 떠올라서 오쓰키 마음에 맡긴 것처럼 보였다. 하기야 그런 것 치고는 너무 당혹스러워한 것 같기도 했지만…….

"어디가 선실용 물품고지?"

오쓰키의 물음에 하스노가 대답했다.

"제2갑판의 창고야. 꽤 넓어 보였는데."

안내받을 때 문 앞을 지나갔으므로 어딘지는 알고 있었다. 데루에와 하스노 일행은 제2갑판으로 계단을 내려가서 선실용 물품고로 통로를 걸어갔다.

문이 잠겨 있었다. 데루에는 식당에서 열쇠가 든 커다란 두루주머니를 가져왔다.

열쇠를 꺼냈지만 나무판의 글씨가 흐려져서 잘 보이지 않았다. 어쩔 수 없이 열쇠를 차례차례 맞춰 보았다. 운 좋게 일곱 번 만에 문이 열렸다.

데루에와 하스노 일행은 한 사람에 하나씩 석유등을 총 네 개 들고 왔으므로 방은 충분히 밝았다.

확실히 너무 난장판이라 정리가 필요했다. 선실용 물품고라고 했지만, 잡다한 물품밖에 없어서 폐품 창고 같았다. 나무 상자가 수십 개나 널브러져 있었고, 거기 담겨 있었을 빈 병, 깨진 식기, 범포*, 데루에로서는 용도를 모를 쇠붙이 등의 잡동사니가 사방에 나뒹굴고 있었다.

그리고 니시다 선장이 데루에에게 정리를 부탁한 이유는 일목요연했다.

창고는 음란한 사진 천지였다. 서양인, 아세아인, 아불리가(아프리카)인이 호텔, 호화 저택 응접실, 해안 같은 곳에서 혼자 또는 여럿이 뒤엉켜 자세를 취한 외설 사진들이 다양한 잡동사니에 섞여 한 눈엔 다 헤아릴 수 없을 만큼 많이 흩어져 있었다.

데루에는 옆에 있는 이구치와 얼굴을 마주 보았다.

숨이 턱 막히는 기분이었다. 네 사람은 물품고를 한 차례 둘러보았다.

이런 상황이 만들어지기에 이른 경위는 대충 짐작이 갔다.

사진 주인은 분명 니시다 선장 본인이다. 항해하는 동안 수집했으리라. 개인적으로 소장하기에는 너무 많으니까 분명 판매용이다. 그리고 수집한 사진은 창고에 보관된 나무 상자에 숨겨놓았다.

나무 상자는 쌓여 있었을까? 방심해서 제대로 고정하지 않은 탓에

* 돛을 만드는 데 쓰는 질긴 천

배가 흔들릴 때 나무 상자가 넘어졌는지도 모른다. 그 결과 외설 사진이 드러나서 선원들은 횡재를 했다.

그나저나 선원들 모두 긴팔원숭이가 아니었을까 싶은 광경이었다. 원래는 판형에 따라 분류해 놓았던 듯한 사진이 앞면 뒷면 구분 없이 바닥에 온통 뒤죽박죽 섞여 있었다.

"이걸 정리하라고? 사람을 무시해도 유분수지."

오쓰키는 재미있다는 듯한 어조로 말했다.

니시다 선장은 화물선 선장이지만 성격이 그리 대담하고 유들유들해 보이지는 않는다. 선원을 모아 내 외설 사진을 무단으로 반출하면 용서하지 않겠다고 경고할 배짱이 없었던 것이리라.

미쓰카와마루호는 조난돼서 예인해야 하는 상태다. 그렇다면 외부인이 승선할 가능성이 있으니 사진을 그대로 놔둘 수는 없다. 자칫하면 사진은 압수, 니시다 선장은 체포될지도 모른다.

니시다 선장은 배가 조난된 후로 내내 바빴던 듯하다. 어쩌면 앞으로도 남들 몰래 사진을 정리할 기회는 없을 수도 있다. 그래서 데루에에게 시키기로 한 것이다.

데루에의 인격을 무시하지 않고서는 이런 일을 시킬 수 없다. 모욕으로 받아들여도 될 듯했다.

하지만 지금은 화낼 상황이 아니다. 데루에는 어디서부터 손을 대면 좋을지 난감했다.

오쓰키가 쪼그려 앉아 가까이 있는 사진을 한 장 집었다.

"어이, 이구치! 이건 예술인가, 그냥 외설물인가? 어느 쪽이야?"

"몰라. 음란한 사진이겠지."

"제대로 보지도 않고 말하는군. 경찰이 압수할 때와 똑같아! 똑똑히 봐."

"너무 떠들지 말게. 이건 죄다 선정적인 목적으로 찍은 사진이잖아? 예술은 아닐 테지."

"뭐라고? 이구치, 예술인지 아닌지를 판가름하는데 작자의 심적 태도를 문제 삼는 건가? 애초에 그렇게 단정하고 감상해도 되는 거야? 그건 불순하지 않나? 아름답지 않으면 예술이 아니란 말인가?"

"아니, 그건 말이지……."

"이구치 넌 풍경이며 동물을 예쁘다면서 그리잖아. 무교인 주제에. 작자가 예술임을 의도하고 제작한 작품만 예술이라면, 창조주를 믿어야지! 세상이 아름답게 창조됐다는 걸 믿으라고!"

"억지 부리지 마. 그럼 정정할게. 내가 예술인지 아닌지 운운하는 건 인간이 만든 작품으로 한정돼. 그 외의 것은 아름답기도 하고 추하기도 하지만 전부 예술이 아니야. 이건 자연물이 예술로 부르기에 합당할 만큼 아름답지는 않다는 뜻이 아니라, 정의의 문제지. '예술'은 애당초 인간이 만든 작품에 한정해서 사용하는 말 아닌가?"

"얼버무리지 마! 난 예술이라는 말의 정의를 묻는 게 아니라, 이 음란한 사진이 예술이라고 부르기에 합당하냐고 묻는 거야."

"그럼 합당하지 않아. 난 머리가 굳었거든. 예술로서 만들어진 작품조차 이해하지 못할 때가 있는데, 예술이고 나발이고 아닌 것에서 굳이 예술성을 찾아내려고 노력할 여유는 없어. 하물며 내 생각에 이건 예술과 거리가 아주 멀어. 그야 자네는 여성의 알몸만 그리니까 뭔가 와닿는 바가 있을지도 모르지만."

"너도 그리잖아. 뭐, 이건 확실히 그냥 외설 사진이려나. 이것도. 내무성 놈들은 날이면 날마다 이런 일을 하는 건가? 시시하군."

오쓰키는 이건 어떠냐, 이건 또 어떠냐 하고 주운 사진을 일일이 이구치에게 들이댔다.

"자네들에게 딱 맞는 일인 것 같군. 정리 좀 해주게."

하스노는 이삭줍기하는 자세로 외설 사진을 모으는 이구치와 오쓰키에게 말했다.

"난 잠깐 선미 쪽을 보고 올게. 확인하고 싶은 일이 생겼어. 데루에 씨, 같이 가주시겠습니까?"

아니요, 라는 선택지는 없었다. 선미루의 호랑이도 싫지만, 뜻 모를 대화를 하면서 외설 사진을 줍는 두 사람과 함께 사진을 모으기는 더 싫었다.

"오쓰키 군은 술에 취해 이구치 군 집에 갔다가 이구치 군 부인에게 나체를 그리게 해달라고 실언한 적이 있다는군요. 색주가에 왔다고 착각했던 모양이에요."

"어휴, 그런가요."

방금 두 사람의 대화를 해설해 달라고 요구하자 그런 대답이 돌아왔다.

선미루로 향하는 도중이었다. 달이 더 높이 떠서 아까보다 눈부셔 보였다. 구름이 걷히고 봄답게 안개가 꼈지만, 덕분에 하늘 전체가 희미하게 밝았다. 그 달빛이 바다에 반사돼서 비단에 살포시 감싸인 듯한 기분이었다.

하스노가 제3화물창 출입구 근처를 가리켰다.

"여기 보트가 있었죠?"

"네."

그 보트는 아무래도 범인이 처분한 듯했다.

선미로 걸음을 옮겼다. 상갑판에는 아무도 없었다. 다들 거주 구획에 있는 듯했다.

"처음에 안내받았을 때 선미루가 어떤 상태였는지 기억하십니까?"

"글쎄요. 머릿속에 똑똑히 새겨질 만큼 별난 건 없었잖아요?"

호랑이 말고는.

선미루는 선수루와 달리 선미의 구조물을 둘러싸고 빙 돌 수 있는 통로가 있다. 그 위에 선미루 갑판이 지붕처럼 덮여 있어서 베란다 같은 분위기가 난다.

통로를 한 바퀴 돌고 나서 수밀문을 열고 선미루 안으로 들어갔다.

조타실과 창고가 있었다. 창고는 좌현 쪽과 우현 쪽에 각각 두 개씩이었다.

우현 쪽 창고 두 개에는 쇳밥이 가득했다. 빈 상자 수십 개를 채우고 바닥에도 넘쳐날 만큼 쇳밥이 많았다. 제철 회사에라도 넘기려는 걸까?

그리고 녹슨 철사가 있었다. 몇 뭉치나 되니까 없어져도 알아차리지 못하리라. 미나미 씨의 시체에 쇠지레를 묶는 데 사용한 걸까.

"뭔가 없어진 게 있는지 아시겠습니까?"

안내받을 때 이 창고들도 보았다. 그때와 비교해 이상한 점이 없느냐는 질문이다.

"뭔가 달라진 것도 같지만, 없어진 게 있는지는 모르겠네요."

"그렇군요. 뭐, 당연하겠죠. 저도 꼼꼼히 관찰한 건 아니니까요."

창고가 워낙 난잡해서 누가 쇳밥을 움직였어도 모를 것이다. 주변 방도 살펴보았지만 이상한 점은 눈에 띄지 않았다.

마지막으로 하스노는 좌현 쪽 창고로 향했다.

데루에는 저도 모르게 앓는 듯한 소리를 냈다. 호랑이가 있는 곳이다.

호랑이는 두 창고를 자유로이 왔다 갔다 하는데, 지금은 통로에서 보았을 때 왼쪽에 해당하는 방에 있는 듯했다.

하스노가 문에 달린 작은 창문을 들여다보았다.

데루에는 역시 겁이 났다. 몸을 움츠리고 창고 문에서 되도록 거리를 두었다.

하지만 하스노가 묘하게 열심히 들여다보길래 머뭇머뭇 다가갔다.

"왜 그러세요? 호랑이잖아요? 뭔가 이상한 점이라도 있나요?"

"이상한 점은 없군요. 이 방에 뭘 놓아뒀는지 확인하고 싶어서요."

어질러져 있어서 알아보기 쉽지는 않았지만, 창고 안쪽에는 밧줄과 사슬, 화물창 출입구를 막는 범포의 예비품이 있었고, 문 바로 옆에는 석탄 자루가 보였다. 인도에서 돌아오는 도중에 호랑이 때문에 예비 밧줄을 꺼내지 못해서 난감했다고 선장이 그랬었다.

하스노가 석유등을 쳐들고 안쪽을 비추려고 했다. 그 순간 으르렁거리는 소리와 함께 문이 덜컹 흔들렸다. 호랑이가 부딪친 것이다.

데루에는 작게 비명을 질렀다. 하스노도 오오, 하고 얼른 석유등을 내렸다.

두 사람은 창고 앞에서 잠시 숨죽인 채 호랑이가 얌전해지기를 기다렸다. 다행히 문은 부서질 것 같지 않았다.

하스노는 이어서 오른쪽 창고를 들여다보았다. 호랑이는 이쪽으로 올 때도 있는 듯했다.

데루에는 초조해졌다. 창고에 꼭 봐야 할 물품이 있을 것 같지는 않았다. 선교루를 내팽개치고 무단으로 나왔으니 히로카와 씨가 화났을지도 모른다.

"같이 오자고 해서 미안합니다. 잘 안 보이는군. 몹시 난장판이에요."

호랑이가 이쪽에 없는 틈을 타서 하스노는 석유등을 작은 창문에 대고 안쪽을 살폈다.

잘 보이지 않는 건 철제 선반이 작은 창문을 막은 탓이다. 강풍으로 배가 흔들렸을 때 고정줄이 전부 풀려서 벽을 가득 메운 철제 선반이 실내에 엉망진창으로 넘어졌다.

그중 하나가 창고 문을 막아버렸다. 뒷판이 없는 선반이라 아예 보이지 않는 건 아니지만, 선반널이 작은 창문의 시야를 가렸다.

데루에도 하스노 뒤에서 발돋움해서 들여다보았다. 부서진 우리가 있으니 원래 호랑이를 넣어둔 곳은 이쪽 창고다. 바닥에 나뒹구는 도구류 말고는 잘 보이지 않았다.

마지막으로 하스노는 호랑이에 주의하며 두 창고의 문손잡이를 신중하게 돌렸다.

문이 잠겨 있는지 확인한 듯했다. 둘 다 잠겨 있었다.

"다 봤습니다. 돌아갈까요."

하스노가 미소 지었다. 데루에는 안도하며 하스노를 따라 선교루로 향했다.

"아, 하스노, 큰일이야."

제2갑판의 선실용 물품고로 돌아가자 이구치가 하스노와 데루에에게 손짓했다.

오쓰키와 이구치는 정리하던 손을 멈추고 구석에 쪼그려 앉아 석유등 불빛으로 뭔가를 들여다보고 있었다.

그들은 의외로 진지하게 일했다. 외설 사진을 전부 모아서 원래 들어 있었으리라 추정되는 상자에 담아놓았다. 아주 빠른 손놀림이다.

담아놓고 보니 역시 어마어마한 양이었다. 선원들이 가져갔을 텐데도 한 아름은 되는 나무 상자에 꽉 차다니 어이없을 지경이었다.

하스노는 문을 닫고 두 사람 곁으로 부리나케 다가갔다. 데루에도 뒤따랐다.

두 사람이 보고 있던 것은 수첩이었다. 검은색 가죽 표지에 크고 두껍다. 데루에는 모르는 외국어가 적혀 있었다.

"혹시 미나미 씨의 수첩인가?"

"응. 내가 예전에 훔쳐 읽었던 거야."

"어디 있었는데?"

"상갑판의 화장실 세면대 밑에. 틈새에 끼워져 있는 걸 우연히 발견했어."

오쓰키가 화장실에 갔을 때 덜 잠긴 석유등의 기름 주입구 뚜껑을 떨어뜨렸는데, 그걸 주우려다 발견했다고 한다.

하스노는 오쓰키에게 수첩을 받아들었다.

쪽수가 꽤 많았다. 하스노는 재빨리 수첩을 넘겼다.

"뭐야, 이건. 어중간한 비망록이로군."

내용을 확인하던 하스노가 얼굴을 찌푸렸다.

"그렇지? 쓰지 않는 게 나을 법한 내용만 잔뜩 써놨어."

오쓰키가 말했다. 하스노는 수첩 내용을 다 확인한 후, 데루에와 이구치에게 요점을 번역해서 들려주었다.

- 드디어 빼도 박도 못할 증거 얻음. 이름을 떨칠 기회다.
- 범인은 내 힘으로 붙잡아야 함. 또한 N군에게 증거를 맡기고 경찰의 조력을 얻어야 함.
- N군에게 증거를 미리 경찰에 넘기도록 의뢰하고, 경찰이 증거를 검토하도록 촉구할 것. 다만 범인의 소재를 알려서는 안 됨. 내가 범인의 목덜미를 붙잡고 경찰에 서로 당당히 개선하는 것이 이상적임.

그 외에 신문에 실렸던 사건 관련 자료의 요점을 정리한 글도 있었다. 나머지는 사건과는 무관하게 거리에서 보았던 여성에 대한 감상이었다.

요컨대 이것은 미나미 씨의 범인 체포 계획이다. 경찰보다 먼저 엽기 살인범의 정체를 알아낸 것으로는 부족해, 직접 체포함으로써 큰 명성을 얻으려 한 듯하다. N군은 동료 신문기자일까.

아무튼 이 계획은 완전히 실패했다. 미나미 씨는 오히려 살해당했다.

확실히 데루에와 하스노 일행에게는 거의 도움이 되지 않는 내용뿐이었다. 무엇보다 빼도 박도 못할 증거를 얻었다면서 범인의 이름을 적어놓지 않았다.

"왜 범인은 이걸 화장실 세면대 아래에 남겨두었을까."

이구치가 수첩을 노려보았다.

하스노는 무익한 내용으로 가득한 수첩을 덮었다.

"그러게. 수첩은 식당에 놓아둔 미나미 씨의 서류 가방에 들어 있었어. 범인은 가방을 일단 밀차의 양철 상자에 감췄지. 가방을 가지고 나가면 내 눈에 띌 것 같았으니까.

데루에 씨가 밀차를 식당에서 배선실로 옮겼어. 주변에 사람이 없는 틈을 노려 범인은 양철 상자에서 가방을 꺼냈겠지."

분명 다른 물품들은 가방과 함께 바다에 버렸겠지만, 이 수첩만큼은 내용을 확인하고 싶었으리라. 그래서 아래층 화장실에 가서 확인했다. 하지만 꼼꼼히 확인할 시간은 없다. 전부 읽을 때까지는 버리고 싶지 않다. 어딘가에 보관하고 싶다.

그래서 일단 세면대 아래에 숨겨두기로 했다. 아마 그렇게 된 것 아니겠느냐고 하스노는 말했다.

　"범인은 불란서어를 안단 말인가?"

　"그럴 수도 있겠지. 미나미 씨는 방심한 모양이지만, 여기 온 손님들은 외국어를 공부할 여력이 있는 사람들이잖아?"

　아니면 불란서어를 모르니까 나중에 사전을 찾아가며 찬찬히 확인할 생각이었을 수도 있다.

　이 수첩만으로는 미나미 씨가 살해당했다는 사실을 증명하기 힘들다.

　결국 수첩은 있던 곳에 돌려놓았다. 크게 도움이 될 것 같지도 않은데 괜히 가져갔다가는, 미나미 씨가 살해당했다는 사실을 눈치챈 사람이 배에 있다고 범인에게 알려주는 꼴이다.

　데루에와 하스노 일행은 창고에 우두커니 서서 방책을 고민했다.

　"하스노 결국 어쩌면 좋을까? 역시 회합이 끝날 때까지 얌전히 지내는 게 상책 아니겠나?"

　"아니, 그건 안 돼. 적어도 오늘 만찬은 반드시 중지시켜야 해. 여차하면 강경 수단을 사용하는 수밖에 없겠지만, 가능하면 그 전에 범인을 지목하고 싶군."

　"왜 만찬을 중지시켜야 하는데?"

　"아직 나도 확신은 없어서 말하기가 꺼려지는군."

　지금 이러는 사이에도 만찬은 착착 준비되고 있을 것이다.

　이윽고 하스노는 결론을 내렸다.

"일단 여기를 정리할까. 당분간은 되도록 데루에 씨를 혼자 두지 않는 게 중요해."

사진은 정리했지만 선실용 물품고는 여전히 난장판이었다. 아무래도 선장은 외설 사진을 정리해 주길 바란 듯하고 다른 물품은 그다지 중요해 보이지 않았지만, 방을 정리하라고 지시받은 이상 내버려둘 수도 없었다.

어쨌든 다 함께 잡동사니를 정리했다. 나무 상자에 압정이며 쇠고리며 용도를 모를 물품을 담았다.

"오쓰키 군, 좀 살살하는 게 좋지 않겠나? 깨지지 않았어?"

오쓰키는 정리하는 티라도 내듯 한층 큰 소리를 냈다. 덜컥, 쿵, 하고 닥치는 대로 물품을 나무 상자에 쑤셔 넣었고 방금은 진공관인지 뭔지를 함부로 내던졌다.

잡동사니라고 해도 적재량에 한도가 있는 배에 실은 물품이니, 쓰레기가 아니라 전부 사용처가 있을 것이다.

"뭐 어때? 선장에게는 애초에 부서진 상태였다고 하면 그만이야. 남에게 외설 사진을 정리하라고 시킨 주제에 아무 손해도 없이 넘어가려고 하면 못 쓰지."

"뭐 하는 거예요?"

갑자기 문이 열렸다.

미야코였다. 오쓰키가 워낙 큰 소리를 내서 와본 모양이었다.

미야코는 안으로 들어와서 어지러이 흩어진 잡동사니를 발끝으로 툭 쳤다.

420

"이건 뭐예요? 무슨 이야기를 하고 있었어요?"

니시다 선장님의 부탁으로 정리를 하고 있었습니다.

하스노가 간결하게 대답했다.

미야코는 뭔가 짐작이 간다는 표정이었다.

"선장? 아아, 그렇군요. 그 사람 호색한이죠? 아니에요?"

"호색한이지. 엄청난 호색한이야. 호색한이 아닌 것처럼 보이지만 호색한이야. 겉과 속이 다른 호색한이라고."

오쓰키가 끼어들었다. 미야코는 불쾌한 듯한 시선을 던졌다.

"어머, 당신은 겉과 속이 똑같은 호색한이잖아요? 나 혼자 화실에 오라고 늘 유혹했으면서."

이구치가 금시초문이라는 얼굴로 오쓰키를 돌아보았다. 데루에도 무심코 그쪽을 보았다. 하스노는 관심 없다는 듯 정리를 계속했다.

"아니, 그림을 그려주려고 한 건데? 분명 걸작이 나올 거야. 일본 인은 팔다리가 짧아서 글렀지만 무희는 다르지. 좋으면서 괜히 빼지 않아도 돼."

아아, 취했네, 하고 미야코는 정떨어진다는 표정을 지었다.

그리고 데루에에게 고자질하듯 말했다.

"있죠, 이 사람 좀 이상하니까 조심해요."

이상하다는 건 안다.

"앗, 이 하녀 자세히 보니 미인이로군. 얼굴만 따지면 미야코 양보 다 나아."

오쓰키가 데루에를 보고 히죽히죽 웃었다.

오쓰키는 데루에의 안전을 지키기 위해 데루에에게 추근거리기로 했다. 오쓰키가 미야코에게 반감을 사면서까지 그런 척하는 거라면 크게 감사해야 마땅하겠지만, 아무래도 진심으로밖에 보이지 않아서 난감했다.

미야코는 문가에 서서 네 사람이 일하는 모습을 잠시 바라보다가 떠났다.

교대하듯 히라이 씨가 상황을 보러 왔다. 시끄러운 소리를 낸 탓에 무슨 일인가 싶어 사람들이 자꾸 찾아온다.

히라이 씨에 이어 구라니시 자작이 얼굴을 내비쳤다. 그리고 니시다 선장이 나타났다. 니시다 선장은 어쩐지 겸연쩍은 표정이었다. 얼마 지나지 않아 둘 다 말없이 어딘가로 사라졌다.

대충 정리가 끝났다. 나무 상자 스물네 개 가운데 하나만 빼고 다 채웠다.

귀찮아서 정리를 뒤로 미룬 물품이 바닥에 남아 있었다.

길이가 2간쯤 되는 쇠밧줄이었다. 끄트머리를 펜치로 구부리고 철사로 고정해서 갈고리에 걸 수 있도록 작은 고리 형태로 만들어놓았다. 하역에 사용하는 물품인 듯했다. 그런 쇠밧줄이 다섯 줄 있었다.

쇠밧줄이 굵어서 아무리 작게 말아도 한 뭉치의 지름이 약 1척 5촌쯤 됐다. 단단히 말아야 나무 상자에 들어갈 텐데 길어서 애먹었다.

쇠밧줄을 마지막 상자에 넣고, 그 위에 양철 컵 등 자잘한 물품을 채우려던 때였다.

구로야마 의원이 나타났다. 석유등을 쳐들어 상자 뚜껑을 닫으려는 데루에를 비췄다.

"이보게, 하녀는 여기 있나? 히로카와 군이 부른다. 뭔가 찾으려는 것 같던데."

뭔가 찾는다고? 또 선내를 여기저기 돌아다니라는 건가.

가야 하겠지만 혼자 있기는 싫었다.

하스노 일행은 물품으로 가득 찬 상자를 벽에 죽 늘어놓았다. 상자 스물네 개를 가로 여섯 줄, 세로 네 줄로 쌓으려는 듯했다.

흔들리면 무너지지 않을까? 네 단 정도라면 괜찮을까. 아니면 사진 상자를 제일 위에 올려놓고, 무너져도 알 바 아니라는 식으로 선장을 골탕 먹이려는 걸까.

하스노가 데루에에게 받은 나무 상자를 제일 왼쪽 상자 위에 내려놓았다. 이구치와 오쓰키가 그 위에 상자를 하나씩 쌓았다. 드디어 정리가 끝났다.

구로야마 의원은 네 사람이 일하는 모습을 지켜볼 작정인지 한동안 문가에 서 있었다. 네 사람이 나무 상자를 다 쌓아 올리자 석유등을 들고 어딘가로 통로를 걸어갔다.

지시를 받았으니 따라야 한다. 데루에는 앞치마를 털었다.

"그럼 히로카와 씨에게 가볼게요."

물품고를 나서려고 통로에 고개를 내민 순간, 히로카와 씨가 구라니시 자작을 대동하고 걸어오는 모습이 보였다.

"아, 거긴가."

데루에는 문 앞에서 굳어버렸다.

"뭐 하는 거야?"

"니시다 선장의 지시로 물품고를 정리하고 있었습니다."

히로카와 씨의 태도에서 악의가 느껴져 데루에는 경계했다. 데루에에게 심술궂은 명령을 내릴 때의 말투와 표정이었다.

"데루에, 넌 아무래도 젊은 사내와 함께 있는 게 좋은가 보군."

데루에 뒤쪽에 있는 하스노 일행을 보고 히로카와 씨가 그렇게 말했다. 데루에는 뺨이 화끈 달아올랐다.

"아참, 할 일이 있어. 아까부터 내 담뱃대가 어디 있는지 보이질 않아. 늘 사용하는 호박 담뱃대 말이야. 어딘가 떨어뜨린 것 같은데. 기억은 안 나지만, 아까 선내를 구경했을 때였는지도 모르겠군."

그렇다면 배를 구석구석 돌아다니면서 찾아야 하지 않는가.

"찾아서 대령해."

무서웠다. 살인귀가 어슬렁거리는 어두운 선내를 석유등 하나에 의지해 돌아다녀야 한단 말인가.

오쓰키가 아아, 저도 같이 찾겠습니다, 하고 실실 웃으며 말했지만 히로카와 씨가 제지했다.

"아니, 상관하지 마. 데루에는 안 그래도 일을 대충대충 하는 데다, 너무 봐주면 기어오르는 성격이거든. 자네들, 데루에를 너무 쫓아다니지 말도록 해."

데루에는 날카로운 분노를 느꼈다.

담뱃대를 잃어버렸다는 말이 참말인지 거짓말인지는 모른다. 다만 그걸 데루에 혼자 찾아내라는 건 틀림없이 데루에에게 겁을 줘서 어쩔 줄 모르는 모습을 즐기겠다는 심보다.

히로카와 씨는 종종 이런 심술을 부렸다. 겁먹은 데루에게 호랑이가 있는 창고를 들여다보라고 하거나, 어두침침한 배를 돌아다니며 미나미 씨에게 담배를 전해 주라고 시키는 것도 그런 심술의 일종이었다.

장난이나 칠 때가 아니다. 이 배에는 살인귀가 있다. 그런데 무슨 생각인지 고용주의 권력을 남용해 쓸데없는 명령을 내리고 재미있어한다.

저항해야 할까. 히로카와 씨의 심기를 거스르더라도 그렇게는 못한다, 하고 싶지 않다고 말해야 할까.

혼자 있는 건 위험하다. 하스노 일행 중 누군가와 함께 가지 않으면 무서워서 싫다고 똑똑히 말하는 편이 좋을까.

또는 너무 경계하는 모습을 보이면 범인을 자극할 수도 있을까.

너무 갑작스러워서 판단이 서지 않았지만, 히로카와 씨에게 약한 모습을 보이려니 배알이 꼴렸다.

"알았어요. 찾아올게요."

말을 내뱉고 나서 무심코 돌아보자 하스노가 걱정스러운 시선을 보냈다.

정말로 위험하다면 그가 어떻게든 해줄 것이다. 어쩐지 그런 기분도 들었다.

데루에는 부루퉁하게 심술궂은 표정을 짓고 있는 히로카와 씨 옆을 지나쳐 물품고를 나섰다.

8

제3갑판으로 내려간 데루에는 통로를 지나 기관실을 둘러싼 회랑으로 나왔다. 드나드는 사람이 제일 적은 곳이니까 잃어버렸다는 파이프가 발견되지 않고 떨어져 있을지도 모른다.

기관실은 선내의 어느 곳보다도 어둠이 짙었다.

높은 천장도 한몫하는지 모른다. 기관실에는 배에서 가장 높은 부분인 천창까지 뻥 뚫린 구획이 있다.

천창이 있으니까 창문이 없는 다른 방보다는 밝아야 할 테지만, 천창으로 들어오는 달빛은 천장 일부를 비출 뿐이라 오히려 데루에가 있는 제3갑판의 어둠을 더욱 부각시키는 것 같았다.

회랑에서 계단을 내려가서 배의 가장 아래쪽에 내려섰다.

추웠다.

해수면 아래에 해당하는 곳이라 수온이 직접 전해지는 걸까.

후회가 몰려왔다. 역시 혼자 있는 건 피하는 편이 나았을까?

기관실은 상당히 넓었다. 주변에는 갑충의 다리를 연상시키는 금속 물체가 규칙적으로 줄지어 있었다. 석유등 불빛을 비추자, 곡선이 미끌미끌해 보여서 기분 나빴다. 더 안쪽에는 거대한 운전대와 막대형 손잡이가 달린 기계가 우뚝 솟아 있었다.

간이 기중기의 갈고리를 걸어둔 손잡이가 보였다. 고장났다고 했으니, 손잡이를 억지로 움직여보려고 한 걸까.

곳곳에 굵기와 형태가 다양한 관이 뻗어 있었다. 선수 방향으로 제일 안쪽에는 전화실과 전성관*이 있었다.

일단 히로카와 씨가 정말로 호박 담뱃대를 잃어버렸다고 믿기로 했다. 상갑판과 선수루, 선미루는 뒤로 미뤘다. 데루에는 그곳들을 이미 지나왔으니까, 담뱃대가 있었다면 눈에 띄었을 만도 하다.

히로카와 씨가 지나갔을 법한 곳을 떠올리며 바닥만 보고 걸었다. 지저분해서 얼룩을 담뱃대와 착각하곤 했다.

구석구석 완벽하게 찾아봤다는 자신은 없었지만 데루에는 기관실 수색을 끝냈다. 으스스해서 더는 머무르기 싫었다.

계단을 타고 제3갑판과 제2갑판을 지나 상갑판까지 올라왔다.

주방 옆을 지나칠 때 만찬이 얼마나 준비됐나 궁금해서 안을 들여다보았다. 이미 스튜는 완성된 듯했다.

곁들일 사라다도 사람들의 머릿수에 맞춰서 접시에 담았다. 이제 스테이크만 구우면 만찬 준비는 끝난다.

그런데 묘하게도 요리사 미키가 보이지 않았다. 주방에는 아무도 없었다.

어떻게 된 걸까? 요리에 집중해야 할 시간이다. 화장실에라도 간 걸까?

주방 앞을 지나쳐 통로를 꺾어 들자 앞쪽에 누군가 있었다.

요리복인 듯한 흰옷을 입었다. 아무래도 미키인 듯했다. 그는 엉거

---

* 분리된 두 방을 연결해 음성을 전달하는 관

주춤한 자세로 석유등을 들고 걸어갔다.

뭘 하는 걸까? 뭔가 찾는 것처럼 보였다. 뭘?

모르겠지만 데루에는 관여하지 않기로 했다. 다행히 미키는 데루에가 있다는 걸 알아차리지 못했다.

데루에는 상갑판의 통로와 방을 찾아본 후, 선교루를 더 위쪽으로 향했다.

도중에 인기척이 나면 통로를 먼저 지나치거나 가까운 방에 들어가서 숨었다. 분명 누구와도 마주치지 않는 것이 제일 안전하다.

담뱃대는 눈에 띄지 않았다. 데루에는 조타실과 해도실이 있는 항해 선교 갑판까지 올라갔다.

실내를 둘러보았지만 역시 담뱃대는 없었다.

갑판에는 거대한 굴뚝과 통풍관, 그리고 담수통이 있었다. 기관실의 천창이 달린 것도 여기다. 데루에는 몇 시간 전에 히로카와 씨가 그 언저리에 앉아 있었던 것이 떠올랐다.

다가가서 확인하자 담뱃대가 갑판에 떨어져 있었다.

데루에는 담뱃대를 주워서 앞치마 주머니에 넣었다.

아무튼 지시받은 일은 완수했다. 이제 하스노 일행과 합류해도 불평은 못 하리라.

그렇게 생각하며 시선을 들었을 때 천창 아래쪽이 시야에 들어왔다.

어? 데루에는 시선을 빼앗겼다.

석유등 불빛인 듯했다. 기관실에 누군가 있었다.

데루에는 천창에 달라붙듯 몸을 웅크리고 시선을 모았다.

불빛은 기관실의 회랑을 천천히 움직였다. 평범하게 걷는 것 치고는 너무 느렸다.

뭔가 끌고 가는 듯했다. 석유등 손잡이를 팔에 건 채 양손으로 뭔가를 잡고 슬금슬금 뒷걸음쳤다.

잠시 후, 데루에는 아래에서 무슨 일이 벌어지고 있는지 이해하고 작게 비명을 질렀다.

끌려가고 있는 것은 시체였다. 석유등을 든 사람은 양손으로 시체의 겨드랑이를 붙잡고 이동하는 중이었다.

누가 죽은 거지? 살해당한 걸까? 체격으로 보건대 남자 시체였지만, 누구인지는 분간이 가지 않았다.

죽은 건 확실했다. 가슴께에 칼자루 같은 것이 튀어나와 있었다. 상당히 굵어 보였다. 저건 쿠크리 아닐까?

시체를 옮기는 인물이 누구인지가 가장 중요했지만, 역시 분간이 가지 않았다.

데루에는 서 있는 범인을 위에서 내려다보고 있다. 석유등에 씌워진 커다란 갓 때문에 위쪽으로는 불빛이 비치지 않으므로, 범인의 상반신은 어두워서 보이지 않았다.

하기야 데루에도 범인의 정체를 알아내기 위해 천창 아래를 계속 응시할 수는 없었다. 범인이 당장이라도 위쪽을 쳐다볼 것만 같았다. 데루에는 천창에서 물러나 갑판에 주저앉았다.

누가 살해당한 걸까? 범인은 누굴까? 왜 지금 죽인 걸까? 어쩌면 좋지?

지금 당장 계단을 뛰어 내려가서 기관실로 향하면 범인을 알아낼 수 있을지도 모른다.

하지만 너무나 위험한 짓이다. 데루에 혼자서는 못 한다. 여럿이더라도 상대가 권총을 가지고 있을 가능성을 고려하면 섣부른 짓은 할 수 없다.

안 그래도 데루에는 아까 작게 내지른 비명소리가 범인에게 들리지는 않았을까 불안했다. 어쩌면 범인은 데루에를 발견하자마자 다짜고짜 죽이려 들지도 모른다.

다리가 풀렸다. 춥지는 않건만 몸이 덜덜 떨렸다. 데루에는 기다시피 조타실로 들어갔다.

조타륜 근처에 앉아 몸을 웅크렸다. 어쩌지? 어쨌든 하스노 일행과 만나야 한다. 하지만 조심성 없이 아래로 내려가도 괜찮을까? 혹시 살해당한 사람은 하스노 아닐까?

데루에는 꼼짝도 할 수 없었다. 그 자리에 가만히 앉아 있으니 두려움이 점점 커졌다.

마음을 진정시키려 애썼다. 10분쯤 지났을까 머리 위에서 갑자기 목소리가 났다.

—없어!

—의외로 재빠르군.

데루에는 기관실에 있는 범인을 발견했을 때보다 더 놀랐다. 하지만 일어서서 목소리가 들린 곳을 찾아보고 바로 이유를 알았다.

나팔 같은 관이 조타륜 옆에 튀어나와 있었다. 전성관이다.

반대쪽에 있는 사람의 목소리가 전성관을 타고 들려온 것이다.

—그런 것 같은데? 틈새에 들어가는 걸 좋아하나 봐.

—어떻게든 찾아내야지. 가엾잖나.

오쓰키와 이구치의 목소리였다. 무슨 이야기인지는 짐작이 가지 않았다.

하지만 전성관의 통신 구획이 적힌 명판을 보고 데루에는 다시 핏기가 가셨다.

이 전성관은 기관실과 연결돼 있다! 그들은 지금 기관실에 있다.

"저, 저기요."

데루에의 입에서 저도 모르게 말이 튀어나왔다.

—엇! 누가 있어.

—누구십니까?

"그, 저예요. 데루에요."

—이야! 뭐야, 지금 조타실에 있는 건가. 이거 재미있는걸.

—아, 담뱃대는 찾으셨습니까?

지금은 그게 문제가 아니다. 뭐라고 하면 되지? 경고해야 할까. 범인이 그들의 뒤에 숨어 있을지도 모른다.

—저기, 하스노 씨도 같이 계세요?
—아니요, 없습니다. 아참, 하스노가 데루에 씨를 찾던데요.
—우리는 노부코를 찾고 있어. 식료품 창고에서 달아났거든.

노부코가 달아났다고?

—어딘가 틈새로 기관실에 떨어졌을 수도 있겠다 싶어서 찾아보러 왔지. 하지만 안 보이네.

어떻게 하는 것이 제일 좋을까? 몸을 숨기라고 권할까, 차라리 이쪽에서 범인을 찾는 편이 나을까?
망설이고 있는데 계단이 삐걱대는 소리가 들렸다.
데루에는 당황했다. 시체를 처리한 범인이 자신을 죽이러 온 걸까?
허겁지겁 안쪽 해도실로 도망쳤다. 그러자 계단을 올라온 사람이 이름을 불렀다.
"데루에 씨?"
하스노의 목소리였다. 데루에는 바로 긴장이 풀려서 얼른 조타실로 돌아왔다.

"아아, 계셨군요. 무슨 일 있었습니까?"

데루에는 겨우 정신을 가다듬고 방금 봤던 장면과 이구치와 오쓰키의 상황을 작은 목소리로 알려주었다.

하스노는 안색이 싹 바뀌더니 전성관으로 달려갔다.

"이구치 군?"

―어, 하스노? 자네도 거기 있었나?

"지금 데루에 씨와 그쪽으로 갈 건데, 만약 범인이 있으면 어떻게든 대처하게."

―범인? 여기에? 그게 무슨 소리야?

"설명할 시간 없어. 잔말 말고 단단히 경계해."

하스노는 날듯이 계단을 내려갔다. 데루에는 죽어라 뒤쫓아갔다.

기관실의 회랑에 도착하자 하스노는 걸음을 늦추었다. 석유등도 껐다. 인기척이 없는지 살피며 조용히 아래로 내려갔다.

다 내려가자 전화실 쪽에 석유등이 켜진 상태로 놓여 있었다. 그걸 보고 하스노는 걸음을 멈추더니 조용히 말을 꺼냈다.

"이구치 군, 있나?"

"하스노인가!"

전화실 뒤편에서 두 사람이 나타났다.

"이보게, 어떻게 된 거야? 무슨 일인데?"

이구치의 물음에 하스노가 간략하게 설명했다.

이구치와 오쓰키는 요리사 미키에게 거북이를 찾아달라고 부탁받았다고 한다. 노부코는 어느 틈엔가 식료품 창고에서 달아났다. 노부코를 돌봐주기로 했던 미키가 당황해서 복도를 찾아다니는데 두 사람이 올라온 것이다. 없어진 노부코를 그냥 놔둘 수는 없지만 요리도 해야 하므로 미키는 안절부절못했다고 한다. 땅거북이니까 그렇게 멀리 가지는 못했겠지만, 눈에 띄지 않아서 두 사람은 기관실까지 내려갔다.

그들은 범인의 모습을 보지 못했다고 한다. 범인은 어딘가에 시체를 감추고 사라진 것으로 보인다.

"무슨 꿍꿍이지? 누구를 왜 지금 죽인 거야? 그것도 우리와 마주칠지도 모르는 이런 곳에서. 아니면 상대는 우리가 여기 있는 줄 몰랐던 건가."

"이런 형태로 죽이고 싶지는 않았겠지. 기관실에서 시체를 끌어낸 범인은 자네들과 거의 마주칠 뻔했을 거야. 그런 위험을 무릅쓰고 싶지는 않았겠지만 어쩔 수 없었겠지."

하스노가 말했다. 다들 그를 보았다.

"이보게, 뭔가 알아낸 건가?"

"알아냈다고 말하지 못할 것도 없지만, 여러모로 문제가 있어."

"뭘 알아냈는데? 범인의 정체도?"

"범인은 알아. 뭐, 말해야 하려나. 그게 그러니까……."

9

하스노의 추리를 들은 후, 네 사람은 서둘러 의견 정리에 나섰다.

"어떻게 하지? 곧 만찬이 시작될 텐데."

"일단 시체를 찾아내야겠지."

범인은 기관실 주변 어딘가에 시체를 버리고 간 듯했다. 그걸 찾아내면 적어도 배에 살인범이 있다는 사실은 손님들도 인정할 것이다.

"그다음은?"

"그야 흐름에 맡겨야겠지. 더는 피해자가 나오지 않도록 노력해야 해. 범인이 누군지 아니까 대처하기가 어렵지는 않을 거야."

"만찬은 내버려둬도 되나? 가만히 있다가는 터무니없는 걸 먹게 생겼잖아?"

"물론 놔두면 안 되지. 둘로 갈라져야겠어."

그때 머리 위에서 성난 고함소리가 울려 퍼졌다.

"데루에! 어디 갔어! 아직도 담뱃대를 찾고 있나?"

히로카와 씨였다. 상갑판에서 소리를 지른 듯했다.

"어이, 없나? 대답 안 해? 적당히 하고 돌아와. 만찬 준비가 끝났어!"

짜증 섞인 목소리였다. 하스노가 재촉하길래 데루에는 마음을 단단히 먹고 크게 대답했다.

"네, 지금 갈게요!"

"꾸물거리지 말고 빨리 와서 식사 시중을 들어!"

그 말을 마지막으로 히로카와 씨는 물러갔다.

"이보게, 어떻게 할 건가? 데루에 씨를 혼자 보낼 거야?"

"그건 안 되지. 그래, 오쓰키 군. 나랑 이구치 군이 시체를 찾을 테니 데루에 씨를 따라가게. 사람들이 만찬을 시작하려고 하면 어떻게든 말려."

"알았어."

오쓰키는 상황에 어울리지 않게 유쾌한 표정이었다.

"어떻게 말려야 하려나."

"그야 자네 전문이잖나."

"응, 그렇지. 하지만 식기를 뒤집어엎기도 그렇고."

"모두의 식기를 뒤집기는 불가능하겠지. 뭐든지 좋으니 적당한 이야기로 손님의 주의를 끌게."

하스노 일행과는 제3갑판 계단에서 헤어졌다. 데루에는 히죽거리는 오쓰키와 함께 상갑판으로 향했다.

접시 숫자가 많아서 주방에서 휴게실까지 세 번 왕복해야 했다. 미키와 데루에가 밀차로 옮겼다. 자꾸 재촉해서 마음이 급했다.

데루에와 미키의 접시도 있었다. 따로 먹을 음식이 없기 때문이다.

손님들은 탁자에 앉아서 기다렸다. 오쓰키, 구로야마 의원, 구라니시 자작, 니시다 선장, 히로카와 씨, 미야코가 아까와 똑같은 자리에 앉았지만…….

"히라이 씨는 어디 갔습니까?"

오쓰키가 물었다.

"응? 안 보이던데. 어디 갔으려나."

히로카와 씨가 말했다. 살해당한 사람은 히라이 씨였다.

"네? 이상하네요. 이럴 때 자리를 비울 리 없잖아요?"

"그렇군요. 찾아올까요?"

미야코의 말에 니시다 선장이 일어섰지만 히로카와 씨가 말렸다.

"만찬이 식잖아."

"아니, 그래도 만찬을 위해 오셨으니……."

"그런데 자네 친구는 어디 있나? 그들도 없잖은가."

구로야마 의원이 끼어들었다.

"녀석들은 둘 다 배탈이 나서 변소에 갔습니다! 참 사이도 좋다니까요."

오쓰키가 대답했다. 좋은 기회라고 생각했는지 오쓰키는 자리에서 벌떡 일어섰다.

"자! 유감스럽지만 말해야 할 때가 왔습니다.

여러분은 오늘 밤, 식사를 할 수 없습니다.

호랑이 고기를 먹고 원기를 보충하려고 모이셨겠지만, 그렇게는 안 돼요. 이건 실로 무서운 요리입니다! 자칫해서 먹었다간 웩웩 토하고 데굴데굴 구를 겁니다.

무슨 말인지 모르시겠죠? 지금 설명하겠습니다. 이 배에 흉악하기 짝이 없는 살인귀가 탔습니다! 그리고 터무니없는 계획을 세웠어요.

살인귀는 누구인가? 어떤 계획인가? 과연 그 정체를 밝혀낼 수 있을 것인가? 10분 전에 누가 방귀를 뀌었는지 증명하는 것처럼 어려운 일을 과연 해낼 수 있는가? 할 수 있습니다! 바로 제가 해내겠습니다!"

오쓰키는 양손을 쳐들고 외쳤다.

다들 어안이 벙벙한 표정이었다.

오쓰키가 어떻게 만찬을 방해할 작정인지 몰라서 데루에는 가슴이 조마조마했다. 느닷없이 연설이 시작돼서 당황했지만, 그가 뭘 어쩌려는지는 이해했다.

오쓰키는 서양의 탐정소설에 나오는 명탐정을 연기함으로써 손님의 흥미를 끌어 시간을 벌려는 것이다.

"이봐! 이게 무슨 해괴한 짓인가! 왜 하필 지금 방해하는 거야?"

히로카와 씨가 호통쳤다. 그리고 데루에를 노려보았다. 데루에도 지지않고 적의에 찬 시선을 던졌다.

"그야 사람이 죽었는데 잠자코 있을 수는 없으니까요! 히로카와 씨가 실수로 서양인 부인의 탈의실에 들어갔다가 여자용 속바지를 입고 쫓겨났다는 이야기를 들어준 보답으로 시간을 내주시지 않겠습니까!"

히로카와 씨는 벌게진 얼굴로 입을 다물었다.

"그런데 니시다 선장님은 아주 호색한이시더라고요? 구로야마 씨는 눈빛이 자못 국회의원다우신 것이 돈에 환장할 듯하고, 미야코는 물론 품행이 좋지 못합니다.

미키 씨는 잘 모르겠군요! 구라니시 자작님은 제 그림을 칭찬해 주신 적이 있지만, 미야코에게 손을 대려고 하고요! 그러니 이제 됐습니다!"

"무슨 말을 하고 싶은 건가?"

구라니시 자작은 머쓱한 표정이었다.

"그러니까 여러분에 비해 여기 있는 데루에 씨가 얼마나 훌륭하냐는 이야기입니다! 조금 덜렁대기는 하지만 아주 정직해요. 용모도 빼어나고요! 그런 데루에 씨가 미나미 씨의 시체를 목격했다고 합니다! 여러분 생각은 어떠십니까?"

오쓰키의 재촉에 데루에는 선수루 부근에서 시체를 봤을 때의 상황을 설명했다.

막무가내에다 위험한 방식이다. 괜찮을까? 이렇게 된 이상, 하스노와 이구치가 한시라도 빨리 시체를 찾아내야 한다.

심장이 쿵쿵 뛰었다. 말을 더듬으면서도 히로카와 씨가 목격담을 믿지 않고 넘어갔던 경위까지 다 설명했다.

"어떻습니까! 과연 미나미 씨가 양해도 구하지 않고 멋대로 보트를 내려 뭍으로 돌아가야 할 사정이 뭐가 있겠습니까? 그런 추측과 이 정직한 하녀, 둘 중 어느 쪽을 믿으시겠습니까!"

그만해, 하고 히로카와 씨가 다시 호통쳤지만 오쓰키의 이야기에는 다른 손님들의 관심을 집중시키는 힘이 있는 듯했다. 아까까지와는 달리 이제는 히라이 씨가 실종돼서 더 그랬다.

"그리고 미나미 씨가 쫓았던 살인사건이 문제입니다. 젊은 여자를 여러 명 살해하고 시체로 인체 조각을 만든 그 사건요! 그런 이단적인 예술가, 또는 변태 성욕자가 천연덕스러운 얼굴로 여러분 사이에 섞여 있는 겁니다.

미나미 씨는 그 사건의 범인을 궁지에 몰아넣고 붙잡기 직전에 반격을 당했습니다! 시체는 데루에 씨 말고는 아무도 모르게 바다에 버려졌고요."

구로야마 의원이 답답하다는 듯 말했다.

"그래서? 미나미 군이 살해당했다 치고 누가 범인이라는 건가?"

오쓰키는 입을 다물었다.

이제 할 말이 다 떨어진 것이다. 하스노와 이구치는 아직인가? 늦다.

"알겠습니다! 감질나게 뜸 들일 필요 없겠죠. 범인은."

문이 벌컥 열렸다.

"시체를 찾았어."

하스노였다. 야회복이 기계유로 더러워졌다.

"늦었잖나! 더럽게 고생했다고."

"면목 없군. 이구치 군이 제대로 못 본 탓이야."

"그것참 미안하게 됐네."

뒤에서 이구치가 나타났다. 어두워서 잘 보이지 않았지만 동그란 뭔가를 안고 있었다.

"하지만 덕분에 노부코를 발견했어."

인도별거북이었던 모양이다.

하스노는 뭐가 어떻게 돌아가는 건지 전혀 이해하지 못한 손님들을 둘러보았다.

"오쓰키 군, 문제없었나?"

"아무렴! 아무도 식사에 손을 못 대게 했어."

"저기, 하스노 씨?"

미야코가 입을 열었다.

"오쓰키 씨 말로는 여자를 여러 명 죽인 살인귀가 이 배에 탔다는데, 무슨 이야기인지 설명해 줄래요?"

"알겠습니다. 하지만 그 전에 여러분이 봐주셔야 하는 게 있습니다. 니시다 씨, 접사다리는 없습니까?"

"접사다리? 제2갑판의 계단 아래에 있는데."

"이봐, 아까 시체라고 했지?"

히로카와 씨는 불안한지 안절부절못하는 태도로 하스노에게 캐물었다.

"그렇습니다. 살해당한 히라이 씨를 발견했어요."

이구치와 오쓰키가 앞장섰고 손님들은 그 뒤를 졸졸 따라갔다. 데루에와 접사다리를 든 하스노가 후미를 맡았다.

데루에는 이구치가 맡긴 노부코를 안고 있었다. 제3갑판에서 발견했다고 한다. 왜 그런 곳에 있었는지는 모른다. 등딱지를 샅샅이 확인했지만 다행히 상처는 없었다.

기관실의 개구부를 둘러싼 제3갑판의 통로로 왔다. 통로를 중간쯤 나아갔을 때 이구치가 멈춰서서 모두를 돌아보았다. 그리고 머리 위를 가리키며 말했다.

"자, 저기입니다. 보이십니까? 저기, 시체예요."

위쪽이라 불빛이 잘 닿지 않았다. 석유등을 기울여서 겨우 확인했다.

거기에는 기관부와 연결된 관들이 무수히 뻗어 있었다. 형태와 굵기가 다양한 관들과 제2갑판의 바닥 아래에 해당하는 천장 사이에 이상한 형체가 보였다.

하스노가 통로에 세운 접사다리에 올라가서 석유등을 쳐들었다.

똑똑히 보였다 시체였다. 관 너머로 전체 윤곽이 보였다. 시체가 입고 있는 갈색 셔츠는 히라이 씨 것이었다.

다들 숨을 삼켰다. 동요가 퍼져나갔다.

"경찰이 올 때까지 놔두는 편이 나으려나? 아니, 내려야겠군."

손님들의 반응을 보고 하스노는 결정했다.

이구치가 의자를 가지러 갔다. 혼자서는 시체를 내리기가 힘들다. 하지만 접사다리는 하나뿐이었다.

이구치는 접사다리 옆에 의자를 놓고 올라갔다. 하스노가 끌어당긴 시체의 다리를 이구치가 받는 방식이었다.

위험한 작업이었다. 데루에는 이구치가 난간을 넘어 개구부에서 선창으로 떨어지지는 않을까 싶어 가슴이 조마조마했다. 그래도 두 사람은 어깨와 허벅다리를 각각 끌어안고 시체를 내리는 데 성공했다.

시체는 눈을 부릅뜨고 있었다. 입이 반쯤 벌어졌고, 석유등 불빛 아래서 보아도 얼굴은 흙색이었다. 데루에가 항해 선교 갑판에서 목격했던 대로 가슴에 쿠크리가 깊이 꽂혀 있었다. 피는 거의 나지 않았다.

시체를 계단 근처 넓은 공간으로 옮겼다. 바닥에 내려놓은 히라이 씨를 모두가 둘러쌌다.

"너무 만지지 않는 편이 좋겠죠. 경찰이 조사해야 하니까요. 히로카와 씨, 보시는 대롭니다. 한시라도 빨리 경찰을 불러야 해요."

하지만 히로카와 씨는 하스노의 말이 귀에 들어오지 않는 듯했다. 쪼그려 앉아 시체를 살펴본 후 여전히 믿기지 않는다는 표정으로 돌아보았다.

"이봐, 어떻게 된 거야? 누가 왜 이런 곳에서……."

"물론 이 가운데 누군가가 그런 겁니다. 경찰을 불러야 해요."

하스노는 되풀이해 말했다.

하지만 역시 히로카와 씨의 귀에는 들어가지 않았다. 히로카와 씨는 초조함이 역력한 얼굴로 손님들을 둘러보았다.

"히라이 군이 이 배에 있는 줄은 아무도 모르잖아? 괜찮아. 바다에 가라앉히면 돼. 아무도 눈치 채지 못할 거야."

정신 나간 생각이다!

히로카와 씨가 일어섰다.

"다들 비밀을 지켜 줘야겠어. 아, 결국 흑조회랑 똑같군. 요컨대 쓸데없이 남에게 입을 나불거리지 않으면 돼."

손님들은 아무 말도 없었다. 그들도 히로카와 씨와 별반 다르지 않은 입장이다. 경찰이 승선하면 그들의 지위는 위태로워진다.

"안 될 것 같은데요. 내가 입을 다물 수 있을까요?"

예상치 못한 곳에서 반대 의견이 나왔다. 미야코였다.

"무슨 소리야? 당연히 입을 다물어야지! 세상에 알려지면 어쩌려고!"

"하지만 난 죽지 않았으니까 어떻게든 되겠죠? 그리고 이런 일은 떠들고 싶어서 입이 근질근질할 거라고요."

히로카와 씨는 그렇게 생각하지 않는 듯했다. 모임의 주모자로서 과거에 허물이 많은 히로카와 씨는 타격이 클 수밖에 없다.

"미야코 씨 말씀이 옳습니다. 숨길 수는 없어요."

하스노가 조용히 동의했다.

데루에는 시체를 본 히로카와 씨가 어떻게 반응하는지 관찰하며 생각했다. 그는 역시 소심한 인간이다. 수많은 여성을 죽이고 아무렇지도 않게 지낼 배짱은 없다. 그만한 그릇이 아니다. 그는 범인이 아니다. 하스노가 말했던 대로였다.

구로야마 의원이 하스노에게 물었다.

"이보게, 시체가 여기 있는 걸 어떻게 알았지? 이런 곳에 있는 시체를 어떻게 찾아냈나? 자네들이야말로 범인 아닌가?"

"그래, 맞아! 네놈들은 여기 뭐 하러 왔어? 그리고 데루에도! 너희들 뭔가 꾸미고 있는 거지? 우리를 파멸로 몰아넣을 계획을 세운 건가?"

히로카와 씨가 구로야마 의원에게 동조하고 나섰다.

"어이, 하스노 군, 상황이 이상하게 돌아가는걸? 그래, 범인이다! 범인을 지목해. 명탐정 노릇을 하라고. 아니면 수습이 안 되겠어."

오쓰키가 소리쳤다.

"뭐야, 당신 범인이 누군지 알아요? 그럼 가르쳐 줘요."

하스노는 잠시 생각하다 다른 방법이 없다는 걸 인정했다.

"어쩔 수 없으니, 이제부터 누가 범인인지 여러분이 수긍할 수 있도록 설명하겠습니다. 그 사람을 경찰에 넘기도록 하죠. 그게 제일 원만한 방법입니다."

손님들이 조용해졌다.

하스노는 갑판에 무릎을 꿇고 석유등으로 시체를 비췄다.

"데루에 씨의 증언 외에 미나미 씨가 살해당했다는 증거는 없습니다. 즉, 범인을 지목해 여러분에게 인정받으려면 여기 있는 히라이 씨의 시체를 이용하는 수밖에 없겠죠.

자, 이 시체를 보십시오. 좀 묘하지 않습니까? 가슴에 칼이 박혀 있어서 얼핏 보면 찔려 죽은 것 같습니다만, 그밖에 다른 상처가 전혀 없습니다."

하스노 말대로였다. 피도 별로 나지 않았다.

하스노는 시체에 꽂힌 쿠크리의 칼자루를 흔들었다.

"칼이 몸속에 워낙 단단히 박혀서, 어지간해서는 빠질 것 같지 않군요. 보아하니 가슴과 등 사이의 갈비뼈 틈새에 딱 낀 듯합니다.

솜씨 한번 좋군요. 살아 있는 인간을 상대로 이럴 수 있을까요?"

확실히 피해자가 움직이는 상태에서 표적을 정해서 칼을 꽂는 건 현실적이지 않다.

"이 칼은 욕탕에 놓아뒀다고 하셨죠."

"아아, 응, 그랬지."

선장이 대답했다.

"그것도 묘합니다. 범인이 왜 히라이 씨를 죽였는지는 일단 제쳐 놓고, 왜 굳이 이 칼을 가져왔을까요? 사람을 죽이는 방법은 그 밖에 도 많습니다. 때려도 되고 목을 졸라도 되죠. 범인으로서는 출혈이 적은 편이 나을 테니까요."

다들 그 의견에 동의했다.

"다른 상처는 없으니 히라이 씨는 전혀 발버둥 치지 않은 셈이겠 죠? 뒤에서라면 모를까, 정면에서 아무 저항도 당하지 않고 갈비뼈 틈새에 칼을 꽂기는 불가능합니다.

그럼 어떻게 된 일일까요? 요컨대 죽은 후에 칼을 꽂은 겁니다. 히 라이 씨는 다른 방법으로 살해당한 거예요."

하스노가 어떻게 이야기를 진행할 작정인지 데루에는 모른다. 방 금에야 시체를 꼼꼼히 관찰할 기회를 얻었으니, 하스노는 지금 즉흥 적으로 추리를 펼치고 있을 것이다.

"그럼 어떻게 살해당했을까요? 보아하니 외상은 없습니다. 그렇 다면 가느다란 철사를 콧구멍에 넣어 뇌를 휘젓거나, 항문에 전극을 꽂아 감전사시킨 걸까요?

범인이 그렇듯 주도면밀하게 범행을 준비했을 것 같지는 않군요.

애당초 외상을 남기지 않기 위해 그렇게 복잡한 방법으로 히라이 씨를 죽여야 할 필연성은 없고요.

그럼 그 외에 간단하면서도 외상을 남기지 않고 사람을 죽일 수 있는 방법은 무엇인가. 바로 독입니다. 그것밖에 없어요."

독이라는 말에 데루에는 바로 짐작이 갔다. 다른 사람들도 마찬가지인 듯했다. 이 배에 있는 독 하면……

"니시다 씨, 인도에서 화살에 바를 독을 가져왔다고 하셨죠? 호랑이를 죽이기 위한 독이요. 어디 있습니까? 가져와 주시겠습니까."

"아아, 응, 알았어."

니시다 선장은 허둥지둥 계단을 뛰어 올라갔다가 5분쯤 후에 돌아왔다.

투명한 유리병에 끈적한 반죽 같은 것이 들어 있었다.

"어떻습니까. 양이 줄지 않았습니까?"

"줄었어."

니시다 선장의 얼굴이 창백해졌다.

다른 손님들도 유리병을 확인했다.

"언제 그 유리병을 마지막으로 확인하셨습니까?"

"통조림으로 간식을 먹기 전에. 선장실에 따로 보관하고 있던 건데, 호랑이 해체 과정을 설명할 때 모두에게 보여줬어."

니시다 선장은 그렇게 대답했다. 그때와 비교해 독이 줄어든 것 같다고 손님들도 동의했다.

"히라이 씨는 독을 먹은 겁니다. 어쩌다 독을 먹었을까요? 그건 조금 전에 발생한 노부코 실종 사건과 관련이 있습니다."

데루에는 끌어안고 있던 노부코를 보았다. 추워서 움직이기가 힘든지 잔뜩 움츠러들었다.

이 땅거북은 주방 옆 식료품 창고의 바닥에 놓인 나무틀 속에 있었다. 그런데 어느 틈엔가 관리를 맡은 요리사 모르게 탈출했다.

"노부코는 기운이 별로 없었는데도, 지금까지 한 번도 넘어본 적 없는 나무틀을 넘어서 사라졌죠."

"그렇습니다."

미키가 대답했다.

"그건 범인이 한 짓입니다. 식료품 창고는 조리대에서 잘 안 보이니까, 통로 쪽 문으로 들어가서 미키 씨 모르게 노부코를 놓아줄 수 있습니다. 주방을 비우기 위해 미키 씨가 노부코를 찾으러 가게 만든 거예요. 그때 스튜와 사라다는 이미 완성된 후였습니다. 여러분, 만찬에는 독이 들어 있었어요."

손님들은 숨을 삼켰다. 데루에도 생침을 꿀꺽 삼켰다.

다들 서로 얼굴을 마주 보았다. 범인은 이 자리에 있는 사람들을 전부 죽일 작정이었던 셈이다.

빙 둘러서서 이야기를 듣던 사람들이 서로 거리를 두자 원 모양이 흐트러졌다.

"히라이 씨는 배가 고프다고 투덜거렸죠? 통조림을 먹은 것 정도로는 모자란 눈치였습니다. 그리고 범인이 술수를 부려서 주방에는 아무도 없었죠. 그 결과, 범인의 계획에는 없던 일이 발생합니다.

히라이 씨가 음식을 먼저 먹어버린 거예요. 스튜와 샐러드를 작은 접시에 담아서 어딘가 숨어서 먹었겠죠. 어쩌면 인적이 드문 제2갑 판이나 제3갑판까지 내려갔을지도 모르겠습니다.

히라이 씨의 시체를 발견한 범인은 상황이 몹시 난감해졌음을 깨닫습니다. 독살된 시체가 사람들 눈에 띄면 다들 경계할 테니, 독이 든 요리를 먹일 수 없겠죠. 그래서 시체를 어떻게든 숨겨야 했던 겁니다."

"이봐."

잠시 침묵을 지키고 있던 히로카와 씨가 입을 열었다.

"증거는? 확실한 증거는 하나도 없잖나. 증거가 있으면 내놔봐."

"식사에 독이 들었음을 증명할 방법은 물론 있습니다. 땅거북에게 샐러드를 먹여 본다던가요. 하지만 그렇게 잔인한 짓을 할 필요는 없지 않을까 싶군요."

노부코를 안고 있던 데루에는 히로카와 씨를 매섭게 흘겨보았다.

다른 손님들은 하스노의 이야기에 충분히 수긍했는지 아무도 이의를 제기하지 않았다.

"그럼 범인은 누구일까요? 염치없게 갑자기 이런 말씀을 드려서 죄송합니다만, 저와 이구치 군, 오쓰키 군, 그리고 데루에 씨는 용의자에서 제외하겠습니다."

"왜지?"

"이 유리병이 어디 있었는지는 물론, 이 유리병에 독이 들었다는 사실도 몰랐기 때문입니다. 알고 계셨던 분은 미키 씨와 니시다 선장님, 그리고 호랑이 해체 과정에 관해 설명을 들은 분들뿐이죠. 아니면 저희 중 누군가에게 말씀해 주신 분이 계실까요?"

독은 선장실의 책상 서랍에 들어 있었다고 한다.

아무도 대답하지 않았다. 그런 사람은 없었다.

"이해하셨습니까? 그럼 미키 씨, 니시다 선장님, 구라니시 자작님, 히로카와 씨, 구로야마 의원님, 미야코 씨 중에서 범인을 찾아내기로 하죠. 여섯 명 중 누가 범인인가? 그걸 알아내려면 범인이 왜 히라이 씨의 시체에 쿠크리를 꽂았느냐는 의문을 해결해야 합니다.

독을 먹고 죽은 시체에 왜 칼을 꽂았을까요? 예를 들어 히라이 씨가 완전히 죽지 않아서 마지막 일격을 날렸다고 볼 수도 있겠습니다만, 역시 흉기가 쿠크리일 필요성은 없죠. 목을 졸라도 충분했을 테니까요.

즉, 굳이 쿠크리를 가슴에 꽂을 필요가 있었던 셈인데, 시체가 어디 있었는지를 생각해 보면 그 이유는 명백합니다.

히라이 씨의 시체는 좁은 통로의 천장에 뻗은 관 위쪽, 주의 깊게 찾지 않으면 눈에 띄지 않을 곳에 처박혀 있었습니다.

범인으로서는 그래야 했겠죠. 범인은 모두에게 독이 든 만찬을 먹이려고 했으니까요. 그 전에 시체가 발견되면 만찬이 중지돼서 계획은 물거품이 됩니다.

한편 그때 선내에서는 거북이와 담뱃대 수색 작업이 벌어지고 있었습니다. 그리고 히라이 씨의 모습이 보이지 않는다는 걸 알면 당연히 배를 돌아다니며 찾아보려 하겠죠. 요리가 조금만 늦게 완성됐다면 그런 이야기가 나왔을지도 모릅니다. 이제 보트는 없으니 히라이 씨도 뭍으로 돌아간 것처럼 꾸밀 수는 없습니다. 바다에 버리고 싶어도 시체를 들고 상갑판으로 나가는 동안 들킬 위험성이 컸습니다. 그때 데루에 씨가 위쪽 갑판에서 담뱃대를 찾고 있었으니까요.

따라서 범인은 시체를 그런 곳에라도 숨길 수밖에 없었겠죠. 천장에는 석유등 불빛이 잘 닿지 않으니 맹점이라 할 수 있습니다.

그럼 범인은 어떻게 시체를 저기 쑤셔 넣었을까요?

아까 저와 이구치 군이 시체를 내리던 상황을 떠올려 보십시오. 통로가 협소한 데다 둘이 힘을 합쳐도 그만큼 애먹었습니다. 하물며 혼자 시체를 짊어지고 저기 쑤셔 넣기는 불가능할 거예요. 자칫하면 기관실에 떨어뜨릴 겁니다.

그럼 범인은 어떻게 했을까요? 뭔가에 시체를 매달아 올리는 수밖에 없겠죠."

¤

수십 분 전. 데루에, 이구치, 오쓰키는 기관실에서 하스노의 추리를 들었다.

미나미 씨의 시체 발견과 소실에 관한 일련의 논리였다. 다만 데루에의 말을 믿지 않는 사람들을 설득하기에는 불충분한 논리다. 아무튼 그리하여 세 사람은 범인의 이름을 알았다.

하스노는 목소리를 낮추고 말했다.

"미나미 씨가 어디서 어떤 경위로 살해당했는지는 몰라. 어쨌든 범인을 붙잡으려는 의도가 들통나서 남모르게 살해당했겠지.

범인은 난처해졌어. 시체를 처분해야 해. 뭐, 그때는 바다에 가라앉히면 그만이었을 거야.

하지만 그랬다간 다들 미나미 씨가 실종된 걸로 받아들이겠지? 다른 사람들이 수상쩍어할까 봐 범인은 보트도 같이 처분하기로 한 거야. 손님들을 한꺼번에 살해할 계획을 세웠다면 당연한 수순이야. 미나미 씨가 무슨 이유로 언질도 없이 뭍으로 돌아갔으나 우리는 만찬을 즐기자는 제안은 통하겠지만, 미나미 씨가 선내 어디에도 없고 어쩌면 바다에 빠져 죽었을지도 모르나 우리는 만찬을 즐기자는 제안은 통한다는 보장이 없어. 경찰에 신고해야 한다고 고지식하게 구는 사람이 나올지도 몰라."

데루에가 보기에는 일단 하스노가 그랬다.

"따라서 보트를 처분했어. 보트가 없으면 미나미 씨가 멋대로 뭍에 돌아갔다는 설명이 가능해지니까.

그런데 아까 니시다 선장이 중요한 이야기를 했지? 그 보트는 나무라서 쉽게 가라앉지 않을 거라고 했어.

그렇다면 범인은 보트를 어떻게 처분했을까?"

데루에는 지금까지 전혀 생각해 보지 않은 문제였다.

하스노는 냉철한 말투로 추리를 이어나갔다.

"보트를 톱으로 해체해서 어딘가에 감춘다? 그건 너무나 고생스러운 짓이야. 아주 잘게 잘라야 할 테고, 톱밥이 생기니까 의심받을걸? 선내에 없었으니 바다에 투기한 셈인데, 비중이 작으니까 그냥 내던져서는 둥실둥실 뜨겠지. 게다가 오늘은 바다가 잔잔하니까 바다에 떠 있는 빈 보트를 보고 사람들은 미나미 씨가 바다에 빠져 죽었다고 받아들이겠지.

그럼 어떻게 했을까? 무게추를 다는 수밖에 없어."

그러고 보니 미나미 씨의 시체에도 쇠지레가 묶여 있었다. 만에 하나라도 떠오르면 곤란하므로 그랬을 것이다.

"그럼 뭘 무게추로 사용했을지 생각해 봤어. 나무 보트를 가라앉힐 만큼 비중이 큰 물체가 필요할 테니, 뭔가 그런 물품이 사라졌나 싶어서 찾아봤지만 딱히 없어진 건 없더라고. 애당초 그만큼 중량이 나가면서도 간단히 꺼낼 수 있는 물품이 뭘지 짐작도 가지 않았고 말이야. 그럼 결국 뭘 무게추로 사용했느냐 하면 쇳밥이야. 그것 말고는 없어."

"쇳밥? 선미루에 있던?"

이구치가 물었다.

"응. 보트도 선미루 쪽에서 투기했겠지. 시체는 단숨에 바다에 버릴 수 있지만, 보트는 그렇게 안 돼. 무게추가 있으니까 시간이 걸리지. 하지만 선미 쪽이라면 선미루 갑판에 가려서 선교루에서 보이지 않으니까 안심이야. 그리고 쇳밥을 무게추로 삼으려면 뭔가에 담아야 해. 자루가 필요하지. 아니면 무게추 역할을 못 할 테니까.

그렇다면 미나미 씨의 시체에서 살을 도려낸 이유도 알 수 있지."

"뭐?"

"자루가 필요해. 쇳밥을 담을 자루가. 그건 어디 있었지?"

데루에는 하스노와 함께 선미루에 갔을 때를 떠올렸다.

그때 데루에는 호랑이가 있는 창고를 작은 창문으로 들여다보았다. 입구 근처에 석탄 자루가 놓여 있지 않았던가?

"범인은 그 석탄 자루에 쇳밥을 넣어서 무게추로 쓴 건가요?"

"그렇습니다, 데루에 씨. 호랑이는 좌우 창고를 왔다 갔다 했죠. 왼쪽 창고에 있는 석탄 자루를 꺼내고 싶으면, 호랑이를 오른쪽 창고로 유인해야 해요.

호랑이를 유인하려면 어떻게 해야 할까? 미끼가 필요해. 마침 미끼로 쓰기에 딱 알맞은 게 있었지. 범인은 **미나미 씨의 살덩이를 선미루 오른쪽 창고에 던져 넣은 거야**."

아아, 하고 오쓰키와 이구치가 목소리를 높였다. 데루에도 속으로 탄성을 질렀다.

"오른쪽 창고는 문이 철제 선반에 막혀 있었지. 선반 틈새로 인육을 넣어. 배가 고픈 호랑이가 인육을 먹으러 다가오면, 그 틈에 왼쪽 창고 문을 열고 석탄 자루를 꺼내는 거야. 자루는 입구 바로 옆에 있었으니 재빨리 꺼내면 문제없겠지.

쇳밥을 채운 석탄 자루를 철사로 보트에 동여매. 그리하여 범인은 보트를 바닷속에 가라앉히는 데 성공했어."

언제 그랬는지는 모르겠다고 했다. 미나미 씨의 시체를 바다에 버리기 전에 끝냈을까, 아니면 데루에가 시체를 발견하고 히로카와 씨를 불러 선수루 부근을 둘러보는 사이에 반대쪽에서 작업했을까.

상식적으로 생각하면 우선 시체부터 처리할 것 같지만, 상갑판의 보트는 주변에 인적이 없을 때만 옮길 수 있고, 시체에 쇠지레를 묶은 철사는 선미루에 있었다. 미나미 씨를 살해한 후 일단 선수루에서 미나미 씨의 살덩이를 절단하고 보트를 선미루로 가져간다. 보트를 처리한 후 철사를 가지고 선수루로 가서 시체에 쇠지레를 묶었을 때 데루에가 나타난다. 당황한 범인이 현장에서 물러난 틈에 데루에가 시체를 발견한다. 그런 순서였을지도 모른다.

"뭐, 그건 중요하지 않아. 문제는 범인이 석탄 자루를 꺼내기 위해 선미루의 창고 문을 열었다는 거야.

그 문은 잠겨 있었지. 호랑이가 있으니까 당연해.

그럼 열쇠는 어디 있었을까? 여벌 열쇠가 든 두루주머니는 식당에 있었어.

그렇지만 범인은 그중 뭐가 창고 열쇠인지 몰랐겠지? 범인은 물론 누구도, 선장조차 몰랐어."

그렇다. 선실용 물품고를 열 때 데루에도 열쇠를 보았다. 나무판에 적힌 글씨는 흐릿해서 읽을 수가 없었다.

"즉, **범인은 선미의 창고를 열기 위해 두루주머니를 통째로 가져가야 했다**는 뜻이야.

그러려면 가방을 사용했겠지. 아니면 두루주머니를 가져가는 걸 내가 눈치챘을 테니까. 데루에 씨의 증언을 들었을 때도 이야기했지만, 난 식당에 드나드는 사람들을 지켜보고 있었어. 가방을 들고 드나든 사람은 두 사람뿐이야. 그중 미야코 씨의 손가방은 두루주머니를 넣기에는 너무 작아."

⟡

범인은 히라이 씨의 시체를 통로 천장에 감추기 위해 뭔가로 매달아 올렸다.

하스노의 설명에 아무도 이의를 제기하지 않았다.

"그렇다면 범인이 시체에 칼을 꽂은 이유가 명백해집니다.

범인은 어떻게 시체를 매달아 올렸을까요? 분명 기관실의 간이 기중기를 사용했겠죠. 시체에 묶은 띠 모양 물체를 통로 천장의 관 사이로 통과시킵니다. 그리고 그 끄트머리를 간이 기중기의 갈고리에 걸어요. 간이 기중기는 통로의 난간 같은 곳에 고정했겠죠.

그 후 간이 기중기의 사슬을 감으면 시체를 끌어올려 천장의 관 위에 숨길 수 있습니다.

그럼 시체에 묶은 띠 모양의 물체는 대체 뭘까요? 밧줄은 아닙니다. 니시다 선장님은 예비 밧줄을 호랑이가 있는 창고에 놔둬서 난감하다고 하셨으니까요.

그밖에 선미루에 철사가 있습니다만, 시체를 관 위로 잘 쑤셔 넣더라도 그 후에 철사를 벗기는 게 문제입니다. 천장에서 철사가 늘어져 있으면 바로 발견되겠죠. 그리고 그 철사는 녹슬었습니다. 범인이 그걸 사용했다면 시체가 녹으로 더러워졌을 겁니다.

그럼 무엇으로 매달아 올렸을까요? 밧줄도 철사도 아니라면, 남은 건 쇠밧줄밖에 없습니다."

쇠밧줄? 데루에와 하스노 일행이 정리한 물품고에 있었던 것 말인가.

"그건 길이가 2간쯤 되고, 갈고리에 걸 수 있도록 양 끄트머리에 작은 고리를 만들어 두었습니다.

이걸 사용했다면 시체에 칼을 꽂은 이유도 알 수 있죠.

시체를 매달아 올리려면 쇠밧줄의 고리를 걸 돌출물이 필요합니다. 쇠밧줄이 굵어서 시체에 직접 묶을 수는 없어요. 그래서 일부러 찌른 겁니다.

쇠밧줄은 세 줄 필요합니다. 시체의 가슴에서 등으로 찌른 쿠크리의 칼자루에 쇠밧줄 세 줄의 끄트머리를 걸고 한 줄은 가랑이로, 나머지 두 줄은 목 좌우를 지나도록 양어깨 위로 빼냅니다. 그리고 각 쇠밧줄의 다른 쪽 끄트머리를 던져서 천장과 관 사이로 통과시킵니다.

그 끄트머리의 고리를 간이 기중기의 갈고리에 걸고 끌어올리면 돼요. 시체를 관 위로 올린 후, 쇠밧줄을 위로 밀어내듯이 움직이면 쿠크리 칼자루에서 고리가 빠집니다. 쇠밧줄은 굵고 탄력이 있으니까요.

범인이 이 작업을 진행한 전후에 데루에 씨와 이구치 군, 오쓰키 군이 기관실에 드나들었습니다. 들키지 않은 건 행운이지만, 범인은 살인에 숙달된 인물이니 시체도 솜씨 좋게 잘 숨겼겠죠.

이렇게 되면 범인이 누군지는 자명합니다.

쇠밧줄은 선실용 물품고에 있었습니다. 데루에 씨가 니시다 선장님의 부탁으로 물품고를 정리했고, 저희도 도왔습니다. 수북한 잡동사니를 나무 상자 스물네 개에 채웠죠.

범인은 거기서 쇠밧줄을 꺼냈습니다. 그러려면 어느 상자에 쇠밧줄이 들었는지 알고 있었어야겠죠. 하나하나 뒤지면 시간이 너무 걸리고, 덜컥덜컥 소리가 나서 사람이 모여들 겁니다. 쇠밧줄이 든 상자는 아래쪽에 쌓았으니까요.

그 사실을 알고 있었다, 바꿔 말해 쇠밧줄을 나무 상자에 넣는 모습을 봤다는 뜻입니다. 저희 말고 그런 사람은 한 명밖에 없습니다."

데루에는 만찬 자리에서부터 구로야마 의원의 안색을 살폈지만, 하스노에게 지목당하는 바로 이 순간까지 초조해하는 기색을 일절 보이지 않아서 깜짝 놀랐다. 하스노의 추리에 수긍하면서도 속으로는 믿음이 흔들릴 정도였다.

하스노가 말을 끊자 구로야마 의원은 차분한 표정으로 호주머니에서 권총을 꺼냈다. 데루에는 비명을 질렀다.

오쓰키와 이구치가 구로야마에게 달려들어 총을 든 손을 비틀고 아무도 없는 방향으로 총구를 돌리려 애썼다.

"그만해, 이 자식아! 위험하잖아."

"이 고얀 놈들, 놔라!"

이구치가 오른쪽 팔꿈치로 구로야마의 머리를 후려갈겼다.

탕, 하고 총소리가 울렸다. 오쓰키가 으앗, 하고 비명을 지르며 펄쩍 물러났다.

구로야마는 자유로워진 오른손으로 정면을 조준하려 했다. 하지만 하스노가 바로 덤벼들었다. 오쓰키가 구로야마의 발을 걸었다.

구로야마는 뒤로 벌렁 자빠졌다.

멍하니 있던 손님들도 드디어 가세했다. 좌우 팔을 붙잡은 이구치와 하스노를 흉내 내 니시다 선장이 오른쪽 다리, 구라니시 자작이 왼쪽 다리를 붙잡았다. 미야코는 누워 있는 구로야마의 배를 뒤꿈치로 콱 밟았다. 구로야마는 드디어 권총을 놓았다.

"죽을 뻔했네!"

오쓰키가 일어서서 외쳤다. 총알이 스쳤는지 화려한 셔츠가 가로로 쭉 찢어졌다.

"누가 묶을 걸 가져다주시지 않겠습니까? 철사요. 히로카와 씨?"

"뭐, 뭔데?"

"선미루에 있습니다. 좀 가져와 주세요."

"왜 내가……."

히로카와 씨가 데루에를 보았다. 하지만 데루에는 노부코를 내려놓고 상태를 확인하느라 바쁜 척했다.

히로카와 씨는 끙, 하고 앓는 소리를 내더니 선미루로 향했다.

"어휴, 무서워라!"

오쓰키가 총신을 잡고 권총을 집어 들어 빤히 들여다보았다.

"하마터면 죽을 뻔했는데 어떻게 해야 속이 시원할까? 이걸 이 자식의 똥구멍에 처박아 버릴까?"

"그만두게. 그런 짓은 예술적이지도 실용적이지도 않잖나."

이구치는 그렇게 말했다.

10

구로야마를 꽁꽁 묶고 나서야 데루에는 안심했다.

살았다. 이제 경찰을 부르면 된다.

하스노 일행과 데루에는 휴게실에서 니시다 선장이 요트를 준비하는 걸 기다리는 중이었다. 그가 조종하는 요트를 타고 뭍으로 돌아갈 예정이었다.

소지품을 점검하는 세 사람에게 하스노가 아무 일도 아니라는 듯이 말했다.

"그러고 보니 아까 깜박했는데, 구로야마는 통조림으로 간식을 먹을 때도 우리를 죽이려고 했어."

"뭐?"

이구치가 놀란 목소리로 물었다. 데루에도 움찔했다.

"왜, 우리에게 포도주를 권하다가 결국 그만뒀고, 미야코 씨가 마시고 싶다고 하는데도 주질 않았잖아? 그 포도주에는 분명 독이 들어 있었을 거야.

히로카와 씨와 나는 거절했고, 오쓰키 군은 이구치 군이 못 마시게 했지. 그래서 포도주를 치울 수밖에 없었던 거야.

사람들을 몰살시키고 싶다면 한 번에 최대한 많은 사람에게 독을 먹여야 해. 죽지 않은 사람이 있으면 격투를 벌여야겠지. 권총을 소지했으니 두 명 정도라면 너끈하겠다 싶어 결행했을지도 모르지만, 세 명이나 마시지 않겠다니까 미룬 거야."

데루에는 전혀 눈치채지 못했다. 하지만 돌이켜 보니 확실히 구로야마의 행동은 묘했다.

경찰에게 조사를 받으려니 마음이 무거웠다. 하지만 구로야마가 살인범이라고 입증할 빼도 박도 못할 증거를 미나미 씨가 경찰에 넘겼다고 하니까, 의외로 진술은 간단히 끝날지도 모른다. 원래 미나미 씨는 구로야마를 붙잡아서 당당히 개선하려고 했다고 한다.

데루에는 노부코를 뭍으로 데려갈 작정이었다. 많이 약해졌다. 한 시라도 빨리 따뜻하게 해주지 않으면 죽을지도 모른다.

아무튼 사건은 해결됐지만 커다란 수수께끼가 하나 풀리지 않고 남아 있었다. 데루에가 그 수수께끼를 멍하니 생각하고 있는데 이구치가 말을 꺼냈다.

"저기, 그런데 구로야마는 왜 우리를 몰살시키려 한 걸까?"

그렇다.

구로야마는 이번 사건에서 어마어마한 짓을 저질렀다. 자신의 죄를 폭로하려 한 미나미 씨를 죽인 후 그 시체와 보트를 감추었고, 독이 든 만찬을 훔쳐 먹고 죽은 히라이 씨의 시체도 은폐했다. 그리고 배에 탄 사람들을 모조리 죽이려 했다.

대체 목적은 뭐였을까? 애초에 그는 그저 쾌락을 즐기고자 살인을 되풀이해 온 인물이다.

구로야마는 요트를 조종할 줄 안다. 미나미 씨를 죽인 후, 바로 요트를 타고 어딘가로 달아날 수도 있었다. 하지만 그러지 않고 배에 머무르며 모두 죽이기를 선택했다. 대체 뭐가 목적이었을까? 증거인멸일까. 하지만 아무리 발버둥 친들 범행이 발각되는 건 시간문제였을 듯하기도 했다.

"살인범이니까 사람을 죽이고 싶을 만도 하겠지."

오쓰키가 대답했다.

"뭐야, 예술이란 예술이니까 예술이다 같은 그 대답은?"

"원래부터 구로야마는 의미를 알 수 없는 살인을 저질러 왔잖아. 제 딴에는 예술가 행세를 한 건지도 모르지. 아니면 이렇게까지 복잡한 범죄를 실행할 수 있겠나?"

"하지만 미나미 씨를 죽인 건 자신의 죄를 감추기 위해서잖아? 굳이 따지자면 장인같이 실용적인 이유에서 집념을 발휘한 것 아니겠어?"

"그러니까, 집념을 발휘한 끝에 대량 살인을 저지르려고 한 거잖아? 죄를 은폐하려 했다기보다는 대량 살인 자체가 목적이야.

이구치가 붓이나 다른 화구에 집착하는 것과 비슷한 집념이겠지. 복잡하면서도 치밀한 그 수법은 예술가의 냉정한 면모에서 비롯된 것으로 보여."

"그야 살인의 뒤처리에 연연한 행태만 보면 고생 많다고 격려해 주고 싶을 정도지만, 독살에 성공해 우리 아홉 명의 시체를 늘어놓는 게 예술적인가? 지금까지 그랬던 것처럼 우리 시체를 이리 자르고 저리 붙여서 희한한 조각품이라도 만들려고 한 거야?"

"감상자 입장에서 자네가 어떻게 보는지는 관계없겠지. 구로야마에게는 예술적이었던 셈이야. 그리고 이건 이른바 유작이잖아?"

그러고 보니 구로야마는 미나미 씨의 수첩을 읽었을 것이다. 수첩에는 이미 엽기 살인의 증거를 갖추었고, 경찰에 맡겼다고 적혀 있었다.

　그럼 이제 잡힐 일밖에 남지 않았다고 체념한 구로야마가 자신만의 살인 예술을 완성하고자 마지막으로 일대 걸작을 만들기 위해 이번 계획을 세우고 분투했다는 건가.

　"하지만 구로야마는 평소 젊은 여성만 죽였잖나. 이번에 젊은 여성은 두 명뿐이야. 구로야마가 시간이 별로 남지 않았음을 깨닫고 유작을 만들기로 했다. 그게 오쓰키 자네 의견이지? 하지만 결국 재료가 남자뿐이잖나.

　예를 들어 자네가 병에라도 걸려서 몇 달 후에 죽는다고 치세. 내가 병실을 찾아가서 큰일났군, 자네도 예술가니까 뭔가 남겨야 하지 않겠나, 그림을 그릴 도구가 없어서 대신에 점토를 가지고 왔네, 이걸로 나부상이라도 만들어 보게나, 하고 말하면 화내겠지?

　그래도 구로야마는 평소와 달리 젊은 여성이 부족하지만 해치워 버리자, 하고 실행했다는 건가? 뭐랄까, 부인네들에게만 군침을 흘리는 무뢰한이 체포돼서 몇 년이나 감옥에서 썩다가 출옥한 후 그 반동으로 여학생에게 손을 대거나, 아니면 더 단순하게, 죽기로 결심한 남자가 마지막 추억을 남기겠답시고 근처 여성을 닥치는 대로 범하고 돌아다니는 듯한 역겨움이 느껴지는군. 예술이 아니야."

　"남자인지 여자인지가 그렇게 문제야? 구로야마는 수채화와 유채화 정도의 차이라고 여겼을지도 모르지. 그리고 유화와 조각 양쪽

다 제작할 수도 있잖아."

"지금까지는 유채화뿐이었지 않은가."

"아니, 이 배에도 여자가 두 명은 있잖나. 게다가 둘 다 미인이야. 구로야마에게는 그걸로 충분했던 것 아닐까?"

"글쎄. 내 생각에는 외설 사진과 다를 바 없는 것 같은데."

아니나 다를까 이구치와 오쓰키의 대화는 점점 생산성 없는 방향으로 향했다.

"이봐, 하스노 군! 자네 생각은 어때?"

오쓰키가 크게 소리쳤다. 하스노는 이미 몸단장을 마치고 무료한 듯 휴게실의 가구를 바라보고 있었다.

"아주 불경스럽군."

"아니, 뭐, 피해자 유족에게는 못 들려줄 이야기이기는 하지."

이구치가 머쓱한 표정으로 말했다.

"나 역시 경찰도 아니면서 살인범을 지목하는 등 불경스럽게 굴었으니 자네들에게 훈계는 못 하겠지만. 그나저나 어떻게 생각하느냐니, 그게 무슨 뜻이지?"

"그러니까 구로야마가 어떤 동기로 우리를 살해하려고 꾀했느냐는 거야! 살해당할 뻔했으니 마음대로 실컷 생각해 봐도 되겠지? 그는 예술가인가?"

하스노는 오쓰키와 이구치의 얼굴을 번갈아 보더니 그건 몰라, 하고 대답했다.

"구로야마가 예술가인지 아닌지 자네들이 결정하지 못한다면, 내가 뭐라고 할 말은 없어. 그가 왜 과거에 여성을 여럿 죽이고 해체했다가 재조합했는지는 설명을 못 하겠군. 다만 우리를 죽이려 한 것에는 명백한 동기가 있겠지."

"뭐? 명백하다고?"

"명백하고 실용적인 동기야. 칠이 벗어져서 빗소리가 시끄럽지만, 새지는 않으니 그대로 놔둔 우리 집 지붕처럼 그야말로 실용적인 동기지.

미나미 씨는 이미 증거를 확보해서 경찰에 넘겼잖아? 지금 뭍에서는 경찰이 구로야마를 체포할 준비에 여념이 없을걸."

"그래. 그래서 단념하고 마지막으로 대량 살인을……."

"그건 예술가의 발상인 것 같네만. 구로야마는 좀 더 현실적인 계획을 세웠어.

도망이야. 예술로부터 도망치느니 뭐니, 나는 잘 모르는 그런 이야기가 아니라 진짜로 도망치는 거야.

그럼 어떻게 도망칠까? 뭍에서는 이미 경찰이 체포 준비에 나섰을 거야. 미나미 씨가 경찰에 정보를 얼마나 넘겼는지 모르니까 섣불리 접근할 수는 없겠지.

덧붙여 엽기 살인범의 정체가 명망 높은 국회의원으로 밝혀지면 큰 난리가 날 거야. 다들 얼굴을 아니까 뭍으로는 돌아갈 수 없어.

그럼 어디로 도망칠까? 바다야. 요트가 있으니 그걸 타고 달아나면 돼. 대만이나 대륙, 호사태랄리아(오스트레일리아), 아니면 아미리가. 돛단배로 태평양을 건넜다는 이야기도 있으니, 불가능하다고 단정할 수는 없겠지."

그렇다. 데루에 일행은 구로야마가 조종하는 요트를 타고 여기에
왔다.

"그렇게 장기간 항해하려면 여러모로 준비할 게 많아. 무엇보다
물과 식량이 필요해.

물은 괜찮아. 미쓰카와마루호에도 비축분이 있으니까. 문제는 식
량이야. 배의 비상식량은 거의 다 떨어졌어. 항해 기간이 얼마나 될
지 모르니까 식량을 최대한 많이 확보해야 하는데 말이지.

우리가 먹을 뻔한 그 독은 수렵용이라 가열하면 독성이 사라진다
고 했지.

자네들은 만찬 때 미나미 씨의 인육을 먹지는 않을까 걱정한 모양
이네만, 아무래도 우리는 그 반대를 걱정해야 했어.

자네들 봤나? **식료품 창고에 마침 사용하지 않은 깡통과 뚜껑이
있었지**. 통조림으로 만들면 장기 여행에도 편리해."

데루에, 이구치, 오쓰키는 아연실색했다. 그때 니시다 선장이 문간
에 나타나 요트로 떠날 준비가 됐다고 알렸다.

보석 도둑과 괘종시계

1

도쿄는 따뜻했다. 벚꽃은 거의 만개했고, 지나다니는 사람도 많았다. 나는 양복을 벗어서 팔에 걸쳤다.

준텐도 대학교 근처에서 하스노와 만났다. 간다가와강을 따라 이치가야 방면으로 걸어가는 중이었다.

"아직 늦지 않았어. 솔직하게 말하는 게 어떨까."

다리에 접어들었다. 양장한 어린아이의 손을 잡은 부부와 엇갈려 지나가면서 하스노가 나른한 목소리로 말했다.

하스노는 피로에 찌들었다. 미쓰카와마루호에서 참사가 벌어지고 여드레가 지났다. 어마어마한 대사건이라 경찰이 우리 설명에 수긍하고 해방해 주기까지 시간이 좀 걸렸다.

내가 앓는 소리만 내고 입을 다물자 하스노는 말을 이었다.

"늦어질수록 뒷일이 성가셔져. 가에몬 씨는 이미 세상을 떠났잖

나. 간지 씨는 말이 통할 사람 같으니, 간지 씨를 거치면 경찰에도 이야기할 수 있겠지?"

"그럴지도 모르지만, 사정이 또 조금 달라졌어."

나는 피폐해진 머리로 하스노에게 어디부터 이야기했는지 멍하니 생각했다.

고민의 근원은 시계다. 아버지가 실수로 가에몬 씨에게 모조품을 팔아넘긴, 화란 왕족과 인연이 있는 괘종시계. 그것이 또 내게 예상치 못한 말썽을 안겨 주었다.

작년 11월, 교환하지 않고 미술관에서 괘종시계를 도로 가져왔지만, 내가 소장해야 할 물건도 아니므로 처우를 결정하지 못한 채 집에 보관해 두었다.

그런데 올해 2월에 가에몬 씨가 세상을 떠났다기에, 그렇다면 본래 소유해야 할 사람에게 반환해야 하지 않을까 싶었다. 하지만 자세한 사정을 밝히기가 꺼려졌고, 가에몬 씨의 장례식이 끝나자마자 이야기하러 가려니 마치 죽기만을 기다린 것만 같아서 몰상식한 듯한 기분이 들었다. 그래서 머뭇거린 것이 좋지 않았다. 어떻게든 재빨리 돌려줘야 했다.

16일 전, 괘종시계가 우리 집 2층에서 홀연히 사라졌다.

도둑맞은 것이다. 원래 내가 가지고 있어야 할 물품이 아니므로 신고할 수도 없다.

이것만으로도 걱정이 태산 같았는데, 하필이면 괘종시계를 도둑맞고 이틀 후에 상황을 더 악화시키는 편지가 국제 우편으로 도착했다.

발송인란에는 Cornelis van Riemsdijk라는 이름이 적혀 있었다. 림스데이크라는 성씨는 나도 들어본 적 있었다. 수신인란에는 아버지 이름이 영문으로 적혀 있었다.

나는 멋대로 개봉했다. 망령이 나지는 않았지만, 아버지는 병이 악화돼 오늘내일하는 상태였다. 아버지는 괘종시계에 얽힌 말썽을 자초한 탓에 속을 다 태웠다. 아들로서 더 걱정을 끼치고 싶지 않았다. 하기야 아버지가 건강했어도 별 도움은 되지 않았을 것이다.

편지지를 꺼내 사전을 찾아가며 읽어보았다. 편지를 받았을 때 들었던 찜찜한 예감이 멋지게 적중했다.

할아버지 생전에 들었던 바에 따르면, 할아버지가 영길리에서 골동품상을 했을 때 괘종시계를 거래한 사람은 필립 판 림스데이크 백작이고, 코넬리스 판 림스데이크 씨는 백작의 차남이라고 한다.

할아버지와 백작은 개인적으로 교유가 있었으므로, 10년 전 할아버지가 돌아가셨을 때 본인이 미리 써둔 편지를 보내 사망을 알렸다.

분명 그때 아버지 이름이 그쪽에 전해졌을 것이다.

편지에는 괘종시계에 관련된 용건이 적혀 있었다.

내가 번역한 바로는 이렇다.

아버지 필립 판 림스테이크가 작고한 후, 아무 기별도 없이 격조했음을 사과한다. 춘부장께서 여러모로 호의를 베풀어주셨다고 아버지에게 들었다. 특히 춘부장은 다른 문화권 사람이자 상인이지만, 미술품을 보는 눈만큼은 최고였다고 평하셨다.

따라서 집안의 가보를 춘부장께 매각한 것에 일절 후회는 없지만, 나이를 먹고 과거를 추억할수록 그 시계가 그리워진다.

마침 동양으로 여행을 떠날 계획을 세웠다. 그때 귀하의 연락처를 춘부장에게 받았다는 사실이 생각났다.

일본에는 석 달쯤 체류할 예정이다. 그 사이에 귀하와 면담이 성립돼 시계를 볼 수 있다면 더할 나위 없이 기쁘겠다. 또한 만약 귀하에게 그럴 의사가 있다면, 알맞은 가격으로 시계를 되살 생각도 있다. 이는 나뿐만 아니라 네덜란드에 있는 우리 가족 일동의 희망이기도 하다.

만약 귀하가 그 시계를 이미 양도했다면, 양도한 곳에 소개해 준다면 참으로 고맙겠다.

느닷없는 부탁이라 송구스럽지만 잘 헤아려 주기 바란다. 물론 귀하의 사정을 우선해도 무방하다. 내가 탄 배는 5월 20일에 요코하마 항에 도착하고, 그 후로는 데이코쿠 호텔에 머물 예정이다.

하스노에게도 편지를 보여주고 내용이 맞는지 확인했다. 예의를 지키면서도 요구 사항을 딱 잘라 전하는 편지였다.

발송처는 아미리가였다. 하스노는 그쪽 경제 잡지에 실린 림스데이크 씨 관련 기사를 찾아주었다. 림스데이크 씨는 아미리가에서 사업에 성공해 막대한 부를 쌓았다고 한다. 자선가 여성과 결혼했고, 세계를 빙 돌아서 여행하며 화란으로 돌아갈 작정인 듯하다. 여행 도중일 테니 답장은 보낼 수 없다.

실로 골치 아픈 상황이었다.

시계는 이미 원래 소유해야 할 간지 씨도 모르게 도둑맞았다. 이제 뭘 어떻게 해명해야 할지 모를 지경이었다.

하스노는 그래도 간지 씨에게 상담하는 수밖에 없지 않겠느냐고 하는 것이다.

"이실직고는 빠를수록 좋아. 시간이 흐를수록 자네의 과오는 커질 거야."

"그야 그렇지만, 그래도……."

시계를 도둑맞고 처음 상의했을 때부터, 하스노는 간지 씨에게 솔직하게 털어놓는 편이 어떻겠느냐고 충고했다.

그야말로 정론이다. 이미 벌어진 일이니 어쩔 수 없다. 간지 씨는 말이 통할 법한 사람이니, 상황을 설명하고 협력을 받으면 경찰에 상담할 수 있다.

그게 제일 좋은 방법임은 알지만 나는 실행에 옮기기를 망설였다.

이유는 여러 가지다. 병석에 누운 아버지가 무엇보다 큰 문제였다.

아버지는 시계 문제가 작년 11월에 마무리된 줄 알고 마음을 놓았다. 하지만 간지 씨와 경찰에 사정을 밝히면 사건의 정보는 분명 아버지의 눈과 귀에도 들어갈 것이다.

아버지는 다섯 달 전만 해도 다 죽어가는 것처럼 보였지만, 내가 가에몬 씨에게 시계를 원만하게 돌려주었다고 거짓말하자 마음에 평정을 되찾았는지 의외로 지금까지 잘 버티고 있다.

가에몬 씨를 기만했다는 사실이 드러날지도 모른다는 것을 알았을 때, 나이에 걸맞지 않게 몹시 안절부절못하던 아버지의 모습이 머릿속에서 지워지지 않았다. 안 그래도 짧은 여생을 더 단축하는 짓은 하고 싶지 않았다.

게다가 미술품을 거래하면서 불상사가 있었다는 소문이 퍼지면 나도 곤란하다. 무엇보다 경찰이 얼마나 도움이 될지 의심스럽기도 했다.

그렇지만 달리 범인을 찾아낼 방도가 있을까. 나로서는 엄두도 나지 않았다.

망설인 끝에 지푸라기라도 잡는 심정으로 오쓰키에게 부탁해 미나미 씨를 만나러 미쓰카와마루호까지 갔다. 미나미 씨는 신문기자로 여러 사건을 조사한다고 들었고, 경찰의 내부 사정에도 밝을 터였다. 그래서 조언을 받을 수 있지 않을까 기대했다.

하지만 막상 승선하자 그럴 상황이 아니었다. 미나미 씨는 살해당하고 말았다. 무사히 뭍으로 돌아오긴 했지만, 아무런 소득도 올리지 못했다.

조금의 진전도 없이 립스데이크 씨가 일본에 도착할 날짜가 하루하루 다가오고 있었다.

"하스노, 솔직하게 사정을 밝히라는 자네 말은 이해했어. 하지만 그 전에 내 이야기를 좀 들어주게.

실은 이번 시계 도난 사건은 단독 사건이 아닌 듯해. 사에코와 미네 짱에게 들었는데, 두 사람 주변에서 기묘한 도난 사건이 연이어 발생했다는군.

시계를 도둑맞기 전후에 보석이 달린 귀중품이 도난당하는 사건이 세 건이나 발생했어. 물리적으로 불가능하다고 여겨지는 상황에서 없어진 물품도 있다네."

나는 물리적으로 불가능하다는 부분을 강조하며 하스노의 표정을 살폈지만, 딱히 흥미로워하는 것 같지 않았다.

그래도 들어줄 마음은 있는 듯했기에 나는 말을 이었다.

"도둑맞은 물품은 여러 가지야. 제일 먼저 동방정교회*의 이콘†에 사용된 리자‡의 보석을 도둑맞았어. 그리고 보석으로 장식한 서양 귀부인의 드레스 있지? 거기서 장식용 보석만 도둑맞았어. 나머지 하나는 팔찌야. 그런데 묘하게도 전부 루비만 도둑맞았다는군."

루비만 도둑맞았다는 건 극히 중대한 사실이다. 우리 집에서 도둑맞은 괘종시계 문자반에도 루비가 박혀 있었기 때문이다.

그 시계는 아주 비싼 물품이지만, 매각하기가 쉽지는 않다. 이름

---

* 기독교의 3대 교파 중 하나. 현재는 주로 러시아, 동유럽 등에 주로 분포한다

† 기독교 미술에서 신앙의 중요 요소인 그리스도, 성모, 성인 등을 그린 그림

‡ 이콘의 표면을 덮는 금속 장식. 그림 속 성인의 옷이나 배경 부분을 덮는다

없는 물품이 아닌 데다 출처도 확실하다. 가치를 제대로 알아보려면 전문적인 감정인을 찾아야 할 테니, 장물임이 쉽게 탄로 날 것이다. 돈을 목적으로 훔치기에는 적합한 물품이 아니다.

하스노는 드디어 내 이야기에 반응을 보였다.

"시계 자체가 아니라 문자반의 루비가 목적 아니겠느냐는 건가?"

"그래. 아무래도 이건 루비를 노린 연쇄 도난 사건 같아. 게다가 네 건 모두 전혀 무관한 곳에서 일어난 사건이 아니야. 그러니 그 주변을 살피면 보석 도둑을 찾을 수 있겠지.

일단 도난 사건의 자초지종을 간추려서 설명할 테니 들어주게. 뭘 어쩌든 범인이 누군지 알아야 대응할 수 있겠지?"

"뭐, 그렇지."

난 여전히 의욕이 없어 보이는 하스노에게 사에코와 미네코에게 들은 도난 사건 이야기를 들려주었다.

2

첫 번째 사건은 한 달쯤 전인 3월 상순에 발생했다고 한다.

이 사건은 미네코가 재봉 선생님을 통해서 알았다. 하기야 사에코도 같은 이야기를 다른 곳에서 들어서 알고 있었다.

"도난당한 곳은 간다에 위치한 포목전 나라자키라는군. 거기서 동방정교회의 이콘에 사용된 리자의 루비를 도둑맞았어."

"잠깐만."

예상했던 대로 하스노가 내 이야기를 막고 지당한 지적을 했다.

"동네 포목전 아닌가? 바닥에 다다미를 깔고, 포렴도 걸어놓고, 옷감을 파는 곳. 왜 그런 곳에 동방정교회의 이콘이 있는 거지?"

"글쎄, 미네 짱도 자세한 사정은 못 들은 것 같네만, 얼마 전 노서아(러시아)에 갔던 나라자키 일가 사람이 맡아서 가져왔다나 봐."

"혁명과 관계가 있는 건가."

"그럴 것도 같군. 비상사태가 아니라면 그런 식으로 국외에 내보내지는 않았을 것 같으니."

포목전에는 전혀 어울리지 않는 물품이다. 이야기를 듣고 온 미네코도 설명하면서 이콘과 리자가 뭔지 의아해했다. 이콘은 기독교의 종교화고, 리자는 이콘의 장식에 사용되는 금속 덮개라고 내가 알려주어도 이해가 잘 안된다는 표정이었다.

나라자키 일가에서는 그 신성한 물품을 벽장에 넣어뒀다가 손님이 오면 구경시켜 주었다고 한다.

3월 모일 오전. 벽장을 열어본 포목전 주인 나라자키 아쓰타 씨는 리자에 박혀 있던 루비가 모조리 사라진 걸 발견했다.

나라자키 씨는 크게 당황해서 집안사람들을 불러 모았다. 전날 밤 2층에서 잠든 장남이 비몽사몽 중에 1층에서 벽장을 뒤지는 소리를 들은 것 같다고 주장했으므로 경찰에 신고했다.

"이콘도 리자도 무사한데 루비만 도둑맞았다는 거지?"

"응. 이콘이 누구의 어떤 장면을 그린 건지는 모르겠고 리자가 어떤 형태였는지도 못 들었지만, 줄줄이 박힌 루비를 모조리 뽑아서 가져갔다는군."

범인의 의도는 불분명하다. 실물을 보지 않고 평가할 수는 없겠지만, 리자 자체가 미술품으로서 가치가 상당히 높을 것이다. 그걸 통째로 훔치지 않다니, 크기가 커서 가져가기 힘들었던 걸까, 아니면 어차피 꼬리가 잡히리라고 생각한 걸까.

"그 이야기만 들으면 내부범의 소행 같은데."

"그렇지. 밤중에 남의 집에 숨어들어 벽장의 리자에서 루비만 빼내는 도둑이 있을 것 같지는 않군. 경찰도 집안사람 중 누군가가 범행을 저질렀다고 보고 수사에서 힘을 뺀 것 아니려나? 그래서 진전이 없는 것 같기도 해. 하지만 나라자키 일가의 주인은 리자를 손님에게 구경시켰으니, 누군가 훔치러 왔을 수도 있어.

그 후로도 루비 도난 사건이 잇따른 걸 보면 외부범일 확률도 꽤 높을 듯해.

내가 들은 건 그 정도야. 이 정도면 큰 사건도 아니니까 신문에도 실리지 않았어."

미네코에게 전해 들은 이야기이므로 세세한 내용까지는 모른다.

하지만 그다음에 발생한 괘종시계 도난 사건은 속속들이 알고 있다.

우리 집에서 일어난 일이니까 당연하다. 이 사건에는 불가해한 점이 있다. 나로서는 범인이 어떻게 그럴 수 있었는지 도무지 모르겠다.

3

우리 집은 우에노에 있다. 골동품상이었던 할아버지가 남긴 집으로, 나와 사에코 그리고 와병 중인 아버지가 함께 산다.

내 처지에는 어울리지 않게 훌륭한 양옥집으로, 별채까지 딸렸다. 별채에는 아버지가 기거한다.

이 집에 그 괘종시계를 보관해 두었다. 병석에서 신음하며 시계를 걱정하는 아버지에게 시계를 잘 돌려줬다고 거짓말했으므로 철저히 신경 써서 보관해야 했다.

아버지는 병든 몸을 이끌고 집을 돌아다니기도 한다. 그때 시계가 보이면 큰일이다.

제법 커서 금고에도 안 들어간다. 만에 하나라도 아버지 눈에 띄지 않도록 해야 한다.

그래서 사에코가 사용하는 2층 방에 시계를 두기로 했다.

아버지는 자기 집이니까 어딜 가도 상관없다는 생각이지만, 굳이 계단을 올라 2층에 가는 일은 드물다.

게다가 시계는 사에코의 옷으로 감췄다. 어디서 받아온 보자기나 우리 어머니가 쓰던 보자기 등 집안의 보자기를 싹싹 긁어모아 사에코의 옷을 싸서 시계 주변에 빈틈없이 쌓았다. 그렇듯 겉으로 보기에는 사에코가 자기 옷을 칠칠하지 못하게 정리한 것처럼 해놓고, 아버지에게 며느리의 옷이 들어 있으니 함부로 만지면 안 된다고 신신당부했다.

어렸을 적부터 여성의 영역으로 여겨지는 곳에는 얼씬도 하지 않도록 교육받은 만큼 아버지도 이 부탁에는 순순히 따랐다. 그런 방식으로 시계를 아버지 눈에서 떼어놓았다.

16일 전인 3월 26일 아침. 일어나서 자기 방에 간 사에코가 시계를 도둑맞았다는 사실을 알아차렸다.

홀연히 사라졌다고밖에 표현할 방도가 없는 상황이었다. 시계 주변에 쌓아둔 옷 보따리는 그대로 있고, 괘종시계만 없어졌다. 범인이 방을 뒤진 흔적은 없었다.

사에코 방뿐만이 아니었다. 집 어디에도 범인이 괘종시계를 찾아다닌 흔적은 없었다.

예를 들어 그다지 가치는 없지만 할아버지의 유품인 골동품을 놓아둔 방이나, 내 화구로 가득한 화실 등 시계를 보관해 둘 법한 곳이 몇 군데 있다. 하지만 한동안 들어가지 않은 골동품 방은 먼지가 쌓여 있어서 아무도 건드리지 않은 것이 확실했고, 화실은 뭔가 조금이라도 움직였다면 내가 모를 리 없다.

옷장 등도 마찬가지였다. 건드린 흔적은 없었다.

기모노가 널린 사에코의 방은 어떻게 봐도 여자 방이라 괘종시계가 있을 법하지 않다. 그런데도 그 방의 보따리만 치웠다.

정황상 범인의 목적은 틀림없이 괘종시계였다. 집에 달리 금품이 없었던 건 아니다. 화집과 만년필에는 손도 대지 않았고, 얼마 전에 완성한 자신 있는 작품을 포함해 화실에 놓아둔 내 그림 세 점은 거들떠보지도 않은 듯했다. 그저 괘종시계만 말끔히 사라졌다.

도난당한 후, 하스노에게 집을 살펴봐 달라고 부탁했다.

도둑질하러 들어오기는 쉽다고 했다. 나와 사에코는 아버지를 간호하기 위해 아버지의 맞은편 방에서 잤으므로 안채에는 사람이 없었고, 1층 창문의 덧문에 큰 틈새가 있었다. 하스노가 아무 흔적도 남기지 않고 덧문을 연 후 다시 닫는 모습을 보여주었다. 도둑이 먹잇감으로 삼기에 실로 안성맞춤인 집이라고 인증받았다.

그런데 어떻게 1층으로 침입한 범인이 시계가 있을 법한 곳을 완전히 무시하고 2층의 사에코 방으로 가서 시계를 찾아낼 수 있었을까.

애당초 범인이 어떻게 우리 집에 괘종시계가 있다는 사실을 알고 있었느냐도 문제다.

화란 왕족과 인연이 있는 괘종시계의 존재를 아는 사람은 이제 그렇게 많지 않다. 할아버지가 시계를 일본에 가져왔을 때는 작게 신문에 기사가 실렸지만, 그것도 벌써 20년 넘은 예전 일이다. 기억하는 사람이 그렇게 많을 것 같지는 않았다. 있더라도 그 후 괘종시계를 가에몬 씨에게 넘겼다고 알고 있을 것이다. 범인은 그 괘종시계가 우리 집에 있다는 사실을 어떻게 알아냈을까?

이러한 의문점 때문에 나는 사에코와 미네코 주변에 범인이 있는 것 아닐까 의심했다.

두 사람에게는 괘종시계에 얽힌 사정을 이야기해 주었다.

도난 사건이 발생한 직후에 캐묻자, 미네코와 사에코는 친구와 잡담하다가 우리 집에 훌륭한 괘종시계가 있다고 말한 적이 있다고 했다. 그렇다면 그 말을 전해 들은 누군가가 훔치러 온 것이 아닐까 싶었다.

하지만 거기서부터 더 이상 진전이 없었다.

미네코와 사에코 둘 다 시계에 대해 언급하기는 했지만, 집의 어디에 놓아두었는지는 말하지 않았다고 한다.

그리고 루비가 박혀 있다는 말도 하지 않았다는 것이다. 20년 전신문 기사를 확인해 봐도 장식에 관한 내용은 없었다.

일련의 사건은 루비를 노린 범행인 듯하다. 그렇다면 범인은 어떻게 괘종시계 문자반에 루비가 박혀 있다는 사실을 알았을까? 그 사실을 알더라도 어떻게 집안을 뒤져보지도 않고 괘종시계를 숨겨둔 곳을 찾아냈을까?

그게 가능한 인물은 존재할 리 없었다.

이 사건은 이미 하스노에게 이야기했다. 나는 그다음에 발생했고, 그저께 아내에게 들은 도난 사건을 하스노에게 설명했다.

4

세 번째 도난 사건은 4월 2일에 발생했다. 이 사건과 그 후에 발생한 팔찌 도난 사건에는 사에코가 얽혀 있다. 자세한 이야기는 사에코에게 들었다.

사건 당사자는 아사마 미쓰에라는 무대 배우로, 사에코와 여학교 동창생이다.

그 드레스의 내력, 그리고 사에코가 사건에 얽히게 된 경위는 복잡했다.

미쓰에는 어머니에 이어 2대째 배우로 활동 중이다. 원래 미쓰에의 어머니가 자신을 후원하던 손님에게 루비 장식이 달린 드레스를 선물받았다. 그로부터 20년쯤 지나 미쓰에는 어머니의 드레스를 무대에서 입기로 마음먹었다.

마음먹은 것은 좋지만 거의 관리하지 않고 처박아놓은 탓에 드레스에 곰팡이가 피었다. 세탁해도 소용없을 만큼 심각했다.

그래서 루비 장식을 떼어내고 드레스는 새로 짓기로 했다.

이왕 새로 짓는 김에 미쓰에는 같은 드레스를 네 벌 짓기로 했다.

아사마 모녀의 후원자인 부호가 부인을 위해 의장이 같은 드레스를 가지고 싶어 한 것이 계기였다. 그래서 한 벌 더 짓기로 했다.

그 후 잠시 고민한 끝에 어차피 복제품을 만들 거면 두 벌쯤 더 짓기로 결정했다.

미쓰에는 드레스의 의장이 마음에 들었지만, 어머니의 추억이 담긴 물건이라 본인만 입기가 꺼려졌던 모양이다. 한 벌은 기념으로 어머니에게 드리기로 하고 두 벌은 무대용과 예비용이다. 나머지 한 벌은 부호의 아내를 위한 선물이다.

"그래서 루비 장식은 보석점에 가서 복제했다고 해."

"세 개나? 돈을 어마어마하게 들였군."

"뭐, 염가는 아니겠지만, 그렇게까지 돈을 퍼붓지는 않았어. 그게, 복제품에는 천연이 아니라 합성 루비를 사용했거든."

장식의 금속 세공은 그리 세밀하지 않았으므로, 복제하는 데 어려움은 없었던 듯하다.

최근에 유통이 늘어난 합성 루비를 사용한 건 천연 루비를 금방 입수할 수 없었기 때문이다. 보석점에서 양질의 루비를 갖추려면 시간이 걸린다고 했다.

"덧붙여 미쓰에라는 배우는 원래 보석의 금전적인 가치에는 관심이 없었던 모양이야. 그 드레스도 그저 추억의 물품 중 하나로 여겼나 보더군. 드레스의 루비는 가치가 꽤 높지만 시세가 정확히 얼마인지는 신경도 쓰지 않았어.

그런 까닭에 보석점에서 합성 루비 견본을 보여주자 그걸로 충분하다고 판단했다는군. 완성도가 꽤 높았던 모양이야."

"그렇군."

"그리고 드레스의 옷감 말인데 일본에서는 찾지 못했어. 좀 특수한 천이었던 듯해. 그래서 곰팡이 핀 드레스의 조각을 영길리에 보내서 찾아달라고 했지. 다행히 거의 똑같은 옷감을 찾아냈어. 다만 가격이 비싼 데다 분량도 몇 필 안 돼서, 드레스를 네 벌 지을 정도만 배달됐다는군."

낡은 드레스는 곰팡이가 너무 많이 피어서 처분하기로 했다. 솔기를 푼 드레스의 본을 뜬 후 쓰레기로 버렸다. 미쓰에의 매니저는 미즈타니라는 남자인데, 그의 어머니가 재봉에 일가견이 있어서 본뜨기를 맡겼다고 한다.

"미쓰에 씨가 평소 의상 제작을 의뢰하는 사람들이 바빴던 데다 바탕이 되는 드레스의 옷감이 워낙 지저분했던 터라 미즈타니라는 사람이 본뜨기는 자기 어머니에게 맡기는 게 어떻겠느냐고 제안했다고 해."

무사히 옷본을 떴다. 그리고 옷감, 진품과 복제 루비 장식도 있었으므로 드레스를 짓기만 하면 됐다.

"미쓰에 씨가 평소 의상을 부탁하는 사람은 세 명이야. 모두 미쓰에 씨의 여학교 동창생이지. 쭉 교류하고 지내서 사이도 좋아."

"흠."

"다들 실력이 뛰어나서 미쓰에 씨도 신뢰했던 모양이야. 본뜨기는 남에게 맡겼지만, 드레스 짓기는 역시 그 세 명에게 부탁하려고 마음먹었지.

부탁하는 건 좋지만 아까도 말했듯이 다들 바빠. 재봉사 세 명도, 미쓰에 씨도. 재봉사들은 처리할 주문이 많은 데다 가르치는 학생도 있지. 미쓰에 씨는 무대에 서야 하고 말이야.

그래서 이야기를 정리하기가 쉽지 않았어. 마주 앉아서 이렇게 하라거나 저렇게 해달라고 결정할 기회가 좀처럼 없었던 거야.

따라서 미쓰에 씨와 재봉사 세 명의 연락을 맡을 사람이 필요했어. 마침 여학교 시절에 네 명과 사이좋게 지냈던 사람 가운데 지금은 비교적 한가한 사람이 한 명 있었지. 바로 사에코야."

필요할 것 같아서 자세한 내용을 사에코에게 듣고 왔다.

3월 19일 오후, 사에코는 전보를 받았다. 도움을 요청하고 싶음,

찾아오기 바람, 바쁘면 됐음. 별로 바쁘지는 않았으므로 그다음 날 오후에 사에코는 고지마치에 있는 미쓰에의 집을 찾아갔다.

최근에 완성된, 작고 깔끔한 흰색 양옥집이다. 사에코는 몇 번 와 봤다. 문을 두드리자 열다섯 살쯤 된 하녀 유에가 나왔다. 화려한 양탄자가 깔린 현관을 지나 응접실로 안내를 받았다.

"아아! 사에 짱, 안녕. 오랜만이네."

미쓰에는 안락의자에서 일어서서 두 팔을 벌리고 환한 웃음을 지었다.

방에는 두 사람이 더 있었다. 이름을 모르는 나이 많은 하녀와 안경을 낀 30대 초반 남자였다. 유에를 따라 방에 들어서기 직전까지 미쓰에는 남자와 무슨 이야기를 나눈 듯한 분위기였다.

사에코가 나타나자 하녀와 남자는 방을 나섰다. 하녀는 말없이 머리를 꾸벅 숙였고, 남자는 문을 빠져나가기 직전에 고개를 돌려 나중에 뵙겠습니다, 하고 나갔다. 일정을 정한 듯했다.

"누구야?"

사에코는 의자에 앉자마자 물어보았다.

"내 매니저 미즈타니. 일정을 짜거나 하면서 이것저것 도와주는 사람."

"아아, 그렇구나. 미쓰에, 요즘 여러모로 힘들겠다."

"그렇지 뭐."

미쓰에는 부드럽게 미소 지었다.

사에코와 동창이니 미쓰에는 아직 스물세 살이지만, 현재 두 번째로 협의 이혼을 진행하는 중이었다.

미쓰에는 열아홉살에 결혼했다. 이미 신극* 배우로서 이름을 날리던 무렵이다. 상대는 미쓰에를 후원하던 저명한 작가의 차남으로, 이때는 주부와 배우라는 두 마리 토끼를 잡으려다 실패하고, 1년도 지나지 않아 이혼했다.

그리고 2년쯤 전, 미쓰에는 오시마 미노루라는 사업가와 재혼했다. 혼인 신고는 하되 처음부터 별거하기로 했으므로, 유명인 신식 부부가 탄생했다며 당시는 크게 주목을 받았다. 하지만 오시마의 바람기가 심해서 다시 이혼 절차를 밟고 있다.

"난 결혼은 무조건 해야 한다고 믿었어. 바보 같지? 좋아한다고 꼭 결혼할 필요는 없는데 말이야. 좋아하지 않는다면 결혼이라는 형식을 갖춰야 하겠지만. ……아, 미안해. 사에 쨩에게 화풀이하는 거 아니야. 남편은 잘 지내?"

"응, 아주. 친구와 함께 돌아다니면서 유괴범을 잡거나 해."

사에코가 보기에 미쓰에의 인상은 여학교 시절과 다름없었다. 현실적인 공부 이야기부터 선생님 험담에 이르기까지 전부 웃는 얼굴로 입에 담는다. 불쾌해하는 일은 좀처럼 없고, 화내는 모습도 본 적 없었다.

그런 성격을 배우로 이름을 떨치고, 첫 번째 결혼이 파탄 나고, 사

---

* 가부키, 신파극과 달리 서양 근대 연극에 영향을 받은 새로운 형태의 연극

업가와 연애 끝에 결혼했다가 또 좌절한 지금도 유지하고 있다.

그게 타고난 건지, 상상을 초월하는 내면적 노력의 성과인지 사에 코는 여태 모른다. 어쨌거나 미쓰에에게 배우는 천직이 틀림없다고 생각한다.

다만 미쓰에의 어머니 때문에 약간 걱정되기도 했다.

미쓰에의 어머니 다마코는 원래 게이샤*였지만, 신극 연출가와 결혼해 서양으로 갔고 무대 배우로서 호평을 들었다.

귀국하고 일본에서도 높은 평판을 얻어 신극 초창기를 대표하는 배우가 됐다. 하지만 다이쇼† 3년에 콜레라로 남편과 사별한 후, 정신이 불안정해졌다.

과부가 되어 배우 일을 계속할 의지를 거의 잃었지만, 가까이 지내던 극작가의 부탁으로 그 후로도 몇 번 무대에 섰다. 그러나 서서히 신경질이 심해진 끝에, 오스카 와일드의 살로메를 상연하던 도중에 의상을 휙 벗어 던지고 그대로 그만뒀다.

조울증인 듯했다. 지금은 나카노마치에 작은 집을 사서 하녀를 한 명만 두고 혼자 산다. 사에코는 만나본 적 없어서 어떤 상태인지 모른다. 미쓰에도 어머니에 관해서는 별로 언급하지 않는다.

미쓰에는 조부모 집에서 자랐다. 이제는 누구나 다 알지만, 학창

---

*   연회에서 춤과 노래 등으로 손님들의 흥을 돋우는 직업
†   1912~1926년까지 사용된 일본의 연호

시절에는 미쓰에가 다마코의 딸임을 아는 사람이 거의 없었다. 미쓰에는 사에코를 포함해 친했던 몇 명에게만 알려주었다.

"아무튼 부탁이 있는데, 좀 수고스러운 일이야. 그런데 사에 짱, 마사 짱네와 자주 만나지?"

"응, 맞아."

마사 짱네는 나카에 마사코, 구사카베 야에, 하타야마 노리코, 세 명을 가리킨다.

여학교 동창생으로 셋 다 재봉사가 됐다. 여학교를 졸업한 후 재봉학교에 가서 공부했으므로 일본식 옷이고 서양식 옷이고 못 만드는 것이 없다.

"드레스를 지어 달라고 하려고. 편지로 부탁했더니 다들 바쁘지만 해주겠대. 그래서 말인데."

미쓰에는 몸을 구부려 탁자 밑에서 종이봉투를 끄집어냈다. 그 속에서 비단 같은 옷감이 든 꾸러미, 드레스를 본뜬 옷본, 사진 몇 장, 그리고 판지로 만든 작은 상자를 네 개 꺼내서 늘어놓았다.

옷감은 얼마 전 영길리에서 보내준 것으로, 아직 포장지를 뜯지 않았다. 미쓰에는 꾸러미를 풀어서 옷감을 보여주었다.

"어머, 굉장하다. 예뻐."

사에코는 바느질을 별로 하지 않으므로 옷감을 잘 모르지만, 검은색과 감색의 중간 같은 빛깔에 매끈매끈하고 광택이 강했다. 확실히 난생처음 보는 옷감 같았다.

네 벌 분량으로 재단한 옷감은 길이가 약간 들쭉날쭉했다. 주문량에 맞추기 위해 곳곳에서 긁어모았기 때문이리라.

응, 예쁘지, 하고 미쓰에는 만족스럽게 말했다. 분명 사에코 앞에서 꾸러미를 풀어서 보여주고 싶었던 듯했다.

"이걸로 드레스를 지을 거야. 이렇게."

미쓰에가 사진을 가리켰다.

곰팡이가 심하게 피어서 지저분해진 드레스였다. 전체를 찍은 사진도 있고, 소맷부리, 옷깃 등 일부분을 큼지막하게 찍은 사진도 있었다. 만듦새는 비교적 간소해서 화려한 인상은 아니었다.

하지만 옷깃과 단추가 시선을 끌었다.

"이건 뭐야? 보석?"

"맞아! 실은."

미쓰에는 판지 상자 네 개를 차례차례 열어서 보여주었다.

"어머나! 엄청나네. 진짜지?"

"그게, 진짜는 하나뿐이야. 나머지는 합성이래. 이런 걸 인간의 손으로 만들어낸다는 거지."

상자마다 옷깃 장식과 단추 다섯 개가 담겨 있었다. 사에코는 상자를 하나씩 유심히 들여다보았다. 어쩐지 빛깔이 서로 다른 것 같기는 했지만, 뭐가 천연 루비인지는 알아볼 수 없었다.

"그러니까 나한테 이걸 맡기겠다는 거야?"

"응! 이걸 모두에게 가져가서 이대로 만들어 달라고 전해줘. 부탁이야."

"이거, 얼마나 해? 값이 꽤 나가지? 도무지 짐작이 안 되네."

"어머니가 받은 거라 나도 잘 몰라. 부탁한답시고 책임까지 떠넘기는 것 같아서 미안하지만, 너무 중대하게 생각할 것 없어. 보석상이야 아주 값비싼 물건이라고 떠들지만, 내게는 그냥 추억인걸. 물론 소중한 물건이지만. 내가 사에 짱 남편에게 초상화를 의뢰하면 나중에 사에 짱이 가져다주겠지? 그렇게 부담 없이 맡아주면 충분해."

어머니 다마코는 배우를 그만둔 후, 꼴도 보기 싫다며 드레스를 고리짝 속에 걸레처럼 처박아놓았다.

몇 년이 지나자 마음이 좀 안정돼서 그리운 기분에 드레스를 꺼내 보았다. 그리고 곰팡이 천지가 된 드레스를 보고 이번에는 몹시 서글퍼했다고 한다.

"나한테 귀한 보석이 있다고 선전할 것도 아닌데 도둑맞을까 걱정할 필요 없겠지? 그리고 내가 가지고 있으면 잃어버릴지도 모르지만, 사에 짱이 가지고 있으면 든든하잖아. 훨씬 안전해."

미쓰에가 소지품을 잘 챙기지 않는 건 확실하다. 학창 시절에도 종종 물건을 잃어버렸다.

불안했지만 사에코는 승낙했다.

"뭐, 하지만 하다못해 보석 정도는 우리 집 금고에 넣어두기로 할게. 그 정도라면 들어가니까. 모두에게 전해 주면 되는 거지?"

"고마워! 그런데 어떻게 할까? 두 명에게는 한 벌씩, 그리고 한 명에게는 두 벌을 부탁할 생각이야. 전부 되도록 서둘러 줬으면 하지만, 진짜 루비를 사용한 드레스는 절대로 늦으면 안 돼. 4월 5일이 어머니 생신이니까 그 전에 완성해야 해.

누구에게 진짜를 맡길지 고민 중이야. 편지에 따르면 야에는 지금 소녀 가극에 쓸 의상을 제작하고 있대. 다음 달 말까지 망사천이 달린 까다로운 의상을 열다섯 벌 지어야 한다나. 노리코에게는 여학교에서 선생님으로 일해보지 않겠느냐는 제안이 들어왔다고 하고."

"응, 나도 그렇게 들었어."

"그리고 마사 짱은 지금 교토의 본가에 있대. 24일에 도쿄로 돌아오고, 4월 1일 오후에는 지바에 간다나 봐."

"그것도 들었어. 혼담이 들어와서 한동안 친척 집에 머물면서 다섯 명 정도를 차례대로 만나봐야 한다던데."

"응, 맞아. 그러니 누구에게 뭘 맡길지 고민이야. 사에 짱, 언제 부탁하러 갈 수 있을까?"

"난 언제라도 상관없지만, 세 사람 사정에 달렸지. 시간이 있다고 하면 언제든지 부탁하러 갈게."

"진짜는 노리코에게 부탁하는 게 좋을까? 제일 시간이 있을 것 같은데."

"글쎄……."

사에코는 잠시 생각에 잠겼다.

야에는 소녀 가극 의상을 열다섯 벌이나 부탁받았으니 바쁠 것이다. 책임이 막중한 진짜를 맡기기는 꺼려졌다.

그렇다면 마사코나 노리코겠지만, 마사코에게는 도쿄로 돌아오는 24일 이후에나 부탁할 수 있다. 노리코는 당장 내일이라도 찾아갈 수 있지만, 여학교에서 재봉을 가르치지 않겠느냐는 제안을 받았다.

"아마도 마사코에게 부탁하는 편이 확실할 것 같아. 24일에 돌아오니까 제일 늦게 부탁하러 가야겠지만, 4월 1일부터 또 자리를 비우니까 다른 일은 할 수 있을지 모르겠다고 거절해서 오히려 한가하대. 이레 정도는 시간이 붕 뜨는가 보더라고."

"그럼 진짜는 마사 짱에게 부탁해야겠네. 나머지는, 보자, 노리코에게 두 벌, 야에에게 한 벌 맡기는 게 좋겠어. 마사 짱이 4월 1일까지 완성해 준다면 다른 사람들도 거기에 맞춰주지 않을까? 역시 할 수만 있으면 빨리 받고 싶으니까. 그렇게 부탁해 주지 않을래?"

"알았어. 미쓰에의 부탁이라고 하면 해줄 거야."

"그럼 결정됐네! 부탁할게. 그리고 이것도 좀 성가신 일인데 해줄래? 본뜬 대로 옷감을 자를 거잖아. 그럼 자투리 천을 받아왔으면 해. 내가 사용하고 싶어.

힘들까? 세 사람에게 보내 달라고 하면 되려나."

"딱히 상관은 없지만, 어디에 쓸 건데?"

"이런저런 생활용품을 만들어 보려고. 어머니에게 선물할 거야."

"손수 만들려고?"

"응. 천 상자 같은 걸 만들어 볼까 해. 이렇게 예쁜 옷감은 좀처럼 못 구하니까. 드레스와 한 쌍을 이루니까 좋잖아? 그래서 내 손으로 만들어 볼 건데, 이쪽도 최대한 빠른 편이 좋겠어. 시간이 많이는 없으니까. 나, 27일에 오사카에 갈 예정이거든."

다마코의 생일에 맞추기 위해 자투리 천은 되도록 빨리 받았으면 한다기에, 사에코는 세 사람에게 마름질을 재촉해서 자투리 천을 직접 가져오겠다고 약속했다.

"너무 부탁만 해서 미안하네. 그럼 그렇게 알고 있을게. 다행이다."

미쓰에는 팔을 들어 기지개를 켠 후, 안락의자에 몸을 기댔다.

"안심했어. 다들 신기하게 친절하다니까."

"신기할 건 없잖아."

미쓰에는 생긋 웃더니 다시 몸을 내밀었다.

"아참, 중요한 걸 깜박했네."

미쓰에가 갑자기 목소리를 낮췄다. 거의 들리지 않을 정도였다. 사에코도 탁자를 사이에 두고 이마를 맞대듯 몸을 내밀었다.

"뭔데?"

사에코도 덩달아 목소리를 낮췄다. 미쓰에는 목소리를 더 낮춰서 속삭였다.

"이거, 뭐가 천연 루비를 사용한 진품인지 구별하는 법을 알려줄게. 사에 짱은 알아둬야겠지? 틀리면 큰일이니까.

하지만 다른 사람에게는 비밀로 해줘. 기껏 만들었는데 누구나 진품과 모조품을 알아보면 재미없잖아. 그리고 구별하는 법을 모르면 훔치기도 힘들겠지?"

"응, 그렇겠네."

"그러니까 사에 짱에게만 알려줄게. 아, 하지만 마사 짱네에게는 알려줘도 돼. 바쁜 일정을 쪼개서 드레스를 지어주는데, 뭐가 진품인지 모조품인지도 알려주지 않으면 미안하잖아? 그건 실례야. 그러니 사에 짱이 얘기해 주도록 해."

미쓰에는 문과 망사 커튼을 친 맞은편 출창에 시선을 주었다. 그리고 응접실 밖의 소리에 귀를 기울인 후 루비 단추와 옷깃 장식을 집어 들고 설명했다.

천연 루비를 사용한 진품은 외국의 공방에서 만든 것으로, 뒤쪽 테두리의 눈에 띄지 않는 곳에 S.W라는 글자가 새겨져 있다. 사람 이름 또는 공방 이름의 머리글자라고 한다.

아주 가느다란 장식 문자인데, S자의 위아래 곡선 안쪽에는 장식 선도 새겨 놓았다.

단추와 옷깃 장식은 저마다 장식 선의 모양새가 서로 조금씩 달랐다. S자의 위아래 곡선과 장식 선 양쪽이 연결된 것, 오른쪽만 연결된 것, 왼쪽만 연결된 것, 연결되지 않은 것이 있었다.

"여기 왼쪽만 연결된 게 진품이야. 잘 만들었지? 아는 사람이 보면 알 수 있도록 만들어 달라고 했더니 이렇게 해줬어."

실로 잘 만들었다. 머리글자의 형태도 완벽하게 모방했으므로, 그 밖의 특징으로 구별하기는 불가능할 듯했다.

미쓰에는 보석을 판지 상자에 돌려놓았다. 상자를 모아서 옷감, 옷본 등과 함께 수수한 보자기에 쌌다.

"그럼 부탁할게. 아까도 말했지만 되도록 서둘러 달라고 전해줘. 사에 쨩이 맡아줘서 든든하네."

미쓰에는 벽걸이 시계를 보더니, 반 시간 후에 나가봐야 해, 하고 덧붙였다.

이건 사에코와 재봉사 친구들에게 아주 부담을 주는, 제멋대로라고 하면 제멋대로인 부탁이었다.

그래도 사에코는 반감을 느끼지 않았고, 다른 친구들도 마찬가지일 터였다.

누구보다도 성공한 한편으로 몹시 바빠서 남들보다 인생을 서둘러 살고 있는 듯한 미쓰에는 학창 시절을 그 누구보다도 그리워했다.

미쓰에는 그런 학창 시절을 함께한 친구들에게 똑같은 일을 부탁하거나, 보석의 진위 구별법이라는 비밀을 공유할 기회가 생겨서 기쁜 것이다. 그래서 민폐가 아니겠느냐는 걱정을 제쳐놓고 부탁한 것이다.

미쓰에의 웃음이 전부 연기가 아니라면 그렇지 않겠느냐고, 과거를 돌아보는 일이 많지 않은 사에코는 학창 시절의 추억을 머릿속 한구석에 밀어 넣은 후 생각했다. 오기 전에는 미쓰에의 호출이 약간 귀찮았지만, 막상 만나니 책임이 막중한 심부름꾼 역할을 순순히 맡아줄 마음이 생겼다.

그 외의 자잘한 사항을 정한 후 응접실을 나선 사에코는 미쓰에, 유에, 미즈타니의 배웅을 받으며 집을 떠났다.

매니저 미즈타니는 조급해 보였다. 미쓰에는 확실히 여유가 없는 듯했다.

그날 저녁녘, 긴장됐겠지만 아무 일도 없이 사에코는 우에노의 집으로 돌아왔다.

살짝 굳은 표정의 사에코에게 사정을 듣고 나는 깜짝 놀랐다. 사에코는 옷본과 그 외의 물품을 거실 탁자 아래 내려놓았지만, 역시 불안하다며 보석이 든 판지는 금고에 넣었다.

"그런 귀중품을 보자기에 싸서 남에게 맡기다니 미쓰에 씨도 참 무심한 사람이지? 밖을 돌아다니기에는 너무 무방비한 행색이라, 화구를 넣어 다니는 내 가죽 도구 가방을 사에코에게 빌려줬어. 어느 정도는 안심이지? 사에코는 그 가방을 들고 다음 날부터 재봉사 친구 집을 차례대로 방문했다네."

"흐음."

하스노는 맥없이 맞장구를 쳤다. 그는 아까부터 고개를 숙이거나 하늘을 올려다보거나 했다. 뭔가 생각하는 건지 아무 생각도 없는 건지 구분이 가지 않았다.

"사에코는 무탈하게 심부름꾼 역할을 수행했어. 제일 먼저 야에 씨 집을 방문했고, 그다음 날 노리코 씨 집에 갔지. 24일 오전에 마사코 씨가 교토에서 돌아오자 오후에 찾아가서 옷감 등등 필요한 물건을 전달했고. 전달하고 끝난 게 아니야. 사에코는 마름질까지 바로 해달라고 했어.

미쓰에 씨가 생활용품을 만들기 위해 자투리 천을 빨리 받고 싶다고 했잖아? 그래서 그 자리에서 바로 해달라고 하는 편이 낫겠다고 생각한 거지. 사에코는 자투리 천과 옷본을 가지고 돌아왔어. 그런 식이었으니까 굳이 옷본을 베낄 필요도 없었지.

게다가 사에코는 자투리 천을 21일, 22일, 24일에 받을 때마다 미쓰에 씨 집에 갖다줬어."

"참 성실하군."

"뭐, 그렇지. 사에코는 뭐든지 맡은 일은 똑 부러지게 하거든.

하기야 미쓰에 씨도 자투리 천을 빨리 받고 싶어 했으니까 고마워했대. 그래서 일단 사에코가 맡은 일은 8할까지 마쳤어."

그로부터 이틀 후, 3월 26일에 우리 집에서 시계를 도둑맞았다. 하지만 이때는 문자반과 드레스에 루비라는 접점이 있다는 걸 염두에 두지 않았고, 애당초 드레스의 루비는 아직 도난당하지 않았다.

30일에 마사코가 드레스를 다 지었으니 받으러 오라고 전보를 보냈다.

드디어 완성됐구나 싶었는데 다음날 31일 아침에 야에와 노부코에게도 잇달아 전보가 왔다. 둘 다 드레스가 완성됐다는 연락이었다.

사에코는 4월 1일 오전에 세 사람의 집을 돌며 드레스를 받았다. 미쓰에 씨가 수거할 때 사용하라며 새빨간 보자기 네 장을 주었으므로, 거기에 쌌다고 한다. 사에코는 보따리 네 개를 미쓰에의 집으로 가져갔다.

"그때 미쓰에 씨는 집에 없었어. 원래 집을 비울 예정이었지. 무대 공연 때문에 오사카에 갔다는군.

사에코는 집을 보던 하녀에게 드레스를 맡겼어."

미쓰에와 만났을 때 그러기로 정했다.

미쓰에는 4월 2일에 도쿄로 돌아올 예정이었다. 미쓰에가 도쿄에서 어떤 일정을 보낼지는 모르는 데다 어머니 다마코의 생일이 5일이라 별로 여유가 없다. 심부름을 맡은 사에코도 2일 이후에는 바쁘므로 미쓰에가 없더라도 찾아가서 맡기기로 한 것이다.

"왜, 하녀가 두 명이었잖아? 그런데 유에라는 젊은 여성은 하녀라기보다 배우 지망생 같은 처지라서 집에 있으면 하녀 일을 하지만, 미쓰에 씨가 외출할 때는 대개 따라가서 시중을 든다는군.

그래서 집에는 나이 든 하녀 한 명뿐이었어.

그런데 그 사람도 그날 밤에 가마쿠라의 본가에 가기로 한 거야."

이것도 미리 결정된 일이었다.

미쓰에는 예전부터 쉬기를 원하던 하녀에게 1일 밤부터는 휴가를 내도 된다고 일러두었다.

원래 미쓰에는 4월 1일 저녁에 돌아올 예정이었다. 돌아온 미쓰에와 교대하듯 하녀가 집을 나서니까 집이 빌 일은 없을 터였다.

하지만 한 달쯤 전에 연극 상연 날짜를 늘리고 싶다고 오사카에서 연락이 와서 귀가가 하루 늦어졌다. 하녀도 자신의 휴가에 맞춰 친척이 만나러 오기로 했으므로 일정을 바꿀 수는 없었던 모양이다.

그래서 1일 밤부터 미쓰에가 귀가하는 2일 저녁까지 고지마치의 집은 온종일 빈 상태였다.

"도난은 그사이에 발생했지. 2일에 귀가한 미쓰에 씨가 루비를 도둑맞았다는 사실을 알아차렸어."

미쓰에가 집에 돌아오자 현관 자물쇠가 부서져 있었다.

누군가 침입한 흔적을 보고 미쓰에와 유에는 서로 용기를 북돋우며 조심조심 안으로 들어갔다. 도둑은 이미 떠났는지 인기척은 없었다.

가까운 응접실을 제일 먼저 살펴보았다. 사에코가 맡긴 드레스 네 벌은 하녀가 응접실 탁자 위에 놓아두었다.

사에코는 드레스 네 벌을 미쓰에가 준 빨간 지리멘* 보자기에 각각 포장해서 전달했다. 그런데 보자기는 전부 풀어졌고, 드레스는 함부로 벗어 던진 것처럼 아무렇게나 널브러져 있었다.

미쓰에는 당황해서 드레스를 확인했다. 미쓰에가 요구한 대로 똑같이 만든 드레스다.

실제로 보니 완성도가 상상을 초월할 만큼 높았다. 소매와 밑단 길이는 물론 단추 위치까지 완전히 똑같다고 할 만큼 한 치의 오차도 없었다. 어릴 적에 어머니 다마코가 착용한 모습을 바라보았을 때와 똑같은 느낌을 받았다.

그렇지만 전부 무사하지는 않았다. 도둑은 드레스 한 벌의 실을 잘라내고 단추와 옷깃의 루비 장식을 가져갔다.

딱 한 벌만 그랬다. 나머지 세 벌의 루비는 무사했다.

그 세 벌을 확인하자 확실해졌다. 도난당한 건 진짜 루비였다.

집안을 구석구석 살펴보았지만 뒤진 흔적은 없었다. 장롱과 금고는 거들떠보지도 않은 듯했다.

"미쓰에 씨는 결국 신고하지 않았어. 상당히 고민한 모양이지만 말이야. 아니, 지금도 고민 중인 듯해."

---

* 바탕을 오글쪼글 주름지게 만든 비단, 또는 그것으로 만든 옷

범인은 드레스 네 벌에 달린 루비 가운데 진품만 골라서 훔쳐 갔다.

합성 루비는 아주 정교하게 만들어서 보통 사람은 구별할 수 없다고 한다. 구별법을 아는 사람은 미쓰에 본인과 합성 루비를 준비한 보석점, 드레스 제작을 의뢰한 재봉사 친구들, 그리고 사에코뿐이다.

"보석점은 다마코 씨가 현역일 때부터 거래한 곳이라 미쓰에 씨도 신뢰해. 구별법을 유출하지 말라고 신신당부한 데다, 가령 구별법이 유출됐더라도 4월 1일 밤에 드레스가 아무도 없는 미쓰에 씨 집에 방치돼 있었다는 사실까지는 알 수 없겠지?"

"그렇겠지."

"한편 사에코는 루비 구별법과 미쓰에 씨의 일정을 들었고, 다른 세 명에게도 그 이야기를 했어. 그래서 문제야. 루비를 훔칠 수 있었던 건 그 네 명밖에 없었던 셈이니까.

원래 미쓰에 씨가 모두를 믿고서 꺼냈던 이야기였잖아. 그래서 경찰을 부르려니 마음의 부담이 컸겠지. 아참, 기억하나? 전에 이야기했을 텐데, 소녀 가극 의상을 만드느라 바쁘다던 야에 씨가 미네 짱의 재봉 선생님이야."

사에코의 친구니까 미네코와도 옛날부터 알던 사이다.

"그리고 제일 먼저 도둑이 들었던 포목전 말인데, 야에 씨뿐만 아니라 마사코 씨와 노부코 씨도 그 포목전과 거래했대. 세 사람은 미쓰에 씨에게 그 포목전을 소개받았다는군.

이게 또 복잡한데, 미쓰에 씨의 매니저인 미즈타니 씨의 남동생이 나라자키라는 포목전에 양자로 들어갔어."

나라자키 일가의 장남이 너무 방탕해서 어쩔 수 없이 대를 이을 양자를 들였다고 한다.

"그래서 세 사람에게 옷감이 필요할 때 미쓰에 씨가 소개해 줬다고 해. 세 사람이 리자를 구경했는지는 모르겠지만."

"그렇군."

따라서 사에코의 친구 가운데 보석 도둑이 있다고 친다면, 나라자키 일가에도 도둑질하러 갈 수 있었을 것이다.

또한 이 세 명은 우리 집에 훌륭한 괘종시계가 있다는 사실도 미네코와 사에코에게 들어서 알고 있었다. 하나 이 정도만으로 그 불가해한 상황을 설명할 수 없다는 건 이미 검토했다.

하스노가 담배를 입에 물었다.

"사에코 씨는 뭐라던가? 누가 수상하다든가, 그런 말은 안 해?"

"참 묘한 일이라고 의아해하긴 하는데, 애당초 재봉사 친구 중 누군가가 범인이라고 의심하지는 않는 듯해.

무리도 아니지. 나는 그 세 명과 몇 번 본 적이 없으니까 인격을 함부로 평할 수는 없지만, 자신이 맡아서 만든 옷의 보석이 탐나서 나중에 훔친다는 건 아무래도 석연치가 않아."

분명 미쓰에도 친구 중 한 명이 범인이라고 믿기는 싫으리라.

"더구나 미쓰에 씨의 친구가 범인이더라도 진짜 루비만 골라서 가져가는 건 이상하지 않나? 그러지 말고 모조품까지 싹 훔치면 되잖아. 진짜만 분실되면 범인의 범위가 단번에 한정되겠지?"

"하지만 범인이 친구로 한정됐기에 미쓰에 씨는 경찰에 신고하지 않았어. 그걸 노렸다고 볼 수도 있겠지. 세 사람이 그렇게 비열한 꼼수를 쓸 리 없다고 하면 나로서는 반론할 수 없지만."

"그런가. 뭐, 미쓰에 씨와 사에코는 자네 말대로 생각하는 것 같아. 하지만 그렇다면 누가 어떻게 진품과 모조품의 구별법을 알아냈느냐가 문제지."

"범인이 루비를 훔칠 기회는 미쓰에 씨 집에 드레스가 방치된 그날밖에 없었나? 다른 기회는 선택할 수 없었어?"

"그야 그렇겠지. 사에코도 그렇고 다른 세 명도 그렇고, 소중한 물품이라길래 아주 신경 써서 보관했다는군. 늘 품에 지니고 다녔대. 그리고 마사코 씨가 본인이 맡아서 보관한 물건을 훔치면 너무 티가 나겠지."

"드레스는 보자기에 싸서 운반했지? 완전히 똑같은 보자기였나?"

"그렇다고 들었어. 미쓰에 씨가 준비해 준 보자기 네 장으로 완전히 똑같은 드레스를 완전히 똑같이 포장했지. 드레스는 자세히 살펴봐도 누가 어떤 걸 만들었는지 전혀 모를 정도였다는군."

미쓰에는 일단 사건을 사에코와 재봉사 친구들에게도 알리지 않고 덮어두기로 했다. 눈앞의 일정을 처리하는 게 급선무였다. 10년간 알고 지낸 친구에게 의혹을 던질 만한 여유는 없었다.

하지만 그로부터 사흘 후, 미쓰에 주변에서 또 한 번 루비 도난 사건이 발생했다. 게다가 이번에는 사에코를 비롯한 친구 네 명은 물론이고, 누구라도 범행이 불가능하다고 여겨지는 사건이었다.

5

엿새 전인 4월 5일, 다마코의 생일이었다.

미쓰에는 전날 밤부터 아사쿠사의 극장에 머물며 작가 및 연출가와 협의했고, 다음 날 점심 무렵에 귀가했다. 미쓰에는 점심을 먹은 후 서둘러 짐을 꾸렸다.

저녁이 되기 전에 어머니 다마코에게 보낼 물품을 모두 포장해야 했다.

생일 선물이었다. 비녀, 머리띠, 화장품 등 자잘한 물품이 많았다. 평소 다마코가 좋아할 법한 물품을 골라났다가 생일을 맞아 한꺼번에 선물하기로 했다.

기모노와 서양식 옷이 많았다.

정확히 말하면 이건 선물이 아니다. 원래 다마코 것이었다.

미쓰에는 어머니가 배우 시절에 입었던 의상을 다양한 공식석상 또는 무대에서 입었다. 다마코를 아는 사람들에게는 평판이 좋았다.

미쓰에는 어머니의 의상을 절반쯤 자기 의상처럼 사용했지만, 최근에 정신이 불안정해진 다마코가 싫어했던 배우 시절을 그리워한다길래 돌려주기로 했다.

루비가 달린 드레스도 반납품 중 하나다. 실은 천연 루비가 달린 드레스를 돌려줘야했지만, 어쩔 수 없이 도난을 면한 나머지 드레스 중 한 벌을 드리기로 했다.

선물이 아니라 반납품에 포함되는 물품 중엔 팔찌가 있었다.

이 팔찌는 옛날에 다마코가 드레스와 함께 손님에게 선물받은 것으로, 역시 루비가 다섯 알 박혀 있다. 고리짝에 처박아둔 드레스와 달리 이쪽은 미쓰에가 내내 애용했다.

미쓰에가 옷감 자투리를 원한 건 이 팔찌 때문이었다.

다른 물품들은 가게에서 구입했으므로 상자가 따로 있다. 하지만 팔찌 상자는 분실했다.

그래서 드레스를 재단하고 남은 자투리 천으로 천 상자를 만들기로 한 것이다.

예전에 극장에 드나들었던 불란서 사람에게 만드는 법을 배웠다. 판지 상자에 천을 대는 방식이다. 사에코가 자투리 천을 가져다준 후로 대기실에도 가지고 다니면서 짬이 나면 천 상자를 만들었다.

상자뿐만 아니라 잔 받침과 두루주머니도 만드느라 사에코가 가져다준 자투리 천은 모두 사용했다. 잔 받침과 두루주머니도 다마코에게 선물할 예정이었다.

미쓰에는 누구의 도움도 받지 않고 혼자 짐을 꾸렸다. 각각 다른 색상의 예쁜 손수건과 보자기를 준비해 자잘한 물품이 든 상자와 옷을 하나씩 쌌다. 상자에는 장식용 끈도 달았다. 팔찌도 비단 조각에 싸서 천 상자에 넣고 귤색 손수건과 장식용 끈으로 포장했다. 다마코의 취향에 맞췄다.

포장한 물품들을 다 합치자 양이 꽤 많았다. 작은 상자만 해도 서른 개는 됐다. 다 담으려니 아담한 고리짝이 세 개 필요했다.

짐 꾸리기가 끝났다. 4시에 미즈타니가 자동차를 몰고 왔다.

이 시간에 오라고 부탁해 두었다. 미즈타니가 고리짝을 다마코의 집에 가져갈 것이다.

밤에 아미리가 비행사가 참석하는 야회에서 노래할 예정이므로 미쓰에가 직접 가지는 못한다.

하지만 선물은 생일에 주고 싶었다. 그래서 미즈타니에게 심부름을 부탁하기로 했다. 미쓰에는 내일 밤에 어머니를 보러 갈 생각이었다.

대문 앞에 자동차가 정차하는 모습이 2층 창문으로 보였다. 미쓰에는 2층 침실에서 1층으로 내려갔다. 미즈타니가 현관문을 열고 들어왔다.

"아아, 고마워. 가져갈 물품은 고리짝에 담아놨어. 침실에 있으니까 가져와."

미즈타니가 네, 알겠습니다, 하고 대답하자 유에도 따라갔다.

두 사람은 고리짝을 현관으로 옮겼다.

고리짝을 맨땅에 내려놓기는 싫었다. 그래서 미즈타니가 자동차 문을 열어두려고 현관을 나서려 했을 때였다. 담장 밖에서 철퍽, 하는 소리가 나더니 달려가는 발소리가 들렸다.

묘한 사태에 세 사람은 얼굴을 마주 보았다. 미즈타니가 상황을 살펴보러 간다기에 유에와 미쓰에도 따라갔다.

미즈타니는 대문 밖에 주차한 자동차 옆에 우뚝 서서 미쓰에와 유에에게 시선으로 담장 주변을 가리켰다.

"보십시오. 웬 놈이 이상한 장난을 쳤습니다."

다가가서 확인하자 자동차 근처 담장에 회색 도료가 뿌려져 있었다. 지름 5척 정도가 동그라미와 바큇살 모양으로 더러워졌고, 자동차에도 도료가 튀었다.

미즈타니는 길을 둘러보고 근처 골목도 들여다보았다. 미쓰에도 유에와 함께 미즈타니의 반대 방향을 확인하러 갔다. 범인은 없었다.

미즈타니는 쪼그려 앉아 대여업소에서 빌린 자동차가 얼마나 더러워졌는지 확인했다. 휘발유로 닦으면 지워지려나, 하고 중얼거리더니 일어섰다.

"이게 웬일이래. 누구일까? 왜 이런 짓을 하는 거지?"

"그러게요. 조심해야겠습니다."

미즈타니도 석연치 않다는 표정이었다.

미쓰에가 이 집에 산다는 사실은 비밀이지만, 알아내지 못할 정도는 아니다. 어쩌면 미쓰에에게 너무 빠져든 변태의 소행일지도 모른다.

더구나 루비 장식 도난 사건이 발생한 지 고작 사흘밖에 지나지 않았기에 기분이 더 나빴다.

어쨌든 미즈타니는 자동차 문을 열고 잠시 아무도 없었던 현관으로 돌아갔다. 미쓰에와 유에도 뒤를 이었다.

미즈타니가 고리짝을 들어 올렸다. 미쓰에가 나중에 돌이켜보건대 이때 고리짝의 위치가 마지막에 보았을 때와 조금 달라진 것 같은 기분이 들었다.

고리짝을 다 실은 후 미쓰에는 어머니 앞으로 쓴 편지를 미즈타니에게 맡겼다. 자동차는 나카노마치를 향해 달려갔다.

미쓰에도 오후 5시까지는 데이코쿠 호텔에 가야 해서 시간이 별로 없었다. 화장은 가서도 할 수 있을 테니 간단히 준비하고 옷을 갈아입은 후 집을 나서려 했다.

현관을 나서서 대문으로 향하는데 깜짝 놀랄 물품이 눈에 들어왔다.

그것은 정원에 떨어져 있었다.

천 상자였다. 담장 근처 잔디 위에 뚜껑이 벗겨진 천 상자가 아무렇게나 내팽개쳐져 있었다. 검은 광택이 흐르는 상자가 녹색 잔디 위에서 기울어가는 햇빛을 받아서 눈에 확 띄었다. 하지만 동백나무 뒤편이라 대문에서 현관으로 돌아올 때는 눈에 잘 들어오지 않는 곳이었다.

멀리서 보았지만 분명했다. 드레스를 지은 옷감의 자투리 천으로 만든 천 상자였다. 독특한 광택이 흐르는 옷감인 데다, 팔찌를 넣을 상자 등을 만들기 위해 2주 남짓 자르고 붙이고 했으니 잘못 볼 리 없었다.

그게 왜 이런 곳에 있을까? 미쓰에는 한순간 사고가 정지됐지만, 바로 무슨 일이 일어났는지 이해하고 얼른 천 상자를 주웠다.

세게 움켜쥐었는지 천 상자는 몹시 찌그러졌다. 미쓰에가 만들 때 천을 단단히 붙였지만, 난폭하게 다루어서 찌그러지는 바람에 천이 약간 떨어져 나갔다.

속은 물론 텅 비었다. 팔찌는 없었다.

어찌 된 일일까? 왜 도둑맞았지? 어떻게?

미쓰에는 정원에 우두커니 서서 생각했다.

미쓰에는 팔찌를 넣은 천 상자를 귤색 손수건과 장식 끈으로 포장했다. 아무도 보지 못했고, 누구에게도 알려주지 않았다. 그 꾸러미를 색상이 다른 손수건으로 포장한 비슷한 크기의 상자와 함께 고리짝에 넣었다.

고리짝을 현관으로 옮기고 미즈타니가 자동차 문을 열러 가려고 했을 때 마지막으로 한 번 더 확인했다. 별생각 없이 고리짝을 열자 분명히 귤색 꾸러미가 눈에 들어왔다.

그 후 미쓰에는 고리짝에서 멀어졌다. 누군가 담장 밖에서 도료를 끼얹는 장난을 쳤기 때문이다. 그때 잠시 현관에 아무도 없는 틈을 타서, 담장을 넘어 고리짝을 열고 천 상자를 꺼낼 수 있었다. 생각해 보니 아까 고리짝의 위치가 바뀐 것 같은 기분이 들었다.

하지만 현관에 아무도 없었던 건 기껏해야 2, 3분 정도다. 범인이 귤색 꾸러미에 팔찌가 들어 있다는 걸 알 턱이 없다. 그렇다면 어떻게 그 짧은 시간에 수많은 꾸러미 속에서 그걸 골라낼 수 있었을까?

유에가 소맷자락을 잡아당겨서 흠칫 놀랐다. 정원에서 이러고 있을 때가 아니다. 당장 데이코쿠 호텔로 가야 한다. 어차피 지금 미즈타니는 자동차에 있어서 연락이 안 된다.

아무튼 예정대로 호텔로 향했다. 거기서 다마코의 집에 전화를 걸었다. 하녀가 전화를 받았다. 마침 미즈타니가 도착했다길래 바꿔 달라고 했다. 미쓰에는 정원에서 천 상자를 발견한 경위를 설명했다.

—그러니까 얼른 고리짝을 확인해 줘. 귤색 손수건으로 포장한 꾸러미가 어떻게 됐는지 봐봐.

잠시 후 미즈타니가 당황한 목소리로 말했다.

—아사마 씨, 손수건과 장식 끈밖에 없습니다! 상자가 없어졌어요!
—내가 그랬잖아! 도둑맞은 거야. 어머니에게는 말하지 마. 고리짝도 보여주지 말고. 어쩌면 좋지?

결국 미쓰에는 자기 차례를 당겨서 노래만 부르고 단상에서 사과한 후 야회를 빠져나왔다. 그리고 자동차를 불러서 나카노마치에 있는 어머니 집으로 향했다.

집 앞에 도착하자마자 어머니에게 인사도 하지 않고 자동차 뒷좌석의 고리짝부터 확인했다. 미쓰에가 상자를 담았을 때와 다른 점은 난잡하게 풀린 귤색 손수건과 장식 끈뿐이었다. 다른 상자의 장식 끈은 미쓰에가 묶었을 때와 똑같아 보였다. 아무래도 풀리지 않은 듯했다.

얼마 전 드레스의 루비를 도둑맞은 것도 모자라 영문 모를 일이 또 발생하다니 미치고 팔짝 뛸 판이었다.

정말 뭘 어째야 할지 모를 지경이었다. 예정보다 딸이 일찍 찾아와서 기쁜지 다마코가 싱글벙글 웃으며 현관으로 나왔다. 미쓰에도 다마코의 기분을 맞춰주기 위해 웃음을 지었다.

다행히 생일에 맞춰 팔찌를 돌려주겠다고 말하지는 않았다. 다음
날 하려고 했던 대로 생일을 축하하며 남은 하루를 보냈다.

6

그저께, 상의할 일이 있다면서 미쓰에가 사에코를 불러냈다.

그때까지 미쓰에는 포목전에서 루비를 도둑맞은 줄 몰랐다고 한
다. 하지만 팔찌를 도둑맞은 후 매니저 미즈타니가 나라자키 일가에
서 이런 일이 있었다면서 이야기를 들려주었다. 드레스의 루비를 도
둑맞았을 때는 미즈타니에게 사건을 숨겼기에 그 이야기를 들을 기
회가 없었다. 미쓰에는 도난 사건 피해자가 또 있다는 걸 알고서 보
통 일이 아니라고 생각했다고 한다.

사에코도 그제야 사정을 알았다. 크게 상심한 미쓰에가 드레스의
루비와 팔찌를 도둑맞은 경위를 한꺼번에 들려주었다.

어쨌거나 드레스의 루비를 훔칠 수 있었던 네 사람도 팔찌를 훔치
기는 불가능하다. 그렇다기보다 누구도 훔칠 수 없었기에 사에코에
게 사정을 밝히기로 마음먹었으리라.

어제 나는 그 이야기를 사에코에게 들었다.

"알리바이 말인데, 미네 짱에게 물어보니 그날 재봉소가 쉬는 날
이라 야에 씨는 훔치러 갈 수 있었을지도 몰라. 노리코 씨와 지바에
있었다는 마사코 씨는 모르겠군. 사에코는 집에서 토란찜을 만들고

있었대. 난 집을 비웠으니 보증은 못 하지만."

4월 5일이 다마코의 생일이라는 건 누구나 조사하면 알 수 있고, 사에코와 재봉사 친구들은 원래 알고 있었다. 미쓰에가 다마코의 생일을 축하하기로 했다는 건 사에코가 다른 친구들에게 이야기했다. 그날 미쓰에 집에서 팔찌를 훔칠 기회가 있으리라는 건 예측이 가능했다.

미쓰에의 집 담장은 그렇게 높지 않고, 천 상자가 떨어져 있던 정원의 동쪽 옆집은 빈집이었다. 재봉사 친구들도 담장을 넘어 몸을 숨기기는 그다지 어렵지 않을 것이라고 한다.

하지만 설령 그렇더라도 귤색 손수건 꾸러미에 팔찌가 들었다는 사실을 알 리 없다.

"팔찌를 넣은 천 상자는 흔한 판지 상자에 천을 대서 만든 건데, 다른 선물을 담은 상자와 거의 같은 크기였다는군. 즉, 꾸러미 크기만 봐서는 구별이 안 돼."

"무게는? 특별히 무겁거나 가볍지는 않았나?"

"그렇지도 않았나 봐. 팔찌니까 무게만 비교해서 다른 물품과 구별하기는 어렵겠지. 그리고 팔찌를 비단으로 감쌌으니 흔들어서 소리로 내용물을 맞힐 수도 없어. 애당초 하나하나 들고 신중하게 비교할 여유도 없지 않았겠나? 자리를 비운 건 2, 3분 정도였다니까."

"뭐, 무리겠지."

"촉감이라든가? 일본에서는 구할 수 없는 옷감으로 손수 만든 상자라니까 말이야. 하지만 손수건 위로는 느껴지지 않으려나."

"그럴걸. 그런데 범인이 천 상자에 팔찌가 들었다는 건 알고 있었나?"

"그건 알고 있지 않았을까? 미쓰에 씨가 여기저기 가지고 다니면서 짬만 나면 만들었다고 하고, 어디에 쓰려는 거냐는 질문에 팔찌를 넣을 용도라고 가르쳐줬을지도 모르지."

범인은 무슨 수를 써서 귤색 꾸러미에 팔찌가 있다는 사실을 한눈에 꿰뚫어 본 듯하지만, 확신은 없지 않았을까. 그래서 그 자리에서 굳이 꾸러미를 풀어보았기에 귤색 손수건이 남겨진 것이리라. 한편 상자의 내용물이 팔찌임을 모른다면, 그 자리에서 상자도 열어서 확인해야 한다. 그랬다면 천 상자도 손수건과 함께 고리짝 속에 남아 있었을 듯하다.

상자는 정원에 버려져 있었다. 아마도 범인이 담장을 넘을 때 거추장스러웠던 것 아닐까. 담장을 잡고 뛰어올라야 하는데 상자가 호주머니에는 들어가지 않아서 불편하니까 그 자리에 내팽개친 것 아닐까 싶었다.

"영문을 모르겠지? 일단 포목전에 도둑이 들었고, 어디 놓아뒀는지 투시한 것처럼 우리 집에서 감쪽같이 괘종시계가 사라졌어. 이어서 몇 명만 진품 구별법을 아는 루비를 도둑맞았고, 이번에는 누구도 절대로 불가능할 상황에서 팔찌를 도둑맞았지. 이보게, 뭔가 생각 없나?"

담배를 피워서 우울함을 약간 떨쳐낸 것 같은 하스노에게 물었다.

하스노는 고개를 흔들었다.

"생각이야 있다고 하면 있지만, 자네는 어쩔 셈인가? 그렇다기보다 내게 뭘 시킬 작정이야? 가령 범인을 찾아내더라도 그 후에 대처하기가 어려워. 범인을 지목하고 여차저차해서 당신이 시계를 훔쳤잖습니까, 곤란합니다, 돌려주십시오, 그렇게 말하라는 건가? 확실한 증거 없이 그건 안 될 듯하군."

"그런가. 미쓰카와마루호에서 했던 것처럼은 안 되는 건가."

"아마 안 되겠지. 이번에는 범인과 우리의 일대일 승부니까. 범인은 당신밖에 없다고 지목해도 따로 판정해 줄 사람이 없으니, 그런 억지는 자기 알 바 아니라고 잡아떼면 그만이야. 이쪽에도 약점이 있잖나. 지문이나 목격자를 들이대고 싶어도, 그런 건 경찰이나 법원같이 사법의 권위가 있어야 비로소 증거로 성립되거든."

"뭐, 그렇겠지."

이것저것 뒤얽혀서 복잡한 상황이다. 현재 경찰은 나라자키 일가에서 발생한 보석 도난 사건만 수사하는 중인데, 듣기로는 별로 진전이 없는 듯하다. 하기야 그들이 먼저 범인을 찾아내면 그건 그것대로 곤란하다. 도둑맞은 괘종시계가 수면 위로 떠오른다.

한편 하스노는 자기 힘으로 범인을 밝혀내도 그다음에 어떻게 할 것이냐를 문제로 삼았다. 강압적으로 범인에게 시계를 돌려받기는 불가능하다.

"자네라면 교섭을 통해 잘 해결할 수 있지 않겠나?"

"교섭이라. 범인이 뭣 때문에 루비를 훔쳤는지는 모르지만, 대체 이쪽에 교섭 재료가 있나? 뭔가 편의를 제공해 줄 테니 어쨌든 시계는 돌려달라고 교섭해야 할 텐데, 그렇게 마침맞게 범인이 우리에게 원하는 바가 있을 것 같지는 않군.

　자칫하면 공범 노릇을 하게 되거나, 아니면 잠자코 있을 테니 시계는 내놓으라고 우리가 범인을 협박해야 할 거야."

　하스노가 잠깐 앉자고 하기에 우리는 다리 난간에 걸터앉았다. 하스노는 팔짱을 끼고 등을 웅크려 아래를 보았다.

　하스노가 고개를 들어 가늘게 뜬 눈으로 주변을 둘러보았다.

　햇살이 눈 부시고 머리 위에는 벚꽃이 흐드러지게 피었다. 시끄러운 환성이 멀리서 들렸다.

　난 하스노의 심정을 일일이 이해하려 애쓰지는 않지만, 지금 그가 느끼는 우울함에는 나름대로 공감이 갔다.

　봄은 인간이 싫어지는 계절이다. 겨울의 긴장감에서 해방된 허무감이 둥실둥실 감돌거나, 발밑에 입을 벌리고 있거나, 여기저기서 꿈틀거리는 듯한 기척이 느껴진다. 입 밖에 내어 말하지는 않았지만 하스노는 누구도 만나기 싫다는 표정이었다.

　"아무튼 오늘 자네는 내게 뭘 시키려고 하는 건가? 방금 말했다시피 범인을 알아낸들 직접 접촉하는 건 위험해."

　"응."

　"하지만 시계는 되찾아야 하지. 따라서 아마도 범인과 접촉하지 않고 시계를 되찾을 방법을 염두에 두고 있는 게 아닐까 싶은데."

　"아니, 뭐……."

　하스노는 여느 때와 달리 양복을 입은 나를 빤히 바라보았다.

그야말로 나는 오늘 어쩌면 어딘가 숨어들어야 할지도 모른다 싶어 도둑 행세에 적합한 복장을 골라서 입고 왔다.

또인가, 하고 하스노는 등을 펴고 담배에 불을 붙였다.

"좋은 방법은 아니지만, 역시 경찰에 맡길 수는 없겠지?"

"응. 그리고 생각해 봤는데 설령 경찰에 신고하더라도 그들은 분명 자네를 제일 먼저 의심할걸? 시계가 우리 집에 있다는 사실을 아는 소수의 사람 중 한 명이고, 과거의 경력도 그럴싸해."

실로 지당한 지적이로군, 하고 하스노는 말했다.

나는 앞으로 찾아갈 곳을 하스노에게 밝히기로 했다.

"뭐, 나로서는 아무 짐작도 가지 않는 사건이지만, 일단 경찰에 신고하는 것 외에 할 일을 준비해 왔어.

지금부터 사에코의 친구를 만나러 가려고. 일단은 노리코 씨부터. 미쓰에 씨가 마침 어제 시간이 나서, 사에코에게 그랬던 것처럼 노리코 씨와도 상의했다는군. 그러니 뭔가 새로운 정보를 알고 있을지도 몰라. 노리코 씨는 오늘 오후라면 나와 자네가 찾아와도 지장 없다고 했어.

마사코 씨는 지바에 갔으니 안 되겠고, 야에 씨도 상대해 줄 수 있을지는 모르지만 찾아오는 건 상관없다고 했대."

하스노의 표정이 다시 흐려졌다.

"지금 당장? 야에 씨는 미네코 씨에게 재봉을 가르치지?"

"아아, 자네는 미네 짱을 만나고 싶지 않다고 했지."

최근에 미네코는 바쁜 야에를 돕느라 재봉소에 죽치고 있다. 방문하면 마주칠 가능성이 컸다.

"하지만 오늘은 심부름 때문에 저녁까지 재봉소에는 가지 않는다고 했어."

아무튼 소녀 가극 의상을 제작하느라 바쁜 야에에게도 찾아가 보기는 해야 할 것이다.

"노리코 씨에게는 무슨 용건으로 방문하겠다고 했나?"

"중요한 사정으로 상의할 일이 있다고 했지. 시계를 도둑맞은 일을 솔직하게 털어놓는 수밖에 없으려나."

"노리코 씨가 용의자에서 완전히 제외된 건 아니잖아? 시계를 훔친 장본인일 수도 있어. 자네도 의심하고 있을 텐데?"

"그야 뭐……, 사에코는 일단 아닐 거라고 했지만."

"일단?"

"만약 훔쳤다면 그야말로 어쩔 수 없는 사정이 있기 때문일 거라고도 했어. 그러니 이야기해도 괜찮지 않겠냐고 하더군."

하스노는 어처구니없다는 눈으로 내 얼굴을 들여다보았다.

"사정이 어떻든 남의 물건을 훔치는 자는 악인이야."

뭐라고 대답하면 좋을지 망설여졌다.

"어쨌든 현재로서는 노리코 씨를 만나보는 수밖에 없다는 거로군."

"그래. 의심하고 대하는 이상, 말을 잘해야겠지. 그러니 자네가 같이 가 줬으면 해서……."

사에코는 하스노와 꼭 함께 가라고 엄명을 내렸다.

마음에 걸리는 점은 범인이 다른 금품을 거들떠보지도 않고 드레스나 리자에서 루비 장식만 가져갔다는 것이다. 괘종시계를 통째로 가져간 것도 그 자리에서 문자반의 유리를 깨고 루비만 뽑아서 가져가기는 힘들었기 때문일지도 모른다. 그렇다면 시계는 수리를 못 할 만큼 부서졌을 우려가 있다.

서둘러야 한다. 이미 늦었을지도 모른다.

하스노를 재촉해 난간에서 몸을 일으켰다. 하스노는 머리에 묻은 꽃잎을 털어내고 나를 따라왔다.

7

다리에서 이다마치에 있는 노리코의 집까지 걸어서 10분쯤 걸렸다. 1층의 채소가게는 세를 준 것이고, 노리코의 남편은 철강회사에 다닌다고 들었다. 가게를 보는 소년에게 말을 걸자 뒤편 장지문이 열리고 노리코가 나타났다.

"안녕하세요, 이구치 씨. 오랜만이네요. 이분이 하스노 씨인가요?"

노리코는 훤칠한 몸에 영길리식 예복을 차려입은 하스노를 보고, 들었던 바와 똑같다는 듯한 표정을 지었다.

사에코를 만나러 우리 집에 몇 번 왔으므로 노리코와 초면은 아니다. 노리코는 공손한 태도로 우리를 안내했다.

도중에 1층 안쪽에 있던 남편과 인사했다. 예전에 한 번 얼굴을 본 적 있지만, 화가라는 내 직업을 미심쩍게 여긴다고 느꼈을 뿐 별다른 인상은 받지 못했다. 오늘은 나보다 더 안면이 없는 하스노를 의심스럽게 바라보았지만, 미리 말을 해뒀는지 별다른 간섭은 하지 않았다.

우리는 2층의 깔끔한 다다미방으로 들어갔다.

"미네코 짱에게 이야기 들었어요. 굉장한 사람이 있다고요. 지금까지 그런 사람은 처음 봤다던데요?"

차를 준비해서 들고온 노리코가 방석에 앉은 하스노에게 말했다.

여학생 시절에 사에코는 조카 미네코를 여기저기 데리고 다녔으므로 미네코는 사에코의 친구와 대개 안면이 있다. 어느새 하스노 이야기도 한 모양이다.

하스노는 아, 그것참, 하고 희미하게 웃음을 지었다.

"그런데 무슨 이야기인가요? 중요한 일이라고 들었는데요."

"이구치 군에게는 중요하죠. 어제 아사마 미쓰에 씨가 여기 오셨다고 들었는데, 루비에 문제가 생겨서 상담하러 오신 거죠?"

"네, 맞아요. 제게도 남의 일 같지 않은 이야기였어요. 그런데 남편이 무대와 그림엽서에서만 본 배우가 찾아오자 난리법석을 떨더라고요. 미리 알려줬는데도 참."

"저와 이구치 군이 상의드릴 일도 그 일과 관계가 있습니다. 실은 이구치 군 집에서도 루비가 박힌 괘종시계를 도둑맞았어요."

"어머나."

하스노는 시계의 권리에 얽힌 복잡한 사정은 생략했지만, 도난이 발생한 상황은 숨김없이 설명했다. 가끔 내게 확인하길래 응, 또는 그렇지, 하고 맞장구를 쳤다.

"수고스러우시겠지만, 아사마 씨가 뭐라고 하셨는지 되도록 자세하게 알려주시겠습니까? 저희에게 말하면 안 되는 내용은 생략하셔도 무방합니다.

사실 아사마 씨가 무슨 이야기를 하셨을지 저희도 대강 짐작합니다만, 최대한 정확하게 알고 싶습니다."

노리코는 나보다 요령 있게 미쓰에의 이야기를 들려주었다.

특별히 새로운 내용은 없었다. 내가 사에코에게 들은 대로였다.

딱 하나 다른 점은 미쓰에가 자신은 친구들을 전혀 의심하지 않는다고 강조하며 노리코에게 인정받으려 했다는 것이다. 노리코는 당시 상황을 자세하게 들려주었다.

"아니야, 난 너희를 믿어, 하고 한마디 할 때마다 덧붙이더라고요. 그런 말을 하지 않아도 상관없는데 말이죠. 그렇게 이름난 배우가 됐는데도 웬일로 연기가 형편없더라고요.

그야 물론 미쓰에는 저희를 의심해요."

사에코가 내게 이런 이야기를 하지 않은 것은, 미쓰에를 감싸고 싶었기 때문일까, 아니면 미쓰에가 사에코에게는 속내를 가감 없이 털어놓았기 때문일까.

"의심하는 건 나쁜 일이 아니잖아요. 아무리 사이가 좋아도 의심하는 건 인간의 본성이니까요. 이 사람이 자기만큼은 의심할 리 없다,

그렇게 생각하는 건 교만이에요.

미쓰에는 착하고 다정한 사람이지만, 좀 더 침착하게 대응하면 좋을 텐데요. 어떻게 하면 될지 저도 난감하더라고요. 저야 경찰에 신고해도 상관없지만, 어머님의 추억이 번잡한 절차를 거쳐 범죄 사건의 추억으로 변질될까 봐 싫은 거겠죠. 그렇지 않을까요?"

"그럴 수도 있겠죠."

분명 노리코도 속으로는 미쓰에를 의심할 것이다. 미쓰에가 의혹을 품으면서도 망가뜨리지 않으려고 애쓰는 인간관계는 사건이 해결되지 않으면 유지되지 못할 것이다.

한편 하스노는 아까 난간에서 했던 이야기와 달리, 노리코를 의심하기를 거의 포기한 듯한 태도였다. 개의치 않고 손에 든 패를 척척 공개했다.

"그리고 지난달 상순에 포목전에서 루비를 도둑맞은 일 말인데요. 저도 이구치 군도 이 사건에 관해서는 아는 바가 거의 없습니다. 애당초 나라자키 씨 댁의 사정도 들은 바가 없는데요. 혹시 뭔가 아십니까?"

"네, 어느 정도는요. 여러모로 신세를 졌으니까요."

"동방정교회의 이콘에 장식된 리자의 루비를 도둑맞았다고 들었는데, 어떤 내력이 담긴 물품인지 아시는지요?"

"듣기는 했지만 외국 일이라 잘 이해하지는 못했어요. 하지만 그, 노서아에서 혁명이 일어났잖아요."

딱 3년이 지났다. 노동자와 군대의 반란에서 비롯된 내전이었다.

"실은 나라자키 씨의 남동생이 막사과(모스크바)에서 연극을 공부하고 계시다가, 그쪽 교회의 높으신 분이 망명하는 걸 도와주셨는데요. 그때 도저히 가지고 갈 수 없어서 남동생에게 맡겼다고 들었어요."

그것참 엄청난 사연이다.

"어떻게 생겼는지 아십니까? 보셨어요?"

"저는 본 적 없어서 몰라요. 크기가 꽤 크다고 듣기는 했지만요."

그 후 나라자키 일가의 가족 구성에 관해 들었다.

나라자키 아쓰타 씨와 그의 아내 가요코, 이론을 맡아서 가져온 아쓰타 씨의 남동생 도쿠타, 장남 간타와 장녀 사요코, 그리고 양자 슈이치다.

"노리코 씨는 미쓰에 씨에게 나라자키 씨의 포목전을 소개받으셨죠? 미즈타니 씨와 나라자키 씨는 관계가 끈끈한가 보군요."

"네. 그건……."

노리코는 주변을 둘러보듯 고개를 돌렸다.

"저도 들은 일이고 하스노 씨는 비밀로 해주실 분일 테니 말씀드려도 상관없겠지만."

그렇게 서론을 깔고 나서 설명했다.

미쓰에한테 딸린 매니저의 이름은 미즈타니 미치오다. 그의 아버지는 미즈타니 야스오라고 한다.

"야스오 씨가 지인의 연대보증을 섰다가 채무 독촉을 받았어요. 야스오 씨는 안경점을 운영하는데 장사가 잘되니까 못 갚을 건 없지만,

채권자의 독촉 방식이 마음에 들지 않는다며 돈을 갚지 않겠다고 버티고 계시죠.

나라자키 씨가 그걸 도와주고 계시는데, 나라자키 씨의 친척이 닛포리마치에 가지고 있는 집을 야스오 씨께 빌려주셨대요. 압류당하지 않도록 집의 소중한 물품을 그쪽으로 옮겼다나.”

지금 그 집에는 미즈타니 야스오 씨의 남동생이 살고 있다고 한다.

참으로 자별한 사이다. 아들을 양자로 보냈으니, 그 정도로 친밀할 만도 하다.

나라자키 일가에서 리자의 루비가 도난당한 사건에 관해서는 역시 건너 들었을 뿐, 노리코도 자세한 사정은 몰랐다.

“그, 미즈타니 야스오 씨께 이야기를 들어볼 수는 없을까요?”

“오늘은 글쎄요. 듣기로 미즈타니 일가는 오늘 오후부터 법사를 올릴 예정이래요.”

“오, 그렇다면 친척인 나라자키 일가도 참석하실까요?”

“네. 법사를 올린다니까 그렇겠죠.”

혹시나 방해되지 않을까 싶어서 마음이 찜찜했지만, 법사가 끝났을 즈음을 노려서 가면 이야기를 들을 수 있을지도 모른다.

하스노는 입을 다물고 생각에 잠겼다. 노리코가 빈 찻잔을 쟁반에 담아서 일어서려고 하자 하스노가 말렸다.

“아아, 차는 이제 됐습니다. 이만 물러가야겠군요.”

그렇게 말하고 일어서길래 나도 몸을 일으켰다. 갑작스레 물러간다고 하자 노리코는 의아해하는 표정이었다.

"저희 사정만 앞세워서 죄송합니다. 하지만 좀 서둘러야 할지도 모르는 일이 생겨서요."

"어머, 정말요?"

노리코는 자신이 묘한 소리를 한 게 아닌지 생각해 보는 듯했다. 하지만 바로 일어서서 나와 하스노를 1층 통용구로 안내했다.

집을 나선 후 하스노는 무례하게 행동해서 미안하다고 한 번 더 정중하게 사과했다. 노리코는 아니에요, 하고 살짝 웃었다.

"저, 요쓰야의 여학교에서 아이들을 가르치기로 했어요. 사에 짱에게 안부 전해 주세요."

그걸 마지막 인사 삼아 우리는 노리코와 헤어졌다.

"왜 그러나?"

하스노는 큰길을 빠르게 걸어갔다.

"말했잖나. 서둘러야 할 일이 생겼어."

하스노는 간다가와강 옆에 있는 시영전철의 정류장으로 향하는 듯했다.

"범인을 알아낸 건가?"

"범인은 자네 이야기를 들으면 누군지 알아. 내 짐작이 틀림없는지 확인하고 싶어서 노리코 씨에게도 똑같은 이야기를 들은 거야."

내 이야기를 듣고서 범인을 알아냈다고?

"그렇다면 수수께끼를 풀어낸 건가? 범인이 사에코의 방에 괘종시계를 숨겨놨다는 사실을 어떻게 알았는지, 범인이 어떻게 드레스에서 진품 루비만 훔쳐 갔는지, 범인이 어떻게 고리짝에서 팔찌가 든 상자를 순식간에 훔쳐냈는지, 전부 알아냈다는 거야?"

"그야 그렇지. 그걸 모르면 범인이 누군지도 몰라."

나는 제일 궁금한 걸 물어보았다.

"범인은 누구야? 혹시, ……미쓰에 씨인가?"

하스노가 나를 내려다보았다.

"어째서?"

"그게, 별다른 근거는 없어. 하지만 이 이야기의 출처는 대부분 미쓰에 씨야. 만약 미쓰에 씨가 거짓말을 했다면 상황이 완전히 달라지겠지? 그렇지 않더라도 미쓰카와마루호에서 자네가 선보인 논리를 흉내 내자면, 팔찌 도난 사건은 천 상자를 어떤 손수건으로 포장했는지 아는 사람밖에 저지를 수 없고, 그런 사람은 미쓰에 씨뿐이잖아."

"하지만 미쓰에 씨는 괘종시계가 어디 있는지 몰랐을 텐데. 그리고 만약 미쓰에 씨가 범인이라면 왜 자기에게 불리한 이야기를 하는 걸까?"

그야말로 정론이었다.

"논리는 논리일 뿐 진실이 아니야. 논리는 진실의 몇몇 대용품 중 하나지. 아무리 추구해도 논리는 진실이 될 수 없어. 논리는 꼭 진실이 필요하지만 손에 들어오지 않을 때, 부득이하게 사용하는 도구라고. 뭐, 어쨌든 할 수 있는 일을 하는 수밖에."

정류장에 도착하자 나는 하스노를 따라 시영전철에 올라탔다.

8

전철은 꽃구경하러 가는 사람들의 들뜬 목소리로 가득했다. 나와 하스노는 마치 다른 승객들에게 들키지 않으려는 것처럼 구석 자리에 살그머니 앉았다.

"이보게, 어디 가는 건가?"

하스노는 아직 목적지가 어딘지 내게 말해주지 않았다.

"어디 가는지는 곧 말해주겠지만, 그 전에 설명해야 할 일이 있어. 일련의 도난 사건을 저지른 범인의 정체야."

그러고 보니 아까 범인이 누군지 안다고 했었다. 하스노는 내게만 들리도록 작은 목소리로 설명했다.

"나라자키 씨의 포목전에서 이콘에 장식된 리자의 루비를 도둑맞은 첫 번째 사건은 자세한 사정을 모르니까 뭐라고 말하기가 애매해. 자네 집과 미쓰에 씨 집에서 발생한 사건을 바탕으로 추측하는 수밖에 없겠지. 자, 사건이 발생한 순서대로 따지면 그다음에 자네 집의 괘종시계를 도둑맞았지만, 이야기의 순서상으로는 드레스의 루비가 먼저야. 일단 그것부터 생각해 봐야겠지."

이 사건의 용의자는 미쓰에, 사에코, 노리코, 마사코, 야에, 총 다섯 명으로 보인다. 루비가 진품인지 모조품인지 구별할 줄 아는 사람은 이 다섯 명밖에 없을 것이다.

"하지만 이 가운데 범인이 있다는 결론에 용의자가 이의를 제기했어. 이다음에 누구도 훔치기가 불가능해 보이는 상황에서 팔찌를 도 둑맞았으니, 이 사건에서도 얼핏 불가능해 보이는 일을 가능케 하는 계략이 사용됐다고 볼 수 있겠지?"

"그 말인즉슨, 범인은 구별법을 듣지 못했는데도 진짜 루비를 가 려낼 수 있었다는 건가?"

"그래."

무슨 방법일지 나로서는 짐작도 가지 않았다. 물론 범인이 사실은 뛰어난 보석 감정사일지도 모르지만, 하스노가 그런 결론을 내렸을 리 없다.

"물론 범인이 보석 감정사는 아니겠지. 이 사건에는 그보다 더 적 합한 해석이 존재해. 범인이 루비 구별법을 몰랐다고 치세. 구별이 되지 않는 루비 가운데 진짜를 골라내려면 어떻게 해야 했을까. 뭔 가 다른 방법은 없었을까.그런데 어쩌면 범인은 이런 정보를 알고 있었을지도 몰라. 미쓰에 씨가 진짜 루비를 주면서 드레스를 지어달 라고 부탁한 사람은 누구인가. 미쓰에 씨도 이건 비밀로 하지 않았 어."

"으음……, 그랬지."

나는 아내의 이야기를 떠올렸다.

고지마치의 양옥집에서 미쓰에는 사에코에게 루비 구별법만 속삭 이는 목소리로 말했다. 마사코에게 진짜를 맡기겠다는 내용은 평소 와 다를 바 없이 이야기했다.

"요컨대 어느 것이 진짜 루비인지 구별하지 못하더라도, 어느 것이 마사코가 지은 드레스인지 알면 된다는 거야. 거기 달린 루비가 진짜니까."

"응? 그야 그렇지만……."

드레스도 구별이 안 되기는 매한가지 아닌가?

"하지만 미쓰에 씨 집에 방치됐던 드레스는 전부 누가 만들었는지 모를 만큼 똑같이 생겼다고 했는데?"

"발견됐을 때는 그랬지."

발견됐을 때?

"그래. 사에코 씨는 간격을 두고 차례대로 재봉사 친구들을 방문했지? 진짜 루비를 사용해 드레스를 지을 마사코 씨는 3월 24일 이후에 마지막으로 찾아갈 예정이었어. 예를 들어 그 전에 사에코 씨가 전달할 옷본을 몰래 바꿔서 드레스 기장을 조금 길게 만들도록 했다면 어떻게 될까?"

"뭐?"

"드레스가 완성되자 사에코 씨는 세 사람 집을 차례대로 돌며 보자기에 싼 드레스를 받아서 미쓰에 씨 집에 전해줬어. 이때 보자기를 일일이 펼쳐서 드레스 기장을 비교하지는 않았겠지. 그럴 이유도 없고 말이야. 집을 지키던 하녀도 마찬가지고. 주인으로 모시는 미쓰에 씨의 드레스를 함부로 건드리지는 않을걸.

그리고 하녀는 그날 밤에 휴가를 떠났어. 이건 미리 정해둔 일이라 범인도 예측할 수 있었을 거야. 범인은 집에 숨어들어 기장이 긴 드레스에서 루비를 훔치면 돼."

"잠깐만. 이해가 되지 않는 점이 몇 가지 있어. 우선 옷본을 몰래 바꾸다니, 그게 가능하겠나?"

"가능했겠지. 자네 집은 침입하기 쉬워. 마사코 씨 집에는 24일 이후에 가기로 정해놨으니, 그 전날 심야라도 숨어들어서 옷본을 바꾸면 돼."

"그런가. 하지만……, 미쓰에 씨가 루비를 도둑맞았다는 사실을 알아차렸을 때 드레스 기장은 전부 똑같았을 텐데. 그건 어떻게 된 건가?"

"물론 범인이 고친 거야. 하녀가 본가로 돌아가고 미쓰에 씨가 귀가할 때까지 시간이 하루 있었잖아? 하루면 드레스의 밑단을 줄이기는 충분하겠지. 범인은 되도록 자신이 의심받지 않기를 바랐을 거야. 그렇다면 드레스는 놓아두는 편이 낫지. 완전히 똑같은 드레스에서 루비만 사라진다면, 진품과 모조품을 구별할 줄 아는 사람의 범행으로 추정될 테니까. 그러면 미쓰에 씨가 경찰에 신고하기를 망설일 확률도 커져.

그리고 옷본도 이때 원래 옷본으로 바꾸면 돼."

지바에 가야 하는 마사코의 일정상 미쓰에가 집을 비운 사이에 진짜 루비를 사용한 드레스가 전달된다는 건 공공연한 사실이었다. 따라서 사전에 범행 계획을 세울 수 있다.

추리를 듣고 얼떨떨해진 정신을 가다듬을 새도 없이 하스노가 말을 이었다.

"드레스의 루비를 어떻게 훔쳤는지 알면, 누구도 어디 있는 줄 몰랐던 괘종시계를 범인이 어떻게 훔쳤는지도 알 수 있어.”

“그건 또 무슨 소리야?”

“사에코 씨는 미쓰에 씨에게 받은 옷본, 옷감, 루비를 보자기에 싸서 집으로 돌아왔잖아? 한편 **괘종시계는 사에코 씨 방에, 사에코 씨의 옷가지가 담긴 보따리를 덮어서 숨겨놨어.**

자네 집에 숨어든 범인은 옷본을 찾기 위해 제일 먼저 사에코 씨 방으로 향했겠지. 그리고 보따리가 잔뜩 쌓여 있으면 당연히 그걸 먼저 확인할 거야. 옷본이 있을 가능성이 가장 큰 곳이니까.

위쪽 몇 개를 확인했는데 옷본이 들어 있지 않으면 여기는 아니겠구나 싶어서 단념하겠지. 그런데 그때 시계를 발견한 거야.

예상외의 수확이야. 범인은 훗날 시계를 다시 훔치러 오기로 마음먹었어. 발견한 그날 훔치지는 않아. 아무 준비도 없이 왔으니까.

사실 옷본은 거실 탁자 밑의 도구 가방에 들어 있었어.

다음 날 마사코 씨에게 전해줘야 하니까, 그렇게 깊숙한 곳에 보관할 리 없다는 생각에 가까운 곳부터 찾으러 갔다가 발견했겠지. 집을 뒤질 필요는 없었어.”

범인은 집을 샅샅이 뒤지는 고생을 하지 않고도 루비가 박힌 괘종시계를 발견한 것이다.

“그리고 마지막으로 팔찌 도난 사건이야. 이건 다마코 씨에게 보내려고 했을 때 미쓰에 씨 집 현관에서 도둑맞았어.

엄청나게 재빠른 범행이었던 걸로 보여. 범인은 대문에 도료를 끼

없어서 사람들의 시선을 끌고, 현관에 잠시 사람이 없는 틈을 타서 담장을 넘고 천 상자에 든 팔찌를 가져갔어.

그런 일이 벌어졌으리라고 추정되지만, 범인이 어떻게 그럴 수 있었는지는 몰라. 팔찌는 귤색 손수건과 장식 끈으로 포장해서 수많은 선물과 함께 놓아두었는데, 그 사실을 아는 사람은 미쓰에 씨뿐이었어. 범인은 어떻게 고작 몇 분 사이에 그걸 찾아냈을까.

그런데 이 의문은 그 전에 발생한 드레스의 루비 도난 사건을 떠올려 보면 해결돼.

팔찌는 미쓰에 씨가 일본에서는 구할 수 없는 옷감을 사용해 손수 만든 천 상자에 들어 있었지. 그리고 그 옷감은 드레스와 여러 자잘한 물건들을 만드느라 다 써 버렸어. 그래서 미쓰에 씨는 정원에 떨어져 있는 천 상자를 보고 팔찌를 도둑맞았다고 생각한 거야."

"그런데?"

"문제는 그 천 상자가 정말로 세상에 단 하나뿐이었냐는 거야.

범인은 미쓰에 씨가 만든 천 상자와 똑같은 물품을 하나 더 만들 수 있었어.

미쓰에 씨는 자투리 천을 가지고 다니면서 짬만 나면 천 상자를 만들었지. 어떤 순서로 어떤 모양의 상자를 만들었는지, 미쓰에 씨 주변에 있는 사람이라면 알 거야.

그리고 재료도 수중에 있었어. 진짜 루비를 훔칠 때 드레스 밑단을 줄였으니까. 범인은 그 자투리 천을 가져간 거야."

"아아! 그렇구나."

범인은 미쓰에 모르게 완전히 똑같은 천 상자를 준비했다.

하스노의 해설이 이어졌다.

"천 상자가 하나 더 있다면, 지금까지 추정했던 바와는 다른 방법으로 범행을 저지를 수 있지.

일단 담장에 도료를 끼얹으라고 누군가에게 부탁해서 팔찌를 훔칠 기회를 만들어내. 그리고 외출하기 전에 미쓰에 씨가 발견하도록 정원에 가짜 천 상자를 던져두면 어떻게 될까?

가짜 천 상자를 발견한 순간, 미쓰에 씨는 팔찌를 도둑맞았다고 생각하겠지.

팔찌가 든 고리짝은 자동차에 실려서 다마코 씨 집으로 향했어. 범인은 미쓰에 씨가 전화로 팔찌를 넣은 꾸러미가 어떻게 됐는지 확인해 달라고 부탁하리라는 걸 예측했겠지. 부탁했을 때 얼른 훔치면 돼.

이 계획이 반드시 성공한다는 보장은 없어. 정원에 던져둔 천 상자를 미쓰에 씨가 발견하지 못할 수도 있으니까. 뭐, 그때는 고리짝에 든 물품을 도둑맞았다고 범인이 먼저 미쓰에 씨에게 연락하는 방법도 있지만, 그랬다간 의심받을지도 모르겠군.

하지만 일이 잘 안 풀릴 듯하면, 계획을 중지하면 돼. 그런 전제로 범행에 나선 거겠지."

이 정도까지 범행 수법이 밝혀진 이상, 범인이 누군지는 명백했다.

미즈타니는 미쓰에가 드레스 제작에 관해 사에코에게 상의했을 때 미쓰에의 집에 있었다. 누가 진짜 루비를 사용해 드레스를 지을지는 그때 알아낼 수 있었다.

드레스의 옷본을 뜬 사람은 미즈타니의 어머니라고 한다. 그걸 바탕으로 기장이 긴 옷본을 준비할 수도 있었고, 재봉에 일가견이 있다니까 부탁하면 드레스 밑단을 줄일 수도 있었으리라.

물론 팔찌를 훔칠 수 있었던 사람도 미즈타니 미치오뿐이다.

"미쓰에 씨가 담장에 도료가 뿌려진 걸 확인하고 현관으로 돌아갔을 때, 고리짝 위치가 살짝 바뀐 듯이 보인 건?"

"그건 뭐라고 말하기 애매하군. 미즈타니로서는 나중에 돌이켜보니 그때 고리짝이 좀 이상했다는 생각을 심어주고 싶을 테니 먼저 현관으로 돌아갔을 때 일부러 조금 움직였을 수도 있겠지. 하지만 그 자리에서 고리짝을 열고 확인하면 곤란하니까 아무 짓 안 했을지도 몰라. 정말로 미쓰에 씨의 기분 탓일 가능성도 있어."

놀랍게도 미쓰에의 매니저가 루비를 훔치고 돌아다닌 것이다. 동기는 아직 모른다.

9

우리는 시영전철로 우에노까지 가서 인센으로 갈아타고 닛포리역에서 내렸다.

아까 노리코 씨에게 들었던, 미즈타니 야스오 씨의 남동생이 나라자키 일가의 친척에게 빌려서 살고 있다는 집으로 갈 생각이었다. 역 근처 담배 가게에서 나라자키라는 성씨를 대자 집이 어디쯤인지

바로 알려주었다.

그곳은 논에 둘러싸인 한적한 흙길로, 지나다니는 사람은 별로 없었다. 하지만 하스노는 변함없이 나른한 태도로 목소리를 낮춰서 말했다.

"미즈타니가 범인이라 치고, 그럼 훔친 괘종시계는 어디 보관했을까. 이구치 군 입장에서는 그걸 꼭 알고 싶을 텐데."

"아무렴."

"미즈타니 일가는 지금 압류를 당하고 있지? 집달리*가 찾아가서 집안을 구석구석 살펴볼 거야. 그렇다면 훔친 시계를 거기 놓아둘 수는 없겠지. 너무 훌륭해서 이것도 장사 도구라는 핑계는 통하지 않을 테고, 자세히 감정하면 어떤 내력이 있는 물품인지 밝혀질 거야."

"그렇겠지."

"이 범행에는 미즈타니 일가 사람이 협력한 흔적이 있어. 드레스를 고치는 식으로 말이야. 그럼 야스오 씨가 채권자의 압류를 피하고자 사용하는 집에 괘종시계를 뒀을 가능성이 있어."

"그런가. 뭐, 확실히 가능성은 있겠군"

하지만 그건 그것대로 의문이 생긴다.

"하스노, 이 사건의 범인은 틀림없이 미즈타니인 듯하네만, 그렇다면 나라자키 일가에서 벌어진 도난 사건은 대체 어떻게 된 건가?

* 집행관의 옛말

534

그것도 미즈타니의 소행이야?

나라자키 일가는 미즈타니 일가에서 양자를 얻었다고 했지? 미즈타니는 자기 가족이 양자로 간 집에서 루비를 훔쳤다는 건가? 영문을 모르겠군."

"그러게."

"덧붙여 그렇다면 나라자키 일가의 친척이 빌려준 집에 장물을 놓아둘까? 집주인의 친척이니 나라자키 일가 사람들도 드나들겠지? 거기에 낯선 시계가 있으면 의심하지 않겠나?"

"아주 지당한 지적이야. 아무래도 자네의 논리에 일절 반론할 수 없겠군. 아까도 말했지만 첫 번째 사건에 관해서는 자세한 바를 모르니까 말이야.

하지만 문제는 그런 게 아닐세. 괘종시계가 있을지도 모르는 곳을 알아냈다는 것과 거기에 쳐들어가서 괘종시계를 회수할 기회는 지금밖에 없다는 게 중요해."

그 말을 듣고 아까 노리코에게 들었던 이야기가 떠올랐다.

미즈타니 일가는 오늘 오후에 법사를 올리기로 했다. 그렇다면 미즈타니 야스오의 남동생이 사는 집은 비었을지도 모른다.

이윽고 당도한 그 집은 논과 묘지 맞은편에 있었다. 커다란 일본식 가옥인데 손상이 꽤 심했다. 메이지 유신 이전에 지은 것이 아닐까 싶었다. 기와지붕을 함석판으로 바꾸거나, 벽 일부에 합판을 새로 대는 등 보수 공사가 한창이었다.

일요일이라 공사를 쉬는지 목수는 한 명도 없었고, 덧문도 닫혀 있었다.

주변은 잠잠했다. 근처에 사는 사람들은 나들이라도 나간 듯했다.

하스노와 함께 산울타리 주변을 걸으며 집 안의 동태를 살펴보자 인기척은 전혀 없었다.

"다들 나간 거겠지?"

"그렇겠지."

들었던 대로다. 만약을 위해 현관문을 두드려 보았지만 역시 대답은 없었다.

일단 묘지 근처로 물러나서 하스노와 방책을 세웠다.

막상 와보니 필요한 조건이 완벽히 충족돼서 오히려 망설여졌다. 하스노는 사전 조사를 제대로 하지 못해 불안한 듯했다.

담배 가게에서 들은 바에 따르면 이 집에는 세 명이 살고 하녀를 고용한 낌새는 없다. 재산 은닉에 사용하는 이상, 외부인은 별로 들이고 싶지 않을 것이다.

천재일우의 기회다. 저녁에는 사람들이 돌아올지도 모르고, 분명 내일부터는 공사가 재개될 것이다. 과연 다음에 또 침입할 기회가 있을지는 미지수다.

"외벽에 합판을 댄 곳으로 흔적을 남기지 않고 들어갈 수 있을 것 같던데."

"그렇군."

"괘종시계를 들고나와서 여기까지 남의 눈에 띄지 않고 가져올 수 있으려나."

하스노가 묘지 가장자리의 덤불을 가리켰다.

"일단 저기 숨기고, 뭔가로 감싸서 대여 자동차에 신고 가야겠어."

"그렇게 하자."

하스노는 한숨을 푹 쉬었다.

그리고 화창한 푸른 하늘을 우울하게 올려다보며 도둑질하기 딱 좋은 날이로군, 하고 말했다.

"어쩔 수 없지."

나는 이미 그 방법뿐이라고 마음을 정했다. 괘종시계가 언제 파손될지 모른다고 생각하자 마음이 조급해졌다.

여전히 지나다니는 사람은 없었다. 그래도 인기척에 주의하며 집 정면으로 향했다.

상한 벽을 떼어내고 벽을 새로 대는 듯했다. 공사를 대부분 끝냈지만, 사람 하나가 빠져나갈 만한 틈새가 남아 있었다. 목수가 귀찮았는지 틈새에 합판을 기대어 세우고 정원석으로 막아놓기만 했다.

합판을 치우고 안으로 들어갔다. 현관 옆쪽이었다. 안에서 합판을 원래대로 기대어 세웠다.

덧문을 닫아뒀지만 채광창이 달려 있었고 빈틈이 많은 집이라 불빛은 필요 없었다.

공사에 사용하는 것인지 봉당에는 아교, 도교, 공구 등 목수의 물품들이 널려 있었다.

복도 안쪽으로 천천히 나아갔다.

제일 먼저 손님방을 확인했다. 휑했다. 불단이 있고 도코노마*에
는 불화 족자가 걸려 있었다. 아직 치우지 않은 화로도 보였다. 화로
에는 부젓가락과 부지깽이가 대충 꽂혀 있었다.

복도를 사이에 두고 맞은편에 있는 다다미 여덟 장짜리 방을 들여
다보았다. 바닥에 밥상이 놓여 있었고, 벽장에는 침구밖에 없었다.

작년 11월, 가에몬 씨의 미술관에 숨어들었을 때가 생각났다. 그
때와 달리 이번에는 사람이 사는 집이라 그런지, 남의 생활을 엿본
다는 죄악감이 마음에 달라붙었다. 하기야 아무리 생각해도 시계를
훔친 미즈타니가 나쁘다.

더 안쪽에 있는 다른 다다미 여덟 장짜리 방이 묘했다.

장롱이 열 채나 있었다. 벽 앞에 늘어놓거나 방 한복판에 맞대어
놓았다. 장롱 때문에 다른 물품은 둘 수 없는 방이었다.

장롱에 시계는 들어가지 않겠지만, 호기심이 발동해서 가까이 있
는 장롱을 열어보았다.

"어, 옷감이야."

서랍은 선명한 색상의 옷감으로 가득했다.

어디를 열어봐도 마찬가지였다. 비싸 보이는 옷감도 있었다.

"서두르는 게 좋겠어."

하스노가 중얼거렸다.

---

* 일본식 방에서 바닥을 한 단 높여 족자나 도자기 등을 장식해두는 곳

복도로 돌아가서 제일 안쪽, 북쪽에 해당하는 방의 맹장지를 열었다. 나도 모르게 으아, 하고 목소리가 튀어나왔다.

아마 다다미 열두 장 정도 크기겠지만 눈에 다 들어오지는 않았다. 수많은 가재도구로 발 디딜 틈도 없었기 때문이다.

식탁, 팔걸이의자, 벽걸이 시계, 조각상, 그림, 어두워서 잘 보이지는 않았지만 전부 싸구려는 아닌 듯했다. 미즈타니 야스오가 압류에서 지키려는 물품 같았다.

양이 너무 많아서 뒤로 미루기로 했다.

다른 방을 살펴보았다. 부엌과 뒷간까지 확인했다. 괘종시계는 없었다.

장롱이 있는 방의 벽장에서 천장 위로 올라가 보았다. 먼지만 쌓여 있을 뿐이었다.

결국 가재도구를 보관한 방으로 돌아갔다.

"있다면 역시 이 방인가. 찾아보는 수밖에 없겠군."

내가 그렇게 말하고 가까이 있던 탁자를 치우려는데 하스노가 제지하더니, 난잡하기 이를 데 없는 방을 유심히 관찰했다.

가재도구의 배치를 기억해 두겠다는 것이다. 확실히 그러지 않으면 원래대로 되돌려놓기가 힘들다.

우리는 가재도구를 하나하나 치우고 괘종시계가 있는지 안쪽을 살펴보았다.

북쪽 방이라 더 어두웠다. 덧문을 활짝 열고 싶었다. 하지만 조금 떨어진 뒤쪽 집에는 사람이 있는 듯했다. 혹시 들키지는 않을까 불안했다.

흔들의자에 모자걸이를 기대거나 깊이가 얼마 안 되는 서가 위에 꽃병을 얹어두는 등 되는대로 보관해 놓았다. 신중하게 치우지 않으면 물품이 부서지거나 우리가 다칠 수도 있다.

3분의 1쯤 치웠다. 그렇지만.

"없군. 괘종시계는 여기 없어."

하스노가 오른손으로 탁자를 짚고 험악한 표정으로 말했다.

반대쪽 벽이 보였다. 이제 괘종시계가 숨겨져 있을 법한 공간은 없었다.

나는 의기소침해졌다.

"그럼 시계는 어디에 있는 거지? 벌써 처분한 건가?"

나는 한 번 더 확인할 작정으로 쪼그려 앉아 방 안쪽을 들여다보려고 했다.

그 순간, 무심코 손을 댄 서가가 흔들렸다. 아차 싶었을 때 서가 위에 얹혀 있던 커다란 꽃병이 기울어졌다.

하스노가 으엇, 하고 소리를 지르며 양손을 뻗어 떨어지려는 꽃병을 잡았다.

꽃병 밑바닥이 간신히 서가 모서리에 걸쳤다. 나는 넘어질 것 같은 서가를 등으로 받쳤다.

"무겁군! 이봐, 머리를 조심해."

하스노가 목소리를 쥐어짰다.

어쩌지? 하스노를 도와서 꽃병을 받치고 싶었지만, 자칫 서가가 움직이면 꽃병이 머리 위로 떨어질 것 같았다.

하스노는 이를 악물었다. 나도 두 팔을 들었지만 발돋움을 하면 힘이 들어가지 않는다.

그때 복도 저편에서 현관문이 열리는 소리가 들렸다.

이어서 맹장지를 여는 기척이 나더니 발소리가 다가왔다. 미즈타니 일가 사람이 돌아온 건가?

심장이 세차게 뛰었다. 머뭇머뭇 돌아보려는데…….

"하스노 씨?"

목소리가 들렸다.

문가에는 미네코가 서 있었다.

살깃무늬가 들어간 가스리에 꽃무늬 하오리*를 걸쳤고, 머리에 커다란 리본을 묶었다. 몽둥이 대신인지 오른손에 부지깽이를 들었다.

뭐가 뭔지 모르겠는지 어리벙벙한 표정이었다.

미네코는 그 표정 그대로 방에 들어왔다. 나를 지나쳐 덧문을 연후, 팔을 부들부들 떠는 하스노와 꽃병과 서가를 올려다보고 나서나를 보았다.

"음, 어떻게 하면 될까요?"

"꽃병을 받칠 수 있겠니?"

* 기모노 위에 걸쳐 입는 짧은 겉옷

미네코는 서가 옆에 의자를 놓고 올라가서 꽃병 바닥을 받쳤다. 나는 힘을 주어 서가를 수직으로 세웠다. 미네코가 하스노에게 의자를 양보하자, 하스노는 서가 위에 원래대로 꽃병을 얹었다.

의자에서 내려온 하스노가 몸을 구부리고 숨을 헐떡였다. 미네코는 그 옆에 서 있었다.

하스노는 숨을 크게 몰아쉰 후 상체를 일으키고 한순간 내게 몹시 한심해 보이는 표정을 지었다. 그 표정을 미소로 바꾸고 나서야 미네코에게 고개를 돌렸다.

"……안녕하세요."

"네, 안녕하세요."

두 사람은 그대로 입을 다물었다.

뭐라고 말해야 좋을지 모르는 듯한 미네코와 아직 호흡을 가다듬지 못한 하스노 대신 내가 입을 열었다.

"어, 미네 짱, 여기는 왜 왔어?"

나도 미네코도 서로 왜 여기 있는 건지 이해가 가지 않았다.

처조카는 내 얼굴을 빤히 바라본 후 대답했다.

"야에 씨가 심부름을 시켜서 나라자키 씨의 포목전에 갔었어요. 야에 씨가 지금 소녀 가극에 쓸 의상을 만들고 있는 거 아시죠? 그런데 야에 씨가 원하는 옷감이 없더라고요. 급하다고 했더니 미안하지만 이 집에 있는 걸 알아서 가져가라고 하더라고요."

그렇게 말하고 포목전 행수에게 받았다는 열쇠를 보여주었다.

아까 수많은 옷감을 발견했던 방이 떠올랐다.

여기는 나라자키 씨의 친척 집이다. 나라자키 씨가 창고 대용으로 썼어도 이상할 건 없었다.

"아무도 없다고 했는데 안에서 부스럭부스럭 소리가 나고 이상한 목소리도 들려서 얼마나 무서웠는데요. 분명 도둑이겠거니 싶어서 이걸로 때려줄 생각이었어요."

미네코는 몸을 구부려 부지깽이를 집어 들었다.

정말로 도둑이 있었다면 그런 객기 부리지 말고 냉큼 도망치라고 타이르고 싶었지만, 방금까지 도둑 행세를 했던 내가 그런 말을 하려니 민망했다.

"이모부랑 하스노 씨는 왜 여기에? 아, 시계 때문에요?"

"응."

나와 드디어 호흡을 가다듬은 하스노가 교대로 설명했다.

괘종시계가 여기 있을지도 모른다고 생각한 이유를 들려주자 미네코는 고개를 갸우뚱했다.

"제가 듣기로는 미즈타니 야스오 씨 집에 지하실이 있대요. 옛날에 야에 씨가 안경을 만들러 갔을 때 슬쩍 알려 줬다던데요. 에도시대에 만들어진 지하 창고를 몰래 확장했다나? 다다미를 들어 올리고 들어가는 방식인데, 집달리가 눈에 불을 켜고 살펴도 모를 정도라나 봐요."

나는 온몸에서 힘이 쭉 빠졌다.

괘종시계는 거기에 있나. 이 집에 숨어든 건 헛수고였다.

"저, 나라자키 씨 집에서 루비를 도둑맞은 사건에 대해 행수에게 이것저것 물어봤어요. 이모부가 궁금하다고 했잖아요. 나라자키 씨네도 몹시 난감한 상황이래요.

그 이콘은 나라자키 씨의 남동생과 미즈타니 씨가 노서아에 갔을 때 맡아 온 물품인데요."

"뭐? 미즈타니도 노서아에 갔었어?"

미네코는 우리가 지금까지 몰랐던 이콘의 내력을 자세하게 들려주었다.

나라자키 씨의 남동생과 미즈타니는 몇 년 전 연극을 공부하기 위해 노서아로 떠났다고 한다.

그런데 얼마 지나지 않아 혁명이 일어났다. 혼란한 와중에 폭도에게 습격당할 뻔했는데 동방정교회의 주교가 두 사람을 구해주었다.

주교도 군대에 쫓겨서 망명해야 할 처지였다. 모든 걸 다 가져갈 수는 없었기에 나라자키 씨의 남동생이 이콘을 맡기로 했다.

"미네코 씨, 혹시 그 이콘이 어떻게 생겼는지 봤습니까?"

"아니요. 가게에 행수뿐이라 함부로 보여줄 수 없다고 했어요. 다들 미즈타니 일가의 법사에 참석하러 갔대요."

그래서 미네코에게 열쇠를 주고 알아서 옷감을 가져가라고 한 것이다.

"그래도 어떻게 생겼는지 가르쳐줬어요. 예수님을 그린 이콘인데, 테두리에 작은 루비가 많이 달렸고 안쪽에도 큼지막한 루비가 네 개쯤 박혀 있대요. 그런데 그걸 전부 도둑맞았다나 봐요."

"많이 달렸다면 어느 정도려나. 수십 개는 됐을까요?"

"네, 분명 그럴 거예요. 빼곡히, 라고 했으니까요."

하스노는 목덜미를 문지르며 나를 보았다.

"그렇다면 교섭의 여지가 있을지도 모르겠군."

"미즈타니 일가와 논의해서 시계를 돌려받겠다는 건가?"

하스노는 고개를 끄덕였다. 그리고 주변에 어질러진 가재도구를 둘러보았다.

"아무튼 이걸 정리해야겠어. 헛수고도 이만저만 아니로군."

"저도 도울게요."

정리는 하되 완벽하게 원래대로 돌려놓으려고 노력하지는 않았다.

시간이 너무 걸린다. 만약 뭐라고 하면 자기가 장난치다 그런 걸로 말해주겠다고 미네코가 제안했다.

한심하지만 미네코의 호의를 받아들이기로 했다. 아마도 들키지는 않을 것이다.

미네코가 장롱이 있는 방에서 필요한 옷감을 고르기를 기다렸다가 셋이 함께 밖으로 나갔다.

해가 기울기 시작했다. 꽃구경을 마치고 돌아오는 듯한 사람들의 모습이 눈에 띄었다.

역으로 향하는 내내 우리는 아무 말도 없었다.

개찰구를 통과해 열차에 탑승하자 미네코가 입을 열었다.

"그러고 보니 제가 오쿠타마에서 빌린 하스노 씨의 덧옷과 장갑 말인데요. 여기저기 찢어져서 못 돌려드렸어요. 분명 곤란하셨겠지만,

제 바느질이 워낙 느린 데다 날씨가 따뜻해졌으니 언제 돌려드려도 똑같다는 생각에 차일피일 미루기만 했네요.

하지만 어제 드디어 다 꿰매고, 오늘 아침에 이모부 집에 가져갔어요. 하스노 씨께 전해 달라고 부탁하려고요."

몰랐다. 내가 집을 나선 후에 왔나 보다.

"그럼 나중에 주도록 할게."

"네, 이모부, 잘 부탁드려요."

미네코는 하스노에게 고개를 돌렸다.

"오쿠타마 일로 하스노 씨께 꼭 감사를 드려야 한다고 생각했는데요. 이모부가 하스노 씨는 그런 걸 바라지 않는다고 하더라고요. 어쩌면 좋을지 난감했는데, 오늘 뵈어서 다행이네요.

그런 어처구니없는 상황에서 딱 마주친 덕분에 이제 감사 인사는 안 해도 될 듯한 기분이 들었어요."

"그거 다행이군요."

하스노는 미소를 지었다.

"하지만 저는 이모부 집에 자주 드나드니까 분명 하스노 씨와 또 만날 거예요. 그렇죠?"

"그러게요."

"만약 그때 역시 은혜를 갚아야 한다는 기분이 든다면 죄송해요."

우리는 우에노역에서 하차했다.

미네코는 가방에서 회중시계를 꺼내서 시간을 확인했다.

"이것 말고도 심부름할 일이 많아서 가 봐야겠어요. 이번에 일어난 일이 어떤 사건이었는지 나중에 들려주세요."

미네코는 당부하듯 말했다. 하스노가 아까처럼 잔잔한 미소로 답하자 미네코는 만족했는지 시영전철 승강장으로 걸어갔다.

미네코를 배웅한 후 하스노의 웃는 얼굴이 아까의 한심한 얼굴로 바뀌었다.

"시나가와에서 체포됐을 때가 생각나는군."

"나도 도둑질하다 들통나면 어떤 기분인지 좀 알겠어."

휴우, 하고 한숨을 내쉰 후 하스노는 고개를 들고 걸어갔다.

"이보게, 하스노. 아까 교섭의 여지가 있을 것 같다고 했지? 뭔가 알아냈나? 괘종시계를 돌려받을 수 있겠어?"

"글쎄. 아무튼 이제 미즈타니 일가에 다녀오려고 해. 서두르는 편이 좋으려나. 이것도 좋은 기회겠지. 법사 때문에 가족이 모여 있으면 이야기가 빠를 테니까.

자네는 같이 가지 않는 게 좋겠군. 피해자인 자네가 있으면 교섭에 어려움이 생길지도 몰라."

미즈타니 일가 사람들은 하스노를 모른다. 본인을 뭐라고 소개할지는 만나보고 결정하겠다고 했다.

나는 혼자 먼저 집으로 돌아갔다.

10

"지금 몇 시냐?"

"5시 반이요."

"벚꽃이 피었겠지."

"피었어요. 오늘 분명 사에코가 꺾어서 집에 가져올 거예요."

"넌 오늘 어디 갔었니?"

"친구를 만나러 갔었어요. 어제 말씀드렸잖아요."

별채는 서양식 방이라 침대를 들여놓았다. 병환으로 수척해진 아버지는 잠옷 차림에 무릎을 펴고 상체만 일으킨 자세로 침대에 앉아 있었다. 머리맡에는 무라카미 나미로쿠*의 협객 소설과 최근 신문이 사흘 치 쌓여 있었다.

집을 비울 때는 하녀를 불러서 간병을 부탁하지만, 오늘은 예정보다 일찍 귀가했으므로 하녀를 돌려보냈다. 그리고 병환으로 두서없어진 아버지의 이야기를 들어주고 있었다.

"친구라니 누군데?"

"하스노요."

"하스노?"

"요즘 도움을 많이 받았어요. 오늘도 부탁을 좀 했고요."

＊　1865~1944. 메이지 시대 후기와 다이쇼 시대에 협객물로 인기를 끈 일본의
　　소설가

아버지는 하스노가 누구인지 생각해 내려는 것 같았다. 하지만 기억을 더듬지 못하고 단념했다.

"일은 잘 되니?"

"그럭저럭요. 걱정 안 하셔도 돼요."

그 말을 끝으로 아버지가 고개를 돌리길래 나는 가까이 있던 잡지를 집었다.

펄럭펄럭 넘기고 있는데 아버지가 좀 자야겠다, 하고 말했다.

"알았어요. 무슨 일 있으면 부르세요."

나는 커튼을 치고 안채로 향했다. 별채에서 끈을 잡아당기면 안채에서 울리도록 종을 달아놓았다.

사에코는 없다. 오늘은 처가댁 식구와 함께 꽃구경을 하러 간다고 했다.

거실 의자에 앉아 몇 시에 올지 모르는 하스노와 교섭 과정을 별로 걱정하지 않으려 애썼다. 얼마나 지났을까 노커로 현관문을 두드리는 소리가 들렸다.

하스노였다. 거실로 안내해서 내 맞은편 의자를 권했다.

"어땠나?"

나는 차도 대접하지 않고 물었다. 하스노는 한숨 돌릴 틈도 없이 대답했다.

"괘종시계는 무사해. 미쓰에 씨의 드레스 장식과 팔찌도."

"그렇구나. 다행이다."

나는 안심했다. 하지만 하스노의 표정은 밝지 않았다.

"무슨 문제라도 있나?"

"문제라면 있지. 뭐, 해결 못 할 정도는 아닌 듯하지만."

하스노가 담배를 꺼내길래 나는 성냥갑을 내밀었다.

"자네 아버님의 과오는 언급하지 않고 미즈타니에게 사정을 자세하게 설명했어. 그래도 괜찮을 것 같았거든. 그러자 미즈타니가 경찰에 가서 죗값을 치를 테니 그 시계는 자기가 가에몬 씨의 미술관에서 훔친 걸로 해달라더군."

"뭐?"

무슨 소리인지 이해가 가지 않았다.

하스노는 담배에 불을 붙이고 말을 이었다.

"애당초 미즈타니 일가 사람들은 왜 루비를 모았을까. 나라자키 일가의 포목전에서 제일 먼저 도난 사건이 발생했잖아. 그들이 확실하게 말해주지는 않았지만, 아무래도 나라자키 일가의 장남 짓인가 봐. 유흥비를 충당하기 위해 리자의 루비를 떼어내 보석점에 팔아버린 거지. 그래서 루비가 없어졌다는 사실이 발각됐을 때 밤중에 누군가 도둑질하는 소리를 들었다고 이야기를 지어낸 거고. 나라자키 일가에서는 장남이 범인이라고 거의 확신했지만, 신고한 체면상 경찰에게 말할 수 없어서 일이 흐지부지된 것 같아. 나라자키 씨의 남동생은 당황했어. 노서아의 정교회 주교는 생명의 은인이야. 그런 사람이 맡긴 이콘을 망가뜨렸으니 어쩔 줄 몰랐겠지. 그때 미즈타니가 협력하겠다고 나섰어. 미즈타니도 정교회 주교 덕분에 목숨을 구했으니까. 두 사람은 어떻게든 리자를 원상 복구하기로 했어.

하지만 리자에 상급품 루비를 듬뿍 사용한 게 걸림돌이었지. 가공은 어찌저찌한다고 쳐도 루비 자체가 없는 거야. 금전적으로 사들이기 힘든 건 물론이고, 애당초 일본에서는 루비를 그렇게 많이 구할 수 없어. 그래서.”

“그래서 루비를 모았다는 거야? 리자에 박으려고?”

“그래. 자네가 괘종시계를 되돌려줘야 했던 것과 비슷한 사정이었던 셈이지.”

“하지만 그게 가능한가? 루비가 모자라지 않아?”

“모자라. 한참 모자랐지. 괘종시계와 드레스, 팔찌의 루비를 합쳐도 리자의 절반에도 못 미쳐.”

“반 넘게 모자란단 말인가. 애초에 불가능한 일이었는데…….”

나는 무심코 말했다.

“바보로군.”

“도둑질에 나설 정도니까 바보가 따로 없지. 바보니까 자기가 미술관에서 훔친 걸로 해달라고 하는 거고. 미술관이 불타기 직전에 괘종시계를 훔쳐냈다면 그걸 구한 셈이잖아? 원래 같으면 림스데이크 가문에서 가보로 삼을 시계를 말이야.”

“어, 그런가.”

드디어 나도 미즈타니의 목적을 알았다.

“자수할 테니 그 은혜에 보답받는 셈 치고 림스데이크 씨에게 리자를 복구해 달라고 요청할 수 없겠냐는 거야. 어쨌거나 그쪽은 대부호니까.

잘된다면 자네에게는 호재로군. 간지 씨에게 사과하고 사정을 설명해야 하는 수고도 덜 수 있어."

한순간 아주 좋은 생각 아닌가 싶었다. 그렇지만…….

"일이 그렇게 잘 풀릴까?"

"그럴 리가 있나. 그 미술관에는 괘종시계의 모조품이 있었어. 타고 남은 잔해를 간지 씨가 가지고 있으면 일이 다 틀어져.

게다가 림스데이크 씨가 어떤 사람인지 모르잖나. 그런 일에는 도움을 주지 않겠다고 해도 할 말은 없겠지."

옳은 말이다. 미즈타니의 생각대로 일이 진행될 가능성은 크지 않을 듯했다.

"그럼 어떻게 하는 게 좋겠나?"

"전부 솔직히 말하는 게 제일 낫겠지. 미즈타니의 제안을 받아들이는 건 림스데이크 씨를 속이는 셈이니 최악의 선택이야. 원조까지 해달라는 거니까 사기나 다름없어.

그래서 노서아의 주교가 일본에 왔을 때는 내가 사정을 설명하기로 했지.

뭐, 어쨌거나 시계는 무조건 돌려받기로 했어. 미쓰에 씨의 루비도 돌려주겠다고 했고."

미즈타니로서는 이제 가지고 있어도 소용없는 물품이다.

여생이 얼마 남지 않은 아버지에게 쓸데없는 걱정을 끼치지 않아도 될 듯해서 나는 일단 안도했다.

여러모로 골치 아픈 일이 남아 있기는 하다. 전부 내게는 버거운 교섭뿐이다.

"이보게, 고생을 시켜놓고 이런 말 하려니 미안하네만⋯⋯."

하스노는 탁자에 팔꿈치를 짚은 자세를 유지한 채 내게 시선을 던졌다.

"림스데이크 씨에게 설명한다든가, 그런 일은 맡을게. 원만하게 마무리되도록 노력할 거야. 어쩔 수 없지. 하는 수밖에."

미안해, 하고 나는 한 번 더 말했다. 녹차라도 대접하려고 자리에서 일어섰다.

"이만 가야겠군."

하스노도 일어섰다.

"어, 지금? 조금만 이따가 가게. 곧 사에코와 미네 짱이 돌아올 거야. 같이 저녁 먹기로 했어."

"다음번에 보도록 하지. 오늘은 피곤해. 갈게."

어린아이 같은 말투였다.

그 말을 듣고 아버지가 생각났다.

"아참, 이보게, 별채에 아버지가 계시는데 말이야."

오래 알고 지냈지만 돌이켜보니 하스노를 아버지에게 소개한 적이 없었다.

아버지의 병세를 고려하건대 만날 기회는 이번밖에 없을지도 모른다.

"자네 아버님께서 내게 꼭 인사하고 싶으시다던가?"

"아니, 딱히 그런 건 아니고."

"그럼 됐어. 만나지 않아도 되는데 굳이 만나볼 필요는 없겠지."

"뭐, 그런가. 알았어. 자네와 우리 아버지는 모르는 사이로 끝내도록 하지."

하스노는 드디어 현관으로 향하려 했다.

"아아, 잠깐만. 자네 덧옷과 장갑을 가져가야지. 미네 짱이 꿰맨 거야."

나는 탁자 옆에 놓아둔 보따리를 풀고, 거실 문 곁에 가만히 서 있는 하스노에게 덧옷과 장갑을 건넸다.

하스노는 서양식 덧옷을 펼쳐 들고 찬찬히 훑어보았다.

"잘 꿰맸지? 감쪽같아."

"그러게. 솜씨가 좋군."

하스노는 덧옷을 개켜서 내가 내민 보자기에 쌌다.

"세상에 악인만 있다면 좋을 텐데. 그렇지 않아서 난감해."

하스노는 쓸쓸하게 웃었다.

나는 대문 앞에서 하스노를 배웅했다. 보따리를 옆구리에 낀 하스노는 어둑어둑해진 풍경 속에 녹아들 듯 떠났다.

옮긴이의 말

화가와 도둑이 다이쇼 시대를 내달린다!
다이쇼 미스터리 2탄 『시계 도둑과 악인들』

    2024년 11월 6일에 일본에서 『아리스가와 아리스에게 바치는 일곱 가지 수수께끼』라는 책이 출간됐다. 일본 미스터리 문단에 크게 공헌한 아리스가와 아리스에게 헌정하는 작품으로, 이치호 미치, 이마무라 마사히로, 시라이 도모유키, 아오사키 유고, 아쓰카와 다쓰미, 오리가미 교야, 유키 하루오가 참여했다.

    이치호 미치도 의외이긴 했지만 개인적으로는 유키 하루오가 뜬금없게 느껴졌다. 작풍이 아리스가와 아리스와 비슷한 것도 아니고, 평소 아리스가와 아리스를 언급한 것도 아니다(유키 하루오는 SNS를 하지 않으니까 더 그럴 수도). 하지만 아리스가와 아리스는 유키 하루오의 출세작 『방주』의 문고판 해설을 썼고 다른 작품의 추천사도 써주었다.

    대체 무슨 관계일까. 궁금해서 찾아보자 의외의 인연이 있었다. 유키 하루오는 아리스가와 아리스의 소설 교실 수강생이었다. 즉, 사제 관계였던 것이다. 아리스가와 아리스가 제자인 유키 하루오를 아끼고, 유키 하루오가 스승인 아리스가와 아리스를 리스펙할 만하다.

    그리고 이 관계는 유키 하루오의 데뷔에도 영향을 준다. 유키 하루오는 아리스가와 아리스의 소설 교실에 다니면서 연작 단편을 썼는데, 작품 속 탐정을 활용해서 장편을 써보라는 충고를 받고 장편을 완성해 메피스토상에 응모해 상을 탄다. 그 수상작이 바로 데뷔작 『교수상회』다.

아리스가와 아리스는 『교수상회』가 출간되자 "쇼와 시대와 헤이세이 시대의 미스터리 기법을 최대한 갖추고, 에도가와 란포가 데뷔하기 전인 다이쇼 시대 중반으로 돌아가 본격 탐정소설을 쓴다면……. 그런 몽상을 실현한 극상의 수작. 이 작가는 레이와 시대의 미스터리를 지탱하는 굵은 기둥 중 하나가 되리라" 하고 극찬했다. 그 후에 『방주』로 일본과 한국 독자들에게 엄청난 충격을 안겨줬으니 아리스가와 아리스의 예언은 실현됐다고 할 수 있겠다.

아무튼 『교수상회』에 시계 도둑질, 보석 도둑, 미쓰카와마루호의 살인사건, 미노다 저택의 살인사건, 미네코 유괴사건이 언급되는데, 이것이 유키 하루오가 소설 교실에 다니면서 썼다던 연작 단편이 아닐까 싶다. 그리고 이 사건들은 이 작품 『시계 도둑과 악인들』에 실린 수록작의 내용이기도 하다. 『교수상회』를 먼저 읽은 독자라면 등장인물이 그 사건에서 어떻게 활약했을지 궁금했을지도 모르겠다. 아주 짤막하게 언급된 그 사건들을 『시계 도둑과 악인들』에서 풍부한 분량으로 읽을 수 있다. 물론 이 작품부터 읽고 『교수상회』를 나중에 읽어도 무방하다.

국제 비밀 결사와 연관된 살인사건을 다룬 『교수상회』는 진상을 해명하는 단계에서 의외의 착지점을 독자에게 제시한다. 이러한 경향은 프리퀄에 해당하는 『시계 도둑과 악인들』에서 더욱 뚜렷하게 나타난다. 살인뿐만 아니라 밀실, 절도, 유괴, 일상(편지 관련)같이 다채로운 소재를 다루면서 '누가' '어떻게'는 물론 '왜'에도 확실하게 방점을 찍는다. 진상을 해명하는 논리가 탁월할 뿐 아니라 '동기'를 다루는 재주도 뛰어난 저자 유키 하루오의 발상력에 감탄할 따름이다.

『교수상회』에서 종횡무진 활약한 하스노와 이구치 콤비는 『시계 도둑과 악인들』에서도 다이쇼 시대를 거침없이 내달린다. 그리고 그들의 활약은 2024년 3월에 일본에서 출간된 『살로메의 단두대』로 이어진다. 한편 『아리스가와 아리스에게 바치는 일곱 가지 수수께끼』에서는 유키 하루오 본인이 『방주』와 『십계』에 이은 <성서 시리즈>를 쓰기 위해 취재 여행을 가는 장면이 나온다.

한 해에 한 권꼴로 꾸준히 책을 출간한 유키 하루오. SNS 대신 작품으로 독자와 접하고 싶다는 작가가 앞으로 어떤 책을 써낼지 기대된다. 그의 다음 작품을 빨리 만나고 싶다.

2025년 봄
김은모

시계도둑과 악인들

1판 1쇄 인쇄 2025년 3월 11일 **1판 1쇄 발행** 2025년 3월 20일

지은이 유키 하루오 **옮긴이** 김은모
표지 디자인 솔트앤블루 **편집·본문 디자인** 송재원 **제작** 송승욱
총괄이사 황인용 **발행인** 송호준

발행처 블루홀식스
주소 경기도 파주시 회동길 483-1
전화 031-955-9777 **팩스** 031-955-9779
출판등록 2016년 4월 5일 제 2016-000100호
이메일 blueholesix@naver.com

가격 19,800원 ISBN 979-11-93149-41-6 (03830)